四川文学作品精选

徐建成　杨雪　主编

文汇出版社

图书在版编目（CIP）数据

四川文学作品精选 / 徐建成，杨雪主编. —上海：
文汇出版社，2024.11. —ISBN 978-7-5496-4360-8

Ⅰ. I217.1

中国国家版本馆 CIP 数据核字第 2024R73J87 号

四川文学作品精选

主　　编／徐建成　杨　雪
责任编辑／徐曙蕾

出版发行／文匯出版社

上海市威海路 755 号

（邮政编码 200041）

经　　销／全国新华书店
印刷装订／四川科德彩色数码科技有限公司
版　　次／2024 年 11 月第 1 版
印　　次／2025 年 3 月第 1 次印刷
开　　本／787×1092　1/16
字　　数／600 千
印　　张／36.5

ISBN 978-7-5496-4360-8

定　　价／98.00 元

《四川文学作品精选》编委会

本书由四川省文艺传播促进会并本会文艺创作研究院编辑出品

致本会会员暨文学义工们

——序《四川文学作品精选》

何开四　杨　雪

四川省文艺传播促进会成立于 1998 年，原名四川省记者文学艺术研究会。光阴荏苒，忽忽已过 26 个年头。记得成立大会上，人气鼎盛，洋溢着青春的活力。我们尊敬的马老亲临指导，谆谆教诲，至今历历在目，令人感佩。作为一个文学艺术团体，我们始终坚持正确的导向，为社会主义文艺事业作出了积极努力和贡献。不少会员，已由寂寂无名而成为活跃于文坛的作家，先后获得了全国和省市的各种文学奖项；诸多知名作家亦先后加盟本会，众多文学新人茁壮成长，呈现出勃郁的生机。多年的文学实践，逐渐形成了自己独具的风格，兹拈出两点，以概其余。

首先，本会始终坚持内部团结。作为一个群众性文艺社团，我们一以贯之地围绕出作品、出人才展开工作。历届班子都本着"领导就是服务"的观念严格要求自己，有事民主协商，营造出和谐的氛围。我们的会员多年来形成一种义工精神，有事主动参与，视本会为自己的文学艺术精神家园。《孙子兵法》云，上下同欲者胜。这在本会工作中得到生动的体现。同时，我们制定了严格的规章制度，一切按程序办。从而从组织上保证了本会的团结和健康发展。

其次，本会积极开展各类文学文艺文化活动，其频率之高，效果之好，颇获好评。无论是省内还是省外，都搞得生气蓬勃，活色生香。流水不腐，户枢不蠹；生命在于运动，社团在于活动。正是这一点，深得会员的欢迎，形成了强大的凝聚力。这在同类社团中无疑是突出的。有一些活动还为本会所独有，譬如女作家散文创作中心，她们的活动令人眼花缭乱。女散女散，花枝招展！真是一道亮丽的文坛风景线。只要看一看她们的朋友圈，你不得不服气。为了让会员的作品能发挥更好的社会效益，得以广泛传播，本会除了办好自己的内刊外，还和众多的刊物、网站联系，以及自筹资金编书出书，为作品的问世提供了广阔的天地。

以上两点，只是一个简单的概括，但是从中我们也可以窥见本会工作之一斑。

这次《四川文学作品精选》的问世，也是本会近期工作的一项重要内容和成果。入选作者大多是本会新老会员，还有一些作者是多年来关心支持本会的老朋友。本书凝聚着编选者的心血和辛劳，也是本会提倡的义工精神的产物。此书集成的是散文和诗歌两大文学体裁，交错铺陈为"散文卷·人境原乡""诗歌卷·云舒风扬""诗歌卷·秋月春花""散文卷·山高水长"。一定程度而言，它是会员近年来文学创作的一次巡礼。这些作品具有浓厚的生活气息、充实的内容、饱满的情感和各具特色的艺术传达。不少作品写得波澜起伏，颇能引人入胜，是有特色、有品位、有价值的文学作品精选。同时我们希望作品问世后，要加强此书的评论工作。既然是文促会，就要促进作品的传播，使之走向读者，发挥更大的社会效益。

新时代，新征程。我们一定要坚持以人民为中心的文学创作导向，深入生活，扎根人民，凝心聚力，勤奋创作，讲好中国故事。特别是要鼓励创新，发他人之所未发，辟前人未辟之境。

路漫漫其修远兮，吾将上下而求索！希望我们的会员有更多更好的作品问世——无愧于时代，无愧于人民。

（序文作者何开四、杨雪分别是本会前任会长、现任总顾问和现任会长、法定代表人）

四川文学
作品精选

目录

CONTENTS

诗歌卷·云舒风扬

诗歌卷·秋月春花

散文卷·山高水长

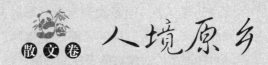

散文卷 人境原乡

— 四川文学作品精选 —

何永康

北京胡同的风

七月，因琐事羁留京华，在一个胡同的民居里寄宿半月。

北京胡同有名。但多次到北京，都是走大街住宾馆，几回想去体验北京胡同的风味，都因日程甚紧而未能遂愿。这次好了，吃住在胡同里，心思自然也在很多的时候被搁置在胡同里。

北京的胡同大都在老城区，胡同两边大都是四合院，四合院四四方方对称修建，当四合院成为建筑群落，其中的通道就形成了胡同。

从字面上来理解，胡同与古代北方少数民族有关，但凡带"胡"字的东西都与少数民族有关。比如胡豆、胡椒、胡琴、胡杨、胡服、胡麻、胡马等等。具体来说是与蒙古族有关，北京城主要是在元朝建设起来的，被称为元大都。古时北京人吃水主要靠井水，而井水的蒙语读音与胡同的读音相近，这或许是胡同的来历。元大都的城市建设有明确的规制，就街道而言，大街宽24步，小街宽12步，胡同宽6步。6步，大概相当于今天的九米，古人的步幅比个人要大。

胡同其实就是我们南方的巷子，南方没有叫胡同的巷子，但北京却有很多叫巷的胡同，比如有名的东交民巷、南锣鼓巷，这与北京是一座移民城市有关，也与北京对外来文化的包容有关，当然，更与北京是京畿之地有关。

我住的胡同叫羊肉胡同。我没考证过名字的来历，但大致可以确定它与爱吃羊肉的北方民族有关联。或许这里曾经有一个卖羊肉的市场，或者有一个羊肉做得好吃的餐馆。胡同笔直地夹在左右两排民居之间，东西两头分别连接太平桥大街与西四南大街。大街上车水马龙，喧嚣嘈杂，胡同则闹中取静，相对的清幽与平宁。

老北京人有很深的胡同情结，这让旧城区改造的决策者和实施者大伤脑筋大费周章。好在有个"修旧如旧"的基本原则，让胡同依然部分保留着北京原住民的"乡愁"，过着既有传统风味又有现代气息的舒心日子。

舒心日子是从清晨开始的，人们早早地就在胡同内遛弯。七月的北京已经很热了，胡同里却一片清凉，吹拂的晨风给人很好的体感，高大的柳树、枣树、椿树摇曳着枝叶，让人弄不清楚是风在让它们摆动，还是它们的摆动形成了风——让风由无形成为有形。

胡同口也是风口，早晚都有人坐在自带的小凳上或者健身的体育器材设置的座位上，吹风，吹牛，吹过一分一秒的日子。胡同是北京人邻里之情的载体，温馨而和谐。见面都会热情洋溢招呼问候，有时间还要停留一阵唠唠嗑，国家大事与家长里短都是共同感兴趣的话题。男性互递一支香烟，吸完了才各走各的路；女性见面会自然地拉手，话说够了才"分手"。胡同的日子是闲适的，过去慢，现在也慢。"慢"字随时挂在人们的口头：慢慢走，慢点啊，慢慢吃呗，慢慢熬呗。只有京漂的年轻人，行色匆匆地从老人充满怜悯的目光中穿过。

胡同里古风犹存。四合院的双扇朱门大都紧闭，或许过去是某个达官显贵的私宅，现在成保护对象了。门前与门楣的门当与户对、门两边的石狮子都有些年头了，很有沧桑感。北方冬天寒冷风大。有的四合院临街处打开了门面开店铺，店铺门脸都很窄小，门里面却是一个不小的天地。小超市、小饭店、小酒吧、小旅馆稍显冷落地点缀在民居之间，以灯红酒绿勉为其难地延续着曾经人气鼎盛的营生。有一个酒吧的招牌叫"何止有酒"，给人以无限的遐想，让人产生进去看看的冲动——除了酒还有什么？美味佳肴、音乐书香、红男绿女？

名气很大人气很足的演艺班子"开心麻花"的剧场也在羊肉胡同里，隔三岔五会演出一场，观众不少，显示出俗文化市场的活跃。与羊肉胡同平行相邻的是砖塔胡同。

我特意选在一个黄昏时分去砖塔胡同"客串"，我想这个时候环境会更清静一些，心境也会更宁静一些。因为这条胡同是最值得流连、品味、遐想的地方，是最能亲近历史的地方，也是最能认识老北京的地方。别看现在清静，早在元代就是北京的戏曲中心了，是勾栏瓦舍的集中地。成日里锣鼓喧天，人声鼎沸，戏台上，梨园世家的唱腔或婉转或高亢。剧作家关汉卿不仅让自己的剧作在此上演，偶尔技痒也会上台演个角色。

砖塔胡同修建于元代，因胡同东口有一座青灰色砖塔而得名，迄今已有700多年历史了，其形态基本没有变化，名称也未曾更改过，是北京最古老且保存最好的胡同之一，被称为"胡同之根"。砖塔为元代佛学大师万松的葬骨塔，当初建塔的时候，此处还是京郊的乡村，后来才修了庙，把塔保护起来，再后来城市的扩容延展到这里，有了民居与街道，砖塔矗立在胡同东边的口子上。如今，当初的庙子已经改造成一个面积不大的院落，挂上了正阳书局的牌子。两间厢房是市民免费看书的地方，陈列的全都是与北京有关的书籍，如北京民俗、北京史话、京味文学作品集等。围绕砖塔设有茶座，供人们在花木扶疏、书香弥漫的环境里阅读与品茗，门外大街的风尘被隔绝，清幽而雅致。

砖塔胡同与文化人特别有缘。在书屋的墙上，我看到了一张手绘的砖塔胡同地图，上面除了标注古塔位置外，还标注了一些政界名人和文化精英当年在胡同居住的区域，其中包括鲁迅、张恨水、老舍。

老舍没有在砖塔胡同住过，但他年轻时曾在胡同南边的一座基督教堂接受过洗礼，对胡同十分熟悉与喜爱。他在很多作品中都写到了砖塔胡同。譬如，小说《离婚中》，就借小说人物张大哥之口作了描述——"房子是在砖塔胡同，离电车站近，离市场近，而胡同里又比兵马司和丰盛胡同清静一些，比大院胡同整齐一些，最宜于住家……"

1923年8月，鲁迅先生因与胞弟周作人夫妇反目，搬出了八道湾胡同，迁家到砖塔胡同。居住时间很短，只有八九个月，却在此写下了一批重要的作品，如《祝福》《肥皂》《中国小说史略》等。北京宜居的地方很多，先生选中砖塔胡同，除了老舍先生提及的那些优点外，深厚的文化积淀与历史遗存无疑也是一个因素，文化人对此更为看重。

我在胡同里的微风中独行，想感受一下风中鲁迅先生留下的气息。旧居已经没法寻找了，足迹也早被时光抹平。但我还是能够想象到一个场景：先生瘦小的身子着一袭长衫，腋下夹着讲义，坐在包下的黄包车上，在胡同匆匆穿过的样子，一脸的坚毅与沉郁……

张恨水在砖塔胡同居住最久，20年都没有挪动过，直至终老，显然也是对胡同情有独钟。他在一篇《黑巷行》的文章里写到他穿行砖塔胡同的情景："在西头遥远地望着东头，一丛火光，遥知那是大街。可是面前漆黑，又加上几丛黑森森的大树……添加阴森之气。……我没出胡同，我又回去了。"从这一段文字中，我看到了张老先生晚年生活的寂寞与凄清，虽著作等身，名声大噪，但日常也过的是普通百姓的生活。不同的是他太孤清了，不由得向往着大街上（也许还有隔壁的羊肉胡同）那"一丛火光"，向往那里有活色生香的生活。当然，今天的砖塔胡同，已全然没有了他笔下的那种"阴森之气"了。

人真是一个奇怪的物种，清贫中艳羡富贵，锦衣玉食之后，又想着布衣与素餐；在清幽的环境里待久了，又渴望热闹与繁华。恰如天上的仙女，神仙日子过得乏味了，就想下凡人间寻求快乐。

其实，在北京的胡同——我说的是羊肉胡同与砖塔胡同，就可以过两者兼顾的日子。羊肉胡同是市井，砖塔胡同存文脉；前者吹的是民风，后者吹的是文风，被两种风交替抚摸的人，就是幸福的人。

贯通古今，融合雅俗，首善之地也。

离开北京的那天，我一大早去了巷口，找了个台阶坐下。我与北京的夏风已经情深意笃了，现在，我即将成为风的"离人"。北京的风，吹得很纯净，恰如让我沐浴一番后穿上一件舒适的皮肤衣。不像咱们南方的风，总是不冷不热温吞吞的，吹在身上湿漉漉的，黏糊。我长久地坐着，风长久地吹着，好像是要把我前几十年承受的溽热都一次吹走。一并吹走的还有多年累积的精神燥热、郁闷往事。

因为有了风，胡同便贯通而顺畅。跟着胡同的风走，人心也会通泰开明，即使看不清遥远的前路，料想也不会走入死胡同去了。

[原载于2021年12月《散文百家》，是被北京奥组委大型外宣画册《北京胡同》（中国旅游出版社）收入的唯一一篇文学作品]

作者简介：

何永康，中国作家协会会员、四川省作家协会散文专委会委员、四川省文艺传播促进会副会长。现任南充市文联主席、南充市政协书画院执行院长。出版有散文随笔集《醉空山》《野墨集》等。

蒋 蓝

广场上的刺桐与蓝花楹

2023 年 1 月 22 日，大年初一。

一早我清理了她必须服用的药，餐前、餐后有 12 种。

母亲想吃汤圆。冰箱里没有，我出门设法。

其实母亲糖尿病已较严重，本不能吃甜食。但她嗜糖，却是终身性的。四川一地不同于别的地方，服务行业往往只休息大年三十的下午半日，大年初一也是早早开门了。

回来，发现母亲在看书。这十几年她只读了几本书，全是我的作品：《成都笔记》《蜀地笔记》《锦官城笔记》……她读得最熟的是我写亲情的散文集《至情笔记》，她基本可以复述其中的全部细节。《至情笔记》里写了父亲，写了青青，没有单独写她。

母亲坐得笔直，一口气吃了 10 个汤圆，还把汤圆水也喝得干干净净。我在一旁对她讲，四川以前有一句俗话，叫"乱想汤圆水喝"。旧时糖很珍贵，华阳、邛崃等地百姓吃汤圆是没有糖心的，糖是直接放在煮汤圆的水中，这也是成都俗语"乱想汤圆水喝"的出典，意思是非分之想。

母亲说："我们家开设有大糖坊，都是你外公、外婆亲自动手，家里糖遍地都是，堆成山。家里还有电话……"

母亲的出生地在银山，属资中县辖镇。唐朝置银山县，宋朝废县设银山镇。1911 年改银山乡，1951 年复置镇。位于沱江之畔，历来是蔗糖的主产区。记得几年前我带她、姐姐、女儿一道回银山镇探访。

母亲老宅宛在，几百平方米的大庭院曾经作为县粮食局的仓库，现在改做幼儿园。那天是周末，我们得以进入。母亲站在庭院里，没有说话。她看着两棵老桂花树，良久，才说："我记得离开老家到成都去读书，那是

四川
文学

作
品
精
选

1952 年吧。我和一个女同学结伴走了 2 天才到华西坝……"

姐姐问："那时外公外出拉纤，死在三峡。你们一大家子怎么办？"

母亲说："当时正在修公路，碎石可以卖钱。沱江碎石很多，但能卖钱的只有两类，一类是鹅卵石，一类是石灰岩，要敲成小孩拳头大小，还要大致呈四边形，真是累死人也赚不了几个小钱！敲碎石有很多窍门，初摸此路的外婆，带着我几个兄弟认为有力气，还打不烂一块石头？举起锤子就敲，光秃秃的石头一滑，正好砸到腿上，立即痛得龇牙咧嘴！后来他们熟练了，都用一个草绳编的绳圈，或者草袋子，把石头四周箍住，用锤子猛敲，碎裂的石子就不会四处乱跳。鹅卵石、石灰岩十分坚硬，要提高碎石的速度并非易事，很熟练的人，从天蒙蒙亮干到天黑，很多人在碎石工地吃两个红薯，顶多也只能完成一个立方。由于体力消耗太大，工钱全填进肚子。碎石是按照立方来计算的，但堆在地上怎么统计呢？石子的买主，多是单位，如建筑、公路、铁道部门，派个施工员，量个石子堆的周长和高度，用简单的公式就算出了体积。到后来，丈量都免了，干脆进行估算，说多少就多少。外婆哪敢得罪这些领导，明知吃亏，只好忍了。你外婆从来不说什么……"

我们来到江边，江边还有卵石场，但都是碎石机在操作，看不到铁锤在卵石上碰出的火星，那个黑乎乎的吞口里发出惊天动地的碎裂声，那是石头的叫喊……中午我们在街头一家小店吃沱江鱼，一个老人对老板说："六小姐回来了！菜整好哈。"说完笑笑就出去了。结账时老板优惠了不少，说是他父亲的意思。

那是母亲最后一次回乡。我说，今天天气好，太阳出来了。我们出去散步。来到汇东停车场，附近有一个不大的广场，早已禁止燃放鞭炮了，所以广场上甚是整洁，几排座位成了落叶与鸟儿的栖身之地。我们坐下来，母亲微笑，不说话。不远处有一个老人在练功，进入深度止念状态。风把他的长袖飘起来，也把他的白发扬起。老人纹丝不动。母亲退休前后练过功，我说你能单脚站立一分钟吗？母亲说："以前可以站两三分钟。一晃，三十多年过去了。"刺桐花丛丛而聚，高举向上的火炬，在空旷的视野间显得格外惹眼。我捡起地上的几朵刺桐花，交到母亲手里，说你以前见过吧。她说："银山镇没有，那里只有构树、桐子树，还有无边无际的甘蔗林。"

母亲其实很熟悉这个小广场，这也是附近唯一的广场。18年前女儿青青出生，我在成都工作，经济并不宽裕，只好请求年迈的父母代为照顾。他们没有多话，放下几个月大的女儿我就走了。记得是夏季的一个下午，朋友龚伟到长途汽车站接我，直奔汇东小广场而来。

我看到父亲、母亲正拧着青青在学步。父亲心细，用几条软毛巾结成一根绳子，缠在青青腰背，这样就不会勒着柔嫩的身体。父亲用力提着，母亲在青青身前，手舞足蹈。父母看到了我，指给青青看，"这是谁呀？"两个月不见，青青静静地看我，然后跌跌撞撞地朝我走来……倒在我怀里。爸，爸。记得是去年母亲病重了，我带女儿几次回自流井，还有她的大狗金毛。也是一个早晨，我带女儿来到广场，坐在同样一排长椅上。女儿身高1.75米了，还是一个孩子。青青说："真的，我记得起你来看我的时候！那时你的头发很长、很浓……你给了我一把酸酸糖。"我转过身，打量母亲。她眼光低垂，地面瓷砖的缝隙笔直，她的思维似乎从这里出走了，而且游走到了一个陌生的所在，几个拐弯后，找不到回来的路了。

妈妈，妈妈！"哦，儿子，你说的青青小时候的事。她最喜欢落在地上的花，捡起来就往嘴里送……"我说，青青马上高考了，连续四五次考试名列全年级第一。母亲哈哈哈大笑。出气一大，鼻腔突然发出了异响。我给她点了一支烟。我说，西汉时期，蜀地大文人司马相如，对四川人有一句评语，非常之人做非常之事立非常之功。什么意思呢？我准备自问自答。母亲说："不是一般人，做的就不是一般事！"我说，很正确！

见她舒缓了，我才说，我正在写一本书，叫《苏东坡辞典》，我准备去一趟湖北黄冈市考察……这次，她反应极快："你什么时候走？"我有点嗫嚅，要不就今天下午动身，我早点回来。来回刚好3000公里。母亲叹气："你啊，明天走吧！春节路上车辆很多，你开车跑这么远，也不要心急。我还稳得起。"

回家路上，见到几棵蓝花楹，绿树婆娑，可惜没到开花的季节。我说，你要记住这种树的名字。母亲随身背着一个小包，除了手机就是一个小笔记本，那还是我几年前给她准备的。凡事，有意用笔记录一次，这是抵抗衰退的办法。她本能地掏出笔，我写上了。

她看了一下："蓝，是你的名字。青青喜欢花，我记得住。"

一阵风吹乱花树，奇怪的是，蓝花楹上竟然落下来一些梅花瓣。估计是干枯的梅花被风吹散，刚巧从蓝花楹树叶间再次筛落。当然了，这甚至就是一次上苍刻意的安排，梅花立在蓝楹枝头。无所谓凋零，也无所谓盛开。春天并不在草间，冬季也没有咄咄逼人。

黎明的风，在草木之间发出天籁，那是庄子的"吹万"之声。我们唯有置身其中，竖起耳朵，方能得到和解，或者不和解。

我计算了时间，还是决定下午出发。

母亲坚持要送我，这是多年以来形成的习惯了。来到地下车库，见我发动车，我本准备给她挥手。我突然决定，妈妈，你上车！到了出口你再步行几步回家。母亲一听，很高兴。她坐定，立即就去拉安全带："你的车好漂亮，气味也好闻。"从地下车库到出口，二三百米的距离，我突然产生了一种诡异的预感：也许这是她最后一次乘坐我的车了。我停车，为她开门。她已经没有力气独自从座位站起身了。拉她的手臂，羽绒服竟然是湿漉漉的，是汗水。虚汗。

"你一路慢点！你是非常之人。"母亲说。后视镜里，母亲扶着拐杖，挎着小包，脚穿姐姐带回的厚棉鞋，戴着羊毛软帽，雪白的头发在帽檐下欲飞，她还是那个银山镇镇长的六小姐！她向我挥手。她的嘴唇在蠕动，似乎在说什么。

是在重复"非常之人"吗？直到汽车拐弯，看到母亲还站在原地，手已放下了，正对我的方向。仰头看云，低头看路，云在走着最安静、最无蔽的路，母亲站成了我身后的云。我看着越来越小的母亲，我所写下的全部雷电与白雪的绝句，是缘于与你的分多聚少。

我的眼泪下来了。

（节选于《人民文学》2023 年 8 期）

作者简介：

蒋蓝，诗人、散文家、田野考察者。中国作协散文委员会委员、四川省作协副主席。已出版《成都传》《苏东坡辞典》等多部著作。

一忆村深

眼前的两个字，让我的心里一个咯噔：忆村。

怎不咯噔，村是人类生命和情感的原生地、乡愁的元点和仓储。忆村就是乡愁的精神回归。乡和村，从来就没有分开过，也难分开。作为曾经在与汉阳坝比邻的瑞峰镇青杠坪村工作，并经常跨过岷江，到对岸的汉阳坝游玩的老青神，作为曾经直接主持汉阳航电工程规划评审的项目规划人，当过去的一切都沉淀为故乡往事，以乡村意象的方式存在于记忆的深处，不堪触摸，不堪追忆时，却又偏偏在某个不经意的时空点，阴差阳错地邂逅了这江这坝这站这村；而且，还迎头给你一个刻意醒目的"忆村"，想不去追忆故乡真的很难了；一忆，又怎么能防止滑入记忆的深渊里呢。

这就是我此刻的心境。好在，那些被记忆打捞而起的东西，都是值得追忆的美好往事，就像这周而复始的阳春，一江水暖，而没有高胜美的"往事不堪回首"。

我说的是青神县的汉阳坝、汉阳湖和忆村。我曾经想把"村"改为了"春"，因为这样更契合我要表达的此间心情。我暗自思忖，并不是因为自己老了——人们常说，爱回忆过去是人老了的表现。虽然说我也不再年轻，早已过了"少年不识愁滋味"的逐梦年龄，但我此刻强烈的忆村冲动确实与年龄无关，全由眼前的万般风物引起。不要"多情应笑我"，东坡先生不也曾"老夫聊发少年狂"吗？如果你也与我一样，与这方水土有我那样深厚的渊源，那么密切的关系，那么多值得钩沉的美好东西，此刻又鬼使神差地让你来到这里，看你还可不可能无动于衷，能不能关牢记忆的大门。

我最终还是选择了"村"。因为只有"村"，才能诠释我追忆的本质；因为所有的"村"，都连接着那个生我养我的地方——青神县西龙镇的长池村。而今，虽然长池早已不在，但村还在，在我心里仍叫它长池村。长池村在，我心里就感到踏实。

泛舟忆村汉阳湖，我曾经怀疑，自己是不是也遭遇了唐朝罗隐曾经遭遇的情景——"秋河耿耿夜沉沉，往事三更尽到心"。相同的河相同的夜相同的往事，不同的是季节，他在秋我在春；当然，还有思的往事。我不知道罗隐经历了什么，是在村庄还是城市，是何事令他耿耿于胸难以忘怀。我只知道这江这坝这站这村发生的故事。

我突然发现，河流是最容易令人想起往事的。也许是那个"流"，本身就连接着过去和现在，从未断裂，于是才有了以"日月经天、江河行地"来形容永恒。断裂的只是我们的记忆，因为生命有限，或记忆本身的局限。比如此刻，眼前的岷江，不，准确说是一江一河。除了岷江，还有思蒙河。思蒙河在忆村上游不远处的中岩寺汇入了岷江。它们不舍昼夜地流，承载了我的全部故乡往事，如今却成了忆村的故事。

我站在忆村的岷江码头，蹲下，轻轻捧起一捧水。本来是想喝的，在五十多年前的思蒙河边，我就曾这样喝过，在栽秧打谷间隙，或读书回家的途中。但现在不能喝了。因为这水已不能直接喝了，虽然我相信，这水也可能是从家门前的思蒙河流下来的。我只能用水在脸上摩挲摩挲，像是在洗脸，其实是在闻，闻江水的味道，长池村的味道。心里却在默念着刘钧的歌，"我吹过你吹过的风，这算不算相拥……"

不知不觉泪水就流出来了，与手上脸上的江水融在了一起；又从指尖轻轻滑落，滑落到了岷江里，带着我被激活的思绪飞扬神往，溯流而上，去到记忆的深处。

飞到了青神县城东的老河街，那是我第一次见岷江的地方。过去的岷江，只是思蒙河对岸的一蓑烟雨，一个梦想。到青神中学读高中时，报到后第一件最重要的事，就是邀约几位同样没有见过岷江的西山人到老河街看岷江。看岷江同时还看白帆，儿时在思蒙河畔的白虎崖放牛，远远望去似梦如幻般的白帆。它不仅代表了我童年的美与梦，还代表了诗与远方。为此，我曾写过一篇《对岸》的散文表达当时的心情。

当然，那一次不仅看到了白帆，还第一次看到了纤夫。才知道原来带着大船驶向远方的不只是白帆，还有纤夫。在白帆张扬地乘风而起，扬帆远航的同时，纤夫虽也同行同步，却默默无闻，俯身江流，匍匐前行。面对冰冷江水，他们甚至没有穿一层衣裤，赤裸着身子，只是以一方小小的三角之巾，守护着最后的文明与尊严。

有了第一次，当然就有第二次、第三次。事实上，从此以后，我与岷江的交集就从未间断，包括乘着帆船顺江而下，吟着李白《峨眉山月歌》，穿过嘉州小三峡，到乐山板桥溪丈石验方，坚守一个月，挣了 18 元的暑期勤工俭学学费；到青神县委工作后，在岷江里参加赛龙舟、抢鸭子，随领导往返岷江两岸走村串户、访贫问苦。

今天，我又来了。来到忆村，以记忆打点往事，以灵魂贴近岷江。就这样，江水伴着思绪，流向村庄的深处，指向我出发的地方，指向思蒙河、白虎崖和长池村。

仍是水，却是门前的一方池塘；仍是流，却是父亲从思蒙河里的引水泡田，小麦油菜收割后就要栽秧子。是稻谷，成都平原天府粮仓的主角。父亲当然知道我对这些不感兴趣。一个小屁孩，只晓得放牛割草，哪知道"春天一粒种，秋后万斤粮"，哪知道父亲母亲青黄不接的愁苦。于是，知我的父亲，在翻土灌田耙地的间隙，用竹纤和油菜秆为我做了一个小水车，放在灌田的水口。随着灌田的水流，小水车叽叽地转动，煞是好玩。这对于我这个从未见过什么玩具的农村小孩，实在是莫大的奢侈。

但在当时，也只限于好玩，没有想到其他。了解水和水车的奇妙，是后来的事。

是白虎崖脚下的一片高地，其实也不是很高，就高出平地两三米。但水往低处流，高出一米半尺也不行，也不能自流灌溉，李冰父子治水，也必须遵循这个规律。

这并没有难倒乡亲们。他们用树木做成水车，与父亲给我做的玩具水车一样。不同的只是大了许多，足可装满一间屋，我把它称为大水车。还有，大水车转轴轮毂上连了一个长长的水槽，搭在高地与低地之间。水槽里布满了木片，尺余一个，挂在可以转动的轮毂上。传动原理也倒了个个。爸爸做的玩具小水车是靠流水冲转，而大水车则是人工踩转。小水车原本由水推动的踏板，现在由人踩。村民们手靠高高的护杆，脚踩着踏板旋转，称为"踩水"。踏板连动转轴，转轴连动轮毂，轮毂再带动水槽里的木片不停地旋转，把低处的水从水槽里提上来。踩水是一门劳力活，大都由村里的精壮劳力承担，妇女们吃不消。男人也是四人一组，踩两小时就要轮换。

再后来，爸爸又带我看了村里汪家滩的大大水车，又是另一番气象。

我之所以要用气象这个词，是因为它的宏阔、大气、壮观和作用。大大水车依托一棵千年的黄桷树而建，足有三层楼房高，屹立在滩头。为了增大水的落差，人们还沿着滩头垒起一条简易的拦水埝。夏天炎热时，滩头便成了农作一天的农人的最佳纳凉去处，男女老少，无一例外。先是女人们在滩上，男人们在滩下。后来不知哪个男人说不对，我们洗的是女人们洗过的水，会倒霉的。这话正应了那些想翻过拦水埝，到滩上头去与女人一起洗澡的男人的心思，男人们便各怀动机一窝蜂翻过了滩头。少数不怕事的女人仍不为所动，坚持滩上，但多数女人已远远地躲到了滩下。

大大水车制动的原理与小水车一样，靠的是自然水流驱动。不同的是，在原大水车的脚踩蹬头、现在的动力板处，嵌了一个盛水的大竹筒。这样，随着湍急的河水推动水车旋转，装满水的竹筒源源不断地将河里的水提到水车的顶端，倒入顶端横置的接水槽，再流入高处的导水渠，直至流进村庄里的主水渠，灌溉一片一片的庄稼。

于是，童年的水车，在我的心里简直就是个神奇。它既圆了我清苦童年的童真梦，又圆了勤劳乡人的丰收梦，还滋润了身心疲惫、生活枯燥的农村男女的精神生活。

先还想，一汪汉阳湖，汇聚了两江之流，能汇聚我的童年之梦该多好。甚至在规划岷江航电梯级电站的时候，也没有想那么多。当时只想到工作，如何不负众望，把眉山市境内各级航电工程，汉阳、虎渡溪、张坎、汤坝、尖子山、江口等等的规划做得好些，再好些，更好实现内陆眉山的通江达海大梦，为四川建设西部综合交通枢纽做出应有贡献，让我童年的对岸边际线，跨越思蒙河，穿过岷江，抵大海的彼岸。

也许是无心插柳，没想到，圆梦竟在忆村时分。

是的，童年的梦，随水车钩沉，幻化成眼前的汉阳航电——不是吗，这长长的大坝的前世之根，不就在父亲灌溉的沟渠里、乡人踩水的脚步中、故乡汪家滩的拦水坝下；航电的通航发电送水，不就是我站在白虎崖上遥望的视线延伸，或者说水车旋转中对生命的诗与远方的期待；我们今天的男男女女泛舟汉阳湖，不仅令我想起《诗经》里的"蒹葭萋萋，白露未晞。所谓伊人，在水之湄"，也想起当年的汪家滩头。

村庄是乡愁的载体，忆村是乡愁的拥抱。一忆村深，深处，是精神的原乡……

（原载于《四川日报》2023 年 3 月 31 日及《西安晚报》2023 年 5 月 8 日）

作者简介：

周闻道，本名周仲明，中国作家协会会员、四川省文艺传播促进会副会长、四川省散文学会副会长，已出版文学专著 16 部、经济学专著 3 部。

四川
文学

作
品
精
选

马　平

树上的月亮

　　二十年前，我在成都有了一个居所。那是一套逼仄的旧房，在一幢低矮建筑的二楼，前窗朝西，后窗朝东。一年四季，我在家里只能看别的建筑的前脸后背，看不见太阳怎样升起来，又怎样落下去。

　　但是，在后窗，我可以看月亮。后窗下面有一个小小的园子，种满了枇杷、棕树、构树、黄桷树和皂荚树。它们在白天里好像并不存在，因为我并没有工夫留意它们。到了夜里，在四周住户渗出的灯光里，那些暗淡的树影就像一个个婆娑的故事。我把电脑安置在后窗那儿，这样，我在夜里写作的时候，每一个故事都相伴在我一侧，或者部分地参与到文字中来。

　　一天夜里，我从电脑面前扭过头，突然看见了圆圆的月亮，在窗外那一片狭小的天空中，在高大的构树和皂荚树之间。而在那之前租住的房子里，树影和月影都看不到，没想到它们一下子全都到窗间来了。尽管月亮被金属防护栏切割了，却没有关系，挪动几下座椅，完整的月亮就复原在了金属线条里，就像装进了画框。构树在月色中兴奋起来，巴掌大的叶子在微风里一晃，就把月亮遮了大半，也没有关系，眨眼间，微风又让那些叶子翻开了月亮，露出来一个硕大的果子。

　　这是成都的月亮，条条框框的月亮，枝枝叶叶的月亮。它却在那后窗难得一见，而那前窗又见不上它，街灯和车灯倒是夜夜流淌不息。大多数夜晚，我只能在后窗那儿，看一看因灯火时明时暗的天光。那依然没有关系，老实说，就是夜夜有大月亮，我也不一定夜夜有赏月的雅兴。何况，天地是那样局促，月亮每次出来，不一会儿，就撩枝拨叶爬到楼顶上面，看不见了。

　　谁都在说，最好的月亮，还是老家上面那一个。这已经成为大家想念老家的一个理由，我当然也不例外，因为这并不是什么媚俗。只不过，我想起老家的时候，若是有月亮出来，大树会抢在它前面先出来。

我有记忆的时候，老家一带的山岭和沟壑差不多都秃了，还好，还有几棵大柏树剩了下来。老家屋后不远有一座山，大柏树就散落在山脚的大路边上。不知道受了哪一个季节的风吹，它们的头全都偏向一边，远远看过去，就像几个老人，埋头向着一个方向行走，怎么也做不到彼此靠拢。老家没有后窗，我却有在月亮下面望那山影和树影的记忆，好像还听见过大柏树咳嗽的声音，已经记不清是在梦里还是梦外。也不知道什么时候，一个个都不见了踪影。它们都上了年岁，不会趁着夜色跑掉，大概是那样走着走着就倒在地上，咽了气。

老家屋前也有一棵大树，就在院坝边上。那是伯父家的核桃树，主干比水桶还要粗，撑开的枝叶差不多把一个院子都遮住了。每年春节，堂兄都会用斧头在它身上砍出一些小嘴，喂它一点干饭，指望它在新的一年结出更多的核桃。因此，我小时候一直有核桃吃，还在夜里爬上核桃树藏过猫猫。不知有多少个夜晚，我四仰八叉睡在簸箕里面，睡在核桃树面前的院坝中间，大睁着眼睛看满天星星，或者月亮。大月亮上来的时候，核桃树就小了，夜鸟一样的叶子发出羽毛一样的声音。我平躺着望上去，圆月亮比圆簸箕小，而我自己更小，像一只蚕。天上飘来了一朵云，月亮便一点一点移动，簸箕仿佛也跟着移动开了，最后连院坝也旋转起来。月亮钻进云里的时候，我往往会糊涂起来，自己好像悬挂在核桃树上。月亮钻出来了，好像被柔软的云擦拭一遍，比先前更晃眼了。我闭上眼睛，核桃树叶一样从高处飘落下来，立即就感觉到了，隔着簸箕的石板热乎乎的，带一缕苦味的气息凉丝丝的。原来，我睡在踏实的地上，那气息不是月亮而是核桃树散发出来的。我就是不睁开眼睛也会知道，核桃树在月亮下面，我在核桃树下面。

后来，我与老家的距离愈拉愈远，没有在任何一个地方见过老家屋前那么大的核桃树。那棵核桃树早被我的堂兄砍掉了，因为它结的核桃一年比一年少，还生虫子。我回到老家去，簸箕也早就变小了，只睡得下我大半个身子，一双腿只好曲着，还让凸起的边沿硌得很不舒服。这就让我怀疑起来，记忆中的核桃树是不是真有那么高大。

四川
文学

作品
精选

再后来，我定居成都，十年前又搬了家，住进了高楼三十一层。月亮也跟着来了，好几扇窗都看得见，一弯，或者一轮。高楼不仅没有离月亮近一些，看上去，反倒比我在二楼上看到的远了，也比我在核桃树下看到的远了。这大概是因为天空放大了，或者，是因为窗外又没有树了。如今，无论多么高大的树都到不了我家窗边，它们都到了脚下，也好像与月亮的距离愈拉愈远了。

我不能说，最好的月亮，是从树上升起来的那一个。我大概可以说，借助一棵树，我们往往会有一个美丽的误判，好像它帮助我们和月亮拉近了距离。

但是，月亮在天，我们之间需要拉近距离吗？那么，大概还可以说，树上的月亮，恍然间可以采摘在手。

眼下这个夜晚，趁着没有月亮，我凭着简单的想象，把记忆中的核桃树移了过来，把距此不远的那个园子也迁了过来，这个小区能不能容得下它们，我就顾不上了。那些在夜里咳嗽吓唬过我的大柏树，只好让它们躺在想象之外了。说不定，我会在深夜做一个梦，一弯新月挂在窗外的核桃树上，或者挂在窗外的枇杷、棕树、构树、黄桷树和皂荚树上。我醒过来，窗外却是躲在云里藏猫猫的一轮满月，刚刚钻出来，我伸手就能捉到。

（原载于 2022 年 7 月 28 日《解放日报》）

作者简介：

马平，中国作家协会会员，一级作家。著有长篇小说《草房山》《香车》《山谷芬芳》《塞影记》、中篇小说《高腔》《我看日出的地方》《我在夜里说话》、短篇小说《五世同堂》和散文集《我的语文》等。曾获四川文学奖、人民文学奖。

李银昭

遍地冬瓜的下午

四川
文学

作品
精选

怎么来到这片冬瓜地的，想不起了。

出了城，就只顾开车，往哪里开，不知道，只知道沿这条路走，就可以到山里，到山里干什么也不知道。人有时候不必太清楚，什么都清楚了，什么都明白了，日子就少了些期待，少了些惊异，少了些无边无际的朦胧和向往。

冬瓜地在车子的右边，是车子停下来的时候，我才看见的。在看见冬瓜地之前，我先看到车子的前方没路可走了，就停了车，车子的左边是一片竹林，竹林里有房檐和墙壁，右边是一片菜地，那时还不知道菜地里是遍地的冬瓜。山野，一片静谧。遇上这么一个天朗气清、惠风和畅的去处，也就不想急着倒车往回走，出来不就是想寻个清静吗，这里多好，毛毛细雨飘在农家修竹上，听得见"悉悉"的声音。我就坐在车上听雨，坐在车上看山，就看见了冬瓜，菜地里遍地种的都是冬瓜。我这么说，其实是不严谨的，冬瓜不是种在地里的，冬瓜应该是长在地里的，种在地里的是冬瓜子，冬瓜子发芽出土成了冬瓜苗，冬瓜苗成了冬瓜藤，冬瓜藤开花才变成了小冬瓜，小冬瓜长大后成了现在遍地的大冬瓜。大冬瓜长在地里，远远望去像个小人似的睡在那里。我小时候就睡在冬瓜地里过。小朋友们藏猫猫，躲在冬瓜藤下面，像冬瓜一样睡着让人着实难找。

总有那么一个时间的一个瞬间，突然说走就想走了，不想跟任何人打声走的招呼，也不知要去个啥地方，往往这时，只能听随心的使唤，听随生命的使唤，使唤你去听一下午的风，看一下午的云，数一下午的遍地的冬瓜。

冬瓜已经挂灰了，挂了灰的冬瓜就是老冬瓜了。冬瓜也有少年、青年、中年和老年四个阶段。在冬瓜花与冬瓜藤之间长出的像小指那么大个蒂的时候，就是冬瓜的少年时期，再长到手臂那么粗，颜色由嫩绿色变成绿色的时候，就是冬瓜的青年时期，再由手臂粗变成腿那么粗，颜色由绿变成青色的时候，就是冬瓜的中年时期，后来冬瓜继续长，颜色由青慢慢变成了灰色，就像人的头发不知不觉变灰一样，冬瓜上的灰越多，灰越厚，冬瓜就越老。老冬瓜不仅存放的时间长，而且好吃。这片地里的冬瓜都老了，都挂上了厚厚的灰。

遍地的冬瓜，我只是看，没想到要数一数，从小在冬瓜地里长大，与冬瓜熟悉，甚至可以说与冬瓜有那么一些情愫。一个，两个，三个，不知不觉就一个一个地数起来了，七十八，七十九，八十个，为什么我要数冬瓜呢？我也不知道。地里的冬瓜，跟我一点关系都没有，我却欢喜地数着别人地里的冬瓜。

大概数到一百多个的时候，突然一只母鸡从竹林里扑哧着跑到冬瓜地里，一只大红公鸡紧追母鸡后面，母鸡接连跃过几个冬瓜，躲闪着，咯咯咯地呼叫，公鸡飞似的追上了母鸡，并一嘴叼住母鸡的脖子，母鸡脖子上的毛一下就散落在冬瓜地里，我正想捡石子向公鸡扔去，声援一下被追得可怜的母鸡，公鸡却瞬间纵身跃上了母鸡的背。原来这两只鸡们是在过快乐的生活，不到几秒钟，公鸡就完事了，公鸡梳理着翅膀，摇动着大红鸡冠，在地里威武地迈着鸡步。哎，上天对鸡们真不公平，鸡的寿命本来就很短了，可过一次快乐的生活，上天只给了公鸡以秒计的时间。

公鸡追母鸡的事，中断了我数冬瓜。公鸡离开了冬瓜地，母鸡也离开了冬瓜地，冬瓜地又平静了，天上的雨似乎已停了。一个，两个，三个，我又从头开始数冬瓜，一直数到二百多个，就在终于数完了的时候，眼睛一眨，发现地边上几个冬瓜好像没数上。于是又从头开始数。

整个下午，我就这样数，数了好几遍，每一次数的结果，都跟前面数的结果不一样，怎么会呢，难道地里的冬瓜会捉迷藏吗？后来我就下了车，站在路边，用手指着躺在地里的冬瓜，再一次，一个，一个地慢慢往下数。

竹林那边，传来咳嗽声，听那声音，是一个老人。

老人拄着一根拐杖，在刚下过雨的小路上小心地挪动。老人挪几下，又停在那里，好像不急着要到哪里去，只是出来站一站，动一动，看一看天，看一看山，听一听秋鸟的鸣叫。我站在那里，车子也停在那里，老人看了我和车子，如没看见似的，继续看树上的鸟，继续看他的远处的山。刚才安静的冬瓜地，安静的山野，因老人的出现，似乎慢慢活了起来，树也动起来了，鸟也叫起来了，竹林那边，一缕牲畜的味道，一缕烟火的味道，似乎随老人的出现，弥漫过来。那只公鸡和那只母鸡，绕在老人的身边，一边"咯咯"地说着鸡话，一边啄找地上的虫食。竹林、墙壁、老人、公鸡、树上的鸟、天上的云，一派静静的山野，一派生命的山野。

我又开始数我的冬瓜。

地里的冬瓜，横七竖八睡在那里，有的全裸在地上，有的被冬瓜叶挡住了一半，有的只露了冬瓜的屁股在外面。当我最后一遍数完的时候，结果的数字还是没数清。然而，天渐渐地暗下来了，微微的山风，带着细细的小毛毛雨从我的发梢上，我的脸上凉下去。

后来，我就离开了那里。

我是怎么离开那片冬瓜地，离开那静静的山野的，一点已记不起来了，唯一能记起的，是下山之后，天全黑了，雨下得大了，在成渝高速路的龙泉同安站我上了返城的高速公路，当车子越开越快的时候，我突然将车靠边，慢慢地停下来，打开车门，我站在雨中的应急车道上，刚才"悉悉"的雨声，现在变成了"哗哗"的响声。下午在山野里的一切又重现在我的眼前，那片冬瓜地，让我听到了小时候的风，看到了小时候的雨，数上了小时候的冬瓜，尽管一下午也没数出个结果。而我明白的是，山野的一切，将随着车头向城里的靠近而随我渐远，在我的生命里，戛然而止，曲终人散，不可再有。猛然间，我感觉到脸上的雨水变成了热热的两行，在雨中，随即我放声痛哭，哭声由小变大，由近及远，最后，被淹没在无边无际的哗哗的雨声里。

这事，过去已经多年了，可它常常出现，一次又一次地出现在我的梦里。

作者简介：

李银昭，中国作家协会会员、中国散文学会理事。在《人民文学》《收获》《民族文学》《诗刊》《作家》《美文》《天津文学》发表小说、散文百万余字。出版散文集《一册清凉》。作品被选入中学语文《我的美文课》和多个选集。获冰心散文奖、四川文学奖、金芙蓉文学奖、广元散文奖等。四川经济日报社社长、总编辑。

姜　明

壮丽的火锅

　　万里长江来眼底，一锅麻辣煮乡情。癸卯年端午前夕，在重庆南岸长江之滨，享受到了一餐迄今为止最酣畅淋漓、最荡气回肠的火锅盛宴。

　　火锅无非是寻常意义上的火锅，奇绝的是就餐环境。古诗里的长江、新闻里的长江、影视剧里的长江，就那样慵懒而随意地铺展在我们的视野里，彼时的江面，平静，潺湲，波澜不惊，若不是其纵深千里、目之不尽，会让人轻视为邻家堰塘。毕竟是长江，即便江面氤氲着迷蒙的雾气，其浩大的水域，在连天接地之外，涵古吞今，不怒自威，好一幅壮丽的千里江山图。

　　而我们并不是简单地凭栏观景，举目江水汤汤横无际涯，落箸红油翻滚麻辣飘香，无边江山下锅来，九尺鹅肠渡江去——我在啖火锅吗？我在观江景吗？当最壮阔的风光遇见最热烈的美食，当视觉和味觉竞相觉醒融会贯通，当情景和意境妙趣横生交相辉映，我知道，个人生活史上最壮丽的一餐火锅，就这样落笔了。

　　应重庆朋友张君之约，与董兄等一众朋友欢聚。火锅厅外一篮球场大小的露天平台，我们的桌子即置于此平台边沿。浩阔长江霸占眼目，江面上有货船徜徉，甚至能见泳者挥臂。据说这是有关部门允许临江开设餐厅的最近距离。此岸彼岸间，可以看见前后三座斜拉桥架接彼此，而轻轨列车不时穿越桥梁，成为长江江面上流动的浮标。"唯见长江天际流"，我见到的景象则是，但见动车江上奔。我在不同的城市多次阅读长江，每一次面对长江，都免不了心潮澎湃，因为水的渺远湍急而滋生出的壮丽感，因为江的古意蕴藉而产生出的庄严感，每每让凭栏凭吊、放眼抒怀成为人生大事。滚滚长江东逝水，浪淘尽，千古风流人物。长江之盛大久远，长江之古事杂芜，无人说得清楚。但是，心情不好的时候，看一看惊涛拍岸，也许会重燃生活的信心；遇到喜事的时候，看一看静水深流，也许会让自己翘起来的尾巴复归原位。作为风景的大江大河，给观赏者最大的启示就是让你认清你自己：你是一个渺小的人，但你也是一个现实存在、生动鲜活、有思想感情的人。此刻你是思想的主体，万物皆是你的客体；百年后你隐于尘烟，万物皆是你的主体。所以，坦荡，超然，珍惜当下，平和处事，在极其有限的生命里，这就是重要的、庄严的、壮丽的生命态度。

所以，我们要经常欢喜。欢喜是对万物的有感和回应，欢喜也是对自己的勤勉劳动和良善为人的褒奖鼓励。比如此时，我发现，之所以此餐堪称最壮丽的火锅，不仅是因为有最壮阔的风光佐餐，重要的是有最浓烈的乡情友情加持。

主人张君，二十七八年前，我们共事于成都同一家单位的不同部门，两个部门共享一个大办公空间，中间仅有一个齐腰的栏板象征性隔断。张君那时即是部门负责人，深得当时老总青睐，但他干了一两年就离开成都回家乡重庆发展。彼时重庆还没有直辖。张君有才，肯干，敢担当，返渝后大展拳脚，业绩亮眼，多岗历练，为位匹配，多年前已经是政界领导、业界大佬。我与他基本没有什么交道，但常听人说起他的热情厚道，但凡是成都我们这个单位的人到了重庆，而他刚好又获知了信息，他是务必赶到现场尽地主之谊的。他是大忙人，工作性质的原因，每晚必上夜班，睡觉都只能一截一截地睡，即便如此，他也坚持厚待成都去的"家人"。我们二十多年没有相见，直到半年前在成都有过一次短暂晤面，此次重庆再见，惊觉彼此华发丛生。人生不相见，动如参与商，而今再聚首，白头搔更短——好在，我们居然可以坦然漠视彼此的白发，而将各自的豪情和朗笑，托付给这万顷清流和一锅麻辣，告诉所有人：所谓青春，就是你能成为激动和感动的主人，能够成为江山风月和耳目身心的主人，能够成为前尘往事和前程余生的主人；无问西东，无关川渝——最重要的是，无论长幼。物我欣会，得其所哉，壮丽壮胆，砥柱人间，是谓弦歌不辍，白首少年。

作者简介：

姜明，中国作家协会会员，曾在报刊发表文章多篇，出版著作多种，获得四川文学奖等奖项多种。

谢　伟

只因去买酒，顺便看梅花

清晨临窗，发现一夜大雪已然统治了青城后山这片葱茏的山野。拉开门扉，积雪顿无依凭，便瘫落于堂室，撒铺了一地。

这山里，每年深冬都会有一场瑞雪，今年来得稍晚了些，却是罕有的猛烈。我是头一遭见着这暖国的雪积得有半尺之厚，连绵青山遂为之一夜白头。刚刚都还层峦丰腴，像有些婴儿肥似的，转眼便寒索清瘦起来，如是国画里的"秀骨清像"。

若不是大雪封门，我是不舍得将积雪清除掉的，就如同不忍心切开一个漂亮的生日蛋糕。犹疑半晌，又拍了无数的照片，才极不情愿地挥动起铁铲来。

午饭刚过，景容兄私信问我，山里是否下了大雪？我便故意馋他，说据传城里也例行公事地飘了几粒，而我们山中却是铺天盖地、横无际涯。他的心瞬间便乱了，说山中正大雪，能饮一杯无？我回说，如此雪日，正宜闭门把盏，围炉话旧，自是盼君早来。

这就转去厨间起了锅灶，煨上一陶釜的萝卜牛腩，又掩了门扉，踏雪出门，去坡下村里的集市上打些土酒回来。

集市距居所二三里地，在河滩的一处平坝之上。沿山路蜿蜒而下，四下里无有人迹。雪铺满了山道，如棉被，绒绒的，嫩嫩的，总有些不忍下脚。犹豫半晌，还是顺了山鸡的爪印蹑手蹑脚穿过一片密林，枝上忽起一声寒鸦，雪瀑便自树梢倾泻而下。

出了林子，集市便已清晰在目，那是依托一段老街兴起的小型市场，我几乎隔日便会去那里采买一番。离陈幺叔的酒铺约莫丈许，风便捎来一缕酒的微馨。陈幺叔见我拎个酒壶，就躬身迎出户来。自从住进山里，每遇客至，我便会上幺叔的铺子里打酒去，一来二去便自熟络起来。幺叔早年做过木匠，走村串户打家具、建房子，老婆却嫌他挣不来大钱，带着儿子出山去了，婚也没离，却是多少年没有一丝音信。幺叔是个老实人，勤快寡言，心里憋屈却又不愿与人言说。到底不是什么光彩的事，就只爱找我这个外乡人絮叨。他敬我是城里来的文化人，又不嫌他身份低微，就总爱跟我说些掏心窝子的话。每次我都陪他喝酒，一喝就醉得不省人事。好在那老土窖里酿出的酒不会上头，睡上一宿也就神思回转了，那口感也极是醇厚，尾子尚有些回甘，在我看来是赛过了好些昂贵的牌子货，家里也就从不贮酒，友人来访，便去幺叔的铺子里现打现喝。酒铺里摆满了大大小小的酒缸、酒坛和酒瓶，形状古拙，釉色沉浑，密封盖用红绸包裹，颇有几分古意。幺叔揭开盖子，将竹筒提子伸进缸里，满满地提起，倾入漏斗，将我的酒壶灌满。瞬间，酒香便在屋子里恣意地弥散开来。幺叔照例只收成本价，说赚谁的钱也不能赚我的，还说后山开酒坊的是他远房的侄子，窖池是祖上传下来的，窖泥也是"资格"的老古董。幺叔每次都要说起这些，这大概是他唯一可以拿出来说的事了。

出了幺叔的铺子，雪又飘了起来。这当儿，景容兄又来了微信，问我此时山里"寒梅着花未"？我便想起早前村人的话来，据说沿山溪东行二里便可逢着一片梅林，于是择了另一条山径折返，绕道过了溪桥，顺便去看一看雪中的梅花。此时，山径上已有了村人行迹，路面变得湿滑起来，我便信手拾了木棍为杖，将酒壶悬在了腰际。距梅林尚有百余米，便有暗香浮动。忽觉出"踏雪寻梅"确是一桩风雅的事情。早前听人讲起，那种梅的人是退休的乡校教师，唤作王四娘的。我便寻思，若是姓黄该是更妙了。"黄四娘家花满蹊，千朵万朵压枝低"，那是何等的应景。便在心里当她就是古诗里的黄四娘了。

果然，"黄四娘"家篱院内外都满拥着黄澄澄的蜡梅，雪压枝头，却开得分外热烈，正所谓"皎皎素洁，凌寒吐蕊，幽香袭人"。恰是此时，柴扉开启，女主人正欲冒雪出门，见有客来，便是笑意浮面。知我是来看梅的，她也就并不多问，转身引我进了梅林。我如是入了画中的美景，穿行流连，不忍离去，随手拍下许多照片，赶紧选发一组与景容兄去欣赏。

正此时，"黄四娘"便又在前头唤我，就趋步绕至房舍的另外一侧。却

四川
文学

作品
精选

不料，那里竟还有一大片的梅林，却非素洁的蜡梅，而是红红的艳朵，是早发的红梅。那密密的一片，凌寒盛放，衬在皓洁的雪色里，红艳艳耀人眼目。我瞬间惊而呆立，不能言语。

蜡梅未凋，红梅又放。这二梅竞艳，更逢大雪做幕，此等美事在这南国的山林间怕也是百年难遇了，我竟幸而得见，不禁莞尔。此时，景容兄回复微信，说我这是要径直"浪漫到老"的节奏。我便回说，此与浪漫全无关涉，只因去买酒，顺便看梅花。我又转身去问"黄四娘"，缘何手植这多梅花? 她笑而不语，剪下数枝梅，欣欣然捧送与我，又对我打油了两句旧体，道是"四娘姓王名雪梅，严冬雪里梅最美"。到底是做过教师的人，说出话来自是有些腔调的了。

回返家中，将二梅插瓶，置于几案，再生一盆炭火，屋子里便和暖了起来，梅香也袅袅散开。我半卧于榻，随手翻开一册宋词，慢慢玩读，静待友朋踏雪来访。却是不料，我竟让那屋里的暖意与暖香熏醉了过去，醒转过来已是黄昏时分。南山的古寺传来渺远空寂的晚钟，山僧正欲晚祷，鸟雀渐次归林。雪就快要融了。正奇怪，已半晌工夫，景容兄竟也没有一点消息，想必是大雪封阻，山路难行，故而迟延。恰此时，山腰处突然车灯映雪，缓缓前移，像是飘漾于山间的两朵萤光。少顷，两贴模糊的人影便沿了小径歪斜着奔我的寒舍而来。

随景容兄同来者何人? 天暝难辨，却当正好，今宵可三人围桌聚饮了。忽忆起清人何钱的句子来，便道是："小几呼朋三面坐，留将一面与梅花。"

此境甚妙。

（此文收入本人散文集《成都锦城诗酒花》）

作者简介:

谢伟，四川省作家协会会员、四川省文艺传播促进会（四川省记者文学艺术研究会）原常务理事，曾出版艺术专著《美术的故事》《建筑的故事》《石的文明》《川园子》《父亲写给女儿的中国绘画史》《父亲写给女儿的西方绘画史》、非虚构类文学作品《出离——都市人的乡居生活》、散文集《花影楼随笔》《成都锦城诗酒花》等。

杨 力

鹤事与鹤友

　　每年三四月间，从印度越冬地起飞的黑颈鹤最直面的挑战就是飞越高不可及而又气候多变的喜马拉雅山，一路千辛万苦回到它们生儿育女的故乡青藏高原下的四川若尔盖草原花湖湿地，这儿被称为中国黑颈鹤之乡；与此同时，从中国南方起飞的丹顶鹤也从越冬地不辞辛劳飞回到凉爽宜人的松嫩平原准备繁育后代，归属地齐齐哈尔市因此也被称为鹤城。

　　小时候，对鹤的印象源于书上一个故事。相传隋朝末年，奢侈至极的隋炀帝为了组建仪仗队，在全国下令征收羽毛来制造氅衣。百姓被逼无奈，只好去捕捉禽鸟，而披着一身美丽羽毛的鹤自知难免，它们把窝搭在树的高处，为了不被砍伐殃及幼鸟，成年的鹤就用嘴扯下身上的羽毛抛下去，拳拳护子之心让人动容。

　　稍大一点读诗，又触及许多古人写鹤的佳句，最有名的就是唐代诗人崔颢那首吊古怀乡的《登黄鹤楼》："昔人已乘黄鹤去，此地空余黄鹤楼。黄鹤一去不复返，白云千载空悠悠。"借鹤表达了漂泊在外，思念故乡的心情。同时期的杜甫、白居易、刘禹锡、杜牧等人都有写鹤的名句佳作。而元末军事家刘伯温则大笔一挥，留下了"丹砂结顶煜有辉，咳吐璀错生珠玑"，与明代画家解缙为他的《松竹白鹤图》留下的"丹砂作顶耀朝日，白玉为羽明衣裳"几乎异曲同工。

　　近年来，又稍稍关注了一下鹤的种群，知道全世界 15 种鹤中有 9 种分布在中国，而且无一例外都是受保护的一二类动物。鹤不仅珍稀，而且品性高洁，是幸福、吉祥、长寿和忠贞的象征，因而在鹤的身边，也诞生了一大批像候鸟一样不辞辛劳的摄友，他们一路追随着黑颈鹤、丹顶鹤以及其他种种鹤的步伐，用镜头记录下每一个精彩动人的瞬间，时刻关注着鹤的生存空间和生态环境，他们是鹤的忠实陪伴，我在心里称这些人为鹤友。

去年夏天我到辽宁盘锦，广袤富饶的辽东湾不但盛产盘锦河蟹和盘锦大米，还有一样宝贝就是珍稀的野生丹顶鹤。和松嫩平原一样，辽东湾植被丰茂的芦苇湿地，为丹顶鹤提供了极佳的食物源和繁殖地，追随而来的就是大批的鹤友，他们用镜头捕捉鹤的展翅与翩跹，陶醉于鹤与湿地与大自然和谐相处的完美境界中。而就在这里，我看到了三年前结下一面之缘的鹤友泽哥。

那一年我开车去四川阿坝州，半路汽车抛锚而又束手无策，这时一辆路过的吉普主动停了下来，从车上下来一对夫妻，晒得黝黑但爽朗热情的是泽哥，旁边精神干练的就是泽嫂。常年在外奔波让夫妻二人练就了一手专业的修车技术，车子修好，我们也熟络了许多。泽哥说，他们正要去阿坝州寻找第一批从喜马拉雅山北麓飞过来的黑颈鹤，如果我有兴趣，可以一起去看看美丽的仙鹤。

这是我第一次看到有一大批像泽哥泽嫂一样的鹤友，其中不乏像泽哥一样的摄影师，也有不少初出茅庐的爱好者，他们在镜头里捕捉鹤的伸腰、抬头、弯腰、跳跃、跳踢、展翅、行走、屈背、鞠躬、衔物等动作，为每一幅抓拍到的精彩镜头欢呼，同时又互相对比照片借鉴欣赏，鹤是大家的共同语言，也是陌生人之间友谊的纽带。

三年后，我们又在距阿坝州两千多公里外的辽东湾湿地相见，看着翩翩起舞的丹顶鹤，再看看精力旺盛却独自一人的泽哥，我不得不相信，我和泽哥，也因为鹤而结缘。

那晚，我和泽哥一起小酌。酒后的泽哥十分动情，他主动讲起了泽嫂，说三年前泽嫂已是重病在身，但她放弃了无效的治疗，每天跟随泽哥行走在山川河谷，让生命的最后时光融进了大自然的怀抱。泽嫂去世是在前一年的秋天，大批的黑颈鹤越过若尔盖草原花湖湿地远处连绵的山丘，然后飞回来围着他们的小车转了两圈，像是告别后，才一齐飞往它们的越冬地。而泽嫂则面带微笑，始终靠在泽哥的肩头，她就这样平静离去了。但泽哥相信泽嫂没有离开，她的魂已伴随着高飞的黑颈鹤飞向了远方。

泽哥讲完了，我却想到另一个真实的故事，它发生在欧洲一个小镇上。那一天，一只飞翔的白鹤从天上重重地跌落到地面，它的翅膀被猎枪子弹击穿，而一位善良的老人看到在路边挣扎的白鹤，把它带回家并悉心照料。然而，由于翅膀残废，它已经不能长途飞行了。老人很难过，就在屋顶为它搭建了一个窝，白鹤慢慢恢复，还和一只飞来的雄性白鹤组成了家庭。它们相亲相爱，生儿育女，而冬季来临前，长大的儿女相继飞走了，最后雄性白鹤也不得不离开了。望着重新变得孤独的白鹤，全镇子的人都很难受。可是到了第二年春天，全小镇的人都看到了一个熟悉的影子，那只雄性白鹤又回来了。而为了能与伴侣团聚，这只雄性白鹤在之后连续16年里，每年从南非飞越13000公里来到伴侣身边，这份动人的爱情故事，让全世界为之动容。

由此，我相信，人与鹤是心灵相通的，人们敬鹤爱鹤，就在于鹤的品性与人类忠贞清正、品德高尚的追求是一致的。千百年来，古今中外，鹤与鹤友，构成了人世间一幅幅绝美的画面。

这些绝美画面，外国有，中国也有。有一个忧伤而浪漫的故事就掩蔽在一首流传甚广的小诗中，那就是仓央嘉措300年前留在理塘的一首借鹤寓情的诗歌："洁白的仙鹤，请把双翅借给我，不飞遥远的地方，到理塘转一转就飞回。"

要知道，仓央嘉措一生都没有去过理塘，他专为理塘写这样一首情诗，是因为有一个姑娘，从小随父亲从理塘到仓央嘉措的出生地西藏山南地区做生意，成为仓央嘉措儿时最要好的伙伴。他们一起成长，欢乐嬉戏两小无猜，而姑娘每一次对仓央嘉措描绘出故乡理塘的美丽景色时，都深深打动并烙印在了仓央嘉措的心中。仓央嘉措被指定为五世达赖的转世灵童离开山南去了拉萨布达拉宫，与姑娘从此天各一方，所有美好的回忆和对理塘的向往，就借这只"仙鹤"飞向了理塘。这首唯美浪漫的小诗，一直被后人传诵，而理塘和藏区人民也常常借此表达对仓央嘉措的喜爱。

是的，鹤事与鹤友，折射出的就是人与自然和谐相处、相依相存的写照，他们都是大自然不可分割的部分。

（本文先后载于《中国女性》《格调》《莫愁》等杂志，并被数十家报刊转载）

作者简介：

杨力，央视猴年春晚小品《快乐老爸》原创作者，中国民间文艺家协会会员，四川省作家协会会员，成都文学院签约作家。

饶友君

牡丹情结

植物是人类的情感图腾，有些记忆，注定装在一段花草的缘分里。

我很小的时候，还没上小学，父亲带我看过一场电影，叫《秋翁遇仙记》，那时我就知道了牡丹，但没亲眼见过。

这是部很老很老的电影，现在年轻人可能都没有听说过片名。《秋翁遇仙记》这部电影，讲的是很久以前有个叫秋翁的老人，一贫如洗却非常喜欢花，每日都在花园中忙碌，花儿在他的精心呵护下盛放，秋翁像看到女儿一般高兴。秋翁从恶霸张衙内的管家手中买回一棵三年不开花、快要枯死的牡丹，经过他的细心养护，牡丹花居然重现光彩。张衙内闻听此事想霸占秋翁的花园，但秋翁不肯，张衙内便派人将花打烂。秋翁满怀悲痛整理花枝，牡丹仙子突然显灵，使园中百花恢复了原来的模样。张衙内又惊又羡，勾结贪官以妖法惑众为由将秋翁送进大牢。牡丹仙子再次显灵救出秋翁，并施仙法教训了张衙内等人，秋翁的花园里又恢复了百花争妍的美丽景象。

当年的电影是黑白片，看不到花的颜色，但最美的花想来应该是红色吧。小时候看电影只有"好人"和"坏人"的概念。剧中爱花的秋翁是好人，很像我爱花的父亲；而我，把自己当成了惩恶扬善的牡丹仙子，也是好人。从此我爱上了牡丹，并有了保护牡丹的使命感。

我生在一个由军区大院变成的石油大院里，父亲特别爱花，家门口用青砖砌了个小花台，种上了很多记不住名字的花。门前有棵桂圆树，树干中有一个结疤形成的窝凼，父亲在这里种了一株石斛，每年都要开出紫色花，娇小，灵秀。我仰头看着，感觉好看，但兴奋不起来，遗憾花型不是牡丹的模样。父亲还将一株昙花种在花盆里，方便开花时端进屋里观赏。

昙花总是夜间开放，我们像过年守岁一样守着，只为见证刹那的绚烂。清晨醒来，昙花已经被妈妈煮进了锅里，所以，昙花让我很伤感，我心心念念的还是梦中的牡丹花。

就在我看过电影后不久，凭着电影画面上牡丹花型的印象，我错把玫瑰花当成了牡丹花。"深闺锁不住，怯怯上林园。鸟声惊步碎，月晕扰思繁。"某天傍晚，正在玩耍的我路过邻居家花园，发现开了几朵漂亮的红花，沁香红润，娇艳无比。我盯着花看，感觉酷似电影中的牡丹花，瞬间羡慕不已，我以为这就是牡丹花。回家我扭着父亲给我也种一株，父亲说那不是牡丹，是玫瑰，我们这里没有牡丹。可我执拗地认定不是玫瑰，就是牡丹！

那时候大院附近没有花卉市场，邻里之间的友谊包含相互交换花种子，相互帮忙扦插繁殖幼苗。有一天，父亲下班带了一株花苗回家，说是单位徐叔叔送的。到家后，赶紧种在小花园里。种好后马上就给花浇水，父亲说："这叫定根水，种下去的花浇了定根水才能活下来，才能长高长大，才能开出美丽的花儿。"从此，我每天都去看幼苗长高没有，并告诉小伙伴们我家种了牡丹花，大家和我一样，开始期待"牡丹花"开。

日子一天天过去，总看不到期待的花开景象，但还是坚信，总有一个春天会为我而来，我的"牡丹"一定会盛开。果然，第二年春天，一场雨后，我的"牡丹花"开了。我端来马来椅，半躺在小花台旁边，任凭蚊虫叮咬，依然守护着我的"牡丹花"，守护着我感受到的这份美好。小伙伴们闻讯来看我的"牡丹花"，可她们齐声说"这是玫瑰花"，不是"牡丹"。我说你们没看过牡丹怎么说不是，可她们和我辩论，虽然没见过牡丹，但知道这花叫玫瑰花！其实父亲说过，这是玫瑰，我只是不愿意接受这个事实，我认为好看的红色的花就应该是牡丹花。被揭穿的瞬间，我像未穿衣服的皇帝，被尴尬地透视了。打那以后，我不敢再提牡丹花，怕被小伙伴们笑话，却悄悄地，把牡丹深藏心里，种进梦里。

后来，电影中那个牡丹花园常常出现在我梦境，成为我寄放灵魂的地方。遇到烦心事，把自己投放到"牡丹园"，很快就会静下来。曾经有段时间，有些无眠的夜，我试着跟随瑜伽大师蕙兰的光碟冥想。在绿色的森林里，在波涛汹涌的大海边，她缓慢空灵的声音和画面很美、很美，但我始终无法入静。冥冥之中，我走神到了牡丹园。在夜色里，只有画面，没有色彩，没有声音；很美好，很安静，很神奇，很放松；不知不觉我入睡了，睡得很香很沉。接下来的若干年，牡丹园成为我冥想的心灵家园，缓解过手术后的疼痛，充当过无眠夜的药物，替代过情感的安抚。脑海中出现牡丹园的画面，身心就放松了。

时隔多年，一次去山东文学采风，在菏泽，第一次与寻了半生的牡丹相遇。那些深深浅浅的梦境，就绽放在我面前。置身牡丹丛中的那一刻，香风徐徐，春色满园，美梦成真。那艳丽的色彩，婀娜的姿态，那硕大的花朵，那重叠的花瓣，与绿叶交相辉映，美如锦霞。我不禁感慨，牡丹的确不是凡花色相，确确实实是雍容华贵、温柔美丽的信使！"岂惟花独尔，理与人事并。君看入时者，紫艳与红英。"

时光无语，念想如初。打那以后，每年春节期间，牡丹花都以年宵花的身份进入我家，每次打开包装盒，旅途疲惫打蔫的模样令我好生心疼，赶紧浇水唤醒，然后置于客厅正中。暖风吹，花渐开，芳华尽染。心获滋养，欢娱流淌。年味，因牡丹更浓。

花谢，我将牡丹移步。终于，我在自己的花园里真正种下了牡丹，这就是我的牡丹情结。余生，等风来，等花开。

（本文获山东省作协和菏泽市人民政府 2023 年度牡丹文学大赛优秀奖）

作者简介：

饶友君，四川省作家协会会员、四川省文艺传播促进会常务副秘书长、中国散文学会会员、四川省诗歌学会会员。出版个人散文集《火苗旺盛的地方》。

刁觉民

半边街的余韵

半边街是五凤古镇的一条百年老街，因其传统与时尚并存，古典与现代融合，而被成都市评为"最美街道"。

半边街又叫白凤街，它与金凤街、玉凤街、青凤街、小凤街将古镇布列成一座"展翅之凤"之景：头、尾、躯、翼俨然天成。"一镇之雄"的王爷庙尊为凤头，雄健笔直的金凤街、玉凤街贵为凤躯，分置两翼的青凤街、小凤街是为凤翅，飘逸绵长的半边街便是那美丽的凤尾。

俯瞰五条古街，亦情亦景，动静相宜。如果用"繁华"来形容金凤街和玉凤街，那么，青凤街和小凤街依然保持着纯朴、恬静的传统，而介于两者之间的半边街，当是最具市井文化和江湖气息的一方天地。

半边街，是五凤先民依山临崖而建的一条步行街，也是旧时西去成都的通衢大道。其街景，薄雾环绕，炊烟渐起；其建筑，背山面水，茅檐低下。宽处两边布列，窄处一排建房；其风格，有川西民居的建筑，有前店后宅式的商铺，也有礼佛诵经的寺庙，还有共叙乡愁的会馆和传播洋教的福音堂。一里余长的街道，各色人等，"五方杂处"，百业兴旺，和谐相处，其乐融融。

整个街区布局精巧、古韵浓浓，是五凤历史的缩影和文化地标。

走进半边街，好似翻阅码头人家的生活画卷。

从尚义广场处拾级而上，好似走进了一处历史长廊。老酒铺、小作坊、纯手工等店铺让人眼花缭乱。揽客的吆喝声与饰品店的敲击声，伴随"石梯梯"的童谣，在穿梭的游人中此起彼伏。爬上六台五十五级石阶，眼前豁然开朗。登高所见，川西式建筑在背倚白凤山下蜿蜒曲折，临崖而建的客栈、酒肆、烟馆、饭店，居街邻排；五福楼、观音堂、福音堂"镶嵌"

其间，曲径通幽。在逼仄的街面上，置货的老板、拉纤的船工、送货的挑夫与赶场的民众擦肩而过。行帮舵爷、船夫脚力、草民百姓，行色匆匆，出入于布列有序店铺之中。有的苦中作乐于勾栏瓦舍间；有的大摇大摆地进出于五福楼、观音堂或江西馆，企图寻找自己的快乐和归宿。他们将惆怅、辛酸丢在这里，也将快乐和希望寄托于此。这条长 460 余米的街道，在狭小的古镇中显得格外的漫长，不觉勾起了我对往事的无限思绪，仿佛听见"半边街闹倌满门"那韵味悠长的民谣。

每当夜幕降临，街内热闹非凡，脚夫苦力、贩夫走卒、乡间草民，蜂拥而至，穿梭其中。有的停下白天的忙碌，丢下满身的疲惫，寻找各自的乐趣。有的走进酒馆，来一碟小菜要一碗黄酒，伴随月光品味人生。也有的走入烟馆、戏楼，在夜幕的掩护下消遣人生、乐不思归。

街中五福楼前的一通清代"重修栏杆"功德碑，保存至今。碑上对联却记载着半边街别样的过往，碑文镌刻着张王李姓五凤先民共襄善举的故事。

"市近岩斜虚半□（面），路经石补赖同□（心）。"依山而建的整条街区就势而起，三十余米的悬崖下黄水河溪水，蜿蜒向东，半崖上的碎石栈道曲折向西，衬托出整个建筑的险峻与雄伟。白墙黛瓦的四合院、飞檐翘角的风火墙、高耸入云的福音堂，以及前店后院与宅、厅、阁相结合的商铺，在青山绿水间，在夕阳的辉映下熠熠生辉，构筑成一幅着墨淡雅的《富春山居图》。

整条半边街以白凤山为背景，山色建筑浓淡相宜，疏密有度，画面淡雅，山水相依，极富变化。登上半边行石梯前行数十步，即是当地人津津乐道的"五福楼"。五福楼是一座石木结构的二层四合院，旧时为过客商住宿、吸食鸦片烟的地方，也是社会闲散人员品茶、幽会和听圣谕的场所。因此，被世人戏称为五凤的"红灯区"。

半边街犹如成都的宽窄巷子，它是一方人的记忆，是城市变迁与小镇余韵的见证。

当我再次走进半边街，几分留恋几度繁华，昔日的格局和古韵依然。返璞归真的"抱朴上舍"，内外兼修的"德门仁里"，山中揽月的"半山美居"等建筑依山而起、三阶层级布局的院落，更显"半城嚷、半城媚"的精巧。十八个院落或蜿蜒曲折、或高低错落、或悠闲雅致。一字排开的"成都小吃""谨庐客栈""凤凰台"，替代了过去的酒肆饭馆，映入眼帘的是一院一景，别有洞天；一层一韵的"群诚半山""隐院会所""橘子红了"，登高望远，相映成趣；而原有的"观音堂""五福楼"换了新颜，树影婆娑，声声祈愿。

这是一幅古代文明与现代文化的历史画卷。夕阳西下，漫步街区，或遥望天际，一牙弯月高悬；或凭栏俯视，溪水潺潺沁心田。侧耳倾听，小窗雅韵绕梁声："古宅老铺老庭院，半边悬崖半边街。绵长飘逸似凤尾，高低错落如琴台。悠悠雅韵天然生，淳淳山风扑面来。诵罢耶稣拜观音，心静神闲慧目开。"

（原载于 2022 年 6 月 7 日《四川日报》人境版）

四川文学

作品精选

作者简介：

刁觉民，四川省非遗保护协会会员、四川省文艺传播促进会理事、成都市历史学会会员、金堂文史委特邀研究员。作品见于《人民日报》《四川日报》《华西都市报》《成都日报》等报刊。

邓学能

一路花香引客来

二十年前，我被香城的美名所吸引，每年都会在金秋时节来到这里，观桂花之美、闻桂花之香，寻味"桂子月中落，天香云外飘"的意境，不曾料想后来却落户这里，与香城、与桂花结下不解之缘。

被誉为"三香"之都的新都承载了深厚的文化底蕴。状元故里，书香门第，此乃第一香；桂花领秀，花香袭人，此为第二香；宝光禅院，佛香福地，这是第三香。"三香"辉映，人杰地灵，生机盎然。

香城第一桂在桂湖。这里的桂花飘着浓浓的状元文化气韵和历史文化气息，同时还弥漫着爱情的味道。五百多年前，新都杨氏"一门七进士"成了全国第一的书香门第。那时，桂花还是珍稀的花卉品种，被赋予了高贵雅致的文化色彩：夺得第一称为"折桂"，胜利者头上佩戴上"桂冠"受到万人敬仰，月宫里吴刚砍桂桂自愈的传说演绎了桂花的不死神奇和人们的虔诚崇拜，许多传世佳作铸造了桂花不凡的品格。杨氏在新都建有一座私家园林，因慕桂、种桂、赏桂，遂有了桂湖之名，也寄托了杨氏先辈希望子女成才科举"折桂"的美好愿望。我走进桂湖，悠然间仿佛回到了五百多年前，我看到了幼年的杨慎朝朝暮暮在湖畔林间习文读书、弹琴作画，他和家人每年都要种植桂树，"沿湖遍栽桂树，间尝游憩其中"。如今，湖边可见几株老干挺拔、郁郁葱葱老桂树，依然每年开出艳丽芬芳的花朵，这老桂就是杨状元当年种下的，被称为"明桂"。站在老桂树下，头脑里陡然映现出杨升庵的诗句："宝树林中碧玉凉，秋风又送木樨黄。摘来金粟枝枝艳，插上乌云朵朵香。"这首诗，不仅仅是咏桂，我看到了杨升庵在中秋月夜，从桂丛中精心挑选了一枝金色正艳的桂花，送到黄娥面前，再含情脉脉地插在了娇妻乌黑的发上，我看到了人间团聚的浓情蜜意。

如今的桂湖，比五百多年前面积更大了。金秋时节，湖边数千株桂树竞相怒放，银白金黄，飘香十里。几株明代古桂带着杨状元的影子，几百株清代种植的桂花见证了历史的古今。杨状元摄取才思的桂花亭经历五百年的兴废无常，目前处于桂林中央，丹桂、金桂、银桂次第开放，金黄悦目，银白爽心，常有汉服少女穿梭其中，沉醉在浓郁的馨芬之中。正如清代姚骞诗曰："秋色艳湖滨，桂花香满城。香风吹不断，冷露听无声。扑面心先醉，当头月更明。芙蓉千万朵，临水笑相迎。"

到了桂湖，想祈求学业有成、事业进步，自然要去升庵祠祭拜杨状元。桂湖里的升庵祠前为升庵殿，后为会宗堂。祠外环以栏杆和飞来椅，祠前有空旷地坪，隔湖遥对沉霞榭。升庵殿正中泥塑彩绘升庵官服坐像。人们在赏桂览景的同时，都会来祭拜杨状元，祈求子女成才，考取好成绩金榜题名，或祈求事业顺利，期待"折桂"之时。据说，在这桂香扑鼻的时节祭拜杨状元，是最好的时机。

香城第二桂在桂园。桂园在马超市政公园，这里的桂花飘着美妙的音乐之声。这里是新都的一块宝地，绿树成荫，鲜花满地。这里毗邻四川音乐学院，音乐才子才女们走出大门就来到了这座一地三景的音乐公园之中。这里森林、草坪和花园三大美景紧密相连，互相依托贯通，形成了城市里绝无仅有的自然景观。在音乐学院围墙外，隔着一条梧桐树的林荫大道，是开阔的草坪，草地上常年开出不同的野花，间或有种植的蔬菜，称为可食地景，草地中间有可供人们休息的四方木椅。草坪连接着一片森林，这是一些人工种植的高人的桉树林，桉树们笔直地争先恐后地积极向上生长，已经有二十多米高了。置身其间，遮天蔽日，白白的树干，斑驳的光影，真如原始森林的画面。北面，是花园，美丽的现代园林，姹紫嫣红，四季花开。桂花与音乐、与美女，在这里交织成最美的画面，令人陶醉。

早晨，我踏入花园美景的路径。造型别致的花坛中，红色、黄色的鲜花已经开始凋萎。我迎着初升的太阳，草坪上铺满了晶莹的露珠，在阳光的投射下，就像有一地的翠钻，让人满心欢喜。沿着暗红色的花径，远远就闻到了桂花香。这个季节，中秋节前后，我就喜欢这弥漫的香气。我钟情于这开放花园里的桂花园，这里站立着十多株清一色的银桂，亭亭玉立，生长茂盛，每一棵都大小均匀，高四五米，被修剪成蘑菇形的树冠整整齐齐，雅致有韵。农历八月以来，桂花的幽香就日夜飘荡在这树尖、草底、花间，充满了每一个空间。小径从树间穿过，花枝刚高过我的头顶。越走近，香气越浓。我走到一棵树旁，想仔细看看桂花盛开的模样。突然，一个枝条无声地突然一动，然后有些许花瓣就如雪花一样飘落下来。我以为树上有鸟，仔细找找，没有，我以为风吹枝摇，仔细感觉，没风。又一个枝条一抖，又有银白的影子纷飞而下。我第一次看到，桂花在离开树的时候，树是有感知的，它在心疼，疼得一哆嗦。原来桂花树是舍不得自己孕育的美丽花朵离开自己的。这时，经典传唱人郁可唯演唱的李清照《鹧鸪天·桂花》在耳边响起："暗淡轻黄体性柔，情疏迹远只香留。何须浅碧深红色，自是花中第一流……"

香城第三桂在桂城。芳华桂城，是新都最美的一片桂花海，这里的桂花飘着的是现代田园的喜悦。数百亩盛开的桂花，演绎着现代田园的桂花美。我选择上午来到这里，十里紫藤长廊形成的天然绿茵下，可以不必受热地尽情观赏周围横成排竖成列的桂花阵容，也有充分的时间坐在长廊里享受桂花的芬芳，甚至可以在无边的桂花园里喝茶打牌，露营玩耍，充分享受休闲时光。每当桂花开放的时候，人们纷纷前往此地，打卡记录自己的幸福时刻。这里是桂花摄影爱好者的天堂，也是全家开心乐游的宝地，这里的桂花树，整齐均匀，花期集中，金色耀眼，银色夺目，特别是在阳光的洗浴下，芬芳四溢，真正能让人体会到"醉花"的感觉。用一首现代歌曲来形容这里的桂花之美再合适不过了，这就是喻越越演唱的《桂花》："一朵一朵一朵紧紧相连，一片一片一片直到天边，浓郁的芳香陶醉了大地，你是一枚勋章挂在秋天胸前。"

无论是桂湖的历史记忆，还是桂园的枝头露珠，抑或是桂城的田园"醉花"，带来的都是无尽的美好与欢乐。跟随桂蕊的影子，追着一路的花香，桂湖、桂园、桂城，赏桂、品桂、"折桂"，寄情思于枝头，静待明年花再开。

作者简介：

邓学能，四川省文艺传播促进会会员，北京大学硕士研究生毕业，当过记者和报刊编辑，发表作品若干。

有风千年

有风千年，从北宋吹来。每一次到眉山，都会感觉到它的存在。记不清去过眉山多少次了，可我对她并没有产生审美疲劳，每次走近，都会怦然心动，被一种情愫牵绕。

我知道，那是文风，或者说诗书的风。其实，不止千年，当年的陆游，在这里不就强烈感受到了这风的存在，不然，他怎么会说"郁然千载诗书城"。陆游与我们相距多远？

我与眉山的缘分交集，当然与这风有关。那北宋的风，那"三苏"的风，那"八百进士"的风，吹到现在，吹出了什么？是千树万树梨花开，还是清江水暖？都不是。俗话说，种瓜得瓜，种豆得豆。那风吹出的是文，是在场主义的文。

一次偶然的机会，接触到在场主义和它的创始人周闻道先生。他应邀到乐山演讲，讲散文。开始并没有抱特别的好奇，只当是通常的文学布道，拓宽一下文学视野。可是听着听着，越听越觉得与众不同。许多令人耳目一新的概念，冲击着我已近疲劳的散文神经：在场，去蔽，敞亮，本真，介入，当下，精神，自由……虽然并不完全理解，却顿生好奇，对在场主义好奇，对眉山好奇。

那一次的偶然，让我生命充满了感动与期待。我从在场中明白了生命可以多种方式存在，人生的价值与意义也可以多种方式体现。这不仅彰显了散文写作的多种可能，关键是发现存在的意义，更让自己那些人生失意的痛苦和烦恼随之烟消云散了。

从此，我对眉山的一切多了一份朝思暮想的思念，一些魂牵梦绕的牵挂。每次有空到眉山时，都会主动请周闻道先生讲述眉山，每次他都"不遗余力"地告诉我许多关于眉山的故事。每当他讲到眉山，我脑海里总会感受到那一席北宋的风，顺着一条江轻轻吹来，拂绕在眉山大地。那是岷江，眉山的母亲河。1059 年，苏东坡离家时，一家人就是顺岷江而下的。他们父子三人都带着去京城大干一番事业的宏愿，一路浩浩而歌。东坡的《初发嘉州》，也许就是他们的心迹："朝发鼓阗阗，西风猎画旗。故乡飘已远，往意浩无边。"

岷江虽历尽坎坷曲折，沧桑巨变，但它始终未能停止前行的步伐，承载着它特殊的使命前行，不舍昼夜，不辞艰辛地穿山越岭，倔强而执着地奔向波澜壮阔的大海。苏东坡先生就有着岷江的性格和岷江的精神，他虽在仕途上历经坎坷，三次遭贬，但他依然正直善良，勤奋为官，执着于自己的为文为人风骨。

我想：岷江的水，是否顺风而流，能否将我带向远方的大海？去寻找东坡先生的足迹。想到远方，我心潮澎湃起来。

通过多次与周闻道先生的接触，发现他是一个有故事的人，一个沉稳厚重有丰富文化内涵的人，一个情真义重乐于助人的人，一个豪爽酣畅古道热肠的人，而且还是一个会讲眉山故事的人。

我们谈论最多的话题是文学。我佩服周闻道先生的博学多才，先不说他出版了十多部个人著作，单看他在散文上的成就及对当下文学的影响，就令人叹服。

一提起眉山，很多文化人都会想到在场主义散文。我数年前就知道在场主义散文这一流派，然而了解的并不多。经过周闻道先生的讲解，我对在场主义有了一些初步认识。在场主义散文被誉为"中国第一个自觉散文流派"，是一种无遮蔽的散文形式，由周闻道发起，周伦佑构建散文理论。在场散文主张三个介入：对作家主体的介入，对当下现实的介入，对人类个体生存处境的介入。使散文直接进入事物内部，通过本真语言呈现出来。

在场主义散文同仁们，通过对三千年散文史的深入研究，提出了散文性和在场性的观点。发表了《散文：在场主义宣言》，将在场主义主张昭示天下。这是文学史上的重要开端性事件，引领 21 世纪散文发展趋向，具有划时代的意义。在场主义散文自 2010 年在北京设立在场主义散文奖以来，通过连续 6 届的评奖、出版年选和丛书、成果展示等，凝聚了全国散文精英，成为影响中国乃至世界文化发展的新锐元素。

这让我想到唐宋八大家们，想到韩愈、柳宗元和"三苏"提倡的"古文运动"，以革新六朝以来骈丽雕饰、专事浮华的文弊，建立崭新的文风为号召。当下在场主义散文，也许正是继承了"三苏"的千年文风，并发展创新，只是他们所处的时代不同，但他们都分别寻觅着引领时代潮流的独特文风。

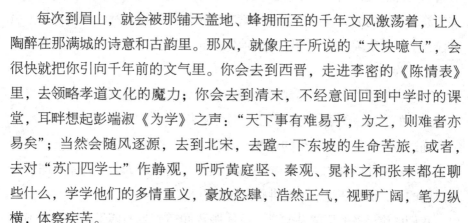

每次到眉山，就会被那铺天盖地、蜂拥而至的千年文风激荡着，让人陶醉在那满城的诗意和古韵里。那风，就像庄子所说的"大块噫气"，会很快就把你引向千年前的文气里。你会去到西晋，走进李密的《陈情表》里，去领略孝道文化的魔力；你会去到清末，不经意间回到中学时的课堂，耳畔想起彭端淑《为学》之声："天下事有难易乎，为之，则难者亦易矣"；当然会随风逐源，去到北宋，去蹚一下东坡的生命苦旅，或者，去对"苏门四学士"作静观，听听黄庭坚、秦观、晁补之和张耒都在聊些什么，学学他们的多情重义，豪放恣肆，浩然正气，视野广阔，笔力纵横，体察疾苦。

当然，我什么都去不了，西晋，北宋，清末。我唯一能去的是眉山。这一点，我与"苏门四学士"一样。不，不止于此。我见识了在场主义，他们没有。我认识当下眉山的在场主义同仁周闻道、张生全、沈荣君、万益群、林歌尔、李晓群、李海燕、若若、陈立等等，他们也没有。我可以站在眉山一千多年后的这片土地上，在苏东坡千古流芳的地方，看见一大批眉山文化人，执着于文学，传承着东坡文化，见证着"中国散文创作基地""中国散文之乡"在眉山生根，他们仍然没有。

有风千年，吹过了北宋，又吹回到了南齐建武三年（496）。当眉山二字在这片西蜀大地出现时，似乎就有一股"大块之气"在漫长的历史长河中孕育，形成。按照庄子的解释，那是大地的呼吸。宋仁宗的感慨也不是没有道理："天下好学之士多在眉州！"

我曾经怀疑过，是不是因为有了这风，眉山城就成了一个迷宫，进去了就很难出来？是不是自己深陷在眉山那些故事里，走不出来了；还是自己与眉山真有不解之缘呢？

　　有风千年，今天，我又到了眉山。我欲乘风归去……

　　（本文先后发表于《乐山日报》及《邹鲁作家》，获"冰心散文奖获奖作家东坡故里采风在场写作竞赛"三等奖）

作者简介：

　　彭建群，中国散文学会会员、中国通俗文艺研究会会员、四川省作家协会会员、四川省文艺传播促进会副会长兼乐山市办事处主任、峨眉山市文联副主席。作品《读书记事》《栀子花开》分别获第二、四届四川散文奖。

刘馨忆

穿透如烟

推土机开走之后，傍晚的邛水河安静下来，河里落日的余晖也更淡了。一小群麻鸭和几只大白鹅爬上岸来，抖掉身上的水珠，咕咕叫着，绕开我，自顾自地回家去。还有几丝云彩的天空映着河水，流动的波光中闪着秋后的凉意。对岸舒缓起伏的山在逆光中，有一种别样的深悠和静谧。我站在琴茹姐姐的背后，等她淘洗最后一篮花生。"哗哗"的水声里，带泥的花生在篮里相互碰撞，水流漫过，泥水晕染而去，篮里的花生露出饱满洁净的壳来……

"这是最后一批花生，你带些走。"琴茹姐姐一边洗一边说。每次去琴茹姐姐家，她总是热切地让我带走些农家自产的果实，她一边收拾，一边还总是说："瞧你们在城里过的是啥日子呢？可怜的。吃的哪样东西没有打农药？哪样肉不是饲料堆出来的？哪里有我这些自然生长的东西养人呢。"在琴茹姐姐质朴浓厚的关爱里，我春天带走蔬菜，夏天带走禽蛋，秋天带走瓜果。索取着琴茹姐姐太多的爱，却不知如何来报答她。站在琴茹姐姐身后，时时会有一种恍惚，就像母亲还在某处，并不曾离去。

我没有言声。琴茹姐姐又说："过几天就搬家了，以后想送你也再没有了。"听不出她语气里是欣喜呢还是有伤感。

琴茹姐姐的家就在河边不远，有一条沙土小路穿过篱笆墙拦着的菜园，直达琴茹姐姐家的侧门。洗完花生，我们就从这小路回家去。我和琴茹姐姐各人挎着一个大篮子，寂寂地走在沙土路上。沙土路软软的，走上去几乎没有声音。她家的狗远远地就摇着尾巴，迎着我们一路小跑过来。小路两边的篱笆墙上、她家被推倒一半的围墙上，爬满壮实的瓜藤，南瓜尖上毛扎扎的触须正尽力向外延伸，寻找着抓手；肥厚的叶子密密地挤着，满墙都是深深的碧绿，金色的喇叭状花朵灿烂地开着。虽然入秋有一阵子了，琴茹姐姐家的南瓜花事显然还正浓。走在路上，不时会碰到南瓜尖上极有黏度的长长触须。

在城市的扩建中，有一条即将开工的滨江大道要从琴茹姐姐家旁边通过，村里大多数的房子被推倒了，在砖块瓦砾中，风带来了种子，又长出了不少植物。筹建中的滨江公园也快开工了，邻居们大都已搬走，住进了安置的楼房，成了新的城市人。家禽家畜不能再饲养，地里的农活自然也不用再干，年轻人欢天喜地而去，有点年纪的人心里却开始空落起来。不时有人返回来，并没有特别的事要做，只是在或已推倒或还站立的老屋前站一会儿，在曾经的地里去走一走，然后到最后的住户琴茹姐姐来坐一坐，说一说从前与现在的事。

每来一个人，琴茹姐姐心里就欢喜一阵；走了，却又多了一份心事。琴茹姐姐家也要搬了，镇里已给出了最后的期限。却还不知道要把养了十几年的狗送到哪里，而那一小群麻鸭产蛋产得正欢，她真舍不得让它们成为别人的案上肉，桌上菜，就连那南瓜也还一朵朵地开着花，藤上从大到小排列着一个个南瓜。有的深绿里泛黄，快成老南瓜了；有的还只是拳头大，有的嫩得连花蒂都还没掉。要是等到了冬天，藤枯叶干的时候，经过霜打过，南瓜黄里透着红，再摘下来，可以放到次年的冬天，南瓜的那个甜可以甜到心坎里。

眼前这个南瓜花里的家，哪里是说放手就能放得了手的样子呢？南瓜花里有岁月，有生活，有家……

琴茹姐姐总是一遍遍地向家人感慨：搬迁简直就是动物们的灾难。因为无法一同带走，只能一一遣散。邻居婶婶把狗卖给了来村里收购的人。狗似乎知道此人与餐馆的紧密联系，一直向来人狂吠。那人打开带来的笼子，用一把长长的带铁夹的叉子，卡住狗的脖子，抵住墙，直把狗叉得晕死过去，再把它拖进笼里，关上门。惊得邻家婶婶满眼都是泪水。过了很长时间，狗才醒转过来，哀伤地叫着。狗的呻吟一直在琴茹姐姐的心里，她打遍了亲戚朋友家的电话，想把她家的狗无偿送给需要的人家，但一直没有人接手。

我从豁开的围墙走出去，在空坝里溜达。这个临水的村子依然美丽，原来是房子的地方长满了南瓜和草本植物。没有可攀高的抓手，就顺着一堆堆的瓦砾盘伏在地上，藤尖昂着头，着力地向远处生长。过沟越坎，碰到偶尔的一棵小树苗，一堆矮灌木，立刻攀缘而上，把琴茹姐姐家旁边一大片瓦砾地覆盖得严严实实，荷叶一样高高举着圆圆的叶子，把一些小树压得弯了腰。一朵朵的花开了又谢，却并不结多少南瓜。不知它们是不是在寻找原来的主人，才长出了野性和些许的疯狂。

要是邻居还没搬走，是不会允许瓜藤这样疯长的。南瓜尖常常在夏秋之季被掐掉，让瓜藤憋着劲长南瓜。所以小时候我常吃的一道美味就是母亲做的上汤南瓜尖或小米椒炒南瓜尖。母亲还把南瓜花一并掐了，嫩嫩的南瓜尖与黄色的花朵炒在一起，油汪碧亮的，诱人得很。一走到家门前的那条青石板铺成的小路，就能嗅到炒南瓜尖的清香。路的两边也是篱笆墙，墙上爬满了扁豆和南瓜，星光般的紫色花和黄灿灿的花朵满墙飞舞。

看着眼前这一片开满花的南瓜，美味的记忆和诱惑立刻被唤醒。我不由伸出手掐起了南瓜尖。我一直不明白为什么南瓜花也掐来炒了，花是要结南瓜的。我一边掐，一边仔细地一朵朵辨识，发现有一些花是只开花不结瓜的，它们与结了瓜的花蕊结构并不一样。原来被母亲掐来炒了的是公花。开在同一根藤上的花居然要分公母，惊讶之余也敬佩自然界的神奇和缜密。

琴茹姐姐在院墙的豁口处叫我，我捧着一大把南瓜尖，要求琴茹姐姐炒一个童年的菜吃。琴茹姐姐叹口气说："多掐一点吧，带回城里去。你再来，这里就是和城里一样的大马路了，再没有南瓜尖给你掐了。"

天色暗下来，寂静的村子里秋虫唧唧，似乎有淡淡的雾气升起，河面上隐约有一层轻烟。我想，岁月里的南瓜尖总会向上长着，穿透这层轻烟，也许会长出个不一样的未来呢。

（原载于2012年《人民日报》"大地"副刊，入选《诗人江湖老——人民日报2012年散文精选》一书）

作者简介：

刘馨忆，军旅作家，中国作家协会会员、四川省文艺传播促进会理事、女散文作家创作部副部长。文学创作30年，在《当代》《中国作家》等多种刊物刊发各类作品百余万字。散文入选多种年选和选集，入选高中语文阅读卷和模拟试题，曾获首届长征文艺奖、四川散文奖、首届格调美文奖等。

苏世佐

走在玉林路的时候

　　玉林路的小酒馆因一首歌火起来，玉林路也是"蓉"漂的我工作生活的地方，赵雷的《成都》已成为我生命的旋律，触动了心底最柔软的部位，把我的记忆拉回到行走在成都大街小巷的那些日子。

　　出生在璧山小县城的我，从没有到过省城。直到 1987 年，部队安排我到成都军区政治部宣传部新闻处学习，才第一次到了成都。一个周末，我向处长请了假，坐公交车去金牛区看望姐姐一家。改革开放初期，成都二环正在修建中，到处尘土飞扬。二环外全是农田，郊区还有很多茅草屋。我去时已是傍晚，姐夫听说我来了，马上从菜地赶回家，一把拉住我的手不放，问寒问暖，很是热情。姐姐在一旁提醒："不要只顾说话，赶紧生火煮饭，今天佐娃来了，做点好吃的给他改善伙食。"不大一会，蒜苗回锅肉的香味，家乡话的土味弥漫在茅草屋，浓浓的亲情温暖了漂泊在异乡的年轻人。那一顿饭，我吃得特别香。

　　十年后，我从野战部队调到成都军区政治部工作，我把这个消息告诉了姐姐姐夫。那时金牛区已融入成都市区，到处高楼林立，车水马龙。姐夫在电话中大声对我说："你不用坐公交车，我开车来接你！"我刚上车，姐夫就兴奋地告诉我："土地被国家征用，补偿了不少钱。"他们鸟枪换炮，住上了楼房。姐夫现在没地可种，就在城里开的士，一家人小日子过得很滋润。姐夫说今天不在家里吃，已经在大酒店订了包间，今晚陪你一醉方休。

　　又一个十年，不惑之年的我脱下了军装，再次踏入熟悉而陌生的城市。眼前的成都更加繁华，到处灯红酒绿，莺歌燕舞。我像一个流浪汉，漫无目的游走在街头，渴望被成都接纳，可是又不知道哪一扇门能够为我而开。

我心中充满凄凉和迷茫，决定先在姐姐家落脚，有了"根据地"再图发展。借宿一月后，我谢绝姐姐一家的热心挽留，决定横下一条心，哪怕伤痕累累也要闯出一条"血路"来。我背着行李包，在人南立交附近的玉林二巷租了一间房，开始了我的"蓉漂"生涯。这一带是拆迁房，租金便宜，我租在一楼，一床足以安身。房租对我是一笔不小的开销，为了开源节流，我租来一套两居室，当起二房东，把两间卧室租给客人，自己在客厅搭了一个木屋，住得舒适，省了房租。每天一醒来还要思考吃饭的问题，高档酒店当然不敢去，只能寻找一个又一个小饭馆，同时也在寻找着一个又一个商机。

夜深人静，走在灯火阑珊的小巷，小摊小贩守着几斤小菜，眼巴巴看着过往的行人，等待着买主的光临。我刻意忘掉曾经的军官身份，加入他们行列中来，在拆迁城中村开了一个小茶馆，从几元一杯的茶水堆积梦想，编织希望。茶馆是个小世界，汇集了不同人生阅历的人。人少的时候，我会听一些老茶客讲述成都的过往，从氤氲的雾气中感受市井烟火。老者约茶谈历史过往，青年约茶谈歌星球星，中年约茶谈人情世故，叙生意往来，女士约茶道家长里短，一来二去，从茶客中交到不少好友。从人生地不熟到四海皆兄弟，连门外卖土豆的凉山大哥，修脚店的内江大姐都成了无话不谈的知心朋友。

从部队自主择业回地方，与下岗职工的心情一样，四顾茫然不知所措，所有的光环褪去，昨天的荣誉归零，那时候才知道，四十岁没有一技之长是多么无助与迷茫，偶尔几个好友问候一声，喝一杯酒，指一些似对非对的路，都会当成"锦囊妙计"。三军可夺帅，匹夫不可夺志。那时候，我在绵阳青义镇开办的农家乐仍在继续亏损运行，打围修建的绵江公路阻碍了人们到农家乐的通道，再怎么亏损，几个工人的工资都按月发放，宁亏自己，不亏工人，这也是我做人做事的原则。成都挣的钱用来补贴山庄亏损，信用卡时代开始了，我成功运用信用贷款五十天无利息使用的好处，透支现金周转，延缓山庄倒闭。然而，由于没有经验，道路施工影响客源，运营两年的农家乐还是惨烈倒下。一个倒下的生意人，欠了一屁股债，漂泊在成都，不是逃避，而是力图东山再起。回忆如诗一般浪漫，现实却很残酷。满腹心事只有向月光倾诉。黑夜是疗伤的最佳掩体，也是聚集能量的最好时机，默默舔干伤口，第二天又以冲锋的姿态奔走在大街小巷。

生活的转机源于杂志社。一无所长的我还是依靠文字的老本行，在成都找到编几本内部杂志的营生。编务之余，我常去买几份报纸，《四川日报》《成都商报》《华西都市报》是最爱，上面的招聘启事是寻找商机的地方，大型企业的电话公布在那里，电话营销，传真营销，我在租房内安上传真电话，请两个业务员，每天发出上百份传真信息，三至五天就会收到回复，一个又一个订单，喜出望外的现金收益，首战告捷，让我坚定了信心。后来又扩大了市场空间，以寻找真实有效的企业电话号码为目标，到处购买城市黄页，还有大街小巷房地产广告，都是我关心的，不放过任何一个可以沟通营销的信息。

奋斗的十年，我没有写一首诗。生存竞争的压力容不得浪漫的风花雪月。生意人的难题是与客户沟通，一些网络流行语、激励人的心灵鸡汤要读，要知道，但那些并不是真枪实弹的商业活动，谈判才是成功与失败的对决，客户的信息至关重要，与谁见面，必须备足功课，从企业老板的基本情况、生活爱好到工作成就，到企业发展战略方针都要了然于心，到企业涉及行政主管部门的情况，已不是笔记之类的东西，必须胸有成竹，应付自如，也许一笔生意因为你的一句外行话而失之交臂。

商场就是战场，是温文尔雅的拼杀，是润物细无声的感知，是洞察秋毫审时度势的当机立断，是风花雪月的浪漫情怀，是口碑相传的诚信，什么都是，又什么都不是。曾经，我与一个公司的合作不尽人意，对方负责人如约到我公司，等待我的是终止合同，我没有回避问题，真诚分析存在的失误，拿出解决问题的方案。兄弟齐心，其利断金。给别人一个机会，也是给自己一个机会，我的真诚赢得了再次合作的机会。诚实最可贵，信用价更高。诚信守诺是企业家的魅力，不要过多粉饰自己，亮出自己的本真会为你的生意加分。

作为西南地区经济发展的引擎，成都一天比一天繁华，到处充满商机。但作为一个商人，无论你多么高端大气上档次，也不要丢了街头巷尾，丢掉那些凡尘俗事，街头村落才是生存的根。看街边店面兴衰，读市民喜怒哀乐，无论纵横天下的经济理论，还是商海的潮涨潮落，都源于此，概莫能外。

蓉漂十年，每天都在大街小巷穿梭。十年，从苦难到辉煌，经历了世事的沧桑，时代的变迁，还有亲人的生离死别。告别家园独自成都闯荡，撑不下去的时候，妻儿期盼的眼神是力量的源泉。十年，遭遇过太多的冷眼，碰到过很多心酸，然而，挺过难关是好汉，奋斗中结识的兄弟姐妹，困囿时搭一把手，落魄时肩并着肩。十年，两鬓已经染霜，青春也一去不返。如今，我已经成为真正的成都人，但我永远忘不了那些穿梭在大街小巷的日子。偶尔，也会重回小饭馆坐坐，切半斤猪耳朵，二两花生米，一瓶啤酒，感受一下当初经历的磨难。置身这热气腾腾的人群之中，让我不敢有丝毫骄傲和自满。楼房再高，也离不开底下的堡坎。美丽成都，你是我心中最美的诗篇。

入夜，再次走过玉林路的尽头，小酒馆如雨后春笋，找一个角落坐下，来一杯酒或盖碗茶，品味成都的温情与浪漫，感受一下成都的烟火，柔美的旋律再次响起……

作者简介：

苏世佐，笔名巴蜀佐人，当代作家、诗人、企业家。四川省直作协副会长、中国音乐文学学会会员、中国散文学会会员、四川省原创音乐家协会副主席、四川省杂文学会副会长、四川省文艺传播促进会常务副会长。著有诗集《宽宽的河流》《生命的风景》；歌曲代表作《军人的胸膛》等荣登华语乐坛排行榜；歌曲《富乐山下一座城》等广为传唱。

陈凡福

静坐古刹听钟声

　　周六的早上，朋友相约，去龙兴寺坝子里喝早茶，在家我就有喝早茶的习惯，于是欣然赴约。八点钟光景，车直接从旁门开进龙兴寺，这里停车很便宜，仅收两元钱的清洁费。

　　朋友早早就到了，在坝子中央的亭子后面那棵桂花树下，已给我泡好了茶。我们天南地北地侃了起来……忽然，一阵"当……当……当……"的钟声响起，声音清晰悠长，宛如潺潺流水，让人心旷神怡。环顾四周的庙宇，高耸的舍利塔，威武雄壮的大雄宝殿，高高的藏金阁，忽然将我的思绪带到了很久很久以前……

　　在我记忆中，小时候的龙兴寺虽有三两重大殿，但没有僧侣，更没有一丝的辉煌，那座驰名中外的舍利塔破烂不堪，中间居然还有一条裂开了的缝隙，摇摇欲坠地耸立在苍松翠柏之中。琅琅读书声惊飞了栖息在梧桐树上的雀儿，哦，那是彭县第一中学的莘莘学子在为自己的前程而祈祷。

　　龙兴寺山门外有一个约两亩宽阔的大坝，被老彭县人称作观音庙坝子，坝子是土夯筑的，既没有浇砼，也没有铺沥青在上面，连一层简单的三合土也没，光秃秃的显得更加凄凉更加破败。一阵微风拂起，都会扬起一片尘土，把红彤彤的脸庞染成了沧桑的容颜，现在想起来都有点让人想哭的感觉。

　　然而这里却是全县最繁华的地段，紧邻这里有铧炉街、红照壁、大北街、小北街、五庙街、桂花街、牛市坝、横（读还音）街子、牛市巷子、小北门等，这些大街小巷全集中在这方圆一公里内，每逢星期天便是赶场日，于是乎，大街小巷挤满了人，高峰时连步都开不了，特别是横街子到桂花街这段，街面两米多宽，长不过五百米。桂花街后面又是一个占地约十亩的农贸市场，有蔬菜公司、农资公司、生猪交易市场、耕牛交易市场，当时是计划经济年代，所有的东西都必须凭票证购买，只有仔猪和不够秤的架子猪，农户才能自由交易，肥猪由县上统一收购，耕牛交易区最大，有一厢长长的大房子，每月有几天关满了各个牙口段的耕牛，这些牛是农资公司派到全国各地的耕牛采购员采购回来的，于是各公社便通知各大队需要购买耕牛的生产队，持公社以上的证明才可以前来选购。

最热闹的地方要算横街子了，总长不过五百米，这里有座大茶馆，新中国成立前叫观音庙茶馆，抗美援朝那年被称为"军属茶铺子"，顾名思义在这里喝茶的很多的哥兄姐弟去朝鲜参战了，茶钱不贵，自带茶叶只付两分钱的水钱，一般人进去花五分钱便泡一杯叫不上名上不了级的茶，一坐就是半天，稍有身份的人一进茶馆，大声武气地叫一声"堂倌，泡杯三花茶来"，生怕旁人听不见似的。虽然"军属茶铺子"里环境很差，但是场场人满为患，连那最里面唯一的，连一道遮羞墙都没有的所谓厕所边，那裸露的茅坑旁也坐了三四桌茶客，叶子烟的烟雾和夹杂着茅坑里粪便的味道弥漫着整个屋子，他们高谈阔论，似乎天上的事晓得一半，地上的事晓得完全，时不时用右手的食指和拇指夹着鼻头冲着地上"嗥"地擤出一坨浓酽的鼻涕，然后用袖子一抹又继续冲壳子。

茶馆门口唯一一个姓张的哑巴老头摆了一个花生葫豆摊，听说市管会的也去割了他两次资本主义的尾巴，但张哑巴又比画又拉扯又打滚，后来在茶客们的劝说下，市管会的只好睁一只眼闭一只眼任他摆了。20 世纪 80 年代张哑巴到我家来做客，买了很大一把上等的叶子烟送给我父亲，一个劲地向我父亲道谢，他，他，他居然会说话，我目瞪口呆。我老父亲笑了笑说，张大爷当然会说话了，他那哑巴是装的。我恍然大悟，原来，张大爷的爱人长期生病，又生了三个孩子，家里只有他一个劳动力，在家挣工分根本养不活全家，于是才从大山里偷跑出来装哑巴做点小生意，就是这个小生意他养活了全家，这个秘密只有我父亲几个老茶友知道，都一直对外守口如瓶。

"军属茶铺子"紧隔壁是一家居委会开的理发店，在那里理发是要先买一块牌子，然后在一旁的条凳上坐着等候，理发师傅完一个叫一个。我一直就是在那家理发店理发，直到 2015 年它才关闭。横街子与桂花街交界和牛市巷子口子处，有一个非常有名的，以医治跌打损伤为主的私人医生，名字我忘记了，只记得大名鼎鼎的"洪膏药"，乡下的老百姓干活时不小心崴了脚闪了腰的，赤脚医生治不了的就去找他治疗，收费很便宜，无论认识不认识的都可以赊账，乡下人淳朴憨厚，从没有人赖过账。

北门上还有一个特色，就是回族聚居的地方，据不完全统计，当年彭县的回族总人口约三千人，北门上就有在册回族人口两千七百人，所以北门龙兴寺周围有十多家清真馆子，什么牛肉馆、牛肉面馆、牛肉抄手饺子馆、牛肉合折馆，最大最著名的当然是"回族食堂"了。我父亲是县农资公司的耕牛采购员，也是全县五个耕牛交易员之一，买牛卖牛他有绝对的权威，回族食用肉全部是牛肉，耕牛是万万不能宰杀的，所以，牛肉的来源就是已经不能耕地了的，走路都偏偏倒倒的老牛，或由县级以上政府出具证明在外省购买不会耕田的"摩拉牛"回来专供他们宰杀。所以，十多家清真馆都认识他，当时童年的我一到星期天，只要父亲出差回来总会带上我去赶场，先到"军属茶铺子"头喝半天茶，中午便去回族食堂吃饭，别人两角钱一份的回锅牛肉，除了蒜苗青菜只有几片薄飞飞的牛肉，父亲买一份回锅牛肉，总是垒尖尖的一大盘不说，还免费送上一碗香喷喷的牛骨头汤，就这碗牛骨头汤，都比我在家喝的那清汤寡水的玉米稀饭好吃得多。

改革开放后，北门外慢慢地有了很大的改变，农贸市场也在 90 年代后期彻底没有了，将原来的市场改变成蔬菜、百货、农产品、水产品交易市场，并在大北街口与西干道接壤处修建起一个约五十平方米的喷水池，一到节假日或有庆祝活动时，喷水池便会启动，周围往往会很快围聚许多的群众观看，当一汩汩细小的水柱从喷水池里向天上喷出时，好看极了。也许是喷水池的存在严重地影响到了交通，没两年就拆除了，但却留下了喷水池这个永恒的地名。

龙兴寺虽然地处彭州城，却与成都的文殊院、昭觉寺，新都的宝光寺，龙泉山的石经寺齐名，并称为"川西五大佛教丛林"。而且龙兴寺在中国近代史上还留下了重重的一笔，1949 年 11 月到 12 月之间，刘文辉、邓锡侯、潘文华三位将军躲开了国民党特务的重重阻挠来到彭县龙兴寺，协商如何脱离国民政府，投奔到新中国阵营的起义的相关事宜，正是这一举措，彻底击碎了蒋介石企图在川西地区做最后挣扎的"成都会战"的幻想，极大地缩短了西南地区解放的时间。现在的龙兴寺内的藏金阁里，仍然保留着当时起义的一些文献和物件。

90 年代，恢复龙兴寺的呼声得到了相关领导的重视，于是，首先将彭州市第一中学迁到相邻一千米的红照壁南街，恢复了寺庙特有的静谧，让铿锵顿挫的钟声，再次回响在龙兴寺上空，紧接着，那座闻名川内外，即将分崩离析的龙兴舍利塔也拆除了，很快便在原址上重建了一座坚实的水泥钢筋的混凝土龙兴舍利塔。

今天的北门外龙兴寺片区，早已没了黄土飞扬的观音庙坝子，也没有了邋里邋遢的"军属茶铺子"，代之而来的是别具一格的天彭水街，从人民渠引进的河水环绕着方圆几公里的那一幢幢商业大厦，一座座风格不一的复式楼，一处处四面采光的居民住宅，它们全被一条条铺着一层黑浸浸草油的街道环绕着，编织出一座座高端的、极具现代化的商业区域……

"当，当，当……"龙兴寺的钟声又一次在水街上空响起。

作者简介：

陈凡福，四川省作家协会会员、四川省文艺传播促进会彭州办事处主任、成都市作家协会会员、彭州市作家协会理事，发表有中篇小说《黑土地上的首脑们》《沉重的太阳》，出版长篇小说《温柔的怒火》《烟云生》等。

杨明强

老屋和炊烟

故乡的老屋，就在金银寨下的清水湖畔。她注定是我行走一生的圣地。因为，她既是我的祖籍地，发源地，也是根，是故土，更是我魂牵梦绕的心灵净地。

去年九月下旬，本是秋高气爽的时节，却遇到了一个秋雨绵绵的上午，我们一行 5 人依旧如约冒雨前往，回故乡观乡景，闻乡音，悟乡情……

驱车经过一段与"千里渠"并行的乡镇公路，一条新建成的宽阔而亮丽的双向 6 车道的旅游大道扑面而来，"清水湖国家湿地公园"的大牌匾映入眼帘，格外醒目。

带着惊喜和欣慰，我下意识自动放慢车速，慢速车游观光。经过一公里多笔直的旅游大道，左拐上山驶入了环湖旅游观光道。一路上，大树林立，苍翠欲滴。平整的水泥路蜿蜒前行。远远望去，汪汪一碧的清水湖浩瀚壮观，湿地公园的栈道已隐约可见。

抵达停车场后，我们带着不断增强的兴奋感与喜悦劲，纷纷步入绿荫里，走下湖中栈道，由西向东，信步观赏，大家还不时盛情赞叹清水湖的大美。

其实，行进中，我们脚下的这片土地和这湖清水，正是我的祖籍地——营山县清水乡金银寨下的老银村。以往，这里湖面开阔，水位较高，明净的绿水，汪汪一碧，渔船三两只，点缀山水间。而青山绿水的静谧，与过往船只和渔民撒网捕鱼的动态，正好形成了一幅动静交织的天然画图。

曾记否？这里，早在 20 世纪 70 年代就诞生了遐迩闻名的"千里渠"。

老屋门外的清水湖，实际上是一座超大型水库。早在 1957 年，全县组织数万群众大兴水利，修建清水水库，开凿千里渠，打造成了连通 10 多座中、小水库的蓄水工程，形成了一个长藤结瓜、自流灌溉的"千里渠"灌区。清水湖水域面积数万亩，蓄水3760多万立方米，地跨清水、青山、福源三个乡镇。除了保障全县城区居民生活用水和工业用水外，她还通过"千里渠"流经20多个乡镇，灌溉26万亩农田，为农业大县的水稻丰收做出了重大贡献。据《营山县志》记载：1973年7月，《营山千里渠惠及万亩农田》的新闻报道，还上了《人民日报》头版的显要位置。

近年来，作为川陕革命老区之一的营山县，沐浴着党的"三农"政策的阳光雨露，其幸福水库的清水湖，凭优良的生态环境和一流的湖水资源，赢得了国土资源部和国家林业草原局的大力扶持，下拨巨资，通过因地制宜的总体科学规划，建造了环湖公路，建成了湖上栈道、休闲长廊和观光亭，建好了连接青山和清水两岸的大型浮桥。同时，还调低了水位，在低水位区域种植了枫树、水杉等树种和各类水草植物，增投了多种鱼苗等等。再通过蜿蜒延伸、长达数公里的木质生态栈道，将金银寨下的湖畔四周连为一体。

这样，从金银寨到何家梁，从四方寨到大柏坡，在四周高山森林的簇拥之下，浩渺丰腴的清水湖面上，吸引了更多的野生白鹤、野鸭等数十种飞禽。同时，自然的生态，优美的环境，优质的水资源，也吸引了各地游客纷至沓来，踏春赏花，消夏游泳，秋游野炊，冬观捕鱼等等。一年四季，观光和休闲的游客，从未间断。

如今，清水湖已成为惠泽营山人民幸福生活的一颗璀璨明珠，成为革命老区践行"绿水青山就是金山银山"新发展理念的成功典范。

那一天，我们打着雨伞，漫步栈道上，流连湖水边。俯视着水面、水草，但见鱼儿游弋竞自由；稍远处，云水相连中，白鹤与水鸟齐飞。亲眼看见这样的真实场景，与理想的人间乐土的境界简直如出一辙。再加上，置身湖面的烟波上，又沐浴在朦胧秋雨中，有雨趣而无淋漓之苦，这反而让此次故乡之旅，平添了几分浪漫和诗意。大家都不禁喜出望外，怡然自得。

驻足栈道的中心位置，对望在水一方那郁郁葱葱的金银寨，记忆中老屋的影子和祖坟总在我脑海萦绕。此时，乡愁、乡情、乡恋，齐涌心头，复杂的心情与心境，令我沉默良久，思绪万千……

30 多年前，回到故乡营山，回到金银寨下的清水湖，总会看到我家老屋的房顶升起袅袅的炊烟，一幅岁月静好的《归田园居》意境的天然画图，横空出世，她的绝美程度，真可谓超越万水千山，胜过万语千言。

而如今，与时俱进的新农村里，厨房的灶台下，蜂窝煤、液化罐和天然气，相继取代了"柴火烧"，山水相拥的画图里，那竹林掩映下的美轮美奂的老屋，已不再有袅袅炊烟；同时，老屋也因长辈相继离世，后生升学就业外地定居后，20 多年无人居住和打理维护，日渐风化和蜕变为茂密的竹林和树林。自然，老屋和炊烟，已经不复存在，永远地一去不复还了……

细雨中，凝视着半山腰至湖畔的南北走向的山丘凸起的这条龙脉，正是我们杨氏先祖长眠的地方。满怀崇敬与虔诚，长跪于栈道之上，恭恭敬敬地双手合十，五体投地，向从小哺育我的祖母祖父等先辈三叩首，再说上几句贴心的话语，以此景仰先辈的在天英灵。

说来真是灵验或巧合，祭拜后，我们刚一起身，绵绵的细雨一下子就停歇了，随后竟然快速放晴，出起了大太阳。我们的心境，也很快转换频道，由沉默与沉重，转化为欢乐与惊喜。

此次因陪好友故乡之行，行程匆忙，自已没能离湖上岸、超越荒无人烟的荆棘林去先祖坟前扫墓祭奠，继而心存愧疚。同时，也为先辈慈善显灵，老天有情，善解人意，使绵绵秋雨转为雨过天晴，让晴天丽日晒干我沉浸于乡愁中那颗潮湿的初心，回归到一个乐观豪迈、行走天涯的游子和钟情于绿水青山的后生传人。

2022，迎来壬寅虎年。黄牛辞旧岁，金虎迎新春。秉承近 30 年的传统习惯，春节前夕，总会举家从省会成都回到故乡营山，与父母团聚。遗憾的是，去年盛夏，年逾八旬的父母相继离世，导致县城的家已没有家的感觉了。

常言道：父母在，人生尚有出处；父母去，人生只剩归途。父母都去了，哪还有家可回？有的，也只是无尽的哀思和真诚的怀念。

记得少年时，总是在父母的带领下，背着满满的行囊，提着大包小包的年货，回归清水湖畔的老屋，家族大团聚，四世同堂，共享天伦。

记得中年时，总是携妻带女，从省城回归故乡营山县城，与父母、弟妹欢度新春佳节。

而今花甲季，想到故乡县城人去楼空的住房，归与不归，离愁别绪，忧郁，犹豫，一切尽在无言中……

如今，记忆中清水湖畔的老屋和炊烟，已铁定的不复存在；现实中营山县城的住房，也因父母的仙逝而形同虚设，我竟变成了真正有家不忍归或无家可归的异乡游子了。

唉，不回也罢，他乡就地过年吧？他乡也是第二故乡啊？响应政府号召，防控疫情，非有必要不离蓉。

然而，脑海中，故乡清水湖畔的老屋，尽管不再有袅袅炊烟，但清水湖上生生不息的浩渺烟波，却永远荡涤在我的内心深处。

啊！老屋和炊烟，永远铭刻在他乡游子的记忆深处。

还是东坡居士说得好："此心安处是吾乡。"然而，此时，辗转反侧中，"问乡乡不语，思乡不见乡"，又一古人的两句诗也跳出脑海，萦绕于心……

（本文先后载于《方志四川》、《西南商报》副刊头条、《南充文学》、《南充日报》"嘉陵江"副刊）

作者简介：

杨明强，网名晓风皓月，中国散文学会会员、四川省作家协会省直分会副主席、四川省文艺传播促进会副秘书长兼研究院副院长、省校园文学协会副会长。资深媒体人，《招生考试报》原主编。

钟跃进

远去的炊烟

炊烟是什么，它是人间烟火。人类千百年来靠着绵绵不断的炊烟延续着人间的香火，生存繁衍。炊烟是每个家庭的温暖和希望，无论你劳作一天，多么劳累，回到家想什么，第一件事也是赶紧烧火做饭，果腹为生。也许你长年累月在外奔波，回到家乡，远远望着家的方向飘忽的炊烟，会更加坚定你回家的脚步。过去年代，早晨的炊烟随着清雾慢慢地散发着柴草的味道，唤醒了村庄，唤醒了大地，人们一天的生活开始了。清冷的早晨，我望着家的炊烟，牵着小牛，用小竹条轻轻地拍打它，催促它快些回家吃早饭，我要上学去了。中午的炊烟要急促浓烈些，那些从草房、瓦房缝隙中冒出的烟被阳光遮住了，只透着像云彩一样的烟雾在树梢、竹林中不断聚集又不断散去，急促的火焰催促锅里的食物尽快熟化。这一顿午饭像是对自己的奖赏，不管怎样艰辛，都要做得丰盛一些。素菜也多了两样，米饭也得是滤了米汤的干饭。人们要赶在下午继续生产劳作。节日里，难得闲暇的人们走亲访友、打牙祭，从炊烟中流淌出蒜苗炒回锅肉的香味，馋得满田满坝的人口水长流，这肉香让你回味一辈子。现在很多人都在回味那个年月的那种能闻着就馋的味道。

炊烟远去，味道也随之留在一代又一代人的大脑里了。嘴里即便吃着"连山回锅肉"，也会想起妈妈炒的回锅肉的味道。猪肉肥而不腻，肥肉也是那么可爱，给生了锈的肠胃好好地补充了一些润滑剂。夜晚似乎来得太快了些，还有许多的事情还没有做完，铡猪草、洗红苕，喂猪喂鸡鸭，补衣服纳鞋底，不能这么快吃饭睡觉，但肚子已在叫唤着，成群的儿女们都在喊着妈妈我饿了。这时候，只听妈妈吩咐，老大烧火。我赶紧点燃灶火，啪啪啦啦，这是油菜秆燃烧的声响。偶尔一把湿润的柴草，搞得满屋烟雾缭绕，熏得人泪眼婆娑，呛得人喉头难受，咳声不断。母亲在灶头上忙上忙下，或面片，或红苕片，或稀饭，或剩饭回锅，让儿女们吃饱，把儿女们打发着上床睡觉。父亲则独自就着胡豆喝着烧酒，他是家里的顶梁柱啊，必须享有特殊待遇。当他喝下最后一杯酒，伸了一下劳累的腰，啊啊，那是十分舒服的样子。夜晚的炊烟就这样消失了。油灯下的母亲还在给儿女们补缀衣服。

其实那年月真是一个煎熬的年代，买肉要肉票，买酒要酒票，买烟要烟票，什么布票、油票、粮票满天飞，连买块豆腐都要票。只有睡觉比较安稳些，人们的最低要求是吃得饱，睡得着，免得蚊子咬脑壳。

我怀念那个炊烟笼罩着田野的年代，人活得纯粹，炊烟像是人们的精神支柱，没有了炊烟，人就活不下去了。20世纪80年代初，我写过一篇小文《家乡的小路》，描写了家乡一条道路两旁数百株水冬瓜树（桤木）茁壮成长，夏天绿荫若盖，路人或行走或歇息都发自内心赞叹。秋天，笔直的道路把大片的稻田划分成两半，在阳光的辉映下，微风泛起金黄的稻浪，远处九顶山的雪在阳光照耀下发出金色的光芒，田野上一座座房屋炊烟袅袅。这是川西平原上最美的景色。农民们艰辛的劳作，似乎获得了更多一些回报。再也不用割资本主义尾巴了，养鸡养鸭养猪拿到市场上去交易，也不会有投机倒把的罪名了。物资一下丰富起来了，生活得到了极大改善。农民生活有了质的飞跃，饥菜之色一扫而光。人们满面红光精神焕发，欢声笑语不绝于耳。为了烘托一下，我破天荒地没有引用一些很革命的辞藻，斗胆引用了陶渊明"采菊东篱下，悠然见南山"的诗句。结果被某老师批了一顿，说我小资产阶级思想严重，享乐主义，为封建士大夫唱赞歌。明明是西山，怎么就见了南山。面对这样的牵强附会强词夺理，我真是无言以对。这句子出自《饮酒·结庐在人境》，我甚至怀疑陶老先生是不是喝醉了，"此中有真意，欲辨已忘言"，搞得东西不知对仗，但反复读来，仍觉意境深远。后来，石崇伦大姐要考一级播音员，按照要求需要录播本地作者写本地故事的文章。她选了我的这篇小文，考完试晋升了一级播音员。当年她是我们全德阳市唯一的一级播音员。有一天，她跟我说考试播用的是我的《家乡的小路》，想不到挨了批评的文章居然派上了用场，心里有些许温暖，像一缕炊烟从我心底轻柔地飘过。

近年来经常回到家乡，在田间地头转悠，乡村修了水泥路、柏油路，汽车、摩托车飞驰在小路上，脚不沾泥的农民都可以在城市商店里、酒店里随意逛逛了。电饭锅代替了土灶，煮的米饭再也没有厚厚的锅巴的香味了。天然气旺旺的火苗，炒出的菜清香可口，烟熏火燎的日子终结了。再也不用操心猪草、牛草。夜晚，太阳能路灯把乡村小路照得透亮。没有了雄鸡报晓，没有了猪圈也就没有了猪的叫声，牛粪也不会在田埂上挡道了。"有良田、美池、桑竹之属，阡陌交通……并怡然自乐。"生活水平提高了，环境改变了。柴草、秸秆成了废物，没有人用它去烧火做饭，更不准燃烧还田。专家们费尽了脑筋，终于想出了一个好办法，把秸秆硬生生地塞进土里，让土地松软，也减少了空气污染。但农民们说，钾肥少了，化肥用量增加了。虫子多了，农药用量增加了。偶尔与乡人聊起现在的食物，赵家老表说种了一亩多的稻谷，是供自家吃的。言下之意是少施化肥，不打农药。张家老表更加直接地说，我们吃的蒜薹都是不打药的。如此说来，市场上卖的肯定都打了药的，甚至打了不少的药。

粮食、蔬菜都是一日三餐的必备之物，农民都知道趋利避害，也有条件去规避。难道我们要在花盆里种稻子，在屋顶上种蔬菜么？其实，农药和化肥没那么可怕，它们是现代科技进步的结晶，它们为农业的繁荣作出了巨大的贡献。可怕的是人们的无知，正确引导农民使用化肥，使用农药，才能保证食品源头的安全。记忆中的乡村生活是艰辛的劳作和贫乏的食物追求，现在我们又在追求什么？我陷入了深深的迷茫之中，像炊烟笼罩一样久久不能散去。

人们开始怀念余火灰烬中的那些烤红苕。

而我时常怀念儿时的屋顶，屋顶上那些远去的炊烟……

作者简介：

钟跃进，笔名卫京坤、金琦，中国散文学会会员。现任德阳市散文学会会长、四川省散文学会副会长、四川省文艺传播促进会副会长，曾在《解放军报》《战友报》《北京日报》、中央人民广播电台、四川人民广播电台、《四川经济日报》《晚霞》杂志、《四川散文》刊播近百万字通讯、散文等。

丁　咚

家人闲坐，灯火可亲

　　回湖北参加了大哥的婚礼，很盛大，只是那个一心想要看见这一幕的小老头不在，总有些遗憾。

　　外公是突然病的，母亲来电说："外公病了，很严重。"

　　当时我正在实习，从学校到社会的"规则"转变每天都让我手忙脚乱，对于母亲的话并没有上心，我边翻开一个新文件夹，边说："那我待会儿给外公打个电话……"

　　"你直接请假回来，先请一周。"还没等我回答，母亲又补充，"现在去跟你们老板请假，外公这次病得很严重，可能挺不过去了，要是请不了假，就直接辞职……"说到最后，母亲已经带上了哭腔。

　　回程的路不长，我心里酸涩异常，好像又回到了少年时的乡下，在河里摸鱼忘了时间，天黑了才知道害怕。等外公找过来时，我竟还委屈地哭了。外公把我一把架到头顶，笑着骂我："别哭了，回家还有外婆的一顿藤条要吃呢！"我又惊又恐，哭得更大声了，哭声在无尽的黑夜里蔓延。

　　到医院的时候，外公已经过了危险期，还能冲我笑。他微微翕动的嘴唇显得苍白而无血。一股挥之不去的消毒水味直扑口鼻，"滴滴滴"的医用设备声音直冲耳朵，时不时还夹杂着孩童的哭泣，家属询问病情的麻木和痛苦压抑的抽泣。

　　我只在医院陪了三天，之后外公病情好转，母亲让我和大哥都回去上班。走时外公已能被扶着坐起，叮嘱我俩好好工作之后，他的胸膛起伏不定，喘息声突然又急促了起来。

　　母亲扶着外公对我和大哥说："走吧，外公累了，要休息了。"

　　父亲手拍着我的肩膀说："跟外公大声说好好养身体，我们就走了。"

大哥很快跟外公说完了，但我的嗓子像被棉花堵住了，很难受，一个字也吐不出来，只剩心酸。我握着外公的手说不出话，外公真的老了，皱皱巴巴的皮包裹着弯曲变形的手指，手心的纹路深刻又杂乱，好像岁月已经蜿蜒而过，留下了密密麻麻的伤痕。

　　我说不出话，不敢相信寒假回家还在与我挥毫泼墨画乾坤的小老头，突然就倒下了。

　　父亲推着我："好了，走了，走了，让外公休息吧。"

　　病房很大，我掩面走出，这一层都是重病患者的房间，每个房间都充满了沉重的气息。暴雨倾盆，窗外哗哗作响的雨声又让这条走廊显得更加悠长和绝望，透过那些惨白的灯光，我看见了父亲和大哥脸上的痛苦，还有他们眼里的我，那么悲哀的痛苦。

　　回单位的高铁上收到了母亲的短信，字少，但透出的信息太重，压得我在车上喘不过气——

　　"最近把工作安排好，随时准备回来送外公。"

　　一周之后，我接到了那个我害怕，但是好像已经被上了倒计时、一定会响起的电话。赶到殡仪馆的时候，我的母亲哭得十分凄惨，一直抱着我说："我没有爸爸了，妈妈没有爸爸了——"

　　夕阳渐渐要落山了，它的光线照着静静躺在那里的我的外公，显现出一种凄凉的红黄色。我的视线也越来越模糊，只觉得喉咙哽咽，嘴唇哆嗦，泪水滂沱而下。

　　外公在殡仪馆待到第二天才能出殡。水晶棺被抬出大门，众人一下全扑上去，用手抚摸着，拍打着，围着棺木长长地哀号起来。弟弟妹妹们呜咽着，母亲和小姨哭得声嘶力竭，哭得站不起身，整个人都蜷缩在一起，仿佛想要缩成小小的一团，重新找到父亲的庇佑。哭到最后，眼泪已经流不出来了，用上了全身的力气，只有一阵一阵的颤抖。

　　舅舅痛苦的一声"父亲，你走好"，再一次像放炮似的，点燃了轰轰隆隆、排山倒海的哭声。泪水迷蒙了眼，哭声嘶哑了喉咙，在这一刻震得现场山崩地裂……

　　严格说，外公不算是生病了，他是真的老了。事后回忆寒假的最后一回相处，总是伴随着我深深的悔意。

大三下半学期的时候，外公就总是因为一些感冒发烧的小病住院。妈妈就是医生，有时候突然不回家吃饭就是外公又进医院了，一问都不是大事，我也没往心里去，现在想想，那正是他年纪太大，身体各器官尤其是脏器逐渐衰竭的证据啊。他不是病了，他只是老得动不了了。

妈妈应该也是在这些医院来来往往的路上做好的心理建设：自己的爸爸已经老到要离开人世的地步了，她早已做好了准备。那段时间舅舅和小姨也常回来，每回几家子人回来，我就得收拾一下去外公家住一阵子，大家聚一聚，联络一下感情。我可能还嫌烦过，这些强制性、不允许拒绝的家庭聚会打乱了我的朋友聚会或者出游计划。那时我还谈了个外地的男朋友，妈妈并不是很同意，节假日必回家正好遂了她的愿。

我 直觉得，当初外公就应该跟着舅舅过。舅舅在县城教书，外公外婆曾经去住过些日子，但十分不习惯。外公前半辈子很苦，为了供三个孩子读书，夜以继日地在山上刻碑，手上都是沟沟壑壑的劳作痕迹。孩子们都就业了，他也退休了，却变得热爱风花雪月起来。本来他不识字，退休了却热爱起了读书看报、舞文弄墨，但家里没有买过宣纸，都是拿废弃的旧报纸，也不知道看没看过、看没看懂，反正继续在那上面笔走龙蛇，最终却都逃不过被外婆拿去生火做饭的命运。

外公和外婆真的是性格完全相反的两个人，我从小就很怕外婆，她声音大、脖子粗，说话总像是在骂人。外公就不一样了，总是细声细气的，会偷偷给我们小辈零花钱，还会跟我们一起偷吃辣条，再一起挨外婆的骂。有一回舅舅从省城带了巧克力回来，我揣了一些出去给朋友分，在广场分着分着就碰到外出遛弯的外婆了，挨了外婆好一顿骂，当着朋友的面说我是个苕（方言，笨蛋的意思），只知道拿家里的好东西出去给外人。我气疯了，发誓再也不来外婆家了。后来外公偷摸带我去山上"探险"我才"消气"。那个时候我不明白，这么高、这么有能力、这么幽默的外公，为什么要看上那么"俗气"的外婆呢！

要说外婆的性格，我能三天三夜不带停地讲，讲的都是她的坏话。小时候外婆跟我们玩牌，打得好了要挨骂，打得不好也要被呵斥。她性格过于要强，后来可能是年纪大了，外婆一下子变得平和了许多，老是爱讲过去的故事。从那些故事里面，我拼凑出了她人生的两个阶段：认识外公之

四川
文学

作品
精
选

前的不幸和遇到外公之后的幸福。

外婆还很小的时候爸爸妈妈就生病去世了，那个年代为了生活，她和她姐姐一起给别人家"做姑娘"，说好听点叫"做姑娘"，其实就是当保姆，然后人家给口饭吃。有口饭吃的日子没过多久，这家人也搬走了，她只能再辗转换了好几户人家帮忙。认识外公的时候她才22岁，而外公已经36岁了。我原先以为是外公的职业耽误了他的感情路，后来才知道外公身体也不咋好，是外婆这些年把他照顾得太好了，所以当时医生断言活不过40岁的他，一直活到了83岁，对他而言算是"长寿"了。不刻碑之后，外公还爱上了根雕。根雕就是选一些自然生长的树根，看它像啥，然后稍稍地加工一下，加个底座就是个摆件了，说好听点是个艺术品，追求神似形不似，形太似了就破坏了那份朦胧美，破坏了意境，就不受人待见了。我理解不了外公的根雕，但是我觉得艺术听起来就很高大上，是能拿出去跟小伙伴吹嘘的故事，于是比外公还要珍爱他的根雕。往往他随手一丢，我仔细收好，一个没看住，外婆直接劈了当柴烧，给我心疼个半死，气得咿咿呀呀说不出话来，跟外公告状他也不理，这个家里没人能"治得住"外婆了，我方将军直接投敌，我等小兵只能被敌军捏着耳朵在院子里罚站，在点点星光下哭哭啼啼我军的不幸。

那个时候我不明白，我觉得外婆也太不尊重人了，怎么能一把火把别人喜欢的东西烧了呢，但是外公却满不在乎，我问他为什么，他只告诉我，享受过程即可。

"有些东西摆着也挺好看的呢，有个根雕的蜗牛不是还在武汉展览过吗？是荣誉啊！"我接着说。

"你外婆也没烧蜗牛啊！你还小，你不懂。"外公远远看着外婆忙碌的身影，说，"你得搞清楚什么是你心目中最重要的，其他的都要排后面。"

"别说了，我懂了，您心里最重要的是外婆。"我一脸生无可恋，看着外公像看着我那恋爱脑无可救药的闺蜜。

"那可不嘛！你谈恋爱了没？咋这么大了还不开窍呢？"外公一刀戳我心窝子上，又补充说，"这是爱情你不懂。"

我现在都能回忆起我以前被外公秀恩爱的无语心情，跟其他人家里的长辈不同，外公很爱表达对外婆的爱，随着我年岁渐长，这种恩爱的杀伤力越强，伴随着攻击，还带嘲讽，直杀得我片甲不留。

送外公走时，外婆只出现了一下，她的老姐妹们陪她聊了一整晚，看她状态不错，第二天带她来见外公最后一面。一出现，这个倔强的老太太什么伪装都不要了，直扑到棺木上，大声地叫着："我的爷爷啊，你留我一个人怎么办啊！"声嘶力竭到昏死过去，空洞的双眼并没有泪水流出，只会嗬嗬地、大口大口地喘着气，情绪崩塌，十分痛苦。那时我才明白，"老人的眼睛是干枯的，只会心上流泪"是什么意思。

后来过年、清明还有忌日，不管什么时候我们去看外公，外婆都没有参与过，她也一下子从那个要强的老太太，变成了一个脆弱的、孤独的老人。外公走后妈妈直接搬到了外婆家住，后面提起外公，外婆也都是一脸平静，但是我经常会看到她躲在房间望着外公的相片发呆，眼眶湿润，那时我才知道，亲人逝去不只是一时的暴雨，还是一生的潮湿。

家人闲坐，灯火可亲。走得越远，经历越多，越明白没有什么比家人更重要，在大哥结婚的大喜日子里，我想那个幽默的小老头，正在我们看不见的思念里，挥笔写下"琴瑟春常润，人天月共圆"的美好祝愿吧！

作者简介：

丁咚，书点文化编辑部主任，四川省文艺传播促进会会员。

李　艳

左撇子

　　春节的某一天，因为无事，上网。突然发现一年的节日中有个"国际左撇子日"。每年的八月十三日，意在争取左撇子应得的权利，并发起相关研究。看着看着，眼睛竟有些潮湿了。

　　我是个彻底的左撇子，一生里苦辣与酸甜，遍尝。

　　最早的记忆是读幼儿园。老师在黑板上大大地写出"毛主席万岁"几个字，然后一撇一捺地指导着小朋友。我本能地用左手拿起了铅笔。旁边正在写字的小朋友可能是觉得不舒服了，瞟我几眼，见没反应，本能地举起了右手。老师信步走来，将我握在左手的铅笔换到了我的右手。我觉得好别扭，那铅笔往纸上一杵，竟像是一磐石停在手中，怎么摆弄，都似无法和自己一心的异类，干脆还是换到了左手。小朋友再次举手，老师再次纠正，就这样，反复了几次，在老师"真是个怪物"的叹息中，回身伏在板凳上，才算完成了五个字的书写。

　　再后来，越来越多地发现了自己的"左"。吃饭左手，和小朋友踢毽子左脚，跳橡皮筋左脚……均被一一纠正。结果是吃饭比谁都慢，玩游戏从来都是我拖小朋友的后腿。自己正伤心着，耳边还不断传来"真笨"的鄙夷声。"其实，如果可以改为左脚，我还是很优秀的"，但能够给予我的这种机会很少。更难过的是上中学后。体育课上，老师传授投掷铅球和手榴弹的技巧：学生站成一排，每人都是高举着"武器"，"一、二、三"老师刚要发令，突然发现队伍里有一人抬起的是左手，一二三的口令即刻停止。走到队伍前，先是对我不听招呼责备了一番，然后坚决地将我左手里的"武器"换到了右手，我只好东施效颦地举起了右手。最遭罪的还不是这些，有一个团体项目叫垒球，进攻方将一个像铅球一样的实心球投掷出，防守方必须想办法稳稳地接在手中，否则便算败北。为了安全，每人都有一只用很厚的牛皮做皮面的防护手套，但，是左手。我试着将右手伸进去，立刻被老师发现。一声大吼："开什么玩笑，想残疾还是怎么着。"结果，一节体育课下来，我只是个观众。

儿时太多本可以享受到的快乐，都因为我的"左"而失之交臂。我也终于明白，所有的一切都坏在我的"左"上。"左"是十分不应该的，只要是左撇子，就会一直被歧视。常人眼里，"左"，不仅意味着偏离常态，更意味着缺陷。但我实在不知道为什么我和"左"这么有缘，而别人都是青睐"右"。一定要变成"右"，是我当时最朴实、也最坚决的想法。夜深人静时一人在操场投掷铅球，练习跳高……比别人多流出的泪水和汗水真的换来了考试及格。

幸好还有一个右手被折断的事实。治疗时间超过半年，父母、老师都有了些包容，同情地说："她右手摔坏了，只能用左手。"但我发现，此时的我无论左手，还是右手，都已经无法娴熟地将技巧玩弄。

直到成人。有一天，去省城参加一个学术会议。饭桌上见一教授模样的中年人，清楚地看到该同志手中有双筷子在翻飞，是左手。十分兴奋。快步走到其面前，"您怎么用左手?""啊，我是左撇子。""我也是左撇子。"……我终于心安理得地伸出了左手，后来知道他真是教授，二人也因为"左"成了好朋友。

不知从何时起，我发现"左撇子"在人面前已不再感到窘迫，而是自豪。"俺左撇子也!"从口中冲山时，听到的都是得意，甚至骄傲。无论写字还是吃饭，只要有人看见你用的是左手，都会夸张地说：啊! 左撇子，难怪你那么聪明。身边一女友，生下一男孩，抓周时发现孩子用左手时候较多，也是一脸兴奋地对我说："这孩子八成是个左撇子，看来将来能成大气候。"慢慢地，发现还是右手居多。有些颓丧。该女友居然也像当年我父母纠正我一样，不断地将笔或者筷子之类的东西从孩子的右手转移到左手。遇人也常常以这样的话解嘲：都是学校教的，明明是左手，偏要教孩子用右手，一个天才，也许，就这样被扼杀了。

"左"与"右"，竟可以引来如此繁复的较量。

纵观世界上的各种文化，无论宗教教规，还是社会习俗，似乎都是以

"右"为尊。凡说到"左",必然与"偏""邪""错"或"笨拙"等联系在一起。凡左撇子,自出生始,就必须正视诸如社会习惯、文化心理,甚至宗教习惯等方面的偏见。同时,不得不接受被改造的事实。当右手一族惬意地享受着社会的认同和各种工具带来的便利时,他怎会知道左撇子此时的难堪。笨拙低效,让左撇子们从出生时便开始学着否定自己:你是没有出息的,你是残疾,你是……

意大利,有一诗人,因为自己是左撇子,曾作诗"在我出生的时候,哪一颗左边的星星/从其不吉利的光芒中洒下不幸……"我当然知道诗人是借此哀叹自己命运的多舛。今天读来,竟像是读我自己。

这一切,早已只是历史。因为,左撇子自有左撇子的智慧。面对歧视,坚决地将左撇子的称谓强行改为左利手,在成功者中遍找左撇子的痕迹……背后仰仗的是那个"国际左撇子日"。

克林顿一当选,美国的左撇子协会立刻发表声明,说是左撇子在人类历史上的又一次伟大胜利。今天的我们更知道:爱因斯坦、牛顿、歌德,甚至洛克菲勒、比尔·盖茨等,都是用左手创造着世界。

据说,当年的拿破仑每走到队伍前面,常常都是左手握剑,武器随时横亘在他与可能出现的敌人之间。

美国盛产左撇子总统,英国王室也多左撇子,说明左撇子是可以做大事的,甚至可以改变历史……那个象征着"没出息"的左撇子,成了天才的征候。

人们终于发出了"左撇子真棒!"的感慨。今天的研究者更是将左撇子捧到了一个至高无上的位置。说左脑是"本生脑",记载着人出生以来的知识,管理的是人即时和近期的信息,右脑则是"祖先脑",储存着从古至今进化过程中人类遗传因子的全部信息,很多本人没有经历过的事情,一接触就能熟练掌握。甚至说右脑发达的人会突然爆发出一种幻想,一项创新,一项发明……甚至有人断言:左撇子将主导未来社会。

今天的左撇子,已远离了噩梦的时代,左撇子群体中人才辈出,让左撇子们有足够炫耀的理由。

凡事,过犹不及。人对世界的认知,果然可以轻松地从一个极端跃至另一极端?熟悉的世界,突然陌生了,又仿佛依稀认得。丰富,却那么不确定。月黑风高的夜晚，偶尔传来一声长啼，躺在床上的我也以为是上帝在哀愁："左"和"右"，人类可知之多少？

人类呼唤世界的本相，希望可以活在一个更本质的世界里。可是，对于每一个肩上长着头脑的人来说，并不等于都在思考着。

今天，左撇子们算是可以没有任何羁绊地与右撇子共舞了。我想，其实也就是左右手可以携手共进的时候。如何让左手、右手都能在这个世界左右逢源，这也许才是我们应该思考的。

作者简介：

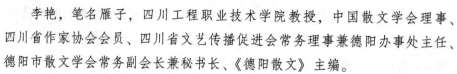

李艳，笔名雁子，四川工程职业技术学院教授，中国散文学会理事、四川省作家协会会员、四川省文艺传播促进会常务理事兼德阳办事处主任、德阳市散文学会常务副会长兼秘书长、《德阳散文》主编。

唐恩明

吹麦笛的田叔叔

　　每年的五月间，当我看到那些汗流浃背的农民，挥舞着弯弯的银镰，刷刷地割着金黄的麦穗的时候，当我看到那些被脱尽饱满麦粒的麦秸秆，被捆成一把一把的，然后堆成又像斗篷又像山神庙样的麦秸垛的时候，我不由想起一个人来，他就是我孩提时代认识的宝成线一个火车站上的田叔叔。

　　我的童年是在涪江边的宝成线小站上度过的。才四岁的我没上学校，但却能记事了。在车站家属区里，我是最快乐的孩子。这个田叔叔便是我们车站的一个扳道员，据说他有孩子有妻子，他的家在遥远的家乡，在车站他就是一个四十多岁的单身汉。

　　还清楚地记得，田叔叔身材高挑清瘦，他平素总是沉默寡言，不善言谈并且难得见他一次笑脸。每年五月开始收割麦子的时候，他总是要去车站宿舍附近的麦田里转悠，捡回几根蛋黄透亮的新鲜麦秸，然后端出一把小木凳独自在自己宿舍门前坐下，从腰间掏出一把小刀削着剥着，不一会便做好一支五寸长的麦笛，便试着呜哇呜哇地吹奏起来，这一声声一阵阵独特的乐曲，越过那一排排家属宿舍，穿透门窗传递过来，引来我们一大群爱热闹的小孩子，于是我们就团团围住田叔叔，听他津津有味地吹奏麦笛。

　　吹完一曲，田叔叔就指着他手里的麦笛，极认真地对我们说："这就是我们老家乡下人的土乐器，我家乡人都喜欢吹，在麦田里割麦子时，大家休息就找个阴凉处，垫上一把麦秸秆坐下来，顺手从屁股底下抽出根浑圆点的麦梗，用长指甲盖儿代替小刀儿，只需三五两下乐器就做成了，大家就你吹一曲我吹一曲，边歇凉边解闷。"

说到这里他停顿下来，也不看我们，若有所思地盯着远处的麦秸垛，声调低沉而悠长："一到麦收季节，村里的大人娃儿都要自己做麦笛吹着玩，这时节不管你走到哪了，都听得到这好听的乐曲，那些日子过得松和宽余的人家，吹出的乐曲又快又脆，日子艰难点的人，吹出的曲子就低沉缓慢些。"

他还在遥望着那片刚刚收过麦穗的田野，他的这席话对我们小孩子来说不知所云，只是觉得他手里的麦笛既新奇又神秘，都嚷嚷着想要他那只神奇的麦笛，也学吹奏那种神奇的乐曲。于是在我们纷纷乞求下，田叔叔点点头笑眯眯地极其认真为我们每个小孩做了一只，做好后并先行试吹几下，听听发不发音或发音准不准，之后才递给我们并一个个手把手教我们吹奏，我们都兴高采烈地拿着吹着，翻来覆去地把玩着，真的是爱不释手，学着田叔叔的样子和吹法，呜哇呜哇吹得乐疯了天。呜哇呜哇——呜哇呜哇——整个车站家属区响起了参差不齐的麦笛声，好一派热闹景象。

那些个炎热的夏天，在我心目中是最最热闹最有趣也是最难忘的了。

我满心欢喜地拿着麦笛，呜哇呜啊地吹回了家，母亲看到我吹的麦笛，就问我是从哪里弄来的，我说："这是田叔叔给做的，他还教会我吹曲子呢。"

母亲一听，像被毒蛇咬了一口似的一惊，厉声吼道："不许吹了，快把它丢远些！"说完她一把从我手中夺过麦笛，一扬手真的扔出老远老远。

为什么给扔了呢，这么好的麦笛，母亲今天怎么变得蛮不讲理、如此粗暴。我真的很不理解，像是受了莫大的委屈，哇哇哇地大哭起来，跺着脚打着滚闹着嚷着，非要母亲赔我那只心爱的麦笛。只见母亲把脸一沉，说道："田叔叔有肺病，被传染上马上会死人的。"

一听说要死人，我戛然滞声，悄无声息，只吓得愣愣地站在原地一动不动，再也不敢要麦笛了。

那以后，每当我听到远处传来的声声麦笛，我知道，田叔叔又在做着麦笛并用心地吹奏，但是车站的小孩子一个也不敢靠近，因为有大人们的严加看管。可那麦笛的魔力实在太大，我们一听到它的声音就像磁铁遇到针，心里痒痒的像中了魔似的，只要大人们稍不留神，小孩子们还是悄悄地飞快溜到田叔叔的身边去了。

又有好长一段时间不见田叔叔的身影了，真的想念他啊，做梦都在看他做麦笛，听他吹奏麦笛，即使麦子早已收割完毕。后来又见到他回车站上班了，听大人们说，他去中心医院看病治疗了一段时间，因为成都也在闹革命，肺病没有完全治好，他又回到车站上班了。

几年后，我们举家搬迁到成昆线更远的地方去了。十多年后，我已经长成大人，并且参加了工作，成为成昆铁路一员工。

一天下午在家，我偶然听到父亲对母亲说："宝成线那个车站的田孟孟，在我们搬家走了之后不久就去世了，这才听人说的。"父亲又叹了口气："多可惜啊，那么老实勤奋的人。"

"是啊，还那么年轻才四十多五十不到呢，看他上班那个卖命劲。"

"在那个年代，有谁去管他呢，再说偏僻小站的医疗太难了。"父亲说得有些愤慨了。

父母亲仅仅是与田叔叔共过事，根本没有留意、也不会留意我们孩子们心中所珍藏的那只永远透着蛋黄透亮的麦笛。在我听过父母的对话后，也静静地悄悄地流淌过泪。这十多年来，我时时想念着麦笛，忆起田叔叔那朴实憨厚的音容笑貌，脑际中不间断地响起那永远难以忘却的阵阵麦笛声响。

呜哇呜哇——呜哇呜哇——又到麦收季节了，我心目中那只蛋黄透亮的麦笛，又在铁路边上，又在田野上呜啊呜啊地响起来了、叫起来了……

作者简介：

唐恩明，笔名棠夭珉，中国作协铁路分会会员、中国散文学会会员、四川省文艺传播促进会会员，现任四川省散文学会副会长。服务轨道交通数十年至高级政工师退休，发表文学作品数百篇。

刘小革

邂逅两位翻译神人

凭着搞翻译，居然能救命，而且是在不同的时代，这着实让我吃惊。

这并不是杜撰的故事，而是真实的事件。两位带着传奇色彩的翻译，两位命运多舛的翻译神人，竟然在同一天里让我遇到，忍不住想记下他们的故事，让更多人知道。

殷自力

当然，我是不可能在现实中的某一天邂逅这两位神人的，因为他们本就不是一个时期的人。也许是天意，让我在同一天从两篇文章中认识了他们。

其实，邂逅第一位神人的那篇文章，并不是为写他的。文章名叫《爷们》。作者朱健是为纪念他的好友——一位上海爷们殷自力而作。吸引我读这篇文章是因为第一次见到把上海男人称为"爷们"，过往的印象中，上海男人似乎都有点"娘们"呢。

既然是纪念殷自力，当然主要是说他的事，此处我都略过不谈，只谈谈作者由说他的故事转了几个弯才引出的最令我震惊的翻译神人。这位先生在文中连名字都没有介绍，只称作"老叶的父亲"，我简称叶父。

叶父毕业于中外驰名，当年被誉为"东方的哈佛大学"的圣约翰大学。成立于1879年的圣约翰大学是我们中华民族告别几千年来私塾教育的标志，它是我国第一所全面系统地开设数学、物理、化学、生物、体育等课程的现代大学，具有划时代的历史意义。

另外，由于圣约翰大学1881年开始全英语授课，对英语有极高的标准和要求，它就创造了一个奇迹：民国时期的历任外交部长和80%的外交人员，都是从它的校门走出来的。

但是，这所大学仅存活了 73 年，1952 年被分拆并入了其他学院。

叶父因为毕业于圣约翰大学，所以在 20 世纪 50 年代被打成"右派"，发配到新疆一个工厂当子弟中学老师。几年后又被打成了"现行反革命"，被革命师生活生生打断了双腿。

也许是老天也实在看不下去叶父所遭受的不白之冤，给了他一个解脱的机会。

那是 1969 年，他们工厂一台进口设备的主机坏了，设备的说明书、工作手册、安全手册、检修手册、技术参数资料全是英文的。大老粗革命群众，中文都认不全，读英文更无异于读天书，可工厂必须生产向国庆 20 周年献礼的战备产品。驻厂"支左"的军代表团长急得像热锅上的蚂蚁，一听有人说叶父懂得英文，赶紧命令造反派工人，把他用担架抬到了厂里。并许诺叶父，只要圆满完成任务，就为他摘掉"现行反革命"帽子。

叶父腿伤很重，躺着无法写字，请求派两个人做笔录，他现场口译。

难道他能现场当众直接口译？人们都惊讶不已。

在仿佛凝固的空气中，叶父开口了。他分明就像是拿着一本中文书抑扬顿挫地朗诵，中间没有一秒钟的卡壳。他的大脑，就像是中英文电子同步翻译器！在场所有人，都被震惊得瞠目结舌。

叶父一句接一句，两个人交替流水记录都跟不上他口译朗诵的速度，只好又增添了二人。

于是，众目睽睽下，展现出一幅古今中外绝无仅有的翻译场景：

一个人口译，三个人交替做流水记录，一个人做校对。

三天时间，不查任何词典，叶父就一字不落地将所有的英文说明书、工作手册、安全手册、检修手册、技术参数资料等全部翻译完毕。

连续三天，叶父和陪同他的十岁的儿子得到了空前的礼遇：军用吉普车接送，每顿饭都有一个带大肉的菜和白面馒头。

任务完成后，军代表摘掉了叶父"现行反革命"的帽子，并送叶父去医治断腿。凭借翻译之神功，叶父拯救了自己！

这就是"文化大革命"十年中，一位翻译神人的真实命运。

金晓宇

另一位翻译神人叫金晓宇，他的故事更让我落泪。

他才六岁时，就被一个顽童射瞎了左眼。他很聪明，上高一进了尖子班，老师说他将来一定能上大学。

但他突然就不愿上学了，慢慢变得狂躁。砸冰箱，砸洗衣机、家具……光是电视机就砸坏了三台，还往里面灌水。

原来他是疯了！可他虽没有上中学，却又考上了大学。可惜一年后又因发狂被迫退学。在家自学两年，拿到了浙江大学英语系的自考毕业文凭，可紧接着又两次自杀未遂。

这时才去医院确诊他得了躁狂抑郁症。

这类病人一两次自杀未遂后一般就不再自杀了，而且可能有超常的创造力，如贝多芬、凡·高、牛顿、海明威等大家熟知的人物……

从那时起，虽然他治病要花钱，闯祸要赔钱，但只要他想买书，包括英语、日语、古文、围棋、音乐、绘画、地理等，父母都尽力满足。1993年，再次给他买了电脑。也奇怪，之后他发病却不摔电脑了。他用电脑自学外语和看原声电影。

看外语电影，他先看中文字幕，看懂后，做一个纸条挡住字幕再看。一部电影反复看多遍，直到完全听懂。

2010年，一次偶然机遇，南开大学出版社试着请他翻译美国女作家安德烈娅·巴雷特的短篇小说集，里面一共有八篇。

金晓宇以最快速度翻译了其中一篇《船热》。交稿时提出希望全书交由他翻译。因为他已读完浙江图书馆所有的外语小说，对翻译英文小说已经胸有成竹！

从此，金晓宇开启他的翻译人生。十年里，以每年两本书的速度，一共翻译了22本书，译得又快又好。

2013年，金晓宇翻译了爱尔兰作家约翰·班维尔的英文小说《诱惑者》，得到出版社的认可和赞赏。

他翻译日本女作家多和田叶子的小说《狗女婿上门》时，为了提升翻译的准确度，天天看日本相扑比赛。随后共翻译了多和田叶子的五本小说。

《安德烈·塔可夫斯基：电影的元素》是一本非常难译的书，为此，金晓宇把塔可夫斯基导演的所有电影都找来看了，译本 2018 年出版后影响非凡。

可就在金晓宇的事业高峰期，他母亲却患了老年痴呆症。这时金晓宇很清醒，他说："我能翻译书是妈妈的功劳。"

金晓宇的第 22 本书是德国思想家本雅明的《书信集》。这本 53 万字的书，他只用一年时间就交出译稿。

看着他一系列惊人的翻译成果，我差点忘记，金晓宇毕竟还是病人！

不幸果然又降临了！2021 年 11 月前他又发狂了，不得不送进医院。

就在他住院后的 11 月 8 日晚上，妈妈去世了。安放好他妈妈的骨灰盒后，他父亲向杭州日报记者讲述了儿子金晓宇的故事。

此时，人们才知道那 22 本译著竟然是一个躁郁症患者翻译的。

后记：

叶父生活的时代，把一个翻译神人打入地狱，他只能在茫茫夜色中苟且偷生。而金晓宇生活的时代，却把一个精神病人造就成了翻译神人。我不禁设想，金晓宇假如生活在与叶父相同的时代，他上哪里去学习外语？上哪里去买外文书籍？上哪里去看外国原版电影？更绝对不会有出版社胆敢请他翻译外国文学，他又从哪里得到这个能拯救他生命的工作呢？

我眼中盈满泪水，我们是多么需要一个文明光明的时代啊！

作者简介：

刘小苹，四川省作家协会会员、中国散文学会会员、四川省文艺传播促进会常务理事、女子散文创作中心评论部部长、四川省散文学会评论部顾问、《格调》杂志美文专栏编辑。在各类报刊及文学平台发表作品 700 余篇，并多次获奖。著有个人散文集《迟到》《有一种痛》。

朱晓剑

吴鸿的装帧哲学

优秀的出版人都是多面手，在出版、装帧、纸张选择、印刷等出版的各个环节都有出色的表现。什么样内容的书籍采用哪种方式出版最为适宜，这是大有学问的。已去世六年的四川出版人吴鸿是其中的佼佼者。

虽然此前我也关注吴鸿的出版经验，却缺少实证材料，多少有点纸上谈兵的意思。至吴鸿去世时，他经手出版的图书数量有多少，没有一个详细的统计数据。但从三十多年的出版经历来看，数量应该是很可观的。吴鸿经手的图书大致可分为三类：一是在版权页署名，二是版权页使用笔名，还有一种是未有署名的，这样一一查考起来，确实很费力。即便是如此，从我在旧书摊淘到的相关书籍来谈一谈他的装帧哲学，也是恰当的。

简言之，吴鸿的装帧哲学是以书的内容为依据，在装帧设计中突出视觉效果，给人以更具现场的美观。这看似简单，实则是他有着对书籍的执着追求与探索。这让我想起鲁迅封面设计的特点，也是象征与寓意并举，重在给读者以美的感受，并不直接将书的内容都显示出来。书籍装帧是门大学问，作为读者逛书店，对书籍的选择常常是第一印象，那些能瞬间打动读者的书，总是让爱书人生出购买的欲望。

吴鸿所做的书籍大致分在文化与文学两个领域，时有交叉，这样做的益处可打通文化的界限，将装帧设计做得更具特色，且寓意深远。以早期的"名家经典"系列为例，包括散文、随笔、小品文等多个类别，封面略有古风，又有现代气息，承续的是 20 世纪 80 年代设计风，又有新变化；简洁而美，不失文化味，具体到每一册书又各突出重点。故这套丛书可体验他的设计理念，至"老成都系列"就更趋于完善。

一套十几二十册的大书，该如何进行装帧设计，吴鸿对此有精准的把握。比如"读书风景文丛"，一套18册，他在装帧设计上运用不同的色系进行区分，真是读书风景，放在书架上给人琳琅满目之感。这得益于吴鸿博览群书，更与他的阅读视野相关，若说走在四川出版的前沿，倒不如说他爱书比其他出版人爱得深沉。

爱书，与作者交朋友，这在图书出版过程中是重要的一环。沈昌文有二十个字的"工作流程"，即："吃喝玩乐、谈情说爱、贪污盗窃、出卖情报、坐以待币。"吴鸿与作者的关系与此很相近，"吃喝玩乐"就是在餐桌上，用沈昌文的话来说，要想征服作者的心，就要先征服作者的胃。通过这些亦庄亦谐的做法，我们也许可以更深刻地体会到他对编辑出版行业的热爱和执着。在吴鸿的周围聚集着一大批优秀的作者，在新书出版时，他更是亲自操刀，制定设计方案，且不断精益求精，让书籍呈现出最佳样貌。所以当作者拿到书籍时，都会觉得很满意，如龚静染的《小城之远》、阿宽的《钝刀》、李浩的《巴蜀奇人》、谢伟的《川园子》、王国平的《都江堰》、伍立杨的《伍立杨自选集》等等，书籍设计得都有很高的水准。这其实反映出了吴鸿对出版流程的精准把握。

2012年，轩客会书店出版《轩客会》杂志，由吴鸿担任策划，整本杂志的装帧设计都由其负责，这也可以说是其出版理念的最佳呈现：版式疏朗、开本精致、内容精彩，让人看了即爱不释手。当时我也在给杂志组稿，因此得以近距离领略吴鸿的装帧哲学。

当吴鸿临危受命担任四川文艺出版社社长时，他请书籍装帧艺术家叶茂担纲主设计。叶茂设计的图书更具时代感和时尚气息，让人喜欢。此后，四川文艺出版社推出的图书频频获得业界好评，各种榜单上亦可看到相关书籍。这些书籍的呈现，让他的装帧哲学得到了更好的落实。

在我看来，吴鸿的装帧哲学是对生活美学的具体呈现。不管是哪一种类型的图书，经过他的手之后，就焕发出不一样的光芒。

吴鸿不仅是出版人，他还是作家，对于自己作品的出版，他同样是精益求精，在书籍的装帧设计强调简洁中孕育出美来。以《近墨者墨》为例，封面除了出版必备的要素之外，仅有作家老愚的一段推荐语，在极简中达到大美。

（原载于 2023 年 7 月 14 日《四川日报·原上草》）

作者简介：

朱晓剑，成都文学院驻院作家。在《人民日报》《光明日报》《三联生活周刊》《青年作家》等发表作品。出版有《我在书店等你》《美酒成都堪送老》《铸魂：百年乡村阅读》等作品多部。

四川
文学

作
品
精
选

王 果

在红星路拐角的地方偶遇流沙河先生

流沙河先生以 88 岁高龄于 2019 年 11 月 23 日去世，不到 24 小时，在网上读到不少朋友回忆他老人家的文章，也勾起了我的一段记忆。

三十多年前，沙河老师从金堂归来，很快就成了成都文化界的闻人，经常应邀在不同场合举行讲座，为青年朋友们讲诗，讲文学，讲历史，讲古文字渊源。其时他经常去的场所之一，就是当年的成都市西城区图书馆（旧址在今天的太升南路以西不远）。我从少年时代起即是该馆的读者，因此有幸成为当年沙河老师的听讲者，我们都尊敬地称他为"沙河老师"。那时的西城区图书馆是一院老房子，木构的房间，空间逼仄，我们围坐在一张大书桌四周，总共也不过二十来人。没有讲台，沙河老师就坐在我们中间书桌的一侧，讲起话来，不疾不徐，行云流水，滔滔不绝，我们年轻人屏气恭听，不时会意而笑，乐而忘返。

20 世纪 90 年代，原西城区图书馆拆迁了，此后我没有机会再听沙河老师的讲座，但一直关注他的文章和新书，那时，沙河老师已经开始撰写一系列"说文解字"的文章，不时在报刊上见到，我都必读之而后快。

1994 年的一天，我在一家报刊小摊上又读到了沙河老师的短文，文中为读者解了几个字，其中一个是"家"字，另外一个是"ri"字。虽然我一直对沙河老师的学问非常崇敬，但当时一读之下，对沙河老师解的这两个字却有不同的意见，于是我将我自己的一番见解写了出来，寄给了沙河老师。原信的底稿居然也被我找到了，大略如下：

流沙河先生：

最近在不同报刊读到先生的两则"说文解字"，有一点不同的意见，写出来向先生请教：

一、家

上古的家，概念与如今之"三口之家"相差甚远，其意义相当于"族"……是家长辖下的独立王国，组织形式与国相近，具体而微，国之大事在祀与戎，家之大事也在祀与戎，天子祭祀用太牢（牛羊猪），家祭祀只能用少牢（猪），因此说，家这个字的意思就是家庙下面供着猪牺牲，用这种家的重大活动来代表家的涵义，符合古人的造字之法。

二、日

先生谈到"ri"这个字怎么写，我以为毫无疑问应该写成"日"……我意以为，一个圈的象征自不待言，而其中的一点即象征"进入"，而口语中的"日"，确实就是"进入"的意思。《说文解字》："日，实也，太阳之精不亏。"许慎用"实也"来训"日"，也与太阳扯不拢，而"实"与"进入"几乎同义。如此说来，日在上古文字中，就是有关性的一个动词……

四川
文学

作品
精选

讲完了我的两条见解，信的最后我还跟沙河老师客气了两句："先生的文章是我向所爱读的，在此大暑天气里，与先生扯这些没名堂的事，望谅望谅。"

信寄走了，我也没指望沙河老师会回我，可是巧得很，大概不到一个星期，我居然在大街上迎面碰见了沙河老师，其地就在今天的蜀都大道与红星路相交的拐角上。我跟他打招呼，因为我以前经常听他的讲座，想必他对我面熟，但并不知道我的名字，我自我介绍我是王果，他哦了一声，显然已经读过了我给他的信，他说："这几天正在想你说的这个事。"随即，他对我家字的解法表示了肯定，然后就谈到了"ri"字写法的问题。

我们在街角上立谈大约十分钟，他讲了不少，最后他举了一个例子，表示对我的见解的印证，他先问我："你晓得哑巴怎么骂人吗？"不等我回答，他不慌不忙一口气说下去："以前哑巴骂人，是用脚在地上画一个圆圈，然后向圈里面吐一泡口水，再用脚去踏。你晓得是什么意思吗？就是'日你先人'。"

一句粗话，沙河老师没有丝毫迟疑，也不给我任何思考作答的时间，脱口而出，为存其真，我原话照录。时隔二十五年，当时沙河老师说话时的神情，我还记忆犹新，历历在目。现在先生离开了我们，今后我们再也听不到他引人入胜的言论，再也见不到他眉飞色舞的表情了。成此短文，为沙河老师留一段"轶事"。

（原载于《巴蜀史志》2019 年第 6 期）

作者简介：

　　王果，四川省作家协会会员、四川省文艺传播促进会会员、元史学者。现为四川老年大学中国通史及文学写作课教师，著有长篇历史纪实《宋元恩仇记》。

李仕勇

我与安仁的前世今生

四川
文学

作品
精
选

安仁，是一座历史悠久、文化底蕴深厚的小镇，在秦汉时期就是蜀郡重镇。据《太平寰宇记》载，安仁之名，取"仁者安仁"之意。北宋著名的画家、文学家文同，在大邑任县令时，常到安仁游走。安仁的林盘街巷，斜江河畔，田园风光，风土人情，给文同留下美好的印象："行马江头未晓时，好风无限满轻衣。空蝉噪月成番起，野鸭惊沙作队飞。揭揭酒旗当岸立，翩翩鱼艇隔溪归。此间物象皆新得，须信诗情不可违。"南宋大诗人陆游在蜀州任判官时，偶到安仁，即被安仁的人文风光和自然景观所打动，便写下《安仁道中》："三驿未为远，衰翁愁出门。贪程多卒卒，失眠每昏昏。天大围平野，江回隔近村。何时有余俸，小筑占云根。"诗中除抒发伤春悲秋之外，还想在安仁筑一处私家别院，安度晚年。无论是文与可也好，还是陆游也好，还是民国的"三刘"也好，数千年的古风熏陶，历史的文化沉淀，成就了安仁的人文传奇。

我是一个名不见经传的人，却与安仁有不解之缘。我的祖辈是地道的安仁人，我也随之成为名副其实的安仁"后裔"。我的爷爷是安仁瓦窑村人，也就是"玉皇楼上一把伞"的那个地方，他是一个雕匠，镂雕花雕样样会，曾经为刘氏庄园、刘文辉公馆等大户人家，雕过门扇、花窗、撑拱、垂花柱之类的物件，其中雕的麒麟、蝙蝠、仙鹿、牡丹图案栩栩如生，成为安仁有名的匠人之一。

我的父亲1948年在安仁被迫参加国民党24军刘文辉部，在旧军阀阵营干了两年后，随刘文辉起义，加入革命的阵营，成为一名光荣的解放军战士。在一次新场剿匪之战中，流弹把他足底打穿，英勇负伤，被送到离安仁两公里的大邑荣军疗养院医疗。后来刘文辉到北京当了林业部长，我父亲作为伤残军人转业到地方。

我的三哥 1984 年参加工作，被分配到安仁工商所，成为他人生中重要的第一站，他在这里工作了十多年，为安仁的经济发展流过汗水、有过贡献。直到现在，他还时常回忆起安仁的事。

或许，我注定与安仁有前世今生的关系，2010 年我从西岭雪山到安仁，一晃就是十年。十年间，我走遍安仁的大街小巷，走遍安仁的大小公馆；十年间，我处身于安仁，见证着安仁的发展，见证着安仁的华丽转身；十年间，我的情融在了安仁，心也系在了安仁。

还记得刚到安仁时，办公的地方竟然在刘文辉公馆里，这可是原四川省主席、西康省主席、著名起义将领刘文辉的官邸，内心不由得一阵激动，当然还充满几分敬畏之情。一是我的父亲曾经是刘文辉的部下，二是公馆修建时，我爷爷在这里做过工匠。刘文辉公馆是安仁几十座公馆中规模最大、最气派、最有美感的公馆，面积有 2 万多平方米，房屋 200 余间，三进四合，花园、戏台、网球场、望月台、金库、粮仓等一应俱全。

那时成都文旅集团旗下的安仁文博公司，也就是我的新东家，正在全力以赴打造安仁古镇，有轨电车、民国风情街区、新游客中心、文博路、庄园新天地、安仁大酒店等 10 多个项目全面开工，到处机械轰鸣，尘土飞扬，赶工赶期的场面也很热闹。而我的工作，就是为这些建设项目完善各类手续。

我每天来往于县城与安仁，穿梭于发改委、规划局、国土局等职能部门之间，通过不懈努力，在短短半年时间，就完善已开工项目的相关报建手续，为项目后续的推进打下了良好的基础。

2011 年，是我来安仁的第二年，这一年安仁无论是项目的建设，还是文化活动的举办，都发生了翻天覆地的变化：新游客中心与安仁序馆对外开放，有轨电车一期全线通车运行，民国风情街区一期开街，安仁老电影博物馆开馆，明轩书栈开业，"5·12 抗震救灾纪念馆" 开馆，学府苑安置房完工，民国风情街区二期开工，安仁戏院落成，第一届 "穿上旗袍去安仁" 活动成功举办，"中美诗人交流吟诵会" 在陈月生公馆举行，"安仁中国博物馆小镇民间斗宝会" 决赛在游客中心广场举行，建川博物馆的红色年代镜面馆、中院文物馆、知青馆对外开放，等等。

2012 年，安仁的各方主体，上下一致，为了中国博物馆小镇的繁荣，继续助力：成都孔裔国际公学引进安仁，中航工业航空三线博物馆、重兵器馆、侵华日军罪证馆在建川博物馆开馆，民国风情二期建成，魏明伦文学馆开馆，"安仁·影像记忆""安仁博物馆论坛"等活动成功举办。

2014 年，在业态、品质、文化复兴方面，安仁有很大的提升与变化，这要得力于安仁文博公司总经理杨建敏女士。她一到安仁，也被安仁的文化底蕴和建筑美学深深打动，为此她付出一番心血与情感。安仁书院、老街往事、那时花开、小有、胭脂扣、杨柳的院子、东篱手作、红馆、安仁电影院等相继呈现在公馆老街上，让除了买豆腐乳还是豆腐乳的老街，充满了生机与活力。这一年，中国最有"钱"的博物馆——共品钱币博物馆在民国风情二期开馆；这一年，为期一个月的以"穿上旗袍去安仁"为主题的文化旅游营销活动，将安仁的公馆文化、餐饮文化、川酒文化、民国文化以及民俗文化串在一起，把安仁再次推向全国，受到国家级媒体的高度关注，为安仁的重生起到了很大的作用。这一年，安仁的游客量陡增。

2016 年，经过文旅集团两年的努力，成功把央企华侨城引进了安仁。而安仁华侨城在几年时间再续芳华，以大手笔之势，为安仁呈现了乐道美食街、安仁坝子、安仁规划馆、《今时今日安仁》实境体验剧、安仁华侨城创意文化园、安仁公馆酒店群、锦绣安仁花卉公园等几十个项目；先后举办安仁双年展、安仁论坛、成都儿童音乐节、成都国际友城青年音乐节、天府古镇国际艺术节等大型活动。华侨城正以她厚积薄发之力，将把安仁打造成中国"文化+旅游+新型城镇化"的典范。

作为一名安仁的"后裔"，我每天工作在安仁，心情感到愉悦。每当行走在安仁的大街小巷，看见一砖一瓦、一树一花，都让我感到亲切。我也会随时拿出手机拍下，然后在夜晚时用文字的方式写一段话，或写一首诗，通过微信发个朋友圈，把安仁的美好分享给大家，当收到满满的赞时，我有一种成就感与幸福感。

十余年，我既是安仁的一名建设者，又是安仁的一名义务宣传员。有人曾经开玩笑对我说，"樊建川是安仁的名誉镇长，你就是安仁的宣传部长"。十年，安仁的人和事，都给我留下深深的印象，特别是那些外来安仁工作与创业的人，经过相处我与他们都成为朋友，成为兄弟姐妹。你若不信，可去问问青红染的小曼与马桑，可去问问老街往事的小李与小秦，可去问问杨柳院子的杨柳，当然也可去问问上舍都亭的郭总，还有金谷域的彦彤……

十年，成了我与安仁不可分割的美好时光，也把我变成骨子里的安仁人，我的心也在这里得到永远的安放。

（原载于 2023 年 1 月 17 日《成都日报》）

作者简介：

李仕勇，四川大邑人，生于 20 世纪 60 年代末。崇尚人间真善美，为人耿直，做人仁义，自称性情中人。在杜甫笔下的西岭与陆游向往的安仁工作 20 余年。从高山流水到平云田畴，悟乐人生。

杨不易

城墙之上

四川
文学

作品
精选

钱锺书曾用城墙来譬喻婚姻，说："婚姻是一座围城，城外的人想进去，城里的人想出来。"

这大概是基于城墙形成的现实。在城里人眼中，城墙外的人，是被阻隔的。但在城外人看来，城墙里的人，是被困住的。

但是，如果站在城墙上呢？俯瞰左右，又该如何是好？

逛了钟楼，来到永宁门下时，天已经黑了。挂着红灯笼的城门洞下，一帮外国人在拍照。进到月城，触摸着古朴的青砖，顺着阶梯登到城墙上。人影稀疏，这时候爬上城墙的人，似乎都是落单的。

裹挟着某种暗示的寒风，掠过城市的上空。旗帜猎猎作响，像是呼号，更像是挣扎。有一种大军将至的压迫感。但是，古长安很平静，市灯如昼。夜里看不到远处，城墙下近处的护城河，灯影摇曳，更像一座小巧精致的园林。

城墙上面，比我想象的更宽敞，总能并排行驶二三辆小汽车。俯在垛口，看了城外，要转身走十来步，才能俯瞰城内。

城里城外，并没有太大的区别，不过是笔直的墙体，爬不上来，也不敢跳下去。城墙之于现代城市的西安，其实已经没有实质意义。墙内墙外，都是城市。汽车在城门洞奔驰，来去自如，并没有任何阻隔。没有敌军来犯攻破城门，也没有城里的人想要逃离险境。

冷兵器时代结束之后，城墙就不再有意义，立在这里的，不过是历史偶然的遗存，一道供人们凭吊的风景线而已。

从什么时候开始，人类想到要修筑城墙的呢？

这必然是一种圈出势力范围的策略，如同动物用粪便的遗迹来标注领土。当然，也必然是防御敌人进攻的安全之策。从中国的文献来看，早有"黄帝筑城造五邑"之类的说法。传说中的神农、黄帝的时代，便已经有筑城的行为。

一个族群形成的村落，开始用夯土筑起围垣，以抵御野兽和敌人的进攻，想必就是城墙的雏形。当族群的人数和范围大到一定程度，就成了城邑，围垣就成了城墙。城墙，除了防御之用，也成了权力和势力范围的象征。

而考古学界发现，在新石器时代中晚期，确实有大量的城邑存在。比如我所在的成都，就有新津宝墩古城遗址、三星堆遗址等，都有土筑城墙的遗迹存在。

但是，这些湮没在田野庄稼里的城墙遗迹，早已在漫长的风吹雨打中模糊不清。如果没有考古专家的指点，我们看到的，不过是田埂和土丘，无论如何也想象不出4000年前城邑的样子，人们如何在城里生活，又是如何拒敌于城墙之外的。

我直接攀登过的最古老城墙，大概是郑州的商代古城墙遗址了。这些商代早期的古城墙，都是土夯的，残迹尚有七公里。保护得最好的一段，在墙边建了方便上下的长梯，墙上则建成了公园。黄昏时候，老人们在大树下扯着胡琴，咿咿呀呀唱着梆子戏，倒颇有些时光老去的韵味。

另一段城墙上面，则建满了房屋。我去的时候，城墙上的房屋刚刚拆掉，大概也准备建成公园的样子来保护开发。墙上成了一片废弃的垃圾场。当我踩着瓦砾，穿过杂草丛，并没有半点走在城墙上的感觉。只是在想象，那些住在城墙上的人家，应该如何去区分城里城外，如何表达出城和进城。

多年之后，走在暮色中的西安明代古城墙上，这种惶惑的疑问再次莫名升起。只是一晃十多年过去了，不知郑州那些土城墙如何了。

城墙，终究代表着某种阻隔，墙里墙外，则是两难。

筑城之潮的兴起，首先是宣示某种权力和威严。比如在周代，天子之城和诸侯之城，从大小、高度都有严格区别，不可随意增减。另一个原因，自然是战争攻伐的频繁。在诸侯混战的战国时期，对城池的争夺，是外交和政治生活的常态。若想不那么快成为亡国之君，自然唯有高筑城墙。

这时候，城墙开始有了隔断的意味。一些诸侯国为了更好地抵御敌国，干脆在边境之地筑起城墙，把彼此的国土和国民全部隔开，一劳永逸。这不免让人想起美国总统特朗普，在美国和墨西哥的边境筑墙，思路大概也是一致的。

这种在边境筑墙的思维，发展到极致，最终成就了中国历史上的军事建筑奇迹——长城。长城是城墙思维的扩大化，把断断续续的边境城墙连结起来，提高防御的长度和宽度，以求安心。但是，建造者的内心深处，其实是无奈的恐惧。也是惰性的拒绝、封闭和抵抗主义，为了不被灭掉，干脆关掉了交流的大门。他们希望建立起不受打扰的永世乐土，或者说万世不破的统治。

有意思的是，在小说《冰与火之歌》（美剧《权力的游戏》原著）中，也有一个长城。在小说中虚构的维斯特洛大陆，所谓极北之地，建起一座绝境长城，以阻断异鬼和野人的进攻。绝境长城的建立，是因为在维斯特洛大陆上，人类和森林之子的战争中创造出了异鬼。为了赶走异鬼，人类和森林之子最终联合起来，在又一次击退异鬼进攻之后，用石头和冰块，筑起了长城，并坚守上千年……

但事实上，长城不仅阻止了异鬼南下，还将所谓的"野人"阻隔在了长城之北。长城，就成了误解和敌对的源起。同样是人类，在墙的两边彼此敌对和防范，老死不相往来。

西安一个朋友告诉我说，当地民间常有"打破城墙思维"的说法。大概意思是，古城墙虽然是宝贵的文化遗产，但它无形中困住了人们的思维方式，无论是城市发展还是经商办事，都要有所突破。在现代人眼里，城墙延伸出来的意义，不是保护，而是围困。

此前，我在媒体上看到报道，说西安每年都会为大学毕业生搞一个"入城仪式"，就在我脚下的永宁门外。大概意思，是欢迎大学生毕业后留在当地工作和落户。留下来，当然不只是城墙以内的地方，也包括城墙以外。但在人们的潜意识，仍然认为，城墙以内的部分，才能，或者可以，代表这座城市。

可以肯定的是，现代意义的城市，已经跟城墙无关，甚至可以说是没有边界的。像中国大部分的城市一样，我所在的城市的城墙，也在近现代的历史进程中全部被拆毁。近年来，考古学家们发现一段残墙的墙基遗址，

四川
文学

作品
精选

便是轰动全城的新闻。这样的学术发现，自然能为城市的历史底蕴增添几分色彩，但绝不会被当作城市的边界。

顶着寒风，在城墙走了大概半个小时，虽然墙的内外都是城市，在夜色中无边蔓延，还是突然感觉到一阵空洞无依的孤寂，甚至有一点害怕。

天空似乎飘起了小小的雪花，于是就近选择一个阶梯下了城墙。墙根下，就是各色时尚酒吧和小店，感觉像是重回到了现实人间。墙下的城市，是温暖而沸腾的，高高在上的墙顶，则只有寒风和冷清。实在没有足够的动力，在城墙上一直走下去，绕一个圈回到出发点。

"围城"的意义，大概跟钱锺书是不同了吧。

（原载于 2022 年 3 月 18 日《四川日报·原上草》）

作者简介：

杨不易，本名杨方毅，四川武胜人。中国作家协会会员、成都文学院签约作家。在《山东文学》《福建文学》《四川文学》《青年作家》等刊物发表多篇中短篇小说、评论。有小说被《中篇小说选刊》《长江文艺·好小说》《中国故事》等转载。出版有《跑起来吧》《伪单身时期》《火枪与玫瑰》《窄巷子　宽生活》《博物馆品鉴》等。

蓝 帆

海棠湾对白

一

我们伟大的祖国山川锦绣，人文绚烂，翻阅天地时空，神象心生，异彩光鲜，日月星辰刷新岁月光华万般。萦绕我心的每朵涟漪都含笑入我平仄。海南有一世界的翡翠储藏在大东海，它分秒澎湃，昼夜不息如风般奔腾着，把宝藏运送到未来。

比大东海跑得更快是海棠福湾，它在三亚怀抱的黎族群峰之间，海棠福湾悄然繁衍生灵，遗世寓言。云雾暧曃，变幻满眼；钻石闪耀的白天，天国成员越野大赛，狮子俯冲，雪豹威猛，神犬生风，猎鹰称雄，千姿百态；古朴的吊罗山仿佛竞赛的舞台，不断演绎风流耀眼。

海棠福湾与三亚血脉相连，比亚龙湾幽静，比大东海更蓝，吊罗山是海棠湾的江山；每天我们赋诗对白，连绵起伏的大小山峰手足相连，24位姐妹兄弟在三角峰海拔近 1500 米处彼此眷恋。我在十五楼高处仿佛伸手触天，我打开镜头天在眼前；吊罗山俯瞰海里的美人鱼，媚眼缠绵，却从没有吞噬的恶念。

海棠湾身姿如舞仙，腰身一甩鱼美人撒欢；河汉忙于顾影自怜，青龙失恋，钻进水里哀叹。我站在高高的阳台，细听紫箫悠悠，依稀可见婵娟惊梦，轻歌曼转淋漓诗情温婉。子夜时空之国开始收编，霓虹、旗云、星光、群鸟、琴弦、风帆……纷至沓来。恍惚间，一位披着长衫的人影出现，可是前世的盘古回来过年？至今他已沉睡一万八千年，子民们在鞭炮声中沉浸快乐，黑暗把持的子夜被快乐删除，万道金线目睹太阳调琴弦。

二

天边行走仙境中的长者想必是长袍至尊啦。眨眼间，他身手敏捷，利剑耀眼，一个箭步冲出桎梏，劈开天衣，把囫囵分为清、浊两半；清的悄然升天，浊的落入地面；他一直向上举天，不让清浊重合。

天地终于分开，可他累倒在地上，人们在世间快乐行走，可奄奄一息的长袍至尊神仙盘古再没醒来。但他留下了光明——太阳、月亮是盘古的双眼。他挂牵凡世昼夜操劳，已神情呆倦，后来只能睁一眼闭一眼。

但我分明感受到：盘古仙人已饱蘸日精月华为吊罗山开光。清晨我推开门，吊罗山巨蟒轰然排开；披甲佩剑，阵仗骈阗，金手臂抚摸山峦，君王高坐威风万般；鹭鸶欢呼，苍鹰炫耀；长风洒落，绢帛装扮青山；南海含情高歌——请到天涯海角来！

地平线仰望浩瀚江山，前呼后拥十万大山英气冲天；百万将军同仇敌忾！烈马长鬃龙性淋漓，嘶鸣声远血性八面；骆驼成群由远而近，不紧不慢纵横混编；自由王国七彩朦胧，沧海桑田美我人间。

人间有香甜，如同芒果荔枝榴莲；俗世有疾苦，孤独寂寞犹在。陵水，古老草地一畦畦，牛群漫不经心绘画泼墨点染田园；心事被我发现，遍野的园林牛族与我同嗟叹。我心惆怅，哀叹荆楚；山峦咨嗟，疫情未绝。

山脊皱纹密集，痛苦缠绕鹭鸶白袍如雪；长恨嫣然悠远，旧词新诗随风飘落；眼前图画万般风云，寒来暑往雁阵留歌；繁星的心事隐秘不说，遥远的漫长杳无边界。

三

我听到了天涯唱词，我写寥廓百鸟同歌；我和海角深情对望，黑咖啡轻散苦涩幽香，吊罗山叠嶂重峦悠远；银盘如月风送万缕香，年轻的太阳琴声悠扬。

现代化的水泥森林缺少足下地气，却一个电钮就把我举到十五层浮屠。清晨，嫦娥换上嫣红的霓裳与我相会；我以海拔 1.73 米的姿态赴约，她可是来当红娘的？隔着睫毛的距离，我与峰峦对坐，悄然看见山王和我示爱，奋飞的苍鹰妒忌的目光刮伤了云朵……

星斗装满吴刚载酒的船准备暂别白昼，船儿停泊在天街的西边。我膜拜红云的目光融化了雪山长袍，霞光旖旎，艳紫色的裙裾装饰河山。

看时空风流无限，看三月魔鬼退败，看东方惊世骇俗排山倒海，看四月灯火兴隆，看家园百花吐艳，看车船舰艇长笛醉九天。长天中的鹭鸶与地上的黄牛风马牛不相及？未尝不可混编！

陵水鹭鸶长嘴镶金，高飞的名片天地盘旋，水陆两栖如雪如月，白色披风羽翼轻。

它们玉衣奢华引我欣羡，长毛如绸长腿如鹤；一尘不染仿佛白莲，仙女下凡身姿委婉；提胯甩腿名模亮范儿，黄牛慢条斯理牛气淡然。鹭鸶们随心所欲逗牛郎开心，在牛腿间穿梭，在牛背上撒欢儿。我回到高楼上再向遥远的稻田张望，远处的鹭鸶像秧苗的标点。

飞起时，如同绢帛擦拭蓝天；落下去仿佛白玉镶嵌翡翠田园。美禽轻盈如风，黄牛老态龙钟；庞然大物在小精灵面前俯首帖耳，今天，最牛的气势只用尾巴摇摆，据说那是发情的表白。

四

在这山清水秀的自由王国我已中箭，酒后吐真言：天涯海角我有新欢！实不相瞒，我正见异思迁……躲在长庚星后面的王子，向我射来丘比特情箭。

每天我都和满天红蓝宝石相对，一不小心激活本少女的虚荣，导致春心萌动。夜深人静，咫尺天涯的王国天地大嘴张开，吐出珠光宝气向我示爱。风轻手轻脚走到我身边告诉我，王子早就看中我，四周城墙般围拢，环抱式的格局形成了豪华的城堡，都是为我而设；峡谷幽深的落差就是储藏珠宝的巨矿；漫山遍野的珍珠翡翠亮钻都给我。深不可测的峡谷里，所有财富任我挥霍。我心被俘怎能怪我：红宝石如火如荼，绿宝石亮光四射；金项链高高悬挂在时空，钻石水晶镶嵌密集的山窝；黄琥珀温润浑圆，五光十色绚彩诱惑。

王子欣赏我浮屠触天，高高在上如仙女花轿；王子欣赏我目光如水，唤醒前世古老传说。王子借风声带来情话，喜欢我面如桃花人如仙鹤。

我向西看，他就在吊罗山峰峦后面端详我；我向东瞧，他就在海边丛林悄悄欣赏我。我端坐参禅，王子守候不变；本姑娘痴情被点燃，任王子暗送秋波宝藏诱惑，任王子身影隐现披星戴月。可是无人知道，我的犹豫，我该何去何从？夜深人静金银珠宝任我选；先民隐形窥探，无奈王子这般宠我。守夜的卫士躲在树丛，成群的幽灵伺机行窃。宝藏华光万丈妖魔无法下手，天涯的风也两手空空一无所有。

我高高在上浮屠十五层，伸手就能摸到云的水袖；神仙举着我遥望远山，洗礼后开慧灵性无边；缘来我就在这王国的正中，山光水色护佑我端坐参禅。

我问王子爱我的理由，王子回答：你的舞姿仿佛仙鹤高蹈；你的歌唱如金丝雀发光；月光下徘徊，佛光里流连；诗情画意令我无法释怀……

作者简介：

蓝帆，四川传媒学院教授。中国作家协会会员、诗歌学会会员、报告文学学会会员、散文学会会员。四川省文艺传播促进会文艺研究院副院长，女散文作家创作中心副主任等。已出版六部专集。作品发表于《人民日报》《诗刊》等，屡获海内外征文大赛特等奖、金奖、一等奖。

四季有情思

闲春淡淡思

融融春日，杨柳千万条，暖阳亭阁，小窗下轻许闲音几阕。不过一盏茶的工夫，就氤氲了一场小梦。

穿越过了寒冷的季节，春到来后，会艳俏得格外醒人，经历了一番寒霜彻骨，必有傲人的喜悦绽放。

暖的午后，择春色几许，我选择做一回柳树的种子，在路过的春风里，涤荡心扉，舒展着融融惬意。

紫藤花开了，我也跟着笑了，摇曳在春天的日记里，和你春风十里送回。

梦，像一双会飞的翅膀，带你在芳菲的季节翱翔，醉在想你的一片天空里，洇染思念的飞絮为紫藤花瓣坠落的一缕幽香。

穿越季节的笑脸，和越过时空的你重叠在一场微醉的花瓣里。又见，依然还可以是幸福的样子，站在一棵满是盛开花朵的树下，静静着，潋滟时光深处，直至，自己也成了瓣瓣落花。心事也跟着，飘落了一地，成香，成泥，成了经年婉转的故事。

花开的世界，距彼岸的光影，又是一年。很多美好，在隔山隔水中怀揣着一份憧憬就可以等待千年，咫尺的守候里却会日渐疏离于琐碎平淡……

春日，万物复苏，柳绿花红，江水如蓝，临水花人渐入眼，我梦依旧还可以那般美丽？

闲春淡淡思，而我又总是演绎浓烈，醉卧重描几行素笺小字。

落款："春，我依然要做一位像你一样明媚的女子，温柔，美丽又富足，到了下一季，世人皆愿折我回家……"

夏色，悠然

和光阴一起散步，走着走着，就路过了春天，一不小心，又坠入了盛夏！

喜欢你，无边地喜欢你。风——满座凉，莲——入梦香；喜欢你，喜欢你的绿树荫浓，晚风收暑，小池塘荷净，淡烟飘薄，清和院落，莺花飞谢；喜欢你，喜欢你的琴音书卷，鹧鸪起唤，藤枕竹床，南窗酣睡。

采一朵，青莲入梦；念起，濯濯无期；揽一怀，浅淡夏月的影，提笔，相思逾际。昨夜，雨疏风骤；晨起，又是一片淡天琉璃，风光无限。

暮深夏色，庭院深许，萤萤灯火，备花间一壶酒，等风来，又捎来你的消息。捡一地，锦瑟花叶入怀，拾一帘，青色烟雨入梦。

那年，那月，那时，那花开月正圆，你，你们，我，还有我们……听风声，听雨来，听花落，萧瑟处，知多少！笔尖沾染的夏色，入眸，入梦，入了季节的帷幔，入了你我的世界。捻季节盛开的诗行，一年又一年，光阴流转，是否你我亦都不复当年。

傍晚夕阳，嗟叹声里，如梦如烟，不如惜时当下，依仍期许，桑榆非晚，柠月如风。时光总要游走，你我总要踏歌向前，云水青天，轻梦星河，莫听穿林打叶声，何妨吟啸且徐行！行至，万水千山，等至，海枯石烂，尝遍了世间的苦，赏过了万里花开。还，只盼，一日盛夏荷畔，你初心似雪地归来，明月朗照，嘴边盛满了笑意。很庆幸，万水千山，洗尽铅华后，一眼还可以笃定地认出，是你，是你，还是你！

在还没有来得及的慌乱里，我愿暮鼓晨钟，修篱种菊，一袭翠袖扶醉柳，行云流水是生活，山长水阔是人生。子规声里，插秧栽花，繁花开满处，素素纤手，长歌采薇。塘榭门前，帘雨听声，客心未央，厌厌睡起。书院闺阁，琴音袅娜，满汀芳草处，花是满溜裙……在盛夏里婉歇，在繁杂里静简，守得冰心玉壶，在一程山水的情怀里悠然，在一片淡月黄昏里安自！

秋，落思

终于，酷暑转微凉，近年的夏天，蜀都格外地热，久违的心情，搁置蒙尘的笔，提，亦念起！心似流萤木萧萧，经年往事不惊不澜，微漾涤澹。

对秋，我有格外地眷念，格外地深情，格外地离伤，却也格外地托付过。每当坠叶纷纷飘砌，夜寂静，寒声碎，三更归梦三更后，世事短如春梦，情薄似秋，心似草木，荣枯各半！

落花的声音，亦藏有叶的离诉。待月满盈逸，不扫不归，那是秋语零落，暗香留过。往日春宵繁华，转眼夜雨成秋，恰上心头，暗伤离别，冷落清秋！

不用过力的思念，已情深露浓。天上一捧秋月溶，半成思念，半零落！菩提心愿，在瘦山瘦水里人影凋零，成一底清凉。

折枝问枯，双目起，惆怅四处，人比黄花，西风扫星寒意凉！沉香未靡，亦不复重燃，空庭得秋长漫漫，寒露入暮愁孤单。

暮晚庭安心归倦，一缕肆意的凉风吹过，眸光向北，那是故乡的远！故事过半，千帆数尽，不变的是感伤，说好一路痴心不改的人。从春季相约，走过夏的炎热，信誓在这里迷失。流水岁月最是消磨人心，经得起无常悲喜，陡然惊心，却经不起日渐消磨的风吹黄落知岁月，总有等闲变却故人心，却道故人心易变！

人间惆怅，淡月胧明，清清冷冷是轻轻。往事不惊，淡如风，平静秋湖，绿叶转黄，都是自然往复。顺乎其变，恰是经年走过的你我。

秋至蝉退，淡烟琉璃，清和院落，无处不清凉！在收获的季节里，学会接受！悦纳所有的愿与不愿，悦纳得失，悦纳光阴赋予又改变，感受平常日子里的烟火浓淡，情怀疏离！

当雪花落过我睫弯

落雪无声从遥远的天宫而降，一片一片，或清扬，或曼舞，或簌簌，飘进季节的诗行，掠过我睫眉弯弯。透过星点的晶莹，举目渺万里云层，千山暮雪。近处是雪织迷人眼，只影问苍茫。

此时此刻，或许最适合回忆一段往事，思念一位故人。那经年打捞过的记忆，依旧还在枯藤老树下浅唱老歌，在小桥流水里氤氲梦起。日子在不知不觉中就卷了边，泛了黄。再回首，那蹴罢的秋千，倚门回首莞尔一过的低眉含羞，如今都成了雪舞中的浮光掠影，旧时的支离片章。

我是人间惆怅客，归来，情愁无边。青山不老，亦会因雪白头，绿水无忧，却也因风起皱。人生沧桑几度，侂傺几度，何时停休。

落雪在窗前，和昨年一样盈白，故事却不复重演。如果我知道我们会在风吹中失去流年，走散光阴，我就不再盼望有明年的雪落梨花开，和那不期有的相逢。如果我知道，白雪穿庭飞花过就是黑的消融，我就不会在寒风里瑟瑟中守望留年无度。不会在夜深千帐灯起，守雪映清影，独自舞凌乱。

当雪花掠过我睫弯，湿透的是离人的眼。我们在落雪纷纷时相拥，又在雪化消融时走散，来去终是有尽头。明知大地是你的收场，还要热情相拥，落地为冢。或许，你来就是要完成一场执念，不论是缘还是劫，都要全力以赴，不留余地。

我们爱过，最后又要还原一场伟大。或许一念之差，就是你的白衣幕换，天上和人间。风雪各更，落雪幽梦，寒风十里，聒醉乡心，碎梦难成。

然而，每一场故事，每一朵雪花都依然期待着美好和圆满。那还是要笑着来书写一个结局。我从一个世界翩翩而来，轻轻掠过你睫弯，又笑着去拥抱，欢喜而眠！这就是一个故事的幸福开始和不朽结局。

作者简介：

孟庆玲，笔名梦遥，满族，毕业于辽宁师范大学，中国少数民族作家协会会员、中国散文学会会员、四川省作家协会会员、成都市作家协会会员，四川省文艺传播促进会监事兼新都办事处主任，出版过诗集《心梦》。曾获 2018 年四川散文奖。

洱海望月

苍山、洱海，位于云南大理白族自治州。我的老乡、明代蜀中状元杨升庵笔记有曰："山则苍茏垒翠，海则半月掩蓝……一望点苍，不觉神爽飞越。"阅读至此，令我对大理心生向往。就这样，一次偶然，我和家人来到了大理。

一

人生之路上，我们常常渴望一次铭心的艳遇。在大理，这种渴望很容易被满足。大理流行这样的一副联语："下关风，上关花，下关风吹上关花；苍山雪，洱海月，洱海月照苍山雪。"风、花、雪、月，大理，就以这种种"艳遇"，让游客心旌摇动。

漫步古城，你会发现好多稀奇古怪的人：有追逐梦想的少年，也有游山玩水的青年；有携妻避世的匹夫，也有笃定安详的夫妻。各色人等，宁静安详。也许，紧张的大城市生活让我们身心俱疲，才让我们在此稀释生活的沉淀，觅得岁月的静好？

在我们随意性的散步途中，一座陵墓突兀于眼前。仔细一看墓碑，"总统兵马大元帅杜文秀墓"十一个大字赫然入目。墓前，立着著名历史学家白寿彝先生的序文及重修碑记。一时，我记忆的闸门打开，我的思绪飞向近一个半世纪之前的晚清。

二

现在，我们生活在太平盛世，更多地关注自身的发展，口袋的消长，三餐的质量。但杜文秀生活的时代不同。杜文秀通晓伊斯兰经典，还曾经中过秀才。但就是他这样有"功名"的人，也受到官府的欺压，族人还遭到屠杀。为了讨一个公道，杜文秀曾经跋山涉水，辗转万里，到京城控告，但告、诉无门。1856年，在太平天国农民起义的大背景之下，杜文秀率众"革命满清，救民伐暴"，坚持了十八年之久。最后，为了大理免遭清军屠城，杜文秀自服毒药，后赴清营，被清军将领岑毓英、杨玉科所杀。

历史是一本厚重的大书；只不过，在当今商潮滚滚的时代，它早已蛛丝蒙卷，少有人读。幸而大理的百姓，还记着这位曾经让大理"安居乐业，夜不闭户"的"总统兵马大元帅"。右望苍山，左邻洱海，一代风云人物，就这样静静躺在大地的怀抱。

也许，在大理古城，身为游客，你不属于你，我不属于我。我们都属于路途，属于远方，属于山水林园，属于风花雪月。

但杜文秀属于大理，属于这一方他曾经付出的土地，他曾经深爱的人民。他的一切，都已融入古城，融入七里桥乡，融入下兑村，静静地融成了一道绕不开的风景。

三

很喜欢"天镜阁"这个名字。古人谓镜子曰"鉴"，"鉴"多系铜镜。入清以后，才有西洋传来的玻璃镜。古诗中写美人照镜，如果不是像木兰那样"对镜贴花黄"照铜镜，一般就会面对一盆水，或者站在平静的河边、水边整理一番。所以，那时候把这种"照镜子"，叫"鉴于水"。《三国演义》中的司马徽号称"水镜先生"，大概来源于此。北宋诗人刘攽《雨后池上》曰："一雨池塘水面平，淡磨明镜照檐楹"，就是以这样的情形作比。

而"天镜"很多时候指的是月亮或者湖面。宋之问谓"石帆摇海上，天镜落湖中"，萨都剌谓"西湖天镜碧堕地，吴山蛾眉春入窗"，皆是这样。因此，以"天镜"为阁名，的确诗意盎然，令人浮想联翩。

天镜阁在洱海东岸的玉案山上，山势到这里忽向洱海伸去，成为一个半岛，名曰"罗荃半岛"。三面临水，悬崖壁立，地势险要，有山环吞海，澄海如镜之势。自明代建"天镜阁"后，便成了大理洱海四大名阁之一。

登上天镜阁，只觉得天风高敞，俗心一洗。远望苍山，白雪皑皑，晶莹洁白，蔚为壮观。俯视洱海，时而碧波荡漾，令人心旷神怡；时而波涛汹涌，令人惊心动魄。苍山、洱海浑然一体，有如相依相伴的亲密恋人，让人爱怜顿生。如今，天镜阁已成为大理的一个著名景区，是观赏大理苍山、洱海风光的最佳去处。登高望远，景象万千，令人神清气爽。

四

傍晚，我们坐在才村附近的一处湖岸石阶上，静静地聆听洱海的声音。天还没黑尽，一弯月儿却已出来。仰望洱海月，我不由得想起白天听导游讲述的一个传说。

"洱海月"被白族人民称为"金月亮"，无时无刻不在唤起人们对美好生活的追求。传说月宫里的公主思慕人间，来到洱海边，与渔民岸黑成婚。为了帮助渔民多打鱼，她把自己的宝镜放在海中，照得鱼群清清楚楚。渔民打鱼多了，过上了丰衣足食的日子。公主的宝镜在海中变成了金月亮，世世代代放射着光芒。

洱海是一个风光明媚的高原湖泊，呈狭长形，南北长四十公里，面积二百多平方公里。自古生活在这里的白族人民，多么渴望无论是洱海还是生活，一切都是那么"风平浪静"啊。平淡才有味，平安才是福。一个简单的传说，包含着多深的意味。

洱海风拂浪拍岸，洱海风息浪无声。时光就这样不知不觉地逝去，月儿已爬上当头。

据说，西汉司马相如为中郎将，观洱海风景后叹曰："此水可当兵十万，昔人空有客三千。"南诏王曾经命人在洱海中的一块大礁石上，刻下"国门在此"四个大字。古代，洱海不仅仅是"天镜"，同时也是"天堑"。

如今，令我等欣慰的是，国泰民安，吉祥万家，古人之慨，已为陈迹。如果司马相如复生，一定会惊呼不可思议吧？旅行家阿瑟·米兰达在其著作《人一生要去的五十个地方》中说："一个旅行者如果走到大理，就再也不想离开。"

诚然，如果论情调，大理肯定没有丽江的繁华与浮躁；如果论风景，大理也没有梅里的雄奇与险峻。大理只是依山傍水，风光明媚，平平静静，如此而已。

但自从我在地图上看到大理，我的目光便再也不忍移开；自从我一次偶然走进大理，我的梦境从此便五彩斑斓。

人曰，前生五百次的回眸，换来今生的一次擦肩而过。大理，这一次的擦肩而过，我将时时祝福你笑靥如花，祝福你美丽依然……

(原载于《中国散文家》杂志2018年第5期)

作者简介：

曾令琪，中国作家协会会员、中国散文学会会员、中国西部散文学会理事、四川省社科院特约研究员、《大中华文学》杂志总编、四川省文艺传播促进会常务理事。

冯国平

新春随笔

月去年换，新春又不期而至。

每一个新春的到来都似一道涓涓的细流打开了一扇生命的闸门。

俨然一轮旭日，一弯新月，一缕春风，一把扫帚，轻轻扫去冬日的阴霾，扫过一月霜粉的晴空。

"身加一日长，心觉去年非。"扯一片云霞裁衣，捉一把清风洗面，果然一切都是新的。阳台刚开的花是新的，楼下绽开的海棠红是新的，路灯下的广告牌是新的，城市中刚洗过的道路是新的，婴儿张口牙牙学语冒出的牙也是新的。沐浴这新日子的亮丽，艳妍和洁净的心情何尝又不是新的呢？

在"邻墙旋打娱宾酒，稚子齐歌乐岁诗"的时候，躺在安静的时空中，我便沏一杯茶，翻阅一卷书，想着新春到来新的打算，新打算里的新路子，我已置身于人生最美好的境界中。

作家林清玄说："离开真实的生活，世间一切的美都显得虚幻不实。"由此，我对生活的理解更递进了一层，对人生的感悟也更诚挚了一些。那些可做可不做的事要不要做？那些可发可不发的牢骚要不要发？那些可争可不争的名利要不要争？

即刻便想得透彻了点，人生也豁然显得洒脱开来。时值天命之年，岁月静好，山河已秋，俗事繁多，多少东西都是淡淡的，无足轻重。最赶紧的，还是去干点正儿八经的事儿，别狂妄也不自大，别肤浅也别虚庸，别冷酷也别迟疑。事情成功与否，关键是要把路子找对，把步子迈起来。因为新春也会老，新春即来也会过去，新日子说过去也就一溜去后不见踪影。

"一天很短，短得来不及拥抱清晨就已手握黄昏；一年很短，来不及细品初春殷红窦绿就要打点素裹秋霜；一生很短，短得来不及享用美好年华就已经身处迟暮。"丰子恺先生说："新春是冬天到春天的一块跳板，它是在混沌的寒暑中用人工划分出来的时间段落。"

于是，便长了精神，以弹性的步伐走在大街上。以仁慈的理性去待人，以求真的胸怀去读书，以包容的心态去做人。街市买炭，当体贴对方"晓驾炭车碾冰辙"的艰辛；人我相交，当有"退后一步自然宽"的胸怀；恋爱持家，当怀一缕"南来北往两相当"的温柔；面对挫折和困难，当具"野渡无人舟自横"豪迈而乐观的气魄……

一年正是春好处，草色遥看近却无。新春是如此之乐又是如此之快呀，人生的年轮由四季的轮换镌刻而臻熟至真。细细想来，一生的时光中又有多少个新春呢？如果你是父母，你会感到大手牵着小手不经意间孩子度过咿呀学语的年月。如果你已经跨越了不惑之年的门槛，你会备感少年不识愁滋味遥不可及的回味。如果你近中年，在事业最丰沛辉煌成功的人生巅峰之时，晚年的人生之路不也正向你招手致意呢？

岁月如缤纷的落英无声地飘洒，时光又浩浩荡荡如春水淌向远方，迎来一个新的轮回。旧年已成为人生一段经历，一段美好的回忆，新春是人生旅途中一个意味深长的驿站。它让你在辞旧迎新的欢愉中去感受时光的魅力，然后又大踏步向前方走去。应对这般的新面貌新精神，新气节和新举措，才觉得在岁月风雨的成长中不负韶华倍添喜悦，不负时光的修砺与培植。

新春到来，多少旧景会被雨露打扫，多少颓唐会被岁月振鼓，几多炎凉几许冷暖，都会被新时代新气象调节与慰抚。种子渴望生命的出土，便会在这个季节涨得如此饱满。面朝大海，春暖花开。随着新日子的到来潜滋暗长，枝繁叶茂，在阳光的朗照下一同进入又一个丰收的乐园。

（原载于 2023 年 1 月 20 日《四川日报·原上草》）

作者简介：

冯国平，中国散文学会会员、四川省作家协会会员，先后在《人民日报》《光明日报》《经济日报》《鸭绿江》《芒种》《四川文学》《星星》等报刊发表作品多篇，出版著作三部。现为四川省文学艺术发展促进会会长，新都区作家协会副主席，《西南商报》文学副刊主编。

兴隆湖畔

四川文学

作品精选

　　蓝色天幕上，一朵朵洁白的云被镶上了金色的线条，云影映入如镜般光滑的兴隆湖中，与湖畔耸入云天的摩天大楼倒影相逢，湖水便生动妩媚起来。一阵风吹过，湖面微波荡漾，倒影变得模糊不清，宛如被一个宽阔温暖的胸怀，把云影与摩天大楼在蓝天的缠绵，收藏在波光潋滟的湖水中，竟让我对兴隆湖的湖光水色生出些莫名的遐想。

　　这两年，兴隆湖已成为我常去的地方，有时是参加朋友的聚会，有时是参加文学活动，我的新书发布会也选择在这里举行，每次与兴隆湖的亲近，都会让我神思荡漾，那种只有国际化大都市才有的繁华大气、现代文明的强烈气息与冲击力，宛如锦绣般美丽的城市自然生态和人文环境，都让我为成都、为天府新区这座新崛起城市的快速发展而惊叹、而自豪！

　　2015 年，我由成都市区搬入天府新区居住。离中心城区似乎远了，但这里的南湖、兴隆湖两个大型城市湖泊，特别是被誉为"城市之肺"的兴隆湖，却让我心向往之，从尚未入住时起，我就密切关注着它的建设进程与日新月异的变化。

　　兴隆湖原是鹿溪河流域一个毫不起眼的泄洪洼地，也是污染物汇聚之地，其水质非常差。随着天府新区规划建设的启动，兴隆湖的综合治理便成为天府新区科学城的点睛之笔。为彻底改善兴隆湖的水质，首先是对上游水源鹿溪河流域进行彻底治理，并充分利用原有洼地地形，聚水成湖，形成有着 5100 亩水域的兴隆湖。我第一次走进兴隆湖，站在湖岸，放眼望去，兴隆湖已初见规模，只见一片茫茫水域似乎看不到边界，湖岸是泥泞之地，有些稀疏的树木点缀其间，兴隆湖畔的科学城已具一定规模，有很多高楼大厦正在建设之中，吊车的轰鸣声和建筑工人忙碌的身影，为兴隆湖和科学城未来的繁华带来了期盼。

2020 年后的一天，当我在《格调》杂志主编、从北欧回来创办了兴隆湖西贝柳斯西餐厅及艺文空间的文化人冯晓女士陪伴下，漫步在兴隆湖畔时，兴隆湖美丽的景色已让我沉醉不已。抬眼所及，湖畔周围颇具国际范的高楼大厦鳞次栉比，这里国企央企 500 强企业竞相入驻，清华大学、北京大学、上海交通大学、国家大数据中心、电子科大数智谷创新基地、中国电信云计算中心等高等院校创新中心及高科技企业创新中心在此大展身手，形成名副其实的科学城。其气势与内核足以让成都天府新区成为闻名遐迩的高科技产业基地。而兴隆湖美丽的自然生态环境无疑为助力科学城的腾飞提供了有力的保障条件。

我放眼望去，此时兴隆湖水清澈得像少女娇羞的脸庞，也像一幅清新脱俗的水彩画呈现在我的眼底。湖岸上绿树成荫，花团锦簇，湖面上波光粼粼，水鸟翻飞。冯晓对我说，在候鸟迁徙的时候，有时能见到上万只鸟群在兴隆湖停留嬉戏，还有红嘴鸥、花脸鸭、红胸秋沙鸭，以及全球仅存500 余只的青头潜鸭等近 52 种野生鸟类在此歇息游弋。日出时，通红的太阳将湖面照得霞光万点。日落时，夕阳的余晖又让湖面上金光闪烁，美不胜收。冯晓说起环湖而栖的生活，满脸都是灿烂的笑容。她告诉我，《格调》杂志的许多阅读分享会常在湖畔的西贝柳斯艺文空间举行。2019 年成都市为纪念地球日主题活动举办了一次兴隆湖环保跑，此后还举办过天府公园城市 TPC 国际半程马拉松、全国健身达人赛等 1000 人以上的大型活动，受此启发，崇尚运动美学、健康生活的《格调》杂志主编、编辑及作者、读者、运动爱好者还自发组成了一个"格调兴隆湖徒步群"。这几年几乎每个周六，群友自发地聚集到西贝柳斯一起环湖徒步，湖边有专辟的蓝色跑道，参加者有固定的徒步爱好者，也有临时加入的游人，大家绕湖跑一圈，差不多要一个小时。边跑步边欣赏美景，既锻炼了身体，也愉悦了心情，真是一举两得。

我们绕着湖岸悠然地走着，只见湖畔路上咖啡馆、西餐厅、茶座、中餐馆、书店星罗棋布，装修风格大多典雅大气，灵动现代，许多游人在此休闲，慵懒闲适地品着美食，喝着咖啡、读着书，拍着照，欣赏着美景，也放松着心情。我突然觉得，这兴隆湖除了怡人的自然风光外，其实也满有文化韵味的。我们的话题于是便围绕着如何让兴隆湖的文化氛围，与周边高素质人才以及不断提高文明素养的成都市民，对文化的高层次追求相融合而展开。冯晓说，她以芬兰著名音乐家西贝柳斯的名字命名文化空间，其目的就是让这里成为吸引文化人前来交流的一块领地，专门打造的艺文空间，让更多的艺术家、作家在这里寻找到创作的灵感，吸引更多的市民、读者参与兴隆湖文化建设。作为一个文化人，冯晓的心愿既朴实又充满浪漫的情怀，我不禁向她投去赞赏的目光。

如今兴隆湖畔的西贝柳斯文化空间果然如冯晓所愿，这里已经成为成都市文化人经常聚集的地方，不仅四川省文艺传播促进会女散文作家创作中心的牌子挂在了这里，天华文学社、女知识分子联谊会等文学社团和很多诗人、画家举办的新书发布会、作品研讨会、读书会、新书签售会、诗歌、散文朗诵会等文化活动在这里开展得有声有色，还引入了莫然戏剧工作室的沉浸式剧场和舞蹈演出。这些丰富多彩的文化活动，吸引了越来越多的市民参与，并成为一道靓丽的风景线，为兴隆湖不断增强的人文景观注入了新的活力与生机。

（原载于《成都日报·锦观》2022 年 6 月 14 日）

作者简介：

袁瑞珍，中国核动力研究设计院党工部原副部长，中国作家协会会员、中国散文学会会员，现任四川省文艺传播促进会名誉副会长、女散文作家创作中心名誉主任。获第八届冰心散文奖等十几项文学奖。出版有《穿越生命》等 4 部著作。

张忠辉

围炉煮鱼话升钟

一

正月里，姑父一家来给我爸过生。老爸今年九十七了，熬过三年大疫实在不易，必须好好聚聚。一家人围着炉子煮姑父从老家南充带来的升钟鱼。

鱼还没全熟，吃货小妹喉咙就伸了爪爪，捞起一块，张嘴就迎了上去，说是生鱼片都吃得。还说升钟最巴适的就是鱼：诱人的火锅鱼、藤椒鱼、麻辣鱼、酸菜鱼，听着就口水直冒，勾魂的鱼片汤、鱼排汤、鱼头汤，抿一口就唇齿留香。

喜欢钓鱼的大表哥三句话不离本行，他说，升钟是钓鱼天堂：花鲢、翘壳、鲫鱼、鲤鱼、乌鱼、草鱼……应有尽有。现在，升钟湖已经是闻名天下的"国际钓鱼城节"举办地了，中外钓友在升钟垂钓，那种人鱼互动互逗，偷吃与反偷吃，诱捕与反诱捕的心跳感觉简直不摆了。

痴迷摄影的二表弟心思却全然不在鱼上，忙着炫耀他拍的一张张照片：能并行四辆大卡车的升钟大坝气度非凡；朝阳映射下的神坝砖塔梦幻典雅；老西水县衙遗址古朴深沉……在他眼里，升钟的每一滴露珠，每一片花瓣都充满灵性，充满活力。

以耍家自称的三表弟边往我老爸碗里挑鱼，边鼓动老爸回南充到升钟去耍。他说升钟不但是西南金三角、成都后花园，而且是一座非物质文化遗产的宝库：双峰傩戏、店垭花灯、树皮画、双峰山歌、保城地灯、神坝皮影等自然风貌与人文景观交相辉映，还有起源于宋代的鱼拓画……

姑父边吃边摆升钟的传奇事：从前，在南部和阆中境内有一口神奇金钟，是两地人民丰足富裕的象征。有贪心人想独占私吞它，神钟不从，就巧妙地在两地间游走躲藏，最后化成一座"钟样的小山"隐蔽在西河中，一旦天旱水枯，它就会从水里"升"起来保佑两地人民。人们为了感恩它就修了升钟寺，后来成立了升钟公社，水库上马时，大坝就建在这块宝地上，所以叫升钟水库。

二

我第一次听说"升钟"是 47 年前，老家小镇上广播里传来"喜大普奔"的消息——要修升钟水库了，川东北人民要有自己的"都江堰"了！火炮从街头爆到街尾，耍龙从天亮舞到天黑……

那时，老家十年九旱，夏日酷暑，40 摄氏度左右的高温烤得大树小草、庄稼禽畜、男女老少都蔫蔫地耷拉着头。说是狗命最贱，可不管是我家的小黑狗，还是隔壁的大黄狗，都拼命伸着长长的舌头，就连最不怕热的知了也热得"死了死了"地惨叫……

连续 30 天不下雨叫小旱，40 天叫大旱。菜秧子晒焦了，苞谷叶晒焦了，人们的眉头也晒焦了；河沟晒裂了，稻田晒裂了，人们的心也晒裂了；辛辛苦苦栽下的苕秧，几个毒日头下来，就奄奄一息了。男女老少挑的挑，背的背，都在找水抗旱，我们这些小毛孩就端起盆盆钵钵一窝一窝地灌。烤得黑黝黝的背脊上结满了细细的汗盐，喉咙干得冒烟，将就灌苕秧的水往嗓眼里灌……那些被彻底晒死了的苕秧，还得抢时补栽，红苕半年粮呀！

人们祈天求地，盼雨救命，盼来的往往不是喜降甘霖，而是突如其来的狂风暴雨，把快要渴死的庄稼冲得一干二净，平常温柔的嘉陵江像一条咆哮的孽龙恣意狂奔，沿岸成茫茫泽国，我眼睁睁看着上中坝刚被淹没，下中坝又岌岌可危了……昨天在抗旱，今天又防洪，"天府之国"的美称，似乎与川东北地区毫不沾边。

姑父说：中国几千年历史，就是农耕文明史，也是一部治水史。从女娲补天到大禹治水等神话传说，从春秋战国到秦汉唐宋……旱灾洪灾，防洪抗旱，往复循环。

早在 1934 年，毛泽东在瑞金就指出"水利是农业的命脉"。并陆续在瑞金、延安等根据地兴修水利，发展农业，成功解决了军民吃饭问题。新中国更是把"水"列为"农业八字宪法"之一。在全国掀起了治理水患的高潮，陆续建设了丹江口水利枢纽、青铜峡水利枢纽、刘家峡水利枢纽、北京密云水库、红旗渠等水利工程。川东北人民祖祖辈辈期盼修自己的都江堰的梦想，也逐渐变成了清晰的蓝图，一个宏大的水利规划一直在抓紧进行。1976年，终于得到国家计委批准——"升钟水库"大名从此昭告天下。

三

也许是使命的驱使，从小在干旱中挣扎的父亲和姑父都在水利战线工作了一辈子。他们几十年都在忙于水利规划、设计和建设。我问姑父为升钟忙了多少年，去过多少次？他感叹："升钟一直是我们的重点，从参加工作忙到退休，去了多少次哪记得清，但升钟的山山水水一定记得。"

是呀，那些年家乡很多人去升钟水库工地劳动，我当时还小，想去没去成，后来考上了大学，只好把想去升钟的心愿装进行囊，藏在心底，直到几年前出差南部才了了心愿。

升钟的鱼火锅越吃越热火，升钟的龙门阵越摆越热闹，平常少言寡语的老父亲终于忍不住开了金口："外行看热闹，内行看门道。从专业角度看，升钟不仅有你们看到的大坝古塔、湖光山色、鱼肥水美这些外观美，它强大的水利功能才是升钟内在的美，核心的美。"

他说：升钟水库是西南地区最大的人工湖，是以灌溉为主，兼有防洪、发电、航运、养殖、旅游等综合功能的大型骨干水利工程。灌区覆盖南充、广安、广元和遂宁四市10个区县。蓄水以来累计向灌区供水58亿立方米，灌溉农田3886万亩，累计产粮138亿公斤。2006年，南充及周边再次遭遇了特大旱灾，升钟水库及时发力灌溉，保住了受干旱威胁的数百万亩禾苗，减灾总效益达到18.6亿元，也滋润养育了灌区数百万人民。

老父亲的话犹如醍醐灌顶。我的脑海里再次出现升钟水库（湖）美好的记忆：湖区碧波荡漾，水烟袅袅，宽阔的水面倒映着两岸青山，远处，湖水延伸到山脚，出现无数条大大小小、弯弯曲曲的分支，就像人的心脏引伸出的动脉静脉，流向躯体的各个器官，营养着每一块耕地粮田，滋润着大地母亲躯体的每一个细胞。而灌区苍苍茫茫的丘陵，则如波浪起伏的浩渺沧海，敞开博大又温柔的胸襟，把升钟湖这西南地区最大的一颗"明珠"，深情地拥入怀中……

围炉煮鱼话升钟。品味的是升钟鲜鱼，评说的是升钟往事。升钟湖则在人们的品评之间，一碧如洗地流淌，流淌着今天的大美，也流向未来的绝美……

（原载于 2023 年 9 月 5 日《成都日报》"锦观新闻"客户端，并获"大美升钟湖"主题文学创作全国征文优秀作品奖）

作者简介：

张忠辉，笔名二荞子，南充人，四川大学原子核物理专业毕业，高级工程师。中国散文学会会员、四川省作家协会会员、四川省诗歌学会会员、四川省科普作家协会会员，四川省文艺传播促进会副会长。2021 年出版个人散文集《树下读叶集》。

四川
文学

作
品
精
选

李　颖

南部肥肠

南部小吃众多，其中南部肥肠以其色艳、味美、汤鲜而远近闻名。

走近乐群路"肥肠干饭一条街"，到处都是肥肠干饭招牌。各个肥肠店虽然招牌各异，但标准都一样，一套肥肠干饭里有酸菜干饭、萝卜肥肠汤和一小碟泡菜。汤分大小碗，干饭和泡菜随便吃。刚坐下，店主就笑盈盈地端上一碗肥肠干饭，肥肠的清香立刻扑了过来。只见肥肠中浮着一层淡淡的红油，看起来不辣不腻。用筷子轻轻在碗里一搅，一块块笨拙的肠花呼之即出。它看起来厚实、筋道，模仿了南部人的淳朴、大气。白色的萝卜点缀在肥肠和绿色的海带中，色彩鲜明艳丽，激起人强烈食欲。我迫不及待地喝了一口汤，一股醇美的香味直击我的味蕾。汤汁沿着食道缓缓而下，五脏六腑像洗了温泉。我夹起一块肥肠慢慢咀嚼，醇厚软滑而不油腻的味道通过牙齿的咀嚼，在舌尖上恣意延展，越咀嚼越有味。我仿佛咀嚼的不是肥肠，而是人生的滋味。如果再来一碗酸菜干饭，闻着立马口舌生津。米饭的香糯甘美和酸菜的酸爽浓醇，加上嘎嘣脆的泡菜，那至臻的味道、那极致的口感和时光交织在一起，让我仿佛回到美好的童年。这就是家乡的味道！一股嗅之宜人，食之醇厚而不热烈，淡雅又不失浓郁的味道。"一碗肥肠一知音，半生知己有几人？"作为土生土长的南部人，我以此为豪。

看似一碗普通的肥肠干饭，它的历史久远、源远流长。相传清末民初，紧邻红岩子码头嘉陵江畔满福坝村民谢继光，针对纤夫和搬运工的工作特点，定制了一份"花钱少、油水多、饿得慢"的大众食品——血旺子加干饭。这道菜做工简单，用最便宜的猪血旺加上猪油煮成，简称"旺子"。旺子经济实惠，深受下力者喜欢。在谢继光的带动下，一些村民也开始做这个生意。谢继光的儿子还把摊子摆到江对面的县城街檐下，食客逐渐扩大至轿夫、小商贩、背二哥等人群。他们又将毛血旺改进，加入了猪心肺、豆腐、香料之类的食材，做成居民普遍能接受的大杂烩。慢慢地，这道小吃成了南部城里引人瞩目的小吃。抗日战争时期，城关随处可见挑着担子吆喝的小贩："杂烩——干饭，干饭——杂烩，经饿——顶事。"后来，谢家四代传人又将大杂烩变成只用猪大肠做成的汤。慢慢地，肥肠干饭受到人们普遍喜欢，最后演变成南部的一道特色菜。

让我好奇的是，南部人怎么就轻轻松松把异味很重的肥肠做得这么鲜美？这中间有什么诀窍吗？店主告诉我，做肥肠干饭并不难，难的是肥肠的清洗和火候的掌握，它最考验人的爱心和耐心。爱心？我惊讶地问。是的，店主微笑着说，制作食物和唱歌跳舞一样，你用没用心，观众能感受得到。食物的优劣，舌尖一触便知。听了他的话，我频频点头。那耐心呢？店主淡淡一笑，说，一碗肥肠干饭，没七八个小时做不出来的。七八个小时？我叫出了声。他又是淡淡一笑，说，我们来算算时间账。首先从清洗开始。肥肠内外得用面粉清洗好几遍，少说要一个小时。焯水去污秽物腥味后加调料在油锅里炒，至少一个小时。那么久？我觉得他说得有点夸张。炒得时间长，它们才能互为影响，互为渗透，香味才浓郁。我连连点头。最后一步就是把肥肠放入香料中加水熬煮。熬煮该不会要五六个小时吧？我又一次提出质疑。他不争辩，慢条斯理地说，熬煮是一门技术活，对火的大小、时间的长短都有讲究。如果煮的时间太短，肥肠不软滑，汤也不鲜美，吃起来口感差；如果熬的时间太长，肥肠绵软，无嚼劲。我心里暗暗叹服，真是"欲渡黄河冰塞川，将登太行雪满山"啊！他继续说，待肥肠将熟时，往里面加入切好的白萝卜、海带、香菇、盐、鸡精、味精等，一大锅醇香的肥肠便可以出锅了。

原来，食物之间也要讲个因缘。它们原本生长在彼此陌生而遥远的地方，在同一时间里，因火与水的调和与磨炼，最终相吸相引，相和相融，成就了一锅汤。

老板还告诉我，一锅味道足够的肥肠汤，除了和熬煮的时间有关，还和老板的心情、调味的品质、肥肠的新鲜、水的好坏，甚至与菜板的干净与否都有很大的关系。是啊，其实饮和食是一件严肃的事情，严肃到和心有关。如果老板心清人真，货真价实、不欺不瞒，食客就多，反之则少。

看似寻常最奇崛，燕窝鱼翅做出名菜来不足为奇，而难就难在这寻常的家常菜能做出大名堂来，就奥妙无穷了。肥肠干饭之所以受欢迎，不仅是汤的熬制，干饭也有讲究。用"竹甑子"蒸的米饭味道纯香，色相好，和肥肠搭配，口感更好。泡菜是好东西，吃起来嘣脆，就着干饭和肥肠，特别爽口。应了中国传统美食的精髓：食不厌精，脍不厌细。

如今在南部随处可见肥肠干饭的身影。凡是来南部的异乡人，都要尝尝南部肥肠干饭。南部肥肠干饭为什么久负盛名？我想，它的成功之道一是有它的内因。南部肥肠似乎藏着南部小吃的影子，魅力不仅在于味道，而是一种文化脉络挟裹着一种当地食情民风。其次，南部肥肠的成功还归功于外力。改革开放后地方经济快速发展，为南部肥肠提供更大的发展空间。它正式走进大众视野，名声越来越大，越来越受人们的喜爱。南部肥肠于 2013 年被列为非物质文化遗产，"南部肥肠"的传承人从而跻身于南充市"非遗"名录，成为南部县一张响亮的名片。

让人没想到的是，嘉陵江畔的低端小吃，经过百年演变、改良，成为南部的一个名优特产，而且经久不衰。民以食为天，一个地方的饮食特色反映一个地方的文化内涵。对南部人来说，肥肠干饭不只是一顿饭，而是一个文化符号、一份思乡慰藉。"何以解乡愁？唯有南部肥肠干饭。"

（原载于 2023 年 2 月《南充日报》）

作者简介：

李颖，南部人。四川省作家协会会员、四川省文艺传播促进会会员。诗歌、散文分别在《格调》《星星》《四川日报》《上海散文》《南充日报》等发表。著有个人散文集《风从故乡来》、小说集《那片花开》和童话集《柳叶姑娘》。

坐茶铺

一去两三里，茶铺四五家。楼台六七座，八九十枝花。一首清代竹枝词，一派市井画卷的缩影，一个关于老成都茶铺的生动勾勒。散落在老成都老茶铺的记忆，其实是市井与生活一直保持着的哲学关系。

成都人爱茶，但是不爱说喝茶。老成都人都爱说："走哇！去吃茶！"也不说茶馆，茶馆是北方人的叫法，老成都人更爱称之为茶铺。一个坐字更是把茶和茶铺变得生动了，坐茶铺，是老成都怎么也绕不开的情结。

茶，泡茶，泡好茶。

坐，请坐，请上坐。

恰如清代才子李调元的诗句，一是茶，二是坐，合起来就是坐茶铺。老成都人是真的把坐茶铺塑造成了不能或缺的生活方式，并且演化成了成都文化的一张标签，撕不得，也撕不了。

从历史的视角来看，成都的闲很大程度上是坐茶铺坐出来的。宋以前的成都人爱耍、爱喝酒，宋以后的成都人爱耍、爱吃茶。坐茶铺这种从宋代开始的生活方式执拗地在成都扎根，从来不受改朝换代的影响。即便是传说中的张献忠几乎杀光了四川人，这种社会风貌也安然无恙地保留了下来，然后把湖广填四川的外地人悄然同化。所以成都的闲因为茶铺自成一道，而这种深入骨髓的闲，唯成都可解。

有人说："要认识巴黎，最好的地方就是巴黎的酒吧。"说这个话的人显然是对巴黎的认知到了返璞归真的层次，深知名动世界的香水、时装、化妆品以及集香水、时装、化妆品于一身的法国女郎都能在酒吧得到最好的诠释。

那么成都呢？成都毫无疑问应该是茶铺。一街一茶铺一度是老成都的独特风景，李劼人在《暴风雨前》写道："老成都这样安生的茶铺很多，平均下来，一条街总有一家……成都人跨出家门走不了几步路就有茶铺，茶铺在老成都几乎就是人们全部的精神文化生活场所了吧，吃茶、看戏、听书、摆玄龙门阵都是在茶铺里。"如先生笔下情景，老成都的茶铺众生百态，雅俗皆有，活灵活现地把成都人的生活浓缩在了随处可见的茶铺里。所以没有坐茶铺的热爱，算不上正宗成都人。想要懂得休闲之都的内涵，必须要坐茶铺。一屁股坐下去，成都那种浓得化不开的市井烟火气自然而然地扑面而来。最成都的盖碗茶、麻将、长牌、素椒杂酱面，甚至叶子烟，都明摆摆地在眼前上演。这种氛围有很高的接受度，让你不知不觉中融入了进去。你可以一个人读读书、看看报，冬天烤个太阳、夏天躲个清凉；还可以三朋四友天南地北摆龙门阵冲壳子，一阵慷慨激昂、一阵哈哈大笑；还可以唤来掏耳匠，头一偏、眼一眯，把一脸享受的表情生动地呈现在眉目间。这样子的闲好舒服、好安逸、好巴适！

　　我最喜欢的还是坐茶铺发呆。清空了思绪，豪横地占了两把竹椅子，一把拿来坐，一把拿来跷脚，在慵懒的半靠半躺中发呆，不用应酬别人，也不用应酬自己，就这么脑袋空空，不想不做，肆无忌惮地挥霍时间，让忙碌得疲惫了的身心松弛下来。有时候想想，能在快节奏的都市生活中忙里偷闲、静静发呆真的是一件特别幸福的事情。而这种幸福感在家里怎么也找不到，似乎家里的独处、清茶、发呆往往会滋生无聊和孤独，也只有坐茶铺，闹中取静，才能得一闲适。

　　怀念啊，大慈寺的茶铺、文化宫的茶铺、下河坝的茶铺、大安桥的茶铺、人民公园的茶铺。

　　越来越现代感的城市，越来越多的大茶楼，曾经那些遍及成都旮旮角角的茶铺也不知什么时候从视线中慢慢消失。老成都的茶铺时代终是过去了，车水马龙的大街不再安放记忆里的老茶铺，那个把城市的魂都发散在茶碗里的日子定格在了记忆中。即便大慈寺和人民公园的茶铺还在，好像也坐不出当初那个味道了，更像是为了缅怀而存在的地标，不再有随心所欲的闲味。

　　印象最深的是早些年大慈寺的茶铺，那时候的成都人对去大慈寺吃茶没有抵抗力，都爱扎堆往这里钻，无论男女，不分职业。茶铺开在小卖部后面，靠近围墙。从东风路这边的后山门进去，对直走，穿过一条长廊、一间大殿就到了。大殿是一个不算太大的天井，都算茶铺的地盘。天井的花架子上总是爬满了牵牛花、七里香、葡萄藤，遮天蔽日的，即便是夏天，这里也很凉爽。我是很喜欢在夏天到这里吃茶，喜欢那种时间变慢、慢得无聊、却又想一直无聊下去的感觉。蝉子不知疲倦地聒噪也不会觉得烦。

流沙河等成都的文化名人也都爱挤到大慈寺喝茶。兴许你绕个弯去上厕所，就能看见流沙河在那棵银杏树下与几个老头聊得正起劲。曾经很认真地同一帮文化圈的朋友讨论为啥圈里人都爱往大慈寺的茶铺钻，大家都认同一个观点，那就是没有为什么，就是喜欢去。

后来洁尘写了《城事》，恰好有一段是描写大慈寺茶铺的。那种久违的熟悉感瞬间被书中的文字找了回来。就像书中所说，大慈寺的茶铺就是这样一如既往生动，这样的生动对于如今四十岁至八九十岁的成都人就像是体温一样存在着。

前年冬天，两位老友相邀，说是去龙潭寺吃坝坝茶。走到地头，我知道那种似曾相识又回来了。找一处太阳晒得到的地方，每人拖来两把靠背竹椅安坐。嗯！这才是正确的老成都姿势。幺师走过来，镔铁船子哒、哒、哒甩开，青花白瓷茶碗挨个滑进茶船。幺师扯起喉咙喊一声"开水烫哦！"，长嘴铜壶高高提起，冒着烟的滚水冲出，茶香顺着蒸腾起来的热气飘散开来。使碗盖划拉两下，嗺一小口，发出"嗞嗞"的声音。茶水咽下，不约而同都轻轻"哦"了一声。大家会心相望，我说："这下来对了！"

前不久的《成都日报》有文说，成都打造了市井生活圈。我想，坐茶铺这样一种纯粹的、具有烟火气的文化现象该会唤醒吧？也许我们的茶铺又要回来了。

总而言之，没有坐过茶铺的外地人，算你没来过成都；没有坐过茶铺的成都人，也不要说你了解了这座城市。理由只有坐过茶铺的人才晓得。

作者简介：

韩旭，四川省作家协会会员，成都市锦江区地方志办公室总编，四川省文艺传播促进会副监事长兼方志文化经济中心主任，四川散文学会理事；发表长篇玄幻小说《红月教主》；主编杂志《品位锦江》，编著出版《激情岁月》《成都春熙路》等30余部纪实性作品，主持编撰方志、历史地情丛书近20部。

马晓蓉

茶杯里的世界

算算时间，在这间办公室待了有五年时间了。一张办公桌，一套茶具，两盆绿萝，与我共同度过了五个春秋。

两大盆绿萝每天和我对面相望，温情共处。绿萝的藤蔓缠绕在花盆里的木桩上，像一棵扶摇直上的小树。五年时间，我见证了它的生长和变化。比如，从小叶片成长到宽大的叶片，翠绿的叶片层层叠叠向上舒展，一年比一年茂盛，那么讨人喜欢。植物的活力，为严肃的办公室增添了生机，让疲惫繁忙的工作节奏有所缓解，更让办公室有了浓浓的生活气息。

办公桌上两台电脑，一台内网电脑是单位配备的，用于日常工作用。一台老旧外网电脑是从家里带来的，用于写作和查阅资料。两台电脑，一大摞书，一套茶具，把办公桌堆得满满当当。抬眼望去，似乎有点凌乱，但也难掩扑鼻的书香气息。

茶具，是我在办公室工作期间最亲密的器物。所以，我特意买了一套陶瓷茶壶泡茶，一个红棕色的小茶台置放在办公桌上。有了小茶台，洗茶，清理茶具就方便了许多。

每天洗茶，泡茶，喝茶，清洗茶具，如此反复触摸亲吻不知多少次。茶与我的感情，就像生死恋，山无棱，天地合，乃敢与君绝。

几年时间里，我先后用过一套茶具，两个茶杯。

第一把茶壶是陶瓷翠绿西施工夫茶壶。我之所以用陶瓷茶壶不用紫砂壶，是因为陶瓷茶壶泡红茶、绿茶、老鹰茶等各种茶都可以。喝完茶，将茶壶洗干净，泡什么茶都不会串味。紫砂壶泡茶，讲究茶与壶专用，才会泡出茶的纯正。一把紫砂壶，做到专茶专用。壶经过茶水长期滋养，茶与壶融为一体，壶变得温润灵动，壶与茶就达成了我中有你，你中有我的专属味道。如果紫砂壶无法做到一壶专用，就会串味，茶就失去了它本来的味道。办公室这把陶瓷茶壶，壶身小巧，圆润饱满，弧形手把，壶嘴微微上翘，配两个精致玲珑的茶杯放在茶盘上，就有工夫茶的情调了。多年来，我已经习惯了每天早上到办公室第一件事就是烧一壶水，泡一壶茶。一边做事，一边品茶。办公室是我8小时生活圈的全部，所以办公室茶的品种很多，有绿茶、红茶、老鹰茶、养生茶等。比如：养生茶我会这样搭配来泡，红枣菊花山药陈皮茶，红枣山楂陈皮茶等。陈皮是我在办公室晒的。单位午餐每天供应一个水果，如果是橘子，我就会把橘皮洗干净，放在办公室烘干，无论泡什么茶都放两片，茶，就有一股浓浓的陈皮香。陈皮是个好东西，素有一两陈皮一两黄金的说法，由此可见人们对陈皮的认可度有多高。陈皮存放的时间越久越香，功效越好。在陈皮市场上，三年五年十年十五年的陈皮都各有各的价位，时间越久，价位越高，功效越好。但由于办公室条件有限，我也只能做到头年晾晒的陈皮放在第二年喝，虽然陈皮无法达到三五年的功效，但依然能散发出诱人的香味。

所以，在办公室，茶杯里的世界是最丰富的，也是最有情调的。去年冬天，我泡茶不小心把茶壶盖打碎了，壶盖没了，茶壶自然是没法用。于是，我又换了一把玻璃茶杯。

用玻璃杯泡茶，没有工夫茶的雅趣。但让我看见了茶杯里多姿多彩的世界。比如泡绿茶，第一遍洗茶后，把滚烫的开水用上下拉动的方式倒进茶杯，茶在水的搅动下迅速翻出水面。顿时，明亮的玻璃杯里，细细尖尖的茶叶就冒出水面，整整齐一根根立在翠绿色的水中，就像如浴春天的一片竹林，看着就养眼。那时，你会觉得，摆在眼前不是一杯茶，是一件赏心悦目的艺术品。再慢慢品一口茶，让绿茶的清香在唇齿间环绕一圈，停留几秒，热乎乎的送入腹中，顿觉神清气爽，舒服畅快。茶的品种，性能不同，喝茶的季节也就不同。绿茶清凉解暑，适合夏天喝。但我也会做到绿茶或菊花养生茶，山楂陈皮茶交替着来喝，不会每天只喝一种茶。

红茶在玻璃杯里有红酒一样艳丽的色彩。红茶养胃，适合冬天喝。所以到了冬天，我喝得最多的还是红茶。虽然红茶适合冬天喝，但也不能每天喝，做到红茶与养生茶交替喝。比如，喝两三天红茶，再喝两三天养生茶。交替喝茶，是为了让茶的养生功效最大化。

老鹰茶颜色黄中带红，性情温和，不讲究季节，一年四季都可以喝。

在玻璃杯里泡菊花茶，视觉色彩是最艳丽的。滚烫的开水一倒入杯中，菊花便在水中慢慢盛开。白的纯洁无瑕，黄的艳丽富贵。再放两颗红枣，几粒枸杞，简单的一杯茶，构成了一幅美丽的图画，色香味扑鼻而来。菊花的清香，枸杞红枣的甘甜，承载了一杯水最丰富的内容。

养生茶可以根据自己的喜好随意搭配。玫瑰、柠檬、山楂、山药、折耳根、蒲公英、金银花等都可以泡茶喝。

在办公室，茶杯里的世界，是滋养身体最简单也是最有效的方法。长年累月，涓涓细流，身心合一，就自然而然地达到了延年益寿的效果。

作者简介：

马晓蓉，中国散文学会会员、四川省作家协会会员、四川省文艺传播促进会理事。出版专著3部，在国家级省级报刊发表作品数十万字，作品曾获国家级、省级多种文学奖项。

张永康

古佛茶缘

从威远越溪镇翻山越岭去荣县，那时还没有佛缘。

中午出发，汽车在坑洼不平的泥石路上颠簸，到了荣县已是深夜，一路风景自然是苦不堪言。

路途是苦的，自然一切皆苦。第二天看大佛，观碑林，如若观模具，没有触感。午饭后，本打算去寺里饮下午茶，但想到这返程艰难，只好立即出发。挽留的人说，茶已泡好，还预约了一位僧人讲茶，咋办？我说："改日再喝吧。"

自那之后，苦于生计，为生活奔波，美其名曰过日子。

一日于茶坊认识一位朋友，相谈甚欢，问其事业，令人钦羡，问其老家，荣县人也。品茶交流，相见恨晚，最后朋友竭力邀请，说一定要去他的老家喝茶。

盛情之下，说走就走。第二天朋友就开车接我，车是宝马。如今去荣县临近了高速，估计他会走高速路，可是到了威远越溪，居然下了高速，穿山越岭走老路。心想，这怕又是一场痛苦的旅程了。

翻上山岭，朋友就在车内放起禅乐，于音乐中给我讲述关于茶的一些典故来历。时候即是春天，空气中飘来清香，飞来飞去的鸟影以及随车摇晃的山影让我进入一种迷离状态。禅的音韵中，我听见朋友说，巴蜀之地，群山起伏，河谷纵横交错，地形变化多端，形成了许多小地貌和小气候，恰好是茶树得天独厚的生长条件。我说，都市一杯香茗，竟然来自这幽静的空谷山岭，真是难得。

说到茶史及文化，朋友滔滔不绝：巴蜀是茶的发源，上等茶树，避开闹市，躲开凡尘，吸纳天地之精华，吐自然之雅韵，荣县之茶就是上等好茶。关于饮茶，名士意在茶之珍和茶之韵，雅意相和，结交贵人；道士在于体茶之功，意在品茗人生；佛家在于悟茶之德，意在参禅悟道；平民百姓在于茶之味，意在涤烦解渴，享受人生。

我问，你家也种茶树？他说是世代茶农，近年来，家乡把茶与大佛策划在一起，推动了茶业的发展。

不知不觉，我们就到了他家。一栋小洋房，前面有小院，周围是茶树。他引我到院前的一个亭子，亭子的一侧供奉着一尊菩萨，亭子里的茶几上，摆满茶具，一位标致的姑娘，早已在那儿等候。她叫小雁，是他签约的茶师。

此时黄昏，四处漂浮着回归的声音。模糊的夕光里，仿佛空中有一丝丝静谧落到地上。

茶道开始，先是礼佛。在一曲佛乐中，我们跟随小雁做礼佛动作，她说，可想象这平和的佛乐声，像一只温柔的手，把自己的心牵引到虚无缥缈的境界，使烦躁不宁的心平静下来。

接着调息。双足跏趺，脊梁直竖，两手环结丹田，双肩稍微张开，保持头正，双目微闭，舌头轻抵上腭，面带笑容，全身肌肉放松，在佛乐中保持这种静坐姿势。在调息静坐的过程中，她已生火烧水，她告诉我们这称为丹霞烧佛，让我们从燃烧的火焰中去感悟人生的短促以及生命的辉煌。

接下来是候汤、洗杯、烫壶仪式。候汤，禅茶中叫"法海听潮"，从煮水中听水的初沸、鼎沸声，感悟"法海潮音，随机普应"；洗杯叫"法轮常转"，使心之茶杯洁净无尘；烫壶，叫"香汤浴佛"，表示佛法无处不在，亦表明"即心即佛"。

再下来，是赏茶、投茶、冲水、洗茶、泡茶。每一环节，茶师都报出一道佛语。如冲茶，叫"漫天法雨"，冲茶时壶中升起的热气如慈云氤氲，使人如沐浴春风，心萌善念；洗茶叫"万流归宗"，茶本洁净仍然要洗，追求的是一尘不染；泡茶叫"涵盖乾坤"，意谓真佛性处处在，包容一切，小小茶壶中蕴藏着博大精深的佛理和禅机。

茶泡好了，小雁开始给我们分茶，叫我们端起茶来，品闻香气，观看茶色。闻香即是"五气朝元"，益于健康；观赏茶汤色泽，可以从中领悟禅机，从深层次去看色即是空。然后再品茶、回味，慢慢达到圆通妙觉、大悟大彻之境界。

茶道表演共有十八道程序，我们慢慢细品，慢慢体悟，不觉时光流逝。夕阳落山，暮色四合，品茶已过一个多时辰，我们依然静静品饮，此时的佛乐与自然的天籁之声融为一体，让我感到心底有一种声音在升腾，慢慢化入大海般的夜色，把我引入那无边的佛性。

品茶入佛，过了很久才从另一个境界中回来。朋友说，今天品的是禅茶，禅茶文化精神是"正、清、和、雅"，其功能有"感恩、包容、分享、结缘"。禅茶一味，刚才的妙哉你也许领略到了吧？

这何止是领略，这简直是入境入定，我说感谢与兄弟你有缘，让我今天有如此深的领悟。朋友说，应该谢佛，佛让人乐生，佛让人精进，佛让我们有茶缘、人缘、事业缘。

我说，荣县千年古佛保佑，人民安居乐业，事业蒸蒸日上，一壶清茶即知大佛之功德啊。

"看来你已开始入佛，"朋友对我说，"明天我们去大佛寺拜见一上师，让他给我们沏一道禅茶如何？"

"大佛寺品茶——"我突然感到有一道灵光袭来，点亮我的思考：难道人生真有因果之说？十多年前的那杯茶还给我留着？真要让我再去品饮？

大佛寺的那位上师，是否就是十多年前候我饮茶的那位僧人呢？

（原载于《中华文学》2018 年第 2 期）

作者简介：

张永康，笔名"蜀国立秋"，著有长篇小说《心狱解码》《绝地》《商宇》、电视剧本《革命理想高于天》等。《东安湖》杂志副主编，《龙泉山》杂志副主编，四川省文艺传播促进会常务理事、龙泉驿区作协副主席兼秘书长。

四川
文学

作
品
精
选

马　登

夜游江南古镇（外一篇）

昼游江南，夜游乌镇。

乌镇之乌乃乌青，乌镇之镇乃古镇。《乌青镇志》中有详细说明："乌镇最早名曰乌墩、青墩两镇，1950 年才将两镇合并得名。乌镇有 1300 多年的建镇史，是中国古镇中保存下来较完整的江南水乡古镇之一。"

游乌镇，东栅与西栅两个景点最具观赏性。东栅白天游玩，而西栅最好选择黄昏和夜间观赏。

下午五点，从西栅入口处，坐船或者步行三五分钟便进入主景区。小桥、渡船、庭院、回廊、盆景、灌木……固态的景物在流水的牵引下开始生动起来。你只要在它们中间简单做些组合，用镜头可以构建唯美图像，用稿笺可以吟唱朦胧美诗。

夜灯拨亮，催眠风景，濯洗视线，涤荡心灵。梦幻般的光影于水波折射之间迷离眼睛。梦里无光则暗哑，梦里有光则鲜明。所有童话最感人之处一定不会简单局限童稚的纯美，更主要是它们都拥有一束点拨人心的光芒。乌镇的夜景正好符合童话的本真，既有童趣流淌出的感动，又有光影投射下的悟性。纯与真、静与动，在不经意间完美交融。其实，人们内心的启迪并不需要多么复杂的教程，用本真的语言加上一点萤火的光亮，也许就已经足够了。我想起作家冰心的《小橘灯》，那个纯真小女孩用心点亮的小橘灯，朴实简单，照亮了冰心前行的路，也照亮了广大读者勇敢的心。

乌镇的夜景深深地把我陶醉。

在这样的世界，我已经很难分清，自己是站在古老的门槛前，还是现实的窗帘下？是停泊在潋滟的水面，还是站立在神秀的土地？是在奇妙地穿越，还是艰苦地回归？是面对历史的敬重致以感恩的反哺，还是重新咀嚼来一次对自然景观和人文景观的反刍？

中国现代大文学家茅盾先生的故居就坐落在乌镇，这里是他出生和成长的地方。据载，800 多平方米故居，是茅盾先生成名以后用出版小说稿费所得购买的。进入正堂看到茅盾先生半身铜像：手握笔，体前倾，目视前方，眼光深邃。《子夜》《林家铺子》耳熟能详的小说从乌镇发祥地走向大江南北，传播五湖四海。乌镇成就了茅盾，茅盾成全了乌镇。

茅盾先生无疑十分幸运。可是，在九百多年前，另一位大文豪却没有这般福气。

南宋光宗时期，为避讳当朝皇帝"惇"字之名，将乌墩镇、青墩镇改称乌镇、青镇，自此之后乌墩就定称为乌镇。1079 年，面对同样一个"乌"字，大文豪苏轼就差点断送了性命！他所犯大案史称乌台诗案。这里的"乌"与乌镇的"乌"其实没有关系。乌台指御史台，官署内柏树常年有乌鸦筑巢，于是人们称它"乌台"。苏东坡性情狂放不羁，经常"乱"提意见，终于种下"恶果"——深陷文字狱牢笼。他被关押 100 多天，小命总算保住，重获了自由。按理说，受过挫折会更谨慎，好好总结，学会收敛才是。可是，江山易改，本性难移。在江南一带为官的苏轼先生，带着本性继续前行，从政数年，大起大落，坎坷跌宕，颠沛流离，伴其一生！

多情苏州无情命运

虎丘塔、寒山寺、苏州园林享有苏州三大景观美誉。而三大景观皆离不开一个"情"字。虎丘塔珍藏一段父子之情，以及白虎伴英雄惺惺相惜之情；寒山寺流传着"和合二仙"诚挚友谊已有千年之久，还有落榜生张继与江枫、渔火、钟声的千年深情；苏州园林则是以小见大的精致情怀为重要元素的艺术之情。

苏州的多情不是简单的心之所向、情之所至、爱之所往，它有深刻的历史渊源和独特的江南气韵。不过，也正是这些无可救药的天真烂漫带给苏州无尽的伤、绵延的痛。

比如虎丘塔的主人——吴王夫差的父亲阖闾，就是一个纯粹得冒傻、简单得迂腐的统帅。他因对孙武军事才能的钦佩，竟然同意孙武用后宫宫女小试兵法。而孙武为严肃军纪，毫不留情，对"三令五申"后依然不守规矩的两名宠妃斩首示众，杀鸡儆猴。看似整顿了军纪，展示了军威，可是，回头一想发现诸多问题：阖闾之举考虑相当不周，孙武之法天理不容。以宫女练兵本身乃错误之选，"小试"也有问题，小试不该当真，不该动用军法，斩首取人性命更是错上加错。仁爱何在？善良何在？说到这里，有些读者一定会反驳：何必小题大做，那个时代女人地位低下，社会文明程度不高，不能用今天标准衡量。这点我十分认同。但是，有一件事情却不得不提，"三令五申"这个成语正是此次事件沿袭而来，还经常挂在我们嘴边使用。借助这个成语，我们在生活与工作中，整顿了无数逾越规矩的事件，变无序为有序，惩治了懒惰、散漫、玩忽职守、藐视法规的态度，我们的内心得到过无穷的满足感。可是，在使用这个成语的时候，我们是否真的选准了对象？是否真的给予受众者心服口服的接纳空间呢？比如，教育孩子，很多家长总是拿出大人的逻辑与思想去规范他们，一旦孩子不听话，就用打、骂、吓，甚至"孙武式"的杀戮手法去管理他们，这怎么行呢！历史的教训在今天依然无休无止地上演，而且惊人地相似。

虎丘塔，乃斜塔一座，上千年不倒，有人觉得好玩，有人觉得稀奇，而我觉得难受。不知道是塔身对历史的揶揄，还是自然界在无心地嘲讽？暗喻也好，巧合也罢，回归问题本质，症结依然在虎丘塔基石上面，这难道不值得后人反思吗！

（2014 年个人文集《借阅星光》节选）

作者简介：

马登，四川省文艺传播促进会副秘书长、成都市作家协会会员、四川省诗歌学会会员。有作品刊发于《星星》《青年文学》《四川诗歌》《四川经济日报》《晚霞报》等报刊，作品入选《星星》诗刊编辑《中国诗人档案 2018 年卷》。著有散文集《借阅星光》。

曾庆渝

行吟青川

四川文学

作品精选

大美青川，位于四川北部，接壤陕西甘肃。经历过 2008 年"5·12"汶川特大地震，这片土地早已涅槃重生，嬗变成中国优秀全域旅游示范区。

春天的县城整洁漂亮。蓝天白云下，乔庄河浅浅的流水欢歌跳跃，一群又一群筷子长的鱼儿翻波逐浪，游曳嬉戏；白鹭优雅地扇动翅膀，仿佛在安慰水里的伙伴不要惊慌。老人带着孩子慢悠悠地散步，空气中欢快的笑声银铃响脆。车来车往的街道静静的，暖暖的阳光照在身上，热乎乎的。县城公园花木秀美，镜湖映日，森林中微风轻拂，远处掩映在树丛中的楼盘，像是一行行迷人诗篇的逗号句号。

县城美得像诗，乡村美得像赋。春天的阴平村，气候温和，游客稀少，农民忙着砌墙修院，忙着栽花种草，精心打造和美化民宿雅舍，准备迎接夏天蜂拥而来的游客。每年夏季，阴平村都吸引着来自全国各地的客人。这里空气清新，气温适宜，青山滴翠，绿水欢腾，富氧的空气里飘荡着淡淡的花香，蜜蜂嗡嗡，百鸟歌唱。休闲漫步的游人，三三两两，出没在鲜花树丛中，像童话世界的精灵，轻盈飘逸。邓艾入川的马蹄声早已散去，翠绿幽静的环境让人仿佛置身世外桃源。恹恹欲睡时，就到阴平河里去泡一泡，清澈冰凉的河水冲刷肌肤，像花仙子柔弱无骨的手掌按摩全身，顿时让人神清气爽。

阴平村挨着唐家河，唐家河是全国闻名的 AAAA 级风景区。踏入景区，就能感受到熊猫出没的气息。景区大路沿着宽宽的河流向深山延伸，窄窄的小路在森林中蜿蜒分岔，银杏、珙桐、松树、杉树等 2422 种植物拥抱着我们，熊猫、扭角羚、金丝猴等 101 种野兽在漫漫林带中悄悄活动，金雕、喜鹊、画眉等 266 种鸟儿在密林中飞来飞去，深山的幽静，大地的丰润，环境的舒适，生灵的欢愉，让这里堪比仙境。路边的猕猴蹲在地上，瞧着路人，一点也不恐惧，大猴带着小猴，慢悠悠地歇在路边地头，充当模特让人随便拍照，礼貌有加，绝不像峨眉山的猴子抢人东西，翻人背包。远处山坡上，三五扭角羚悠闲漫步，不时回头张望，把我们当成可以欣赏的风景。沿着阴平古道往山上走，最高处是摩天岭，奇峰耸立，杂树参天，有庐山之美，藏华山之险。山高林密，真不知当年邓艾面临绝壁，何来勇气，竟然冒着粉身碎骨的危险裹毡而下，取江油，攻成都。从那时开始，偏僻崎岖的阴平古道就与邓艾的英名连在一起，自然成了古今旅行者追寻的目的地。

从唐家河风景区出来，不远处就是青溪古城。青溪古城历来是兵家必争之地，蜀将廖化曾经在这里屯守，明朝大将傅友德曾率军抵达，许多历史掌故在这里传说。今天古城的城墙是后来修复的，瓮城内城互为拱卫，曾经的刀光剑影可以想见，攻城方和守城方拼命厮杀，为了捍卫各自利益竭尽全力，剑气血光铺天盖地，多么惊心动魄。攻与守都是短暂的，血与火之后必是和平。和平时期的青溪古城宁静安详，回汉民众和谐相处，你吃你的铜火锅，我吃我的回锅肉，各守规则，相安无事。古城内水街贯通，流水潺潺，芳草鲜花，葳蕤茂盛，仿古建筑整齐美观，牌坊高耸引人注目，临街商铺连绵不断，木耳香菌黄花核桃等土特产散发着浓郁的特殊香气。修复一新的古县衙，照壁上《青溪古城赋》映入眼帘："青溪古城，风水宝地。蚕虫之咽喉，蜀北之门户……东汉以来，烽火不绝。"眼前悠闲漫步的游人，讲着古老的故事，明建文帝流落到这附近的杂木沟老庙子（华严庵）也被描绘得津津有味。

与古城百姓的幸福生活相比，"幸福岛"上的百姓又是另一番风景。"幸福岛"是"5·12"汶川特大地震以后建成的，坚强的人民秉持"有脚有手有条命，天大的困难能战胜"的信念，在瓦砾遍地的废墟上艰苦奋斗。重建之初，高起点规划，高质量施工，把重建家园和农业观光旅游深度融合，形成今天这样一个引人入胜的世外桃源。每一座农家院落都有钢筋水泥结构的房屋，装饰漂亮，抗震保安；每一个院落里都栽种花草树木，高大的松树和摇曳的樱桃树高低掩映，鲜艳的月季花和明媚的杜鹃花握手言欢。坐在树荫下，品着茶，聊着天，身心放松。走进幸福岛风情街，浪漫气息浓厚，小酒馆、陶艺坊、铁匠铺等等，各有情调，节假日，这里定是人潮涌动。满街的红灯笼渲染着热烈的气氛，让绿色的田野显得十分冲动，人在其中走，心中好幸福。

如果说农家院落美在自然，那么初心谷中的"山谷原舍"可谓美在高雅。小河边，大山脚，层层叠叠的院落错落有致，规划合理，设计巧妙，建筑精美。每一株树，每一丛花，都经过精心挑选，搭配自然，花草树木与建筑物相互映衬，从任何一个角度观赏，都是一幅风景画。建筑物外面是中式风格，内部装饰中西合璧，原始的木凳木桌，西式的壁炉，宽大的会议室，温馨的图书馆，每一处都透出主人高雅的审美情趣。在室外宽阔的平台上，或品茶，或读书，或聊天，身旁有高大的银杏树，遮住刺眼的阳光，让光线变得柔和，伸手就可以触摸身边的花朵，瞬间唤起怜香惜玉的温柔。入夜，月亮升起来，远处的山峦影影绰绰，神秘莫测，脚下的河流泛着微光一路奔跑，水波跳跃的声音让周遭更显静谧。有人喝着夜啤酒，吃着烧烤，吹牛谈天，把一大堆友情泡在酒中，醉眼朦胧。房间就在小河边，淙淙的流水一直唱歌，脑海里始终微波翻涌，似睡非睡。这样宁静的夜晚，该不会有仙女下凡吧？早餐时分，一个大木盘上摆满精致可口的各种小吃，网红早餐让大家惊讶，纷纷拍照发朋友圈，让远方的亲友分享这份惊喜。说实话，在深山峡谷中，出现这样精致的早餐，不是亲眼所见，绝对认为不真实。原来，老板长期在北京打工，赚钱后回报家乡，把北京上海的高档饮食文化也引进到乡间僻野，让父老乡亲也感受到发达城市的美食趣味。这里的吃住歇，无疑是比照京城高端会所的规格打造，但价格又是适应本土亲民的。这一扇窗，吹进了现代都市的风，拉近了城乡之间的距离。据老板介绍，他们把带动周边乡亲脱贫致富视为己任，出工出力，改造环境，为振兴乡村尽了绵薄之力。

青川大美，值得书写的东西太多，战国木牍文化生态园、东河口地震遗址公园、白龙湖国家级风景名胜区等等，每一处都能够激动人心。东奔西走，不如到青川走一走，从深山老林的巨大变化，可以触摸到祖国中西部快速发展的脉搏，可以看到城乡一体化发展建设的稳健脚步。

青川，一个来了还想再来的地方！

（原载于 2022 年 6 月 8 日《四川经济日报·悦读》）

作者简介：

曾庆渝，四川省特级教师，四川省文艺传播促进会理事、中国散文学会会员、广元市散文学会常务副会长。

商振江

魅力小草坝

在云南省昭通市彝良县，有一个好听的地名叫小草坝。

初秋时节，伴着温和的阳光和习习秋风，我随蓉城墨客"望帝故里·昭通行"文化交流活动的四川省散文作家联谊会作家一行，从成都出发，沿着蜿蜒于绿水青山中的盘山公路，翻山越岭，来到闻名遐迩的小草坝风景名胜区。

景区的路面似银带飘向景点。中巴车上，导游介绍，小草坝有一大三多。一大：绿洲大；三多：水多、景多、天麻多。具体地说，一大，小草坝是滇东北最大的绿洲，是国家级自然保护区、省级风景名胜区。三多，一是水多。总面积163平方公里，有13条大小河流，河水就像白色的乳汁，滋润着小草坝的万物。二是景多。景区内散布着600余处景点，其风格迥异，集雄、秀、奇、险、幽于一体，山川秀美，景色迷人。三是天麻多。当地的气候、地理环境都适应天麻的生长种植，绝大多数的农民都懂得天麻的栽培技术，盛产驰名中外的"小草坝天麻"，年产水天麻可达200余吨。所以，小草坝素有"天麻之乡"的美誉。

进入景区，顺着流水的声音寻觅而去，我立即被眼前的景致惊呆了，在高高的山端崖壁处，一条瀑布轰然作响，沿崖壁飞落，遒劲犹如白龙，在水柱落入清潭的一刹那，飞珠溅玉，给寂静的山涧带来勃勃生机。旁边的木牌上赫然写着"望夫瀑"三个大字，那悠扬的水声就是从这里传出来的。初秋多彩茂盛的花草树木，伴着飞瀑两旁连绵起伏的山峦，我脑海的荧屏上突然浮现出"水到绝处是风景"的字幕。作家们争相拍照留念，把自己镶嵌在这美若仙境的山水画里。

站在大石板上，大家被望夫瀑独特的美景吸引着。但是，更吸引大家的则是望夫瀑那优美的爱情故事。多年前，天麻有性繁殖技术还没有研究出来，当地村民以寻找野生天麻为生，而瀑布下是他们的必经之路。当勤劳的丈夫去山里寻找天麻，傍晚之时，其妻就会带着食物来到瀑布下的大石板上，她们唱着优美的山歌，期待丈夫平安无事，满载而归。待到丈夫带着辛苦寻来的天麻回到这里，夫妻便一起用餐，然后高高兴兴地携手踏上回家的路，久而久之，大家就把这里称为"望夫瀑"。

作家们争相在望夫瀑赏景拍照，驻足不前，导游高喊："请老师们赶紧往前走啦！前面有更美的景观等着大家呢。"

如果说望夫瀑尽显水之柔美的话，那么佛光瀑便彰显出雄壮之美了。佛光瀑的落差虽然没有百丈，但也有 80 余米，瀑布就像一条发怒的银龙，从半空中猛扑下来，由于其落点为山石，便呈现出水花四溅、水雾氤氲的景象，展示出一种虚幻之美。望着那从绝壁上飞流直下的瀑布，不禁让我想起李白"飞流直下三千尺，疑是银河落九天"的诗句，大自然神奇的鬼斧神工，令人唏嘘赞叹。

佛光瀑旁边有一块巨石，酷似一尊正在打坐的佛。导游说，每当雨后天晴，大约在下午 4 时许，太阳正对石佛的头部，石佛闪闪发光，极像佛光，遂命名瀑布为"佛光瀑"。但是，佛光不是人人都能见到的，只有有缘人才可以一睹风采，而见佛光者，必然六时吉祥，万事如意。

小草坝是大自然赋予昭通的一件瑰宝。景区山峰密集奇特，气势宏大壮阔，整体造型完美，使人有一种"人在山中走，宛若画中游"的感觉，让人依依不舍，流连忘返。带相机的文友忙得不可开交，用手机的文友直喊储存空间不够，还有的文友手机提示：电量不足。山美水美让大家忘记了爬山的劳累，不知不觉来到了取经桥。

关于取经桥，传说唐玄奘为探究佛教各派学说分歧，于贞观元年从长安西行五万里，历经"九九八十一难"，到印度佛教中心"那烂陀寺"取真经，前后十七年，学习了当时大小乘各种学说。公元 645 年玄奘归来，从印度及中亚地区带回国的梵筴佛典，共 526 筴、657 部，对佛教原典文献的研究做出了很大贡献。玄奘法师途经该桥，曾在此发誓：宁可西进而死，绝不东归而生，不到天竺，誓不回头。

当我们对唐僧取经的执着赞叹不已时，导游却把大家的注意力引向了不远处的中国天麻博物馆，讲述了天麻之名的一个民间传说。

相传云南境内有一个彝族山寨，寨子里有一个彝族阿咪子（彝语：姑娘）叫依麻，她与彝族青年呷基相爱，不料灾难降临，依麻终日头痛眩晕，十分痛苦。于是，她在"干栏式"住宅门口横上一块黑心木，当呷基到来，她含泪唱道：

金丝鸟断翅栽山洼
阿哥莫要再到我家
不是阿妹子不钟情呀
拖累岩鹰，石板难开花……

呷基听罢，非常伤心，他接着唱道：

暴雨打折了索玛花
花瓣凋了有根芽
待到雾散霞艳春风吹
绽苞裂朵哟，似彩霞……

唱着，他推开木栏走进去，见依麻头痛难耐，用双手抱住头，呷基急忙请来毕摩为其治疗。依麻清醒后，知道自己病情严重，为了呷基的幸福，将其送给她的耳环放在门口，独自走进深山老林。为了让小伙子死心，也为了自己早日解脱，她在背阴的烂树叶里，找到一种无枝无叶的怪草，毫不犹豫地吃下去。正所谓"人到绝境是重生"，依麻惊喜地发现，头不再那么痛了。

呷基发现那对耳环为时已晚，赶紧带上弩箭进山寻找。当洪亮的呼喊声传来，依麻知道，痴情的呷基来了。依麻告诉他，怪草可治头痛眩晕之症，于是，他们挖了很多怪草，手拉手唱着山歌回到山寨，送给患有头痛眩晕、四肢麻木、手足不遂、风湿痹痛、癫痫抽搐、破伤风等病魔缠身的同胞，同胞的疾病也都逐渐好了。由于这种上天所赐之物，是依麻发现的，又专治头痛眩晕、四肢麻木等症，人们就把这种怪草叫作"天麻"。

小草坝之行，作家们不仅欣赏了独具特色的自然景观，还领略了这里丰富的天麻资源。小草坝就像一个纯朴、善良的村姑，更多的是自然美，给大家留下了极其深刻的印象，令人神往。我想，这就是小草坝之魅力所在吧。

（原载于 2019 年 10 月 24 日《四川经济日报》）

四川
文学

作
品
精
选

作者简介：

商振江，中国散文学会会员、四川省文艺传播促进会理事兼乐山市办事处常务副主任、《峨眉河》杂志主编。有文学作品散见于《人民日报》《四川日报》《中国诗词》《川鲁现代散文精选》、人民日报海外网等各级报纸杂志、网络平台及部分文集，并多次获奖。

冯荣光

"雌雄同株" 千年传奇

大雾弥野，四方混沌，不辨远近。临近中午，昏然、惨白、朦胧的太阳依然驱散不开平原上那紧锁的浓雾，只是雾霭比先前散淡了一些，百米外的景物还是模模糊糊，始终撩不开那层薄薄的乳色面纱。成都平原这样的雾天，如今却已十分少见了。

2013年在这个冬雾笼野之天，我驾车寻访古树，沿聚青路到都江堰市聚源镇，车上导航显示，距聚源镇大约还有4公里。

突然，在我左前方，朦朦胧胧的旷野中闪现出一株参天大树。虽然看不清它真实的身影，但穿破云天伟岸的身躯，透过那层迷蒙雾纱，明白无误地显现出来，这是一棵古树，这让我兴奋和激动。于是，将车停在路边，循着一条机耕道，走进被小树林掩映的迷雾深处。

四周很宁静，偶尔从小树林中传来清脆的鸟鸣。

这是一棵古老的银杏树，兀自孤单地屹立在这一大片小树林中，一条机耕道从它的面前经过。四周清寂，见不到人影，有一座残破的小庙，早已没有了香火。

这棵银杏树不仅高大挺拔，而且十分壮硕。树身上挂有状若银杏叶的名木古树保护牌，上面标明了这棵古银杏的身份："编号：0508；树龄：1400年；科属：银杏；一级保护。都江堰市人民政府2009年5月。"

我围绕着这棵古银杏树转悠，细细地观看着。这棵树的树径约3米左右，高达30余米，需六七个成年人合抱。它的主干被厚土掩埋，露出地面部分仅有0.5米左右。主干分为两枝，分枝树径约为1.5余米，树臂擎天，虬枝飞舞，十分壮观。

靠机耕道一面，左边的树干露出高约 1.2 米的树洞，可以窥见里面空洞漆黑的树身。树身上有一枝直径约 0.6 米的残枝，残枝周围长出许多细长的枝条。右边的那枝情状更惨，在它的背面有一个 3 米多高、宽约 1 米的空心树洞，仿佛被剖开的腹腔，露出炭黑的表皮，树洞里可以站三四个成年人。我十分惊讶，这棵树太苍老了，整个身躯全靠那层厚厚的树皮支撑。风烛残年，雷电风霜，这棵树的命运实在堪忧。

但它的生命力太令人惊叹了，在残枝桩头上，竟生发出若干气势昂扬的新枝。似乎像饱经沧桑的老人，纵使伤痕累累也不屈服于命运的摆布，执着地要将其血脉永生延续下去。

它非凡的内在力量，支撑着它的高贵。巍峨挺拔的腰身，向天铁立的虬枝，擎起那一片天。它像久经沙场的将军，始终保持着威棱的气质，高贵的尊严。历经沧桑千般苦，气凌霄汉向苍天。

三九寒冬，它的树叶已经落光，地上铺着一片金色，这是它在寒冬中撒下的最后辉煌，足以温暖我的心。

四川文学

作品精选

导江，这座在成都平原西部曾经有着千年辉煌历史的废县，因为寻访一棵千年古银杏树，无意之中循着时光隧道，竟在聚源镇这片黑土地上，找到了早已隐入尘埃的导江遗址。眼前这棵古老的银杏树，则是导江县城曾经存在的唯一地标。没有它镌刻的年轮，导江县便只是存于虚无缥缈的历史传说和文字生冷的地方文献之中。

这棵古银杏树有许多故事，1400 多岁，它像一位经世尊者，要经历了多少朝代和世事变迁啊！

白果寺有位居士叫王乐昌，他是一位小学退休教师，平时在这里管理寺庙，负责香火。我说明来意，便与他攀谈起来。说到古银杏树，王乐昌的话匣子就打开了："我从小就喜欢在白果树下玩，对白果树很有感情。这里原来是一间破烂的房子，村民们逢年过节都要来拜白果大仙，烧香祈福，挂红许愿。我和老伴将香火钱筹集起来，把破房子改造一新，就是现在这个新修的白果寺。2019 年，我们还办了一次庙会，村民和香客热热闹闹地在白果树下坐了十几桌。"

"这棵白果树是'雌雄同株'，还是杨贵妃种下的。"王乐昌说道。

我的兴趣来了，为了弄清缘由，便打破砂锅问到底。

"它的主干修台基时埋没了，有1米多深，现在只能看到一点。丰满的那一枝有乳，是雌树，另外一枝是雄树。雌树要结果，雄树不结果。雌雄两株很壮，但左臂右膀都残废了……"

这棵古老的银杏树因为"雌雄同株"，至今还留下了一个关于杨贵妃"遗果成树"的美丽传说。

杨贵妃和这棵古银杏有何关系呢？杨贵妃之父杨玄琰，时任蜀州司户参军，是掌管州级户籍、赋税、仓库交纳等职的行政幕僚。他在导江县衙附近置房定居，由此"杨家大院"远近闻名。杨家大院距导江县衙很近，其父杨玄琰常带小玉环到导江县衙公干。一日，小玉环随父到县衙，她手握两枚银杏果在县衙门前玩耍。父亲带她回家时，小玉环不慎将两枚银杏果遗落在县衙门前地缝里。此后，这两枚银杏果合成一体，长成了一棵"雌雄同株"的参天大树，人们称为"奇树"。

是否杨贵妃亲植？不必考证。即便是传说，人们更愿意将这个美好的故事嫁接在银杏古树这个载体上，只有它能承载历史的厚重，延续世代香火的供奉。

"一树擎天，圈圈点点文章。"（苏轼）千年古银杏向我们讲述着盛唐风韵、两宋华彩，导江地灵人杰真的不同凡响。

唐代导江县令冉实，兴水利、办教育、育人才，致名士辈出，而享有"唐代子产"之美誉。宋仁宗时期，殿中丞兼任永康军和导江县令刘夔在位时清廉自律。"六知却金"拒贿，以宦绩宦守而著称。宋真宗时，刘随被贬授永康军判官，在五个方面的惠政赢得了广泛的"口碑"。尊教崇文；斥罢淫祠；凿山通井；去猾奸、辩枉狱；安屠人、息秋千、植树为垒。冉实、刘夔、刘随等人在唐宋官场上颇有政声，给后人留下"重教兴学"的传承之脉、"摆袖却金"的廉洁之风、"冰壶秋月"的清流之气。

导江县是著名的茶马交易市场，唐代有"博马场"，宋代设置了"茶马司"，茶马交易十分活跃，延续数百年。县城有"九楼十八铺"，名胜有导江古园。登楼揽风，西眺雪岭群山起伏，东望蜀府平畴千里。导江，一时成为唐宋文人雅士游览吟诗作赋之地。

导江不仅经济繁荣，而且儒、道、释文化昌盛。著名的迎祥古寺与成都昭觉寺、草堂寺，什邡马祖寺齐名，享有"川西四大丛林"之美誉。

然而，宋元战争让一座千年县城彻底废了。元朝铁骑的弯刀"肆行剽掠"，无情的战火将它的建筑、街巷，城市所有的一切形态抹去。

这棵银杏树却毫发无损，奇迹般地在这片神秘的黑土地上留存下来，民间传说，这是一棵"神树"，能避凶灾、毒火不侵。它似一座"无字碑"，铭记着千年导江的繁荣与衰落，和平与血腥，辉煌与毁灭；它似一部书，述说着人类的暴行、无知、愚昧和荒唐。

巍巍银杏树是导江历史遗产"活着的文物"，成为千古传奇。

（原载于《格调·美文》2023 年 7 月号）

作者简介：

冯荣光，毕业于四川师范大学中文系。中国散文学会会员、四川省文艺传播促进会监事长、成都市成华区作家协会副主席。曾任《当代四川散文大观》《四川省散文名家自选集》副主编。著有人文历史散文集《保和场》《发现西充》及《跳蹬河》（合著）。出版电视散文《银杏风舞的季节》《荷塘风语》《梨乡，春天的童话》。

李临雅

那棵特立独行的树

他就在我家厨房的窗户下面。

只要我在厨房里，无论做什么，只要稍稍抬起眼睛，就能与他对视，他的个头已经高过了五楼。他是一棵树。之所以将他定义为男性，是因为我看见他，就会想起诗人龙郁对树的描写"……一个在风雨中狂奔的绿衣汉子/满头乱发飘飘"，这就是他的状态。

我观察他已经好几年了，越来越觉得他和别的树不一样。我还专门下楼到他跟前去过，想要知道他究竟姓甚名谁。可是很奇怪，院子里其他的树干上都有个牌子，写着树的名字、属性什么的。但是他没有！走遍了整个小区，发现了他的几个同类，但他们竟然也都没有胸牌，没有名字。算了，就把他称为"特树"吧，一棵特立独行的树。

注意到他，是从几年前的秋天开始的。他的体量很大，树干最粗的地方一个人抱不过来，树冠也张得很大，在别的季节，和周围的绿色混在一起，顶多就觉得他个子大一点儿而已，没什么特别的。但是从深秋开始，别的树都发了黄，掉了叶，周围一片稀疏的时候，他就整个儿地凸显出来了。整个冬天，它都枝叶繁茂，仍然满头乱发飘飘，更重要的，它是绿的！一如在夏天，郁郁葱葱的绿，深沉的，浓郁的，饱满的绿。好像忘了季节，忘了冷暖。在周围一片萧瑟中，显得格外的突出、另类。名副其实是冬的凋零景象中的一抹亮色。看到它，仿佛提前看到了春天。

然而，到了来年三月末，阳光明媚，春意盎然，草长莺飞的时节，它却开始有黄叶了！一点点儿地黄，一天天地黄，越来越黄，越来越多地黄……渐渐地，满树都是黄叶，成了那些深深浅浅的绿的簇拥中的一棵"黄树"。接着，那些黄叶往下落了，纷纷扬扬，飘飘洒洒，树底下落叶缤纷，层层叠叠。你感觉，它孤身一树，挺立寒冬，到这个时候，周围的绿都重现了，自己完成了任务，也委实有点累了，该是脱下外衣，歇息一下的时候了。这才去完成那个必不可少的一年一度吐故纳新的自然的过程。

我等着，等着看他树叶落尽，露出别的树都有过的裸露枝条的那种干巴萧瑟的形象。那种期待，有点像想看一个人脱下衣服，露出原形来。因为你觉得他有点奇怪，想要看到他的真实面目……

然而，没有！真的没有！居然没有！他落叶的方式是从顶部开始的，凡是落完了黄叶的枝头，都似乎有一点似有似无的"绿"！等到所有的树叶都落尽的时候，看到的是整体透着新新鲜鲜的淡绿色的一棵树！所有的枝条上，都是嫩嫩的新叶！原来，在老树叶们渐黄渐落的时候，新的树叶已经在悄悄地冒出来，在枝条上排列着了！它们蜷曲着身体，藏起小小的头颅，等到老树叶们悉数离开树枝，便齐扑扑地抬起头来，伸直臂膀，蓬蓬勃勃地舒展开来，和别的所有的生命一起沐浴在明媚的春光中了！

这是一棵什么树啊，对绿色那样的执着。他绿在冬天，又以前赴后继的顽强与敏捷，没有错过春天。任何季节，都以一种最好的形象出现。真是一棵特立独行的树，一个卓尔不群的绿衣汉子。

写完这篇文章，又到院子里去看这棵树的时候，发现树干上有了块牌子，上面写着："黄葛树　科别：波罗蜜亚科，落叶乔木，茎干粗壮，树形奇特，悬根露爪，蜿蜒交错，古态盎然。原产：中国。"我觉得，还少了一句，"常绿，春天落叶"。

尽管知道了他的大名，我仍然喜欢叫他"特树"——特立独行的树。你看，他就在那里，不管这世界上发生了什么，仍然按照自己的韵律挺立。天天和他对视，对生命有了新的感悟。

（原载于 2023 年 3 月 21 日《晚霞报》）

作者简介：

李临雅，曾在《四川建筑报》《晚霞报》《四川散文》任职。已出版《海外归来的龙门阵》《另外一种风景》等著作。散文集《流痕》获首届"四川散文奖"。四川省作家协会会员、四川省文艺传播促进会名誉理事、中国散文学会会员。现任成都市金牛区作协副主席，《格调》"美文"栏目编辑。

麦明德

油菜花遐思

阳春三月是百花盛开的季节。雪白的梨花、娇艳的桃花，在暖洋洋的春日里会让人流连忘返，但在川西坝，它永远比不了田野里一望无涯的油菜花带给我的视觉冲击。

川西坝有平川有丘陵，每年三月，无论是千里平川还是绵绵山丘，油菜花从不缺席，黄灿灿地让人浮想联翩，给我们的锦绣河山增添了一道富贵的色彩。

回想起小时候我也跟着大人们栽过油菜。在那个物资匮乏的年代，油菜是农村不可缺少的经济作物。除了油菜籽榨油而外，油菜秆也是农户最喜欢的柴火。农家煮饭烧油菜秆比烧稻草和麦草要清洁卫生一些，烟尘少火力劲道。我小时候喜欢坐在灶门前看书，烧油菜秆做成的草把，根本不会因为煮饭打断我阅读的连贯性。

也许是因为生在农村，那时候的油菜花并没有引起我过多的注意。那个时候我们在意的是油菜籽。至今我还记得油菜籽成熟收割的场景：大人们在油菜籽成熟了的时候，先是把油菜秆砍断放在田里晾晒，晒到油菜籽能从油菜壳里打出来时，人们才将田里的油菜秆运到晒场，用一种川西坝叫作"连盖"的农具，把油菜籽从油菜壳中打出来。收到的油菜籽除了上缴而外，剩下的就分给各家各户。人们用分来的油菜籽榨出的油，就是自己家里一年的食用油。

虽然没有在意油菜花，但是飞舞在油菜花中间的蜜蜂却是儿时永远抹不去的记忆。小时候在家里没有玩具，油菜花开的时候蜜蜂也"嗡嗡"地飞在油菜花间，在午后的暖阳下，我很喜欢和弟弟妹妹与儿时的玩伴一道，在油菜花间玩捉蜜蜂的游戏。尽管这是一种小游戏，但技术含量却很高。一是蜜蜂在花间飞来飞去，不好捉；二是蜜蜂有刺，捉住了弄不好会蜇到手。可能是油菜花花粉的清香灌醉了采花的蜜蜂，一个下午，我们总能捉住好多蜜蜂，然后将它们装到小瓶里，希望它们能酿出蜜来……

以后的日子油菜花年年开年年谢，我少了儿时的童趣，多了命运的奔波，认为花开花落只是世间固有的轮回，没有惊喜也没有惋惜。

到了最近几年，春风强劲，乡村的油菜花又被人们赋予了新的内涵。先是有人运用菜花的黄、麦苗的绿，进行间种造型，或是美丽的图案，或是吉祥的文字——比如"爱我中华""春天快乐""彭州欢迎您"等，把原本朴素的田野，裁剪成多彩的花园。如果此时从空中鸟瞰我们的乡村，真是美不胜收。当成群结队的城里人开车到乡村欣赏这里的美景时，才知道原来建设的乡村公路早已为今天的繁荣埋下了伏笔。

寂寞的乡村变得热闹了！

油菜花间，不仅有赏花的人群，还有与这里相映成趣的"川西民宿"及露营广场。有很多城里人全家老少来到这里，或住民宿，或在露营广场搭起帐篷，白天欢天喜地地在油菜花间游玩，把各种浪漫留在这里，晚上住在这里，享受乡村独有的宁静。

也有很多诗人到了这里诗兴大发，写了很多赞美油菜花的诗歌。我从微信朋友圈看过这些诗句，总觉得这些诗都是对乡村美景的最廉价、最简单诠释，在我心里由油菜花构成的乡村美景可能是用文字无法表达的。

前几天有朋友给我发来一些照片，说是有的地方还栽种了"七彩油菜花"。照片上的花开得很艳，黄色、粉红、紫色或淡或浓摆出的造型让人耳目一新，要不是看见花朵下面熟悉的油菜叶，我还真不会相信这是油菜花。

田野里五彩缤纷的油菜花对我的视觉冲击力很大，给我心灵的冲击更大。油菜尚知通过自我变革改变自己，为自身增添色彩，那我们又为什么不可以自己努力，让生活变得多姿多彩，像眼前的油菜花一样，结出不一样的果呢？

（原载于《大中华文学》2023年1期）

作者简介：

　　麦明德，笔名麦熟，四川省作家协会会员、四川省文艺传播促进会理事、成都市作家协会第四届全委会委员、彭州市作家协会名誉主席。从1987年开始，陆续有中篇小说《用人命揭开的浑浊秘史》《鸪仙山疑案》《丁香花的诱惑》等七部和短篇小说若干在省市报刊发表；长篇小说《失踪的凤凰》《黑幕香魂》被录制成广播剧在"爱奇艺名师课堂"和"喜马拉雅"听书网等网络平台播出；长篇小说《金彭遗影》2016年由白山出版社出版；长篇小说《依恋》2023年由光明日报出版社出版。

蒲光树

菜花香，菜籽肥

又是一年春三月，追随春天的脚步，我来到大邑县董场镇稻香渔歌艺术中心，把自己放逐到了一望无际的油菜地里。

车刚停下，我一推开车门，浓郁的油菜花香就随风扑面而来。循香远望，金黄的油菜花仿佛从天上倾泻而来，铺天盖地，绵延舒展，漫无边际。油菜花纯正的黄主宰着，黄得耀眼，黄得热烈，黄得明快，黄得有些张扬。这里就是一座金色的殿堂，一汪金色的花海。

我要投宿的稻香渔歌民宿，就坐落在这片金黄的油菜花海里。

这里远离都市，如黛的西岭雪山与青葱的田野、扶疏的翠竹、金黄的油菜花以及星罗棋布的民居院落，构成了一幅极富层次感的川西坝子的田园画卷。这个季节，这里没有稻香，没有渔歌，只有金黄的油菜花在这幅画卷上铺展开来，乡村的房前屋后，田坎地边，银杏的新绿，海棠的殷红，红叶李的粉白，在油菜花前，全都低下了高贵的头。在这暖春三月，油菜花才是乡村的主角，油菜花一登场，天底下没有什么颜色能够与之媲美。

我迫不及待融入了这幅色彩斑斓的画卷。

柔和温暖的阳光，给大地注入了蓬勃的活力。暖风轻拂，田野里一株株油菜枝叶交错，不紧不慢地等待着轻快的脚步踏梦而来。一朵朵油菜花挨挨挤挤，轻歌曼舞般随风摇曳，张扬着金灿灿的喜悦。我穿行在油菜地里，身上沾满了花粉花瓣。浓郁的花香包裹着我，身体发肤落满厚厚一层油菜花的香味。在我眼里，这一地的油菜才是神奇的酿造师，她们扎根沃土，把天地之灵气调和到自己的血液里，发酵成这人间至美。"这世上，只有美好的事物能让我低头。"油菜花很美很美，美让我低下了头，去贴近一朵油菜花，我仿佛听到了油菜花扑通扑通的心跳。

我是乡下人，对油菜花太熟悉了。在我的记忆里，油菜花也就是村姑，清纯而朴素，花开花谢，悄然宁静，人们见惯不惊。小的时候，我经常和小伙伴在开满油菜花的地里乱跑，一次一次被大人们呵斥。稍大一点，我就下地劳作，在深秋时节，栽下一行行油菜苗。春暖花开的时节，一大片一大片金黄的油菜花，热热闹闹地改写了那片土地的寂寞。我挑着粪桶，一次次从油菜花旁走过，饥饿、疲乏、劳累，掏空了我，油菜花到底有多好看，油菜花到底有多香，我一点没感觉，我没有力气去欣赏一朵油菜花的美。在那个缺乏油水滋润的年月，我巴不得油菜花早点掉得干干净净，我垂涎欲滴的是那滚圆饱满的油菜籽，一粒一粒，饱胀着肥美的油！

自我从农田出走，日复一日在水泥路上奔波，我天天都站立在大地上，我似乎与农田之间有了一道深深的隔阂。我时常用菜油炒菜做饭，我的每一天都在菜油里泡着，我却愈来愈远离了农田，远离了一朵油菜花的香。

踏春的日子，我也曾路过一块一块油菜地，那一片一片金黄也让我情不自已。我一次次想抽出一时半会时间，去亲近一朵朵油菜花，偶尔我也确实站在了油菜地边上，却总是匆匆一瞥，就急急忙忙转身离去。其实，我明白，不是我有多么的忙碌，也不是水泥路面阻断了我与田地的亲近，而是桃红李白牵绊了脚下太多的时光。

此刻，我终于站到了一片油菜地里。

油菜地里，孩子们追着蝴蝶，躲着蜜蜂，菜花深处不时传来童声稚气的欢乐；太婆们在油菜地边的空地上翩翩起舞，对着镜头拍着抖音；俊男靓女则摆出各种姿势，用镜头保鲜着青春岁月的花容月貌。一架旧水车，转动着古老而悠久的农耕故事；一道秋千，荡起了一阵阵混着花香的欢笑；一抹炊烟，勾起了多少游客蕴藏心灵深处的缕缕乡愁；一座稻田迷宫，翻新了诸葛亮八卦阵的不解之谜……人们三三两两，游走在油菜花海里，尽情享受着这春日的惬意生活。

这里的油菜花架起了城乡互动产业融合的桥梁，这里的人们把油菜花做成了乡村振兴的大地艺术。

我继续朝油菜地的深处走去。田埂很细，路面很窄，仅能容下一只脚。走得有些累了，我索性坐在田埂上，坐在油菜花丛中小憩。花开，是很认真的仪式。在我面前，每一朵花都在认真地开放，为了繁育那一粒粒子实，也为了头上那一片片认真开放的阳光。我把黄灿灿的油菜花顶在头上。花瓣从我头顶飘下来，一瓣一瓣，紧贴着泥土。这些花瓣率先把舞台让给了青灰色的角果。花瓣脱落处，角果正孕育着粒粒子实。子实正在灌浆，不久就会幻化成一粒粒滚圆饱胀的油菜籽。

花落香销，油菜把灵魂留给了油菜籽。

午后的阳光从油菜的枝叶花朵间筛下来，瘦了许多。远离了公路，远离了市井喧嚣，远离了游人，田野很静。附近可能有养蜂人，蜜蜂出奇的多。密密匝匝的蜜蜂，在油菜花朵间忙忙碌碌，上下翻飞，不停地扇动翅膀，演奏着同一首歌，嗡嗡嗡的旋律，回响在我的耳旁。这种天籁，我是第一次用心聆听。我有些陶醉，这些占尽风光的小生灵，一生忙忙碌碌，哪有时间去领会罗隐的叹息；而赏花的人们，从油菜花旁嘻嘻哈哈走过，金黄的油菜花填满了他们的瞳孔，他们早已忽略了花轴上那肥美的油菜籽。

太阳西沉，殷红的光晕染着花海，油菜花更加妩媚动人。我起身继续穿行在一片一片油菜地里，有些流连忘返。直到暮色渐渐四合，我才匆匆住进民宿。

民宿的房间外有一条小水沟，小沟水外就是一大片油菜地。浓郁的油菜花香越过小沟和竹篱笆，弥漫开来，像刚出窝的醪糟，风打这里经过，也会醉得不知归路。

花香紧紧地吸引了我。

我匆匆放下行囊，搬来鞋凳，倒尽所有的心思，在观景平台禅定落座。

夜色渐浓，天空空着，没有月亮，也没有星光。油菜和我隔着竹篱和水沟相望，我们都不说话，只用馨香和呼吸交流着。田野朦朦胧胧，油菜花渐渐归隐，只留下一道丰盈的轮廓。油菜花的馨香充盈着，填满了整个时空，那是浓香，那是清香，那是酱香，那是油菜花释放的荷尔蒙，让蜜蜂迷路，让蝴蝶失眠，让多少诗人在菜花香里丢了魂。花香落下来，咚的一声，砸醒了青蛙。青蛙应和着油菜花香，呼朋引伴，谈着恋爱，由远及近，由近及远，一声一声，述说着一个冬天的苦苦思念，不一样的音调，讲着同样的故事，都零零碎碎，又缠缠绵绵，没完没了。这样的夜晚，有这样迷人的花香和阵阵的蛙鸣陪伴，我只希望黎明最好迷失在路上。

花香成海，朦胧成诗。我想写一首诗，但我一直不敢落笔，油菜花这个古老的话题已经滥情。不过，我还是喜欢乾隆赞美油菜花的诗："黄萼裳裳绿叶稠，千村欣卜榨新油。"过段时间就要榨新菜油了。菜油调和着人间烟火，没有菜油，饭菜就会少了许多滋味，生活就会失去许多色彩，日子也会锈迹斑斑。乾隆，作为一代君王，透过油菜花，看到的是肥美的油菜籽，想到的是民生。

我是平民，我喜欢美艳芬芳的油菜花，更喜欢肥美的油菜籽，还有那新榨的菜油。菜花没睡，花香氤氲。我也没睡，静坐着，任绵绵思绪溶解到无边的油菜花香里。花香没能留住夜的脚步。深夜，我敞开推拉门和窗帘，让花香落满整个屋子。花香落在我枕边，醉了我金色的梦。梦里，我把自己开放成了一朵油菜花。

（原载于《人民日报》海外版，2022 年 4 月 13 日，此文获第十届"冰心散文奖"）

作者简介：

蒲光树，中国作家协会会员、中国散文学会会员、四川省作家协会会员、四川省散文学会副会长（代理秘书长）。散文作品发表于《人民日报》《四川文学》《重庆晚报》《华西都市报》等报刊。出版散文集《烤红薯·方便面与拉钩钩》。

贾　海

油菜花开在龙蟠

春天到了，万物复苏，春暖花开，正是看花的好时候。

记得儿时，正好是 20 世纪 70 年代，种油菜成为生产队一笔很大的收入。每当油菜花开，漫山遍野，金灿灿一片。田地里、山坡上油菜花在春风的吹拂下尽情地摇曳着，与树木、与群山相互映衬，一幅乡村美景呈现在眼前。这深深地烙在儿时的我的脑际，以至于长大后在梦中时时浮现。最难忘的是母亲与村妇们在田地里摘油菜叶，她们边摘油菜叶，边唱着古老的歌谣。那歌声清脆悠扬，还夹杂着村妇的欢声笑语，回荡在乡间，很美很美。油菜花被称作"民间花杰"，因其含蓄的美，春季恰是乡间一幅美丽的图画。

油菜花在南方大约 3 月开放，在北方大约 4 月开放。从类别上来说，油菜花与桃花、杏花、迎春花等不同，它只是草本植物，本质上只是一种菜和油料作物，而且生于田野草丛之间，算不得是高大上的品类。曾有诗云：芭蕉叶大遮宫衙，菜子花黄上废台。可见，油菜花常常生长在废弃之地。但是，油菜花一旦成片种植，一旦盛开也该是一派怡人的景象。古代有很多诗人都曾由衷地赞美过油菜花。早在西晋时期，诗人张翰写道："青条若总翠，黄花如散金。"这里的青条是柳条，黄花就是油菜花。写油菜花最好的一首诗，首推杨万里的《宿新市徐公店》。其诗云："篱落疏疏一径深，树头新绿未成荫。儿童急走追黄蝶，飞入菜花无处寻。"这首诗描写了春天时节，徐公店外百花尽落，而油菜花犹在，一个儿童正追赶着一只黄蜂，黄蜂匆匆飞入了油菜花中。蝴蝶与油菜花融为一体。全诗充满了淳朴和童趣。还有一首把油菜花的地位推向了极致的诗，当属清代宋轶才的《湾沚道中》。其诗云："炊烟如线路如弓，水面吹来杨柳风。舞尽榆钱飞尽絮，

四川
文学

作品
精选

菜花黄杀野田中。"该诗运用比喻，开篇不俗，很有意境。在油菜花一片金黄之下，田野中所有的花草树木都黯然失色。该诗虽作者不出名，却堪称咏油菜花佳作中的佳作。油菜花历史悠久，在古代被人们赋予各种深刻的寓意，在一些神话传说中也有提及，这种可食用的普通的乡野之花也流行于中国古老文化中。

车行至龙蟠镇丰乐院村，在金黄的油菜花海中停了下来。一辆辆小车或停于田埂或停于公路边，行人如织。在田埂上，人们有的手持相机，不时扳动快门对准油菜花留下满意的图片；有的站在油菜花丛里，摆着各种造型，等着朋友摄影留下难忘的瞬间。文友唐哥站在水池边，轻抚着油菜花，做着各种帅气的造型，叫我给他拍照。我欣然应许，一口气给他拍了近十张。被拍者是兴奋的，拍照的人是酣畅的。文友黎主席举着手机，全神贯注地移动着，对准着。"看，汉服！"我不由得惊叫。文友孙小敏身着红色的汉服在田埂上翩翩起舞，文友何晓蓉身着黑色的马面裙驻足花间，一位不知名的美女，身穿汉服在花间拍照。此时美人美景，不能错过！我举起手机，"咔——咔——"记录下了这珍贵的记忆。丰乐院村田野里的油菜花与城市里的名花异卉是迥异的。这田野里的油菜花一片金黄，这丰乐院村就是一个无边无际的大花园，一个满是油菜花的大花园。油菜花花朵不大不小，可是很繁多，似乎永远也开不败。蜜蜂在花间采着蜜，嘤嘤嗡嗡。满田野的油菜花，像金色的地毯，又像金色的云霞，十分壮观。那大片大片的油菜花，把无边的田野染成一片金黄，金光闪耀，照得人连眼都睁不开，空气里充满了甜丝丝的香气，沁人心脾。看着那油菜花，我的心被震撼了。在我眼中，在我心中，只有这片油菜花才有这么大的气势和能耐，一开起来就铺天盖地，让这丰乐院村的田野一片缤纷。这油菜花，单个儿看微小，单薄。可春日的田野里的油菜花也是群体，它们不孤傲，它们说开就开，亿万个花朵便同时开了花蕊，亿万朵花便镶嵌成无边的花海。这种气魄和力量，恐怕没有任何园栽盆植的花可与之媲美。摘一朵油菜花，然后把它放近鼻孔深深地呼吸，"好香啊！"我顿觉心旷神怡，如痴如醉。忽然间，我觉得这油菜花就像我们的农家儿女，就像我们的父老乡亲。这个世界上很多人都似乎很渺小，很卑微，很多人一生都默默无闻，毫无声息，一辈子没有什么惊天动地之举。可是，正是如这油菜花一样的农家儿女养活了自己，养活了上辈与下辈，养活了世界。

要到中午了。我们将回到城市，远离丰乐院村的田野，远离那如片片云彩的油菜花，心中不免无限怅然。丰乐院村的这片油菜花在那里静默着，守候着，希冀着。我真想将油菜花摘下编成花束戴在头顶，再回到被铜墙铁壁围封的城市。可爱的油菜花，你记得曾经有一个年轻的中年人，不，一大群爱花爱美的人们来看过你吗？我想你一定会的。因为，我想，龙蟠丰乐院村的油菜花是有情有义的。

作者简介：

贾海，初中语文教师，四川省作家协会会员、四川省文艺传播促进会会员、四川省南充市嘉陵区作协副主席。著有个人散文集《等待》《那片海》。

白　桦

野菊花

秋深，叶黄。令人陶醉的野菊花，让昔日冷清的山坡一下子热闹了起来。远远望去，呈现出一幅幅美而不娇的画面，在秋风的催促下次第开放。菊花飘香，沁人心脾，吸引着蜂蝶千万只，将秋装扮得分外妖娆。

野菊花土生土长无所需求，却默默地、无私地向人们奉献。野菊随遇而安，生命力顽强，它不需要任何人来给它浇水、施肥，无论在山坡上、沟坎边、岩石旁还是石缝里，任凭风吹雨打，它都能安营扎寨坚强地活下来。在菊花家族中，它可能无名无分，是一朵不起眼的野菊花，枝条细长柔弱，大多匍匐于地，隐迹于草丛间让人不易察觉。只有待到秋末冬初百花凋谢之时，唯独菊花开得轰轰烈烈，在刺骨的风里，昂首挺胸向寒风挑战，一米来高的枝条上缀满了高低错落的花朵，少则几簇，多则成团成片地开在山野之间。金黄色的花朵，有的已经绽放成美丽的笑脸；有的半遮半掩，像一位红着脸蛋儿的小姑娘。尤其是那含苞欲放的花骨朵儿，在周围尖刺的保护下，显得格外温馨、娇美。蜜蜂在那鹅黄的花蕊上忙碌着，美丽的蝴蝶却在花丛中翩翩飞舞，只沉浸在这迷人的景色中。

又到一年金秋时，蟹肥菊黄惹人怜。前几天外出郊游，我们说说笑笑走在山间的小路上，忽然一片金色映入眼帘。一簇簇、一片片的野菊花形态各异，迎风怒放。如锦毯，似瀑布，又像一块五颜六色的花布。野菊虽没有兰花的芬芳，更没有牡丹的富态华贵，但它却有一种力量令人震撼。走近层层叠叠花瓣身旁细看，它尖而纤长，长至瓣尖卷起，宛如在天空中燃放的朵朵烟花，蓬松而美丽；用手摸一摸金黄色的花蕊，会有一种柔软、舒适的感觉。"战地黄花分外香。一年一度秋风劲，不似春光，胜似春光"，在这微寒的季节里，野菊花遍地盛开，黄灿灿的小花簇拥着，将大地装饰得别具一格，像是一团团火把，增添了无限暖意，让心情也跟着灿然、明亮起来。

野菊花的美，早在东晋时就被大诗人陶潜发现并传颂至今。在篱笆下采摘野菊花，蓦一抬头，就欣然看见南山之美，看见自然之美，一种闲适悠然的田园之气充溢其间，让人流连忘返。一阵微风吹来，淡淡的香味扑鼻而来，菊花在绿叶的衬托下，显得更加娇媚，就像一块花地毯，让人心旷神怡。

一场秋雨一场寒，野外曾经丰茂的野草大多枯萎了，矮下去了，独有野菊昂然挺立，凌寒独自香。黄菊花一开，麦种下土，告诉人们农事已结束，寒冷将至。小时候玩耍时，伙伴们总喜欢采一把野菊花做成花环戴在头上，或带回家插进瓶子里置于案头上，久久不会枯萎，倒也芳香浓烈。

野菊花的香是别有一番风味的，带有含蓄的、深沉的幽香，把它们采摘下来经蒸煮晒干后，可装菊花枕，每天伴着菊香入睡，具有清心明目之功效。野菊味苦，与它所处环境之苦、生长历程之苦一脉相承。

曾听老人说，野菊花还有许多用途。记得小时候，我爬上山坡去采花，一不小心就摔了一跤，脚上擦破了皮，我直叫疼，母亲马上摘下几朵盛开的野菊花，挤出汁，敷在我的伤口上，伤口马上不那么疼了，还清清凉凉的。听母亲说野菊花有消毒止血的功能。新中国成立前，穷人家治伤买不起药，就用干野菊花熬水洗伤口。野菊花还是一种中药，味甘苦、微寒、散风，能清热败火。我反复地咀嚼这句话的意思，渐渐地便懂了。后来，人们还把它做成茶叶、糖果和糕点。好让人们在品尝时想起那傲骨斗雪、凌寒而开、独立寒秋的野菊花！

如今有人喜欢妩媚娇艳的牡丹花，还有人喜欢绚丽多姿的玫瑰花，但我却钟情于不起眼的小小的野菊花。

虽然她没有玫瑰的迷人，也没有玉兰花香的浓郁，更没有时时被人关注、赞叹不绝的荷花那样的清高，但她平凡、朴素、顽强，以清风为友，以冷月为伴。无论春夏秋冬，无论严寒酷暑，她都默默无闻地向人们奉献着……

（本文收入《2020 当代作家作品精选》）

作者简介：

　　白桦，中国微型小说学会会员、四川省文艺传播促进会会员、四川省小小说学会会员，从事记者工作多年，曾在《健康报》《精短小说》等报刊发表文章 100 余篇，多篇作品入选《当代文学精品》《2018 年中国精短小说年选》《青年作家》等多种选本。曾获四川省文艺传播促进会"拥抱金秋"征文三等奖。

中华晚樱

　　学院路西段的中华晚樱开了。那天是春分，昼夜平分，天气转暖。早上走得急，来不及注意。晚上去跑步，猛抬头，看见枝梢绽放出一朵两朵硕大蓬松的深红色晚樱来。很稀少，却也明亮，在路灯光芒的包裹下，像一颗颗璀璨的伸手可摘的星星。

　　中华晚樱，蔷薇科樱属植物，主干较直，枝条短促粗壮，生长势强，是集速生、红花为一体的晚樱品种。据资料记载，樱花原产北半球温带环喜马拉雅山地区，最初的这种樱花，就是山樱与野樱为代表的中华樱花。日本樱花大约在中国宋代时候开始引进栽培，当时也是野生的中华樱花。在当地一代代改良栽培下，进化为现在著名的日本樱花。两种樱花最大的不同，是日本樱花花瓣为重瓣，野樱和山樱为单瓣。观赏起来日本樱花开得更盛，野樱和山樱略显单薄、树身寿命也较短。但中国山樱亦有重瓣变种。野樱和山樱花期 20 天以上，比日本樱花花期长一周左右。除此之外，云南产的南国早樱及福建产的钟花樱也被称为中华樱花。

　　中华晚樱，初花期最美。此时新叶尚未绽放，一根根褐色的枝条伸展在空中，一颗颗花苞，踯躅在春天的入口，正酝酿着一场鲜花的风暴。

　　晚樱有趣，它的花是从枝梢依次往下开的。先在枝梢顶端悄悄绽放出几朵花来，粉粉的，红红的，大朵大朵的，在春风里轻微颤抖着内心里的幸福。这种幸福是娴静安然喜悦的，有些小心翼翼，毫不显山露水。如果我们习惯了行色匆匆赶路，如果我们习惯了不让心情稍作停留，如果我们已忘记了仰望星空，这份惊喜就不会像一滴春雨在心湖荡起涟漪，继而敞开心扉，给美好的春光留下一席之地。

就像一束火焰滑过辽阔的星空，星星的眼睛闪烁不息，夜空绚烂多姿。晚樱树的花苞刹那间被唤醒被照耀，被一束束金灿灿的光芒催生萌动。接二连三的花朵从枝梢往枝干蔓延，你拥我挤，你追我赶，整株树的枝条都被花朵围裹，像春姑娘的辫子，轻轻颤，慢慢摇。

学院路西段，被晚樱装扮，像系在古老香城腰间的腰带，襟飘带舞，灿若云霞，昂首挺胸意气风发走在春天里。每一位行人，每一辆穿行在街道的车辆，每一位居住在香城的市民，每一个平凡普通的烟火日子，都与春天同行，与春光同媚，与春花同艳，都拥有了一份别样的情致与韵味。

晚樱花色会随着时间的推移和气温的升降发生变化。初花期浓红色，像喷薄而出的朝阳，情深意浓，激情满怀，让黎明破晓万千世界明媚初生。盛花期则转为粉红色，像晴日里铺在天边的云彩，知道要落幕，但依然优雅高贵，不慌不忙行走在人世间。

晚樱花开满，新叶初绽。叶缘锯齿形，呈浅紫褐红，挤在花簇间，像是新开了另一种花，互为映衬，互相成全，满树娇艳，无与伦比。随着叶片变长变宽，新叶转绿，汪着一团团绿汁，恰好绿叶衬红花，又是另一番风景。

就算是这么浓烈壮观的花事，晚樱的香味依旧清淡，几乎闻不到它的花香。如果我们要执意感受一番，翕动鼻翼仔细去闻，用心感受，会有一丝恬淡的气息从我们的鼻尖飘过，就像春光在我们的鼻尖作了短暂停留。所以，晚樱，更像我们所喜爱的一件布衣，它过得旧，经得败，清新脱俗，越看越耐看。

早春多风多雨，不刮几场风不落几场雨，春天是长不大的。那日傍晚起风，从东吹到西，柳树枝条全部被吹起来了，一条条绿枝平行朝着一个方向，空中宛若飘动着绿色的屏障。晚樱紫褐的嫩叶挤做一团，往一边打堆。大朵大朵的晚樱花就藏在叶子间，被拥抱着，娇羞地红了脸。那一刻，我爱这春天的风声，它让我们彼此惺惺相惜，坦诚相见，互相疼爱。

落雨总与落花联系起来。一场春雨，滋润了土地，润泽了万物。那些开盛了的花，便一步步走向舞台边缘，思考着谢幕的语句。路两边，下起了花瓣雨。有的在空中飞，有的在地面舞。当一场盛大的花事落幕，新的生命就接踵而来，生生不息的希望在岁月的烟尘里辗转轮回，从未泯灭。

花开，我喜。花落，不留。人生大抵如此。令人欣喜的是，有座好玩的院子叫拾里庭院，就在我的老家汪家村。村道遍种中华晚樱，拾里田间，如云似锦。春天，在家门口赏樱花，已成时尚，成就了农人不可多得的闲情。我和我的父老乡亲，行走在蜿蜒如带的樱花村道上，鲜花盛开，春风拂面，美景如画！

（原载于 2023 年 4 月 25 日《重庆科技报》）

作者简介：

白兰华，四川省作家协会会员、四川省文艺传播促进会新都办事处副主任、成都市作家协会会员、新都区作家协会副主席兼秘书长。在《四川文学》《四川法制报》《西南旅游》《成都日报》《精神文明报》《国防时报》《教育导报》等报刊发表作品。出版散文集《无法停止的歌唱》《雨中桂花香》。

章科才

又到梨树开花时

方山后山的梨花村，到了三月，梨树开花，非常美丽、壮观。于是，今年三月上旬的一天，我怀揣渴望见到梨树、欣赏梨花盛开的心情，走进川南著名景区——方山景区后山的丹林镇梨花村。

刚到梨花村，头顶的天空被灰色云层遮蔽，原野里匆忙而过的风，残留着寒冬的冷气，时而还夹着几滴雨点，难道要下雨？我迟疑了一会儿，眺望前方高山，只见山脚下升起的雾气，慢慢地往上升腾，在山腰间飘来绕去，犹如巨大的白色薄纱悬挂山腰。山峰上空，舒云漫卷，天色逐渐明亮，没有云层遮挡的天空，露出了蓝色真容。我直观感觉，未来的天气一定是风和日丽。于是，乘着初春的凉风，在几点小雨的滋润下，往梨花盛开的地方走去。

踏上通向梨树林的道路，激动的心情环绕胸中，这不仅因为欣赏梨树花开的美丽、壮观，更主要是这方土壤孕育的瓢梨，在我的儿童时代留下了深刻又甜蜜的印象，如今想起，都相隔半个多世纪了。

我的故乡大悲场，离方山仅有十多华里，走出场口就能看见巍峨雄壮的方山。那时，母亲深知相隔咫尺之遥的方山，盛产的瓢梨美味可口，因此，每当瓢梨上市，隔几天就要买几个放在家里。晚上睡觉前，母亲拿出形如水瓢的梨子，削去青皮，切成几块，给我们几兄妹一人一块。我吃着又脆又香又甜的梨子，脸上的笑容比舞动的煤油灯芯还灿烂。吃完手中的梨，我们一个个望着母亲，盼望能吃到第二块。母亲口气坚决，要我们赶快睡觉，明晚再吃。就这样，每年方山瓢梨成熟季节，几乎每天都能吃到一块瓢梨。正是母亲的爱，我印象最深，最甜蜜的水果就是方山瓢梨。成年后就想有朝一日，到方山瓢梨产地看看，了却孩提时代的愿望，但始终未能成行。今天，能够亲临梨山，亲眼看见心仪已久的梨树，终于可以了却几十年来的心愿。

越往山里走，密密麻麻，亭亭玉立在山野的梨树，迎来了和风拂煦的春天，大地母亲的乳汁滋润了梨树干枯的树干、枝丫，春风吹醒了沉睡在枝丫里的苞芽，春雨为花蕊注入了冲破苞顶的力量，四万多株梨树枝丫上俏立的花蕊，好似白雪覆盖树梢，翡翠般翠绿的嫩叶伫立花蕊身旁，随风舞动，仿佛在欢呼：梨花又盛开了！我看着漫山遍野的梨花，恍惚看见唐代诗人元稹在山间小路上闲庭信步，俯视如白雪般纯洁的梨花，欣赏轻风吹拂下泛起的阵阵白色涟漪，深为柔情似水的优美景色而感慨，胸中诗句在口中朗朗而诵："始见梨花房，坐对梨花白。行看梨叶青，已复梨叶赤……"我听着元稹的诗，望着一朵朵灿烂欢笑的梨花，陶醉在历史与现实相连的梨树林。

太阳终于从云层中喷薄而出，春光灿烂，溢满山野，雪白的梨花，红色的桃花，白里透红的李子花，金黄色的油菜花，在阳光下翩翩起舞，争相显示自己的美丽，以博取人间的欢心。

我披着暖和的阳光，在缕缕清香中，缓缓地往山上走去。走到山腰时，一棵棵上百年的苍老梨树，茂密的枝丫上成行的洁白花蕊闯入眼帘，我瞬间感觉到，这众多上百年梨树中，肯定有几棵甚至几十棵，在几十年前结出的硕果，让我天真的童年享受到了瓢梨的细腻，甜蜜的水汁流淌在我的血液中，使我幼小的心灵就感受到母爱的伟大。今天，来到梨花盛开的地方，带着儿时的香甜，儿时的喜爱，儿时的愿望，驻足在这片古老的土地，目睹精力旺盛的苍老梨树，风采不减当年，依然鲜花盛开，一如既往孕育佳果，更加深刻地感受到人间、自然界的母爱都是相通的，都是用自己的生命抚育下一代的成长，想到这些，我心中的崇敬之情油然而生。

一夜春风来，万树梨花开，在纵情享受梨花的美艳时，看到梨花村村民个个喜笑颜开，脸上绽开的笑容，比妩媚多姿的梨花更加灿烂。一问村民，原来如今的梨花村真是今非昔比，在泸州市供销社、江阳区供销社的指导下，从过去的一千多株梨树发展到了四万多株，近几年来，又成立了方山瓢梨专业协会，在向市场销售瓢梨的同时，还开发了瓢梨果酒，增加了产品附加值，从前些年几百万元的销售额，猛增加到年销售收入几千万元。梨花将全村村民送入了幸福美好的生活中。

三月的梨花开了，虽然开在树上，开在山野，更开在农家的心里，四万多株梨树犹如村民的心，在一千五百多亩土地里，与肥沃的泥土缠绵相依。每当春风送暖，春光明媚，四川独有的百年梨树，情更深，意更浓，盛开的如雪如玉的梨花，为梨花村编织又一个丰收年！

（原载于《西南商报》2019 年 4 月 5 日）

作者简介：

章科才，泸州市机关退休人员。泸州市作家协会会员、四川省文艺传播促进会理事。著有中短篇小说集《海峡情深》、长篇小说《飘飞海峡的情结》。

秦道廉

乡村记事

四川
文学

作品
精
选

日子过得真快，距离下乡当农民的事情竟然过去了半个多世纪。虽然时间这么久了，可一想起当年乡村的事情却格外地清晰，尤其和我同住一个小院的单身汉张贤华，至今我还随时记起。

记得下乡第一天晚上，我煮面条时老乡们竟把我那小小的灶台围了个水泄不通，嘴里都在细声嘀咕：他掺水后肯定要把面条丢进锅去煮。他们都认为城里娃都是些四体不勤、五谷不分的懒人，根本不相信自个儿会煮面吃。当最后看到我端起香喷喷的面条有滋有味吃起来时，那一双双眼睛睁得溜圆，神情也显得特别惊奇。

就在这时，一个又黑又瘦、长着串脸胡的小个子男人从人背后钻了出来，他看了我一眼便问道："你娃一个人跑到乡下来，那你婆娘咋个办？""我才17岁，婚都没结哪来什么婆娘呀？"我把这人看着。满屋的人听见我俩的对话都哈哈大笑起来。隔壁的东娃子在一旁说道："狗日张贤华又想婆娘了。"张贤华把头挠了两把，抿嘴笑着说道："哪个男人不想婆娘？你娃岁数还没到嘛，到了跟老子一个样。"

那晚我就知道了，叫张贤华的串脸胡原来和我在同一个院子，只是他那间草房搭在他哥的瓦房后面。小时候家里穷，他没读过书，三十多岁了还一直单身。据他哥讲，像他那么笨又那么懒的人，哪个女人肯嫁给他？

院子里人讲，几年前有媒人给张贤华说过马家乡的一个寡妇，比他还大五岁，这寡妇到他的草房转了圈就没再现身。后来媒人传话，那妇人说住草房都没啥，只是他连装谷子的柜子都没一个，将来我咋个生活？可张贤华却对媒人说，哼！我一个童子娃儿都没嫌弃她，她一个二婚婆娘还嫌起我来了。硬是拐棍倒起杵了！

张贤华常来我屋里坐。有天他见我端着碗在吃面，就说你这碗面怕有半斤。我说三两。他把我看了一眼，问，三两是好多哇？就这点。你一顿吃多少？最少半斤。他答得很快。我试着问他，哪……你吃五两面够不够？他把头挠了两下说道，狗日的五两面……我……吃不下去。

有天下雨村里没派活，我在屋里看书，东娃子他们几个小青年也跑来屋里翻书。这时张贤华走了进来。小青年们见他进来就逗他，张贤华，听说陈队长要给你介绍对象了，那婆娘的成分是贫农。

张贤华这时眼睛睁得大大的，一本正经地说道，啥？贫农！贫农我才不要哟，我要贫下中农！他这话一出口惹得满屋人哈哈大笑。

可就是这个看起来憨不憨痴不痴的张贤华，有天竟做出了一件让村里所有人都刮目相看的事情。

那天下午大伙在田里薅秧子，天气闷热，弄得满田的人蔫不溜秋的。此刻队长陈光富突然冒出一句话，在场有没有人吃得完两斤煮熟了的干面？原本闷声闷气干活的老乡，此刻一个个顿时像注射了兴奋剂似的都来了兴趣。有说吃得完的，也有说吃不完的，七嘴八舌煞是闹热。

陈队长见状便喊道：老子今天拿两斤干面出来有没有人敢试一下。

他话音一落，就鼓起一对金鱼眼把田里的人依次扫看。几个年轻人议论一阵后跃跃欲试。只见他又说道，我有个条件，没吃完的就要赔老子四斤面。

此言一出，刚才还跃跃欲试的年轻人一下子就静了下来。咋个的？两分钱的火炮虚了吗！陈队长表情得意地用眼角把大伙扫了一圈。

两斤煮熟的干面吃不完赔四斤，你这面是金条啊！村里那出了名的扯拐匠李兴民一句话把大伙都惹笑了。你胀不下去莫开腔。这事本来就是周瑜打黄盖——一个愿打一个愿挨的事情。再说，老子又不是干面条把柜子撑破了，要请人来消灾。你胀不完当然要翻倍赔哟。陈队长扬起嗓子把扯拐匠训了一顿。就在大家以为事情到此结束，突然从水田一侧的角落传出声音，嘿！陈队长，我来赌一把。

听到这声音大伙全立起了身子，伸起颈脖朝那角落看过去。哟，是张贤华！你娃这个×样子，胀不完有没有干面去赔哟？扯拐匠刚才遭陈光富抢白了一顿，似乎找到出气口，出言就有些不逊。

老子还有 15 斤麦子。张贤华一点不示弱。陈光富见状，就说那好，等秧子薅完老们就上坎去，看你狗日的张贤华胀不胀得完两斤干面。嘿！丑话说前头啊，吃不完要赔老子四斤面哟！

张贤华说，赔就赔嘛，反正老子还有 15 斤麦子。

田里的秧子很快薅完了。一大群人簇拥着两个当事人浩浩荡荡往张贤华的草房跑去。

张贤华为了证明他说话算数，先从我那里借了四斤干面放在灶头上，并要我给双方做个证人。这时，他哥站在屋檐下骂骂咧咧，说他是饿死了投的胎。穷吃饿吃！给张家人臊皮！

两个侄儿也在一旁骂他，说他一辈子都只想别人的东西。

张贤华却满不在乎，也不顾围在四周的乡亲，埋头在灶边忙碌起来。只几把火一锅水就烧开了，只见他不急不忙地拿过一个筲箕丢在开水锅里，把陈光富的两斤干面倒进筲箕里煮起来。所谓煮就是把面条倒进筲箕里滚几回就很快把筲箕端起来，放上盐巴就大口大口吃起来。估计也就十来分钟吧，张贤华风卷残云般把煮的两斤干面吃得一根不剩。让四周的老乡们惊得目瞪口呆。陈光富见状转身就走了。

张贤华胜利了，甚至有点洋洋得意。只是他煮面条的这方式，倒是谁个都没有想到的。

后来我参加工作离开了乡下，随后又去了外地，断断续续也传来一些乡下的消息，但一直没了张贤华的音信。十年前，我趁回老家的机会又去了一次落户的村子。乡下的变化很大，可说是物是人非。年轻人都到外地打工去了，有些甚至是举家外出，村子显得异常冷清。我在一位上了年岁的老乡陪同下来到我当初居住的院子，除了一蓬蓬翠绿的竹子还在那儿顽强地生长，所有的房子都已不见，成了一个空落落的院坝。我问起了张贤华，老乡惊诧地说你还记得他，早死了。责任田分了没两年他就给饿死了。

站在空荡荡的红土地上，我此刻仿佛听见了自己心里的叹息。

（原载于 2018 年 2 月 22 日《华西都市报·副刊》）

作者简介：

秦道廉，绵阳市作协会员，曾在《中国交通报》《华西都市报》《剑南文学》等报刊上发表过中、短篇小说和散文。

傅厚蓉

故乡的菜酱油

现在每当在超市看到琳琅满目的商品，特别是看到很多品牌的酱油时，我就要想到小时候在故乡，父亲熬的菜酱油。

我的家乡在重庆涪陵地区丰都县城，小城坐落在长江边，那里盛产榨菜。每年秋天，菜头（就是地里长出来的一个个比拳头大很多的新鲜菜疙瘩，我们叫它菜头）成熟的季节，大车大车的菜头就从下乡的田野里拉进城来。长江岸边，夏天过去，到第二年的夏天汛期来临之前，江水就退下去很远，露出宽宽的河滩和草坪，那里就是搭菜棚子最好的地方。

菜棚子是用很多根木料，两根一组人字形交叉，下面张开三四米，紧紧地杵在地上，顶上交叉一点，成为一个三角形，每个三角形相距三四米，几十个三角形可以拉好几百米远。顶上用很粗的缆绳一个个地拉扯着，两端直接打地桩拉紧。这时的菜棚子还是一个空架子，从上到下的人字坡，要用指头粗的竹篾绞起的青藤拉扯着，在终端打结。青藤之间相距巴掌宽，弄完后就形成了两个坡，远远看去就是一架很长的三角形帐篷。

搭菜棚子、晒菜头都是菜厂工人的活。只是剥菜串菜是小城人们挣钱的副业，有的一家人都没正式工作，这个榨菜季就是他们大半年的生活来源。

剥菜是把菜头的头皮剥掉，去除里面的筋。有的菜头大了还要一分为二切成块，过后再用竹篾把菜头穿成一串串的，一串菜大约有一米五长，每串可以挣1.2分钱，手脚快当的人，一天可以剥菜串菜一百多串，得一元多钱，一个月可以挣到四五十元，在当时收入还算不错。只是太辛苦太累。露天的江边寒风吹着，锋利的剥菜刀也让人一不小心就受伤，一个剥菜季下来，很多人的手都裂起了血口。

过后就是把剥好串好的菜头，经过菜厂的正式工人检查验收，涂上红色水，叫打红，以免再次被当成货物验收，我不知道那个打红的是什么颜料，应该是可以食用的吧。过后这些菜就被菜厂的人挂在菜棚子上晒。当时要是有航拍飞机，从上面俯瞰，那一定非常壮观：蜿蜒东流的长江岸边，一行行菜棚子跟着江岸平行，晒满菜头的菜棚子，宛如一条条绿色的长龙，静静地卧在清清的江水旁边，这一静一动的组合，这大自然的脉动和人间烟火的相互依偎，是多么和谐美满的画面啊！

经过几天的太阳或者是江风，开始还是水嫩嫩的菜头被晒得失去了水分，变得蔫哒哒的，这时就可以收下来了。工人们爬上菜棚子，直接把菜串串扔地上，有的篾丝就断了，断了正好。小城的人们都喜欢去帮忙收菜，把蔫了的菜头从篾丝里扒拉下来弄到他们的筐子里，菜头是国家的，里面的篾丝就是自己的了，两不找补。篾丝是很好的发火柴，家家都用得着。只是不小心篾丝分叉会把手刺穿流血，我家父母哥哥们从来都不准我去弄那个，现在想来很感谢他们啊，保护了我的小手手。

菜棚子一批一批地晾晒着菜串串，那些青藤就会松弛，有胆子大的大孩子就钻到菜棚子里面，从某一处看似要断开的青藤处弄断，再绕返回两节，缠绕在另外一边的人字形木头上，一个非常好玩的秋千就诞生了。那是我们的乐园，我们满城的小娃都钻到菜棚子里面荡秋千、打滚游玩，无忧无虑、快乐无比。这绿色的天然帐篷承包了我们小半年的快乐。

很快那些晒好的菜头就被拉到菜厂去了，要放进大池子里用盐巴腌着，不久就要腌制出水，还要专门请一些人去踩池子。这个活也是要请临时工干，人越大越重越胖越好。有次我跟街道的一个大人进去看过，只见挖在地上的池子一个个很大，不小心就会掉进去，池子里成千上万的菜头被盐巴腌成了酱黄色，十几个人排成一排，在池子里走，就是使劲踩，边踩还有人带领唱节奏很强的歌。很可惜我听不懂他们唱的是什么，但是曲调很悠扬，节奏感也很强，所以他们步调一致。过后还要经过什么步骤才到人们餐桌上我不知道了。

我要说的是腌榨菜过后的盐水，菜厂可舍不得丢，要卖钱，当然不贵。每年菜厂卖榨菜水的时候，满城的人家都要去买一些回来做菜酱油。我父亲和哥哥们也要去菜厂买几担回来，先用纱布把水过滤一下，过后把水倒到一口大锅里，再烧大火把水烧开，烧开后放凉，过后再烧开，这样反复几次。过后再用小火慢慢熬。讲究的人家，烧的柴里要加柏桠、松木屑等。

锅里熬的榨菜水慢慢减少，在某个时候要加花椒五香八角茴香桂皮草果等等大料。那时节，小城的上空总会飘着一阵阵时浓时淡的香气，清甜的菜头香，作料的浓郁香，还有人们心情愉悦的心香。父亲会一直在灶台边，看着火候的大小，还要用铲子不停地在锅里搅动。我们也喜欢在灶头烧火，因为那时已是冬天，外面凉风阵阵，冷手冻脚。灶台边却是温暖温馨，父母的慈爱，兄妹们的欢笑嬉闹，是我们儿时幸福生活的沃土。等一大锅盐水慢慢熬成了一小锅，那清水也变得浓郁，颜色变得深沉，锅里的酱油就熬成了。

熬好的菜酱油用大坛子装好密封，使用前要用烧开的水使劲烫，控干水分，这些酱油要吃一年，当时的酱油要卖两毛钱一斤，这为当时每家节约好多钱啊。

菜酱油色泽深红、味道浓香扑鼻，吃凉菜时放一些，吃面条时放一些，炒回锅肉还是可以放一些。那时人们常吃苞谷羹，当时的苞谷羹跟现在大家争着吃的粗粮的地位不一样，那是生活条件不好的食物。苞谷羹煮好盛在碗里，不一会上面就结了一层膜，顺着碗的边缘倒点酱油下去，碗倾斜着绕一圈，酱油就浸到苞谷羹里了，过后再一口口地慢慢吃，甜津津的苞谷羹，加上咸香适中的菜酱油，那个感觉啊，真是爽得不行！当时也没有什么生抽老抽的区别，父亲那一代人只晓得酱油。

到第二年，家家户户的酱油吃得差不多坛子到底的时候，新的一批菜酱油又开始熬了。就这样周而复始的，从祖祖的祖祖传到父亲这一代，一方水土养了一方人。我们也在这活色生香的生活里快乐地长大。

后来，改革开放生活好了，科技发达了，榨菜工艺也不需要剥菜晾晒踩池子这些。剥菜晒菜头河边的菜棚子都成了历史，父亲在改革开放几年后不幸病逝。我们小城人和我们家熬菜酱油也已经成为历史。这些传统的工艺，后人可能只能从我的文章里回忆了。

现在，每当我吃酱油的时候，都要想起父亲熬菜酱油的情景，心里就热乎乎的。

作者简介：

傅厚蓉，四川省作家协会会员，巴金文学院创作员，成都市作家协会理事，成都市双流区第九届、第十届政协委员，出版、发表小说散文多部（篇）。

朱旭东

太阳照常升起

休假在家，难得的安静时刻，从书橱中找出《李自成》一书，同书中的历史人物际会，不失为人生一大快事。

阅至《潼关南原大战》，心中突然受到了触动！潼关，这个早已在我的记忆中如雷贯耳的地方，究竟是什么样子的？强烈的好奇心促使我即刻前往这个千百年来的"兵家必争之地"！即刻打开手机途牛，订下潼关县城内一处酒店住宿，准备自行驾车前往。一路往西北潼关方向行去，第二天来到渭南。复往前行。傍晚时分，一座金碧辉煌的牌楼出现在我的眼帘，上书金黄"潼关"二字，目的地到了！

"峰峦如聚，波涛如怒，山河表里潼关路。望西都，意踌躇。伤心秦汉经行处，宫阙万间都做了土……"张养浩如生活在当下，恐怕也写不出这样的千古名句吧？因为此时的潼关县城早也找不到半点"伤心秦汉"的痕迹了！听人介绍说，这里的名吃不错！我决定先饱口福。出酒店往右不远处就有一家特色饭店，名曰：潼关酱菜坊。入内就座，一面目俊朗的小哥上来热情招呼，在这样严寒的冬天生生地给我注入一团火热。让人升腾出一种如沐春风的感觉！

"先生，是来我们这里寻觅潼关古迹的吧？准备来点什么？"这位小哥对客人称之为先生，让人温馨有加。我暗自惊诧于这小哥眼光的老到，小小年纪竟练得如此功夫。

"那就来一个最能代表本地特色的吧。"才开口说话，我的四川口音又出卖了我。"先生从四川来，那我就给你推荐一道我们店里的特色菜——潼关酱菜，可好？"小哥之荐正合我意，于是欣然接受。此时的店内已近打烊，偌大的店堂之内，仅有我一人独自进餐。小哥是一个特别热情的人，

四川
文学

作
品
精
选

见我孤身一人，就毫不迟疑地过来陪我说话。这是一个健谈的年轻人。谈话中得知，他是这家餐饮店的老板，到北京上完大学后回到潼关县城自主创业。怪不得说话如此文质彬彬。小伙姓顾，从先祖算起，在此居住不下千年，实为唐朝潼关守将的后代。

小顾老板告诉我，八国联军入侵时，带着光绪帝仓皇出逃的西太后品尝了此菜之后也是褒赞有加。"都到了亡国灭种的时刻了，这娘俩倒有如此'雅兴'！"我暗自思忖。这就难怪了张养浩的无情嘲讽："兴，百姓苦；亡，百姓苦！"

据相关历史资料记载：慈禧西逃时的路面皆用黄沙铺垫，极尽奢华。耗费之大，人憎鬼怨！作别小顾出店，用滴滴出行招来一辆出租，中年司机十有八九也是潼关守将的后代，一口极为地道的潼关本地口音太能说明问题！善于察言观色的师傅娴熟地将我送到了关楼方向。回首县城，灯火依旧通明，但关楼方向就暗淡了许多。

心中忽地浮现出托马斯·艾略特的《荒原》。想这四周也曾经是中华民族历史上的荒原，也曾经产生过如雨的马蹄，如雷的呐喊，如注的热血。举目向上望去，感觉到了别样的森然！清人淡文远的诗倒是说得明白：

"秦山洪水一关横，雄视中天障帝京。但得一夫当关隘，丸泥莫漫觑严城。"

脚下站立的地方应该算是潼关古遗址之所在了吧，但历经千年战乱的毁损和战后的修葺，已经不知道哪处是真正的古迹。想起两天前读过的《李自成》，书中的场景应该就发生在这个地方的不远处。

明朝崇祯十一年（1638），也是今晚这样的隆冬天气。还未沦落为清朝鹰犬的洪承畴，在这里给李自成和他的农民起义军布下了一个大大的"口袋"。没有识破官军奸计的李自成，竟然一头钻进了这个有着三道埋伏的口袋阵，一场天昏地暗的厮杀之后，只剩下李自成等十八骑突出重围，到达商洛山。

远在北京的崇祯皇帝应该是莫名的兴奋吧，多年的心腹大患被荡平，朱明王朝的江山定然又将永固！但让他没有想到的是：逃往商洛山中的"流寇"并没有一蹶不振，他们在艰难的环境中励精图治，无时无刻不在为大反攻而努力准备！

带兵闲暇之余的李自成在诗作《商洛杂记》中表露出了必胜的信念："收拾残破费经营，暂住商洛苦练兵。月夜贪看击剑晚，星晨风送马蹄轻。"仅仅 6 年之后，李自成率百万大军席卷京城，崇祯被逼得吊死在煤山的歪脖子槐树上……

　　一个人在关楼的这方圆不太大的地方兜来转去，找一处坐下，静静思索生活中遇到的一些所谓挫折，比起当年的李自成等十八骑在潼关南原的突围，实乃区区！思之如许，不觉莞尔！不经意向东方望一眼，晨曦仿佛将要来临，尽管眼下的雪比先前还大了一些！远处，潼关县城的灯光暗淡多了，眼前，也是雪落潼关静无声！

　　记起了塞缪尔·贝克特，他在《墨菲》中的开场白是这样说的：

　　"太阳照常升起，一切都没有改变。"

（原载于《天府地税》2017 年第十期）

作者简介：

　　朱旭东，四川井研人，中国散文学会会员、四川省文艺传播促进会会员、乐山市作家协会会员、乐山市评论家协会会员。出版散文集《我的翠翠在天边》，作品入选多种文选。现任国家税务总局乐山市税务局文联副主席。

红　狼

向蚂蚁致敬

　　近两年，随着回农村老家次数的增多，我的心也变得越来越柔软。也许是因为自己与那片乡土有太多的牵绊，也许是因为自己升格当了爷爷以后，重新拾回了一颗童心。

　　今年五一期间，我们带着一岁零七个月的小孙女儿回到乡下老家度假，为的是换个环境看她的适应能力。之前我就说过，要让我的孙子熟悉农村，明确他们的根在哪里；同时也让他们有一个不同于大都市同龄孩子的童年。

　　那天上午，阳光灿烂，但并不很热。我陪孙女儿在屋后公路边玩，是想让她看看屋外大自然的风景，看看庄稼和牛羊。公路边的一块空地里长满了麦麦草，浅浅的，绿茵茵的。就在这块草地上，除了几块不规则的石头裸露着，还有一种要高出麦麦草许多的蒿类植物，长势更茂盛，而且开着小黄花，好像散落的一地星子铺在绿毯上，金灿灿地耀眼，招引着一只只白蝴蝶。

　　我正暗自高兴自家乡下的这一角小景要胜过城市别墅花园，就看见孙女儿蹲在一边饶有兴致地盯着草丛看，并且在嘴上连连发出惊呼："爷爷看啊，炯炯！炯炯！"

　　虽然她的发音还不标准，但我知道她说的是"虫虫"。我走过去，也像她一样蹲下身子，想看看到底是什么。原来是蚂蚁搬家。只见挨着公路边那块石头的草丛下面有蚂蚁的洞穴，洞口只有饮料吸管的直径那么大，一大队小蚂蚁正从公路的另一边源源不断地往洞穴里搬运东西。它们所搬运的不外乎是像粟米般大小的蚂蚁蛋、比它们身体大许多倍的其他虫类躯体的残肢。我们从小就知道这是蚂蚁在搬家。而孙女儿却是第一次见到如此多的小蚂蚁在地上活动，她还叫不出蚂蚁的名字来，只能习惯性地把所有在地上跑的小生命都叫"炯炯"。

看见小家伙看得那么入神，我想起了年少时读过的清人沈复《浮生六记》里的那篇《童趣》，印象颇深。尤其作者描写童年时趴在花台观察草丛中的两只虫蚁打架而被癞蛤蟆吞食的情景，很是精彩，也很有趣。"一日，见二虫斗草间，观之，兴正浓，忽有庞然大物，拔山倒树而来，盖一癞虾蟆，舌一吐而二虫尽为所吞。余年幼，方出神，不觉呀然一惊。神定，捉虾蟆，鞭数十，驱之别院。"首先是作者通过观察发现的一个新的世界，然后根据自己的判断分清立场，痛恨并惩罚这个世界里的强权和邪恶势力。他对虫蚁活动的生动描写，极易引起少年读者的共鸣。因为我们小时候也喜欢趴在地上，用树枝逗蚂蚁和毛毛虫玩——那个时候，我们看到的是大人们不在意的另一个世界，与沈复文中描写的大同小异。

这也只能是一个儿童才能观察到的充满童趣的世界。随着年龄的增长以及工作和生活的压力加大，我们早就没有了童趣。在现实社会中，大多习惯朝前看，寻找自己的路；习惯观天色、识风云，早已忘记或早已不在乎我们曾关注过的事物。

我相信，才八十厘米左右的小孙女儿，她是先看见了这些小蚂蚁，之后才蹲下来认真看的。而我们大人，尤其是我一米八〇的身高，平常怎会在意脚底下那些非常细微的东西呢？所以我现在关心的是，那些正在忙于搬家的小蚂蚁，没有一粒米大，它们来来往往连成一根黑线，横在公路上，那么细微，要是不低下身子仔细看，根本就看不见。这虽然是村道公路，仍然有不少车辆、行人和牲畜通过，横穿公路的蚂蚁随时都会葬送生命，难道它们就不怕死？"蝼蚁尚且贪生"这句古话却又可以证明，再弱小的生命都想活下去，这是生命的本能。或许是它们为了有个更好的生存环境，会不计后果、铤而走险地涉足生命的禁区？一定是这样的，不可能有其他解释。

俯下身来贴近地面，看着一粒粒身负重荷的蚂蚁组成的一支浩浩荡荡的队伍，翻山越岭、不辞辛劳地长途跋涉，如人类历史上的某一次大迁徙，显得如此壮观，甚至悲壮。看罢，不禁令我肃然起敬！此刻，我一下子想到了过去我们的祖辈父辈，曾经在这片土地上的艰辛劳动和苦难生活，是如此惊人地相似。我甚至觉得，有一只顶着一颗饭粒的蚂蚁，就是我早已过世的父亲！父亲年轻时与村里众多男人一样，都当过背二哥。在我的记忆里，20世纪六七十年代，父亲他们背着体型庞大的一捆棉花或者其他山货，带着一摞火烧馍做干粮，从家里出发，千里迢迢，义无反顾地前往陕西的汉中或者西安，再从那里背着盐巴、布匹或者煤油往回赶路，来回往返需要十天半月。一路上，他们跋山涉水，风餐露宿，要经过多少艰难险阻，是当代人不敢想象的。

就是因为我们的前辈像蚂蚁一样生存过，像蚂蚁一样辛勤劳作过，才会有与过去不一样的我们今天的生活环境和生活质量。

仔细想来，自然界的所有生命，不论体积大小，大多是为生而犯险，为生而冒死。比如这些蚂蚁，它们愿意冒着生命的危险横穿公路，哪怕已经有不少同伴葬身于车轮下或人畜的脚蹄之下，但它们前赴后继，依然按照固定的线路奔向目的地；比如那些因偷食粮食而遭遇杀身之祸的老鼠和麻雀，到处都能见到它们的尸首；此种大自然中许多生命为了生存而丧命的例子，比比皆是。

虽然，蚂蚁的天敌，一般是洪水和食蚁兽，但人类无视弱小的天性也时常威胁着它们的生命。事实上，地球上的许多灾难以及许多物种的灭绝，大多来自人类的无知和无视。

蚂蚁搬家是小孙女儿在乡下的新发现。就是她的发现，才让我重新审视脚下这片土地，关注如蚂蚁一样的弱小生命。大自然中许多被我们大人忽略的东西，其实是很精彩的。那种不屈于恶劣自然环境下的弱势生命的抗争，也不禁令人感动，会给人许多启示：宏观世界里，那种繁花如锦、生机盎然、充满和谐景象的往往只是一种表象。而被鲜花和绿草覆盖的，是我们不易发现或者忽视的另一个世界，既有弱肉强食的霸凌，又有苟且偷生的艰难，这仿佛才是一种真实存在的社会形态。

我们只顾自己在大路上昂首阔步向前，没有停下脚步低下身来俯视正在为生计而忙碌的一只只蚂蚁。淡忘了曾经受过的穷、吃过的苦、遭过的罪，甚至流过的泪和血。忘记了我们自身在大自然中也是很渺小的物种，也是在苟且偷生。在更大的灾难面前，我们跟蚂蚁一样。

蚂蚁是我们最好的参照物。我得向那些蚂蚁致敬！

（原载于 2021 年 3 月 14 日《四川经济日报》副刊）

作者简介：

红狼，本名李国仁，四川省作家协会会员、四川省文艺传播促进会常务理事，《中国乡土文学》杂志主编。已出版《生命放逐》《漂泊的乡土》《农历》等 7 部著作。

四川
文学

作
品
精
选

舒学宁

愈加胆大的鸟类

百鸟朝凤，鸟语花香，是祥瑞吉利的象征。

近段时间，日有所见，心有所思，心头萦绕，挥之不去，唯一吐为快。动物中，鸟的灵性是较高的，像八哥、画眉等不仅能婉转悠扬，经人驯化后，尚可与人对话，虽发音欠准，却撩人心扉，耐人寻味，也证明鸟的悟性的确不孬。

印象中，野鸟只要见人靠近，或听到什么异响，就会吓得魂飞魄散，倏忽间，便会腾空而起，离人远去，这种情形，尤以山林珍禽突出，人是难以详观其姿容的，儿时就经常体悟，对此深信不疑。可是，今非昔比，倘细心察悟，这种情形似乎在慢慢发生变化。

而今，在县城近郊，公路、小径、农舍旁便可与很多珍禽不期而遇。就连平常罕见，很难露面的俊鸟也纷纷呈现，抛头露面，其中不乏斑鸠、雉鸡、竹鸡（金娃娃）、鹧鸪……人、车、鸟相逢，鸟儿们也不再显得惊慌，甚至有相互对视的情形，有时相距仅几米，实在太近，鸟儿才翩跹而去。曾想，莫非鸟想下山进城与人同乐不成？

连日来，布谷鸟（大杜鹃）也经常出现在视线里，临窗窥探，相距仅十几米，同时出现数只的情况也有，其尊容一览无遗，全身灰褐色，浑厚滚圆，丰满健壮，但见其昂首挺胸，精神抖擞，大摇大摆，如入无人之境，信步在窗外一栏栅上。布谷鸟，今在城中频现，跃然眼前，实出乎我意料。

其实，之前对于布谷鸟，只知有这种鸟，无从识别，都是后来才对上号。三十多年前，在山野乡村，常闻鸟啼，不见身影，也不知啥鸟在叫，只觉得咕、咕、咕，二短一长的啼鸣声极富音律，别具一格，且悠扬绵长，甚为催眠，为此，臆断这家伙并不简单，一定很神奇，本欲一睹芳容，探明是何等尤物，怎奈其隐匿颇深，终不见踪迹，甚是遗憾，后来听百姓讲，那就是诗云"庄生晓梦迷蝴蝶，望帝春心托杜鹃"的杜鹃鸟（布谷鸟）。

　　前几天，在县城闹市区一家羊肉馆吃饭，举目门外，无意间发现两只鸟居然优雅地站在电线上，距离我不过七八米，二鸟面向馆门，目不转睛地盯着进出的食客，神情专注，憨态可掬。兴趣使然，细观，这对鸟高冠、细长黑嘴，红头黑颈长尾，灰褐色翅，白肚皮，全身油光水滑，虽知此鸟非同一般，却不知其名。

　　看这对鸟的姿色，我想这对"不速之客"应是来自县城周边山野，而非来自城中。尽管城中不乏葱茏翠绿之地，也飞不出如此有气质的不凡之鸟。只见两只鸟时而窃窃私语，时而从容地环顾周遭，虽然周围车水马龙，喧嚣嘈杂，人声鼎沸，但是，这对鸟依然气定神闲，从容不迫，看样子，这鸟光顾城市风景非偶尔，定是常"客"，直到我饭毕离去，这对鸟仍在此逗留。

　　离店之时，掠过忧思，难道这鸟不怕遭遇不测，也许是我多虑了，不过，旧日一去不复返矣，以珍鸟的灵性，"知彼知己，胜乃不殆；知天知地，胜乃可全"。我想这精髓，奇鸟应是得悟一二的吧！

　　如今，各种飞鸟屡见不鲜。以前从未见过的、打扮得花枝招展的、不知名的俊鸟也先后登场，大方亮相。说来也怪，这些鸟还喜在人的宅前房后、庭院阶上翻来斜去，引颈高歌，让人不得不怀疑，这些鸟是在故意讨好亲近宅主，至少，鸟儿有与人亲善的愿望。须知，世上没有无缘无故的爱。

　　做客农家，与农友闲聊，万籁寂静中，唯悦耳动听的鸟语声响彻空旷，于是，话语转到鸟身上，农友说："哦！现在的鸟儿多得很，随处都是，而且根本不怕人，你走在它面前还不飞嘞！"农友接着道："现在的人不缺吃，觉悟也提高，文明多了，那些家伙（指打鸟的枪械）几乎收缴遗弃干净了，鸟怎能不欢喜，繁殖自然多起来了嘛……"

　　农友的话，通俗而深邃，令人遐思。不远处的农田里，友人的老伴正忙活着桑麻之事，二三只喜鹊，紧随其旁，不过三四米，两相无妨，习以为常。喜鹊忽而发出啼鸣，婉转而高亢，周遭一切显得那么和谐。

　　夕照下，我在住宅小区绿苑踱步。男女老少，熙熙攘攘，人来人往。

追逐嬉戏的欢快声影里，不仅有孩童，还有低矮树丛中的鸟儿，有的鸟确实"胆大妄为"，竟敢来回从我头上追逐打闹掠过，有的近在咫尺，立在枝头，挑逗似的对着人鸟语，声音清脆洪亮，毫无胆怯的神色，幸甚！这令我心情骤然舒畅。

子曰："择其善者而从之，其不善者而改之。"天下生灵，和光同尘。鸟，作为人类的朋友，灵性之物，避害趋利之心难移，纵不能言语，亦可感应；人，作为万物之灵长，倘若心向善念，行之所向，则文明之风盛行，此乃万物之大幸矣！切不可不察，疏忽大意。

而今，无论世间怎样浮躁喧嚣，物欲横流，但是，从人鸟相融亲善，可洞察出人们已迈向文明和善更高的目标，这无疑是人间一束耀眼的光芒，人类社会未来的希望。

作者简介：

舒学宁，四川省文艺传播促进会会员、德昌县作家协会会员。

远去的青粽

在我记忆里，从嫁到婆家起，婆婆每年端午节都是自己包粽子。婆婆包的青粽，精巧玲珑，有棱有角，有点像"三寸金莲"。大小重量几乎一致，个个匀称有样。吃起来清新爽口，香甜适宜，新出的稻米和竹叶的清香在口里穿过，天然舒适，绵软不绝，口留余香，回味无穷。

每年端午前一周，婆婆就会忙乎开来，选粽叶，选糯米，买砖形红糖。选粽叶，首选农村坡地野生的箬竹叶，叶片宽大肥厚，香味浓郁。买回粽叶先洗净，置入大铁锅溢满水，大火煮上半小时，直至粽叶由绿变青黄，捞出浸泡在清水里。糯米一定是上乘的大糯米，经过婆婆细心筛选，洗净浸泡两天。制糖，红糖一定是那种酱红的砖块，买回来切碎，放至锅内，中火熬化，小火慢熬，用滤勺将浮泡糖渣打捞干净，直到糖成清澈透亮汁状，关火待用。绑线，婆婆是有讲究的，用的绑线是家传遗留下来的织锦线，结实耐用，绑出来的粽子，更加的完整漂亮，有色有形，青绿中更呈现家传个性。

包粽子最关键的是在包上，端午前两天就开包了。婆婆喜欢在家门口包粽子，右手边一大盆经过浸泡清洗后的胖胖的白花花的糯米粒，左手边煮过的粽叶在阳光下青里泛黄，晶亮剔透，滋润绵软。婆婆娴熟地选好两匹粽叶，错落重叠一起，把尾卷至叶中，握在手心，形成一个漏斗窝状，填入糯米，单手压实，上部的粽叶向下折，直到完全盖住糯米，随即用手将叶子的两侧捏下去。包好的粽子一串一串挂在门框上，清香四溢，极其诱人，邻居们路见都会夸赞：徐奶奶，还未开煮都闻到你的粽子香了。

待粽子煮熟，晾至收干水分，婆婆会用自织的锦线钩包，每包装上十个，亲戚朋友，邻居老少，她会送上一包，还叫他们带个碗，来舀蜜糖。

其余的打包放进冰箱，慢慢享用。

的确，婆婆包的青粽单一、纯粹、传统。吃后，绵软缠柔，口里留有竹笋的醇甜清香。吃过我家青粽的朋友们都说，徐奶奶的粽子才是资格的原汁原味，有山里的味道，有妈妈的味道。

我家包粽子的习俗一直延续到婆婆2006年去世后，我的老公又接过了这门手艺，所有的过程他都学得像模像样，程序有条不紊。也是在端午前几天就忙于买青粽叶，不是资格的青粽叶，决不买回半张；只是绑粽子的锦线，换成了线手套拆的棉线。他包好的青粽就不打算送人了，数量上包得少些了，但包的粽子还是把冰箱挤得满满的。

几十年了，我家包青粽的习俗，从没断过。可是，年初，老公不幸染疫突然去世，锥心的伤痛让我一直走不出来。今天，又是一年一度的端午了，看到满大街的粽子上市，我就想到老妈和老公，想到我家的青粽，也试着包点吧，包上两个不好看，总是包得不像样。儿子说：妈，算了吧，满大街有的是粽子卖，何必太累呢？但为了我心里的那一缕念想，我虽然没能力包，我也一定要买到心仪的青粽。我穿行于各大超市，浏览于街店商铺，跑遍了马鞍路粽子一条街，奔波了一天，挨个问遍了商家，都没发现青粽的踪影。商家口径一致说，现在哪个还在卖青粽哦？不赚钱又淘神费力。

想到家里亲人的远去，想到我家包青粽的手艺在我这里将失传了，我面对商家咄咄问话，沮丧、伤感、木讷地走在大街上，涌出一阵阵自责和心酸，泪，顺腮而下……

作者简介：

杨光和，笔名布衣阳光。四川省作家协会会员、金牛区作协副主席。20世纪80年代初开始创作发表作品。著有散文集《诗事如烟》、诗集《阳光和阳光》、诗歌合集《四川诗人十人集》《诗家》等。曾荣获成都市诗歌贡献奖及四川文学创作组织者奖。

张　帆

迟到的军礼

四川
文学

作品
精选

　　也许是偏爱花木摄影的缘故，一踏上仪陇的土地，最先闯入镜头的第一道风景，便是那一丛丛、一片片洁白如玉的七里香。在沟河边，在公路旁，在翠绿掩映的农家小院，在蜿蜒起伏的山弯石径，七里香竞相绽放，密密匝匝，层层叠叠，如雪浪涌动，似银瀑飞泻。春风吹过，馥郁浓烈的醇香扑面而来，沁人心脾。

　　应当说，我是在一种圣洁而芬芳的意境中走进仪陇的。

　　这是我一生中第一次踏上仪陇的土地。初到仪陇，总有一种积淀已久的情致和热泪盈眶的激动，更有一种回归故里的亲切和温馨。这不仅因为，在这片土地上，诞生过一名伟大的人民英雄，一位共和国统帅三军的元帅，而且还因为，我曾是这位元帅麾下一名士兵，一名曾与元帅有过一面之缘的士兵。所以，我对这片土地更是有一种特殊的情结。似乎比别人更渴望、更需要深切感受、去亲密接触这片神圣的土地。

　　徜徉在仪陇这片被誉为红色圣地的土地上，让我最动情的，是巍然屹立在蓝天下的三尊朱德元帅不同时期的塑像，象征着元帅三个最具代表性的人生历程。

　　第一尊是竖立在仪陇新政镇红色经典广场中央的朱德铜像，据说这尊高达四米的青铜雕像是中央军委所赠。元帅身穿八路军军装，双手叉腰，凝眸远方，神情自若而威严，仿佛正在抗日前线指挥着一场激烈的战斗。第二尊塑像是在仪陇老城区金城山下的朱德纪念园内，元帅一身挺拔的元帅制服，胸前勋章闪耀，庄严英武，气度超凡，俨然正率领三军将士阔步向前。

　　但是，最让我喜爱、最让我感到亲切的，还是竖立在朱德故居纪念馆前那尊 3.6 米高的汉白玉雕像。元帅身着便装，亲切随和，面容慈祥，脸上布满为国为军为民操劳一生的皱痕，与定格在我记忆中的元帅神态几乎一模一样。仰望着元帅的音容笑貌，悠悠思绪顷刻间闪回到那个难忘的时刻……

那是 1965 年一个春夏相交的时节。当时我还是昆明军区司令部警卫连一名军龄不满一年的战士。那天上午，我们全排正在大院篮球场上进行例行的徒搏训练。十点左右，徐副连长骑着单车赶来通知，立即返回营房提前开饭，准备执行一项一级警卫任务。见惯不惊的老兵们私下猜测，一定又是哪位国家元首或中央的重要首长要来昆明。

警卫区域是军区政治部对面的国防剧院大礼堂，中央来的首长将在这里接见军区和云南省党政领导干部。我所在的一排是短枪配备，任务是从剧院大门至礼堂三百米之间分左右列队警戒。

两点左右，一辆红旗轿车缓缓驶入，军区司令员秦基伟中将迈着标准的军人步伐上前一个军礼，然后亲手拉开后座车门，迎出一位身着浅灰色中山便装、头发斑白的老首长。这位老首长在云南省委书记兼军区第一政委阎红彦等军地主要领导簇拥下朝礼堂走来。老首长看上去七十开外，身形伟岸，面容慈祥又不失军人英气。

我总觉得这位老首长很面熟，似乎还经常见到。蓦然一下想起军教室墙壁上的十大元帅挂图，这位老首长极像上面的第一元帅朱德。对，正是朱德，我们的总司令朱德元帅！我当时激动得差点喊出声来。

元帅很快从我面前走过，我似乎觉得他还朝着我所站的方向挥手一笑，笑得那般亲切，那般难忘。

目送着朱老总步上石阶，走进礼堂，我依然目不转睛地凝视着礼堂大门，期待着它再度开启，期待着元帅从礼堂走出……

"看够没有！"一声低沉而严厉的呵斥在耳边炸响，回头一看，连长王洪富铁青着脸站在我面前。我急忙唰地一个立正敬礼。

"现在敬礼有个球用，警卫连的脸让你全丢光了，回去先背三天条例再说！"那红脸山东大汉重重甩下一句转身便走。

这时我才恍然大悟，刚才看见朱老总一时激动，忘记敬礼了。执勤条例明确规定，当首长来到面前时应立即立正敬礼，目送首长离去后恢复半稍息状态，不得东张西望。今天啥子情况，在军中最高统帅面前严重失礼失职，平时背得烂熟的条例，今天却忘得一干二净，这祸可闯大了。又一想，今天能亲眼见到朱老总，就是调到农场去喂猪也值了！

还好，没去农场喂猪，背了三天条例加上三页很不深刻的检查，调离被称为干部摇篮的一排，发配到三排九班扛大枪站大岗去了。一支五六式半自动步枪伴随我走完短短五年的军旅生涯，而那仅仅五分钟烙在心中的荣誉和骄傲，却伴随着我的一生。同时，我也愧疚了一生，我欠元帅一个军礼。

此刻，元帅仿佛正朝我走过来，朝我挥手，朝我微笑。我情难自禁地双腿并拢，挺直佝偻的腰身，平臂直腕，朝着元帅敬了一个标准的军礼，一个欠了近五十年的军礼。

一个迟到的军礼！

（原载于 2016 年 8 月《南充日报》，并收入中国文联出版社出版的散文集《德行天下》，2017 年收入吉林文史出版社出版的散文集《当代四川散文大观》《百度文集》，2020 年转载于《天府散文》《上风》等刊并多次获奖）

作者简介：

张帆，四川省文艺传播促进会名誉理事、中国散文学会会员、四川省诗词协会会员、成都市作家协会会员。创作有影视、散文、诗词在全国、省市刊物发表并获奖，2022 年长篇小说《剑履山河——辛弃疾传奇》由安徽文艺出版社出版发行。

曹丽华

记忆中那一抹军绿色

时光飞逝，如过眼云烟，记忆中的那一抹军绿色，却怎么也挥之不去，总是在不经意间就浮现在眼前，清晰如昨……

那是 20 世纪 70 年代末，母亲带着 6 岁的我，肩挑背驮，带着大包小包吃穿用的，从遥远的山西坐火车去看望四川雅安的外婆。

不记得是哪一个火车站了，是入站还是出站，只记得人山人海，特别的拥挤，我亦步亦趋地跟随在母亲旁边，使劲地拽着她的衣襟，生怕被挤散再也见不到妈妈了。不知何时，感觉自己被挤推了一下，差一点绊倒，吓得我哇哇大哭。

涌动的人群中，突然一位着军绿色服装的大哥哥，大手一抄，一下把恐惧不安的我抱在怀里，温和地说："别怕，别怕，哥哥抱你过去。"转过头去，又对母亲说，"阿姨，这是你女儿吧，好可爱，我帮你抱着。"我的视线开阔了，一下子看见了母亲，我止住了哭泣，趴在他的肩头，那一刻，感觉好安全。我忍不住说："哥哥，您真好。"哥哥笑了笑："我是兵哥哥的嘛，乐于助人是我们的本分。""长大了，我也要当兵，和你一样。"我大声地答道。

兵哥哥一直抱着我，直到找到安全的座椅，才放下我挥手告别。我恋恋不舍地望着他瘦削、挺拔的身影，帅气地一个转身，离去。

从此，那一抹军绿色，永远留在了我心底。

此后的日子，短暂的相聚，母亲独自回家，留下我在外婆家上学。求学 11 年，我一年年地盼着母亲来接我，一年年的失望伴随着我，那段想家的日子，刻骨铭心，无法控制的忧伤侵蚀着我，每当难受时，兵哥哥那灿烂的笑容就浮现在我眼前，那一个温暖的怀抱，犹如午后的一米阳光，照进了我苍白单调的生命。

或许因为兵哥哥的缘故，我喜欢上了那些关于军队的书籍及歌曲，我常常在无人的角落，哼唱军人的歌曲《军港之夜》《十五的月亮》等。曾经在《读者文摘》看见一篇文章，火车上，一个女孩与一位西藏兵哥哥偶遇、相知相恋，步入婚姻的文章，当时很想也有这样的机会，再度与当年的兵哥哥相遇。曾经在多本战斗书中，发现了护士妹妹照顾军人的事情，我萌生了考护校的念头，并付之行动，顺利考入，我辗转在医科学校的各个公告栏，寻找有无招女兵的消息，结果让我大失所望。

当兵的梦，就这样破灭了。

梦，是灭了，不灭的是助人为乐的思想。记得工作不久的我，刚领到当月工资，路遇一位退休教师，他正在找丢失的孙子，可惜找寻的过程中钱也丢失了，无法吃饭，无法坐车回家，我眼前就突然出现了当年兵哥哥帮助我的情形，我立即把兜里所有的钱给了他，嘱咐他买点吃的，早点坐车回家。

工作一年后，我有了看望父母的探亲假，终于可以回家看望家人，坐上无数次梦见的火车，我期待着能遇上那位好心的兵哥哥。

还真是幸运，我座位的前两排就有一位兵哥哥，我偷偷地打望他，不确定到底是不是当年那一位，或许是盯得太久，他回望过来，我脸红了，赶紧低下头。眼角的余光掠过，我发现他没注意我了，我又痴痴地望过去，就这么几次三番的，他看过来，我又低头，他转过头去，我又偷看，终于到站，我尾随着他走了好长一段路，很想鼓足勇气搭讪，到底是少女的羞涩，最终还是没有胆量那样做……

或许，根本就不是那一位，我安慰着自己，毕竟 12 年过去了，变化挺大的，何况当初我自己也没记清楚那位兵哥哥的面容。失望的情绪伴随了我整个假期。还好，回川之后，幸运的我遇上了一位同样热心助人的军人，我终于成为一名军嫂，也算是对我从军梦的弥补吧！

古人云，"不以善小而不为"，当年那位兵哥哥一个不经意的善举，改变了我的一生，他那暖心的举动，让我终生难忘，如影随形……

（原载于《绵阳日报》2021 年 11 月 21 日）

作者简介：

曹丽华，现居四川绵阳，四川省文艺传播促进会会员、绵阳市作家协会会员、绵阳市评论家协会会员。

周道惜

王牌飞行员

蓝色的天空深邃而神秘，人们曾经想象，神秘的天宫中孕育着生命的灵性。啊，飞翔！你可以超脱一切，吞吐一切！你可以成就一代又一代心比天高的人们——

在老君山下，我们采访了同他朝夕相处的干部、学生；在蓉城，我们和他的妻子、家人座谈。现在，我们的采访本已记到了最后一页。在回编辑部的路上，我们只好把学生李勇的话写在扉页上——王牌飞行员。

他，性格内向，其貌不扬。是什么原因使他在飞行队里竟成了王牌飞行员呢？是机遇还是天资？是事业与追求的意志，使他在教学飞行的航道上奋斗了 15 个春秋。

和飞行结缘时，他正是南京部队 179 师侦察连的尖子，从组织的器重程度看，他有可能挎上指挥刀和望远镜。然而，飞行的魅力使他毅然放弃这一切，捧起了《飞行原理》和《领航学》。他的夙愿是做一只翱翔世界蓝天的雄鹰。于是，汗水为他疏通了航道，在隆重的毕业典礼会上，汪春庙以优异的成绩获得了飞行专科毕业证书。

在从机场回宿舍的路上，不知从哪里砸来一个"留教"的冰雹，一下子惊破了他"早春二月"的梦。几天以后，在分校大礼堂里，"冰雹事件"真成了现实。"任命汪春庙为中国民航飞行学院飞行教员"，这是官方的红头文件。

"'人怕闹，火怕操，飞行学生怕留教'。这话的最后一层意思虽然是说留教后飞的是小飞机，小航线，成天围着机场转。但早在 1969 年 12 月，我就在镰刀斧头下举过拳头，怎么这时又去背诵自己的九九表呢。"他第一次失眠了。

那年 5 月，他走马上任挑起了飞行教学的重担。训练一开始，他就戒了扑克，早起晚睡，连平时用来洗衣、写信的时间也尽量压缩，去找来飞机模型，给学生讲解飞行中的重点和难点。于是，他把业余时间的全部热能传递给了心爱的学生。

夏天实习时，他带头钻进热得像蒸笼的机舱内，一待就是一两个小时，严格按照教学大纲、操纵程序认真地讲要领传技术，让学生反复体验在五分钟内就要完成起落航线中的上百个动作。

作为刚从学员到教员的汪春庙，很善于设身处地地体贴学生。他不在空中大喊大叫地训人，他认为那种恨铁不成钢的急躁情绪会引起学生心情紧张，从而造成飞行动作错乱。为了减少学生的精神压力，创造一种良好的飞行条件，他平时就和学生打成一片。白天，常常因为给学生讲解难题忘了进餐时间；晚上，再累也忘不了要到学生寝室转转——哪个家里受了灾，哪个的父母身体都还健康，哪个收到了女同学的来信在搞"地下活动"……他了如指掌。放寒暑假时，他总是一次又一次去火车站接送学生，为了防止传染病，他把学生接到自己家里食宿。

新津机场飞行改装学习那年，汪春庙怀着为国争光的激情，来到大洋彼岸的沃兹堡改装学习贝尔直升机。贝尔公司老板要求，只有在直升机上飞行了 400 小时以上的飞行员，才能改装学习贝尔-206 型直升机，可汪春庙赴美学习的一行六人，在直升机上都才飞行 40 小时，怎么办？大家只好在洋人面前"谎报军情"。

当贝尔公司飞行教官大卫宣布，17 小时将飞完"悬停自转""助力器关断进近法"等十多种训练科目时，一行六名改装人员心里都像揣了只兔子，汪春庙心里的兔子蹿得更凶：难怪有的兄弟单位来这里改装时被剃了"光头"回去。

夜，沃兹堡机场的夜，难得有这么静，宁静的夜空显得那么黑，河汉被这块巨大的窗帘遮住了，只有从云缝里露出的月牙脸泛着惨淡的光。这时汪春庙正在席梦思上辗转反侧："我们是龙的传人，我们是航校的教员，我们不能让洋人剃着光头回去，我们一定要拿到飞行合格证。"

但是，时差带来的困倦像毒蛇一样缠住汪春庙不放，沃兹堡下午两点，正是北京时间的深夜，每当这时，他就悄悄地跑到卫生间去用冷水冲洗脑袋。在他攻下了时差、语言、机型等不适应的一道道难关后，终于踏上了胜利的坦途。

在飞"小功率起飞"科目时，飞机刚着陆，带飞教官大卫便竖起大拇指说："密斯特汪！你的小功率起飞操纵已达到直升机飞行 6000 小时的水平。"然而，汪春庙从学习直升机算起，一共才飞行 50 小时。

同年 11 月 9 日，在沃兹堡高级宾馆里，掌声雷鸣，镁灯闪烁。当贝尔公司老板把金光闪闪的"飞行合格证"发给这一行六人的改装飞行小组时，无数双惊羡而灼热的目光在汪春庙身上聚焦："魏老板，如果密斯特汪愿意留下，我们公司将给予优厚条件聘用。"面对洋人的赞赏，领队魏正清只好礼貌地摇了摇头。

这时汪春庙本人并没有感到自己成了新闻人物。他捧着烫金的"飞行合格证"，眼睛湿润了，心里喃喃自语："我没有辜负祖国人民的重托。我们中国人也不笨嘛！我终于有资格站在直升机学生面前了。"

是的，汪春庙在学生面前，他无愧于飞行教官的称号。然而，他作为吕宪平这位年轻妻子的丈夫，作为娜娜和佳佳这对孪生姐妹的父亲，他又怎样呢？

一次，领导给他两天时间回成都去接到东北出差三个月后归来的妻子，叮嘱他在家好好处理家务，但次日凌晨五点，他起床给孩子弄好早餐后，就急着要往机场赶。临行时，他借着透进屋内的路灯光线，看着躺在床上面容憔悴的妻子和一条小腿露在外面的孩子，他心酸了，流泪了，"是的，我不是一个好爸爸，没有把应有的父爱给你们。可现正值学生放单飞，我不能离开他们啊！"

当北风吹落那年最后几张日历时，汪春庙带飞的我国民航首届直升机养成飞行学生正进入第三练习，可川西平原却正处在低能见度的雾季里。每天从早晨待命到下午，能见度还是只有 1 公里，而飞 200 米起落航线的能见度要求为 2 公里。"怎么办？"这是很多人喊出的一句话。

汪春庙心急如焚，大胆地提出了一套新的教学方案，名曰"起飞二次增速法""30 度修正角着陆法""高悬停进近法"。它与原来的老式起落航线相比，既充分发挥了直升机的特点，增加了学生起飞增速的实践次数，提高了效率；又降低了对能见度的要求，最大限度地利用可飞天气，加快了训练进度，而且分散了学习中的重点和难点，使学生对飞行中的重点、难点掌握较快，从而提高了教学质量。因此，这一教学方案的问世，不仅为培养我国民航首届直升机养成飞行学生立了汗马功劳，而且也为我国今后培养直升机飞行员闯出了一条路子。

在刚刚写完这篇文章的时候，欣闻汪春庙获得"全国五一劳动奖章""全国优秀飞行教师""全国民航劳动模范"三项荣誉称号，并代表获奖者进京受奖。

4月30日，人民大会堂一片欢腾，在富有节奏的掌声中，汪春庙走上领奖台，共和国总理亲自授予他金光闪闪的五一劳动奖章和证书。在激昂的《国际歌》中，汪春庙眼前一片灿烂和光明。他仿佛看见，朝阳下，机场上一粒粒铺路石闪闪发光；一架架银燕耕耘着白云；一群群雏鹰展翅蓝天……

（原载于《中国民航报》《四川工人日报》《成都日报》《中国青年报》，并被四川人民广播电台及成都人民广播电台专题播出；获西南民航有奖征文一等奖）

作者简介：

周道惜，高级政工师，中国报告文学学会会员、中国散文学会会员、四川省文艺传播促进会名誉理事。曾任《飞行学院报》《成都空港报》主编。有500多篇报告文学、散文在全国发表，有50多篇获奖。出版报告文学专著《蓝天梦幻》等。

刘安祥

齐世昌同学的求学梦

天边的云海，竹梢的月亮。

望得见山，看得见水，记得住乡愁。

时光匆匆，《齐世昌同学的求学梦》讲述了一个平凡之中最不平凡的故事……是炽热的灵魂在跳动，是耀眼的火花在碰撞；是心灵的交汇，是真情的流露。

——题记

人这一辈子，有多少计较，就有多少心病；有多少宽容，就有多少快乐。很多事，放下便无事；心思越简单，身体就越健康。养心，即是最好的养生。心宽病自退，心安身自安。生命只有一次，怎样使用它都是自己的事。认知不一选项不一，从零到一的创造和一到九十九的社会创造价值绝对是天差地别。若不是心宽似海，哪来的风平浪静。不困人困己，从你我做起。

六月，坐不下来。滚烫的热浪，让山河任性奔放，使晴空万里展望。令姑娘群舞漂亮，使小伙追逐梦想。走在前面的风，一拐弯便成了细作。1951 年 6 月 1 日，西南民族学院在成都正式成立了。见证了第一期学员开学典礼的齐世昌同学，心情是那样的澎湃；因为他是从雪山上走进这座繁华都市的孩子，从来没有见到这样的场面。齐世昌同学渐渐也知道这么一个理来：人生，总是一半一半的：一半争取，一半随缘；一半烟火，一半清欢；一半糊涂，一半明白。

原本以为陌生的成都，等齐世昌同学抵达的那一刻却是热情而熟悉的，齐世昌同学深入它、了解它、融入它，追寻中历历在目的故事早已刻进他的心里。人生的方向有多种，人生的目标也有多样；但不论沧海桑田、岁月更替，他坚信人生的主旋律都不会改变，那就是为人生的价值而努力奋斗。

矢志终身发奋读书，自修从未一刻停步。齐世昌同学在开学典礼现场告诉他身边的同学们："我要珍惜这来之不易的学习机会，认真学习各项课程；积极参加老师和学院布置的课内课外各种活动，掌握更多有用的综合知识，回到家乡，建设家乡，把美丽的家乡建成富裕之地。"齐世昌同学不仅学习成绩优秀，还乐于助人；还时常在休息时间为同学们解答学习过程中没有理解透的问题，耐心细致。他说：心中有爱，眼中有光。齐世昌同学也懂得：一半烟火，是人活得接地气；一半清欢，是人"总要有一点高于柴米油盐的品相"。

人生的每一次尝试，都是给自己一次成功的机会；新的一天，勇于尝试，迈出成功的第一步。接下来的时间里，齐世昌同学晓得自己基础薄弱、笨鸟先飞的道理，他深深地明白这样一个理儿：勤奋的人总是按时起床，乐观的人总是充满希望；努力的人总能超越梦想，正能量的人总是自带光芒。每天把学习时间安排得满满的，晚上也不放过；即使同学们早早地熄灯睡觉了，他还在温习白天老师教的课程，如果还有时间的话，他就阅读随身带来的各种书籍。齐世昌同学在少年时代就酷爱读书，阅读了不少进步书刊和革命文学，心生对劳苦群众的同情和对黑暗社会的不满，向往革命。用一句话来形容就是：不蓄经典古今中外，一股脑儿宇宙包藏。

学校学了社会仍学，红尘路上边干边学。倏忽之间，时间已过半。同学们时常议论这样一个话题："齐世昌同学和我们虽然是来自大山里，他却有着惊人的记忆力，但从来不会主动揽事和标榜自己，一直都很低调。"几个月下来，齐世昌收获不小，学到了很多有用的知识；同他一道来的同学们也受到他影响，大家都不同程度地认真学习起来。齐世昌要好的几个同学受他的感染时不时地也感叹着：对于一半一半，看到一则关于人生活法的智慧，太通透。

只要认为应学必学，全部揽于博大心胸。夏天的早上宜人遐想，晨风轻轻吹着脸；阳光沐浴着全身，令人神情万般。很快时间就到了1952年的春夏时节，西南民族学院的第一期学员518人悉数毕业。这样的时刻这样的心情对齐世昌同学来说是复杂的，心情是乱乱的，感觉有点凉飕飕的，他也很清醒：一半明白，心如明镜；一半糊涂，人则豁达。

镜头的记录会让我们在遥远的未来再次相聚，当尘封的记忆再次被唤醒时，那一刻心脏的跳动，眼眸的泪水，会再次出现。齐世昌同学以优异的成绩考到了全院第一名，由于他各方面表现都很不错，很具有代表性，西南民族学院院领导决定在毕业典礼上让他代表学生发言；他在作业本上写写画画了几分钟走上台告诉全院的师生：

"感谢西南民族学院给我这次学习的机会，感谢西南民族学院老师们的精心栽培，让我学到很多有用的知识，同时还要感谢我的同学们在我学习的过程中给予的关心和帮助。我要以实际行动回到家乡，把所学到的各种知识传递给我的父老乡亲，让家乡人民早日走上富裕路，过上幸福、美满、快乐的生活。""历史是我们每一个人书写的，我们的现在转眼就将成为过去，变成历史的一部分。前人书写的历史我们无法改变，但我们可以在自己的历史中找到新的目标与方向。"

无论时光的年轮怎样转动，那些生命中最重要的人，依然陪伴在身边；那些停留在记忆最深处的瞬间，总会浮上心头；那些刻骨铭心的往事，仍历历在目。齐世昌同学还常常用这段话来鼓励自己："想要让自己变得更好，即使在最不被人注意的时候，也要默默奋斗。想要和比自己优秀的人成为朋友，就要以优秀的人为榜样，努力拼搏，使自己成为一个优秀的人。"

人的磁场很重要，你相信什么，就会吸引到什么，最后便会得到什么。愿你可以和优秀的人为伍，人生之路越走越顺。不懈奋斗朝花夕拾，学习就是毕生追求。明白存心中，决不糊涂过人生。诚信、务实、担当、作为。就这样，齐世昌同学收拾好行装带着家乡人民的重托，圆满完成了学业，回到了他日思夜想、时常牵挂着的美丽的云南迪庆中甸故乡。

一场特别的求学梦画上了一个圆满的句号，这一路的追寻有太多的故事值得齐世昌同学骄傲、回忆和难忘……

高原上的格桑花纵情盛开，幸福稳稳绽放。

作者简介：

刘安祥，中国散文学会会员，曾任四川省散文学会副会长兼秘书长，系四川省作家协会会员、成都市作家协会会员、成都市新都区作家协会副主席，现为四川省文艺传播促进会会长助理、副秘书长、研究院副院长。

杨　宓

两张旧火车票

在我最早的工作证的夹层里，至今保存着两张完好无损的 30 多年前的火车票，1988 年 3 月 3 日，成都—昆明。这是两张普通得不能再普通的火车票，可对我的意义却非同寻常，那是登上通往幸福港湾列车的车票，是新的生活在远方向我伸出的橄榄枝。我急切而充满憧憬地拥抱明天，拥抱未来。

那年我 25 岁，与新婚妻子旅行结婚，选择去昆明。不仅因为昆明四季如春，风景如画，更主要是我的四爸在昆明铁二院工作。我在那时的 8 年之前去过，不说轻车熟路也算是门清。

记得那天离开雅安时天还没亮，空气中雾气很重，也很寒冷。头晚我们住在妻子郊区农村的娘家，她第一次出远门，想去给她舅舅告个别。她走在前我走在后，刚到她舅舅的屋前，门还没有敲响，黑暗处突然窜出一条看门狗，对着她的后衣襟就是一口，幸好她当时穿着棉衣，没有伤着身子，不然这次旅行就无法成行了，会留下难以弥补的遗憾。

终于按照原定计划踏上了新婚之旅，也就有了那两张保存至今的火车票。当我们坐上火车，穿越崇山峻岭、原野田畴，向着昆明飞驰时，随着车轮碾压铁轨发出的吭哧声，心情也激越起来。与其说是对即将看到的美丽风景、民族风情的向往，不如说是对未来生活的一种憧憬和期盼。那时的我们，刚踏入社会不久，虽然未来有太多的不确定性，但我们却充满着信心与激情。事业也好，生活也罢，仿佛都向我们敞开着胸怀。

火车到了昆明，本以为一切都顺风顺水，却出了一个意外。当时通信不便，也是我考虑不周，没有事先写信告知四爸我们的到来。当我们去到四爸家时，他们却全家回了宜宾屏山老家，一把大锁锁着房门。我当时就傻了眼，妻子也很委屈，不过我倒不怎么慌乱，心想大不了去住旅店。那时的人们去外地，如有亲戚朋友，都会在那里落脚，当然更多的是从经济上考虑，不像现在，住亲戚朋友家会感到诸多不便，更愿意住在宾馆里。

四川文学

作品精选

天无绝人之路，四爸家对面住着他的好同事，而四爸家的钥匙放了一把在那同事家里，正巧他那同事还认得我，这样我们有了落脚之地。

在昆明我们去大观楼观天下第一长联，眺望海鸥翔飞；在西山俯瞰五百里滇池，享受蓝天碧云水天一色的意境；在石林看神奇的喀斯特地貌，听阿诗玛的美丽传说……在昆明旅行的时间是短暂的，匆匆而过，其实岂止昆明的时间是短暂的，32年也不过是白驹过隙弹指一挥间。当年的意气青年，如今已是白发上头，不褪色的是当初的那份美好记忆。家庭是人生的出发点和归属地，也是奠定你人生旅途的基石。我从不是一个安分的人，职业也在不停地转换之中，从一名商业部门的营业员，到一家中型工业企业的领导，还兼任武装部部长；20世纪90年代初的北海下海，再到党政部门工作，也曾到农村从事移民工作，又在48岁时决定提前退休，专事自己喜爱的写作。可说工农商学兵，党委部门、政府部门都有过工作经历，按妻子戏说我的话，什么"时髦"的事我也没落下。

不少的伴侣，走着走着就散了。斑斓的世界，变化的人生。各有各的道理，各有各的缘由，由着自己的内心就好。激情岁月过后是回归平静的日子，工作的压力和事业的奋斗，生活的重担和养儿育女的责任，会让接下来的日子变得平淡乃至无趣，多数人概莫能外。就我而言，时常看着这两张旧火车票，当然更多的时间这两张火车票就烙在心里。每当看到或是忆起，当年的情景就会历历在目，一份温馨盈于心头，更多的是让平常的日子有了温度。

岁月是把尖锐的刻刀，在我们的额头雕琢沟壑般的皱纹，也是把无情的锉子，磨掉我们头脑中多少亦喜亦忧的往事。雕琢不了的是不老的情怀，磨不掉的便成了永恒的记忆。

两张旧日的火车票，承载着我的过去，将继续伴随我来日的人生旅程。

作者简介：

杨宓，中国作家协会会员、中国电影家协会会员、四川省文艺传播促进会副会长兼研究院副院长，《西康文学》主编。出版有散文集《且歌且行》、长篇小说《蓝色子午线》《爱的天空》《谍战黑水》《丹麦情缘》《藏茶传奇》《迷雾夏威夷》《异国恋人》等，多次获得全国和省级文艺作品奖。目前有十多部电影剧本拍摄成电影，在全国院线或中央电视台播放。多部获得包括金鸡百花电影节、中美电影节在内的多项国内外奖项。

农 夫

不差钱

不差钱，这是现实生活中很多人最常见的无奈，也是男人故事里最常见的"豪迈"。

或是我见识少了，或是我根本就没有见到真正不差钱的大人物，我遇见的好多豪迈的不差钱的男人们，几乎都让我大失所望。

反而，看上去很差钱的兄弟们，结果却很耿直，不差钱。

L兄和我差不多，来龙去脉，一清二楚，现实生活，没有不差钱的道理。但L兄，好像是一个另类，很多时候，不会等我开口，他就知道我差钱的地方，大到买房买车，小到吃饭喝酒，L兄不仅没有差过钱，而且钱到位得比谁都及时。前些年在县城里生活的时候，整个县城的夜生活消费，我和L兄等，一定是当之无愧的莫大功臣。那时间，上无片瓦、下无寸土，但就是包包里面有掏不尽的酒钱，生活中有交不完的朋友。

很多人觉得，我们这种人，这种生活，就好像小品《不差钱》里描述的一样，是打肿脸充胖子，是"穷操"，是"装逼"，是"绷面子"。

但是，男人不就是要朋友？不就是要面子？不就是要给生活绷起吗？

绷，绷的是尊严，绷的是道义，绷的是不屈服生活的无穷动力。

大抵兄弟们都是认可我这个观点的。钱，那么重要的钱，在兄弟们之间，竟然只沦为了一种处理事情的工具。他来三五千江湖救急，你去万八千雪中送炭，我顶一两万火上加油，虽没有家底实力，但日子过得也像模像样。拿着微薄的薪水，还要结婚生子、买房买车，还要呼朋唤友、行走江湖，旁人都觉得同情不过来，做梦都替你提心吊胆的日子，硬生生地过成了高调的幸福生活，真让人无处去说理了。

十几年前，我与爱人闪婚裸婚，纯属被迫买房安家。我一个外乡人的朋友圈，基本上也就是一些生活中很差钱的平头百姓。我不是随便开口借钱的人，不乱开口，不设下限，上不封顶。最终，十来个朋友，只有一个确实差钱，我没有接收，其余的少则五千，多则一万两万。L 兄最是奇葩，他只有一张银行卡，不晓得剩多少，让我自己取。再后来，换房，给母亲买社保等等，也还是那些"不差钱"的兄弟们顶上。

我虽然也"不差钱"，但我顶的时候那就少得多了，只是样子做得还是很到位，兄弟们也不会怀疑我。

十几年过去了，我离开了县城，但我一直忘不了那些"不差钱"的哥们友谊。所以，尽管我的身体早被酒废了，但我依然时刻都备着美酒，在情谊面前，还是永远都不差酒钱。

钱，感到很无辜，在我们这里，没有受到至高无上的礼遇。所以，钱应该也不喜欢我们，以至于，我们嚣张地生活了这么多年，还是没多少钱。

到了省城，林子果然大了。身边的"人物"一下子就多了起来，不差钱的成功人士更是多到让人自卑。

喝酒前他是这座城市的，喝酒后这城市都是他的。牛人一浪猛过一浪，富豪一波高过一波。Z 十年前都资产过亿了；P 名下房产少说 30 套；M 名义上是什么长，实际上他夫人还垄断了某个行业在这座城市的半壁江山；ZP 的大公司手下上千人……

一时间，给我造成了严重的错觉，我算个啥？我是不是走错了地方？我在烟火人间，咋一下子就到了神仙天堂？球，这，就算不被这些牛人们的唾沫淹死，也迟早要自卑死的啊。

我小心翼翼，如履薄冰。

和土著 Z 打麻将，Z 借点小钱垫底，也算是看得起我才和我娱乐；有幸跟富豪 P 同车一程，我主动给点小钱，也算是 P 难得给我一回面子；要是再有幸和 ZP 共进晚餐，我捏紧裤腰带买个小单，那才是多少人求之不得的机会……

我好像很狡猾，多"巴结巴结"这些人，没毛病的。当然，狡猾的人何止我一个呢，很多人都喜欢"巴结"这些不差钱的大人物。

但也怪，巴结的人多了，反倒真让这些不差钱的大人物们没有了表现"不差钱"的机会。衣食住行，游娱享乐，钱都用不出去了，整得非常被动和辛苦。

更怪的事情来了，被这些"巴结"行为长期困扰，时间久了，本来不差钱的，弄得没有机会掏钱，自然也就养成了不掏钱的习惯，反倒让人误解和怀疑起来，他们不差钱到底是真是假呢？富豪 Z 帮了我一回大忙后，我就更加怀疑了。

我卖了些个人的图书，对方单位需要发票，必须以公司法人身份代为销售才合乎财务要求。Z 是我朋友的朋友，是业内出了名的大佬，名下的公司厂子少说也有好几处，他要差钱，那绝对是对他的侮辱，也是对我朋友的不信任。

Z 的公司开具购书发票，我负责完税和手续。按理，书卖出去了，书款到了 Z 的公司账户，我再到 Z 处领取书款，说得过去。

朋友的电话通了，Z 在电话那头彬彬有礼，也不无谦虚："兄弟，这点小事，放心放心，绝对没有问题。"我喜出望外，十分感动，一为朋友的仗义，二为不差钱的 Z 的爽快。

事情非常顺利，发票如期开出，书款如期到了 Z 公司的账上。

我一想到马上就可以拿到书款，感激万分。遗憾 Z 临时出差，要一个星期后才回得来。

朋友第二次联系上 Z，大约过了十天时间。电话通了，我非常感动的心情，一下子被 Z 的话给浇灭了。朋友出于信任，是当着我面开的免提，朋友也一下子尴尬得找不到东南西北。

其实 Z 说话的语气和上次一样，听上去很舒服，只是说话的内容，让人一时间找不到用什么样的语言和语气来回答他。"兄弟好哦，唉，你也晓得，现在的行情，各行各业都不好做哦，你那个东西我们现在做不出来啊，兄弟要理解哦。"

Z 说话果然是有艺术的，我和朋友实在没有水平组织语言，一根筋的脑壳半天都没有转过弯来。我们回过神来后才明白，不差钱的 Z 看不起这点小钱，只是他觉得帮我们做这点事情不值得，感谢费也不成比例。只是他要多少，我们也不晓得。

先不说情绪，情绪是专门坏事的。接下来，Z 来了一套"组合拳"，先是来个上不封顶的目标，再换一个他手下的专人来应付我，又叫我提供一

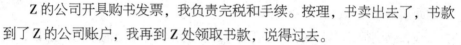

系列难度系数不小的佐证材料。

时间又过去半月吧。我们要耐住性子，谁先急谁先输。我们也回应了三招：给出一个比最先约定高出很多的目标，换一个性子好的人来对接，再找 Z 的其他靠谱点的朋友侧面周旋。

事情看上去好像是有些进展，反反复复，来往了几个电话，补充了几个材料，直到最后，还是迟迟没句准话，我终于忍无可忍了。关键时刻，该出手时就出手，情绪还是很有力量的。我放话出去，有种你就不给我书款。省城林子是大，但圈子还是很小，转来转去，也就是那几路神仙。我看你这个不差钱的大老板，要不要脸。

我朋友也急了，这件事自始至终都是他没想到的。他自然不愿意看到这样的结局，他也想尽办法，让 Z 高抬贵手。估计确实还是迫于朋友的压力，两周后，扣除了税费和感谢费，书款终于到了我的手里。

事后，朋友还很觉得惭愧，没想到这个不差钱的朋友竟然是这个样子。他好像也一下子成长了不少。但我是由衷地感激朋友，我深知，我放话出去没什么用，不差钱的人，有几个是要脸的呢？我这样威胁，形同虚设。

经过些世事的人，或许都有点儿认知了。这世上，哪有什么不差钱的主？有，也只有一种人不差钱，但绝对不是有钱人，而是耿直的人。

作者简介：

农夫，原名徐良。1981 年生，四川剑阁人。写诗、随笔和简评。著有《俗定》《若水诗话》《若水神话》等诗集、评论集。四川省文艺传播促进会名誉理事。

阿 甘

差几个鸡蛋

来自乡村的我们总是对土鸡蛋情有独钟，老家教书的大姐常常想方设法从几百公里之外的川东乡下帮我们收购一些邮寄到成都来。钱锺书说："鸡蛋好吃就行了，何必要看下蛋的鸡是什么模样？"我们吃了钱老师家的鸡蛋许多年，这个清明节才第一次与钱老师和他的邻居们见面相识。

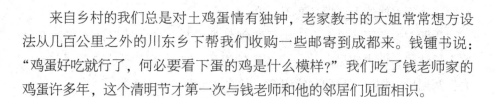

钱老师的家在离丰禾镇不远的跛子岩坡上，一个有着几间陈旧砖瓦房的独立小院。院子里并没有想象中的鸡粪满地那样脏乱差。大娘解释说清明这几天下雨把地泡软和了，正好栽苞谷，要防着鸡出去糟蹋苞谷苗，就临时关起来了，平时都是放出去散养的。苞谷栽完了要去镇上帮忙照顾几天孙儿，孙儿的外婆生病了，大媳妇要去看她妈。听到这里，我感到来得不是时候，对二位老人说："要不先把鸡蛋给你们大媳妇吧，她可能更急需一些。"

"没事的，昨晚大媳妇是打过电话来说要鸡蛋。但事先答应过你们，晓得你们假期短，给你们留起的，人还是要讲信用的嘛。家里有三十多只鸡，生蛋也快，两三天就可以捡几十个给大媳妇。"大娘似乎看出了我们的不安，连忙安慰我们，"人说话还是要讲信用的嘛！"和大娘聊天的工夫，钱老师已把柜子上存放鸡蛋的陶罐抱了下来，他又从冰箱上方取出纸板压制的鸡蛋模型盒子，放在地上。

"土鸡蛋的蛋黄是要黄一些吗？"我之前一直心存疑问，乘机向钱老师请教。

"根据蛋黄颜色判断是不是土鸡蛋，并不科学。"钱老师立即纠正道，

四川
文学

作品
精选

"蛋黄黄一些的，可能就是刚好那段时间喂苞谷、红薯多一些，而蛋黄浅一些的，可能就是那段时间喂谷子多一些。"仅养了三四十只鸡的钱老师却把养鸡的学问钻研得如此透彻，"我们从不到市场上买饲料，更不会喂那些添加了乱七八糟激素、色素的东西。我们自己种的苞谷这些粮食都是为了喂鸡，买我鸡蛋的都是熟人和回头客，哪个愿意打熟人的脸嘛！我教书对得起学生，卖鸡蛋对得起熟人。"和大娘说的讲信用一样，钱老师重复了一句："不管做啥子事，都要讲良心。"

数完鸡蛋，钱老师开始算账："这一批鸡蛋有些是'子牲口'生的（老家土话把鸡喊做牲口，子牲口指刚刚开始生蛋的小母鸡），有点小，一共七十一个，给七十个的钱，好算账。待会儿你们可以去垮上看看其他家有没有。其他家的可能要大一些，价格高一两角。"

<h2 style="text-align:center">二</h2>

从钱老师家出来，我提着小半桶鸡蛋沿着泥泞的乡村机耕道前往下一个垮，我们走进了冯大娘家。

冯大娘用搪瓷盆端出几十个鸡蛋，不少蛋壳上还沾有鸡屎、鸡毛。"我们家喂了二十多个牲口，一天能捡十多个鸡蛋。"快人快语的冯大娘一边数鸡蛋，一边主动说起了孩子的事情。从她口中得知，儿女已成家，但儿子不管两个老人的火，女儿时不时还要来看他们。平时靠卖点小菜、鸡蛋来打杂零用。她一边数落着自己那"娶了媳妇忘了娘"的不孝儿子，一边小心翼翼地把鸡蛋数进了我们的塑料桶中。一共三十七个，旁边端着饭碗正吃早饭的大爷说再去拿三个来凑齐四十个。冯大娘家一个中学生模样的小伙子抢着说他去拿。想到冯大娘可能需要把更多的鸡蛋换成钱，我们表达出还可以买更多鸡蛋的意思，冯大娘却出乎意料地拒绝了我们："剩下的不能卖了，要留起给外孙吃，他在九龙中学读书，昨天放假看我们来了。"原来刚才抢着去拿鸡蛋的那个小伙子就是她外孙，小伙子也劝外婆把剩余的鸡蛋都拿来卖了。但老人还是坚持自己的想法："不卖了，你读书费脑壳，正是需要营养的时候，哪个都要留起给你吃！"

见冯大娘如此坚定，我也不好再坚持。

正欲离开冯大娘家时，看见附近一稻草棚下有一群小鸡娃正跟着鸡妈妈觅食。母鸡从土里找到了一条小虫，用嘴啄起，"咯咯咯"地唤着孩子们赶紧来享用。不知这群小鸡长大后会用何种方式来报答它们的母亲？

<h1 style="text-align:center">三</h1>

我们的目标是买够一整桶鸡蛋就打道回府。告别冯大娘，转过一个弯，看见一对老年夫妇正在喂鸡。随着那位大娘扬手撒出去一把谷子，鸡群立即争先恐后地抢食起来。我们问老人家有没有鸡蛋，旁边靠在墙壁的一位大爷问大娘："他们是不是要买鸡蛋？把我们的鸡蛋数给他们，要不要得？"大爷靠着墙壁摸索着挪动了几步，我们这才发现他的视力不好。当他得到肯定的答复时，显得很开心。

大爷说他的眼睛是三十多岁时看不见的，去割眼睛割坏了的（做白内障手术失败）。大爷继续讲起了家里的具体困难："她眼睛看得见呢，但又算不来账。每次去赶场卖个啥东西，都要我跟到一起去。赶一趟场，一天要耽搁两个人，关键是我走路又不方便。"难怪当他听说有人上门来买鸡蛋时脸上迅速兴奋起来。

"一共四十六个！"我提出能否再找几个凑个整数好算账。大爷马上叫大娘去灶屋面前、鸡窝里、谷仓底下等地方看看，大娘一路小跑把平时捡鸡蛋的地方都看了个遍，返回时手里拿着两个热乎乎的鸡蛋，乐呵呵说是刚从灶屋面前捡到的，实在凑不齐五十个了。

"大爷大娘，一共四十八个，哪个卖呢？"

"你们说拿（出价）好多吗？"两位老人谈起价来似乎有点不好意思。

"我们刚刚在钱老师那里买的一个一块一，你这个蛋要大一点，你们说好多都可以！"

"那就……一块二……要得不？"大爷怯生生地问道。

"要得！"我拿出一张百元钞递给大娘。大娘接过钱，对着窗户透进来的光看了又看，才缓缓递给大爷。大爷急了："你个老太婆，硬是的，人家街（gāi）上的人哪个会给假钱嘛？"他靠盲文很快识别出纸币面额，并迅速算起账来："四十八个，一个一块二，一共五十七块六。给我一百块，该找别个（近似于乡下人对陌生人的尊称）四十二块四。"大爷先数了八张五块的，接着又摸索着找剩下的零钱。

我说剩下的不用找了，当我提着鸡蛋往外走时，大娘追了出来，把两个鸡蛋的钱硬塞到我手上。大爷在身后补了句让我眼眶一热的话："gāi 上人来买蛋，帮了我们大忙，钱上不能亏了别个!"

四

还未铺设水泥的机耕道路面有些湿滑，提着满满的一桶鸡蛋，手上沉甸甸的，回想起刚才卖鸡蛋的三家老人，心里也沉甸甸的。退休后不愿赋闲，并与子女保持相互独立，始终讲信用、讲良心的钱老师夫妇，令人敬佩；宁愿少卖钱，也要留下一些鸡蛋留给上学的外孙补身体的冯大娘，让我动容；对街上人充分信任，又不愿捡便宜的盲人大爷，则直抵人之初心。

在这人烟日渐稀少的乡村，满眼望去，草色青青，路旁的洋槐正野蛮生长，应季吐露着芬芳。清明细雨后，跩子岩村的空气中五味杂陈，有泥土气，有青草香，还混杂着洋槐花的丝丝甜。

（原载于 2021 年 8 月 3 日《晚霞报》）

作者简介：

阿甘，本名甘国生，工科生，爱码字的外企项目经理，四川省文艺传播促进会理事。偶有文字发表各平台与纸媒，诗歌《我的字典里没有霾》、散文《莫谓仓中谷自满》《算数》曾获征文奖。

失而复得的手提袋

四川
文学

作品
精选

在这百花盛开的春天里，我仍忘不了去年冬天发生的一件事情。

那是初冬的一个午后，街头的银杏满树金黄灿烂，在阳光的照耀下熠熠生辉。我穿过飞舞的银杏叶，迎着午后暖阳，从成都犀浦站乘坐动车返回都江堰。车窗外，飞驰而过的是成都平原尚未凋敝的田园风光，是川西坝子上舒朗的初冬盛景。归家的喜悦，淡去了奔波的疲累。

动车快到都江堰之际，我突然发现自己随身携带的一个手提袋不见了。袋子里是还未开封的数百元日用品，虽不贵重，但对我而言仍是惋惜。心情从喜悦的巅峰跌落谷底，失落、自责和沮丧开始在心中蔓延。

回到家里，消沉的情绪一直挥之不去。我拼命搜寻记忆，却怎么也记不起到底是进站时过安检没拿手提袋，还是在候车室放座位旁忘了带走。无论是哪个环节的疏忽，找回手提袋的希望都很渺茫。但我还是忍不住想了又想。几天后吃晚饭时，见我仍耿耿于怀的家人随口说："要不，在12306网站'失物招领'试试？"原来，12306网站除了可以方便快捷地订票、改签、退票外，还有"失物招领"等功能。我为自己的孤陋寡闻而汗颜，却又多了一份欣喜：正好借机试试这个网站推出的惠民服务措施，也让自己学会放下，学会释怀。

我在12306网站温馨服务栏目下找到"遗失物品查找"，一步步按要求填写好遗失信息，提交上传后，竟有了一种完成仪式的轻松感。手提袋能否找回，于我而言其实已经不再重要了。

没想到，意外的惊喜却来了。当晚9点多，犀浦站工作人员来电告知，我遗失的那个黑色手提袋找到了，可随时带上身份证到犀浦站认领。从我提交遗失信息到车站工作人员来电，仅仅隔了约两个小时。几天后，当我再次途经犀浦站并顺利领回手提袋时，我看见袋子里的所有东西完好无损。

一滴水可以折射出太阳，一个果壳里藏着整个宇宙。我相信，这座城市是有温度的，这座城市的幸福是有质感的。因为，有很多人都在为这座城市的美好而努力。

（原载于《四川政协报》2020 年 3 月 24 日）

作者简介：

罗四维，四川省文艺传播促进会会员、都江堰市作家协会会员。1996 年始，先后在《广西商报》《华声晨报》《宜宾晚报》从事编采工作。创作和编辑的作品多次获全国和省市新闻与报纸副刊奖。

黄启国

我人生中最初的两笔"创收"

一个人的一生会有若干靠自己的能力获得的单笔性收入，我姑且把它称为"创收"。而最初的"创收"往往会留下难忘的记忆。

我 20 世纪中期出生于农村，家里特穷，什么压岁钱、零花钱，通通没有。读小学以后，有用钱的概念了，看到有的同学买这买那，总想有一点自己的零花钱买喜爱的学习用品或供玩耍的如小皮球之类。父母能够让一家几口勉强度日就很不错了，我自然无法开口向他们要钱，即使要也没有。于是就寻思在哪里可以挣一点小钱。

大约已经过了三年困难时期，我十一二岁了，我所在的生产队有一个靠养马拉煤卖的单身男人，他喂马的草都是从周围农民中收购的。有比我大一点的男孩给我说，他在那个喂马拉煤的男人那里卖草挣了一些零用钱。于是，我向爸爸妈妈请求在做完作业后去割草卖，爸妈同意了。

一连几天下午放学后，我都背上背篼去田边荒坡割草。由于人小力气弱，一次也割不了多少。积累了几天，有了几背篼，就很兴奋地背到那个喂马人那里卖钱。称好算账后，我得了 5 分钱。这便是我人生第一次靠自己的劳动"创收"。我很有"成就感"，回家给爸妈"表功"后，受到大大的称赞。但那笔钱后来怎样用的，我自己也记不清了，或许是"上缴财政"给"贫困家庭""统筹"了，5 分钱在当时足可以买一些盐巴的。反正我的学习用具没有增加或更换，日夜梦想的小皮球也没有买。自然，"割草卖钱产业"就没有继续了。

我的第二笔"创收"，是在我上初中第一学期的事。我是 1965 年秋天考上邻水县复盛中学的（那时以毕业为级，称为初 68 级）。那时三年困难时期已过了好几年，社会生活比较好，物价也很便宜。记得每个学生每学

四川文学

作品精选

期在学校的生活费是 2 元钱，粮食由学生交稻谷等实物。学生的学杂费也很少。个人的零用钱也就因人而异了。我的家庭状况，父母给的零用钱极少，在同学中属于寒酸的一类。有一天，我看到学校里有收废品的小贩收废纸等，主要是老师们的废旧书报，也有学生卖废旧的作业本和纸张的。我脑筋一动，觉得有一个门路可以为自己找一点零用钱了。那以后，我每天都很留意把人家不要的废旧纸张捡起来，积累起来。下课放学时，我故意最后一个离开，看教室地上有没有同学丢弃的废纸，然后像小偷一样慌慌张张急急忙忙捡起，放入自己的小课桌里。然后又找机会带回房间，放在床垫下。特别是轮到我扫地的那一天，就有可能是比较"丰收"的日子。这样像"搞地下工作"一样，积累了一个多月，觉得可以出手了。待我到"收荒匠"那里出售时，"收益"令我"大失所望"。收荒匠说，本来你的废纸只值一分钱的，看你小孩"造孽"（太苦），给你两分。我先是感激，觉得这个收荒匠心真好。继而又有些不服气，心想，值一分两分三分，还不是由你说，说不定还不止 2 分呢。但我不能与他再说什么，拿着两分钱悻悻走了。

我人生最初的两次"创收"，第一次给我留下的是"成就感"。而第二次留下的则是"伤心感"：费那么多时间精力，还是悄悄咪咪的，才得那么点小钱，又觉得很伤"自尊心"，真是不值得。不过，它们在我的人生中却是一笔非常丰富的"精神创收"。直到现在，我常想：穷则思变，是人的本能，也是一种进取精神，为了改变贫穷的现状，寻找一点可能的出路，值得肯定。但是，穷不择路，寻求的找钱方法、事项不当，是不会有好效果的。更重要的是要立足长远，以知识为力量来改变现状，才是正途（当学生最重要的是读好书）。所谓"书中自有黄金屋"自然是封建帝王笼络古代知识分子的诱饵，但知识就是力量，知识产生金钱，无疑是真理。马克思对于简单劳动和复杂劳动的划分道理也正在于此。还有，在有条件的情况下，还得对"创收"的项目进行优选，讲究"投入产出"。

（原载于 2023 年 8 月 16 日《晚霞报》）

作者简介：

黄启国，四川省作家协会会员、四川省文联原党组书记。

最美相遇

四川
文学

作品精选

考进制胶厂，她就住进了我的心房。曼妙的身姿，含羞的笑靥，尤其是那对水汪汪的杏仁般的眼眸，令我神魂颠倒，令我辗转难眠。脑子里，她的倩影迭现，她那银铃般的笑声萦绕。我为她写过一篇美文，尽管女主角有些夸张，文笔也略显笨拙，但她读懂了。她羞涩地扬起头，冲我莞尔一笑，低声道，我有那么美吗？

莞尔一笑，醉人心扉。有多少个血色的黄昏，多少个安谧的夜晚，记不清的明媚清晨，记不清的日日夜夜，我的脑海，不止一次地憧憬着我俩依偎在浓荫蔽日的锦江河畔亲昵黏糊，幻想着两人手挽手走在铺着长长红地毯的婚礼殿堂，留恋着她的倩影她的笑靥。尽管这份情感一波三折，甚至灰飞烟灭，即使如此，这份情感依然让我难以自拔，依然涛声依旧。许多肺腑之言，我想对她说，人生的沟沟坎坎，难以割舍情感的缠绵。光怪陆离的诱惑，斩不断上辈子寄予的姻缘。肉体允许南辕北辙，灵魂依然耳鬓厮磨，相濡以沫。这些年来，我这份情感，经历过痛彻心扉的思念，透过泪珠儿的沉淀，最终冲破心扉化茧成蝶，让颤抖的手指在键盘恣意蔓延。

月亮不会说谎，它把我的这份情感，如泣如诉，绘声绘色，真真切切，向世间娓娓道来。殊不知，那长长的弯弯曲曲的闪电，那春去秋来层林尽染的山峦，还有奔腾不息的滔滔江河，都被深邃的苍穹制作成海市蜃楼，在天涯海角，在群峰峻岭，在烟波浩渺的海洋上，不时播放着不可思议的咋舌画卷。

尽管我知道，我钟情的女人，我憧憬的情感，只是我的一种梦幻，我一厢情愿的苦恋，但，我依旧痴痴相守，依旧无怨无悔，哪怕只是梦里依偎，哪怕撞到南墙也不回头。不是我脑子搭铁，是我性格使然。

人间没有怜悯我，苍天没有眷顾我。她的新婚燕尔，我的一路狂奔。龙泉山顶，陡峭岩上，我思绪万千，我泪如雨下，我万念俱灰。把我的思念，把我的爱恋，朝着浩瀚的天宇，朝着她新婚燕尔的方向，声嘶力竭，发出我胸腔的最强音，我爱你！

我执拗地认为，这声音，无论多远，声波都会转化为凄美的乐章，有缘人都会听到，她无疑心领神会，兴许只有她，最懂每个音符跳跃旋律外的欢乐与忧伤。

那晚，月光似银。我忽然开始埋怨月亮，你既然把群峰叠翠都照得清清楚楚，为何没把我的爱情之路告诉我呢？月亮说，不是我没告诉你，是你被情感迷失了双眼。

突然，天空滚过闷闷的雷鸣。

有缘无分。天际一个沧桑的声音，是母亲来自天堂的声音，由远而近，居然在我耳边规劝：男女的有缘无分，其实就是最美相遇。不过，这种相遇，也是前世情未了的必然。

倏地，我环顾四周，宛如醍醐灌顶。

我释然了。

多少年来，这份情感，在我脑海，仍然时隐时现。即使到了两鬓泛白的年代，我依然保存着这份情感，老伴常拿这事取笑我，就是一个长不大的大男孩。

我心里说道，长不大该多好啊！嘴里却说，记忆犹如老照片，总让人感慨万千。

老伴的抿笑依然意味深长。

作者简介：

赖丽明，四川省成都市人，1983年开始发表作品，先后在国家、省级报刊发表小说、散文和新闻作品近百万字。四川省文艺传播促进会会员、成都市作家协会会员、锦江区作家协会会员，成都市成华区培华社区党支部书记。

杨光英

怀念高粱

秋天的傍晚，去乡间散步，看见一片高粱地，很是亲切感动。

记忆深处，高粱在 20 世纪六七十年代，是我童年的亲密伙伴之一，伴着我在物资匮乏的岁月中。记得小时候，一直和红高粱打交道。春天，跟随母亲到地里间苗，锄地除草；夏天，给高粱打叶。高粱叶子像利剑，割在人身上就是一道血印子，汗水一出，火辣辣地疼。有时在茂密的高地里扯那又高又嫩的草，有时饿了，掰个"灰苞儿"（高粱含苞结的菌类东西）吃，有点回甜，有点噎人，吃得一嘴很黑。高粱的土质不一样，长的颜色不一样，甜水子类的高粱秆就很甜，贪吃的孩子们都能从众多高粱中一眼认出它。高粱抽穗的时节，它已经长成了个子，秸秆外渐渐出现一层薄薄的白霜，这是最吸引孩子们的时候，背着背篼割草的孩子路过高粱地，总爱拿镰刀砍几棵解解馋，砍去头去尾，剥掉外皮，高粱的甜津津的香味早让我们急不可待了，咬一口，反复咀嚼，直到嘴里只剩下干碎的渣滓，才忍心吐掉。去掉的穗了、叶子往往丢弃一地，让大人看见了很心疼。谁都知道高粱秆甜，可大人们怎么舍得折断未成熟的庄稼呢？在那个艰苦的岁月里，高粱就是他们的命啊，他们期待用高粱粑去安慰辘辘饥肠，可他们也知道，孩子没有什么吃的，为了解馋。他们一边埋怨，一边把那些我们砍下的未成熟的穗子捡回家喂兔子和牛羊。

一截秸秆一段情。堂姐喜欢知青点的一个叫刘运波的小伙，除了送鞋垫，没有什么礼物可以表达的，每次她砍到的那种甜的高粱秸秆都要给刘小伙送去，一来二去，他们偷偷地好上了。一个中午在巷子里，堂姐又把高粱秸秆给他时，让伯父看见了，堂姐挨了一顿打："别人是城里人，迟早要回去的，乡下人要找一个门当户对的。再去找他，我打断你的腿！"过了几年，高粱红的时候，刘运波考上了大学，堂姐已嫁邻村，他离乡的那天傍晚，月色朦胧，他在堂姐常去砍秸秆那块高粱地旁站了很久，突然，他看见堂姐站在离他不远的地方，她说："我到这里第四天了，我知道你走之前会来这里的。"这次，他为她折下一截秸秆，他们含着泪嚼着秸秆，再没有当初的味道……以后，堂姐再也不吃高粱秸秆了！

过了处暑，湛蓝的天，流云朵朵，挺拔如竹的高粱，细长的叶子互相挨着膀子，挽着手臂，把火红的穗子顶在头上，随风摇曳，像极了泛波的红海，各种鸟儿、虫儿，嬉戏其间，成为快乐的天堂。它们这里一方，那里一片，红彤彤地铺陈在大地上，构成一幅风景大写意。高粱晒得红红的像一片云，红黄高低错落构成一幅丰收图。农村大人孩子齐上阵，拿着镰刀把高粱砍成六七十厘米，穗子打下高粱米，秫秸晒干好扎扫帚。没有及时晒干的秸秆，也是村民做饭极好的柴火。

秸秆最上面的茎秆，这可是好东西，单独截出来，粗的细的一搭配，用麻绳子串起来，锅盖垫、端饭用的传盘，吃饭用的家什就全新的了。熟透的高粱，秸秆有红的、黄的、花的，色彩缤纷，家家户户整好码齐，用来串成囤粮的围子，盖房的屋顶。孩子们开心的是自制的土弓箭，在这个茎秆上面插上个钉子，用起来最顺手，射得又远又快。读小学一年级时用高粱支作小棒数数。

高粱晒干后，用风车把高粱壳风走，高粱壳可以喂猪和装枕头。队里把优质的高粱米送公粮。社员很早就去送，是根据重量算工分。一天早上，父亲用麻布口袋挑着去送公粮，要我背一些，我小跑着跟在父亲后，走了一半的路时，我绊了一跤，摔在一个石头上，头碰了一个小口，在流血，背篼里的高粱也撒了一点在地上，父亲发现后，没有骂我，用他搭在肩上的擦汗的帕子在田里打湿水后，给我擦伤口，然后叫我到田边用冷水给我拍伤口，止住血后，把地上带泥的高粱包在手帕里。他叫我回家，把我背的高粱装到他麻袋里了，我看见他挑起的那一刻特别吃力，挑着那担超负荷的担子，腰更弯了，脚步更慢了！望着他远去的背影，我责怪自己那么笨！

记忆最深的是父亲扎扫帚。冬天，父亲坐在一间较宽的屋里或者门前的坝子里，左手拿起一撮高粱苗子头朝下向地上一拉便整整齐齐的，缠上几圈篾条，熟练地绑起来，迅速打一个结，再拿过来一撮，然后用刀砍整齐。渐渐地，地上也堆满了父亲加工好的扫帚。终于，扫帚数量达到一百把了。这天下午，父亲用石头压刚扎好的扫帚，然后他把所有的扫把都头朝上摆在坝子里的墙边上，鲜红的颜色在阳光下是那样耀眼。我为父亲感到骄傲与自豪，他那双大手能做出这么漂亮的工艺品，他会编背篼篼篼炭篼，会做洗锅把，同时，也充满了无尽的敬爱与心疼，父亲那双手布满了老茧，严重的地方还发红，似乎要渗出血。父亲把扫把十个一捆，绑成了十个大大的捆子，第二天赶场挑去出去卖了，给我们缴学费。

　　生产队分了新高粱，在石磨上磨成粉，可以蒸高粱粑，煮高粱汤圆，煮高粱饭或高粱粥。我最喜欢吃高粱还未完全成熟时蒸的高粱粑，祖母去自留地里挑选熟了八成的高粱穗子，然后用手搓下高粱米，洗净后，看见红的白的高粱米躺在筲箕里，就很想吃了。在石磨上磨后，用力揉一会，就可以做成圆圆的高粱粑，再在蒸笼里用高粱叶垫着，放在锅上蒸，熟了冷一会后，蘸着白糖和黄豆粉面吃，很香，很糯。母亲会叫我们端几个给二伯家尝尝鲜。我最不喜欢吃高粱粑稀饭，那粗粗的有点咸味的高粱粑粘在喉咙那里，很难下咽，只吃稀饭，饿得很快。

　　红高粱也是经济作物，高粱米是酿酒的上品。在公社酒厂，烤酒后的糟子是每个生产队轮流挑来喂猪。上初中时，为了给家里挣工分，每月我去挑两次。中午去酒厂挑糟子，看见一些烤酒工人，光着上身，穿着半截围腰，围着一个很大的酒窖干活，热气很大，一股很浓的很香的酒味。我不喝酒，但我喜欢闻烤高粱酒的味道。那时的酒也是要凭票才能买，父亲说，那时的高粱酒很醇，很香！

　　农村实行联产承包责任制后，随着农田条件的改善和粮食种植结构的改变，农民已经很少种高粱了，一片连一片的红高粱景观不见了，都改成种玉米了。三十多年后，今天又看见了一片红高粱！当我走近它们，用手捏一捏高粱籽，那么饱满，又圆又大。闻一闻，一股粮熟的清香，沁人心脾。看见收高粱的大叔，问他为啥又种上了，他说："泸州是酒城，有好几家大酒厂叫我们种，高价收购，比种苞谷强多了。"

是啊，"风过泸州带酒香"，高粱是酿造泸酒的主要原料。为打造泸州千亿白酒产业，泸州大面积种植高粱。那一粒粒红高粱不仅托起了千亿白酒产业，而且让农民走上了脱贫致富之路。

（原载于《泸州文艺》2022 年第 4 期）

作者简介：

杨光英，四川省作家协会会员、四川省文艺传播促进会会员，出版散文集《心境向暖》《像溪水那样行走》。

诗歌卷 云舒风扬

— 四川文学作品精选 —

杨　雪

泸州辞典 （组诗）

1. 老酒

我是那颗红高粱
我是那株糯米稻
注定为你生
注定为你长

一年又一年
蓄满天地灵气
在泥土的氤氲中
在蒸馏的裂变里
成为晶莹绵密

窖藏过后
芳香四溢且甘醇
当时光的琼浆
共同回望

只等梦中的李白
只等梦中的东坡
开瓶畅饮

只为这东方大地独有的甘露
只为这人世独有的知己
且歌且醉

2. 报恩塔

风铃悦耳
缓缓的风中
充盈着动听的光泽
黄金般的光泽
洞穿灵魂
一股暖意渐渐升起

凄美的故事被飞鸟带向远方
留下宏阔的意境与塔共同生长
在时间的长河中
愈加清晰深邃
其纯粹的高度
要仰望才能抵达

3. 抚琴台

贤与孝从小锻成
携善与爱一路走来
立于污泥浊水之上
从不降低身段

透过历史的迷雾
悲伤与无奈紧紧相伴
在谗言与诬告中
只能抚琴突围

决绝的琴音
是孤绝的清流
是暗夜的辉光
是永不凋谢的花朵

沙鸥飞走又回来
江涛沉寂又拍岸
同族不能容我
水的世界是最好的故园

一曲惊世霜操
从此投入江水的怀抱
余音不绝
终成那朵警世的莲

千年以来
芬芳的气息
仍在飘散

4. 神臂城

大江神臂
不能阻挡外族的铁蹄

众志成城
是无法逾越的铁壁

5. 镇江塔

惊涛裂岸
乱石穿空
已成绝笔

兴风作怪的传说
早埋进塔底
成为一段历史

昂首向上的塔
仍如一支笔
写下江鸥亲水翔集的小令

6. 洞宾亭

是两江相拥的清澈
是江鸥痴迷的酒香
引你江岸造亭
安顿余生

应众生之愿
你灵剑一指
四溢的酒香阻滞了时间的步履
多少天下名士下泸州
叩问隐秘的香醇

阳光下
忧患与灿烂在杯中起伏
你笑而不答
举杯看江面千人拱手的搏击
夜晚观城市万盏灯火的辉煌
进与退　冷与暖

历史只留下义薄云天、千秋忠烈
让人铭记赞叹

7. 汉代石刻：盼归

嫣然一笑
妩媚的花朵众皆失色
盼归的痴情开在门缝
一不小心
越千年而成永恒

未归人是否悔恨
还是迷失于不可抗拒的风雪
历史无解
岁月深处
落英缤纷

（原载于《中国作家》月刊 2021 年 4 期）

作者简介：

　　杨雪，本名杨忠孝，现为国家一级作家，中国作家协会会员、四川省作家协会主席团成员、四川省文艺传播促进会会长。20 世纪 80 年代初开始在《四川日报》、《星星》诗刊、《人民日报》、《人民文学》等报刊发表诗歌散文作品，已出版《早起看风景》《洁白的鸽子花》《梦里故园》《杨雪诗选》《川南的乡愁》等诗歌、散文集十余部，其中散文随笔集《梦里故园》《川南的乡愁》分获全国第四届和第七届冰心散文奖。

四川文学
作品精选

巴蜀佐人

剪影东坡（外二首）

每天都在想一个人
默诵着那些经典的诗句
生命就这样延续而鲜活
物质时代
诗离生活有多近
快乐和幸福就有多近
陶醉在你的诗句里
奔波在生存的路上

一首诗写下万劫不复
你借一方朝东的山地
种出美味佳肴
种出粮食种出傲骨
种出气吞山河的赤壁
种出柔情似水的婵娟
只有我读出眼泪和悲伤
逆流成河的往事
一个可亲可敬的男神
千年依然魅力四射

你的每一个脚印
都是不可复制的景点

都有一段美丽的传说
一张精美的纸币
临摹了你的名字
湖光中三潭印月
见证一湾死水波光荡漾
一蓑烟雨疏浚空蒙山色

读你远去的背影
浪漫里不失江山春色
礼部尚书如诗儒雅
吏部尚书爱恨分明
兵部尚书气宇轩昂
射天狼的马蹄萧萧

每天都在想一个人
夜不能寐的思念
小船里写诗
山坡上耕地
雨中的从容

东坡《黄州寒食帖》

清明的雨淋湿天下
人间悲情浇透了相思
冰冷的小屋
爱的抚慰
是墨迹的火焰点燃凄凉
黄州三年
徘徊的命运
在那座宁静的山村
庄稼的收成家人的衣食

四川
文学

作
品
精
选

如先生的行书充满月光
在世间拔节向上

先生久病卧床
额角布满惆怅
时光匆匆而过
千里之外
父母和贤妻的坟头
长满无助的野草
提笔书写一段时光
灵魂伤痛
风在敲打门窗
春色潦倒
依旧天涯芳草
茅屋午夜里
遍地都是哀痛与怀想
寂寞的团练副使
火烧的纸币映照墙上的蛛网
于此时天下第三行书
横空出世
字里行间
千古智慧与遐想
如今我临摹一幅
穿越时空的思念久久仰望

清明的雨思绪万千
先生之风山高水长
行书一幅行走世间千年
力透纸背
温暖而沧桑

遇见东坡

——美国作家比尔·波特探访东坡

寻而不见的落寞
遇而不见的思念
一个大胡子洋人
比尔·波特　越过太平洋
雪白的胡子
如千年的雪　落在北宋的眉州

千年之约　紧握的双手
他认真端详我的模样
追问千年的故人
生硬的汉语急切的语速
您好东坡　东坡您好

我从梦中醒来
原来我的脸上
刻着东坡的模样
三十三代裔孙　三十三个轮回
穿着子瞻梦一样的衣裳

哦　他在寻找一个人
法国定义的千年英雄
变幻的时空　穿越的情怀
寻一个人　赤壁怀古
倚杖听江声　听大江东去

西湖治水　苏堤春晓
一蓑烟雨任平生

淡泊与宁静
千年不老　东坡在哪里

《遇见东坡》是一个命题
也是思念与怀想
千年的追寻与求索
三苏祠的一草一木
因我们的相遇而复活

在苏宅古井旁取水
饮一杯智慧之泉
体味人间烟火气升腾
两位英俊的少年　由父亲领着
书声琅琅　诗韵绵长
明月夜　短松冈
美丽如诗的王弗梳妆归来
舞动着长发
东坡眼含泪水　无语凝噎
两棵银杏　守着老宅
飘落一地的相思

比尔·波特　一个八旬老者
千年等一回的深情
在眉山那个老宅守望
盼东坡归来

英译：周道模

杨 牧

台北雨

台北雨
下得好淋漓
下得好熟悉
下得好台北好中国化

跟我儿时田埂上牵着的一模一样
跟我少时斗笠上戴着的一模一样
跟我那年远走他乡，翻一座山林
赤脚踩着的一模一样
跟我壮时风衣裹着的一模一样
跟我老时炉边偎着的一模一样
跟我此时，文质彬彬
在这儿探讨诗歌艺术的
情怀　意绪　气韵　通感
一模一样

台北雨
下得好平实　下得好深刻
下得好中国好民族化

跟李太白在扬子江上
念巴东故人的巫山云雨一模一样

跟杜甫在锦城茅屋檐下晓看红湿的
春夜喜雨一模一样
跟白居易在鄱阳湖畔
乱点碎红的杏花暖雨一模一样
跟范成大在横塘路边
垂系画船的柳丝柔雨一模一样
跟陆放翁听了整整一夜，整整一夜
唤铁马冰河的梦中豪雨一模一样
跟杜牧看尽南朝四百八十寺
仍扑朔迷离的楼台烟雨一模一样
跟王士祯踏遍吴头楚尾
终于黄了一片林莽的深秋金雨一模一样
跟李商隐剪了一根又一根的蜡烛
嘀嘀嗒嗒，嘀嘀嗒嗒
询问归期的巴山夜雨，一模一样

一模一样
台北雨哟
一个模子铸下的精魂
一个样子摄下的唐韵
下得好诗化
下得好醇化
下得好剔透心肝肺脾
台　北　雨　哟

作者简介：

　　杨牧，作家，诗人。有各类著作 30 余种。获全国奖数次。有作品被列
为教材或被译成英法等多种文字。历任新疆文联、四川省作协副主席，《绿
风》诗刊、《星星》诗刊主编。

孙建军

吼秦腔

这舞台，这气场
一如沉默千年，
冲天破地，始亮出
惊涛裂岸的这一嗓
吼秦腔——

倾诉似不够，吟咏恐不足
叙事怕不透，言情还不爽
洪荒似水，流年若烟
八百里绝地风尘
五千年粉墨登场
胸中块垒，笔端丹青
底韵裹挟中气
共鸣带动回响
大方且霸气
高调而豪放
——必须的，吼秦腔

天下风云过往
世间谱为戏文说唱
你的故事偏偏不叫唱
叫作吼，吼秦腔

四川
文学

作
品
精
选

皆因了，这黄土
离天三尺三
都为了，这黄水
九十九般往复回转
九十九样荡气回肠
你的茫茫人海
你的生旦净丑
你的翻江倒海，星辰日月
你的抑扬顿挫，涓滴白浪
祖宗们的魂魄
后生们的冥想
当有这场呐喊，透地通天
当有这番号啕，语惊八方
——必须的，吼秦腔

你晓得，这水土
三尺黄土瘗埋祖宗
一寸精血长成后生
高坡之上，土窑之下
大风刮出了姓与名
生就了的禀性，血气方刚
吼出过，滚滚长河追落日
吼出过，杨柳轻笛赴西羌
吼出过，龙城飞将逐胡马
吼出过，断崖冷娃死不降

男娃们，秦岭背脊，山川
胸膛
取一片白云扎头巾
踏响威风锣鼓闯四方

生有生的勇武

死有死的悲壮

女娃们，水湄腰身，山丹

脸庞

心事扑闪成窗花花

油泼辣子，氽出心血滚烫

美有美的高贵

俏有俏的善良

一位诗人也曾感言

这个民族的女性

有苦难熬出的刚强

当母亲年迈多病

女儿便站出来

撑起这个苦斗的家庭

送哥哥出征

抚弟弟成长

——必须的，吼秦腔

望不断的孤烟大漠

想不满的秦川家乡

忆不尽的塬上明月

爱不够的心里姑娘

掩饰清清泪花

梦里梦里，酒杯杯低吟

捧上浓浓酒浆

梦里梦里，酒杯杯高唱

最近的远，最远的近

醉了醒了，都是梦境

去了回了，都在心上

生了死了，都牵魂魄

圆了碎了，都是月光
——必须的，吼秦腔

这心跳，这血浆
苍天授命的理由
大地育化的灵光
这天空，这原野
必须为你亮出这舞台
吼秦腔——

（原载于《四川文学》2023 年第 2 期）

作者简介：

　　孙建军，中国作家协会会员，历任《星星》诗刊编辑、编辑部主任、副编审；四川省作家协会副秘书长、四川省作家协会创研室主任，国家一级作家。出版有诗集《纯情的微风》《善良的孩子》《时间之岛》《孙建军诗选》、评论集《临近诗神的道路》等。

向以鲜

自由的灯塔 （组诗）

自由的内部

来到哈德逊河口的自由女神身边
人们可以从基座的一道侧门
进入古罗马利珀耳塔斯
女神的内部

自由的内部，通高 90 余米
120 吨钢铁支撑的女神脊柱
80 吨分段冲压铜质皮肤
30 万只铆钉关节

法兰西雕塑艺术与力学工程的
完美结合，双螺旋楼梯
应急升降电梯，通往
火炬的秘道

无论多么激动心灵的自由和梦想
无论多么伟大的神灵或意志
也是需要人类精心设计
和铸造的

在成都，我叫出一朵花的名字

你太美了，美得不敢直视
紫蓝色的光芒，从元青花
一样遥远的西域深处浸出
带着与生俱来的贵族气质
唉，你怎么可以这样完美
美就美了吧，偏偏还拥有
一个灿烂得快窒息的名字
沉默的力之舞蹈，在这个
不是春天的春天枝头旋转
你啊你，那么寂静又磅礴
在你的面前，我深感惭愧
"自由精神"，还没来得及
轻轻念诵出你勇敢的名字
天边已滚过一道蓝色惊雷
"美，是自由的象征！"

须弥山的松塔

枕戈待旦的伟大战士
那尊随时准备接任下一届
世界领袖的唐代佛陀
陡峭的山脚下

从野生松树的针尖
摘下一枚尚未成熟的果实
我的手指迅速浸透
太阳的清苦

未来幻影就在手中燃烧

看啊，所有流泪的，流脂的
流血的，都烧成苍翠
欲滴的灯塔

王阳明持灯像

手里的，早就熄了
熄成一团漆黑
一堆锈蚀的废铁

心中那一盏又如何
向左还是向右
向前还是后

持灯的人并不清楚
虽然神情坚定
雕塑的背影

显出几分苍凉景象
和落日的余晖
刚好呼应

作者简介：

向以鲜，诗人、随笔作家，四川大学教授。有诗集及著述多种，获诗歌和学术嘉奖多次。20世纪80年代与同仁先后创立《红旗》《王朝》《天籁》和《象罔》等民间诗刊。

渐 呈

如梦：飞去飞来（组诗）

从唐朝飞来的鸟儿

这些鸟儿这些从唐朝飞来
飞了一千二百乘以
三百六十五个月夜
飞得累了飞得倦了的鸟儿
住宿于酒店泳池边
这两株澳洲的树枝之上

月亮早已升起
为李太白为张若虚
也为贾岛眼里的宿鸟
为来自锦官城的此位书生
眼里的宿鸟而升起

但他不推什么也不敲什么
只诗意望着树梢的鸟儿
用掌心的新潮竹帛
录下了鸟的入住和
呼朋唤友的鸣叫声声

黄昏的镜框留下了树与鸟

模糊而渐融的身影

（原载于《星星》诗刊 2022 年 12 期）

我握住了你的手，普希金
—— 圣彼得堡国家博物馆前诗人铜像

走向你　吟诵你的诗句
"假如生活欺骗了你⋯⋯
一切都是暂时的，转瞬即逝⋯⋯"

鸽子在你头上飞翔
如同你的诗流淌着花雨
鸽子在你的手臂上歇息
如一位中国诗歌作者
想靠近你，探求点诗的真谛

我把手伸向你，普希金
你也扬起手臂
很绅士地欢迎中国客人
距离与角度以及光线令时空交错
站在大地上的我竟然
真的就握住了空中的诗人

我握住了俄国诗人的手
不是梦幻，就是梦想成真
我听见你《致大海》的吟咏声声
我握住了你《自由颂》和指尖自由的风
我再次读着《农夫与金鱼的故事》
这就是叙事诗　诗里有美有善有真

我握住了你的手　诗人普希金
我会再读你由中文传播的诗情
在共鸣中去学会读诗歌学会读人生

（原载于《星星》诗刊 2021 年 12 期）

千鸟湖畔

树上的鸟儿成双对，
那是电视屏幕里在演《天仙配》。

湖畔飞来飞去的鸟儿知多少，
要去数沙泡树上筑了多少巢。

鸟儿飞来衔枝条，
要把它的巢再筑牢。

鸟儿飞来枝头歇，
你把歌头起，
我把歌尾接。

鸟儿飞去又飞来，
碧水蓝天共徘徊。

有云飘过来，
有雾升起来，
鸟儿的歌声从云里雾里
——穿过来。

有风吹湖面，
有雨打楼台，

鸟儿在巢里休闲好自在。

鸟儿又飞在阳光下，
湖里摄一幅幅移动的画！

（原载于《星星》诗刊 2023 年 12 期）

冰上的梦
——贺冬奥兼素描"冰上芭蕾"

从冬到夏，从夏到冬，
奥林匹克梦握手中国梦

群山，披着冰雪的甲胄，
俯视这银色的湖面。
春的热情之火，
在冰的天地里燃烧！
冰鞋之轮，碾过东西南北隔山隔水的岁月，
湖心，沸腾了拍岸的大潮……

彩色的风迎面扑来，
奇幻的梦迎面扑来，
旋转的舞迎面扑来，
忘形的精灵迎面扑来……

如山鹰举翅，
如骏马扬蹄，
如奔鹿跃涧，
如帆影写意，
如流星掠过无垠的碧空……

冰雪世界里，
鲜红的热血早已沸腾！

最寒冷的季节，
有最热烈的春情；
最僵硬的日月，
有最鲜活的四肢；
最单调的镜面，
有最多姿的造型；
最封闭的山谷，
有最辽阔的遐思……

曾经失恋的少女，
寻回了火热拥抱的爱情；
曾经失意的少年，
寻回了空灵辽远的意境；
曾经跌跌撞撞的岁月
寻回了开放复兴的繁荣……

（原载于《四川日报·川观新闻》2022 年 2 月 3 日）

作者简介：

　　渐呈系徐建成笔名，中国作家协会和中国多家协会、学会会员；先后主持 3 家省级报纸文艺副刊；先后参与创办 3 家省级文学社团；先后为巴金文学院创作员、成都文学院签约作家；出版著作多种，获得省及以上奖项多种；创作涉诗歌、散文、戏剧、曲艺和音乐等；系四川省文艺传播促进会原法定代表人、原常务会长（现为名誉会长兼研究院院长），四川省诗歌学会副会长。

邓太忠

沉淀的风水 （组诗）

越王楼

四面绕水，穿堂而过的唐风
飘着浓香的豪气，讲述
绵州的过往，一些檐口
一直浅唱低吟惊世的绝技
让风却步，让云看透
一场雨水的褒贬，豪杰们
从越王的目光，把脉
这片山水的灵动，从一扇门
或一扇窗，带着惊人的内幕
对号入座历史的殿堂
从你身段的三十三
再到如今的九十九
故事的转折处，绵州的心情
一浪一浪地似水长流

我牵着你的衣襟，把所有
路过的理由，投放进
你早已千回百转的背影

三苏祠

两棵雄性的银杏，一直对话
唐宋的烟雨，蹲在
大门口的黄桷树，沉默无语
把看透的往事，装订成
过目不忘的族谱
让风去读，让路过的云朵
带着荡气回肠的优美
游山玩水

九百多年以后，普天下的眼睛
闪烁星光，亮成
这个民族脊梁上的风景

亭台楼阁里流动的表情
拂过亭亭玉立的荷
在唐宋的风口浪尖
行稳致远

中岩寺

许多情话长满苔藓
时光拣起的一桩桩往事
被那些石刻的人物积淀藏匿
放进每一个艳阳天
让情侣和诗人
来一次华丽的转世
石窟的那一注碧蓝里
受伤的只留下倒影
如意的魂牵梦萦飘成了流云

我的酒杯却盛不下明月
看见东坡与他的情人
枝头上舞蹈刻骨的铭心
川流不息的眼睛
与背井离乡的萤火
在一道山口不期而遇
孤忧清雅的中岩寺
读得懂滚滚而过的浩浩烟尘
读不懂当今往来的人心

嫘祖祠

一片桑叶穿过春天的梦境
从你内心，破解
魂牵梦萦的一次天机
天蚕胸怀上帝的嘱托
咀嚼碧绿的清爽
以千丝万缕，润色
一部春秋的史诗

斗转星移，你遗存的经典
又一次破茧成蝶
舞蹈出山水的精髓
时光流淌过人间的温柔

我回眸所有的过往，你的背影
还在一路开花
一路把自己的根深深扎下

太白堂

海市蜃楼，溢满盛唐的浪漫

啼笑皆非的表情
沉淀于杯中浓香的烈性
生死攸关的那些诗句
飞檐走壁之后
一直畅游梦境的天池

吃水线不在水域的浅深
岸才有灵魂的安宁
痴癫兴奋的日子里
太白的每一个醉意
留得住风，劝得住云
潮涨一方水土的心情

我在你一片琉璃的回声
听见《将进酒》
荡气回肠所有的山水

明王寺

三教营造的空灵
让时光舞蹈出厚重的缘分
一些魂落地生根
打着温暖的手语奔东忙西

天堂在深邃的目光时隐时现
这一片净土，才让
一草一木安静地走完余生
钟声唤醒众生的慈悲
一个阳光灿烂的早晨
哑口无言的风和云
在佛袖的悠然里浅唱低吟
那些庙堂穿过风尘的洗礼

洞开的每一扇窗
敞亮的每一道门
都有灵魂的来往，都一直
通向天长日久的来世

我终于走进一种想象的深邃
肉身飞过低处的阳光
打开远方的起点
这里的日子是心灵的春天

状元楼

檐脊上滚落的露水，是不是
墨汁的化身，被风
翻来覆去的春秋书，没找到
能打通命运的词语
状元父亲的传说，也如
锈迹斑斑的刀口
一直讲着荒诞离奇的情节
内心伤痕的疼痛，让你的朝向
永远没有抵达的可能
故土对你的那些承诺，在时光
肆无忌惮的奔跑里
一边兑现，又一边失落

只有这片大山还存留你的余温
再过许多年，对于你
风来摧残，雨也可能来袭

作者简介：

邓太忠，四川省南部县人，当代诗人。中国作家协会会员、四川省文艺传播促进会副会长。

谭宁君

北海书 (组诗)

涠洲岛之晨

撩开天幕，你娉婷于我的视野
走秀。晨曦的长发，为你披上
艳若胭脂的斗篷。树林后的草地
草地上的牛，牛身旁踱步的鸥鸟，亲密无间
湿润的空气里，青草的香，海浪的爽
还有蓝天和朝霞的味道，酿调出
涠洲岛清冽的方言：
你好，远来的朋友

此刻，漫步环岛彩路
一个人拥有的静谧辽阔饱满
一个人享受的清晨飘然欲仙
腋下生翼的幻觉瞬间点燃
扑面天籁，冲去一身尘埃。毛孔
是与大自然对话的小嘴。目光掠过
灯塔、村庄、南湾街、教堂、民宿、客栈
每一眼，都生动着质朴与仙气

白云朵朵，悬停在湛蓝天空
望天，如同俯瞰苍茫的草原

座座敖包点缀，牛羊排浪奔涌
望远，点点船影，钻石般镶嵌在海平线
辛勤早醒的村庄，慵懒摇曳的蕉林、火树
还有左顾右盼扭腰晃脑的野草野花
它们，脸上都大写作惬意。涠洲岛之晨
天生丽质的清澈，潺湲心田

古海角亭碑

一本遗落民间的孤本经典
苔藓和斑驳的阳光，叠映时空
一位怅然守候故事的老人
徜徉字里行间，静静地，等人交谈
说东坡风雅，讲孟尝清廉
古榕，是忠诚的书童，年年岁岁
更新绿叶，梳理往事

候鸟在往事上栖息，流云托起悬念
总有人逆风乘浪而来，撩开
烟雨苍茫，看桥边巷口，燕寻旧垒
那肃穆的红照壁后，低沉雄浑的涛声
隐约浮现百舸争流千帆竞发
满载丝绸与珍珠，满载美好与友情
驭长风，万里瞻天，万里送春

走遍天涯海角，渴望回到原乡
石碑，你是千秋守望者
我们，只是过客。年年候鸟来去
在你的段落间，留下校点与眉批

四川
文学

作品
精选

合浦，东坡亭

庭院清凉。空寂中充满文字的芬芳
静谧斑驳的绿荫，默诵着一首宋词
午后阳光的笔触，白描出故事的情节
一池秋水轻摇风雨，一叶扁舟乘浪而来
少不入蜀，老不出川。命运的不系之舟
却让你，浪迹了天涯，再泊海角
岷峨故乡，依旧遥远

巴山夜雨的意境，海边不可复制，白发唏嘘青山
但北海风清爽，雨滋润，酒醇美，人情浓酽
那佐酒的小饼，让故乡的滋味盘旋舌尖
你，总将故乡揣在心头，含在口中
于是，家国情怀让你锦心绣口
那枚小饼，升起一轮圆月
清辉如瀑，千年流香

此刻，又见你傲岸出尘的仙姿
在圆月般的窗前徘徊，吟哦
一首感恩赞美的小诗，生动
一段酥脆饴软的佳话，激活
一座香甜世界的小镇，聚焦
海内外，惊艳的目光

北海，红树林

汪洋恣肆的苍翠，让人瞬间惊叹失语
澎湃的树冠，举起万千绿色盾牌
集结伏兵百万，以生命构筑堤防
严阵以待，守卫海岸，壮美海天

小雨如酥，信步无涯碧浪之上
苌弘化碧的传说，在枝丫间鲜活
这一刻我看到万千枝头的果实
大地上最独特的子宫里，那些树娃娃
精灵般安卧。萌萌的笑靥，祥和甜蜜
胚根尖利的头颅，擎起誓言的锋刃
表达，落地生根的决心

襟怀辽阔，鸥鸟排空成云
母爱葱茏，滩涂里无数生命之花盛开
骄阳海盐飓风雷电，风浪中淬火成钢
你们，挽手并肩，坚韧为防风消浪的前锋
任潮汐起落，日月轮转
于陆海之间，站成海岸的海岸
为大地与海，交换生命的密码

（原载于 2021 年 12 月 2 日《华西都市报·浣花溪》）

作者简介：

　　谭宁君，中国作家协会会员，四川省文艺传播促进会常务理事、成都市作协全委会委员，新都区文联副主席、作协主席。出版散文集《月临西窗》《无悔之旅》、诗集《梦想与土地之间》《守望乡愁》、小说合集《苍生厚土》等多部。

汪贵沿

行色江南（外一首）

一根针孔，绣了江南烟雨
十里荷花，染了太湖人家
不要说梨花带雨
不要说海棠花开
我知道，关不住的风情万种
锁不尽的琵琶清词

长街短巷的音符，吹奏出多少
痴男怨女
我不是摇橹人
听不见杜十娘的凄婉绝唱
更不是风流公子
折叠一把桃花扇赋诗青楼
有道是月落乌啼
霜色满天
有道是渔舟唱晚
枫桥夜泊
无论有没有那一张旧船票

那些青藤缠绕的篱笆
不知生长出多少平仄雅韵
那些旗袍妩媚的油纸伞

不知怀揣了多少情窦初开
石亭楼阁，小桥流水
有多少私奔的爱情打马天涯
不知有没有邻家表妹

坐在石拱桥上
乌篷船如梭，缝补着世代光阴
戴蓝头巾的布衣阿嫂
高歌亮嗓，把多情的江南小调
扔进这长长的运河
泛起了羞涩的黄昏

几千年的河床
几千年的老街
几千年的风雨传说
江南如一把巨大的壶
煮了日月星辰，煮了千年江山
那山，那水，那桥，那船
以及那些错落有致的青砖黛瓦

今夜，在姑苏城外
我提一江渔火，你携一缕相思
踏水而舞，和月而眠
一起枕水江南

邻家表妹

喜欢江南有那么多的表妹
走过柳堤，可以娶一朵
陪你去采莲
陪你去烟雨行舟
乐不思蜀啊

其实，我更喜欢川西

喜欢我朝思暮想的家园

那里有杜鹃啼血

那里有茅屋扁舟

更有喊我回家的袅袅炊烟

让我想起书包里的弹弓

想起滚铁圈，掏鸟窝的童年

多梦的江南

婉约的江南

袈裟虽好非我衣

更让我想念川西

想念川西的梨花带雨

想念川西的漫山红叶

想念杜甫的窗含西岭千秋雪

多雾的川西

灵秀的川西

江南和川西平仄如诗

江南和川西对仗如联

一个是温润如玉

一个是肌肤如雪

都是邻家如水的女子

不是表妹胜似表妹

哪一朵都在梦里

作者简介：

　　汪贵沿，喝酒少一杯，写诗多一行。非著名而著名，非歌者而歌者。左脸宵衣旰食，右脸舞文弄墨。字里行间，亦商亦文。从川西到江南，半梦半醒，一路风雨兼程。人情世故，谈笑于江湖。

王耀军

理塘，怎能不再梦见 (外一首)

四川
文学

作
品
精
选

理塘，怎能不再梦见
即使不可能梦见你的全部
也要梦见自己站在壮阔的草原
向着格聂神山站立的方向
感受身上的快意随阳光流淌
即使中莫拉卡山上没有住所
也要摘一片白云，搭一顶帐篷
在长青春科尔寺旁
白天放牧牛羊，晚上青稞酒喝醉
聆听雪山私语，偷看星星约会

理塘，怎能不再梦见
即使不可能梦见你的全部
也要梦见自己站在巍峨的雪山
向着洁白仙鹤飞翔的天空
倾听格桑花开的声音
即使姊妹湖旁没有你的倩影
也要借一片微风
在纯洁的海子上空放一只天眼
春天看你花开冬天看你素裹
看你波光粼粼看你白雪飞扬

理塘，怎能不再梦见
即使不可能梦见你的全部
也要梦见自己站在美丽的村庄
向着炊烟升起的地方
感受高原带给我宽大的温暖
即使上天还未借我翅膀
也要借一桶月光
默默地洒在你飘着奶香的窗前
将你的笑容做成酥油塑花
将你的温柔轻轻融进梦乡

理塘，怎能不再梦见
即使不可能梦见你的全部
也要感受你的阳光你的神秘
让我拥有你的记忆吧
在苍茫的夜空星星闪亮
即使芒康牧场上没有白马
也要摘下一片雪花一阵山风
冒着大雪寻遍草原寻遍雪山
上山找寻你的阳光灿烂
下山享受你的花开花谢

黑石城

走进黑石城，不见城
与我相望的，是一片片石头
我们彼此并不相识
但我保持对它的敬畏

雅江高尔寺山
已很难找到黑石城的影子

展现眼前的，是天空阳光云朵
以及雪山经幡嘛呢堆……
透明的大风飘扬
揉碎一个个鲜为人知的秘密

这里或许就是曾经的海底
亿万年前的地壳凸起一群山
山顶那些阳光般薄的石片
是沉默了的海浪吗
山顶那些黑夜般黑的石片
是沉淀了的阳光吗
也许地壳的运动不会停止
高耸的高尔寺山还会回到海底
但谁又能告诉我们
那些石片是否也会瞬间复活

它们是兵器是兵书是化石吗
或者是大海、是雪山的芯片吗
一段又一段已被风化的记忆
是否已载入大海与雪山的内心

能否掀开一个朝代的黑夜
此时，太阳就要西下
我看见日照金山光芒万丈
日复一日，年复一年
已将那些金色般的信仰
一片一片地安放在山顶

神秘的经幡迎风飘舞
堆积如山的石片默默无语

每一片都像岁月的翅膀
每一片都像雪山的羽毛

面朝贡嘎神山，云雾缠绕
又薄又黑的岁月
在我身后垒成一个又一个信念
像沉睡的鸟，或鱼
蹲在路边，围成一座城一片海
只等阳光普照，一起飞翔

（组诗《我站在梵高的向日葵下》节选，原载于 2023 年 7 月 7 日《封面新闻》）

作者简介：

王耀军，四川省作家协会会员，四川资中县人，现为成都市锦江区委统战部常务副部长、民宗局局长，一级调研员。先后在《人民文学》《解放军文艺》《诗刊》《星星》《人民日报》《解放军报》《中国青年报》等报刊发表诗作。

王蓉芳

枣 园 （外三首）

每一粒枣，成全
这一方沃土
多年的念想

你从烟雨里
让失散的蝶归队
让漂泊的雁回家

我在北京的街
听见枣园的回声
美妙惊心

杨家岭

翻过这道岭
那些过往
成为风景

那些人，走进历史
把动听的故事
留给当今

我在那些故事里长大

看见许多的明天
都在开花

汾河

浪的味道
是酱香，还是浓香
没醉倒曾经
却不偏不倚地醉倒
痴迷的当下

太原

一不小心，我
掉入一口圣井
看见的天，很阔
脚下的地
在深远的历史
一路深沉

（原载于《辽河》2023年第十一期）

作者简介：

　　王蓉芳，四川省南部县人。四川省文艺传播促进会会员、南充市作家协会会员、南部县作家协会秘书长兼办公室主任，《升钟湖》编辑部主任。先后在《中华诗魂》《晚霞报》《四川诗歌》《辽河》《南充日报》《西南作家》《祖国文学》《南充文学》《南充作家》《西部文坛》、中诗网等报刊、平台发表作品。

何志向

与匆匆忙忙的岁月擦肩而过（外二首）

读一段关于罗布泊的文字
想起两个人

即使变成了铅字
罗布泊　我还是从你的嘴里
听见了魔鬼阴冷的笑声

时间死了　海的魂魄还活着
波涛死了
碱壳子上的雅丹还活着
海鸥死了　沼泽深处的钾盐还活着
活着　以超越死亡的最高形态
因为被黄风暴吹灭的彭加木还活着
被无人区偷走的余纯顺还活着

什么是旅途的绝境
什么是亘古的苍凉
在这片不毛之地
一切物质都可能被另一种物质摧毁
一切精神都可能被另一种精神替代

罗布泊　为上演另一部伟大的

历史正剧

腾空了舞台

相信我吧

春天播下一串足音　来年

就会有千百串足音长出来

沿一行滚烫的文字

走向罗布泊的深处

天与地　无所谓混沌

人与尘　无所谓尊卑

死亡有死亡的精彩

生命有生命的瑰丽

（原载于《星星》2001 年第 8 期）

活　着

听见一声鸟鸣

就知道一棵树还活着

在与这棵树的对峙中

一把斧头还活着

在一支猎枪的准星上

一个鸟巢还活着

蓝天也许还在阴霾中活着

活着的白云

飘过迷惘的眼睛

一首歌也许还在牙齿上活着

微风吹过死寂的原野

一颗种子

也许还在石头里活着

像一星燃烧的愿望

活在灰烬之中

一把青草

活在牛羊的死亡之吻

一只飞蛾的美丽

活在赴死的火焰之上

卑微是自己的

壮烈也是自己的

在刀口上舔血

在盐水里疗伤

知道用泪水止渴

就知道用脊梁去承受

（选自《人民文学》2003 年 3 期）

白　梅

在老画师笔下

瘦了　又瘦

梅　依旧是梅

不是利器

不喝水墨

也不吃胭脂

在北风中

梅　紧紧地抓住铁

到达最深的冷

冷　是另一场大火

即使把三九天气
全部关在门外
在梦里　依旧能听见
一种锻铸和打磨的声音

那才是真正的梅花
五把宝刀
插在背上
香气寒光闪闪
晃一晃身子
就能把冰雪戳个窟窿

催动桃花汛的
不是二月的小风
是冬天殷红的雪

（选自《诗刊》1998 年 4 期）

作者简介：

　　何平，笔名何志向，曾任文学期刊《二十一世纪》编辑、四川省作家协会会员。先后在《诗刊》《人民文学》《星星》《诗潮》等多家刊物发表诗歌作品，著有诗集《雾中的兰》。诗作入选《2001 年中国诗歌精选》《2000 年全国大学生诗选》《四川新时期诗选》《"中国·星星"·四十年诗选》《"中国·星星"·五十年诗选》《四川百年新诗选》等。

印子君

父亲啊父亲（三首）

为父亲理发

这是周末，午后的阳光
在窗外看稀奇，它似乎
不相信我理发的手艺

父亲已瘦成一片秋叶
总担心哪阵风吹进屋
将他刮走

站在厅堂中央，我为
靠椅上的父亲
垫好毛巾，系好围布

嗡嗡的电剪，从颈项开始
贴着发根往头顶推动
一遍又一遍

发茬碰着剪刀，纷纷逃离
像一群惊慌的蚊蝇
飞满父亲全身

每次推过，电剪都在
父亲头上留下一道白痕
仿佛分开草丛的小径

父亲的额角，长着一颗肉瘤
它是老人用尽力气，从身体里
一点一点拔出的钉子

一会工夫，光头的父亲
成为一座收割后的山
无比灿烂

而我，就是一个农人
一边收拾着工具
一边被丰收湿润了双眼

为父亲剃须

父亲没有络腮胡
也不是山羊胡
父亲只长着大众化的胡须

父亲的胡须长得快
刚过两天，嘴唇周围
又布满密密匝匝的银针

胡须与头发一样
是寄生在父亲身上的叛徒
一直在出卖他的年岁

父亲讨厌胡须

偏瘫后手脚不灵便
我就成了他的剃须刀

每次剃胡须
父亲都半闭着眼睛
安静得像个听话的孩子

剃光之后，父亲总是
下意识伸手抹一下嘴巴
似乎在悄悄验证

父亲不是不相信儿子
他是想知道，我活着
心尖是否磨钝

最后一次剃
父亲躺在老家的旧床上
睡得比上帝还平静

我依旧剃得一丝不苟
绝不留一星半点胡茬
让梦中的父亲依然活得年轻

为父亲洗衣

父亲的每一件衣服都上了年龄
我对父亲所有的衣服，都毕恭毕敬
父亲的衣服懂得父亲的心

为父亲洗衣服时，我格外仔细
洗衣粉不过量，水温恰如其分

我把每一件衣服都洗得高高兴兴

每次洗父亲的衣服，我的双手
都在与衣裳和裤子真诚交流
慢慢掌握知冷知热的本领

衣裳告诉的事，裤子不知道
裤子告诉的事，衣裳不知道
我的双手，成了父亲衣服的知音

衣服们都跟随了父亲多年
对父亲忠心耿耿，与父亲最亲近
对父亲的所有秘密都守口如瓶

有时太匆忙，倒入了开水
泡在盆里的衣服被烫得痛不欲生
我便觉得，这是儿子对父亲的残忍

作者简介：

　　印子君，中国作家协会会员，成都文学院签约作家，四川省文艺传播促进会名誉理事。有诗作见诸《诗刊》《星星》《诗潮》《诗歌月刊》《北京文学》《四川文学》等，并入选《中国年度最佳诗歌》《中国年度诗歌精选》《中国诗歌排行榜》《四川百年新诗选》等。出版诗集三部。

欧阳锡川

没完没了的心事（组诗）

四川
文学

作品
精选

在老工厂

下班后的工厂静了下来，空无一人
温度 7 摄氏度，就着花沿坐下
第一次觉得花木草丛是多么陌生
12 年来，听见久违的呢喃
闻着泸州肥儿粉的味道长大的这些树木
胃口也好，十二年感动了岁月
一砖一瓦一叶一枝
在这一刻的思念如夜色撩人

我承认念旧承认传统捂住我的眼睛
一百多年的瓦片脆得如同我的骨头
每一次的悲欢离合，都有自己的位置
挪移是重生，是我惦记着的回归之路
所有有生命有温度的
有一天我总要带着你们衣锦还乡
和时光一饮而尽，再回到肖像前
这个颜色折射出：蓝图和余年

当我走后土地长出什么
高楼？机械？绿意盎然！
它跟随我，无奈的脚步

一次二次三次
这一次传承之路不再曲折
忠诚地守住这杯羹
暗下来的天色把影子绊倒
我自言自语地想和门口小黑再次道别

二十三时四十五分

今夜月光，照进岁月
把信仰，拆两半
一半疗愈灵魂
一半给岁月
想象，我的前行
是少年对生活的崇拜，还是
不屈命运的诅咒

昨夜以及之前
我始终拽着别人的虚空
在单独奔向的轮回里
一个人走得多快都是枉然
寂寞的前行

在这个不恰当的时间里
比如星星和音乐
都伤心地不甘示弱
我用力地揉成团，再用力
放在风中，腐烂后把记忆埋葬
让冬天的夜晚和白昼不再相连

某一天，也许是夏季
我双手捧着
一半柴米油盐一半思念

月亮来了我也装作看不见

生活和日子还有你
都在等我悲伤，如果
旅程和结果毫无关系
那，如今
一个人居然有种莫名的失落
幸好，泪痕被我用力擦干
然后若无其事地继续沉默

心事

深秋的夜晚抱着大地
凌晨三点，我那点心事傻傻的没法平静
思绪顺着江都花园转到小市转角店
站在中码头，流下的眼泪拌着沱江水
转了三个弯在管驿嘴遗失

我的记忆总是跌跌撞撞
生活在自己的叙述方式里
计划偷偷告诉了没有完整准备的轱辘
蜷缩成岁寒的模样
经过的道路如死胡同般恐惧

别管在春熙路还是锦里或宽窄巷子
随草堂的风在浣花溪畔出走
村庄的炊烟萦绕着儿时的背负
容不下这没完没了的心事

作者简介：

　　欧阳锡川，中国作家协会会员，四川省文艺传播促进会副会长兼秘书长、泸州市作家协会常务副主席、泸州市龙马潭区作家协会主席。

胡　笳

自度月光曲，吟给亲友听

虽说是，孩提时代，
用一个神话飞天的能量，
父母就曾将我们的目光，
岁岁八月十五夜，
摆渡银河，交给月亮。

童心，虽说难以读懂——
月宫里的嫦娥姑娘，
那远离人世的沧桑，
"起舞弄清影"
人在高处是暖还是凉？
但在团圆和离别，
周而复始的人生路上，
烙在人脸上的皱纹，
是笑纹浅，还是愁纹深？
离别路、团圆路，
究竟又该如何论短长？

我曾月下行呵，
我曾低头想；
我曾静夜思呵，
我曾举目望——

阴晴圆缺一轮月，
系着满世界的潮落潮涨。
长发披肩的贝多芬，
曾用指尖弹响月光，
与心弦交响；
金发碧眼的水仙女，
将月光蘸着柔情蜜意，
唱成一支美妙的花腔。
而我们古老的华夏大地，
同一轮汐来潮往的月亮，
古往今来，为什么较别人，
多系一段儿女柔肠？

诗仙李太白，
形骸虽放浪，
望月也思乡，
月色铺地上，
诗人说是霜；
豪放的苏东坡，
对月也难尽显豪放，
幽梦借得一片月，
飞入家园小轩窗……
诗情如同炉中煤，
青年时代的郭沫若，
我们的川籍老同乡，
窥测出天河不甚宽广，
祝福隔河的情侣，
骑着牛儿来往，
想来也是借了峨眉山月，
那一轮秋光。

有山河破碎，
就会有月圆的期望；
痛骨肉离散，
就会有阖家欢聚的向往。
于是，有过四大发明的华夏，
发明了运用月亮！
舷窗是对她静的写意，
车轮是对她动的模仿！
她少女般温柔，
她祖母般慈祥，
她圆满而光辉的形象，
她善解人意千里一泻的柔光，
中国的千千万万家庭，
争相开窗迎纳的月亮，
用她于思念，情如地久天长；
用她于希望，希望灿然生光！
古代四大发明后的一项重大发明：
运用月亮圆梦，是中国的月亮！

又是八月十五，月圆之夜，
敦请诸位，万户千家，举目一望：
送你一份和美，一份安详，
我月圆之国，我光明之乡，
和美安详普天下同享！

作者简介：

胡笳，中国作家协会会员，四川省作家协会三、四、五届主席团委员。曾有《油海浪花》《油海飘香》《黑色的海》《绿水红帆》《彩色的情绪》《昨天的悲歌》等诗集，获多个奖项。

李 纲

白马泉 （外二首）

嘚嘚的泉水由远而近
定是有一种深情在呼唤
涨潮时像一个人站在山顶
眺望大海，花开如春
追寻历史传说的人
编撰了许多故事
丢进池中
焦急那喷薄而出的景象
如大海捞针
一些人
一等就是一辈子

青衣江

最初爱他的人走了
怀抱一条雅鱼的剑骨
出土时仍栩栩如生
后来爱他的人
引水灌溉
被庄稼滋养有加
恨他的人，诅咒那些掠夺
拦断他们回家的路
直到有天大坝轰隆一声

轮回到从前

我祈祷那只叫斑鸠的鸟儿

我在鸟儿栖息的丛林
抚摸它们声音划过的枝丫
安抚自己怦怦心动
与它们有了某种默许
戒备仍然是我们之间的隔阂
我曾经举起猎枪
像一名刽子手
后来却跪在善念之下
我祈祷那只叫斑鸠的鸟儿
每一片树叶都有我的忏悔

（原载于雅安市文联主办的《青衣江》杂志 2023 年第 1 期）

作者简介：

　　李纲，四川省文艺传播促进会会员、雅安市雨城区作协副主席。有小
说、诗歌和散文发表于《星星》《北京文学》《四川日报》等。

浓　玛

红　马（节选）

【11】

有多少人明白
自己是由
那些微小奇妙的瞬间生成
而非所有的生活

【40】

自然之美令人深爱
一棵孤立于山崖边上的花树
有时胜过人在世间

【75】

与亲爱的人之间
与喜爱的事物之间
我迷恋着某种精神上的
少年状态
那种天青色的羞赧
有洁净的光

【83】

有时

盛极一时的春天
就像一个隐隐的情伤
要让人莫名地
悲从中来

【119】

风来的时候
草木漂泊
云来的时候
天空漂泊
雨来的时候
四野漂泊
你来的时候
我的漂泊都停了下来

【274】

红马
十月丰盈
你就是一朵
圆满的花
面若芙蓉
浩荡如明月
十月
曼珠沙华
这天上之花
已开至荼靡

【362】

我只记得美好的
四季的废墟之上

都在升起殿堂

【365】

红马
你永驻我心
我跟随着你
如世间忠贞的情人

（节选自《四川文学》2023 年第 4 期）

四川
文学

作品
精选

作者简介：

　　浓玛，资深媒体人，毕业于四川大学中文系，出版随笔集《沙漠的语言》、诗集《红马》。

刘延刚

蒙客微信诗选（组诗）

八月涿州洪灾

老天不经意地眨了一下眼

涿州就炸响了雷鸣闪电

惊吓之中

掉在地上的岂是刘备的一双筷子

大地成泽国，民生有多艰

中图创始人说

百分之八十的书遭洪水吞没

卖书的难，买书的也难

我们同渡一条船

水可载舟，亦可覆舟

虽说埋骨何须桑梓地

玄德公若地下有知

知桑梓洪灾如此

可悔当年取字玄德而玄然泪潸

雪中观池中一群金鱼

不是在写诗，却是一首诗

不是在作画，却是一幅画

你们什么都没有写，你们什么都没有作

不写不作而生色活香
缘为你们是一群精灵
冰冷的是水温，难移的是情趣
悠闲浅水，信步方池
冬天来了，春天不会太远
严寒虽至，岁月依然静好

平武山中咏鸽子花

从冰川走来千年万载
活化石珙桐圣洁雪白
像鸽子飞翔摇动翅膀
遇金风玉露喜笑开怀
越草原山川乱世红尘
藏深山古寺藏乡羌寨
迎阳光风雨飞上树丫
要自由奔放和平丰采

小鸟和月亮

黄昏的高冈未见昏黄
离天最近的电线上
蔚蓝成为底色
一只小鸟在纵情歌唱
听众是月亮小姐姐
逗去了一半芳心
捂着半张脸出门观望
一不小心脚下失控
眨眼之间
就被调皮的鸟儿
捉来背在背上

游记阿坝

辽阔的草原在阿坝
熊猫家园遍地花
雪山草地走出九大元帅
神奇九寨红了容中尔甲
卓克基歌舞着康巴风情
《尘埃落定》阿来开挂天下
汶川九寨两次大震山崩地裂
大爱无疆《千古情》仍说着神话
一代人有一代人的故事
雄风不改依然还是藏羌康巴

校园中的一片葱莲

青葱的生命盛开于秋天
悄然而至仿如一眨眼之间
不与百花争春色
暑气消了
怨气消了
戾气也消了
刚刚的地动山摇于你是云淡风轻
惊讶于你的异乎常情
我问识花君你的芳名
她告诉我你叫葱莲

作者简介：

　　刘延刚，笔名蒙客，1965 年 3 月生于四川名山，作家、诗人、道学文化专家，绵阳师范学院图书馆馆长、教授、博士，曾任《德阳日报》副刊部主任、四川省记者文学研究会常务理事、东方文学创作学会副会长，现主要从事传统文化研究，先后担任四川朱熹学会、中国哲学史学会常务理事，四川省颜子文化研究会常务副会长。

范仲智

清明节的怀念 （组诗）

等待父亲敲门

父亲，这次你真的要去远行
那来自天国的邀请　竟让你
竟让你含笑而去
把我们却丢在这冷冷的尘世

那是一张什么样的请帖啊
你竟然赴约而且一走十年

十年母亲眼泪流干换来缕缕白发
十年仰望星夜我们找寻你聚会的场所
十年每次有雪花飘来我们欣喜若狂
我们知道那是你从天国带来的讯息

十年了，我们不敢搬一次家
生怕你已经找不到归家的门

父亲啊，我们知道压在你肩头的担子很沉
你不愿意卸下最终还是卸下
我们听到你深深的叹息
那深深的叹息把我们推着长大
你卸下的担子儿孙们已经扛起
虽然步履蹒跚　但也开始上路

父亲啊，万家团圆的季节已经来临

我们还是围坐在火炉旁

等待你的敲门

冷冷的秋夜

昨夜你的慈祥你的宽厚又进入我的梦境

还是这样阴冷的夜

还是那样步履轻盈还是轻轻抚摩你的孩子

父亲，你身上的雪花是天国带来的吗

飞舞在你的额前散落在你的胸前像天国的精灵

甚至我感觉你轻轻的叹息

把这片片雪花抖落在我的床边

虽然已经深秋阴冷的夜还有淡淡的月光

我看见你的眼神虽然还是慈祥但透露了淡淡的忧伤

你不断询问可爱的妹妹们能否经历生活的艰辛

不断询问慈爱的母亲你的眼神变得那么伤感

我突然不敢看你的眼睛啊亲爱的父亲

生活再多的磨难再多的不幸我都能承受

但我没有完成你的托付你的期待

我想到你撒手人寰那一刻你紧紧握我双手

没有一句话

我知道

你想说的全部

静静的世界好像只有我们俩

静静的夜里好像只有我们的叹息

月儿已经不在星星已经不在

只有这冷冷的秋夜

冷暖相依

肯定有很多语言等着我们去破译
肯定有很多声音我们还不知情
您步履轻轻靠近我们
如这一片片飘动的雪花静静覆盖我们

肯定有很多思念时时袭来愈来愈浓
肯定有很多梦境带来天国的语言
您步履轻轻靠近我们
牵着我们的手走出这苦难的泥泞

天堂里没有车来车往
天堂里没有酷暑严寒
天堂里却有您深情的注目啊
时时闯来的声音如这雪花如这精灵

我常常不敢睁开我的眼睛
为了留住您渐渐隐去的身影
你能不能带着我的歌声与你一起走吧

父亲　天上人间
我们冷暖相依

（原载于《宜宾日报》）

作者简介：

范仲智，曾供职于芙蓉矿务局、《厂长经理日报》。曾任四川省记者文学艺术研究会常务理事。后创办规划设计院公司。现为四川省旅游协会副会长、成都市乡村旅游协会会长。

陈　树

九月九的酒 （外一首）

又是九月九，重阳夜，难聚首
思乡的人儿，漂流在外头

又是九月九，愁更愁，情更悠
回家的打算，始终在心头

走走走走走啊走，走到九月九
他乡没有烈酒，没有问候
走走走走走啊走，走到九月九
家中才有自由，才有九月九

亲人和朋友，举起杯，倒满酒
饮尽这乡愁，醉倒在家门口

老磨房
——中央电视台元宵晚会歌曲

老家有座老磨房，磨米的老地方
磨饱了肚子磨破了手，磨不出希望
东家的短来西家的长，家常事天天在讲
小桥下面哗啦啦啦，流水日夜响

老磨房的老大爷，叼着杆老烟枪
手把着老门脚踏着杠，目光向远方
一首老歌下老酒，常常老泪盈眶
泪光映出老伙计，熟悉的老模样

嗨……
怎么看着看着看着看着，山村就变了样
怎么唱着唱着唱着唱着，歌越唱越响亮
怎么走着走着走着走着，路越走越宽广
怎么想着想着想着想着，心里就亮堂堂

作者简介：

  陈树，中国音乐家协会会员、中国音乐文学学会会员、四川省原创音乐家协会副主席。

元 刚

歌词四首

天地清风

——泸州市江阳区纪检监察之歌

心中有个　纯洁的梦
愿天地畅行　正气清风
忠山远望　挺似香樟
愿朗朗乾坤　天下大同

胸中有团　炽热的火
捍卫法纪　气贯长虹
站在报恩塔下　我们从善如流
清风入窖酒更醇　天地传颂

凌霜傲雪　寒梅泰然从容
栉风沐雨　苍松岿然不动
长江是母亲　我是江阳一缕清风
赤胆忠心　铸造光荣

手上有杆　公平的秤
为世间正义　千斤担重
人生如伞　骨正不腐
为保驾护航　廉洁奉公

党徽闪耀　昂首挺胸
监督执纪　长鸣警钟
风过张坝长廊　我们洗心明目
高强本领敢担当　勇攀高峰

大浪淘沙　真金炼就英雄
扬善惩恶　雄鹰搏击长空
长江是母亲　我是江阳一缕清风
赤胆忠心　铸造光荣

（原载于《歌曲》2020 年 12 月号）

圣道福香

我想找一个地方
让心儿停止流浪
聆听那梵音的回响
不要太匆忙

随一片叶找到方向
让故事沐浴茗香
品味情缘的悠长
不要让心事太慌张

好兄弟同饮一壶好茶
茶香醉人赛过酒香
好姐妹同品一壶好茶
就在爱的圣道福香

我想沏一出幽香
让心儿变得安详

看不够微笑的脸庞
不要太忧伤

随一片叶找到方向
让心事吐露莲香
情永在茶不会凉
不要让爱失去芬芳

好兄弟同饮一壶好茶
茶香醉人赛过酒香
好姐妹同品一壶好茶
就在爱的圣道福香

重归狮子山

是什么思念千百重，
是什么唤我在心中。
往事呀飞来又飞走，
剩你婆娑笑容。

狮子山记忆变朦胧，
桂花香依稀青春梦。
心事曾藏在灌木丛，
不见当年影踪。

再相聚千言万语中，
手儿相牵心儿相拥。
再回首一别几多年，
此生还几次相逢？

同窗情谊浓，

眼泪是花开的痛。
重归狮子山，
不醒的梦。

时光爱人

美丽一闪一闪一闪一闪
黑葡萄一样的双眼
时光忽明忽暗忽长忽短
红月亮一样的笑脸

记忆一闪一闪一闪一闪
紫丁香一样的眷恋
回忆忽明忽暗忽长忽短
蓝精灵一样的梦幻

该怎样留住你的爱
不受那时光的伤害
为你结一片晶莹的冰
小心轻放的爱情

该怎样留住你的爱
不受那时光的伤害
为你凝一块晶亮的糖
苦涩也变成甜蜜回想

作者简介：

元刚，成都艺术职业大学音乐学院特聘教授，成都元刚音乐工作室艺术总监，四川省作家协会会员、四川省音乐家协会会员、中国音乐制作人协会"金牌制作人"。创作各类歌曲300余首，发行个人歌曲专辑CD《醉江阳》《泸商行天下》。

葛巨龙

樱花岭赋

一岭毓秀，千山苍茫。
万樱已放，百花未开。
樱花岭位居川中福地，坐落德南沃野。
横卧龙泉余脉，耸立伍城侧翼。
西临蓉城，北接绵州。
与中江挂面、中江表妹、仓山大乐、继光故里一同闻名遐迩。

精心培育，十载树木为林；
着力营造，一山建景成观。
中国红宛若冻翡，春寒料峭中尽显异彩；
中国雪恰似凝脂，乍暖还寒里一展风姿。
源于宝岛，连兄弟之友情；
艳压东瀛，振神州之雄威。
花开处，花枝招展簇拥赤霞遍地；
英落时，英落缤纷铺洒红雨满天。
名动列国，邀寒梅装点天地；
丽冠群芳，撷彩霞撒播山川。

寒绯樱有别它品，花期早于周边樱园二月有余。
每到新春佳节，恰是赏樱佳期。
樱花节高朋满座，贵客盈门。
旌旗猎猎，欢歌笑语喜迎四海游人；

锣鼓隆隆，美酒佳肴诚待八方食客。

但见树下游人接踵，林中嘤鸟联声；

彩蝶飘然花丛，蜜蜂萦绕枝间。

风起时，绯樱潭碧波荡漾，吹皱一池山水；

云生处，樱花顶曲径蜿蜒，揽尽满园风光。

朝露晶莹，沐旭日之绚彩；

暮云闲适，披夕阳之流光。

晨迎朝晖，农夫耕耘于田野；

夕送晚霞，老牛劳作在乡间。

夕阳垂落，炊烟缭绕。

夜幕降临，灯火闪耀。

美哉樱岭！

壮哉樱岭！

一朝得见，千回梦萦。

四川
文学

作
品
精
选

作者简介：

　　葛巨龙，笔名清江茶客，致公党四川省委原常委，四川省文艺传播促进会理事。中国诗歌学会会员、中华诗词学会会员、中国楹联学会会员，数百篇作品入选《星星》等报刊。

谢晓苏

青城张氏妇（外一首）

民妇张素贞，打工在青城。
黝黑擎竹帚，晨昏扫山径。
山径曲且陡，挥汗长低首。
不意枯叶飞，舞上官人头。
官人蜀都尹，健步昂藏行。
心下或不豫，满面涌乌云。
一虎入山林，诸狐谄随形。
当晚尚未炊，已颁斥责令。
对客大不尊，有污世遗名。
罚扫老君阁，青城最高层。
素贞诉冤屈，哪识李春城。
所苦腿脚衰，乏力登山顶。
我闻亦无语，唯劝意稍平。
青城幽天下，招揽五洲宾。
吐纳负离子，俯仰观青云。
近山已是幸，况乃日日亲。
祸兮亦蕴福，锻铸老寿星。
话语犹在耳，神州起雷霆。
砥柱中南海，发布打虎令。
曩昔骄横客，猥琐上法庭。
卑弱打工妇，健步青山行。
天道终为直，云泥两分明。

注：张氏女系我青城寓所守门人妻，时在青城山上扫叶为职。某次遇成都市委原书记李春城登山，不慎将落叶扫诸头上，李虽怒无语，然诸随从竟予声讨，当晚青城山管委会即以"不礼貌"为名将张罚至山顶扫叶，且明确规定不得乘坐缆车。每日吁吁登山，晚方能归。在涤荡神州的惩贪运动中，李成为十八大后落马首虎，而张氏每日为生计爬山不已，竟然精神矍铄满面红光，往返山道健步如飞矣。

（此诗获 2023 年第八届"华泓杯"全国诗词大赛一等奖）

游轮过加勒比海

万里长空卷彤云，
落日散作满天星。
世间毁誉安足论，
加勒比海踏浪行。

注：

诗咏 20 世纪 60 年代的一桩大事。

苏联在古巴安置导弹，美国总统肯尼迪强烈反弹，最后，赫鲁晓夫接受了美国条件，撤出导弹。

实际上，当时未公开的是，美国也同时撤出了在土耳其的导弹。

当时这个事件，史称为："人类最接近毁灭的一次危机。"

作者简介：

谢晓苏，成都日报原副总编辑，成都市政协第 13、14 届委员；高级编辑；现为成都市老记协主席。

四川
文学

作品
精选

徐　进

咏梅（诗词一组）

一剪梅·室中梅

　　国色不争归有家，陋室寒庭，远去浮华。疏离鄙俗少凡忧，香绕窗几，味沁根茶。

　　一捧清泉一剪花，几笔丹青，数拍琴筇。室厅虽小任横斜，梦也随她，诗也随她。

七律　邀梅

　　春感秋伤尽落哀，翠禽久唤着霜台。
　　旧谙月色相邀至，曾识人颜互看开。
　　一缕香魂随梦醒，几枝疏影共诗裁。
　　凄惶肯赴前生约，幽静为谁披雪来。

蝶恋花·致残梅

　　应记前生曾有诺，飞雪酬君，春色还酬我。二月强争开几朵，琵琶谁唱《东风破》？

　　恨水怨风都不可，寂寞黄昏，总被愁云锁。零落唯留香一抹，春泥尚暖宜君卧。

金镂曲·初梅

寂寞空园圃。梦依稀，前生曾约，到今当赴。不见那人来幽径，独立林中楚楚。想情誓。休教辜负。疏影寒塘怜自顾，向黄昏，暗把香倾吐。人二八，月三五。

苦寒冬日无佳侣。问无由，春兰秋菊，恨难相聚。闻道西山初逢雪，醒了芳魂一缕。亭亭立，知谁家女？长望徘徊堪久觅，解痴情，谁可将身许？风破梦，自无语。

（原载于本会会刊《船波文艺》）

作者简介：

徐进，1950 年生人，退休中医师、盲诗人。四川省文艺传播促进会原理事，有诗歌、散文散见诸报刊，出版有《徐进诗词选》。

沈 群

诗词六首

天遗香炉

香炉万仞矗川东，烟锁云横缥缈中。
古木虬枝啼杜宇，声声啼得遍山红。

光雾山赏杜鹃花

偶来光雾抚烟萝，好景无诗可奈何。
一片仙葩迎夕照，恍闻天女散花歌。

游雷波马湖

退后心情似卸枷，初游龙马慰生涯。
余今幸遇烟霞友，万里湖山度岁华。

（注：马湖又称龙马湖）

初春游三河

春约三河天地阔，一川暖色染新枝。
蜂飞黄蕊收甘蜜，燕舞青篁掠碧池。
谁泼葱茏随意画，我吟阡陌纵情诗。
豆苗茂盛疏闲草，久倚陶篱归去迟。

夜游宫·雪

洒洒琼花漫舞，愣神望、平添幽绪。默忆千年冷凄句。钓寒江，夜归人，今孰去？

亘古风霜路，几多梦、淹埋尘土。莫效谢庭咏飞絮。问诗人，识人间，饥冻否？

临江仙·游米仓古道

仰视巉岩绝壁，下临雪浪奔湍。一条弯道出其间。林阴遮不尽，漏日影斑斑。

过尽骡帮马队，曾经几度烽烟。萧何月下苦追韩。千秋人事渺，无恙只江山。

作者简介：

沈群，成都人。四川省文艺传播促进会名誉理事、中华诗词学会会员、四川省诗词协会会员。

红 叶

格律诗词一组

青城湾行吟

雨霁苔新绿，溪桥碧树牵。
何人邀月坐，流水枕风眠。
竹屋林间立，荷塘紫阁连。
夕阳携手乐，芳草梦如烟。

长江休渔令

浩浩长江水，休渔禁令宣。
扁舟横旷野，结网锁山川。
鱼跃清波里，禽翔细雨前。
同心行德泽，共享碧云天。

天山大峡谷

刀峰剑岭向摩天，怪石嶙峋峭壁坚。
牧犬奔岩寻旧路，神雕揽月守云巅。
俯身古堡通灵洞，昂首雄狮玉女泉。
地貌丹霞如梦幻，迷离光影荡晴烟。

菜花黄

湖边旷野又流金，璀璨晶莹曲径深。
两岸澄黄遮望眼，一川青绿荡春心。
泛舟山水花相映，漫步田园梦中寻。
夜宿农家须饮酒，盈盈笑语醉衣襟。

轮渡琼州海峡

琼州海峡碧波长，雾锁惊涛水淼茫。
汽笛轰鸣翻细浪，流霞浸染泛崇光。
卧龙拆轨飞天堑，游客乘船跨夕阳。
回望浮云追影处，披襟援笔赋诗行。

行香子·童心永远

栀子花开，碧树莺啼。看星星火炬凝辉。儿时欢悦，美好如诗。忆风中唱，水中乐，梦中追。

每逢六一，痴情狂语，任霓裳狂舞英姿。夕阳璀璨，芳草葳蕤。闻琴声鸣，歌声响，笑声飞。

水龙吟·剑门怀古

剑门伟峻刚柔，萦峰涧筱飘云岫。山岩垒砌，檐牙高耸，飞梁阁秀。栈道凌空，断崖环抱。狂风咆吼。过廊桥一线，石门笋立，蜀道难，碉楼陡。

诸葛名垂宇宙，出师表，辉华星斗。姜维纵马，刀光剑影，血溅敌寇。今日登临，天梯连路，引歌停逗。乐雄关雾障，松林翠碧，万年不朽。

醉花阴·库车再帕尔之夜

龟兹儿女歌舞宴，屏帏红锦锻。明月拂窗棂，私密空间，奢侈灯花断。馕坑烤串香风暖，羊肉汤泡饭。弦乐醉霓裳，清雅玫瑰，啜茗杯中旋。

醉花阴·花落流水

花落流水杨柳舍，琼玉溪桥洒，倚石听泉吟，飞瀑泠泠，岩转咿咿嘎。霭云缥缈垂平野。小屋清风雅。绮梦几时回，来岁春归，同醉青山下。

满江红·漓江行

水墨漓江，相公岭，登高眺远。抬眼望，霁峰独秀，重峦霄汉。九马丹青溪谷翠，画廊十里朝阳绚。乘江帆，象鼻月光潜，云纱幔。

榕树下，飞鸟旋，黄布影，渔歌喷。石桥篙竿点，笑语波漩。柳岸长亭箫鼓沸，危崖万仞流霞卷。青罗带，山是碧螺簪，桑榆暖。

作者简介：

红叶，本名林兴碧，重庆人，出生于 1953 年 6 月。成都中学语文高级教师（已退休）。四川省文艺传播促进会理事。创作数百篇格律诗词作品，并多次入刊《晚霞报》《四川经济日报》《中国民间短诗》《神州文艺》等各类报刊及平台。

何远智

行吟古韵（古诗词一组）

七律　都市冬夜雨景

迷雾寒烟暮霭中，飘零枯叶卷云蓬。
街头巷尾灯花串，屋外楼前行色匆。
欣望城关拼伞画，笑盈店铺满和融。
凭窗巴士朦胧夜，移动穿梭雨意通。

七律　怀瑜

随翻史料感炎凉，耿介怀瑜总受伤。
屈子汨罗千古远，离骚楚韵万年扬。
天中又挂艾蒲叶，水口犹闻粟粽香。
奋竞龙舟贯正气，涛声依旧在前方。

七律　回乡怀旧

天车如故载盐帮，井架咸风旭水长。
六口阖家年夜喜，一台饭菜舌尖忙。
青春盛炽延亢奋，岁月蹉跎续感伤。
灶火燃情慈母泪，迎新辞旧数星光。

七律　登浔阳楼

风行旅意景观求，急步长堤上古楼。
再造神奇缘往事，新翻浩邈晓来头。
插图水浒群雄喜，送客浔阳满月忧。
典册收藏填底蕴，高悬匾额大江流。

五律　马耳山龙苍沟晨韵

鸣蝉破晓题，空竹抖云霓。
黛壑飘神采，甜泉注涧溪。
花香林叶近，浪涌栈桥低。
问早群峰见，龙腾响马蹄。

疏影·七夕民工眷属

秋声紧促。有风铃阵阵，丹桂金谷。背井离乡，千里迢迢，仙妻牵挂情笃。交通轨道繁华梦，洒汗雨、楼盘环绿。亮砖刀、步步为营，笑傲老城新筑。

回望苍山出路，曲折坎坷阻，惆怅盲目。血气方刚，固本安身，地北天南锦簇。能工巧匠云端秀，宏图里、抖音真酷。满星月、夫妇天桥，指看变迁长足。

绛都春·金沙遗址迎春

寒凝未了。诵莺飞草长，梅樱争俏。临岸景随，摸底河滨问春早。缤纷花彩蜂蜓绕。见古蜀、金沙荣耀。太阳神鸟，图腾载体，内涵奇妙。

有约仓庚鸣叫。览阡陌纵横，柔桑拈巧。耒耜黍禾，绿风扇情年辰好。陶壶斗酒锅庄跳。快节奏、楼盘营造。眨眼瑶兔轮回，锦城报道。

摸鱼儿·龙都灯会

唱乡愁、釜溪悠远，天车依旧招听。咸风送我鸿翎羽，盆地恐龙相迎。随幻影。处处是、彩光月色融风景。桫椤灵性。引白垩林屏，花香鸟语，蝶舞翻松岭。

灯杆坝，龙凤山青感应，酒旗招展云顶。觥筹交错哥俩好，锣鼓高腔娱兴。圆月饼。自流井、甜甜泉水沏香茗。长河亮镜。透澈满天星。神龙画意，七彩绘光景。

帝台春·古稀年回乡

云涌碧水。粼粼有鲜味。跨岸画桥，大美盐都，龙灯呈瑞。凤鹤穿林异彩汇，竹风起，笋尖菁萃。伫楼台，远影樯帆，涛声反馈。

怀早岁。多梦寐。乱世诡。数荒废。草草别嘉华，又蹉跎，更困惑、渺茫机会。年月无声古稀对，麻辣兔丁酒歌配。故乡釜溪流，晚霞斜阳贵。

昼锦堂·网红眉山水街游

正涌春潮，当红网络，帆影鸥鹭江天。悦乐游吟平仄，一路词篇。眉州苏门迎众客，扫码康宁入霞嫣。衢灯亮，夜市水街，流光溢彩飞仙。

无眠。画栋绮，鸾凤舞，金河银浪桥边。仿古宫廷明月，璧合珠联。风轻纤柳依榕树，岸头茶话配歌弦。飘长袖，遨步酒香穿越，玉宇人间。

作者简介：

何远智，中国水电七局宣传部原部长。现为四川文艺传播促进会名誉理事。发表文论上百篇。报告文学《石破天惊》获得全国党建杂志年度优秀文章二等奖。近年在报刊及微刊发表诗文300多篇，并多次获奖。

古春晓

乌镇邂逅 （散文诗）

网

摇啊摇，乌篷船摇到外婆桥；

扫一扫，古乌镇流量互联网。

当江南水乡网开八面，当千年古镇网罗天下——一次次邂逅一见钟情，一场场相约一见倾心：

乌镇戏剧节二度粉墨登场，相约每年一季；

世界互联网首届风云际会，相定永久会址。

风水流转越千年，风光依旧在画中。

水乡水网：桥联河街，船联湖岛，百步一桥局域网；

水镇河网：临河楼阁，沿河街市，枕水人家社区网。

船行"转船湾"，双桥"桥里桥"。京杭大运河，水路达三江。

正是这一方水网，润养了江南水乡；

最是这一张渔网，富庶了鱼米之乡。

古与今在乌镇邂逅——传统与现代联网：无线网，提升智慧旅游，直通水上船上；万兆网，提速网络峰会，直播国内国外。

早有"茅盾文学奖"荣归故里；近有"戏剧乌托邦"守望原乡。柳影摇曳"红楼新梦"；烟雨入镜《似水年华》。

千年古镇，有文化就是这么任性：

跨界戏剧与网络；混搭文化与科技；穿越历史与现代……

戏

这是中与外的邂逅——当中国与世界联网：

网界名流邂逅戏剧大师，古老戏台邂逅国际论坛。

世界互联网一位国际领袖，第一句致辞感谢互联网："此时此刻，我的老祖父正在开罗收看网络直播。"

中央电视台一位美女记者，第一张图片发给朋友圈："好奇好巧，我突然发现媒体住地竟是外婆祖宅。"

一场网络直播，让洋祖父在万里之外领略乌镇；

一次网事采访，让外孙女在无意之中寻根乌镇。

网事邂逅往事，互联邂逅失联。感叹"网事"如此高度发达，惊叹"往事"仍在不断失联：

传统文化在失联，传统工艺在失传，传统村镇在失守，传统民俗在失散，传统阅读在失忆，传统诚信在失约……

我们需要寻思，我们需要寻找——让传统不再失联，让传承不再断网！

为此，中国戏剧家找到了文化底蕴，归宗了传统文脉的近亲，就像那位女记者与乌镇的血缘。为此，世界互联网寻到了中国特色，缔结了网络时代的远亲，就像那位洋祖父与乌镇的眼缘。

古镇古往今来，今人纷至沓来：在民俗展馆阅江南历史；在立志书院数江南才子；在茅盾故居闻世代书香；在修真戏台看桐乡花鼓……

在百花厅观木雕精品；在赵家厅赏古床集萃；在锦和斋听姑嫂饼的故事；在水市口品阿婆茶的乡愁……

一段乌锦，一幅梦里水乡；一支湖笔，一部吴越春秋。

古为今用，乌镇戏剧节上演中外同台秀：

开幕大戏《青蛇》，由中国名导诠释中国式经典；

压轴大戏《白蛇》，由美国名导演绎百老汇风格。

洋为中用，互联网盛会打开中外对话窗：

网络也有网斗，就像《白蛇传》人、妖、佛三界，因果错综复杂。有金山寺的骇浪，更有雷峰塔的欺压。

联通还须沟通，需要"地球村"你、我、他多国，协力同舟共济。须全世界的合作，更须大国度的担当。

以戏为镜：人蛇因缘，苦海大爱，最终拯救大难；

以古鉴今：和而不同，和合共生，方能世界大同。

中国与世界，相约乌镇主场对话；

古今与中外，尽在乌镇舞台邂逅……

作者简介：

古春晓，曾任《四川经济日报》副刊部主任、四川省报纸副刊研究会副秘书长、四川省记者文学艺术研究会（省文促会前身）常务理事。诗歌、散文作品发表于《四川文学》《星星》《青年作家》《四川日报》《成都晚报》《华西都市报》等报刊。

胡绍珍

跑马山的情歌蘑菇样生长 （三章）

跑马山的情歌蘑菇样生长

一堆堆云朵悬浮半空，做了盛大演唱会的潜台词。一圈圈蘑菇，围着跑马山生长。五月的跑马山，花儿拉开了蓝天的帷幕。

演唱绝版的情歌，卓玛和她的心上人，在溜溜的跑马山对唱。

一群牛羊，温顺地依偎在主人的身边。跑马山的情歌，比十五的月亮还饱满，让牛羊安静。那优美动听的旋律，回荡在空寂辽阔的雪山草原。

山那边，大草原连绵起伏的波浪，海一样参与情歌的演唱。一只只蝴蝶从四面八方飞来，静静地歇在草甸上，听雪山上的情歌。

在康定，草尖上歇着情歌，树林里飞着情歌，轻风拂动着的情歌歇在蜜蜂的翅翼上。跑马山的每片雪花、每只牛羊、每棵草木，都是一首首情歌。

夏天草长莺飞，满山沸腾，阳光疯长，情歌飞扬。

大江南北，旋舞的情歌晃乱了雪域的心思，晃乱了阳光的视线。

红石生长在洁净的雪山，白云悬浮在高原的蓝天上。跑马山的格桑花开得艳丽时，情歌疯长，她推开俗世，长出独自的嘹亮。

跑马山，世界唱响你的情歌，去跑马山听情歌的人，爱的洁净度就会高过最初的梦想。情歌在折多河唱，在雅拉河唱，康定的河流，都在唱世上最美的情歌。

在康定，跑马山的情歌蘑菇样生长。

地上的人背着背篼采蘑菇，采情歌。天上的云朵融入蘑菇圈，地上的情歌融入洁白的云朵中。

在康定，情歌一唱，西部的雪山安静地卧在神灵的草甸上。

一只鹰叼着贡嘎雪山飞

一只鹰在贡嘎雪山盘旋，一轮太阳在雪域翻动巍峨的诗篇。

高原连绵起伏，耸入云天。贡嘎雪山按照我绘制的模型生长，按照我绘制的时空蜿蜒，雄伟气势是我几万年前的构思。

远处，一尊尊披着白袈裟的佛，错落有致，层层堆叠，雪山跪拜茫茫天地间。那些看得见看不见的神灵，他们主宰着神秘的川藏高原。

雪山的背景是白色，雪山的质地是白色，她的皮肤是白色，她的灵魂是白色。白色，雪山专用的色彩，如果复制，会露出破绽，会贻笑万年。

天空飘来彩虹，雪山还是白色，天空堆满阳光，雪山还是白色。天空乌云密布，她还是白色。雪山没有多余的颜色或不二的情感笼罩自身。

雪山在燃烧，她有别于红色火焰的燃烧。我见到了最纯情的白色火焰。

雪山是移动的，银河系每天都在搬运地球；雪山是不移动的，少年看见的西岭雪山还在成都平原以西。

大自然的美，只是静静地观赏，不是去挖掘索取，雪山进入禅定状态……

人类是时间的追踪者，盲目成为惯性。一条流向大海的河流在半路上消失了，远古的大平原蜷缩在新描的地图上。

站得不高，出击就没有重量。

梦想让一段文字牵制住迷蒙的话语和胡乱剪裁的心思，我在雪山上跋涉。

贡嘎雪山，天籁吐出你神性般的诱惑。夏天，你用下雪下冰雹的方式朗读山河大地。

随手抓几粒雪品尝，我的心就被火焰照亮。

朝阳升起时，站在另一座雪山上，深情眺望贡嘎雪山，读出世界的神秘，读出准确的时间地点和位置，读出生命中的羞愧和缺失。

贡嘎雪山，站在与神比肩的位置，我的行走有了固定的方向。

西部高原的蓝天上，一只鹰叼着贡嘎雪山飞……

树叶子的布景里

神灵选用艳丽的树叶子布景高原，我沉迷翠色的夏天，翠色的时光。

高原小镇新都桥，生命的秋天，我从繁茂旺盛的角度寻找你，欣赏你。这里，隐藏着我一生寻找的霞光，我想捕捉尘世亮丽的染色过程。

这样的季节，注定我遇不上天下第一秋色。跟着神灵的脚步，跟着缺氧的思绪，我提起兴致，用感观用触角用神思搜寻。

大师的画册里、相机里，正在编排你、塑造你、表现你。

把你抬向高空，是一种妩媚；

把你搁置地上，是一种生长；

把你还原色彩，是一种古典。

你把风留给草原雪山吹，留给溪水河流唱，吹一地的芬芳，吹一世水墨年华。我以一滴露的姿势，站在草尖上，等你路过时，融入你的眼眸中。

飞鸟，遇上多少星辉失踪的夜晚，单薄的心站在惊慌失措，站在险峰上徘徊观望。一片片红叶，像一盏盏灯，驱除灰暗的色调，高原的幻象太晃眼，太迷人。

朝着风和日丽走，内心黯淡的时辰逐渐通透。站在秋天的高原，采些绚丽的叶子，写些明亮的诗歌，张贴在时空的顶端，为远行的路人照明。

我借阳光与鹰的翅膀，把多霾的成都平原驮到漫山遍野的红叶下熏染。

（原载于《散文诗》2021 年上半月刊第 1 期）

作者简介：

胡绍珍，四川省作家协会会员。作品散见《诗刊》《星星》《中国汉诗》《散文诗》《散文诗世界》《杂文选刊》等刊物。有作品收入《中国散文诗一百年大系·乡村民谣》卷、《百年红颜散文诗》《中国百年诗人新诗精选》等多种选本。已出版散文诗集《我一直轻轻地叫你》《城市魂灵》，诗集《临界点》等。

四川
文学

作品
精选

朱仲祥

乐山走笔（组章）

发源于川西高原的岷江、青衣江、大渡河，交汇于峨眉山麓乐山大佛脚下，汹涌的波涛挥洒出钟灵毓秀的山水画卷，也描绘出浓郁纯美的民俗风情。

——题记

致三江

岷江、青衣江、大渡河，皆是高原之子。

各不相同的雪山草甸、峡谷森林，记录下最初各不相同的青春履历。

可是情的牵引爱的宿命，让你们约定今生？

约定聚首在一列壁立的丹崖，然后紧挽着手，共赴沧海；约定聚首于嘉定府城，然后把峨眉山月，揉进乡愁。

经历了重重大山的阻挠，经历了柔肠百结的思念，你们大声呼唤着汹涌奔突，把高山劈成峡谷，将关隘变成通途。

——只为眼前惊世骇俗的相会。

只为此后不离不弃的永生。

一路相伴一路携手，一路把狂野秉性化作风雅情怀，为热情迎迓的嘉定古城，泼墨一轴风景独秀的汉嘉山水，挥洒一阕平仄起伏的岷峨唱酬。

即使路上依然会有电闪雷鸣、滩险峡幽，但生命的誓言是神的偈语，必能逢凶化吉遇难呈祥，必能消弭前路上的云雾阴霾，换得扑凤洲头江花似火，大佛脚下漫江碧透。

一串串翡翠的沙洲，是共同拥有的信物。

一群群感动的沙鸥，殷勤相随在欢聚之后。

激情相拥的浪花，是生命不灭的火焰，绽放在今生今世，燃烧在春夏秋冬……

扳罾翁

岁月之水，洗旧衣裤成土色的黄昏，却抹不去满脸风霜。

站立于三江交汇的沙洲，在芦苇的旗帜招展中，任夕阳的金刀，将你雕塑。

节令的潮讯如五月风由远而来，水鸟的叫声却很从容，如你执掌网绳的右手。时光的风浪于你，司空见惯。

置身于穿越世纪的漫长等待，古铜色的脊背山一般裸露。飘拂于风中的胡须，是经风历雨的一丛飘蓬。

注目难以捉摸的水纹，如同注目于生命的悸动。

一根网绳牵着你的春秋，这头是你笃定的双手，那端是你看淡的水流。无论渔网兜住的是实沉还是虚空，你都以心作锚抓紧水岸，同黄昏一道守候。

一次次扳起，一次次落下。你捞起过多少春花秋月、喜乐哀愁。

也曾把情感经纬织成网，把三江交汇的水系织成网，投入澎湃的豪情，打捞鸢飞鱼跃的梦想。

终究被时光的流水，一次次将豪情浇灭，化作眼前的云淡风轻，霞飞霞落。

何处传来寺院的晚钟，夕阳里有倦鸟归去。

微凉的月光，与暮色混为一体，混浊你的判断。

那就收网吧，收起坠落三江的满天星斗，收起波澜不惊的暮年时光……

摆渡谣

岁月的脚步，止于回忆。

那串欸乃如吟哦的桨声，那些来往江上的故事，渐渐掩埋于粗糙的砂砾，再也长不出青葱的芦苇。

只有水鸟翻飞依旧，江水匆匆依旧。

凋零于风中的摆渡谣，是一首岁月的挽歌。

漫长等待的渡口，你瘦削的身影立成江树，看对岸起伏的远山，在夕照中长满铁锈。

记不起何时为第一批客人摆渡，却铭记何时把最后一批客人送走。

那天的晚霞特别刺眼，刺痛眼睛一阵阵泪流；那晚的烧酒特别劲爆，像一团团火焰灼烧心口。

总是迎风伫立渡口，回想过往的渡船，穿梭于风雨之前和之后。

总有老泪在心中流淌，泪水荡起一叶孤舟。干裂的手掌抚摸缆桩，便有橹声在心中奔走。

挥挥依然有力的臂膀，目光拂过落寞古渡。

哼一段船歌，品一盏浊酒，看斜辉脉脉，逝水悠悠……

岷江望月

登临锦江山，把盏太白亭。

一举头便邂逅诗仙的月亮，用大唐盛世的雍容目光，将一些往事诉说得波光荡漾。

……一千三百年前的苍凉驿站，一个野渡无人的夜晚。

这轮岷江边的清溪之月，因一首传颂千古的绝唱，从此和一个伟大而漂泊的灵魂熔铸在一起。

一杯浊酒一轮山月，从此吟作千古风流。

舞动过大匡山晨昏的那锋佩剑，流星般划过江峡的烟幔。

那是青春的巅峰时光，岷江或锦江山的月亮，总像一包迷药，猛烈而甜香。以致今夜的月色里，依然散发着酒香，半轮或一轮山月，总是一副醉模样。

萦绕离愁的锦江山，缅怀像月光下的影子，浓浓淡淡。

曾记否，绿绮弹奏的高山流水，以及仗剑去国向长安的癫狂。如今只留下蜀道之难的哀伤，还有对影成三的凄凉。

从志满意得的岷江渡，到失意惆怅的采石矶，月光总能穿透岁月的关山，照亮那副多愁善感的明月肺肠。

以致那年酒后泛舟时，诗人竟捉月而去，捉月而去。

——他看见水中的那只玉盘，分明就是岷江之上故乡的月亮……

美女峰石林

峨眉第二山，沙岸弯环处。大渡河之子的笔下，怀胎美女仰天而卧。

一些女娲补天的石头，在美女峰上落脚生根。

它们敞开浪漫情怀，开放出永不凋谢的花朵；或用不容置疑的文字，讲述沧海桑田的传说。

登高的石级，书写一首铺排的长诗，用凸显或深刻的句子，感叹无边无际的缄默与苍凉。

似是而非的苍鹰，展开似是而非的翅膀。

石头里蹦出的猴子，把亘古不变的月亮眺望。

大渡河孕育的沫水女神，端坐在气定神闲的莲台，或伫立于世俗的目光。也许孤独与惆怅，是必然的心路历程。虔诚祈福，或者忠贞等待，是我们给出的浅薄解读。

一缕清风自大渡河吹来，在幽暗通透的空穴中，投入歌唱或者忘情吟诵。动感十足的石头，顿然变成流浪歌者或放浪骚客，举起树枝、野花作道具，酒醉一般舞蹈翩翩。

只有威严的冬天降临，才能将痴顽的石头训化成圣女。

戴端庄的花冠，披洁白的衣袍，肃穆在美女峰上，迎接春天。

作者简介：

朱仲祥，四川省作家协会会员，乐山市作家协会原副主席，曾任文学期刊《二十一世纪》和《四川经济日报》编辑、兼职记者。有小说、诗歌、散文等百余万字出版、发表，先后获各级征文奖若干。

徐澄泉

徐澄泉散文诗精选（七章）

生物链

森林号召草木，草木袒护荆棘，荆棘呵护鲜花，鲜花引诱蝴蝶，蝴蝶梦见庄周，庄周张开想象，想象喂肥诗人，诗人归隐田园。

田园将芜兮！

只剩春天一粒粟，专为诗人活命；

只剩秋天一枝菊，仅供诗人审美。

（原载于《散文诗》2013年第9期）

数羊，或催眠

一只羊。当第一只羊出现在山冈，青草就绿遍了我的双眼。我毫无睡意的思想，像一阵风，越跑越快，很快跑到羊的前面，翻过这座山，越过那座山，不见了。

两只羊。思想围绕羊儿转，转了左边那只，又转右边这只，转了右边那只，又转左边这只，忽左忽右，忽右忽左。两只羊，转晕了，倒地了。

把第一只羊从山那边找回来，让晕倒的两只羊活过来。三只羊，围绕我的思想转。一只在天上转，像猛禽向我俯冲；一只在河边转，挡住我的去路；一只在山谷转，断了我的退路。三羊为谋，为我布下天罗地网。

四只羊。羊群煽起愤怒的火焰，向我燃烧过来。我在劫难逃，化为灰烬。唯有一缕侥幸的魂魄，躲进袅袅烟尘，飞往天国去了。

咩！咩咩咩——

五只羊，六只羊，七只羊……

羊群高唱胜利的凯歌，羊群施展催眠的巫术，一只一只，把我诱入它们的梦境……

（原载于《诗歌月刊》2014年第12期）

酒前酒后

广告曰："酒是粮食精，少喝为革命。"此地无银三百两。酒幌之下，酿酒的杜康，当垆的文君，都在劝你多喝。

"酒就是水。"酒桌围成的江湖，一句名言，就是酒坛高人战无不胜的利器，除了投降，你别无选择！

酒乃一剂良药，小恙或大疾，以酒为药，以酒为食，总能祛病除毒，使人健康成长——

譬如：梦见庄周的蝴蝶，就羽化为仙，在花中翩翩起舞，做一个多情的爱神。

譬如：看见李白的月光，就学习猴子，在水中打捞诗意，做一个浪漫的诗人。

譬如：遇见武松的老虎，就猛喝十八大碗，三拳两脚，打死一只拦路的大虫，做一个威猛的英雄。

譬如：走进刘伶的竹林，就自然说出心中的秘密，畅快吐出腹中的垃圾，唤回自己丢失的灵魂，做一个真实的君子。

（原载于《上海诗人》2016年第2期）

被记忆的锋刃划出伤口

一梦醒来，我语出惊人——

怀念，是被记忆的锋刃划出的一道重重的伤口。

哲人曰：记忆，是一生一世注定的因缘，是朝晖对于烈日的启迪，是夕阳对于烈日的感悟。

诗人说：记忆，是永生永世恒定的节目，是前世对于今生的预演，是来世对于今生的再现。

人们啊，我看见了你们的前世、今生和来世——

一些声音，色彩，形状，正以一把盐的形式，在你们的伤口上，抹来抹去。

这些记忆的分贝，时而铿锵明亮，时而低沉黯淡，时而暗哑苍白，把你们的人生演绎得淋漓尽致。

这些记忆的颜料，赤橙黄绿青蓝紫，在你们红色的心上，挥舞如椽大笔，随意涂抹。

这些记忆的颗粒，像飘浮不定的尘埃和东游西荡的飞虫，有时让你们如鲠在喉，有时使你们甘之如饴。

人们啊，你们陷入怀念的泥沼，谁人，能够自拔?!

而怀念，就是被记忆的锋刃划出的那道——重重的伤口，也在我的心上，殷殷地，浸着血。

（原载于《中国诗歌》2016年第9卷）

谁是时间的掌控者

我被自己卡住了！

在某个时间节点，我被自己卡在一个齿轮上，悬在空中。不早不迟，不前不后，我刚好成为一只挂在网上的蜘蛛，一个很透明的蜘蛛人。

也很透明的风，是我的同类和救星，从后面冲上来，一把抓住了我。

我获得新生。在新的起点上，我再接再厉，又一次把自己绊停。

我能把握自己的命运，但我不是万能的神，也不是觉者，我仅能扭紧自己的发条。

趁我站着说话的时候，风跑到我前面去了。

风在远方坐等我的消息。

哦，风才是那个站在秒针之巅，掌控时间的神！他肯定能回答人间所有的问题。

我便问：万能的神啊，你为什么要救赎一个渺小的人？
……
万能的神，以沉默，以不屑，回答了我的无知和可笑。

（原载于《诗潮》2021 年 3 月号）

风培养着石头

我看见：风抱紧石头一路狂奔。

风把石头越抱越紧，怕它丢失。

风越跑越疾，越跑越矫健，三千丈的白发和两千丈的胡须，把石头以外的事物扫除殆尽，却把石头轻抚入梦——

石头与风越贴越紧，楔入风的皮肤，进入风的体内，就要安睡在风的心室了。

石头是风易碎的古董。

风要从冬天赶往春天和夏天，把石头的冰冷，顽劣，铁石心肠，没心没肺，小心眼，小脾气，小聪明，小雀斑，小虎牙……把石头所有的坏习性，温暖融化，直至把石头培养成风所期望的样子，比如：温润的玉，温柔的水。

石头是风幸福的宝贝。

我知道：风一直培养着石头。世间男女，按照风的指点，努力培养着爱情和亲情。

（原载于《草堂》2022 年 05 卷）

独困于林

我被几棵树围困。

东南西北，四面八方，总有树挡在我前面，也有树堵在我后面。树们团结一致，拉着有形与无形的手，抓起我的手，在原地转圈圈。树转，我转，圈圈也转。它们布下众多方向的迷魂阵，诱导我的无方向。

我沦陷在两个成语里：危机四伏，四面楚歌。

我要拼死一搏，突围而出！

——前面铜墙铁壁，碰我一个猛回头。

——后面落叶簌簌，风声雨声，给我一个透心凉。

终于看到一根救命的稻草！不，一棵树，一棵没有选边站的树，就站在几棵树中间，与那些心怀叵测的树们保持一定距离，静静地候着我。树干高，树身壮，树冠阔，英雄的标配，给人以绝对的信任感，足以让一个美人托付终身。

我把自己当美人，义无反顾地投入英雄的怀抱。我抱着，倚着，抚着，踢着，打着，喊着，骂着，哭着，笑着……

任你好汉豪杰，概由我心驱策。

（原载于《星星·散文诗》2023 年第 3 期）

作者简介：

徐澄泉，1962 年 12 月生，重庆万州人，现居乐山。出版有《纯与不纯的风景》《寓言》《一地黄金》《谁能占卜我的命》《透明的山水》等诗集 8 部。中国作家协会会员，乐山市作家协会副主席。

诗歌卷 秋月春花

— 四川文学作品精选 —

曹纪祖

采风笔记（组诗）

太平渡

要有怎样的智慧
才能让历史的奔流四次折返
走向正确的方向

要有怎样的深情
才能写下如海的苍山，如血的残阳
在万千景色中美得沉郁

一个把中国命运改变的诗人
让自命不凡的我们
显得这样渺小，这样无足轻重

还有那位二十八岁的雄鹰
红一军团首长
让当今同龄的青年
会不会羞愧难当
影视剧中的俊男靓女
所谓霸道总裁
不过是资本的玩偶

无论从什么角度看
既没有男儿的血性
更没有周恩来那样绝世的风采

站在太平场上的这个渡口
我想到自己的青春年少
在穷乡僻壤度过
骨子里的英雄情结
曾经感叹生不逢时

经历沧桑终于明白
一代人有一代人的风华
自由与开放的思想
才是我们拥有的骄傲
（四川泸州古蔺太平渡是红军四渡赤水的地方）

河南·南阳汉画馆

在历史面前只能敬畏
那些雕刻片石千秋
天地、人物，飞禽走兽
没有一笔是任意的轻浮

镇馆之宝是一个故事
一个有名有姓的五岁孩童
她让石刻成为可考的记忆
尽管所有的圣石都沉默不语

诗思在这里怎样飞扬
华辞与技巧不太相宜

如何让语言有金石之声
深沉雄大，叩动汉时的风韵

宁可感受时间的凝固
欣赏生存、角力、音乐与舞蹈
还有想象的星空和古人的审美
那是自古而今生命的惊奇

问山湖

是你问山，还是我问山
问一问高桥里
峨眉的金顶，是否
常在湖光山色中隐现

你问山，也许
问的是佛祖呈祥
我问山，问的是
生命的流年

要不要置一寓房舍
与峨眉相望，与湖水作伴
如果有芳心暗许
哪个男儿宁愿孤单

在大都市待久了
喧嚣的心情，该换一换
换一种自然与自洽
换一种相知与相见

凤求凰

有一美人兮，见之不忘
一日不见兮，思之若狂
———司马相如《凤求凰》

我有一把琴，留在心上
知音千年，寻觅山高水长
文君井前一盏盖碗茶
暗香疏影泡出几多幻想

邛州的夜色有一些醉意
灯火璀璨，正是人间天上
一群诗人沿江徜徉
脚步踉跄，踩在司马相如的节拍上

我是其中最孤独的那个人
岁月如刀，刀刀刻在脸上
以沧桑之心醉饮临邛
意念中弹奏出一曲凤求凰

昔日文君已成故事
现代文君就在身旁
留个影吧，留下一些念想
风华绝代是邛州的形象

作者简介：

曹纪祖，中国作家协会第七届、第八届全国委员会委员，四川省作家协会原副主席兼秘书长。现为四川省诗歌学会会长。国家一级作家。作品获得四川省文学奖、四川省文艺评论奖一等奖、四川日报文学奖等。曾担任第四届、第五届鲁迅文学奖终审评委。

王国平

三人行（组诗）

割麦的人

五月的阳光打在地上
每一支唱诗的麦穗
都有针尖般纤细的光芒
它小心地挑起一滴又一滴露水
然后，把这些露水送给路人
让她们的嘴唇绽出花朵
把这些露水送给镰刀
任其在刃口上月牙一般荡漾

那些识不了几个大字的农者
像一支支成熟的麦穗，弯着腰
在麦田里，波浪一样起伏
时光合拢，麦浪分开
它们呈三横一竖的姿势
静静地躺在大地的怀里
等着风，把它们一一清点
然后，在暮色里，颗粒归仓

（原载于《诗刊》2022 年第 10 期）

做馍的人

惊蛰之后，虫还在梦呓
雷声还在棉花草的耳廓隆隆滚动
惠风已化作一把温柔的剪刀
把三月的灯芯挑亮，把春一分为二
把一群女子引向广袤的田野
把一只只竹篮提到泥土的中间
把一双手交给青枝绿叶

然后，弯下腰去，把一株草的青
放到糯米和面粉的白中
就像把一个盛大的春天，轻轻地
放进每家人的柴米油盐里

那个在灶边做春分馍馍的人
多么寂寞又无比骄傲
她揭开锅盖的一瞬，看见了春色
却又把自己的名字隐在烟火间
她只是用舌尖上盛开的味蕾
为川西坝子的春天
指出一条又香又糯又软的路

（原载于《诗刊》2023 年第 5 期）

司马相如说

见皇帝，带一篇大赋就够了
见父母，带一个小名就够了
见朋友，带一壶老酒就够了

而见临邛，必须在大醉之后
必须趁风还在长安的街上打盹
必须趁那些飞禽走兽
还在上林苑的枝叶间隐伏
然后带着所有词语成群结队而去

王吉家前来引路的下人呵
你虽然比蚂蚁走得快了那么一点点
却比我的绿绮还要慢上三分
你有没有想过，假如晚了半步
谁能帮着月亮去敲隔壁的门

那一晚，我歌唱的声音很大
却只有一条路能听见
天色很暗，渔船上的黑灯与瞎火
被逐渐泛青的天色悄悄照亮
有个叫卓文君的烈性女子
和她家里堆积如山的铁器一样
正在忧伤的泪水中欢喜地锈掉

只有四匹马拉的大车
才装得下我的理想和抱负
只有临邛的十里春风
才托得起我铺天盖地的思念
只有卓家院子的月光
才读得懂我的唇语和琴声

哦，对不起

那些又诚实又轻佻的小秘密

我用大袖拢着，谁也不说

（原载于《草堂》2023 年第 5 期）

作者简介：

　　王国平，第十次全国作代会代表，中国作家协会会员、中国诗歌学会理事、四川省作家协会全委会委员、四川省诗歌学会副会长、成都市作家协会副主席。作品曾获四川省"五个一工程奖"、四川文学奖、四川省人民政府社科奖、金芙蓉文学奖等。

李自国

生命之盐（组诗）

天　车

你站起来了。威仪环绕我们
濒临打井的祖先，濒临
盐场与坟场的物象间
踽踽而行。村庄载过去了
隐自火焰的钟声
牵动一年一月的喘息与歌吟

有多少次，你立下誓语
诏示着你儿女，沿沉睡的痛苦
而深呼吸　这该是足够的清醒
我们挥不掉它，一代代
打开盐河之门。我们再渡难返
每年采卤归来，总要将不幸
醉倒怀里。将日子打磨成水
重又闪现的波光
复活古老的光荣与粗唇
谆谆教诲，一生中的
短暂启程，使我们想到苦盐
备受锉井的艰深

无时不将井口对准湿漉漉胸襟
情人呵！那在冥色苍茫里
即使眼泪根植皮肉，远离的时间
抽空我们脊髓，也将保持
躯壳新鲜。群舞之后
正是祖先收割的黎明

盐，古朴而新鲜

将那些有关盐的书卷
随意翻开，会碰见一群
古朴的人，手把盐罐
在书中反复触动的文字上面
挂着，一年一月
朝自流井方向移来

他高喊着我的乳名
身着褴褛而绵长衣衫
妻子怀抱月亮
流落在外，将近一个朝代
他把那口老井的地理和方位
告诉我多年，我坐在采卤天车下
流泪，或是勇往直前
我不是倾心他开采的一切
周身疲软的骨头
因盐而坚硬、自命不凡

想起雪花般的盐场
就打算去温故那位老人
淌不尽的液，渗透我毛孔、血管

我已具备充足理由
到他博大的胸怀
安顿下来，寻找
那群井架的真实和傲岸

生命之盐

通常情况下，盐
显得多么重要
就像那些夜晚
一刻也离不开的
永久睡眠
这么多房间，还是盐
载着沉重的分量
给予我们味觉
习惯，而且默然品尝
人世间的咸淡

远行的日子里
我总会分辨，一种层次
千百年的沉积岩
都被历代蜀南人
两眼望穿，不是为着盐井
不是为着热血澎湃
它是我们对爱的另一种体现

大自然的无限滋润
注定要我们刚强
抑或听任天车的旋转
我们一代代打动它

兢兢业业抛下生命的长线

直到盐不再是盐

我们跟它一起荡漾世界

作者简介：

　　李自国，中国作家协会会员、中国诗歌学会理事、四川省诗歌学会副会长、四川省文艺传播促进会副会长，国家一级作家，《星星》诗刊原副主编、编审。已出版诗集 16 部，获四川省文学奖、新诗百年优秀作品奖、郭小川诗歌奖、2020 年度十佳华语诗集奖等。

赵晓梦

花　品（组诗）

桃　花

水浅危险。神秘的花朵都从河边来
听从风的安排，描了眉的精华
连雨水也去除不了她们的记忆
加入群聊的每一片花瓣都很饱满
蜜蜂住在崭新的爱情中。即使
浮光掠影，停止的时间也能重新发动
可以畅快地歌唱和生活

这才是春天该有的样子。孤芳自赏的
路上，天边的云霞总在失去朋友
大面积的田野每一根筋脉都蓄满汁液
某些事物以及记忆在野生的树干上
仍然对往事有着特殊的敏感
可以肯定的是，折柳伤不了春
黎明都会在有风吹过的地方长出来

离别的身体被江水充满。水深也危险
眼泪总会听从石头的安排
在这里泛滥、决堤，冲破一切
桃花从身体里醒来，停留在露珠上

自带气场的一滴水从晨曦中起身
一个眼神就收走为你准备的那些词语
在新的枝头，给时间一点一点染上颜色

玉　兰

季节有时也会迷路。没有风
萨克斯吹不出柳树的新媒体
围墙和帽子压低了城市天际线
屋檐下的春天就靠你了
哪怕笑声浸透着棱角，草丛
延伸至远方，透明的身体也要
一头跑进公园里

城市能经受住花开后的茫然
眼泪就敢于同你碰面
这世界的厚度最怕水滴石穿
只要不剥离与泥土的联系
你就能守住内心的底线
越是在高处，生命的余地越大
夜晚从不在乎路越走人越少

我们都在同一种光里见面
剩下的灰烬把火从水中分离
最终把树木和鸟鸣锁进桥洞
只留风的影子在你手上滚动
翻新天空中不灭的星辰
还有大地占有的水坑
缓冲地带，交给雨点去题字

海 棠

换个姿势说话。如果这株海棠
不同于海棠，闪电没有打开闪电
春天不在盆景里就在院子里
从未尝试过朗诵的夜雨和黎明
搞丢了该有的细节，往事沉浮的
窗口，手指被燃尽的烟头灼痛
只有眼睛清楚风的粗大颗粒

当阳光的标点符号充满色彩感
花开终于不再是一个尴尬的状态
长长的枝条弯垂下来，为一条小路
取代爱情提供证明。战栗不过是
现实一种，就算隔得再远
也依然绿肥红瘦。一切比喻和排场
都会对屋顶构成经久不息的引诱

只有保留下来的阴影部分属于动词
在白日降落的人为痕迹上违背初衷
一些零星的场景和刻骨铭心的温存
正被疼痛滞留在植物的隐蔽处
尽管泥土被季节封存也从未闲着
经过夜晚修饰的雷声踉跄而来
凉亭海棠醒来，从此眼里再无他人

牡 丹

现在改主意还来得及。夜雨睡眠里
自然的膝盖从竹林一点一点脱节
牡丹从身体里醒来，停留在露珠上

没有过去，没有缅怀，也没有未来
色泽和品种一直推着园林的诗词走
这移动的地上满是交叉分径的光影
呼吸自己的脚步没人愿意放肆奔跑

被动取用的痛苦和孤独存放在高处
离开山林草木滋养的生命血肉
即使五官恢复了感知，也体会不到
田野颤动的笔触。现在改主意还来得及
断肠东风还在三米外，醒来的露珠
眼看就要迷路。艰难的清晨
因猜不出一则谜语被困在公交车上

没有人观赏的花园，剩下的用途
就是听雨。雨点的边缘已有破损
连同花瓣的名声被芳菲压弯了腰
家家户户的经历大同小异
没有人敢把生命放到旷野去冒险
零落的枝头只把寂寥放大了
花朵落下来才会是花朵

作者简介：

赵晓梦，中国作家协会会员。有作品发表于《人民日报》《人民文学》《诗刊》《作家》《十月》《钟山》等，曾获十月诗歌奖、长征文艺奖、四川文学奖等。

贾勇虎

川西平原之水 (外三首)

四川
文学

作
品
精
选

川西平原着一袭花衣，在水的网络
站出魅影

龙门山派定的长勺，舀起岷江
以三分之一的水给了男人
以三分之一的水给了女人
再以三分之一的水，给了雨雪、桑田与湖滨

由此，川西坝子，五千年
自号"天府""鱼凫"，草木葳蕤
文人说，野火烧不尽
史家说，一方水土
那水的谣曲，就是灵魂

如今，那些三分之一的水
让男人们都淘到了金
让女人都捞到了银
让雨雪、桑田与湖滨，都活成了画

画是大写意：以汤汤之水，饱蘸丹青
偌大的川西平原
像水中出浴的，一个穿花衣的女人

美，是那种滚滚中的纯真
丽，是那种滔滔里的干净

（原载于《草堂》2023 年第 6 期）

看一盘象棋的联想

一张纸，布满硝烟
从第一步，无论是马走日，还是象飞田
所有的战略，都围绕着死与生，强食和掠占

谁在楚河边，演绎万里长征人未还？
谁又在汉界，吟着不教胡马度阴山？

而我，假如是枚卒子
请赐予我大象般的喉咙让我呐喊
在过河前，能回头走走
再拜拜我的母亲，家园？
呵，观一盘棋
这人间戏事，为何总让人如此不安？

（原载于《草堂》2023 年第 6 期）

寒 江

原以为江水始终是热闹的。但实际是
只几枚寒鸦，鸣了几声

一年一度，苇草在岸边死去又复活
冰霜似盐渍，更如抹在刀痕上的祭文
每一根枯草都在警示后之来者
当万倍的读懂死，更珍惜生

热闹处当是垂钓者们的石槛
不幸的鱼们，被钓竿挑起命悬一线
有谁去关怀呢，这些挣扎者
又是哪个鱼族的父母兄弟
或子子孙孙

就这样，江河，像极人世间
湍流，深渊，漩涡……交替延生
"大江东去，浪淘尽……"宋词呵
在这寒江，我不念英雄，只念——
那些鱼儿一般的，民生

（原载于《星星》2022 年第 11 期）

菜园记

家乡的菜园似一部书，收集着
我心里一幅幅童画

爷爷，母亲，父亲当然是画中的主角了
二十四节气，在他们锄板，扁担上流

哥哥的垫肩浸满汗渍，大妹小妹的裙裾
随娘子军万泉河水的旋律，旋
而那时候，我就常常消失

或去牛棚转转
或撒谎做一道作业
逃脱，暴阳下，一场场苦干

四川
文学

作品
精
选

但父亲深谙，这是一笔生死账
一块自留地，撑起了一家
整整十年的菜饭

后来，我们兄弟姐妹都进城了
爷爷离世，冬瓜架就塌了
父亲也走了，菜园整个落荒

"这阳台，要是个菜园多好哇！"
进城后，母亲常常唠叨的这句话
我想，当用凹凸字，印在菜园这书的封面……

作者简介：

　　贾勇虎，又名贾西贝，籍贯四川西充，现居成都。中国作家协会会员、四川省通俗文艺研究会副会长、四川省文艺传播促进会文艺研究院副院长。作品曾发表于《诗刊》《星星》《解放军文艺》《解放军报》《四川文学》《青年作家》《奔流》《边疆文艺》等数十家报刊，出版诗集、报告文学集《绿色风流》《唱响中国心》《诗话中国》《激情与朗诵》等6部。

落叶·大地·大海 (组诗)

本来一片树叶就没有多重

本来一片树叶就没有多重
春日里的落叶
掉到草坪上的时候
比轻还轻。比去年秋天
我所看到的灰烬
都更不为人知

那么多的轻，覆盖了一地
把它们扫拢来装进口袋里
还是轻：这些春日里的遗世者
轻到了可以忽略不计

一片落叶着地的声音

一片落叶着地的声音
压住了整个夜晚的纷乱和嘈杂

一片落叶着地的声音
和一颗星宿坠地的响动，没有两样

火　把

我熟悉一只火把的制作过程：

夏天剥下的柏树皮已经晒干、捶烂
走多少路就拿多少柏皮
适度的捆扎也是必要的

我熟悉一只柏皮火把
照亮的路上柏油所散发出的香

我在前、他在后
我比任何时候都明白
我是身后这个人的儿子
有他在就不会缺少光

他储存了
我一生所需要的光
高高举起！他把他能拿出来的光
一口气都给了我

他怕他给我的光
还不够！
他已经教会了我
如何去制作和点燃一只火把

这些年，每想他了
我就练习这门技术

杂草赋

春日不事清除。今天我要放过的
是花园里的杂草：

让它们
在春风里再长一长

让杂草
也在春风里长一长

说这话的时候
我也是一棵杂草

大地赋

大地最是无辜，每年都会有一些
被占作坟地。坟墓上
不宜再种植庄稼，但可以有野草杂树长出

大地也有幸事：每年都会有一些坟墓
矮到了看不见。那里可以种花植树
也可以什么都不种

观海记

那双手，一再把大海
往怀里送

我抱住了浪花
也抱住了盐

还抱住了
越来越开阔的海面

作者简介：

　　山鸿，1967 年生于四川万源，曾居雅安，现居成都；文二代，受父亲、诗人放牛娃影响走上诗歌写作道路；出版有《与落叶书》，时人以为其擅写落叶，亦称"落叶诗人"。

宋学镰

一片叶子 (组诗)

一片叶子

那唯一的
一片叶子，终于还是掉落下来了
它守在枝头，一直没有黄过
从早，到晚
从秋，到冬
天越冷，它反倒绿得越深

当春天枝上骨朵开始鼓突的时候
它才选择掉落。其实并没有一颗骨朵
催它。
是它自己作别

我赶紧用手机，拍下它
翩翩降临的姿态
当我点开，给小孙子看的时候
他说，是一只鸟在飞

困 惑

一个农民在翻地的时候
翻出好多重叠的骨头。经专家考证

是战国时期活埋的那几十万俘虏的尸体……
惊讶的同时，就想起
脚下，不知还有多少，类似的秘密

我一直相信史书。而史书记载的
多是零光片羽
更有许多上不了史书的
那些

别说上下几千年了。我们甚至困惑于
仅仅几十年的凡人小事之谜
最深的遗憾在于
知道的人，都纷纷死去
而活着的，并不知道过去

江水流

在彭山，每天傍晚
我都要去江堤上步行锻炼
今天因为一些琐事，心中很烦
竟从江堤上，走到江边了
这才十分清楚地看见
水上，并不如我远望时那么干净
也有不时漂来的一些
浮渣、落叶、枯枝、草根
但见江水，以它一贯的澄澈和明静
将到来的，坦然迎接
又一一送它们远去

寻　找

当我知道，地球

只有太阳的 130 万分之一时

当我知道，太阳

只是盾牌座星的 50 亿分之一时

当我知道，太阳和盾牌座星

仅仅是银河系中两颗星子

而银河系在无边无际的宇宙

不过是一个小小亮点时

我真的难以想象，我们，在哪里

我真的难以想象，我，又在哪里

不是我在发问

是"冥冥"在发问

但此刻，我依然写诗

小得不能再小的我，依然要通过网络

寻找那些

还不知道的东西

致碗莲

你居然把碗大的水面，无限撑开

成西湖，成钱塘江，成渤海南海太平洋

铜元大的碧绿圆叶呵。忽然

大如西湖，大如钱塘江，大如渤海南海太平洋

如果我小得能在其中行舟，看到的就是这个样子

再小的叶子，也有一个浩瀚的宇宙

再大的宇宙，也是时间之树上一片叶子

作者简介：

宋学镰，中国作家协会会员。代表作：诗集《生存之门》，长篇小说《灵泉寨》。

何壮远

梦见月亮 （外三首）

昨晚拾了一枚月亮
她说她比我孤独

月亮下面的小竹林
如水般柔软，安静

我拽住通往竹林的那条小径
拽住了那年那月那个夜晚
那个夜晚的那枚月亮

还有，那个夜晚刚熟的樱桃
轻轻地浸泡在泪水里

（原载于《星星》2023 年 7 期）

我拥有一枚最美的水中月亮

一场春雨过后，一树桃花就开了
在一滴雨水里看见你的倩影
思念在黄土高原
天籁般的余音里发芽

把你喻成桃花，是因为
我无法找到一个恰当的修辞

其实这个也不重要，我只是
在你的眸子里徘徊，就这样
悄悄地，悄悄地

我沉醉于这种遥远的熟悉
不敢向你奔跑，怕一靠近
就从你的纯净里跌落出来
再也找不到你
反复咏叹的花瓣

在我的诗句里和你相认
一笔一画都通往你的驿站
想取一个题目，表达
你的清纯，或者其他
但我突然发现，我已拥有
一枚最美的
水中月亮

（原载于《青年文学家》2020 年 5 期）

我拾到了春天最早的一滴雨

踏踏河的杨柳还没伸直腰
岸边那棵樱桃早早地开满了花
我们就在花的细语里
吻哭了春天

妹妹，知道吗
我的心跳里藏着你的心跳
你疼，我也疼

我拾到了春天最早的一滴雨

比你昨夜掉在我怀里的泪滴
还要瘦些

（原载于《青海湖》2022 年 5 月下月刊）

手　术

有人叫我诗人
其实我更像外科医生
解剖他人，也
解剖自己

很多时候
我对着自己的心脏
一刀下去，看不见血

我已习惯别人把我的白天
涂抹上夜的颜色
我已习惯还没闭上眼睛
就收到别人送来的悼词

这世界，与其让别人费心费力
不如，自己给自己的明天
做一台手术

（原载于《星星》2018 年增刊第 1 期）

作者简介：

　　何壮远，诗人，词作家。四川省音乐家协会会员、四川省文艺传播促进会会员、成都作家协会会员，中诗网签约作家。作品散见于《人民日报》《中国报告文学》《星星》《青海湖》《青年文学家》《鸭绿江》《世界日报》《国防时报》《山西妇女报》《劳动时报》《北疆晨报》等报刊。

黄世海

苍老或全新的物象（组诗）

枯叶蝶

当我忘记自己的时候，你在
一本旧书里离别
像当年在茫茫人海中一样
不过那是初识，这一次是重逢
那么，你往昔的美丽呢？
你那翩飞于书本之外
想象文字的舒展与朗读呢？
难道作为生活的标本
就忘记了曾经孕育的美好向往
可我还能找出过去的目光
与你相碰的那一页来
抑或这就是初识与重逢的距离
春天与秋天的距离
在这两个距离之间
我想邀请你，再飞翔一次

燃烧之后

我将躯体的骨头全部取出，支撑起
一片森林
谁在我背后砍伐额头上的根须？

我曾经从火焰中多次走过
将手插入泥土
这燃烧的火，是先人们身上的外衣
是谁，将这些火压进一支猎枪
击落天空的云朵
取来一场大雨，让我的根须陆续发芽
现在，我从一片树叶上走过
是谁，在石头缝隙里
埋下一粒火种
在树的根部规划出一片森林的长势
我将烤焦的汗珠细数珍藏
从骨头里取出一把刀
砍掉四周的杂草，便在火焰熄灭之后
楚楚动人，且魅力四射

与流星擦肩而过

一个陌生人和另一个陌生人
在某一刻不屑一顾地擦肩而过
这样平静，这样匆匆
相向而来，又相背而去
夜晚是平静的
哦不！世界本来就没有平静过
何况是一颗夜晚的流星呢？
世界很大，谁也不会留意
一颗流星的去向
世界很小，无论怎样躲避
有些事总是要在心事里多次遇见

有风吹过

风，穿过一个人的心

然后，吹过山峰、森林、河流的全身
稍有放松，就看到被风吹过的落日
在偷窥我的灵魂。此刻
云，忘记了自己的影子投奔而去
雾，忘记了自己的肉身投奔而去
炊烟，丢下一些油汁紧随而去
唯落叶有自己的想法——
走一段，或再走一段，就停了下来
我，出于礼仪既不投奔也不停下
只是静静地把风声折叠成自己的容颜

（原载于《文汇》2023 年第 3 期）

作者简介：

黄世海，从军 36 载，居成都。中国作家协会会员、四川省作家协会省直分会副主席，出版《潇潇军旅》《云间集》《高低重叠》等诗词集多部。获第八届四川日报文学奖、第四届中国诗人年度诗歌金奖等。

徐甲子

再小一点 （组诗）

再小一点

小，再小一点
小到草、蚂蚁
小到一粒尘埃

再小一点
小到宇宙缩为分子
让世界在分子间打开

小到原子
国与民在此团聚
让朋友和敌人
在此间和解

再小一点
小到核，小到夸克
让生命在小中得到永恒

小，再小一点
直到人类逼仄的内心

哑 石

深入哑石，可见其细腻的纹路
那是一个世界
浑然而成的图案，抑或某种思维
让我徐步而入，并由此
获得新奇的内容

这样的机会环绕我
感触或体验，都不能让我
分解哑石的层次
抵达深厚的内心

岁月把我的面孔雕为石状
沉默压迫着我，低头走过的日子
无法得到阳光的抚爱
一生注定接受风雨的洗礼
而我安然石中
筑巢立家，任由外部雷击电袭

我的本质不改
哑石的本质不改

(原载于《诗刊》2021 年 3 月上半月刊)

静 地

雪野茫茫，无一粒杂色
以寂静之心雪上行走
以我的想象，种植梅树
洁白的雪野，梅树掩映殿堂

——这就是我要表述的静地
果实在喧嚣中沉默
在张扬中思想

置身于森林一般的楼群
我是一只小小的昆虫
过多的声音从耳边刮过
先是尖厉然后浑浊
过多的嘴脸从眼前展开
先是认真而后麻木

这森林一般的楼群
让我时时听到兽的嚎叫
伴着饥饿的目光，蛇们隐藏于花丛
阴谋蓄意在心窝

我已不堪重负，满怀焦躁
开始幻想某一天某一刻
沉重的阳光下，我将舍弃什么？
我将携走什么

——这就是我所表述的静地
唯一的白铺满大地
颜色经过沉淀、漂洗，抵达至纯
就像乳汁暂时还未被世界玷污

（原载于《星星》2021 年 12 月）

桃花的秘密

如同花萼，让香从花蕊间溢出

四川
文学

作
品
精
选

这朵小小的桃花

面颊粉红，恰似少女

从她绽放的那一刻

桃的秘密已暴露无遗

就像邻家的小妹

站在阳台，伸展双臂

将青春放飞

现在，我要对你说出桃花的秘密

这朵含苞欲放的桃花

将香与美秘藏

春风不来，情窦不开

当她恋上春风之时

也在等待心中的白马

(原载于《草堂》2021 年 12 月)

作者简介：

徐甲子，四川省作家协会会员、四川省诗歌学会理事，有诗文见《人民文学》《诗刊》《青年文学》等国内外百余家文学刊物。著有诗集《纸上的时光》《倾诉或表达》，小说散文集《三色堇》。获"第七届中国长诗奖"。另有多首（篇）诗文入选国内外文学选本。

董洪良

为时间刻上纹理 (组诗)

肖像画

我惊叹于那幅木炭肖像画的完美
不是因为笔触松紧和收放自如
也不是画师处理黑白灰的关系
而是那双眼睛的眼珠
那种平和与专注中透出的深情：
因为她挂在墙上，挂在客厅的中央
从而有了一种超出常理的留白
和绝对动人的温情及细节
从她眼里，你可以看见你想见的人

一件工装

周末清理旧物，翻整衣柜
偶然间却翻出了一件老旧工装
发现那是父亲生前留下的
类似于中山装与夹克的混合版
但它仍旧显得平整和庄重
略有七八成新的样子
也不知是否在放进衣柜之前
被人刻意地熨烫过
父亲穿过几次。后来，出席某类

重要会议的我也借来穿过几次
之后不知为何，就被雪藏了起来
而解开工装纽扣的一瞬
我仍旧感受到了它的寂寞
体温，和里面曾经跳动着的心脏
好像它仍在替人挡风
或在雨中踌躇着抽出一支烟
被主人用火柴点燃

喝咖啡

以前喝咖啡，总是喜欢加糖
加牛奶。现在却恰恰相反
慢慢喜欢上它的本味
可仍保持用勺子或咖啡棒搅拌的
习惯。看它们随着手势
搅起那不经意的一圈圈微小
波纹和日子的浪花。然后静静坐着
像对面坐着一个与己相似的人
在品味闲暇和密闭的孤独
却又拒绝与对方眼神交流和聊天
临到喝完之际，还不忘伸出舌头
对着杯壁和虚空舔上几口
似乎那就是某种寂寞的深度
如此，就能把咖啡的本味
和对面之人的苦也一并喝尽品透
仅留下一些杯底残留的咖啡渍
这个唯一的目击证人

为时间刻上纹理

这些年开车回老家

一个人时，总习惯于走高速公路
这样既快捷省时，又避免了
与隔道的车辆发生错车和追尾
在彼此看来，对方的逆行
全都如过眼云烟，与己无关
这样，道路也显得通畅了许多
只有年迈的母亲随行之时
我才选择走时速限定没那么严格
且车辆通行相对较少的国道
为了照顾高血压和晕车的母亲
除了保持缓慢的车速之外
有很多次，竟停在了服务区休息
似要观赏一下这驿站处的风景
并为时间刻上纹理
待歇息停当之后，才又重新出发
而沿途的风景，则像车辆一样
疾行，再无回眸和倒叙

确定有无意义的事儿

竹篮打水的事儿在生活中
会经常发生。它漏掉了多余的水
却不经意间套住了
一些无知无畏闯入的鱼儿
石头打水的事儿，在生活中也同样
经常发生。平行水面时
如果力量和速度足够大而快的话
石头会蹦跶得很远
如遇浪头，它还会起伏颠簸
但石头毕竟划伤了水
最终，它会以沉落的方式

选择与水和解——
"干这种事儿的意义何在呢?"
在没有明确答案的前提下
这样的场景,在水塘、江边和大海
我仍旧看见无数大人和小孩
在玩类似的游戏

(原载于《文学港》2023 年 4 期)

作者简介:

  董洪良,中国作家协会会员。作品见于《十月》《人民文学》《中国作家》《诗刊》《星星》《扬子江诗刊》等刊物。发表中短篇小说《野韭菜》《入村志》《夜战》《环湖无恙》等多篇。出版诗集《嵌骨的爱痕》。

张宏羽

翻译故乡 (外二首)

翻译你的脸庞
翻译一个意象
如此美丽，又如此悠扬

翻译你的手掌
翻译一段流光
如此熟悉，又如此沧桑

我曾经用艾青翻译太阳
我曾经用李白翻译月亮

我曾经用自己翻译断肠
我曾经用自己翻译思乡

翻译春江水涨
翻译草色秋黄
如此四季，又如此寻常

翻译重重高冈
翻译烟波茫茫
如此故事，又如此跌宕

（原载于《中华诗词》2020 年第 8 期）

致加勒万河谷战斗英雄

那是地图上的雪域高原
你走下地图，便是苍茫
步履坚定，丈量
边陲国疆

那是地图上的战甲戎装
你走下地图，便是沙场
化作界碑，阻挡
来犯豺狼

那是地图上的忠心赤胆
你走下地图，便是滚烫
抛洒鲜血，绽放
信仰之光

那是骨子里的使命担当
不屈的灵魂，挺起脊梁
马革裹尸，难忘
你的脸庞

（原载于《中华诗词》2022 年第 11 期）

古　意

月光在练习空竹
寒冷一直送到我的耳蜗
我为这里粉上固定的颜色
说不准，不固定的斑驳

晚钟在练习漂浮
秋雨试图驾驭诗人的墨
我为这里抖落佝偻的枯叶
直到孤独不再向我索取

陌生的味觉成了我的凭证
我是身在异乡的游者
当我光明正大地说出我是倦客
李白的诗，吞了我的归路

其实，是这千年的月
百年的松涛，五十年的楼阁
和我，吞了我的归路

（原载于《诗歌月刊》2022 年第 8 期）

作者简介：

张宏羽，笔名商榷，青年作家、媒体人。四川省文艺传播促进会理事、中国诗歌学会会员。著有诗集《少时餐桌》，诗歌作品散见《诗刊》《中华诗词》《诗歌月刊》等刊物。曾获"2022 长三角阅读论坛"一等奖。

王宁波

家乡春天里（外二首）

雪，好大的雪
葛仙山漫山遍野都是白的世界
李花欢笑、梨花含情
娇羞玉兰，淡淡红晕染玉容
葛仙山这把偌大的琴
弹奏出一曲春天最美的歌

花儿像赶集似的竞相绽放
织出锦绣十里
崭新的农家院落
像是大地上的标点
春风把所有的情感
书写在这片饱含爱意的土地上
这五颜六色的春天
是祖国春天小小的一部分

我爱葛仙山的山水
爱着花园沟的乡情乡味，爱着春天
爱着日益繁荣的乡村振兴
因为我的春天，就在
家乡的春天里

最美的时间遇见最美的您

春天走过龙门山脉
您浅浅含笑，在仙山
停留下来

走过冰川，走过荒漠
走过千万年的寂寞，或许
因为等得太久，您忘记拭去
惊喜的泪水

只为一个前世的约定
今生，您在诗里画里等我。
在落英缤纷，洁白无瑕
怒放着青春的季节，相见

豆蔻之后，花信之前
在最美的时间，遇见最美的您
梨花仙子，您是嫦娥，翩若惊鸿
像一杯醉人的酒，让我在这个春天
找不到解药

我的乡愁，我的油菜花

经过一个冬天的积蓄，
在乍暖还寒的季节里，油菜花开了
向人们展示着春天的到来
故乡的沟边、坎边、山坡、田野……
刹那间被金黄染遍，成了一片片金色的海洋

我爱你，我的油菜花

你没有牡丹的雍容华贵，
也没有幽兰的淡泊优雅
为了春天，你毫不吝啬地盛放自己，
只为心中的一个梦想

而今天，我在桂花街道利济村的田野
看到了，看到了，彩色的油菜花
淡红、浅紫、橘黄、粉红、嫩黄……
微风拂过，阳光下，
彩色与金黄随风摇曳，交相辉映，
格外熠熠生辉，香气袭人

静静站在油菜花旁，闻着花香
我听到了菜籽油流动的声音
就像那一缕土溪河干净的水声
经久不息，默默向前，
滋润了一代又一代的彭人，繁衍生息

哦，我明白了，油菜花
不正像是那一群群乡村振兴的奋斗者吗？
哦，我的乡愁，我的油菜花

（原载于《今日彭州》2023 年 2 月 28 日）

作者简介：
　　王宁波，笔名酡红汉子。四川彭州人，教育工作者，四川省诗歌学会会员、四川省文艺传播促进会会员、成都市作家协会会员、彭州市作家协会副主席。先后有多篇诗歌和散文在国家、省、市级报刊或网络媒体上发表或获奖。

黄　钟

小　雪

小雪无雪（农历十月十八）
风是一匹识途老马
在一棵树前慢了下来
（被岁月劈开又迅速合拢的树）

夜幕升起
兔子洞，定点小餐馆，似醉非醉
给朋友表情，一个红苹果飞旋而来……
小雪无雪
回家。沐浴后缩床上读诗
窗外，东坡踏雪而来
指着便便大腹问：里头是什么？
一剪梅："锦绣文章"
东坡摇了摇头
月亮："一肚子不合时宜"
东坡微笑
——微笑时候，流泪最多

作者简介：

　　黄钟，本名黄忠。诗作见于《诗刊》《天津文学》《四川文学》《诗选刊》等。公益兼职有：《四川诗人》编辑部主任、《泸州文学》杂志社执行主编。

范家成

母爱如水 （外二首）

母爱如山涧清泉
流淌进儿女的心田

母爱如万道霞光
照亮儿女前行的方向

母爱是牵挂的帆
驶向诗意的远方

母爱是祝福的光
筑起灿烂的辉煌

母爱是田间地头升起的明月
母爱是山川丛林间射出的朝阳

母爱是春夏秋冬最美的华章
母爱是人生旅途最坚强的力量

母爱如水
永远滋润儿女们枯竭的心房

明娃子

山间的道路修通的那一天
村里的单身汉明娃子的思想却堵上了

他本能地摇晃着手中的棍棒
想要为自己坚守一块阵地
可是　他的人生之路早已踉踉跄跄
岁月的侵蚀
让很多熟悉的身影在他的世界里
变成了陌生的面孔

脆弱的防守，无力的进攻
明娃子的人生之路
还要稀里糊涂多久

核桃树

推土机碾过老屋
核桃树站了出来
仅凭枯瘦的枝干　枯竭的黄叶
在光秃秃的老宅处飘摇

触摸皱纹密布的枝条
仿佛握紧岁月深处的慈父
刚毅　善良与独有的傲骨
绽放人生中一段刻骨铭心的疼痛

作者简介：

范家成，成都市广播电视台编导，四川省文艺传播促进会理事，成都冰晶文化传媒有限公司董事长，著有散文集《墨者情怀》《时光醉美》。

李明利

春天的行为艺术 (组诗)

春天的行为艺术

叶和花在一起时，那是我与你
在一起的行为艺术，就像日和月
无法同行，我把阳光藏进山里
躲在你黑夜的倩影里，在时间的
某一暗恋处融合你的春意

也许我们是雪和水与山河的关系
水不能漫过山顶，雪不能冷冻成冰
如那一束草为一束花开疯狂之后
在原地归根，像一轮落月汇入太阳
如两位情人瞬间交合献出自我

春风柔情，也狂野

春，随风来了就不想走吗
你的柔情覆盖我的原野，那就一起
去秋天寻一个结果，男人的眼泪
不是刘德华张学友专属，在初春
最尊贵的，是有情人在世风里迷路
静夜聆听你吟唱黎明
我在温柔梦乡，为你搂一曲热舞

像春天发芽逗风的树

我是一片群山逃离寒冬不再积雪
拥一片春风企图吻遍你山脉所有
肌肤，月光为我作证太阳为你煽情
时间是热血淌过身心，你说人生
苦短，能否有三万天岁月，此刻
应把灵魂，凝聚为原野和风
浓缩成爱的熔岩一起潜行

彼此，在心灵相依深邃的秘地
我们弥补时光的断层，你的秀发
是两峰间倾泻而下的瀑布
令我激荡，在芳菲的大自然
像童年嬉戏沐浴于峰谷那条小河
弥漫着冬去春来的馨香

春天也会有落叶

又是倒春寒吗？春天也会有落叶
狂飙过处，在时光尽头
一片又一片的落叶，亲吻土地
唱着春秋落花一样分娩的歌

爱是一片落叶重返深沉大地
回归祖先的家园，在青春目光的
聚焦点，我是一片阳光流落
满载你离别的乡愁
终又轰烈驶入你期待已久
迎春的客栈

我像一叶昏黄的灯火，漂泊在你
寒夜将逝孤独的倩影里，力求撩拨
你血色的长裙，撞进你深情的土地
像你泥土里的精灵，在月夜里
做白日梦寻找光明，同金色神秘的
种子一起，入住你春天的子宫

（原载于《蜀本》杂志及《星星》诗刊）

作者简介：

　　李明利，四川省文艺传播促进会常务理事、四川省作家协会会员、中国诗歌学会会员，《四川诗歌》编委会副主任。作品散见《飞天》《星星》《诗林》《诗刊》《中国作家》等百余家报刊。

何　生

桃红又见一年春 （组诗）

四川
文学

作
品
精
选

枕着时光做一个龙门桃花的梦

这里是灵魂栖息之地
这里生命之花长开
尘嚣远去、暗香浮动、安谧如洗

龙门沟——桃红李白艳笑如仙
禁不住心旌摇动、狂飙唾液
谁能抵挡美的诱惑？
绚烂的花之江梦之江来了
将身子倾斜成河流的深度，用唇
催开花蕊，在花花世界里
轻轻啜饮，阳光与诗的远方
碰撞交汇，这一瞬间
眉梢下绽放出甜蜜的惊喜
全身的细胞，立刻弥满
妙不可言的气息，这就是
"灼灼其华"被灵魂的一次次深呼吸

桃花的氤氲带走离愁
轻音乐缭绕着曲水流觞的诗韵
枕着时光做一个龙门桃花的梦

美丽的青鸟衔着福音
从蓝天白云的青白江中跃出

你披着桃花雨远去

猩红的桃花在风雨中颤栗
每一缕雨丝都浸润着芳菲
每一片花瓣都蹁跹着痴情

在烟雨桃花中相拥而泣
融化在悲欣交集的梦里
眼帘挂着雨丝，心似桃花颤栗
时空在此刻凝固，世界仿佛不存
辨不清虚幻抑或真实

风把这一刻定格为人生的渡口
相聚是遥遥无期的别离
你披着一身桃花雨远去
如孤帆消逝天际，而我在桃花雨中
茕茕孑立，青春烧成时间的灰烬

无须面向苍穹高歌，一朵白云下山
记忆埋葬多少风尘，流水带走多少离恨
唯有，诗雨中颤栗的桃花
来自你的眼神，浸润着芳菲的雨丝
久久在一棵老树的灵魂深处飘飞如血

人面桃花被晨光点燃

是春的嘱托
是诗的召唤
抑或，上帝种下的机缘

经过一个润物无声的雨夕
悄然绽放在一夜之间

惠风里一片欢呼
惊散了嬉戏的鱼儿
惊醒了梦中的玉兰
积累了整个冬季的激情
顷刻被晨光点燃
化作繁星万千

翠柳摇曳着记忆的柔丝
鸟鸣在枝头滴落往日的悲欢

岁月蹉跎磨不尽青春的棱角
荷尔蒙快要烧成骨灰还在呐喊
莫放弃每一个幸福的瞬间
不老的心是永恒的春天
人面桃花是一个没有结束的故事
爱情的主题不会改变

（此组诗于 2019 年 3 月在第三十四届桃花诗歌征集活动中荣获三等奖）

作者简介：

何生，外科教授，博士生导师，诗人，中国诗歌学会会员、四川省作家协会会员、四川省诗歌学会会员、四川省文艺传播促进会名誉理事。出版诗集《柳叶刀之歌》《古韵新声》《柳叶刀镌刻记忆》《剑锋留韵》四部。有多首诗作在刊物发表。

四川
文学

作
品
精
选

邓万凯

成都之春

之 一

杜甫草堂的春草还在地下萌动
春熙路的姑娘们已披上了春纱

敞开心扉
一任春风潜入
与春心诉说一冬的等待

之 二

锦里的春卷
包卷了成都初春的全部味道
一口下去
春暖立来

之 三

春节前夕
李宇春回来了
她走到哪里
哪里便是一片春春、春春的叫声

之 四

为什么成都的春雨
总爱 "随风潜入夜"
因为春姑娘常在夜里
呼唤他的名字

之 五

蓉城的一群诗人
跑到城南新津
与春姑娘饮酒吟诗

书画家们吃醋了
泼她一脸五色重彩
书她遍体狂草青藤

春姑娘羞跑了
留下一年四季的花舞人间

（获 2018 年四川省文艺传播促进会 "走向春天" 有奖征文二等奖）

作者简介：

邓万凯，四川江油人。四川省文艺传播促进会理事、四川省诗歌学会会员，成都新津政协五津书画院副院长，高级经济师、会计师。发表文学作品及经济论文数百篇，多次获省级以上奖励。书画篆刻作品参加大陆及台湾地区各类展出三十余次，大量作品被相关部门、企业家及爱好者收藏。

余方东

家乡的山泉 （外二首）

野杜鹃花自视很高
在家乡的天台山
一度葳蕤，与从前的山
从前的庙擦肩而过
那年穿碎花裙的小妹
像极了旋转的含羞草
每到七八月份
就心念念靓得发紫

她只笑不说
不能让何家祠的煤渣
再钻进嘴，她想说
过去的事我最知
四月里，午后的风有倦意
眼一闭，耳还聪慧
在谢家坪，只要
我的心一静下来
就会听见山间的泉水
在喊我乳名

人可如木

强力的摩擦
达到了木质燃点
木，自己就燃烧起来
燃烧还散发香
阵阵的幽香，历经
炼狱，依然奉献

烈火点不着意志树
顶天立地数千年
似钢，又赛钢
纹理密集，刀劈
斧砍不进，火攻
燃点又特高

可以修身，化菩提
禅坐，一朵莲花
映衬起袅袅的烟火

烈火点不着智慧树
含蓄，默默地爱
蓄积一身的心泉
遇火，遇灾，一碰触
就挥洒出情感甘霖

我欣赏每一棵智慧树
特别的木，特别的香
很滋润，给人以赏心悦目

树，站着时顶天立地
暗送幽香，躺下后
不乏精彩，加以剖析
更香，可为材
蕴含价值，可为薪
与人温暖，人可如木
无论横竖，心香不断

（原载于 2022 年 9 月 1 日《华西都市报》）

母亲是一座山

我明白，原来我是
从阵痛中走来，同时
发出过无知的哭喊
我的哭闹虽情不自禁
却无理地挤占了
母亲的心田

在母亲的心田中生长
在母亲的心田中圆满
而我成长的分量
又悄无声息地
把母亲的脊背压弯

其实，母亲是心中的一座山
脸上的皱纹就像大山的褶皱
我不经意，总是沿着褶皱登攀
一直追寻着风光无限

我渐渐地发现

母亲已像风化的山峦
总是让我平生暗沉的慨叹
恰好，触动了我心尖的柔软

我担心，大山的褶皱不断增添
我担心，山顶会刻画层层的雪线
我不舍，大山的青春神采
更不愿，大山留给我无尽的思念

（原载于 2022 年 9 月 1 日《华西都市报》）

作者简介：

　　余方东，诗歌爱好者，四川省文艺传播促进会彭州市办事处副主任、四川省诗歌学会会员、四川省三线建设研究会彭州市分会秘书长、彭州市作家协会理事。

王方强

城市边缘（组诗）

都吉雅

像一只孤独的羊
行走在北方某座城市
洁白的都吉雅
是草原上美丽的云

那个北方冬日的黄昏
都吉雅一身洁白
围着一条白围巾
在厚厚的积雪上
领我寻找　寻找遥远的魂灵

直到朗朗晴空下
看见都吉雅失望的眼神
我不敢把她带到梅雨的南方
我害怕把都吉雅的忧郁加深

这个冬夜

我在空调里适应气候
和母亲爱人朋友
围着火炉的日子已远去

与寒冷一同生长的雪和梅
给我永远的感动

我知道　再深的感动
也穿不透寒冷
我感动的分量再重
却也轻如泪水
我明白　在灯光和阳光下
狂欢的人们
也在讴歌雪和梅
带着真情抑或假意

我只是还有一丝丝的忧伤
为雪和梅在暖意中的谢幕
一个化为沧海一粟
一个落花为尘

城市边缘

在城市边缘
我的心裂成两瓣
一瓣挂在城市左边的立交桥
桥上一个接一个的铁罐头
把空气压得很窄

为一片面包　一壶小酒
我站立　坐下　或奔跑
这瓣心里
放着一支唱不完的城市歌谣

另一瓣挂在城市的右边

在坑洼不平　脚手架　粉尘泡沫中
去吃一个土鸡蛋
去饮一口甘冽的井水
去摸一摸最后的土地
我坐在失地农民的摩的里
来回飘摇

在城市边缘
游走着许多不安的灵魂
在城市的左边和右边
心的这瓣和那瓣

（除《城市边缘》发在中国诗歌网外，其余均原载于《草地》2004 年
5 期）

作者简介：

王方强，四川省文艺传播促进会彭州办事处主任、四川省诗歌学会会员。作品散见《四川文学》《青年作家》等文学期刊。出版有诗集《最初的诗稿》。现任彭州市文联副主席、彭州市作家协会主席。

龙润莉

行走的笔记（三首）

四川
文学

作
品
精
选

汉唐的风从葡萄架下掠过

七月流火，而六月
一颗星辰正在天上孤独行走
我们坐在葡萄架下
将大漠的风沙从味蕾开始品尝

这是梦里念了千遍百遍的阳关吗？
这是在春风的边缘
在月亮的边缘，在思念的边缘
苦苦徘徊的玉门柳影吗？
哦，茶、歌、舞和围炉边的西瓜
正闪亮人间的烟火

时间是飘走还是凝固了？
一支羌笛从心底悠悠响起
我抬起头
远方的骆驼刺绽放出漫天星辰
汉塞墙的残垣吹响了鼓角
这一刻
天留下日月，佛留下经
人留下酒杯

向北有雨

天和地的界线在哪里
一句"下土了"
让异乡人惶恐又新奇
抬起头来
那从天上落下来的
不是雨，不是雪
也不是充满乡愁的柳絮

漫漫沙尘里
昏黄春晚时
一棵白杨探出头来
向天空寻找另一棵白杨

祈雨、盼雨、思雨
一路往北
住在我内心的神灵
就越发双手合十

而此际
给西南的亲人发去信息
晚熟的春天
有雨有花有湛蓝

仲夏隐语

巷陌通幽，更通向市声悠悠
从另一种心情的城市里逃出来
辣椒鲜红、韭菜青绿
水淋淋的夏天，在菜市上

把生活的味道一一闪现

火烧云也发出了橘红的共鸣
点灯的星星到哪里去了？
我笑而不言，伸出手
牵着自己的影子
从烟火人间里款款走过

（原载于《诗文八拍》2022 年 6 期、2023 年 4 期、2023 年 6 期）

作者简介：

  龙润莉，四川省文艺传播促进会会员、四川省诗歌学会会员、成都市作家协会会员、成都市武侯区作家协会会员、成都市朗诵艺术家协会会员、四川省硬笔书法协会会员、金牛区书法家协会会员。

袁继伟

拜读岁月

时光骏马，是远方的逐梦者
任凭山崩的石头砸向它的后腿
任凭地陷拖拽它的缰绳
谁也无法阻挡，它恣意地狂奔
无须揶揄岁月的无情
无须谴责时光的无义
抑或沧海变桑田，桑田变沧海
不过是自然一场场
风花雪月的轻描淡写
亦可以解读为，宇宙的
一次次任性的游戏

我站在时光的斑驳处
聆听花开的声音
聆听春华秋实五谷丰登的声音
聆听街道陌巷园林闹市熙熙攘攘的声音
尤难忘，地动山摇
那些坚守废墟的勇士
尤难忘，洪水泛滥
那些英雄大爱的脊梁
一声声唏嘘叹息
逝水流年，潜伏着一页页

亦冷亦暖亦险亦恶亦悲亦喜的风情

拜读岁月，听时光的音响
时而静好如一泓碧玉的镜湖
时而咆哮似一条湍急的河流
翻手莺歌燕舞，覆手腥风血雨
时而显神，时而魔幻
看！海底翻腾怒火，晴空轰炸霹雳
试图警醒尘世的纷争
而邪恶之手，布下一个个罪孽的坑
荼毒人间，满目疮痍
时空隧道充斥一片浮光掠影
福兮祸兮，相偎相依
那些难以追述的久远的童话
关闭一场大梦的回音

拜读岁月，遥望时间勾勒的背影
变形的指尖触及我染霜的鬓
有的路，走着走着就断了
有的人，走着走着就没了
也许，唯有精神与时间抗衡
有的人死了，却永远活着
活成人们心中启明的英雄
也许，只有季节的轮回
缠绵时间的婉约
然此季似彼季，此季亦非彼季
犹如古希腊哲人赫拉克利特名言
"人不能两次踏入同一条河流"
时间，这冷漠的老者
已悄无声息地偷窃我的大半生

一朵落花飘零坠地

时光荏苒，且行且珍惜

（原载于 2022 年 12 月北京《诗与远方》平台）

作者简介：

　　袁继伟，四川省文艺传播促进会会员、自贡市大安区作家协会常务副主席、《龙乡文学》副主编。已出版个人诗歌专集 2 部及合集 1 部，作品入选《中国民间短诗精选》等多种选本。

晨　叶

比肩而立（外三首）

四川
文学

作
品
精
选

时间，越堆越高
让人们去攀爬
其实就是一座塔

朽木发出新芽
从云缝中露出淡淡的光来
树把溪流当作它的茎
我把树当作我的根

树是土地伸出的手臂
把我高高举起
与一只鸟比肩而立
然后山色
驮着我走下山去
像儿时，父亲的脊背

（原载于 2023 年第 8 期《诗选刊》）

夜归的牧马人

真正的缰绳是一株草
在牵着马群走。新踩出的路
弹响琴声

马背上驮着的日子

一片片飘飞

塞满黄昏。星光把豆子撒进草丛

狂风咀嚼露珠的光芒

帐篷在远处低头啃着青草

远山奔腾回归的骏马

沿途脱掉衣服散落成湖泊

套马杆紧紧握在手上。套住的

爱情十分温顺

怀抱一只刚出生的羊羔

（原载于 2023 年第 8 期《诗选刊》）

坐在石头之上

石头的硬度

往往都是由水娇生惯养的

石头与石头的碰撞是互相打磨

纹理，是把河流放在了心里

坐在石头之上

除了看山看水，就是闭目沉思

石头不是莲花，我也不是观音

石头就像我经历过的往事

现在理起来却毫无头绪

坐在石头之上

用肌肤感受石头的脉搏

就像落叶坐在流动的水面

去寻找一棵树的亲人

（原载于 2022 年第 1 期《中华风》）

路 过

说雪花从冬天路过
那你纯粹不知道雪花的身世
每一片雪花都在寻找祖籍
时间实在仓促，步履才那么蹒跚

你从雪地上路过
还趴在地上与雪花照了合影
雪的度量容纳了尔
她也把你视为亲人

雪的孤独只有蜡梅知道
一根树枝架起沟通的桥梁
两种不同色彩的花，结拜为姊妹
一个在站立，一个在飞翔
心都有磁性
我从花树下路过，梅在喊我
雪来接我，我感到，家离我很近

（原载于 2022 年第 1 期《中华风》）

作者简介：

晨叶，本名陈业，四川省都江堰市人。作品散见于《诗刊》《星星》《诗林》《诗歌月刊》《诗选刊》《绿风》《散文选刊》《中华辞赋》《青春》《中国诗人》《散文诗》《神州文学》《中华文学》《中华风》《解放军报》等报刊，多次获国家级、省市级奖项。出有诗集《折叠的情思》。

彭怀明

诗五首

在海南三亚湾

海南　三亚湾
多年想去的地方
我爱海滩上干净的沙粒
还有淡淡腥味的海风
太阳是温暖的
海潮是欢快的
海风带走我多年的疲惫
让我洁净的灵魂
依然被蔚蓝的海水容纳

游杜甫草堂

活在乱世
被生活碾压的孤独者
从未丢失同情和呐喊的诗笔
我看见成都那年的冬天
寒气逼人
朱门酒肉臭
路有冻死骨
这是一个时代的悲哀
也是你终不能释怀的痛点

当我从历史回到现实
从杜甫草堂走回太阳光下
万千广厦早为民众遮风挡雨
诗圣留下的爱
温度一直未散

小酒馆

小城尽头的小酒馆
月光洒满窗前的小酒馆
篱笆墙上牵牛花蓬勃的小酒馆
一支笛子中情意绵绵的小酒馆

城市长大中即将拆迁
消失的小酒馆
那些英雄气节的故事
只好移驻心房
尘烟中佐酒细说
一样惊心动魄
一样铁骨铮铮

分　手

你走了也罢
却拿走了我的心
我在寂静的城市行走
寻找疗愈我内伤的诊所

只有远方的星辰能够点亮
我情感的黑暗
只有天边的彩霞能够

拥我入怀
如此明亮、温暖

在双沙小镇

桃红李白菜花黄
上天的调色板
借着春光泼洒
山川有了灵秀
大地有了灵气

春播已完成
芦笙曲曼妙
咂酒舞悠扬
等到秋收再举杯
深深的祝福
献给邻里乡亲

（原载于《中国艺术报》2023 年 7 月 26 日）

作者简介：

　　彭怀明，四川泸州市人，泸州市作家协会会员、泸州市诗书画院会员、四川省作家协会会员、泸州本土文苑会员，出版有《半瓣集》。作品在《四川文学》《西南作家》《泸州文艺》《泸州作家》等报刊发表。

邓 平

大　雪 (外三首)

我在南方想象北方的大雪
节气转动到二十一
世界的那边是否正天外飞花
那些与梅花劲舞的精灵
从来不属于这尘世

屋外，父亲的柴火
从小烟囱里冒出婀娜的白烟
鲜肉正在烟熏中变成腊肉
父亲从送柴火的炉子前抬起头来
皮肤仿佛也被烟在一转眼间熏成暗黄

德国民歌从远处飘来
过完了漫长寒冬
阳光已普天照
这冬天也会很快过去吗
突然有些不忍时间不断地向前

是谁画出了这二十四节气表
世间万物就在表中不停地画圆
春生、夏长、秋收、冬藏
如果一定要为每个生命画出一个高度

四川
文学

作品
精选

那条抛物线最终也会像雪花融入尘土

（原载于《散文诗世界》2022 年第 12 期）

执手或老去

岁月的剪刀
剪出你花样的容颜
剪出红绣鞋
剪出牵起你的手的另一只手
这是你的人生的又一个开始

你试着用别人的姓氏
甚至在成为墓碑的时候
你习惯了毫无思想的跟随
将自我忘了再忘
你到底是谁

执手像誓言一样绚丽
在长满青苔的岩石上居然能开花
而它又像谎言一样
总是让盲人或聋子产生幻听
于是你的故事竟然曲折动人

当岁月的剪刀
剪出你深深浅浅的皱纹
剪出你干枯的手
与另一只同样干枯的手
执手老去的还有你纵水宽歌过的心

（收入 2019 年《四川诗歌年鉴》）

春 归

春总给人期盼
去向一条撩人的乡径
墨玉绿　孔雀绿　新芽绿
绿成玉中的飘花
或葱郁成春潮
极目尽是起伏的山野
暖风和阳光
时间如水经过了我们
还有这春酿

春燕划过长空
在点水而过的池塘梳妆
惹得水光微澜
春归
不管是等春来还是寻春去
我们都会迎面相遇
满怀生香。
纸鸢又摇动了曼妙身姿
带去风的消息

天穹慢慢升高
万物都开始起舞
而我们推开了掌心的河流
企图打开一朵桃花
听她柔软的气息
春伊始
过往在季节的起点归零
去燃烧生命中的执念
永远偏向辽阔

夜

夜降下黑色的幕
灯光从一扇又一扇的窗户里扑来
呼唤走失的人

那些隐藏在密林深处的鸟的酣眠
轻微地落在夜色边缘
掀起一颗又一颗渴望飞翔的心

夜的心湖
早已被白天投下天光和云影
它在时间的流淌中辗转反侧

黑夜让湖水有了最明亮的眼睛
它轻盈地掠过一堵老墙
和骤然加速的心跳

等到芦花轻扬的黎明
或许
它又将睡去

（原载于《青年文学家》2023 年第 7 期)

作者简介：

　　邓平，小学教师。中国散文学会会员、眉山市诗歌协会会员。作品散见于《星星》诗刊、《中外文艺》《荒原》《青年文学家》《散文诗世界》等刊物，有作品收入《诗家》《四川诗歌年鉴》《东坡光影里的山水》。

冯啸波

梨花之春 （外三首）

乍暖还寒中为高处低处
有信仰　无信仰的灵魂
点亮一树千树万树心灯

不高蹈到天上
白云朵朵
自在逍遥
不雪花飘飘放下身段、匍匐
遮蔽阴谋阳谋同谋
好像人间什么大事也没发生

对佛的坍塌和重塑淡定
比如同一座方山上黑脸观音
衰与兴都梨花见证

不种篱笆、不筑墙
容玉兰、樱花、李花次第开放
已不嫉妒蜗居的桃花夺主喧宾

梨花和诗人
阳春三月走油菜花金地毯
结婚

青花瓷

青
就是蓝

天蓝
海蓝
将天和海
揉在泥巴里面

水秀
山青
泥和水缠绵不分
陶土有魂有灵
在动态中受孕
在旋转中雏形

风清月白太阳明
母亲的乳汁
八千年
育陶润瓷

涅槃千回的华夏
不偷天火
不抢海伦
钻木取火
从古至今
用泥巴和火
泥巴和火的图腾
——青花瓷

传递、引领世界文明

端午——屈原

大小江河
因你的轻与重
年年水落水涨

楚魂、诗魂、国魂
庶民、苍生、沧桑
"天问"不问伟大与不伟大的君王

祖国、只有祖国
地久天长、我和你
年年月月天天、水落水涨

鼓声铿锵
十四亿人划桨
中国龙飞翔

泸州市花——桂花

一周毛毛雨
洗尽夏日烦恼
闷热消解
蝉闭嘴闭关

市花不打油纸伞
不着旗袍
彳亍雨巷　一路芳华、满城芳华

滨江路十里小叶榕醉香醉氧

东倒西歪、千姿百态
农历八月初五
与一夜盛开的桂花互动街舞

作者简介：

　　冯啸波，诗人，四川省作家协会会员。平生酷爱书籍、诗歌、武术。曾在辽宁省沈阳铁路局、四川省泸州市中医医院工作，后任泸州市泸窖一厂厂长。已出版诗集《爱的囚徒》《啸波诗选》《酒胆诗魂》《醉酒探戈》。

月亮升起来了 (外一首)

月亮升起来了
越来越高，越来越圆

思念飞起来了
从心灵起飞，越飞越远，飞向牵挂的人

明月高悬，照亮每一条相思的路
月光柔美，抚慰每一颗相思的心

夜不再浮躁，虔诚地拥抱中秋明月
心门一扇扇打开

一个个牵挂的人走进来
一颗颗心靠近，重叠
浸润在情愫里，缠绵在月光中

万马奔腾

有一种声音
远远的，远远的，你就能听到
仿佛来自天边，来自远古
让人产生无穷的遐想

有一种节奏
由马蹄奏响，急促而紧张
在旷野回荡
也让人心潮倒海翻江

有一种旋律
激越而高昂
在草原弥漫
在蓝天飞扬

有一种奔跑
身后会出现火烧云景象
那绚丽的色彩，那落在马背上的阳光
让骏马精气神凸显，也令草原霞光万丈

你看，万马奔腾，势不可挡
那雄姿、那速度、那力量，摄人心魄
我想，徐悲鸿笔下的千里马
应该就是这般模样

这，就是祖国的大草原，一望无际
这，就是牧民生活的地方，秀美而空旷
这，不仅是骏马奔驰的天堂
也是我心中的诗与远方

作者简介：

　　雪枫，本名叶学锋，樱花岭诗社副社长，媒体人、企业法人、主编、教师。中国诗歌学会会员、中华诗词学会会员、中国楹联学会会员、四川省诗歌学会会员。上百首作品入编国内外书刊，部分作品被中国、英国翻译家翻译成英文传播到国外。

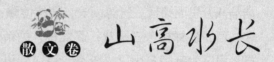

散文卷　山高水长

— 四川文学作品精选 —

何开四

三国源赋

三国文化，天下之奇观也。岁月不居，悠悠两千载而影响；流风所被，浩浩八万里而播远。气势恢宏，精核博赡；义理深厚，包罗万端。唐三千，宋八百，歌舞楼台三国戏；武侯祠，关帝庙，高风亮节天地间。可以安邦国，可以为商战；可以兴外交，可以善谋算。嗟乎，一物而兼众美，求其正，溯其源，则非陈寿之《三国志》莫属焉。

夫陈寿者，古巴西安汉即今之四川南充人也。幼承庭训，饱读经史，腹有诗书气自华；取法乎上，师从谯周，神骛史乘情转清。巴蜀俊彦，国之鸿儒，两度入仕维国祚；耿介之士，激浊扬清，屡遭谴黜心自雄。嗟乎，陈公本色是良史，如椽之笔写丹青。考《三国志》之撰述，综百家之品评，其赫赫功绩，余以观之，盖有四焉。

公正无邪，高瞻周览；光明正大，古今其范。三国春秋乎汉晋之间，首尾相涉而垂及百年。世事沧桑，枭雄并起于朝野；风云色变，万象纷扰于大千。慎思明辨，秉笔直书；谠言公论，起伏波澜。入晋为仕，志曹魏而不废蜀吴；心怀故国，书蜀汉而无愧于天。虽有隐讳而不失实录，褒扬善声而无弊端。言魏武雄才大略而严乎言必有证，评先主弘毅宽厚而薄于干略机权；论吴主勾践奇英而失于性多嫌忌，状诸葛奇才善治而短于将略应变。不虚美，不隐恶，不徇私，不妄言。千载回眸看三国，文义典正昭史鉴。此其一也。

一己之力，私人修书；千秋信史，至伟其功。焚膏继晷，殚思极虑，不坠青云之志；心忧天下，发愤著书，绍续司马遗风。探幽索微，刊缪钩沉，整合残篇断简；腹笥宏富，语无虚发，精审时贤文存。尤慨蜀无史职，灾祥靡闻，修史之难，存乎一心。检《益部耆旧传》等旧著，亦复勘踏见闻于世情。一丝不苟，孜孜矻矻，拾遗补阙，取精用宏。皇皇六十五卷，鼎鼎三国风云。而旁及经济文化科技，远涉乌丸鲜卑东夷，咸扫而包之，珍稀史存。此书既出，为时所重，万家传抄，朝野轰动。《阳秋》《魏略》之属，《江表》《吴录》之类，或疏阔而寡要，或湮没于无闻。尊列前四史，比肩迁固名；优胜劣汰，信史之功。此其二也。

分见三国，通观一体；勇于创辟，意蕴深沉。承纪传体之余绪而尤重合传；得国别体之精髓而张光含弘。后之因其体，仿其例而撰述者，多见史乘。识量器局，远迈前人；独出心源，发唱惊梃。志三国之分，互不统属，正朔纲纪各别；言历史潮流，三家归晋，天下一统为宗。辞多劝诫，明乎得失，有益风化，惟千古之定评；治国经邦，运筹帷幄，集成谋略，乃智慧之结晶。兹以《蜀志》为例，以衍其情。刘关张之君贤臣忠而义薄青云，诸葛亮之治蜀有方而风纪肃然，皆名著百世而深得人心者。此其三也。

工于叙事，文质洽辨；人物鲜明，栩栩如生。其行文也，言近旨远，陈述直质，以一当十，惜墨如金；文采潜于素朴，简约不失风韵。无繁芜重出叠床架屋之弊病，有大道自然天然去雕之希声。其传人也，刻画入微，性格各异，情节跌宕，写照传神。大凡君主之威仪、名士之风雅、谋士之折冲、武将之彪悍，咸历历跃然简册，昭昭立于丹青。虽历百代而音容宛在，风靡四海而乐道津津。而千秋为典故为成语而脍炙人口益人神智者，数以百计，亦陈寿之大功于汉语焉。此其四也。

凡此四端，亦其书之一斑也，焉能概其全哉。厥功千古，风华百代；卓立史乘，良有以也。后裴松之之详注，三国史之研习，罗贯中之《三国演义》及三国文化之流播，皆以之为圭臬，承其绪，扬其波，而其源盖出于陈寿之《三国志》也。本末之辨，源流之分，判然若是，不言而明。或曰，名实之辨，实先名后，名实相符，名副其实。无三国之实，何三国之志，何三国之源哉？斯亦腐儒之论，迂阔之言也。三国之实，历史之实也。悠悠岁月，逝者如斯，"清景一失后难摹"；历史湮没草野，后人岂能复见。端赖良史存其真，传其后矣。人者，符号之动物也，钱锺书先生识其堂奥，有"未名若无"之论。名者，符号也，文献也，史乘也，学术之范畴体系也，人类认知大千世界之重要津梁也。实之固在，然无名以命之，则思之何由，识之何从，而实安在哉？陈寿之《三国志》乃以名副实之翘楚也。三国之源，万古流芳；陈寿业绩，百代彪炳。

世纪嘉年，岁月流金；阳光何灿灿，大地何欣欣。西山逶迤，万木葱茏；游人如织，共仰高风。万卷楼高，松涛声声，依稀良史诵读时；陈寿故居，小桥流水，仿佛三国源头深。安汉古邑，人才辈出，伟人将帅，光耀汗青。其三国之源流乎？其自古江山不负人乎？余不得其解，冀当代之良史诠释焉。

作者简介：

何开四，中国作家协会会员，先后任四川省作家协会副主席、《当代文坛》主编、四川省文艺传播促进会会长，曾为"茅奖""鲁奖"评委。创作及评论涉文学文艺文化多领域，获奖项多种。

四川
文学

作
品
精
选

徐建成

塑造巴蜀英烈的鲜活艺术形象

——我的读戏与写戏

是在 2010 年，由成都市文化局分管领导、著名剧作家王爰飞提出：为庆祝中国共产党成立九十周年，成都艺术剧院所属曲艺团要打造一出创新剧目——金钱板音乐剧《车耀先》。金钱板是深受四川和西南地区人民群众喜爱的曲艺品种，其代表人邹忠新老师是中国曲艺终身成就奖获得者；我其时已应聘为成都市文化局创作策划中心创作员，30 年前（1980 年）曾与邹老师合著过长篇金钱板《岳飞》，因此，便主动请缨，并与剧院正式签约成为这个剧的原创作者。邹忠新老师也被聘请为此剧顾问。

车耀先是红岩英烈，曾任川军团长，以餐馆"努力餐"老板的身份进行抗日救亡宣传活动，还创作过金钱板《大战平型关》，是中共四川地下党军委委员……他的故事可歌可泣，他的精神感人至深！那时，我对这个戏的创作成功充满了信心。不仅是因为我业余写作了近半个世纪，还因为我在近半个世纪前，就接触过一批经典戏剧，特别是题材与《车耀先》很相近的阎肃先生的歌剧《江姐》，剧中的唱段我至今仍能背诵……

是在 1963 年，我还是初中三年级的学生。某日，购得一本《诗刊》即被刊于头条的歌剧《江姐》歌词吸引住了："看长江战歌掀起千层浪，望山城红灯闪闪雾茫茫。一颗心似江水奔腾激荡，乘江风破浓雾飞向远方……"那时，早已读过小说《红岩》，还看过根据小说改编的川剧《红岩》，对江姐的故事自然很熟悉，但这种能让我捧于掌心品味吟唱的歌剧唱词仍以它特有的艺术魅力深深地打动了我少年时敏感的心灵。一读再读，好些唱段都能背下了，便感到一种不满足，便得陇望蜀地想读到歌剧《江姐》的全文。数月之后，在我下乡插队前夕，竟然有幸在一家书店里翻阅到了刊有歌剧《江姐》全文的《剧本》月刊，当即迫不及待地掏出仅有的几枚硬币和一角纸币，购得《剧本》，匆匆回家如饥似渴地读着、吟咏着……

下乡插队时，自然带上了我当时已拥有的几十本书。读书与饮茶不同。饮茶倘至五六道水，茶味便越来越淡，乃至失却了茶味。而读一本你喜爱的书，往往是读的次数越多，书味越浓，越读越有新的认识、新的感悟、新的收获。

初读《江姐》仅醉心于歌词的精美，音韵的铿锵，而再读《江姐》便与读过的别的诗文挂上了钩。比如江姐的唱段"春蚕到死丝不断，留赠他人御风寒。蜂儿酿就百花蜜，只愿香甜满人间"分明就是从李商隐的《无题》——"春蚕到死丝方尽，蜡炬成灰泪始干"脱化而来，但立意却高了许多。再如江姐眼看丈夫彭松涛烈士的头颅被悬于城门，却不能失声痛哭，及至见到双枪老太婆时，老太婆唱道："孩子啊，千重苦万重恨莫压在心头，当着我亲人面有泪尽量流。我和你发不同青心共热，甘共同尝苦同受……"其中后两句也分明是从田汉的《关汉卿》中关汉卿的曲子"我和你发不同青心共热，生不同床死共穴"衍化而来。如此读《江姐》和别的作品，便读出了传统文化对当代文艺的影响，感悟得到一条源远流长的中国文化长河……

一日，与我同队的知青岳莽娃向我借去《江姐》。是夜，莽娃读了一会便下楼去"方便"，及至他归来欲再读，夜风卷书页，油灯不识字，已将这本《剧本》烧去大半，刊于卷首的《江姐》已一字无存。所幸者，尚未引起火灾。我串队归来，得见此剧残骸，虽无泪，却也难受了许久、许久。好在全剧我已大体背得，也就只能常以默背此剧片段的方式，向此部经典歌剧致敬！

面对采访和搜寻到的厚厚的有关烈士车耀先的资料，我从少年时读《江姐》的回忆中回到电脑前，全身心投入到了金钱板音乐剧《车耀先》的创作之中，在成都一处著名的景点："街子"古镇的一家客栈里。

在剧中，我将车耀先和罗世文这两位红岩英烈安排在少城公园（即今人民公园）保路死事纪念碑下接头见面——

［车掏出怀表看时间。示意崇英离开。
［崇英骑车绕场、下场。

[罗世文上场。

罗世文　九天开出一成都，

车耀先　草色遥看近却无。

罗世文　千秋雪窗含西岭，

车耀先　万里船门泊江湖。

罗世文　我从延安回到巴蜀，

车耀先　我在寻找生身慈母。

罗世文　母亲要我来见你这个好儿子，

车耀先　我有满腹话儿要对母亲倾诉。

罗世文　我是罗世文，带来了母亲对你的嘱咐，

车耀先　我是车耀先，在成都开餐馆长期潜伏。

罗世文　耀先同志，你辛苦了！经中共中央批准，我代表中共四川省工委宣布：恢复车耀先同志党的组织关系，由我和你单线联系。

车耀先（唱）

一声同志三冬暖，

孤雁归队春又还。

入党九载风浪险，

潮涨潮落扬征帆。

想当年汉州兵变红旗展，

策反了川军两个团。

车耀先潜伏成都开餐馆，

与组织失去联系五六年。

黑暗中我点亮心灯一盏，

要学那苏武牧羊北海边……

人只识努力餐厅车老板，

无人知我本是共产党员。

罗世文（唱）

共产党员英雄汉，

孤身潜伏志更坚。

留得青山水不断，

星星之火会燎原！

……

在创作过程中，我还联系上了烈士的孙子，并到医院去看望了烈士的二女儿车毅英（原省妇联主席，现已去世），采访到了非常珍贵的独家史料；比如烈士大女儿车崇英入党后高兴地告诉父亲，不料竟惹得父亲勃然大怒；还有跛脚的车耀先时常与同样是跛脚的大女儿在一个木脚盆中洗脚……

在剧本创作中，也就力求真实还原生活地出现了这样一场戏——

四川
文学

作
品
精
选

车崇英　我才不怕特务们的白色恐怖呢。爸爸，我要跟你说一件事——

车耀先　哦，你要跟我说啥子事？

车崇英　爸爸，我说了，你负责高兴得很！

车耀先　鬼女子，你还没有说，你咋个晓得我是高兴还是不高兴呢？

车崇英　爸爸，你听了不要多激动的哈！

车耀先　你说嘛，我听了再看该不该激动。

车崇英　爸爸，崇英向你报告，我已经入党了！

车耀先　（非常吃惊地问）你入党了？你入的什么党？

车崇英　（非常自豪地说）是镰刀铁锤的党！

车耀先　（非常生气地说）我不管你这些事。我听新华日报的朋友说过，共产党地下工作是有纪律有规矩的，入党的事不能对任何人说，包括父母和妻儿。

车崇英　我想你肯定早就是共产党员了，肯定还是党内的领导干部……

车耀先　（发怒道）我是无党无派人士，不想听你说这些话。你不遵守共产党的纪律，你要向你的领导作深刻的检查。

车崇英　（听懂了父亲的话，知道自己违反纪律和原则了）爸，我错了，我要深刻认识自己的错误，保证不再犯，保证不跟妈妈不跟妹妹和弟弟们说。我晓得你是无党无派人士，我也是无党无派人士。

车耀先　（转怒为喜）这就对了嘛。特务正打起灯笼火把到处找共产党，哪个瓜娃子才会主动撞到敌人的枪口上去……

〔黄三妹端洗脚水上场。

黄三妹 你两爷子快来烫脚嘛!

车耀先 三妹呀, 来, 我们两口子跟崇英打伙洗回脚, 说不定, 我就要出趟远门了……

[三人同盆洗脚。

(幕后伴唱)

一家三口六只脚,

洗脚盆头挤热火(读着阴平声)。

腾腾热气扑面过,

三口人有四只受伤的脚。

滚滚寒流又把春光来锁,

亲情脚上淌, 爱意通经络。

革命者也要食人间烟火,

夫妻情父女情暖人心窝。

当我写到车耀先烈士大义凛然怒斥敌特的劝降时, 剧中车耀先烈士慷慨激昂直抒胸臆唱道:

万里长江浪涛吼,

车耀先这朵浪花立潮头。

这浪花纵被狂风来卷走,

长江水依旧是滚滚滔滔向东流!

我泪流满面, 难受得写不下去了……

这部剧经成都艺术剧院二度创作公演后, 获得了普遍好评。邹忠新老师的得意弟子, 其时任成都艺术剧院曲艺团团长的国家一级演员张徐成功塑造了车耀先的舞台形象, 丰富了金钱板的表现艺术, 受到普遍好评。我个人也因剧本原创而获得了四川文华奖编剧奖和巴蜀文艺奖。

(此文于 2021 年 12 月获四川省作家协会、四川日报社"庆祝中国共产党成立 100 周年"征文散文类优秀作品奖)

田闻一

在川军抗日阵亡将士纪念碑前

几经浮沉，川军抗日阵亡将士纪念碑终于登堂入室，坐落在寸土寸金的成都市中心人民公园大门前。周围相当开阔。在他的前面，隔着一道浓荫如云的绿化带，是车水马龙的祠堂街。背后，是一道由东向西拉开的瀑布，在金阳下鸣珠溅玉，焕发着炫目的光彩。

这尊雕塑，是雕塑大师刘开渠当年不负全川全国人民的期望，费时经年塑造出来的。像高二米，连底座高为五米，基座镌刻着纪念碑文。塑像为一名出川抗日士兵，脚蹬破烂草鞋，穿短裤，身着旧式军服，打绑腿，胸前挂两只木柄手榴弹，背上背一把大刀和一只竹编斗笠，手中端着一支上了刺刀的老旧步枪。瘦削而坚毅。身子前倾，果敢的面庞向着前方，两眼喷射着仇恨的怒火，正在向前冲锋，高喊杀敌！给人相当的艺术震撼。

1938年，主动请缨率军出川抗战的原四川省政府主席兼川康绥靖公署主任、时任第七战区司令长官、陆军上将刘湘在武汉万国医院溘然而逝，年仅50岁。国民政府在哀痛之时，追认他为一级陆军上将，并举行隆重国葬，将刘湘葬在武侯祠侧的文化公园。同时，鉴于四川的特殊贡献，国民政府准其建造一座川军抗日阵亡将士纪念碑——十四年抗战，四川出兵最多，牺牲最重。当时，平均每十五六个川人中，就有一人在前线作战，川军伤亡人数是全国总伤亡的五分之一。在抗战最困难时期，四川一省就单独支撑了全国财政总支出的三分之一，其多项指标，都是全国之冠。在民族生死存亡关头，寒风瑟瑟的1937年深秋时节，数十万身着单衣短裤，打绑腿，穿草鞋，身背斗笠和大刀，手持劣质步枪的川军迅速出川，增援山西前线。之后，全部川军奔赴全国战场，一时，"无川不成军"。在完全不具备对日作战的条件下，川军作战之骁勇，战绩之辉煌，伤亡之惨重而不屈不挠，前赴后继，可谓惊天地泣鬼神。

这尊纪念碑，1944 年建成后矗立于成都老东门城门洞前。

关于这尊纪念碑，有个相当悲壮的传说，相当程度上反映了世道人心。

1945 年冬天的那个晚上，当庆祝抗战胜利的欢笑声随着鞭炮的硝烟在老东门一带刚刚散尽，那座人最多的茶馆也散场了，街上卖汤圆的王二爸最后一个离去。这是一个相当寒冷的深夜。王二爸佝偻着身子，身上穿件厚厚的一裹圆大棉袍，双手挟个烘笼，踢踢踏踏地回家去时，思绪还沉浸在刚才说书人酿造的意境中氛围中。这晚，说书人说的是王铭章率部血战藤县！

"梆、梆、梆！"高坐堂上，穿一袭青布长衫的中年说书艺人，将手中的惊堂木拍得山响，一串优美的言词，像四川乡间春来口角泣血高叫布谷的杜鹃，扇动翅膀，上下飞翔扑腾。

"王铭章将军说：周县长，自古以来，守城就是我们军人的天职，你请出城吧，犯不着同我们军人一起去战死！"一阵急骤的梆、梆、梆声，惊堂木响过之后，说书艺人吊起嗓子，音韵铿锵，"王将军！周县长说，自七七事变以来，还没有一个文官为国战死的县长，今天请从我周以然始……"说书艺人说得如泣如诉，茶馆里座无虚席的人们听得如醉如痴。而就在这时，说书艺人将手中的惊堂木，急骤地拍响过后，扬起头来以"欲知后事如何，请听下回分解"闸了板。欲知后事如何，就只有等到明天晚上了。

就在这时，一个小川兵突然出现在王二爸面前，王二爸不禁一惊一怔，停下步来，注意一看，站在面前的这个小川兵也就十六七岁。衣衫单薄而又褴褛，背上背一个竹编斗笠和一把大刀，肩扛一支老掉牙的步枪。小川兵面黄饥瘦，好像走了很长很久的路，满面尘土，又冷又饿，一双微微有些窝陷的眼睛里，神情有些凄恻，一副哀苦无告的样子。

王二爸不禁一惊一痛，讶然失声："哎呀，这不是我们街口的眜娃子吗？你妈等你回来，一直等你到死，都没有等到你！你是啥时候回来的，咋还不回家去？这么冷的天，就穿这么点衣服，我看着都冷，饿了吧？走，快到我家去，我给你煮汤圆吃！"抗战期间，成都老东门一带，就有好些出川抗战的子弟至今没有回来，王二爸说的街口眜娃子就是一个。

"大爷，冷我倒不怕。"小兵说的却是一口川北话，说时，神情竟有些羞涩，"我就是肚子饿，饿得遭不住，我现在就想吃一口我们四川的汤圆。"

"好好好！"王二爸用手指着不远处那盏飘荡在雾海中的红灯笼，"那是我家，我家就开有汤圆铺，咋说吃一口，走！到我家去，随便你吃好多。"

"玉兰！"王二爸带着小川兵进了门，对正在熄火打烊的儿媳妇说，"快煮碗汤圆给这个小兄弟吃，他饿坏了。"玉兰猛抬头，看见站在面前的这个小川兵，不禁悲从中来，她想起了她哥。八年前，她哥当兵出川抗日，可是至今未回，让她在乡下的娘哭瞎了眼睛。

玉兰心中一酸，赶紧捅开了炉子。一碗白生生、热腾腾的汤圆很快煮好，端到了小川兵手里。可是，小川兵的肚子简直就没有底。

王二爸猛地想起，人饿久了，饿狠了，是不能多吃的。

"小兄弟，你这样吃狠了，要不得哟！"王二爸劝，可是，哪里还有人？冷风嗖地一吹，将挂在门前的那盏红灯笼吹得忽闪忽闪的，烛液顺着灯笼中的那只大红蜡烛流下来，在寒风中迅速凝结，像是一颗颗凝固的泪，其状很惨。

这才明白，这晚他们是遇到了不远千里，跋山涉水回来的在前线牺牲了的数十万川军的英灵。

自此以后，街上每一家茶楼酒肆、饭馆旅店等服务业，每晚都留着门，为的是接待在前线牺牲了的几十万川军亡灵的回归。

斗转星移，沧海桑田。

面对这尊纪念碑，按说，我应该高兴才是，可是，我不止一次流泪。因为，周围的一切，反差是这样强烈，现代化的气息扑面而来，包括人们的穿着打扮。然而，有些人从他身边经过却熟视无睹，尽管他们手中拿着现代化的数码相机、摄像机，他们要照的却是他们自己。细观那站在高处，手持一支相当低劣的枪上了刺刀冲锋的川军却是安之若素。他是那样消瘦，神态是那样坚毅，牙帮咬紧，非常富有质感。他手中拿的是一支什么枪啊！那时川军广泛使用的川造步枪，好些连来复线都没有，准星也是歪的，急行军时为防止枪栓滑落，得用一根绳子拴起。这些枪，上山吆鸟，赶赶兔子可以，可是他们要拿去打武装到牙齿的日本兵啊！再看他脚上穿的麻草鞋，背在背上的竹编斗笠，经过半个月的行军，特别是翻越了艰险万状的秦岭，都沤黑了，寒风瑟瑟中，着衬衣短裤！然而，就是这些川军开创了战争史上的奇迹。仅举最先出川在上海展开的淞沪会战中参战的 26 师为例，这样一支让人瞧不起的"草鞋兵"，却是参战的国民党 70 多个师 70 多万人中，打得最好的五个师之一，受到嘉奖。然而，一个师打到最后竟然剩下了不多几个兄弟。再比如，为保证台儿庄大战的胜利，122 师王铭章师长率不到 4000 人的川中子弟兵，为保证完成阻敌任务，全师上下全部壮烈牺牲。胜利是用他们的命换来的。

我最终发现，站在高处的川军战士，对于一切安之若素，完全没有一点世俗。为了战斗，为了胜利，他迸射出了电一般的目光，火一般的激情，钢一般的意志。

我也终于发现了我流泪的原因，诚如大诗人艾青说：为什么我眼中总是饱含热泪，因为我爱你爱得深沉。

作者简介：

田闻一，成都人，中国作家协会会员，资深媒体人，巴金文学院连续三届创作员。四川省文艺传播促进会名誉副会长。著有《成都残梦》《川军出峡》（系列）小说、《赵尔丰》《张献忠》《尹昌衡》等多部。

苗 勇

晏阳初的爱国情怀和红色印记

晏阳初在中国从事平民教育和乡村改造工作整整 30 年。彼时，国内时局动荡，经济困顿，环境艰难，但晏阳初坚守初心，矢志不渝，多次拒绝国民党政府的任职邀请。晏阳初自始至终热爱祖国，坚持抗日，始终对共产党十分拥戴，他和他的平民教育、乡村改造无一不镌刻着厚重的爱国情怀和红色印记。

定县试验区成为撒播革命火种的摇篮

1926 年，晏阳初将他所创建的中华平民教育促进总会（以下简称：平教会）从北平迁至定县，带领一大批志同道合的知识分子携家带口，"走出象牙塔，跨进泥巴墙"，来到定县实施了举世闻名的"定县试验"。通过开展文艺、卫生、生计、公民"四大教育"和政治、教育、经济、自卫、卫生、礼俗"六大建设"，开启民智，培育"新民"，力图为苦难深重的中国探索不流血的救国强国之路。当时，正值蒋介石制造中山舰事件发生不久，加紧限制共产党革命活动时期，定县试验区涌入大量中共党员在此开展革命活动，并使党组织建设迅速取得重大发展。定县试验区事实上成为中国共产党人传播红色思想、撒播革命火种的重要基地，烙上了鲜明的红色印记。

在晏阳初定县试验的掩护下，定县党组织建设得到快速发展。到 1931 年，定县全县已建有党支部 14 个，发展党员 183 名。1932 年 3 月 12 日中共定县委员会成立，使定县的建党工作和各项革命斗争从此走上有领导、有组织的发展道路。

毛泽东敬佩晏阳初的平教运动

1937 年 8 月 13 日，上海保卫战全面打响。8 月下旬，国民政府蒋介石邀请毛泽东等各个党派领袖以及晏阳初、梁漱溟、胡适等社会名流共 16 人召开最高国防参议会，共同商议联合抗日。会议期间，晏阳初慷慨陈词："如欲争取抗战的胜利，而不将百分之八十以上的农民训练组织起来，教他们抗战，则又凭什么来保障抗战的成功？中国农民不但在量上占全国民众的最大多数，而且在质上，更是一国的基本队伍，具备无限可能性的潜伏力"，晏阳初还多次强调"一个国家的独立、自由，不能依靠国联而要靠自己""只有全民族实行抗战，才是我们的出路"……

在此期间，晏阳初专程拜访了共产党代表周恩来，两人相谈甚欢。他同周恩来交谈时说："这回中国要达到最后的胜利，必须在面积上能扩延，在时间上能持久。而持久战与全面战，与其赖前方的武力，宁更赖后方的充实与坚强。"晏阳初十分赞同共产党的主张，强烈呼吁各大政党能够摒弃前嫌，共同抗日。会谈中周恩来向晏阳初发出邀请，晏阳初十分高兴，便立即着手准备前往访问陕北延安的工作，但由于当时晏阳初正领导湖南等地区民众参加抗日运动，只得先行派出平民教育运动重要成员、民国定县县长堵述初前往延安，转达他对共产党领导的边区政府的深深敬意。

1938 年 6 月，晏阳初的平教运动得到毛泽东的敬佩，毛泽东说他对晏阳初"以宗教家的精神努力平教运动，深致敬佩"，并希望能"有几千几万的优秀干部去参加"平教运动。

晏阳初创办的学校成为共产党的活动阵地

1936 年 2 月，晏阳初重返湖南开展平民教育运动，设立省立衡山乡村师范学校，并明确由平教会教育部主任汪德亮负责。汪德亮亲自授课，并动员其他教师宣传反帝反封建的重要性和迫切性，使爱国主义思想在学校深入人心。

学校积极支持革命活动，图书室不仅有《共产党宣言》《资本论》《论持久战》等大量的进步书刊，还以"学生的任务是学习，求学期间以不参加党派活动为宜"的理由，拒绝师生加入国民党组织，却支持共产党建立了中共衡师党支部。

由此，中共衡师党支部在学校师生中发现和培养了刘志愚、杨京川等一大批中共党员，并组织动员一批学生奔赴延安、皖南抗日前线，为抗日战争和解放战争作出了重要贡献。

江西省见晏阳初在湖南培训成果卓著，特邀请晏阳初协助创办了江西省地方行政干部学校。

1940年，为抗战需要和为战后建设培养、储备人才，晏阳初在重庆创办成立了"私立中国乡村建设育才院"（1945年扩充为"私立中国乡村建设学院"）。学校成立后，晏阳初不仅坚决抵制、成功拒绝国民政府在学院设立政训处，图书馆中还有大量被国民党明令查禁的进步书籍，一些宣扬共产主义的著作也摆放在阅览室供学生阅读，学院成为中共地下党组织和共产党员的避风港。

晏阳初一心爱国立志抗日

1937年全民族抗战爆发后，晏阳初立即组织"农民抗战教育团"，仅湖南省就有75个县农民抗战教育团，动员民众、参军参战，支援前线，发挥了重要作用。1937年8月的一天，晏阳初在农民抗战教育团发表激情洋溢的演讲，他的演讲激励了在场青年，大家含着泪，鼓着掌，高声呼喊："打倒日本帝国主义！""同胞们团结起来！""把日本强盗赶出中国去！"

时任湖南省主席的张治中看到了教育团的作用，要求晏阳初进一步扩大其规模。于是，平教会在湖南全省招收大专学生400人，中学生3000人，集中训练后分派到全省各地组织农民抗日自卫队。6个月时间训练民众约100万人，多数是青年壮年。其中合格的再接受军事训练成为地方自卫队和前方兵员补充力量。

晏阳初除了组织农民抗战教育团外，还协助四川实施新县制，建设抗战大后方，举办了抗战戏剧讲习所、青年战地服务团、难民生产辅导团，创办壁山保育院，兴办抗战工厂，发行农民抗战报，编印抗战丛书和抗战连环画……

整个抗战期间，晏阳初燃烧着他心中的那粒火种，八方奔走，倾力奉献。正如四川省晏阳初研究会常务副会长、原四川师范大学副校长唐志成所说："晏阳初在民族危亡之时，既是一介书生，又是一位战士，既是一个学者，又是一位英雄。"

（原载于《中国新闻报》2023 年 9 月 13 日，《精神文明报》2023 年 9 月 15 日）

作者简介：

苗勇，现任四川省总工会副主席。中国作家协会会员。先后出版诗集《山韵》、散文诗《山民》《散落的文字》、长篇小说《晏阳初》等 16 部。长篇报告文学《丰碑》获 2004 年首届报告文学奖，歌曲《巴山背二哥》获第二届全国职工新创歌曲奖和四川省"五个一工程奖"，长篇小说《曾溪口》获第七届四川文学奖、梁斌长篇小说奖、成都市"五个一工程奖"。

张人士

我和贾平凹先生的一段交往

四川
文学

作品
精选

翻阅曾令琪、周晓霞的新著《贾平凹散文解读》赠书，看到年轻人的成长，我十分欣慰。令琪是文坛大家贾平凹先生的关门弟子，晓霞是令琪的学生，最近几年，他们在贾平凹先生和其他文坛前辈的亲切关怀下，通过自身的不断努力，进步很快，创作很多，成绩显著。由此，我不由得回想起与我的老朋友贾平凹先生的一段往事。

屈指算来，我和平凹的交往，已是二十多年前的事了。那时，是平凹以"商州系列"登上文坛之后、《废都》遭禁不久。

1997 年 4 月 9 日，贾平凹先生来四川交流，那是我第一次见到贾平凹先生。因为平凹的行程是前一天晚上约定的，所以，我和《四川文学》编辑部包川女士一道，去接住在红星宾馆的贾平凹先生到我家乡广汉，参观"三星堆"出土文物，并在我家喝茶。一路之上，我们时而成都，时而西安，时而文学，时而民风民俗，聊得很是开心。不一会儿，就从成都到了广汉，去参观"三星堆"文物。

那时，广汉"三星堆"陈列馆还未建好，尚未对外展出，所以部分文物就暂存在"房湖公园"的楼上保管室内，平凹先生身居号称"遍地出土文物"之西安，对文物相当痴迷，他对"三星堆"出土的部分文物，看得很仔细，问得也很详尽。有几件文物，他是已经离开又返回，再仔仔细细地看。一边看，一边嘴里低声地说着"真好，真好"。直到走出陈列室，平凹先生"一步三回头"，很是依依不舍。

大约上午 11 点，平凹先生在我家喝茶、聊天，其中聊到了他的散文，如《丑石》等一些作品……我说："平凹兄（实际上我比他大几岁，但我仍尊称他为兄），你的散文写得真好，特别是《商州初录》《商州又录》《商州再录》这'商州三录'，写得清淡、空灵、幽默又富有哲理。商洛山、汉江的自然风光、民风民俗，那些优美动人又颇具灵异色彩的一个个鲜活的故事，令人回味无穷。这些年，你的散文我几乎每篇都看。真是种享受，我认为你的散文成就可谓集中国几十年散文之大成。"

我对平凹散文的评价，平凹很是赞同。

之后，我们谈到他的小说，先谈到了他的短篇获奖作品《满月儿》及中篇获奖作品《腊月·正月》，接着谈到他的长篇。我说："我最喜欢的长篇是你的《浮躁》。我是从晚上9点到第二天下午3点一口气读完。"谈到《废都》，我说："那影响最大，但太幽深、太高悬，我是分三次看完的……"

能与一个喜欢自己作品的作家交流，平凹显得非常高兴。

后来，我说："平凹兄，我个人认为，您的散文成就比小说成就大。"

平凹先生看了看我，喝了口茶，轻轻地吸了一口烟，缓缓地说道："张兄，我的小说，特别是长篇小说，有空的时候，你再看看……"

我明白了平凹的意思，后来，我真的又认真地重读了平凹先生的几部长篇，确实是大有受益。

平凹先生来到我家乡，又来到我家，这不仅是我个人文学生涯中的大事，也是我们广汉文坛的一件大事，来往密切的文友们都喜出望外。因此，有两件事我们是一定要做的，一是请平凹先生给"三星堆"博物馆写几个字，二是给文友们收藏的贾平凹作品签名。

前一天晚上我就给文化局和陈列馆的负责人打了电话，千万要准备好纸和墨，我并叮咛说：机会难得，切记切记。能得到平凹先生的墨宝，那将是"三星堆"的一件幸事。可是，工作人员不得力。那天我们参观完后，我一看什么都没有，问这是为什么。工作人员答："不知道要什么纸，也不知道买什么笔。"唉！真是无语，我心里暗道："真是文化人却没有文化啊！"

那天，我家乡的市长听说平凹先生来广汉，本要亲自来陪同的，因临时有会来不了，请我转达向平凹先生的问候。后来他打电话来，托我请平凹先生去市府一叙。我知道市上也想得到平凹先生的墨宝，我征求平凹的意见，平凹先生淡淡地说："当官的事多，还是不去凑热闹，茶我们刚喝出一些味道。"

那天，到我家里的文友有好几个呢，大家都争相一睹平凹的风采，请贾先生为大家签名。

我记得很清楚，我书柜里的书被文友们翻了一遍，只要是平凹先生的大作，平凹先生都一一签上，某某先生正：贾平凹。九七·四·九。广汉市作协陈主席手慢，终于翻出来一本《废都》，很是兴奋，双手捧书快步向前，请平凹先生签字。平凹掏出笔来，一看封面，又看了几篇内页，对陈主席说："对不起，这是盗版书，我不签。"

一时间，气氛似乎有点尴尬。但我知道平凹不签盗版书的习惯。于是，我说再找找吧。可找来找去，还真的找不出来。陈主席面有难色，说："贾老师辛苦你了，请你帮我签一本作纪念吧！"

平凹先生又掏出笔来，犹豫了一下，看了看书，对陈主席说："我还要到四川来，今后还有机会的，这本书我确实不能签，因为我从来不签盗版书。"说罢，平凹又把掏出的笔装了回去。

我见势不妙，对平凹先生说："陈主席是接任我做市作协主席的，为人厚道，全国各地的作家来广汉，他不但接待得好，还亲自为作家们介绍广汉情况及'三星堆'发掘的经过，他为广汉的文学事业作出了很大的贡献。"平凹先生是个慧心长怀的人，一闻此言，看了看我，又看了看陈主席，就掏出笔来。在场的文友们都偏着头去看平凹先生怎么签，平凹先生在书的扉页签上："这是盗版本，陈某某正·贾平凹　九七·四·九……"

这就在我家乡文学圈子内传为贾平凹三拒签署盗版书的佳话……

那天，贾平凹先生和我们文友交流了很多，也谈了很多创作上的事，并拍了不少的照片。前不久，我也发了几张给曾令琪、周晓霞师徒。这些照片，现在都成了珍贵的资料了。

这些年来，红尘喧嚣，天下熙来攘往，我和贾平凹先生这一代人也历经沧桑。但所幸大家都身体健康，并一直坚持着创作。特别是平凹，已成为享誉世界的大作家，获得茅盾文学奖、鲁迅文学奖、美孚石油飞马文学奖、费米娜文学奖等国内、国外大奖。现在，看到平凹的弟子曾令琪与再传弟子周晓霞的成长，看到他们对文心的坚守、对创作的坚持，看到他们积数年之功写成、出版的《贾平凹散文解读》，我不禁感慨万千。青山不老，岁月催人。文学在一代一代薪火相传中开拓前进，这毕竟是一件令人高兴之事。因此，在令琪和晓霞这部视阈宽广、归纳精到、引证允当、语言优美的《贾平凹散文解读》即将出版之时，我也不由得回忆起与贾平凹先生交往的那一段往事。

2022 年 5 月 16 日，星期一，于成都

作者简介：

张人士，中国作家协会会员，国家一级作家，巴金文学院原副院长，四川省文艺传播促进会名誉会长、党支部书记。

庄　剑

我家就在岸上住

　　请允许我借用一句歌词做标题——"我家就在岸上住"，因为这句歌词让我引以为豪。

　　因为"我家就在岸上住"，所以让我这个本不是宜宾人的异乡人，爱上了宜宾城。

　　第一次来到"我家就在岸上住"的宜宾，还是我读大二的时候。1983年寒假，绿皮车轰隆轰隆八小时，和女友从日在中天的成都出发，到宜宾已经一片漆黑。当年女友的家还在长江造纸厂，坐上宜宾火车站回长江造纸厂的厂车，从西郊经翠屏山脚再过岷江桥、流杯池公园，从过二郎嘴沿长江的碎石公路上看对岸宜宾城的三江口，零星的灯火错落，对川西坝子长大的我来说，有些小激动。感觉似乎是进入了一个全新的世界。

　　这个晚上，我第一次从宜宾城经过。留在我记忆深处的不仅有被从雪域高原唐古拉山奔腾而下的金沙江水和从我老家成都平原温文尔雅而来的岷江之水环抱的宜宾城，还有它们在此汇流而成长江后雄伟壮阔的三江口。

　　三江口的气息就是那天晚上留在我的心灵深处的。当时没有想到，这将是一个我把自己的大半生都交付给它的城市。

　　成为宜宾人，是在五年后的 1988 年。这一年，我身份证上的家庭住址由灌县（其实我离开时灌县刚刚撤县设市，成为都江堰市）变更成了宜宾市。我也由一个全国重点中专学校的教师成为一家地市报的副刊编辑。

　　三十多年来，许多人都问过我一个同样的问题，放着好端端的川西坝子不待，为什么要跑到川南来？我总是一笑而过。其实，路过三江口的那个夜晚，让我怦然心动的这条大江，无疑是我爱上这座城市的一个重要原因。

是的，这座被三江环绕的城市深深吸引了我。它吸引我的不仅仅是2200多年的建城史、3000多年的种茶史、4000多年的酿酒史和国务院命名的国家历史文化名城这些深厚的底蕴，还有"万里长江第一城""中国酒都""中华竹都"这些颇具现实主义色彩的美誉。

在地处四川、云南、贵州三省接合部，金沙江、岷江、长江三江交汇处的宜宾生活了三十多年，我，这个不是宜宾人的宜宾人与宜宾这座城也结下了不解之缘。

记得三十多年前刚到宜宾工作时，印象中的宜宾城就是现在的老城区。而老城区的标志性建筑就是市中心西街口的大观楼。大观楼建于明代，后毁于兵火，于乾隆年间重建。这座古代城门上建造的用以登高望远的"谯楼"据说是当时宜宾城最高的建筑，站在楼上，不仅能够看见三江汇流的三江口，还可将整个宜宾城区一览无余，所以谓之"大观楼"。时光如箭，日月如梭，弹指一挥间，宜宾城的概念再也不是一个曾经三江环绕的老城区可以诠释的了。三江六岸的新宜宾，上江北片区，下江北片区，南岸片区，天柏组团，三江新区，南溪区，一座座高楼拔地而起，一片片新区日新月异。"万里长江第一城"这座四川省经济副中心的现代化城市已经建成。

说宜宾，除了"万里长江第一城"的自然位置，还不能不说它"中国酒都"的人文地理。漫步在宜宾这座以中国国家地理标志产品五粮液而闻名天下的城市里，我们的心会被这座城市的酒香所浸润。是的，"朋友来了有美酒"，这绝不是一句苍白的城市广告词，而是这座城市向世界发出的诚挚邀请。被誉为"中国酒都"的宜宾，把高粱、大米、糯米、小麦、玉米这五种粮食巧妙地融为一体，以古法工艺配方酿造出香飘世界的玉液琼浆。真是应了一首歌里唱的那样"香了一条大江，醉了一条大江。香得山高水长，醉得地久天长。香有香的名堂，醉有醉的文章。只因为，大江源头一壶琼浆，香了醉了，天下三千年时光……"所以说，五粮液不仅是宜宾的，它还是中国的，更是世界的。

宜宾城，还有一个让我魂牵梦绕的地方，那就是位于老城区西部的翠屏山。翠屏山海拔500多米，面积220多公顷，因"山色四季常青，望之若屏"而得名。三十年前，我还住在老城区的八楼上时，就写过一篇

《临窗而望翠屏山》的文章发在省报上。翠屏山其实就是一个城市公园，1954 年，翠屏山开始连续大面积造林育林，1984 年，翠屏山获评仅次于南京紫金山的全国城市人工造林第二名，现绿化面积达 160 多公顷。在城市的中心，坐落着这么一个数千亩的人工林的山，无疑是宜宾人的福气。难怪宜宾人骄傲地把翠屏山称为城市的"绿肺"。每天到翠屏山晨练的人数以千计，白天游人更是川流不息，百草园、哪吒行宫、三友亭、三江一览楼、古迹明代千佛寺、神仙庙等游览点让人流连忘返。游人既可沿石级蜿蜒而上，徒步登上山顶，还可乘坐 900 米架空索道，由山麓达山顶，俯瞰翠屏景色。

绿水青山就是金山银山。坐拥金沙江、岷江、长江，被三江六岸绿水青山环绕的宜宾城正在加快建设长江生态首城。

漫步西起戎州大桥，东至大溪口，全长约五公里的长江公园，近看江水滔滔，远观青山滴翠，不由得心潮澎湃。谁能想到，这里昔日却是化工厂、化纤厂、热电厂、造纸厂厂房林立，烟囱高耸的老工业企业"化工围江、污染绕城"的地方啊！为了让天更蓝，山更青，水更绿，让一江清水惠泽千秋，宜宾市近年来通过"大厂出城"整体搬迁，全部清退餐饮趸船，关停江边采石挖沙，减少污水排放，建立湿地公园等高限减排、铁腕治污、全线增绿的有效措施，持续改善长江首城生态环境，努力强化上游担当。

从长江对岸"共抓大保护，不搞大开发"的巨幅标语的字里行间，我看见了每年秋天从西伯利亚飞来的上千只红嘴鸥与游人在宜宾三江口和谐共处的感人场面，我看见了宜宾市江安县由昔日捕鱼人组建的宜宾长江鲟协助巡护队队员的笑脸，我还看见为了有力促进长江水生生物多样性，推动长江水域生态环境不断改善，宜宾每年举行的珍稀特有鱼类增殖放流活动中男女老少的参与者们心花怒放的神情……

两年前，《神秘中国》剧组来宜宾拍摄《天成宜宾》（又名《扬子江金关》）时采访了我，要我谈谈对宜宾这座城市的感受。面对这座坐落在三江六岸间的绿色之城，我想了又想，说了这样的一句话："这座城市接纳了我，让我收获了友情、亲情和爱情，在这座有山有水有美酒的城市里，我生活得很幸福。"

是的，宜宾，作为长江首城的名字，它有一种深藏不露的神秘。而于我，这个"打马过宜宾"的异乡人来说，其实早就不是宾客，而已经是归人。

这，或许就是对我引以为豪的"我家就在岸上住"的最佳注脚吧！

（原载于《中国纪检监察报》2022 年 12 月 31 日）

作者简介：

庄剑，彭州市人。高级编辑，硕士生导师。四川省新闻出版行业领军人才。四川省文艺传播促进会副会长，四川省报纸副刊研究会副会长。著有《独对夜空》《书剑飘零》等文学、新闻作品集九部。

徐志福

长江源头三江口

四川
文学

作品
精选

如果有人问我，到宜宾观光的第一去处是哪里？我会毫不犹豫地回答：去三江口！三江口，顾名思义，是三江汇合点。

西面，金沙江像个顽皮的小家伙，从万仞峰峦峭壁间，喧嚣奔突而下；北面，岷江像个温柔妩媚的少女，裹拥着川西平原的泥土芳香翩翩而来；它们汇聚在戎城前面，欢快地打着漩涡，似在小憩，更像为各自的生命流程，打着结尾的句号。而后，作了母亲河——长江，这千古宏文的篇首。

山水宜人亲。如果你从下江来，一进入三江口，见到的是宜宾城手捧金、岷二江作的哈达鞠躬相迎，能不暖意盈怀，萌生亲切之感么？一位善于思辨的哲人说，美就是充满生命的人或物。诚哉斯言！因为三江口，我才相信：两条江河，从很远的发源地流出，不舍昼夜，流动、奔腾、回旋、直泻、怒吼、歌唱……即使在漩涡里也没有驻足的意思，短暂回旋之后，它又匆匆赶路了！

瞧那三江汇流处，水成三色：金沙泛金，岷江呈碧，"勾兑"之后，成了长江源头的淡黄，这绝妙的"三色图案"在走动着，时而黄流追绿水，时而绿水赶黄流，就凭这色彩的流动，江边人会告诉你上游的气候变化。

黎明，无数条客轮离港的汽笛声，奏出了三江口新的一天的序曲。三条航道，几个渡口，上上下下，往来穿梭的各色船只组合成一道热烈的抒情诗。有热闹，也有宁静。每当月明星稀之夜，塔印江心，三江揽月，岸上万家灯火与水流交相辉映。曼妙多姿，生机蓬勃：这便是三江口的奇观！

王安石说："世之奇伟瑰怪非常之观，常在于险远。"如果说，从合江门码头看到的三江口仅只是一幅平面图，那从东山顶上白塔之巅鸟瞰的三江口，就是一幅立体的油画了。当你登上塔顶放眼三江，透过江上的浩渺烟波，悠悠思绪中会幻化出一些文人雅士的身影来：李白、杜甫、三苏父子、陆游、黄庭坚、范成大等都曾泛舟三江口，留迹戎州城，写过千古绝唱。

当你登上山顶，驰目神游，顿觉天宽地阔，旷寥深远。眼前的金岷二江，宛若两幅多姿多彩的山水画长卷，从你手中舒展延伸。那岷江画廊：嘉州山水、峨眉日出、川西平畴依次展开；那金沙画卷：马鸣恐龙、巍峨梁山、昆仑冰峰次第排列；而更为壮观的长幅向东铺开：奇伟三峡、葛洲大坝、江南秀色……真是异彩纷呈，瑰丽宏伟。当你收回神思，纵目前方，阳光下，茂密的翠屏，栉比的高楼，纵横的街道，巍峨的大桥，高耸的铁架，飞驰的火车以及城郭田庐、青峦翠野尽收眼底。放眼脚下：三江汇处，簇簇漩涡、滚滚浪涛；江面上，浮光耀金，百舸逐潮；两岸码头，客轮竞渡，繁忙喧嚣……此情此景，令你感受到一片生命的光彩在闪烁，一股时代的音波在滚动。

秀美的自然山川，越是被赋予悠久的历史感和发人深思的哲理联想，它就越具深刻的美学意义。大江流日夜，江潮无尽期。绿水无弦万古琴，瞧那奔突而来的江流，听那江流碰撞的涛声。这浩荡东去，气象恢宏，被称为中国大动脉的母亲河——长江，世世代代演奏的不就是我们民族的峥嵘的生命之歌吗？

令人心驰神往，遐思联翩的三江口，像一位饱经沧桑的老人，目睹过多少朝代的兴亡更迭，迎送过多少征夫游子！这里是一个舞台，演出过一幕幕人间悲喜剧；这里又是古城历史的窗口，从中可窥见它衍变发展的脚步。

万里长江第一城，历来是军事重镇。就是在这三江口，发生过多少起攻守战啊！远的不说，就以迄今七四九年（公元一二四二年十二月）那场壮烈的抗蒙（元）战争，足令人勾魂摄魄。蒙军破遂宁，取泸州，而后夹击在叙州城下。南宋守将都统杨大全率军主动出击，大战于三江口前，从早上打到中午，刀光剑影，杀声震天，杨都统最后壮烈牺牲，宋军大部阵亡。蒙军破城后，四处烧杀，一时尸横遍地，鲜血染红了三江口。如果把镜头拉到100多年前的近代，农民起义军想夺取这座军事重镇，在三江口前付出了多少代价啊！一八五九年的十月间，高举"顺天"大旗的起义军首领李永和、蓝朝鼎，率领万余人经横江、安边沿金沙江而下，直抵叙州城下，几经激战，占领了吊黄楼，虽终未完全拿下整座城池，却大杀了清军的威风。可起义军无数弟兄却倒在这块血染的土地上了。

稍前的红巾军明玉珍，以及张献忠，稍后的罗选青都曾攻下过这座城市，而终未守住它，成了半截子英雄。面对三江口，上下几千年，仅仅是发古之幽思吗？透过古城历史的烟云，我们看到了社会的走向，中国的出路，人心的向背，有如大江东去似的一去不回头。

人们强烈地感受到自身处于过去和未来的交叉点上。岁月如流，等闲头白；面对这两江终点，一江起点的三江口，让人民强烈地感受到自身处于过去和未来的交叉点上。岁月如流，等闲头白；江涛滚滚，汽笛长鸣。一种人生的紧迫感敦促你带着"直挂云帆济沧海"的豪情踏上万里征程。

当年，一位导师面对"呼啸的汹涌泉流"，曾大声疾呼："我也将和这股山洪一样，给自己开辟一条道路。"是的，前辈披荆苦，后人担在肩，一种强烈的历史使命感敦促你劈波斩浪，决然前行，一切且看明朝。

（原载于《海峡两岸》期刊，后由台湾《台南四川同乡》转载，荣获2001年四川省对台宣传优秀文章二等奖）

作者简介：

徐志福，大学教授。先后出版作家研究、作家评传、作品专论以及散文著作多部，获得中国文联、省市奖项多种，曾被评为全国优秀教师，现为中国作家协会会员、四川省人民政府文史研究馆资深馆员。

四川文学

作品精选

岳定海

在桂湖遇见杨升庵

桂湖在下雨，门外下门内下，这是辛丑仲冬，在四川新都，一整天都是淅淅沥沥的，雨水绕着痕迹在青石板上反射天光，这片湿漉漉的地面就闪动乌云的身影，虚虚实实的，我踩着它的雨水沉沉地跨进双扇朱色大门。大门内长有两株紫藤，大的一株枝干虬角，疙瘩横斜而长，紫藤就有了寿星模样，我轻步走去一摸，似铮铮铁骨，心里升起敬意。再细瞧牌示，传为居住在这里的房主、明代状元杨升庵亲手所植，我屈指一算，距今有500余年的历史，一棵茁壮一棵秀丽的紫藤交缠，绵延，宛如飞龙在天的紫藤覆盖着四川盆地文曲星下凡的桂湖长廊，它们纠结，盘亘，缠绕，凸现状元杨升庵和才女黄峨缠绵凄美的漫漫岁月。

我驻足在紫藤架下凝望比邻而立的笔直的银杏，它们排排昂首向天，似乎是抒发着植物界的凛然正气。冬季很深重了，银杏金灿灿的一片，它们在炽热的夏天荣耀过，光那一身笔挺的形象就令飞鸟心动不已，也让咫尺为邻的满园荷花倾慕不止。银杏遍身金黄，一片又一片带椭圆形的树叶在迎风起舞，寒风吹过，树叶扑簌簌地离开枝头，像五色的云彩坠落大地，刹那间地面铺展厚厚的黄叶，还没回过神来，离它不远处挺拔的松针又掉落地面，杏叶松针相互堆积，那些单调的石头地面就五彩缤纷起来，抑或是生机盎然起来。遐想间夫人惊喜地叫："老公给我拍张照，太美了。"我忙举起手机一点屏幕，那冬天里的春天就定格在这永久的瞬时了。

新都桂湖传神的风景太多，刚介绍了紫藤、银杏和松树，那么荷塘与桂花树的出场亦是不可或缺。桂湖的荷塘在盛夏灿为一景，它的"小荷才露尖尖角"被天下人传诵，它的"映日荷花别样红"被巴蜀文人渲染到四面八方，它的"红莲一朵千秋艳，金桂满城万里香"独具魅影，惹得大盆地的百姓早早光临欣赏。然而在很久以前也是明朝吧，那位才华盖世而背影落寞的杨升庵携手才女黄峨幽幽行走的时光呢？那位嘉靖三年间因"大礼议之争"触怒明世宗被发配到云南充军时夫妻分离之际的湖畔泪千行呢？那位回川奔丧的杨升庵在纤瘦的亭子旁与黄峨无语凝噎呢？那位踽踽独行在桂湖沧桑感重叠的古城墙身影呢？我知道古城墙始建于隋朝，先泥后石而筑，日月星辰的轮回里几废几兴。

明正德六年，杨升庵在严苛的京考中登榜成为四川地区唯一状元，家乡父老喜不自禁，欲用贺银修建扬名立万的传世牌坊，而杨升庵祖父杨春和父亲杨廷和商议后决定将此款修建巍然的城墙，以阻止猝不及防的滔天洪浪，保护屋檐下仓皇度日的桑梓乡民。我了解杨氏家族千百年来有乐善好施解厄扶困的优良家风，在桂湖不远处的饮马河上，实实在在建有一座五百年前的古堰，这座堰是杨升庵的父亲杨廷和捐资修筑的一处农田水利工程，它年复一年引水灌田后造福桑梓，受其恩德的乡村父老不忘功德，故称此堰为学士堰。

那一天黄昏我们缓行在风雨的桂湖，沿途经过造型工整的大小亭子十余座，它们或曰"杭秋""小锦江""亭亭"，或藏身湖畔密林，或飞挑一角在树梢，或筑基石于荷池，或栖身在曲折路径。距离一座精致亭廊不远处的起伏草坡旁，可见桂湖之翁郁树林南边耸立很长一段老城墙，它形制倾斜，青砖长满苍苔，在墙顶处建有雉堞并瞭望台，隔不远处筑一道石梯曲折上行，我知道这便是杨氏家族为当地百姓献上的大爱与义举——新都明城墙。

我接受一路沁沁的雨丝，回头望望满园肃穆之气和开始晾塘的荷花池，心里升起悲凉……我似乎从桂湖每一处阴暗的树影和飞挑的亭角下面，看见文雅而憔悴的杨升庵静静地走来，他是生于这座名闻天下的桂湖之畔的，他在这里见证了青春的安静与文化的底蕴，他的祖父与父辈在湖边传授祖国文明的气质与精神图谱，从此新都桂湖岸上多长出一条叫"文明"的根。它好比城墙上饱经风霜的野草，好比夏季迎风盛开的荷花，好比紫藤在大门口的翻云覆雨，哦对了，我站在寒雨的城墙前面，发现古城墙犹如一条蜿蜒盘旋的青龙，与相距不远的出神入化的紫藤双龙直冲低空，又奔入"新都明珠"桂湖欢乐地嬉戏，那么，这不是民间流传千年的桂湖"双龙戏珠"传说又是什么呢？

我哀戚地想，世事恍如白云苍狗，杨升庵在流放地云南是做了大贡献的，他被朝廷的廷杖粉碎了官道的好梦，那就埋首钻研深重如山的典籍吧，上自天文下至地理，从浩瀚的文学到艰深的医术，再到深邃的金石和悦耳的音乐，杨升庵在爬满杂草的学术山地拨藤前行，他想自己天然是蜀山的一株树，哪怕是雷电摧残，也不肯弯一弯有骨节的腰。在贬谪云南寒山瘦水之时，明嘉靖二十一年杨升庵在云南文昌寓所收到夫人黄峨从家乡四川新都寄来的一个包裹，内装一封信札、几件衣服和一包茶叶。身陷困顿之境的杨升庵一声叹息，好在夫人黄峨从遥远四川邮寄而至的故乡青城茶汤，尚可聊补羁旅的凄苦，让杨升庵感受到暖意。茶香袅袅升起，杨升庵想起川西平原上阡陌纵横的农田，青城山上的青翠茶园，他低低一叹：新都，桂湖。

杨升庵不久深入彩云之南的山峰与湖泊之间时看见了砍柴的樵夫和打鱼的船工，他们疲惫散布在坡地和水草密布的江渚，喝着水葫芦里盛着的烈性的白酒，迷惘的眼神无力地望着身边的柴背夹与手里鲜活的河鲜，那一刻，如血的落日沉没于瑟瑟的江流里，也是那一瞬，杨升庵忽然想起天地盘绕的一个问号，那些名垂青史的英雄呢？那些横亘亿年的青山呢？那些生生不息的夕阳红呢？杨升庵默念里吐出几个低沉的词组，古今多少事，都付笑谈中。是啊，谁又能向祖国伟岸的浩瀚的长江逞能逞强呢？谁又不醉倒在这一杯男人沉浸的浊酒里呢？我漫想着走在城墙坚实的过道上，手抚摸着一株带锯齿形的长叶草，还是让思路回到一个黑屏断片的年代，明隆庆三年，大才子杨升庵被皇上的爪牙迫害后病逝云南，望穿秋水的黄峨听见噩耗当即哭晕过去，一旦苏醒过来，美丽的黄峨强撑柔弱的身体前往川南一带，接回杨升庵的灵柩，伤心地将其安埋在新都老家的山阿之中。

不幸的是，十年后坚贞的黄峨也在苦痛里辞世，悲伤的亲友将她与杨慎合葬在新都西郊，巧合的是，她和杨慎一样都活了七十一岁，实现了"生同心，死同穴"的愿望。我心里默念，遂宁籍的黄峨在史籍里与卓文君、薛涛、花蕊夫人并称"蜀中四大才女"，凭这闪闪发光的一笔，遂宁文脉在明代的地位就上升一大截，遂宁女杰的诗词歌赋就在课堂的朗诵里经久不息。我注视遍布山川的启蒙之地私塾与学校，总会听见小麦的拔节声与月光的滑动声交错响起，这里面糅合着文明的力量与文人的风骨。

（原载于《格调》《当代散文》《蜀境》《桂湖文艺》）

作者简介：

岳定海，中国散文诗学会理事、中国散文学会会员、四川省文艺传播促进会副会长、四川省嫘祖文化促进会副会长、四川文化艺术学院客座教授。出版《劳动之歌》《我的文学史》《人民》等23本个人文学专著。

万郁文

我登大雅堂

深秋，阴雨蒙蒙，雨丝从天空中像无尽的丝线飘落下来，整个大地都笼罩在一片湿漉漉的水滴中。在这个阴霾的天气里，我的心却被一团火燃烧着，不顾雨滴的无情，大地的积水，坚定地走向一个心中向往已久的地方，这就是中国历史上建造最早的大雅堂，它位于四川丹棱。

站在高高的石阶前，我心中风起云涌，诗词翻腾。这不是一般的石阶，这是一个通向文学殿堂的阶梯；那高高在上的殿堂，不是一般的高庙祠堂，也不是殿宇寺庙，那是一座千百年来令天下文人志士敬仰的"大雅堂"。

大雅堂是难以攀登的，世间俗语就有"难登大雅之堂"的说法。"大雅堂"那是一座文学的殿堂，是一座正气浩然的殿堂。《诗经》云"雅者，正也"。雅代表的是关注民生，心系天下的人文情怀，体现的是忧国忧民的浩然正气。黄庭坚在一篇文章中写道："非大雅之人不能登大雅之堂为余师友，非大雅之作不能登大雅之堂与余神交。"这句话说得何其好啊，在我心里，也是希望自己有了一点才学才能去登大雅堂的。

但是，我的青春年华并没有这样的环境和条件，并没有多读一点书的机会，在荒废学业几年之后又响应插队落户的号召，我和全国的"知识青年"一样，打起铺盖卷就来到了广阔天地。每天面朝黄土背朝天，挑粪割麦在田间，双手起茧肩磨破，汗水长淌湿衣衫。劳动锻炼了人的意志，但是却远离了知识，难道青春岁月我的芳华就这样度过，如此下去我是不甘心的，于是乎借书、找书、盘（带到乡下去）书，我乐此不疲。每当夜深人静的夜晚，煤油灯的星星之火，映照在字里行间，蚊虫嗡嗡伴我夜读，书成了我最亲密的伴侣，离不开我的每一天。真正感谢书本，它丰富了我的思维，滋润了我的心田。十年的知青生涯，如果没有书的陪伴，没有阅读的快感，我不能走出那段令人心酸的岁月，也没有我后来命运的变迁。真的，面对命运的厄难，是知识，是大雅的信念给了我力量、给了我胸怀，让我走过了那些蹉跎岁月，那些滴血的年代。

志向是一个人奋斗的动力，兴趣是求知的源泉、知识是抒写人生的画笔。而志向、兴趣、知识组成了我的人生交响曲。随后的日子我在文学这个五线谱上跳跃，在文学这个旋律中弹奏。到今天，是不是离"雅士"近一点了呢？是不是可以来登大雅堂了呢？我跟在无数文人雅士后面，用踏实的步子一步步向着大雅堂迈进。这时的阶梯因下雨而路滑，因久远滋生青苔而难行，就像在我的人生道路上，从农、从医而后投文，要走一段艰难险滩一样，但是心中有爱，怎言放弃，我一步一步在文学的道路上走着走着，直到今天。

高高的阶梯，虽然让我望而生畏，但是登上去是必须的。一步一步，坚实地前行，终于上来了。这里豁然开朗，又是一番景色。大院中一个淡绿色的大大的"雅"字屏风呈现眼前，就像一面明亮的镜子，照着你的内心。屏风的背面刻有四川省作协副主席徐康撰写的 2014 年重建大雅堂的长赋。前行几步，是一道呈三层飞檐高高展翅而起的古建筑，上书"诗书合璧"的匾牌。进了院门，院中放置一个青铜大鼎，鼎的后面是一座气势恢宏的大殿，正前上方书写三个金色大字"大雅堂"，让人肃然起敬。我，怀着敬仰，走进了大雅堂之门。

我来了，我步入了这座心中神圣的殿宇。在这里，我梦回唐宋，情系先贤。我见到了，见到中国历史上伟大的诗圣杜甫正思虑着那首忧国忧民的长诗"茅屋为秋风所破歌——安得广厦千万间，大庇天下寒士俱欢颜"。他那清瘦、焦虑的面容多么令我心痛，我真想上前抚摸着他的面容，握着他的双手，对他说，伟大的诗人啊，您为天下尽开颜的胸怀和关爱，是你坎坷一生写诗作文的最大亮点，这首诗闪闪发光照亮了后来者的心胸和作为，一千年后的今天，您应该展现笑颜，因为天下老百姓大都有了遮风挡雨的住所，过上了衣食无忧的生活。您应该放下您的这颗忧国爱民的心了。这里，我见到了撰写杜诗的北宋著名书法家、诗人黄庭坚，他手握一支毛笔，正在书写着他精心收集的大诗人杜甫的诗篇，我看到他眼睛熬红了，手臂红肿了，他还是夜以继日地写啊写，潇潇洒洒地写出了如飘逸的仙女、如刚强的汉子的一幅幅让人赞叹不已的作品，写出了他对杜甫的崇拜和敬意。这位双手作揖的先贤就是杨素吧？他更是一位了不起的人，他为了实现黄庭坚弘扬杜甫散落在民间的两川夔峡诗的心愿，为此奔走，为此出资，为此招募能工巧匠凿刻坚石，没有他，黄庭坚手书的杜甫这两川夔峡诗300首就只能付之东流了。这位丹棱的贤达，是多么崇拜杜甫，是多么喜爱黄庭坚，是多么伟大的一位先人啊。他们三个人的三颗心，汇集成千古不朽的一座丰碑，芳香历史文献宝库，芳香文学之士后人。

这真是一座文学的宝库，满堂的文墨书香，满堂的精彩华章，满堂的书法或镌刻，如一颗颗星辰，在文学的苍穹中闪闪发光，照耀着我们在文学浩海中前行的人前仆后继。

细细品读完殿堂内的诗书墨宝，杜诗碑林，品读完宋、元、明清众多名家咏大雅堂的诗文、书画，我不胜感动。我知道这座大雅堂的来之不易。原址上的大雅堂始建于北宋元符三年，后毁于明末战火，碑碣无存，但是丹棱人为此而骄傲，为此而世代相传。他们千年的梦想就是重建大雅堂，让大雅堂重放光辉。2014年这座集书法、绘画、声光、多媒体演示、林园为一体的建筑，以公园的形式建成向世人开放。有了它，丹棱悠久、灿烂的历史文化得到复兴，大雅文化，华夏之正声得到弘扬，真的是一件流芳百世、功在千秋的壮举。

我要深深地给大雅堂鞠一躬，大雅堂，你是弘扬中华大雅文化的神圣殿堂，你荟萃了传统文化的诗书精华，你曾经发出的光芒，如今更加灿烂辉煌，它不但照亮了丹棱、照亮了巴蜀，也照亮了中华神州大地。

（原载于 2023 年 2 月 22 日《四川日报·原上草》）

作者简介：

万郁文，曾任成都市青羊区新闻传媒中心采编部主任。四川省作家协会会员、四川省文艺传播促进会特邀副会长兼女散文家创作中心执行主任。作品发表在省、市级各大报刊以及国家级的报刊，曾获得全国旅游散文奖、四川散文创作奖以及多次地方性奖项。出版散文集《追梦》。

山　鹰

唱着童谣去数大地指纹

　　站在金鼓村的茶丘深处，眼睛被茶树漂洗成了绿色。天高云淡，初夏的阳光播撒在每一片茶叶上，散发出如梦的玄幻奇异。

　　一进金鼓村，就走进了小丘的迷阵。大大小小的浅丘，状若一个个浑圆的馒头，被大地之母随性摆放原野，凹凸起伏，高低不一，错落不齐。这种历经数千万年大地润育，风雨剥蚀，逐渐形成大小不一、高矮不等的台状浅丘，雅安人称为"馒头山"，而世代生活在这些小丘之间的金鼓村茶农，更爱将这些馒头山叫做金鼓。

　　长久以来，金鼓村流传着一个故事：很久很久以前，村里有个寺庙叫海棠寺，和尚早晨撞钟，傍晚击鼓。一日，海棠寺中佛神妆彩金衣竣工，寺鼓敲响，便不能停下，鼓声震动天地，引得大地摇晃抖动，山崩地裂。正当寺庙僧人与周围乡民吓得不知所措，观音菩萨持净瓶，踏祥云降临，菩萨用柳枝洒出甘露，默念咒语，唤山神、土地神，责令二神停止鼓声，稳定山冈土地。等村庄恢复了平静，观音菩萨将众人引至山门外，指着东北方向说："这原来连成一片的平坦之地，经鼓声抖动，已变一个个鼓状的山头，然，山头土里藏金，从此，就叫它金鼓山吧！"观音菩萨说完，化身轻烟飞升入云而去。从那以后，金鼓山乡民世世代代立根于这些浅丘之间，耕植劳作，繁衍生息。他们将浅丘辟为茶园，从蒙顶山上求来植茶始祖吴理真培育的蒙顶山茶种，遍种金鼓山，过着人茶共生的日子。这个故事，不知从哪一代而起，村人们从上一代听来，又讲给下一代听，笃定守着这些上天赐予的"金鼓"，抱着从土里刨出金子，农民就该爱惜土地的信念。

　　地处台状浅丘，金鼓村并不是水资源丰富的地方。可茶农有勤劳双手，有世代积累的耕作经验，有对土地不离不弃的那份心思。他们因地制宜，用卵石岩石环绕着鼓状小丘由下至上垒砌梯田。日复一日，年复一年，一座座鼓形浅丘被金鼓村人改造成了环状梯形的可耕作梯地。改变形貌的坡耕地，拦蓄了雨水、减少了径流，土壤保水、保肥得以改良，梯地通风透光条件好，非常有利茶树的生长，茶叶积累营养物质，降低了上下丘陵的难度，方便田间管理。日月流年，茶农们种下的茶树覆盖了所有的浅丘，村庄披着茶绿的羽衣。在天府平原与川西高山的衔接处，吟出田园轻歌，展露生态姿容，茶农们不但种茶，有的还办起了农家乐，有的人就近在外地人投资办起的民居打工。自家地里种茶，就近务工，耕作和赚钱两不误，茶农们收入不断提高，老辈们梦中的金鼓山变为真正金鼓。

金鼓村的风韵具有别样色彩，大地声音。千万年沉睡的浅丘，化身绿色鼓阵，只要雨露奏出前奏，阳光挥手号令，金鼓上的茶芽萌动，田野绿鼓敲出采茶鼓点，春天节奏，或铿锵，或欢快，激荡人心，催促山村奔赴美好日子。漫步浅丘，游道蜿蜒，茶树起伏。晨曦拨弄茶园轻雾，鸟鸣唤醒茶乡宁静。圜丘梯地，采茶人腰挎竹篮，头戴斗笠，早早忙碌。远处丘峦，茶树层层紧贴在圆形的浅丘上，排列有序，春风吹来，浅丘像挂满绿色呼啦圈扭动腰肢。一丘数环，环环相扣，站在高处，俯瞰远近，人身恍如被大地之手捧在掌心，那些满戴绿环的山丘令人奇想：我们脚下不是山丘，我们分明站在大地的指尖上，数一圈圈茶树环，数大地的指纹箩箩！对，指纹，如同每个人指尖上指纹。指纹带着各自命运的指向来，也将带着命运的方向而去。指纹是每个人在人世间独一无二存在的标识，一个人的每一次触摸，以及触摸处，悄无声息独白"我来过""我是唯一"。只是，面对这壮观的大地指纹，人的指纹顿显细微，微观和宏观的差距凸显。

在金鼓村的大地指纹里撒欢，脑海回响着那首关于指纹的童谣："一箩穷二箩富；三箩四箩开当铺；五箩六箩有官做；七箩八箩闲不住；九箩十箩稳吃住。"童心泛起，且欲数数金鼓村的大地箩箩：一堆丘，一个箩……只是，目及之处可数，绵延远方模糊。茶农们一双双被茶汁浸黑的掐茶人之手，长满老茧，却捂着对土地缠绵深情；卖茶人肩上背的背篓，满篓鲜叶，收获土地对勤劳与坚守的赏赐。

茶树，浅丘，沟渠，村村通，户户通，乡道蜿蜒，连接浅丘和农家。粉墙青瓦的居所院落月季摇曳；竹篱木栏后，懒洋洋晒太阳的狗，刨土觅食的鸡。金鼓山的村庄平凡生动，充满生机，土里藏金的传说已成现实。

去金鼓山，唱童谣，数大地指纹的箩箩，听到大地秘语：珍爱土地吧，每一份对土地的热爱，都会获得土地的回报——好日子密码。

作者简介：

山鹰，笔名梅香如故。现为四川省作家协会会员、四川省文艺传播促进会理事、四川省文艺评论家协会会员。著有长篇小说《余温》、文艺评论集《字影拾趣》。

曹　蓉

西羌叙事：禹的背影和萝卜寨

　　峡谷如甬道，岷江水依然清澈碧绿。禹穴的清风吹来，那湿湿的余音，是不是那羌女吹奏的笛音呢？那激越的流水声，是不是那羌人强劲的羊皮鼓声呢？

　　云端里，曾经在地震中倒下的碉楼和萝卜寨，以一种绝美而永恒的姿态重新站立着，在苍茫里，书写着属于古羌民族的历史。

　　和早春二月的风一起，我到了汶川。西羌，带着一管羌笛，自遥远走来。

禹的背影

　　"这是禹的铜像。"站在山脚，你指给我看。

　　"不，这是禹。"我用不容置疑的口气说。

　　你好像并没有反对，会意地笑了。对，这不是一尊铜像，他就是禹啊。

　　禹在那里，在高而空旷的山上，伟岸地站立着。一顶斗笠，一肩蓑衣，他手握铁锸，凝视远方。他征服的江水就在他的脚下奔流，不缓不急。他当然是禹，他一直就在那里，不舍不弃。

　　水声滔滔不绝，如一管悠远的羌笛，诉说着他的故事。说五千年前，禹出生于西羌。说那一天，禹母看见从云中突然掉下一块雪白的大石头，就在白石触地的那一瞬间，禹出生了。说禹穴沟中，禹母的鲜血染红了那块巨石，羌民把它称为"血石"，供于神山之上。从此，白石记下了一个伟大的名字，华夏始祖黄帝嫡裔鲧的儿子——禹。

　　禹所出生的称为西羌的地方，是羌、藏、汉交融的聚居之地，在成都平原以西的尽头，深处在重峦叠嶂的岷山山脉中。汹涌澎湃的岷江，汇集着千山万壑的雪水，从拔地而起的群山夹缝中奔泻而下。西羌，是古华夏最重要的丁字形民族走廊的起点，古代氐羌族群是中华各民族形成的重要来源之一。中华民族的共祖炎黄就是由此而东入主中原，并接受了先进的东夷文化而创造了灿烂的中华文明。中国第一个王朝——夏，就是以羌为主体建立的。"华夏"之"夏"，正是出自岷山的大禹之裔。

汶川——西羌，它的名字是如此庄严、伟大，令人肃然起敬。

仰望禹的背影，我似乎看见洪荒的远古，岷江洪水肆虐，如一条孽龙冲过岷山铁豹岭，左奔右突横冲乱撞，将这里化作一片恣肆汪洋，无情地吞噬人畜土地，哀鸿遍野。

治水的鲧来了，却失败了。于是，禹继承父亲未竟的事业，接过铁锸，带领羌民开山导水。就是戴着那顶斗笠，披着那一肩蓑衣，禹在那里一站，铁锸一挥，征服了如千军万马奔涌的惊涛骇浪。

后来，禹的继承者开明氏来了，再后来，大秦的李冰来了，沿着禹王的足迹，继续承担起治水的伟业。于是，天下人都知道，在中国的成都平原，有一个古老而伟大的奇迹——都江堰。

禹治水的十三年，在华夏史册上留下了辉煌一笔，千秋功业。禹因以坚忍不拔的毅力和艰苦卓绝的劳作平复水患而入主中原。禹建立了中国第一个王朝，由此，禹王成了中华历史上最受尊崇的领袖。

感恩的羌民记住了李冰，更记住了伟大的禹。我望向大禹祭坛，仿佛看见羌族百姓带着虔诚的敬意，面向高高的祭坛，向他们心目中的先祖和英雄顶礼膜拜。

我忽然想到，在历史上经历了无数次水患、征战、迁徙和灾难的羌地，甚至在今天遭遇大地震毁灭性打击的汶川，为什么它饱经创伤仍然能够如石山一般屹立着？为什么这个多灾多难的民族能如此坚强？

从禹沉默坚韧的背影里，我读到了羌民族不屈不挠的精神。而我们，又何尝不是炎黄的子孙，禹的子民？我们的身上不也一样流淌着氐羌先祖的血液吗？羌民族的精神，同样是整个中华民族的精神。

拾级而上，我朝新建的大禹祭坛走去，却忽然停下脚步。就让禹的背影留在我的心里吧。

风吹着，岷江蜿蜒向成都平原奔流而去。那击石岸边的水声，羌管悠悠从寒山冷月传来，流淌成那久远而优美的回忆。

说神山上的那一轮月亮记得，在悠悠的远古，石纽山的对面，有个吹笛的女子。那一天，禹为了治水，翻山越岭，来到涂山上。忽然，一阵婉转的笛音传来。禹循声而去，看见一位美丽的羌女，身着白色裙裾，头顶花帕，站在月光中竖吹着羌笛。女子冲禹莞尔一笑，送给他一张羊皮图。禹借助这张羊皮图，找到三江九水的路线。经过十三年的含辛茹苦，禹治水成功。

后来，禹与吹笛的羌女情投意合，结为夫妻。她，就是传说中九尾白狐化身的涂山氏。

禹至今似乎还在谛听，那一管动人的笛音。

云朵上的山寨

萝卜寨，在与天接近的地方。

我们的车沿着曲折陡峭的山路盘旋而上，仿佛攀着险而高峻的云梯，我们正在接近天空。

天空是人类永恒而遥不可及的梦想。从我们的祖先开始，天空一直是我们自然的祈祷。对天的向往和崇拜，如同我们对水的亲近和依恋，与生俱来。所以，我们会跪拜在水边向上苍祈求福祉，我们会躺在草地上仰望星空。天空于我们是那么遥远，心却接近天空。

我羡慕萝卜寨的羌民族，水蓝的天空，是他们的家。

山顶到了，我们终于下了车。但是，当我的双脚站在那片云朵上的土地时，我把眼睛紧闭了一刹那，一股悲怆袭遍了全身。我知道，那场特大地震已彻底摧毁了那个美丽的羌寨，彻底地摧毁了萝卜寨人的天空。我不知该怎么办，我该如何面对那些坍塌的墙屋，和废墟下归去的灵魂？

夕阳从山顶上掉下去，我的心跌进仓皇的暮色里。萝卜寨呈现在我的眼前。令我震撼的是，它是那样安静，无声无息，就那样纯粹地出现：山顶上一个静寂的村寨，曲曲折折的小巷，夕照下一片断垣残壁的剪影，一幅几千年前某日蔚蓝的长空。仿佛不曾发生过什么，它在，它一直站在天上。我想起仓央嘉措的诗句："你见，或者不见我，我就在那里，不悲不喜；你念，或者不念我，情就在那里，不来不去。"

萝卜寨似乎在安慰着我，任何力量都不可以摧毁人间的天堂。不管它曾经遭受多大的毁灭，它依然在那里，依然站在云朵上，一如既往地美丽着。

我忽然想，萝卜寨人为什么世世代代选择高山而居？不要烦嚣的市声，不要滚滚的红尘，他们似乎什么都不要，只喜欢这原始的宁静，无垠的寂寞。几百年，几千年，一辈子，他们就在那里，从来没有动摇过。一幅长天，真的就足够了吗？

"在蛮荒的年代，羌人为了避乱，来到了山顶。从此，萝卜寨人祖祖辈辈居住在高山上。"你简单地告诉我。

这个饱受苦难的民族，原在高寒而辽阔的青藏高原上以游牧为生，逐水草而居。他们最先驯化了高原的野羊，羌（羊之子或羊人）便从这里称呼。羊成为古代羌人的图腾。恶劣的环境使日益壮大的羌系族群，开始了漫长的迁徙。他们进入了岷山地区，生活在迷雾湿润的高山峡谷，打开了通向农耕文明的大门，转变为氐——低地之羌。五六千年前，羌族领袖炎帝率领羌人入主中原，拉开了华夏历史的序幕。

然而，水患与战争，不断地威胁着羌人的生命和生活环境。顽强的羌人筑起了坚固的碉楼，以御外敌。他们向高山靠近，生息在险峻而无人企及的峰巅。

只是，他们靠山而居，仅仅是为了避乱与防御外敌入侵吗？

在坍塌的废墟上，我发现了许多白石。羌人尊白石为天神，源于他们早在高原游牧之时对大山巨石的崇拜。站在废墟的高处，我望见在它旁边已崛起一座新的萝卜寨，那幅长天和夕照，依然是它绝美而永恒的背景。

我在望风景，你在望我。你举起相机，及时地拍下了我和萝卜寨，在震后重建的废墟之上。夕照的山坡。这是一个重生的见证吧？

悠扬的羌笛声，从拔地而起的寨子那边传来，夹杂几丝苍凉与哀婉，划破静寂的天空，和着山下滔滔不绝的岷江水，静静地流淌，似在追叙伟大古羌往昔辉煌而悲壮的历史，似在倾诉秦时的明月汉时的边关，羌女的离情，征人的乡愁，似在追忆不曾远去的那场惨烈的地震灾难……

苍茫的暮色里，小山上，几棵苍翠的神树，笔直地站立着，像执拗地向天空张开的羌民双臂，那祈祷的姿势，意味着永恒与希望。

（原载于《环球人文地理》2023 年第 4 期)

作者简介：

曹蓉，冰心散文奖得主，中国作家协会会员、成都市作家协会全委会委员、成都市成华区作协常务副主席、成都市武侯区作家协会副主席、四川文艺传播促进会理事。著有长篇畅销小说《栀子花开》和散文集《那边的香巴拉》《赴一场人神之恋的爱情》《流浪的云》《月亮的鞭子》，以及长篇人物传记等十多部作品。

税清静

在毛家湾采访一棵树

采访一棵树？是的，没错，我的任务就是采访一棵树，采访龙泉山腹地一棵有着四百年树龄的黄连木古树。

从龙泉驿出来，汽车飞驰在成渝高速，一会儿工夫就到了茶店古镇，我们被茶店镇森林管护站站长晋惠茹转手"卖"给了前锋村护林员，一个黝黑的中年汉子钟长水。坐在钟长水新崭崭的东风雪铁龙轿车里，我们又上路了，从镇到村的盘山路虽然全都硬化，但路越走越窄，很多地方仅能容一车勉强通过，透过车窗，龙泉山的沟壑纵横间，鲜花尽开、春意盎然，天是那么蓝，云是那么白，漫山遍野盛开的桃花映红了山峦，蝴蝶欢飞，群蜂飞舞，这难得的景致差一点误导了我此行的目的，我是来采访古树的，不是来赏花的！我不断警告自己。

我的采访对象在哪儿呢？车七拐八拐，拐上了更曲折的泥泞路，在一个大下坡转弯时，四十四岁的钟长水突然降低了车速，钟长水说这儿叫三转湾，右边是我以前的家。我这才发现整个山上几乎见不到什么房屋了。钟长水说政府打造龙泉山城市森林公园，他们整体拆迁，得了四十来万元补偿款，两年前已经搬到龙泉驿区城里了。老婆在城里打工一月能挣个两三千元，自己从小在龙泉山上长大舍不得这山上的一草一木，于是当了一名护林员，一月有一千四五百元补贴。女儿钟敏在犀浦纺织学院学习鞋类设计，已经大二了，两口子都有社保医保，供养一个孩子上学还是可以的，手里还有点积蓄于是就买了这辆车。我说，你现在已经是标准的城里人了。钟长水说，我没有转户口，还是个农民，我的根在龙泉山里！

前面就是你要去的毛家湾了，只有走路了哈。钟长水一边停车一边说，他说这话的时候脸上带着歉意。他带着我走上一条推土机推出来的新路，路的左边是山崖，山崖上一顺溜儿有十余座老百姓装红薯的地窖，地窖的门像一张张张开的大嘴，有的已经破损。右边是陡坎，坎下面是一条深溪，

四川文学

作品精选

依稀可以听到水声、看到溪水。拐过弯，前面兀地出现一大块平地，地上是刚长出不久的青菜苗，菜地很大，一眼望去有十来亩，地的尽头、靠河边耸立着一棵参天大树，我猜，那就是我的采访对象了。我跟在钟长水屁股后面深一脚浅一脚地向大树奔过去，全然不知踩死了多少菜苗。

冲到大树下，我扑通一声跪在了树下，钟长水吓了一跳，他以为我摔倒了，正要伸过手来拉我，我赶紧制止了他，我说这是一棵神树，我要先拜一拜它，然后才好采访它，无论我做什么你都不要管我。你这个知识分子还信这个？钟长水嘿嘿地笑着满脸狐疑地让到了一边。我重新整理好衣物，跪下三叩首，口中念念有词，将一瓶歪嘴郎酒浇洒在地上，待我刚起身时，正好一阵微风吹来，树叶欢快地摇曳起来，我说钟长水，你看树笑了，它同意我采访他了，钟长水也笑了。

小心，下面是悬崖。看到我向树干走去，钟长水好意提醒我。我说没关系，我现在要零距离采访它了。这棵黄连木树的根，深扎在十多米的悬崖中部石缝里，树脖子的直径有一米，斑斓的树皮写满了沧桑，近三十米高的树身枝叶茂盛，龙盘般粗大的枝干上，数百年来生长着很多有名和无名的寄生树种，不禁让人想起那满身爬着嬉戏童子的神仙佬。沿着向外倾斜的树身，被人用条石垒起了两米来高的堡坎，那树身便成了这道堡坎的有力支撑。我相信，这棵树的身体已经支撑着这道堡坎百年了，我猛地向树干扑了上去，像孩子找到久别的母亲一样紧紧抱住了那棵大树，准确地说是大树怀抱着我，我侧着头将耳朵轻轻地贴在大树胸前，闭上眼睛倾听大树的呼吸和心跳。

一会儿，黄连木便把我带进了它为我准备的"结界"，我突然发现钟长水与河对岸的成渝高速，还有满山的桃花全都消失得无影无踪了，整个龙泉山又回到了蛮荒时代。烈日高照，一群衣衫褴褛的人出现在眼前，他们扶老偕雏沿溪而上艰难前行，他们看上去太累太饿了。他们绕过了一座像乌龟一样的山包以后，突然，为首人称毛太公的老人大手一指，高呼道：族人们，我们有救了！顺他手指上方，光秃秃的崖石缝里，生长出一棵水桶般粗的高大的黄连木树。正是百花凋零时，那黄连木却繁花似锦，树枝上居然隐约挂着几个鸟窝。毛太公立即派两个青壮年攀上石崖，他们居然在树根石缝处捉住了一条正准备上树的大菜花蛇，又从树上找到了五个鸟窝、十八枚鸟蛋，同时发现崖上原来是一大块台地。当毛太公爬上悬崖看到这块平地时，眼前一亮，背山面水，左青龙右白虎，前朱雀后玄武，这不就是典型的好风水吗？毛太公告诉族人，从湖广这一路走来，经历那么多坎坷，就是这棵黄连神树在招引着大家，那条蛇和鸟蛋都是神树赐予大家的救命布施！毛太公又命人从黄连木树上摘下花叶，给人充饥治病，很快那些病人就恢复了健康，于是黄连木树石崖下便香火不断了。

毛太公决定就在这块土地上扎根，他带领族人在靠山的一边盖起了窝棚和茅草房，终于有了家，那山就叫螺丝山了。毛太公组织大家开荒种地生产生活，他将这四周由龙泉山脉的小皱褶围成的世外田园命名为毛家湾，黄连木崖上面这一大块土地命名为毛家坪。黄连木神树的花儿飘进小溪在黄连木树下形成一个大回旋水池，就叫花儿沱，花儿沱的下游几百米外那酷似神龟的一座小山包，就叫它乌龟山，这乌龟山既是毛家湾的门户，也是黄连木神树的护卫，更有独占鳌头之意。毛氏一族从此在毛家湾生根、发芽、开花、结果，坚持耕读传家，历经数代积淀努力，族人中终于有人不负毛太公的初心，得以高中并入朝为官，在乌龟山上立起了二斗桅杆。后来为纪念毛太公，人们在山上给他重修了大墓，还盖起了毛公祠堂，后来叫毛家祠堂。可惜毛家祠堂在近现代运动中被毁，整个毛家湾就只剩下黄连木树这一神树作为老百姓驱邪、避祸、祈福、祭奠的对象。

"老师，莫睡了，那边打电话叫我们走了。"

钟长水的催促打破了黄连木的"结界魔法"，把我带回到现实世界，一回头，我发现整个毛家湾就剩下我俩了。正是清明时节，沿着这片拆迁后复垦的土地，我看到山坡上零星的坟包上，那些后人们挂青时插挂在坟包上的五颜六色的纸随风飘飞。先人们，安息吧，你们的子孙都完成了最后的迁徙，他们都已进城过上好日子了！你们与黄连木神树一起，就留在龙泉山上独享这难得的静谧吧！

（原载于 2017 年 9 月《中国文化报》，光明网、四川艺术网、搜狐、新浪等网络平台及纸媒相继转载，2022 年 12 月获中国散文网第二届"三亚杯"全国文学大赛金奖）

作者简介：

税清静，中国作协会员、中国散文学会会员、四川省儿童文学专委会副主任、成都文学院签约作家。著有《大瓦山》《乌蒙磅礴》《梦回三国》等。获《中国作家》鄂尔多斯文学奖等。多篇作品被收入全国教辅和中小学生题库。

唐宋元

泸山极顶

　　我曾有幸登上过泸山极顶。世界上所有的山，只有这座泸山——西昌泸山，我才登上了它的峰巅。别的山，我或许登上部分，或许就只是远远地仰望过它的最高峰。这足以说明我和泸山的亲切关系。这种关系的达成，却是靠了当时的一次"运动"。

　　1966 年初，我们宜宾市、泸州市八百多名"知识青年"，响应国家的号召，上山下乡——这是四川历史上的第二批知识青年上山下乡。当时的传闻是，西南局第一书记李井泉请国家农垦部王震部长支援四川"三线建设"，于是，新疆生产建设兵团派遣一个团的领导班子，来到巴山蜀水，几经辗转，最后定在西昌地区盐源县创办"军垦农场"。我们这批知识青年就是农场的第一批农工（另有三四百人去了宁南县插队）。当时，电影院正放映彩色纪录片《军垦战歌》，诗人袁鹰、贺敬之作词，田歌作曲的歌曲《中华儿女志在四方》，通过电影把我们十六七岁的心，烧得像火把一样熊熊燃起，热气腾腾。"迎着晨风迎着阳光，跨山过水到西昌"——把原词"边疆"改为"西昌"，我们哼着唱着，就奔赴了那片阳光特别灿烂，风沙特别狞砺的高原。五年后，也就是 1971 年，整个农场又奉命迁往西昌。在罗家沟、大德里等地，原成都市"五七干校"和"西昌地区五七干校"的"五七干部"们回城了，我们接管了他们留下的土地，与原国营大营农场合并一起，建立"国营西昌农场"。我和泸山的关系，就在这时候暗暗开始了，但我当时尚处于"未曾觉察"的浑浑然之中。

　　大营、大德就在泸山脚下，虽然当时我们并未感到自己是在"风景区"干"修理地球"的工作，当时我们对"风景区"的感觉也不像现在这么敏感而亲切，但与盐源相比，无形之中，隐隐然有一种欢欣潜滋于心底。这里的自然环境和气候条件，毫无疑问，那当然是好了许多。1972年的春节很快就翩然而至。这当然是一个高兴的日子，可是我的心中却是"闲愁暗恨"云卷云飞。这种低落情绪当时还极难向人诉说，现在可以明白地告诉自己，也不怕示与他人了：失恋，同时又失去原来的"业务工作"，这已经快把我这个在人生路上颠踬不已而又十分愚钝的"不谙世事者"弄得抑郁不堪；而另一个只有我自己才知道的"秘密"更是把我搞得七荤八素，常常彻夜难眠——我在盐源就动笔写成的人生中第一个短篇小说，瞒着所有的人，像做小偷一样，战战兢兢地，我把它投进了邮局，寄往为纪念《延安文艺座谈会上的讲话》发表四十周年而举办征文的《四川日报》，一直是"泥牛入海无消息"。这个秘密，跟失恋一样啃啮着人的情感。因而，即便是在春节，当然也不能让我的心情明朗起来。就在这个时候，我们知青中的蓝哥哥约我一起登泸山，用这种方式度过正月初三。

1972年，农历正月初三是一个阳光明媚的日子。蓝哥哥和我，带上当时李队长的儿子——他称我们"叔叔"，一起在"新村"下了公共汽车，转向登山。蓝哥哥名智仁，一个知青中的"文化人"，曾经考取了大学，但因某种原因未能就读而在生活的风浪中很有些摸爬滚打的文学爱好者，他经常向我讲托尔斯泰，讲雨果，讲鲁郭茅巴老曹，讲王力的《诗词格律十讲》等，几乎是对我进行了全面的文学启蒙。登山的时候，文学也是我们一个主要的话题。我投稿的事情，连对蓝哥哥也未曾透露，因而他也不知道登山的此时此刻，我内心里情绪万端，复杂难言。

现在，泸山邛海螺髻山风景带已然成为国家级风景区，但当时还在"文革"之中，泸山的景点不像现在这样"打造"得美轮美奂，而它固有的美感已经令人心动不已，浮想联翩。刚至半山，我们蓦然回首，便看见了一碧如洗的邛海。它像一只驯善的蜗牛安静地躺在新春的阳光下——不，我立刻在心中否认了这个比喻，说它应是天上的一把宝镜，仙女把它作为定情的信物送给了人间的牛郎。可惜啊，这个牛郎不是我——我为自己暗暗叹息。蓝哥哥毕竟在世上受过一些蹉磨，他爽朗地说起了杨升庵。十年以后，当我就在杨升庵住过的成都"状元街"附近的出版大厦十一楼"办公"的时候，我还想到当时这一幕。蓝哥哥兴致勃勃地说起《三国演义》开篇的《临江仙·滚滚长江东逝水》，就是杨升庵的词。哦？原来如此！虽然当时我并无"古今多少事，都付笑谈中"的襟怀，但早已读过，很是喜爱此词。朴素而含蓄的词句让我流连，看似消沉中的豪放与旷达为我所无，因而更让我一读再读，感到咀嚼不尽。蓝哥哥接着说，也许，当年杨升庵就站在我们此刻立足的地方。啊？这我不曾听说。他道，杨升庵被贬谪云南，经过此地时写下一首诗："老夫今夜宿泸山，惊破天门夜未关。谁把太空敲粉碎，满天星斗落人间。"一个被"中央"流放的落泊者，诗里却毫无落拓之意，相反却是在当地的风土民情，比如彝族火把节的场景中吸取诗情，一抒胸中气概。这使我敬佩不已，暗自联想到自己这一向的心绪，不禁万分汗颜。古人的形象在我心中更加高大起来。我望向泸山的顶峰，觉得杨升庵可以与之比高。脱口而出，我建议道：不到长城非好汉，我们这次，不如一举登上峰顶。同行者欣然附议。

渐渐地，我的心情跟当天的天气一样，开朗起来。景仰着杨升庵，向往着泸山极顶，脚步生云，不觉得汗流气喘，反感到身轻如燕。泸山古木参天，也堪称山峦奇秀，一路走来，目不暇接。葱茏之中，梵宫佛殿，影影绰绰。据闻，山上有兴建于汉、唐、明、清年代的十多处古刹，如光福寺、蒙段祠、三教庵、祖师殿、观音阁、王母殿等等，但因为一心向着极顶，便是走马观花，匆匆一瞥，直奔那戴着白云的顶峰而去。我们那时走得很是艰难，有时走前人樵夫牧者踏出的小径，有时须要自己披荆斩棘开路而行，气喘不迭，汗流不止，竟也没有停下脚步。如是，我们终于登上了泸山极顶。我望到了很远很远的地方，心胸顿开，心情大好。站在泸山极顶，此刻正是"不畏浮云遮望眼，只缘身在最高层"啊！

如今几十年过去了，当我回忆当年这次泸山的极顶登攀，还激动不已，它是对我人生的一次极不寻常的启悟之旅。我释然了内心那些似暗流一样涌动的抑郁情绪，时间就过得从容，也淡化了某种焦虑。于是，初三登山过后，时光如流，很突然地，在惊异中，便得知了我的小说处女作将在省报发表的消息。当我见到我的《高原上的向日葵》在报上几乎是整整一版的铅字时，路边的石榴花已经如血，似火，夭夭地红得让人心疼。

人生就如登山。一个人的心中，必定有一座他自己的山。我心中的这座山，就是你啊——我唯一登上过极顶的山——泸山——四川的泸山——西昌的泸山。

（原载于融媒体《邛泸诗韵》2022 年创刊号）

作者简介：

　　唐宋元，中国作家协会会员、中国电影家协会会员、四川文艺出版社编审、《峨眉》常务副主编、四川省文艺传播促进会名誉理事兼小说与影视戏剧中心副主任。作品获夏衍电影文学奖、中国戏剧文学奖、《人民日报》精短散文奖、冰心奖、《星星》诗歌创作奖等。

四川
文学

作
品
精
选

章　勇

烟雨溪读云

北川烟雨溪以神秘出没的烟雨而闻名，被誉为修身养性，潜心读书的好去处。我刚到的时候，天上正在飘着毛毛细雨，在冷空气和风的作用下，形成了宛若仙境的朦胧景致。但是，老天爷不想让雨打湿我开朗的心情，雨还没有淋湿地皮，便迅疾被屏蔽，也就省略了烟雨的长度，改写了我到此听雨，听花开花落的憧憬。

雨后天晴，天空蓝得像漂洗过后风干的蜀锦。站在坡上仰望苍穹，仿佛蓝天就在头顶，伸手就可以触摸到洁白的云朵。我惊叹这里海拔并不高，为什么天空蓝得透明？我深深吸一口空气，满腹都是芳草与绿树的清新。在我眼里，这里的天空仿佛是一部翻开的书，白云就是它最美的文字，因此，我不由产生一种从未有过的冲动——想搂抱天空，与白云来一个零距离接触，然后读云卷云舒⋯⋯

原以为，烟雨溪不过是穷乡僻壤，蛮荒之地，与李煜"又见桐花发旧枝，一楼烟雨暮凄凄"的伤感不出左右，或像苏轼"竹杖芒鞋轻胜马，一蓑烟雨任平生"一样聊以自慰。哪知烟雨溪却是蛰伏在川西高原皱褶中的一片净土，犹如陶渊明钟爱一生的世外桃源。不仅没有古人眼中的凄婉与迷离，反而呈现出绿水青山的强大活力。即使坡道上没有袅袅炊烟，山路上亦少有路人行走，但白云苍狗，潺潺溪水，却将大自然的苍劲与壮美渲染得如诗如画，妙不可言。

这里翠竹青青、修篁依依。枕一溪水，温一杯酒，观一弯月，赏一树花，无时不被诗意的美熏陶。陶渊明"采菊东篱下，悠然见南山"的诗情浸入心脾；林则徐"青山不墨千秋画，流水无弦万古琴"的联想浮现脑际。虽是自然景观，却顿时加大了我思想的内存，使我的想象获得了意外的提升。在这里品一杯清茶，读一部书，是何等的美妙与惬意。

而此时最耐读的书，莫过天上的云。因为云的雪白、云的飘逸，缩短了我与天空的距离，仿佛一不小心，就会将云揣进怀里。

有人说，云是神的经卷，是天空神秘的文字；有人说，云是有灵性有生命的载体，它们用独特的方式演绎自己的轮回。在我的眼里，它变幻莫测，漂浮不定。当一朵朵云淡定地出现在天空时，有的像盛开的睡莲，有的似灵动的玉兔，有的如引颈高歌的天鹅，有的若欢畅游动的鱼。它仿佛是天地之间的渡桥，圣人与俗人的纽带，给我以柔美、宁静的遐想。然而，当云朵变成灰色甚至黑色，连成一片，构成气势磅礴之际，又是另一种景象。它如移动的山，似起伏的丘陵，像奔腾的烈马，若排山倒海的波浪……

我静静地望着天空，读一朵朵云，发现云没有脚，但却比我走得快；它停止不动的时候，又比我站得更稳。我默默地梳理自己的心情，检讨自己哪些方面不如云。心里想，云是不是只有简单的生存法则：要么与蓝天一起坦诚相见，坚守心境的纯洁，理想的高远？要么化作雨露滋润大地，造福人类？这是云开心快乐的时候。那么，作为有生命、有灵魂的云，它也有不开心和愤怒的表情。比如发现有伤天害理之事，它就会怒不可遏，化作暴雨，给予惩戒。那么，我们人类各种贪得无厌的欲望，该就是束缚手脚的藤蔓，从而与云没得一比？

我在这里读云，发现天上的云，没有一朵是相同的，没有一朵是去留无意的，完全颠覆了我过去对云的认知。它们千姿百态、形状各异，仿佛烟雨溪就是由历史的风云汇聚而成。因此，我想读懂哪一朵是张骞西行的祥云，哪一朵是李白朝辞白帝的彩云，哪一朵是苏轼被贬南下的闲云。

读云，读历史，读诗书，李清照"云中谁寄锦书来，雁字回时，月满西楼"的期待也就不请自来。难怪千百年来读云，写云的佳句层出不穷。王维的"行到水穷处，坐看云起时"，表达了豁达的人生态度；李白的"云想衣裳花想容，春风拂槛露华浓"，道出了云爱美的天性；曹松的"云朵缘崖发，峰阴截水清"，赞美云的高洁；郎士元的"青山雾后云犹在，画出东南四五峰"，则释放出雨后初晴，云愉悦的心情……

我读云，读云的思想和内涵、精神与气质，从云中寻找自己的影子；云也读我，读我与它的距离，让阳光注入我的心底。不知不觉之中，我发现那些漂浮在烟雨溪的花瓣，仿佛就是一朵朵祥云；而那些随风摇曳的翠竹，也宛如一簇簇绿色的彩云。于是，我想让我的心也化作一朵轻盈雪白的云，定格在烟雨溪蔚蓝色的天空，没有一丝杂质、没有一丝忧郁，融进川西高原永不褪色的风景里……

（原载于《四川经济日报》2021年12月3日"悦读"专栏头条）

作者简介：

章勇，四川电视台高级记者、四川电影电视学院教授，四川省文艺传播促进会副会长兼研究院常务院长。主要文学作品有：长篇小说《沉默的天空》《最后两个梗人》，散文《边境的云》《在红土高原上》，诗集《士兵与高原》《男儿风骨》，长篇报告文学《寄自老山前线的报告》《越南战俘纪实》等。作品曾荣获国家和部委设立的"五个一工程奖""金剑奖""解放军文艺奖""中国最美散文奖"和省级政府奖以及《成都商报》2017年度中国文艺读者口碑奖等。

梦桐泉记

成都西郊，沃野平畴。出郫都望丛祠，往东北向三道堰水镇，几乎在一条直线上，有处幽静之处，唤作"梦桐泉"。那里，被都市人称为"都市人寻觅的乡村园林秘境"。郫都的望丛祠，祭祀的是望帝丛帝，那是传说的巴蜀文化源头，就算是源远流长巴蜀文化的源头之泉眼吧。而三道堰的滚滚清渠，则是蜀地水文化的象征，那么，梦桐泉呢？这个饱含诗意的名字，定有它特有的韵味。

连续几年，我参加成都新闻奖的评选。有两届，主办方把评选地点选在这里，可能是因为这里清净、隐秘，一年一度的报纸广播电视佳作，包括文艺、音乐节目花团锦簇，哪些能获奖、名次如何排，评奖的环境总得有点半封闭才行。一次是暮春，一次是初春。案头、电视屏上，佳作如云，繁花似锦；窗外，春色绮丽，浅深有致。

闲暇了，就在园内散步。那一次是暮春，走过锦鲤湖前的大草坪，一群花工正在移栽一丛丛杜鹃花。那花，开得恣意妄为，红得如同灿烂的云霞，似乎整个春天都是她给叫唤出来的。"这花怎么这么大？是不是施过什么特殊的增肥剂？"我问。花工笑了："春天了，就是她们的季节。"

春天到了，这真是一座好园林。一大片湖面，碧玉般的，缀实了园林的主色调，各个层次的绿，强劲浪漫地托起大自然的青春活力。冬天，沉稳的浓绿饱含力度，孕育着新一轮生命。进入立春，园林里活泼泼地，一趟又一趟的花期，就成了调色盘上的各种颜料。风中雨中，沿墙的一溜蜡梅，花萼还在坚守，暗香袭人衣，但她的退场时刻一天天临近，花瓣开始憔悴，腊玉的梅朵有些卷边，黄瘦的朵儿开始下垂。一到夜间，清香依然，在她还没有零落为泥碾作尘的时候，呼啦啦地，湖边路旁，红梅绿萼灿烂登场，迅速把川西平原的春天推向高潮，田野菜花黄，坡地桃花粉，加上贴根海棠、寒绯樱，你方唱罢我登场，热闹得很，然后，山茶、玉兰、樱花、垂丝海棠、杜鹃、牡丹都轮番上场，当荷花亭亭玉立于锦鲤湖和荷花池时，夏天，就到来了。这些花儿，携带季节的和风印记，洋溢出激情逼人、温婉怡友的气息。在梦桐泉里，园林绿化面积 70%，湖面景观占 10%。花在这里一茬茬地开，一波波地展露芳华。一树树地开，一朵朵地谢，花开花谢，遵循着大自然的规律。先开的，凌寒而立，傲然于世，等到下一波花期到了，她就含着微笑，退到后面，欣赏着新的芳华，即便凋谢，也给世人留下灿烂的印象。"落红不是无情物，化作春泥更护花"，龚自珍的诗句，既在吟诵大自然，也寄托他对人世间的希望，往深处说，是对文化传承、精神接力的期许。

绿色是春天的旋律，也是园林的底色，更是青春的蕴藉。在红雨飘飞的梅花树下，我认识了这里的造园人和管理者，包括那些花工。这个绮丽园林，诗情画意盎然。"梦桐泉"，三个字分开来，每个字都富于诗意，那么合在一起作为的名称，似乎有更好的含义。

泉水，在中国文化意象中，一直是美好的载体。写泉、写泉源的诗文太多。自然也有激昂奔跌的飞瀑山泉，更多的则是恬静平和的。王维《山居秋暝》，"明月松间照，清泉石上流"，静静的泉水流过石间，也流过他的心灵。这时候山里的泉水，像梦桐泉意境中这样在平原上流淌的泉呢，想必是杨万里《小池》中的那样，"泉眼无声惜细流，树阴照水爱晴柔"。

那么，"树阴照水"的梦桐泉园林，有没有这样的泉眼呢？有的。不过，那是一个人工制造的水景。

有的时候，泉，是和梦境连在一起的。比如王安石，就写过好几处泉水，巧的是，每次，都要在泉边写到他的梦。他的《试茗泉》，王安石先说"此泉地何偏，陆羽曾未阅"，他就在似梦非梦的意象中与泉水相遇，"但有梦中人，相随掬明月"。这样的泉水，是营造浪漫之梦的。而他的另一首泉水之歌《听泉亭》又是在泉水叮咚中唤醒梦境的，"逗石穿云落涧隈，无风自到枕边来。十年客底黄粱梦，一夜水声却唤回"，泉边一眠，惊醒了十年的功名富贵心。"听泉亭"是他心理突围的切入点，泠泠泉水，让他顿悟，摆脱官场纠葛，人生由此进入新的一层境界。这种境界，必将比过去更强劲。

强劲与浪漫，清泉与梦境，就在这里会师了。

泉眼，自然界中往往是大江大河大湖的源头。在人类的活动和成长轨迹里，比如民俗、比如居家，也有自己的渊源。

在梦桐泉，有一片川西民居，这里绿荫如盖，香径回廊，有四合院，有百年老宅。青瓦灰墙、飞檐雕梁，成为园区又一道风景。十几年来，园主和造院人，奔走川西各地寻觅，抢救性地搜集了即将拆迁的老宅以及老宅的构件，或整体重建，或选择性重组，整整有十几套。经过能工巧匠的构思布局，一片独特的园林式建筑，就出现在绿意滴翠园区内。其中有一座170年的老房子，是榫卯结构的清代建筑，来自大邑。从屋顶揭开瓦，先拆主梁，在从上往下，小心翼翼敲打着往下拆，四千多个构件分类编号，几十位拆卸了半个多月。回到园区，再拼装、搭建、修补、装饰，又用了一年多时间才将它恢复原有的气韵。同时，这里还有四合院，有竹篁居、秀水阁，一园一格，各具风采。川西民居之源泉，在这里尽可能地留住了它的波光激滟。

在秀水阁的廊柱上，我读到张昌余先生的题匾和他撰联并题写的"梦托凤桐凌广宇，泉通龙脉润群英"。先生是我的良师，字如其人，文如其人，玉树临风，嵌字双关。

这里的"群英"，自然也是双关，字面看，诗歌吟诵园内的泉眼滋润了郁郁葱葱的树木和花卉，另一层意思是说，这里众多英才聚会。在园区内，除传统凝重的传统民居外，还有个独特的建筑，一个乍一看不知是何物的现代体育场所，这就是气膜体育中心。它外观独特，外形仿佛是白色的大气球，在绿荫丛中醒目可观。它内设三个标准篮球场、观众席和全套计时计分系统，满满的黑科技。照明，是无眩光，高反射率，提高自然光线利用率，可以提供柔和的照明效果。四川省内外很多运动队，优秀现役和退役的运动员，都在这里训练、休闲过。青春活力，在此四射。

几代运动员，都在这里留下足迹。人世间的长河，源远流长，前浪后浪，奔涌向前。而源头，总是清澈的泉源。

落红萧萧，是生命与事业的轮回。桐花山道，有老凤与雏凤各自的芳华。泉水流淌，生命不息，青春与绿意、传统与现实常在。

在这样的意境中，做个王安石多次做过的梦，怕也是容易的。

（原载于《格调》2023 年第 4 期，有删节）

作者简介：

贾璋岷，高级编辑，四川省作家协会会员、四川省文艺传播促进会副会长。先后任四川法制报社、家庭与生活报社总编辑等。出版过《本案报道失实》等 4 部报告文学、散文专著，合著有《路在彩云间》等散文、诗歌和文学评论专集。

何万敏

西昌，一首山水诗

　　每一个早晨，只要天空晴朗，我从位于四川西昌城北山的家向南望去，都可见黛绿的泸山被一片层叠的群山衬托着，巍然屹立。泸山就在西昌城边，主峰纱帽顶海拔 2317 米，显得比后面螺髻山主峰附近的摆摆顶要高大。其实摆摆顶才是西昌市的最高峰，海拔 4182 米。

　　历史上，明代文学家杨慎曾下榻泸山的庙宇，他四下眺望，夜幕尚在天边，却见山野间已跳跃起点点火光，一首《夜宿泸山》由此而成："老夫今夜宿泸山，惊破天门夜未关。谁把太空敲粉碎，满天星斗落人间。"尽管此诗远不及他的那首《临江仙·滚滚长江东逝水》脍炙人口，但是对于西昌人来说却更加亲切。诗中描绘的农历六月二十四彝族过火把节的场景，至今仍在这片土地上激情上演。

四川文学

作品精选

　　节假日的时候，我喜欢沿着蜿蜒的公路登泸山。从泸山山门牌坊出发，徒步一个小时，可到达卧云山庄。这样，既可以欣赏泸山风光，也可以起到锻炼身体的效果。后来，我还与自己定下一个约定：即使工作再忙，我也会在元旦这一天的早晨专门登上泸山，只为一睹新一年的阳光洒满西昌大地。

　　泸山脚下，是碧波荡漾的邛海。邛海水平面海拔 1500 米，与泸山相差 800 多米。两处西昌城地标的高度差，让这座城市多了一份视觉上的高低起伏。邛海古称邛池，34 平方公里的水域碧波荡漾，同时提供着这座城市用水的部分水源。经过多年努力，围绕邛海周边，建设了面积达 2 万亩的城市湿地，仿佛给清澈的邛海镶嵌上一串绿宝石。随之而来的，是一些珍稀的鸟类不断增多，这让人们感到尤为欣喜。

　　西昌，就是这样一座山、水、城相连的城市。

历史上西昌古城，又名建昌古城，距今已经有 600 多年历史。2016 年复建部分城墙时，我去采访，看见出土了一段长 800 多米的明代古城墙，文保部门在此基础上复建城墙，为了修旧如旧，保持古城墙风貌，不用水泥而专门熬制糯米灰浆，将三层不同材质的墙体接缝填充和粘连。糯米灰浆钙化时间长达两年，往后时间越久粘连硬度越强。记得施工场地上，10 口大锅下是熊熊火焰，锅里糯米翻滚，热气向上蒸腾，据说整个工程共用去50 吨糯米。

我供职的单位原先在建昌古城北街，向南走几十米就是古城中心四牌楼。我曾从一些老照片里一睹四牌楼的昔日模样，如今的四牌楼正是依据那些老照片复建而成。从四牌楼出发，再往南走过几百米长的南街，穿过大通门，就算是出古城了。记不清有多少次，当我从大通门门洞下经过时，都会产生一种时空穿越的奇妙感觉——以厚实的城墙相隔，城墙这边是过去的历史时光，城墙那边则是如今的流光溢彩。

与建昌古城相接的老城区，繁华的月城广场周围，车辆川流不息；步行街一带，商业城、购物广场聚集。另一头，新城区的建设步伐更快，航天大道两旁，楼房鳞次栉比，休闲公园分布于此；特别是高铁新城板块，正构成安宁河岸边新的城市风貌。

其实，西昌并非我的故乡。我生长在凉山彝族自治州东部的美姑县，大学毕业后到了位于州府西昌的凉山日报社工作，这才来到西昌生活。我第一次到西昌是在初中毕业那年，那一次还闹了一个笑话。我和一个同学报考四川美术学院附中，考点设在西昌师范学校。我们从仅有一条街道的县城来到西昌，四处张望这座在我们看来偌大的城市，看哪儿都觉得好奇。考试结束后，我们先乘车到邛海公园和泸山玩耍，然后回城里。逛到市中心的体育场时，那里正在举办物资交流会，地上铺满了琳琅满目的货物，现场人声鼎沸。傍晚时分，我们走进一家国营食堂，点菜、付钱、等待上菜……服务员先端上 3 盘菜：大白菜、土豆片、白萝卜，然后没有了动静。我和同学相互看了看，便拿起筷子夹起白萝卜开吃。这时，服务员端来一个小炉子，点燃固体酒精，接着端出汤锅放置在炉子上。看到我们的举动，她忍不住笑起来，告诉我们，这些都是要煮着吃的……不经意的小事，却给我留下了温暖的回忆。

20世纪90年代我刚到西昌参加工作时，那时候城市还比较小。小城的好处是出行方便、节奏缓慢、物价便宜。工作之余、茶余饭后，我喜欢走街串巷，慢慢地对这座城市越来越熟悉。后来，我在这里安家、定居，从此，我不再是这座城的一位过客，这里成了我的第二故乡。不只是我，如今，爱上西昌的人越来越多。特别是这里冬暖夏凉的盆地气候，使得西昌成为全国年均温变幅最小的地区之一。当西昌人悠闲地享受着天赐的好气候时，远道而来的游客同样钟情于这里四季如春的气候。这些年，西昌成为四川省旅游目的地后起之秀，邛海泸山风景名胜区更是荣获国家级旅游度假区。

山、水、城相连，写就了西昌这座城之美。西昌，就像一首山水诗。

（原载于《人民日报》2023年8月7日）

四川
文学

作品
精选

作者简介：

何万敏，凉山日报社原副总编辑。中国作家协会会员、中国文艺评论家协会会员、四川省文艺传播促进会名誉副会长。出版有散文《住在凉山上》、非虚构《凉山纪》等，影响较大。

都江堰的烙印

一九六二年公历三月十日，农历二月初五，天擦黑的时候，我枕着都江堰的涛声和桃花蕊芯的风来到了世上。一九六五年秋天，我随家人去了大巴山。这就是说，都江堰的四个年头，加上活在母亲胎中的那十个月，共五个年头，是我的人之初。

古人说了，人之初，性本善。那么，倘我在人之初之外有恶之行，一定与都江堰无关。都江堰是本初的，善的，相对我的小而大的。大到我不知该怎样形容她——梦她，呓她，念她，让她鞭挞、掩蔽、湮没，还是学一回艾青大吼一声《都江堰，我的保姆》？后来，直到我离开她三十六年，我才在一个冬天，用一首诗勉强表达出了她的大，包括命数、神秘和不可知："一条大河，横亘在面前，大得不流动。/整个世界，除了天空、夕阳，就是大河……"

这首刊于《南方周末》报的《大河》事实上已成为我的代表作。这不仅让我困惑，也让我吃惊：她默默成全一个儿子的绵力究竟有多大？

我的记忆是平庸的。但体现在对过去某些细节的浮现上却又表现出惊人的绵力。那一定是接近中午的一个春日，二王的眼皮底下，我在铺着木板的那条著名的叫安澜的索桥上蹒跚学步。我举头看见了太阳的脸，低头看见了太阳另外的脸。我从索道中路，斜斜地晃到了边路。我看见那张脸在岷江水中波动，做着怪相，让我亲切，不害怕。我遂把身子和小手扣在钢绳上，小小的幼年塑了一个扑向水的大姿势。这时，我被一双手紧紧拥在了怀里。我回头望见了母亲的脸，脸上只有白，红落进了水里。如今已白发满鬓的母亲不时还在念叨：那天，好险，儿哪你差点就落水了。

可以说，对都江堰水的记忆，就是我对都江堰全部的记忆。这不仅是我惟己的说法，它也包含了公共层面的意思。成都之所以把自己定位为休闲之都，盖因都江堰地理在西，位居高枢之故。水从都江堰出，不需要人出一点力，它就自然地分叉，再分叉，以无数条渠和沟的形态，网向成都坝子。而成都人民，在水边踱步、喝茶、吟诗，喜滋滋地看着五谷从地里冒出来，伸进嘴中。他们要做的事是迎接、筑仓和赞美。——这也是成都催生了大批闲逛、才气横溢的诗人、文人，并获"诗歌首都"的缘由？

离开都江堰去了大巴山后，我总以为自己离她远而又远，她对我的灌溉更多地体现在对我人之初的灌溉上。不想，前不久，龙泉驿滨河广场上，我看见在一场水文化演出前举行的一个赠都江堰水的仪式上，龙泉驿虔诚地接过了都江堰水。这水，只送都江堰灌区。这个仪式那么清亮地再次提醒我、打湿我——原来，龙泉驿是都江堰灌区之一，原来我至今都没离开她的灌溉，至今都被她奶着！

都江堰是我一生的来处。我的去处在哪里，我不能卜知，并且也不重要。能够确认的是，不论走多远，走到哪里，哪怕走进坟墓，都是都江堰这条河带着我，前边牵着后边推着。南桥附近的河边，我去往无数，她是我永远的《一九六二年的河边》："再次来到/母亲那少妇的/一九六二年的河边/我的青城风吹开的河边/河流从高处流来/向高处流去……"

在这条河边，总有故事与我相关，我的一位朋友的母亲被这条河带去了天堂。不仅是水的烙印。关于都江堰那片土地，青城山、玉垒山、城隍庙、傅仇墓等，都在我内心最敏感、细微的部位，占据有对应的所在。而常常出现在梦中的那捧泥土，正是裹有母亲脐血的那捧——它在哪呢？我且把它当作被山风吹散，撒向了都江堰广袤的土地。现在，在都江堰行走，就仿若回到了我生命的混沌时期，泥土中随处都是生命浓红的烙印。回眸故土，薄雾中扑面而来的是《站在心跳的峰尖望故乡》的景象："故乡总在我略感欣慰的地方/被鸟语花香的意象一圈一圈缭绕……"

有时，我竟不能把都江堰和母亲决绝地分开：两张脸交叠出现、隐去、笼统、混为一体。比如这篇随笔中，二者的代称都是一个毫无任何区分征候的"她"字。在这里，冷静的汉字处理技术被温软的情感消解了，并且，苛刻的我纵容了这种消解。

母亲那时在灌县商业局工作，是从内江女中毕业后分配去的。我降世于县医院产床，"……人生第一声啼哭出现在四川都江堰。后来，母亲说，单位过'三八'妇女节时,她不小心摔了一跤,把我提前摔到了人世。"这段引用的文字出自《记忆·编年史》一文。这里,至少提供了两个信息:一是我以白纸黑字的形式永久固化了对出生都江堰事件的记忆,二是母亲让我更早地把啼声交给都江堰,把都江堰风光交给我的幼眼。

正是这双幼眼,至今都还保存着一个至死也不会忘却的场景。记得我们的家是临街一间低矮、潮湿的房子,记得那时的冬天飘着雪。母亲上班去了,乡下来的小保姆不知去了哪儿。我在屋内的火塘边玩耍,玩具是一把三四十厘米长的铁炭夹。那会儿,炭夹像一对会飞的翅膀,它随着我的思维、兴致,在手上飞来飞去。有一阵子,我发觉,当它飞进火塘后,竟变得鲜艳、红彤、充满神性。后来,这对红翅膀开始满屋子飞翔。后来,它敛翅、栖停在了我的右脚背上。

这会儿,四五十年后,我卷起裤管,褪去袜子,再一次盯视并抚摸了红翅栖停的原乡:那块疤,居脚背正中,光滑,无纹,无汗毛,椭圆形,中年人大指拇头般大小——像都江堰伸出手,给我盖了个永不磨灭的鲜红的手印。而都江堰的水与火,就在指纹里流淌和燃烧。

我把这块疤称之为"都江堰烙印"。

我知道,从那会儿起,我不管走到哪里,我的每一个足迹,无不刻着"都江堰烙印"。它是善的烙印——哪怕沾一丁点恶,都会让我留下把柄,无处可逃。

吾国古代有"三祭",名:水祭,土祭,火祭。有"三过",曰:过水,过土,过火。

作者简介:

凸凹,本名魏平。生于成都西都江堰,现居成都东龙泉山。诗人,小说家,编剧。出版有散文集《纹道》《民族花灿》等5本,以及小说、诗歌、评论诸书20余种。散文《母说,或家史》获第七届冰心散文奖,散文集《天下客家》获成都市第六届"五个一工程奖"一等奖。长诗《水房子》等获"杨升庵文学奖"和第八届"中国长诗奖""2022年度川观文学奖诗歌奖"。

郑光福

住进青城山，悟道人世间

"拜水都江堰，问道青城山"这是当代著名散文大家余秋雨题写的，这十个字高度概括了这一方水土的风土人情，涉及中华道教文化、河流文化、农耕文化、做人之道，内涵十分丰富。在古人记述中，青城山有三十六峰，八大洞七十二小洞，一百单八景。青城山是天师道教发祥地之一，是道教十大洞天中的第五洞天，有神仙都会之称。近些年来，热爱青城山的我终于有幸住进青城山镇，每每有空便与友人们踏山玩水问道。

2004年清明节这天，我们一行新闻媒体人参加完都江堰一年一度的"放水节"活动，便顺道去青城山游转。刚到山门便有人提议去看看前方的新楼盘。只见青城山脚下，环山小河旁，有一处红瓦白墙的低矮楼群，在春光照射下，它在百草芬芳花丛中，它在绿荫参天大树下，间间房屋格外扯人眼球，俨然是青城前山脚下的一处神仙居住的仙境之地，太吸引我们了。

回到成都，妻子依旧难以忘怀那"青城阳光"，她说她太喜欢那里的田园风光环境了，还说昨夜梦中还梦见它呢。于是，在妻子的催促下，我们便购下了一间40平方米的小屋，还有那48平方米的花园。当年，我家便住进了"青城阳光"；为到第二居所，当年又购一辆"富康"车。从这年起，我家便过上了在成都居家五天，在青城山居住两天的所谓的"五加二"的"富康"生活。在我家住进青城镇的影响下，我的老朋友竟有十多家也在此购房居家，大家共同住进了"双遗"之地青城山，成了名副其实的青城山人。

我的老友们周五便赶到青城山，第二天早上起来，大家一起进山游转。一是上山吸氧、观美景、锻炼身体，二是问道拜水悟人生悟世界。在青城前山爬野山是不花门票钱的，每次我们沿环山渠拐小溪便进山口，爬山锻炼约一小时，便到了圆明宫、玉清宫歇息，常在玉清宫吃午饭，喝茶，打牌，摆龙门阵至夕阳西下时下山。下山时观山下风光，看浮云变化和雾霭中的川西平原，大家如坐在仙山仙境中，观这人生难懂的迷茫的大千世界。下山时，大家还常乘酒兴的余香，一路吆喝着，吼着山歌……

2008年5月12日，与青城山相连的汶川发生特大地震，我们的"青城阳光"与汶川一起受震，各家小有损失，我家门栏、冰箱倒地，花树受损，室内室外一片狼藉。但是，我的老友们却顾不上各自家中的小灾，对青城山民受灾进行帮扶，分别给当地村民送吃、送穿，捐款、捐物，还一起冒着余震到青城后山等地看望灾民，了解灾情。我这老记者还写下了《汶川地震亲历记事》。

三年灾后重建很快过去，青城山也很快恢复了往日之平静。于是，我与友人依旧每周与青城山相亲、相融；与山民相识、相处。"问道青城山，拜水都江堰。"我们这代人的人生中经历了这次特大地震！是否对人世间事看得更开了。我们在地震后又常在山道寻问，在溪水中寻找人生的意义！在山上寻觅那古老的道教认识人生，认识世界。渐渐地、慢慢地、自然地，便对道教，对人生，对世间又有了许多新的感悟。

东汉时期，道教先师张道陵入蜀修炼，在大邑县鹤鸣山创立了道教，百姓背五斗米就可受教，于是这道教又被称为"五斗米教"。从此，与青城山相连绵的大邑鹤鸣山成了道教的发源地。之后，张道陵为发展道教，又顺山来到青城山，这又使有七十二峰的青城山成了发祥地。道教作为中国土地上土生土长的宗教，民间普遍认为它着眼于现世，凡事顺其自然，得道成功，养生修炼，长生不老，这也是道教最高目标。

两千年来，道教为什么受世人信奉，原来它吸收了老子、庄子等人的传统文化及思想，以及《山海经》《淮南子》等著作的影响，张道陵创道是在前人的基础上又进行了条理化归纳，同时还吸收了我国古代星相家等对自然、社会与人思维的认识。道教根植于川西民间，发展迅速，成为世界几大宗教中唯一在中国土生土长的宗教，作为一种认识万物之理论，其中，"顺其自然"最让后人懂得人生应崇尚自然、顺其自然。

住进青城山，我游山水时认识了一位唐代的诗人，他叫唐求，为官至青城县令，前蜀王建趁乱称帝时要他做大官，他面对新老主子却不去为官，而是看不惯世道之事而隐居街子镇，藏身于青城山的味江边，常写诗歌，偶有佳句吟唱后，装入酒葫芦瓶中存留，他很有学问，却把吟唱一生的诗歌在一气之下抛入味江。后来，人们从江中拾得他的诗，才有30多首收入唐诗中。我写有《街子古镇探谜》赞他。住进青城山，我看山似城郭，一年四季山青青、水绿绿、雾茫茫。"青城山"原为"清城山"，只因唐明皇李隆基题写时掉了三滴水，从此"清城山"变成了"青城山"。住进青城山，我了解到青城山不但有前山、后山，还有中山呢！中山在哪里，告诉你，它在"云雾山庄"后的深山之中。

住进青城山后，我一次次登临最高山峰，环顾四周，望不尽玉垒浮云，我仿佛看见了南边的峨眉山、北边的剑阁山、东边的三峡群山；脚踩青城山，我为我晚年住进青城山而骄傲！骄傲这青城山人文历史最为厚重，深爱我的青城山。春天的青城山，百花竞芳，春意盎然；夏天的青城山，清幽无比，绿翠无比，鸟鸣声声！秋天的青城山，绿黄红叶一片片，果实累累一串串；冬天的青城山，依旧山青似墨带，一山接一山。住进青城山，张天师留下的天师洞、玉清宫、圆明宫、建福宫、道教的音乐、道拳于这青幽的山谷中，令我时常凝视、遥望，山间那条条细小的山泉淙淙汇集，又涓涓地流向川西平原，奔向东方，流经之处，润浸着肥沃的土地，我才真正开始问道青城山，拜水都江堰！悟这人世间！

于是，我在青城山道上又吟出一首《攀青城山道歌》：

道弯弯，道弯弯，脚下是道，
一步步，一步步，顺溪而攀，
向前观，向前观，满山尽绿，
望远方，望远方，满眼是山。
一滴滴，一点点，汇流成河，
人世间，世人间，流水涓涓。
向东方，向东方，浩浩荡荡，
能载舟，能覆舟，人生似仙。
吾是谁，谁是吾，道上沙粒，

吾是谁，谁是吾，溪中水涓。

在人间，在人间，向着太阳。

在人间，在人间，似水流远！

作者简介：

　　郑光福，主任记者，现为中国散文学会会员、中国音乐文学学会会员、四川省作家协会会员，四川省文艺传播促进会常务理事、四川省嫘祖学会文学院副院长。出版有《岁月留痕》散文集。

杨正平

日照乌龙山

嘉陵江环抱广元老城，连接上西和下西片区。上午绵绵细雨，午后豁朗放晴，还露出一张笑脸。踏着冬日的阳光，我沿着嘉陵江诗歌大道，漫步江岸。南河注入嘉陵江的入口处，摆满露天茶座。我停住了脚步，躺在一潭碧水之中，沏一杯清茶，仰望对岸的西山乌龙包，沐浴暖暖冬阳，一边品味茶香，一边对话山水。

我对嘉陵江情有独钟。曾记得，年少时偷爬一辆公社拉粮的大货车，首次走进广元县城，只为站在嘉陵江铁桥，多看一阵滔滔嘉陵江江水，多看几眼嘉陵江上的大小木船，多看几眼西岸的皇泽古寺。

以嘉陵江为界，老城对岸的山，叫"西山"。西山又名乌龙山、乌奴山。乾隆《广元县志》记："乌龙山，在县城河西二里，嘉陵江岸，峭壁如削。岩下为黑龙潭，深不可测，传说有黑龙居之。昔李乌奴于此修寺，因名。"李乌奴为北周时期农民起义领袖，曾在广元西山修寺，便叫西山为"乌奴山"。黑龙潭上建顺圣皇后庙，称"金轮皇帝庙"。相传武则天母游黑龙潭，感孕而生武则天，即真龙升天，故尊称寺后之山为乌龙山。唐代诗人李商隐有诗《利州江潭作（感孕金轮所）》："神剑飞来不易销，碧潭珍重驻兰桡。自携明月移灯疾，欲就行云散锦遥。河伯轩窗通贝阙，水宫帷箔卷冰绡。他时燕脯无人寄，雨满空城蕙叶凋。"

乌龙山留存司马光"读书台"遗址。北宋仁宗天圣九年（1031），司马池为利州转运使时，寓居利州。司马光随父来此，常去乌龙山，坐于山顶一块大石包上读书，便有了"读书台"。明末清初读书台被毁，遗址至今尚存。武则天称帝后，当地善人，又在乌龙山东北侧峭壁之上，修建寺庙，原名报恩寺，历代均有改善维修，唐末易名"皇泽寺"。乌龙山脚下的嘉陵江边两侧，建有寺庙，东为"洞二寺"，南为"五佛寺"。新世纪之初，改造皇泽寺下穿隧道时，"洞二寺"被撤出，"五佛岩"至今保存完好，并逐年修缮扩大。清代乾隆年间广元知县张赓谟，任职时曾主持编撰《广元县志》，还组织当地文人选定"广元八大景"。张赓谟亲自为八大景作诗，其中《题乌龙宝顶》："一峰陡起何嵯峨，横空倒影摇清波。蜿蜒游龙势矫若，排云直欲饮天河。曾说仙人顶上弈，上有孤松挺千尺。日夜棋子声犹闻，几度柯烂迷踪迹。"此诗描述了嘉陵江西岸的乌龙山巅，一峰陡起，突耸如笠，峰顶平坦，峰旁有一井泉，清冽甘美，四季不竭。

坐落于西山半山腰的皇泽寺，是为纪念一代女皇武则天的祭祀古寺，1961年由国务院公布为首批全国重点文物保护单位。寺内现存自北魏至宋代期间所开凿的大佛窟、中心柱窟、五佛窟、写经心洞等窟龛五十个，则天殿、二圣殿等造像一千二百多尊。则天殿为皇泽寺中心大殿，殿门上悬唐代诗人温庭筠手书匾额"则天殿"三个大字。殿堂内正中是武则天真容石雕坐像，高一点八米，头戴宝冠，双肩下垂，身着璎珞彩褂，袒露胸臂，神态安详，一身佛门圣母装扮，是国内唯一的一尊武后真容石刻像。殿内还陈列有1954年出土的《广政碑》（《大蜀利州都督府皇泽寺唐则天皇后武氏新庙记》）。此碑是研究皇泽寺历史和考证武则天出生地的重要依据。原国家副主席宋庆龄曾题词："武则天是中国历史上唯一的女皇帝，封建社会杰出的政治家。"1962年冬时任中国科学院院长郭沫若来广元，游览皇泽寺，亲笔题写了"广元皇泽寺"碑名。1966年4月19日重走广元，为游皇泽寺作联"政启开元治宏贞观，芳流剑阁光被利州"，至今悬挂于皇泽寺博物馆正大门两侧。

西山因地势凸起，地理位置特殊，历史上曾是兵家争占之地。1935年1月中国工农红军第四方面军在广元与胡宗南部发生了著名的"广昭战役"。乌龙包是控制广元城的制高点，敌独立旅第三团军在山上设有五道防线，深沟高垒，碉堡密集。红军在扫清广元、昭化外围的敌人后，激战乌龙包，攻打广元城。不久，中央军委电示"集中红军全力向西进攻"。为此，红四方面军停止与"胡宗南部的角逐"，积极准备"强渡嘉陵江、迎接党中央"，于1935年6月8日攻克懋功，6月12日与红一方面军先头部队在北进达维途中胜利会师。会师后，中央决定两军共同北上，创建川陕甘苏区，从此揭开了中国革命新的篇章。

西山是一座红色宝山。新中国建立后，广元县委、县政府在西山连年组织机关干部和青年团员开展绿化活动，栽植花木，绿化西山。1959年县政府在西山修建"革命烈士陵园"，作为爱国主义教育基地。1985年广元建市后，西山被规划建设乌龙山森林主题公园。在建设中，得到时任四川省省长萧秧的亲自关怀，拨付专项资金培修皇泽寺寺庙，整修摩崖造像，新建红军石刻标语碑林和女皇山庄、临风楼、明空楼、藏龙阁、怡乐院等建筑。2003年，市政府决定将殡仪馆搬出西山，投资七千余万元对皇泽寺进行再次扩建，增添了武氏族亲、大周名臣名将塑像，修建了停车场和游客接待中心。2006年，对乌龙山进行大规模培建，拆除危岩下的女皇山庄，将红军碑林迁至南山红军文化园，增修皇泽寺景区大门和二圣殿、钟鼓楼、武氏家庙，重建了则天殿，培修了五佛亭及各龛摩崖造像。2008年"5·12"汶川特大地震后，市政府抓住灾后重建之机，对皇泽寺景区进行全面改造升级。"革命烈士陵园"迁至雪峰新建，西山正在加快推进建设国家级森林主题公园，已恢复山顶宋代西禅寺，与皇泽寺和五佛岩形成公园整体，与东山凤凰楼、南岸来雁塔遥相呼应。皇泽寺至嘉陵江老铁桥之间，已建成一条仿唐风格的"凤街"夜市，每天晚上，"凤街"人流穿梭，热闹非凡。亭台楼阁，奇光异色，五彩缤纷，与嘉陵江老铁桥、老城河街相连，灯火辉煌，水光潋滟，把宽阔的栖凤湖装扮得格外妖娆美丽。

广元人总还是习惯叫乌龙山为"西山"。远眺西山，满山苍翠，日照西山，彩云飘动，霞光万丈。夕阳渐渐落山，两江口露天茶座的客人也渐渐离去，我依然独坐那里，品尝着茶的香味，陶醉于碧水云天之中，心里痒痒的，泛起李商隐的诗句来——"向晚意不适，驱车登古楼。夕阳无限好，只是近黄昏。"有所不同的是，诗人是在"心情不快时，驾车登游古楼"，而我呢，则是流连于日照西山的美景，舍不得一杯清茶的余香，舍不得嘉陵江的一湾碧绿，舍不得诗歌大道的古风雅韵，舍不得西山的那轮夕阳。

作者简介：

杨正平，笔名征平，中国散文学会会员、中国报告文学学会会员，四川省作家协会会员、四川省文艺传播促进会常务理事，广元市散文学会会长。已出版散文集《红豆树》《馨正荷香》《红雨清风》《村里的故事》。

何自强

天山路·天山雪

第一次知道天山雪是读唐诗，其中，对《白雪歌送武判官归京》的印象特别深刻。"北风卷地白草折，胡天八月即飞雪。忽如一夜春风来，千树万树梨花开。"第一次看见天山雪，却是 2000 年去新疆开会，途经天山，诗中的景象竟然出现在了眼前。

周渔大学毕业想去旅游，正好我要到新疆开会，他说有个朋友在伊犁，我们便一路同行。

到达乌鲁木齐，为了削水果，我们去买小刀。找到一家商店，里面摆满刀具，一个高大壮实的男子上下打量我们。我挑了几把，都不满意，退给他，却被抓住手腕不放。我一惊，翻腕倒抓他的手，并使劲捏了一下。走出店门，回头一看，他还在揉手臂。周渔心有余悸，小声地说："快点走。"我说："他可能没有恶意，只是热情过度罢了。"果然，那人追了上来，拿出一把英吉沙腰刀给我们看。周渔爱不释手，当即买了两把，并请他帮忙邮寄回家。

会议还未召开，我们先去伊犁。周渔的朋友是一个维吾尔族小伙子，长长的睫毛，深邃的眼睛，十分讨人喜欢。朋友的母亲笑脸盈盈，和蔼可亲，给我们端上各种水果。维吾尔族姑娘年轻时非常漂亮，中年以后却容易发福。每当看到她们艳丽的服饰，就不由得想到霓裳羽衣舞。

"维吾尔族姑娘能歌善舞，热情大方，你可以在这里找个对象。"我打趣地对周渔说。"我骑着马儿唱起了歌，来到了戈壁，看见了美丽的阿瓦尔古丽，天涯海角有谁能比得上你……"周渔情不自禁地唱了起来。"维吾尔族姑娘一般不找汉族人，因为生活习惯不同。""只要两个人相亲相爱，有情人终成眷属。""对，维汉一家。"我们在维吾尔族朋友家里做客，真是乐不思蜀。

伊宁市是伊犁地区的首府，伊犁河水迎面而来，宽阔的河面犹如静静的顿河。我仿佛看见葛利高里骑着马来到河边，阿克西妮亚担着水慢慢地离去。

离开伊宁市，来到那拉提草原，鲜花盛开，牛羊成群，一座座蒙古包散落各处。周渔骑上一匹白马，唱着腾格尔的《蒙古人》，兴奋得手舞足蹈。

我坚持要选跑得最快、性子最烈的马，牧民笑了，牵来一匹枣红马。我刚跨上马背，屁股还未落座，马就狂奔起来。我抓住缰绳，踩紧马镫，挺直腰杆，时而起伏，时而腾空，任凭它乱跑。跑了一段路，我把缰绳往山坡上拉，枣红马感到吃力，脚步渐渐慢了下来。

晚上回到房间，周渔脱下裤子，屁股已经红肿，并且磨破了皮，既不能坐，也不能躺。我哈哈大笑："你从小娇生惯养，也应该吃点苦头了。"

会期临近，我们决定从那拉提翻越天山去奎屯，然后再到乌鲁木齐。时值夏末秋初，公路被泥石流冲坏，我们的小车好不容易才爬上天山。

"真想不到，山下还是夏天，山上却是冬天。"我们推开车门，一股寒气袭来。空中雪花飞舞，四周一片洁白，许多车子停在路边，人们打起了雪仗。

一路走来，无论是伊犁河滚滚的波涛，那拉提茫茫的草原，还是新疆南北广袤的土地，哺育它们的生命之水，都是源自天山的积雪。啊，天山雪，纤尘不染，天地一色，带给人间多少美好的希望。此时此地，我又想起那首唐诗："轮台东门送君去，去时雪满天山路。山回路转不见君，雪上空留马行处。"

作者简介：

何自强，四川省文艺传播促进会会员，成都市交通局退休人员，曾从事宣传、教育工作，喜欢健身、游泳、登山、徒步。

张建忠

黑山林中访雅连

　　七月，我们驱车前往四川眉山洪雅县高庙镇天河坝，参加雅连采风活动。"雅连"是黄连中的珍品，国家珍稀物种二类植物，被历朝太医院采用，又名贡连，是计划经济年代国家黄连唯一出口品种，为洪雅县特产。当晚，在民宿"黑山雅连人家"小住。

　　次日早餐，喝了老板娘亲自熬的雅连花稀饭，满口清香，微苦回甘，感觉很巴适。餐后，向一农户打听"雅连花"，他请我到走廊品茶区坐下聊。一聊方知，这位在家养腿伤的农民，是黑山村党支书张和军，也是省级雅连种植生产习俗非遗传承人。此楼是他上任后第三年带头所修，搞乡村特色旅游生意不错，之后一家接一家效仿跟随，村里的客栈修得又多又漂亮，生意越来越好，他很开心。张支书意味深长地说："守在大山里搞雅连产业，对我来说是一种情怀。"这"情怀"两个字，让我重新打量了眼前这位山里男人。他衣着朴素，五官端正，皮肤黝黑，眼睛不大却闪烁着精明的亮光。

　　古时，其祖先在此专靠采集野生雅连为生。明代起，以栽培雅连为业，转为连农。20世纪60年代，这里有个国营黑山村东方红黄连场，专门栽种雅连。那时，他尚年幼，常见马帮运粮进来，出山时连苗带土将雅连驮走。计划经济时代，雅连是国家出口换外汇的中药材，国家再困难，也保障这里工人和连农的生活；雅连强大的药效，让韩国、日本、东南亚地区的人受益匪浅。那年代是雅连栽培鼎盛时期，产量可达到5万公斤，产区栽培面积高达300多公顷。后来不知何故，统收停了，商品粮取消了，许多药农到低山区，改种见效快易栽种的味连，雅连产量逐年下降，直到几乎绝迹。记得是1977年《国药典》确定"雅连"名字，到1987年雅连却成了濒危物种。雅连就种在身后的大山里。大家听罢，摩拳擦掌，换上雨靴，结队往大山进发；带路的连农，背着竹背篼，手拿镰刀，憨厚地笑着站在我们面前，约50来岁，有人叫他"万三"。他是市级雅连种植习俗的非遗传承人，叫万友成。脚下的黑山林，透着原始森林的气息，我们沿着山路，踩着高高低低的坑窝，一步步向前，路越走越陡，越陡越难，我听见自己急促粗大的呼吸声，"咚咚咚"的心跳声，真累啊！休息一会，抬头正好望见峨眉后山，透过树林间隙，远眺云缭雾绕的山顶，默诵"踏遍青山人未老，风景这边独好"，给自己加加油。

密林深处，阳光迷离斑驳，径曲坡陡，连体重也显得累赘，蚊子飞虫沿路阻击，青苔稀泥羁绊脚步，荆棘乱草动摇决心。突然，一双大手麻利挥动镰刀，砍下竹干，递了过来，我像接过冲锋枪的战士，踩艰难于脚下，丢害怕到脑后，继续登高。50度坡，60度坡，70度坡，挑战越来越大，腿灌了铅似的，脚步渐缓，步步惊心。多亏有根底部带尖的竹杖，用力将它插进泥土，依仗它，抬右腿，再缓缓抬左腿，重复动作，挪动身体徐徐向前。林中行，拐弯多，被草丛和树枝所挡，数米远竟不见人影，伙伴们互相喊着对方的名字，鼓励着向上攀登。终于抵达海拔约1900米高度，只见阴山斜坡湿润土上，密密麻麻地长着我们想寻觅的雅连，蹲下身，细端详，只见株苗长着三角叶面，稍带革质，叶面主脉及侧脉上有微毛，边缘有极尖的锯齿。本地姑娘小伍，耐心地教我们辨认雅连与味连叶片，她懂的真不少。山坡上支着大片黑色漏网，我好奇地请教："万师傅，你搭起黑网子干啥用呢？"万三告诉我：这雅连是无性插播，喜欢阴湿；在地生长需五年，他要常到山里来除草、培土、捉虫、遮阳、防冻等，管理五至七年后的秋季才能采挖。此地种过后，须等30年儿子辈的来种了，当连农比黄连还苦，不易啊；道地的雅连产量有限很珍贵，当然价值也可观。

我又问："咋没看见开花呢？早上我们才喝了雅连花稀饭哒。"他说，稀饭里的雅连花不是刚摘的，农历腊月间，雅连花开在冰天雪地里，很漂亮，农历三月采摘，摘回家用古法加工，做成雅连花茶存放起，来客人了，才拿出来吃。"哎！"听罢，我在心里叹了口气。爬这么高，累得够呛，竟然不是开花季，只见连苗不见花，心里不免有点失望。

突然，耳畔传来一个甜美的声音："泱泱华夏，自古礼邦；姣姣雅连，浸润文化。举绿云于杂草兮默不争宠，耐寒岁于高山兮数年不枯，插金贵于泥土兮凝聚精华，开小花于无果兮只为久香，守山峦于永久兮忠诚不移，入口苦于极至兮回味有饴。雅连品格，拟人崇志，释疑解惑，口碑胜金！"
我闻声寻去，原来是优雅自信的严光玉大姐，见到心爱的雅连，情不自禁
诵读起"雅连赋"，语调抑扬顿挫。刚登山运动了，晶莹的汗珠挂在额头
上，她双眼闪着喜悦，面润嫣红似娇花，身着白色运动短袖衫。我的目光
顷刻定格，看着她，仿佛看到了一朵盛开在冰雪中的雅连花。眼前的严大
姐，这位大山的女儿，她坚守着本土初心，在苦寒中成长，奋斗中开花，
在时代的浩荡春风里展露芳华；寄情雅连，奉献自我，引领连农勤劳致富，
她不正是这黑山林中，那朵最美的雅连花吗！

　　端庄漂亮的严大姐，60 来岁，养生有方，看起比同龄人年轻；她是国
营黑山村东方红黄连场工人的后代，瓦屋山药业的董事长，2005 年她组织
专家和药农进深山，搜寻雅连野生苗进行培育繁殖，大量投入，顽强攻关，
花了整整十五年的时间和心血，使国宝级中草药雅连重获新生。

　　第一个跟着严大姐种雅连的叫吴林忠，祖上几辈人都跟雅连打交道，
他第一年种了一分地，次年加种了半分，如此一点点扩大，一户户带动，
持之以恒；如今药企共拥有黑山、黑林、罐坪 5 个种植点，面积约 1000 亩
种植示范基地，已形成亿万级雅连系列产业链。山中每一棵雅连苗都是严
光玉投资的。每年她都要多次爬上高高的雅连基地，查看情况，她的公司
与合作社加农户三方积极联合，他们以"吃苦不言苦，守正不守旧"的拼
搏创业担当精神，用情怀用生命保护着中国重点珍稀名贵中药材雅连。2008
年，雅连被评为"国家地理标志保护产品"，成为中国洪雅独有的川产道地
药材珍稀品种。我心里仿佛注入了一股力量，心情很快也好了。在下山的
路上，万三递过来几颗李子，我吃着李子，苦中带甜，甜中带酸，恰似今
天上山下山的感觉。

　　今天进入黑山林，初次体会到连农传承种植的艰难，体会到药企人造
福社会的坚守和矢志不渝，更重要的是，我寻找到了大山儿女坚守初心、
传承保护国粹中药材的"雅连精神"。下了山，放竹杖，换雨靴，手捧茶
杯，汤色中的雅连花，好似盈步波仙，我嗅着它的芬芳，陶醉在这清幽山
水之间。

作者简介：
　　张建忠，四川省文艺传播促进会乐山市办事处副秘书长。

周天元

大海的呼唤

内弟的儿媳倩倩，从伦敦又给我寄来一张明信片，画面是古生物化石拼成的海螺图案。她解释说英国南部海滨有一处海滩，以出产侏罗纪化石而得名，由于游客太多没能采集到化石，便选了这张明信片寄我。并问："湖山游侠能不能听出大海的呼唤呢？"

我爱大海，我也拥抱过大海，可我对大海的呼唤，至今还无法完全破解。

我第一次走近大海，是在20世纪80年代中期的一个仲夏，我率队去辽宁盖县参加一个书画联展。开幕式后，我与同行的几位书画家去营口、大连、旅顺游览过风格各异的港口，可总是遇见风平浪静；在大连老虎滩公园、星海公园海滨浴场，与海浪开心地玩过"狼来了"游戏，可还是觉得跟儿时在河滩边戏水差不多；第一次乘坐海轮从大连前往天津，尽管在大海上航行了10多个小时，由于海轮庞大，在大海上如履平地，一点也不感到颠簸，海浪与海轮相撞的声音也显得十分微弱。如果要让我追述第一次接触大海的印象，我只能说大海就像一位情窦初开的少女，在闺房中轻轻地哼着小夜曲。

更多地聆听大海的呼唤，是在90年代初的那个秋天，我去山东参加某部委举办的一个培训班，在烟台住了一个月。我们所住的培训中心在张裕葡萄酒公司附近，离海岸边不远。

刚到的第一周，我每天早起去海边看日出，午饭后去海边散步，晚饭后也要去海边溜达溜达。当时，要是有人问我对大海的印象，我一定脱口而出："大海不就是一日多变的婴儿吗？清晨退潮后静悄悄地酣睡，中午在阳光照射下开始躁动不安，晚上借着狂风歇斯底里地嚎叫，哭够了天明又突然露出可爱的笑脸。"

第一个周末，我和10多名学员乘船去长山列岛游玩。那天天气很阴，我们乘坐的是一艘只能容纳20来人的小客轮。船出码头不久，海面大雾弥漫，能见度不过10多米远，看不见其他任何船只，甚至连其他船只的声音也听不见。在茫茫大海上颠簸着行驶了大约一个小时，冥冥之中我感觉整个宇宙都轮回到远古的混沌世界，新的一轮人类的起源开始了，我们这船人就是摇篮中的婴儿，大海就是正唱着摇篮曲的母亲。

培训后期的一个晚上，我正在寝室里整理听课笔记，同室的山东济南市局C处长回来对我说："老周，你不是很想见识见识真正的大海吗？今晚风浪特别大，管保你一饱眼福！"我腾身而起，一溜小跑往海边奔去。晚上八点半左右，海面已是一片漆黑，凭借海岸附近民房透出的微弱灯光，可以朦朦胧胧分辨出由钢筋水泥筑成的海岸堤坝。走到离岸边20米左右，我再也不敢继续前行了。排山倒海的巨浪像饥饿的狼群扑向海岸，发出震耳欲聋的撞击声，10多米高的水柱随即砸向地面，溅起的水珠随风飘散，远远地飘洒在我的脸上。尽管不能前行了，我也不想马上回去，闭上双眼从容地静听海啸。从咆哮的海浪声中，我隐隐约约听出了历史的回音——"乱石穿空，惊涛拍岸，卷起千堆雪。江山如画，一时多少豪杰！"

随着时空的变换，跟大海有了新的接触后，我对海浪声又有了更多的理解。

2007年1月上旬，我去海南三亚度假，中国科学院成都某研究所的两位老前辈陪同我去几处海湾游玩，我即景写了几首题照诗，其中两首写到海浪。

一天早上，天气很晴朗，在亚龙湾海滩边观海。海风轻拂，碧波荡漾，翡翠般的海浪缓缓涌向海滩。海滩仰面接受着海浪的亲吻，然后张开双臂将海浪轻轻推回大海，海浪顿时变成了欣喜欲狂的小白龙。过了片刻，白浪又恢复了原来的模样，再次缓缓涌向海滩。回环往复，缠绵缱绻。我忽然想到，这沙与浪、风与波不正像热恋中的情人吗？于是我写道：

> 沙推白浪荡去，
> 风拥碧波归来。
> 沙浪风波两情悦，
> 总在海边徘徊。

第二天上午，天气比较阴，乘车到达天涯海角。站在那些横卧或竖立在海水边的巨石旁，耳听着海水猛烈撞击石壁的声响，眼望着渐行渐远的渔船，我顿时联想到出海打鱼者的亲属，此时此刻或许正站在院落旁的土坡上，眺望着茫茫大海，祈祷着亲人安全归来。我信手写道：

苍天大海陡崖，
乌云白浪黄沙，
岸边院落渔家。
长帆远挂，
牵肠人在天涯。

几首题照诗写得很随意，也没去仔细推敲诗意和韵律，只是想通过那些有目共睹的海边景象，传达出大海的某种呼唤。

2009 年 5 月，我因公再次去海南，趁便游览了文昌市海边的椰林湾、琼海市海边的博鳌镇。博鳌镇的地理位置和人文自然风光十分奇特，在"博鳌亚洲论坛"会址的斜前方，可以由近及远地看见万泉河和海洋，波浪滚滚的万泉河水由此奔向大海。陪同我们游览的海南省厅副总队长 M 是土生土长的博鳌人，他告诉我们：博鳌镇过去是一片十分贫穷的小渔村，近百年间，村里几乎家家户户都有青壮年漂海去南洋。改革开放后，博鳌发生了天翻地覆的变化，特别是"博鳌亚洲论坛"的创立，家乡一下子在中国、在亚洲，甚至在全世界都声名鹊起。许多在南洋定居的老华侨，纷纷携儿带女回乡投资办企业，一些没有嫡亲的华侨，也不定期回乡观光，每年汇款给家乡的远房亲戚，委托他们代为焚香祭祖。

这些远隔重洋的华侨们，不正是因为大海的呼唤，唤醒了沉睡在心底的思念亲人、思念故乡、思念祖国的悠悠情怀吗？

我去沿海的地方不多，待的时间也不长，对大海的认识还非常肤浅，无法准确理解大海那像海生动物一样丰富多彩的深情呼唤。不过，我对倩倩此时此刻的心情却能理解——她的丈夫已于本月初从伦敦回到成都母校，正参加博士毕业论文答辩，倩倩还有一年才能完成博士学业。少女情怀总是诗！新婚燕尔的小夫妻，突然间分隔重洋，此时此刻或许也正通过大海在呼唤，彼此向对方倾诉着绵绵的思念吧！

作者简介：

周天元，四川师范大学中文系毕业。1951 年出生于成都。务过农、当过兵、进过厂、上过大学。在党政机关工作 36 年，四川省广电局退休干部。1982 年以来在市级以上报刊电台发表过一些新闻报道和散文随笔，有几篇人物传记、纪实文稿收入公开发行图书。

静 怡

海边流韵

我喜欢大海，它胸怀博大，当潮起潮落，似沸腾着理想，当掀起惊涛骇浪，似对意志生命的极限考验。我喜欢在海边看日出日落，不仅是"日出东方金遍地，日落西山血连天"的自然风景，"日出江花红似火，春来江水绿如蓝"的壮美，更是"夕阳无限好，只是近黄昏"开阔明朗的心境和积极乐观的心态。看宽广无垠的海面从岸边向前延伸、扩展，直到海天相连，多么诗情画意！

记得去埃及旅游时，住宿在赫尔格达红海五星级苏卡拉度假酒店，兴致勃勃地到酒店旁的红海滩看海，正值当地时间上午的九点过。还没近前，远远就看见湛蓝的天空万里无云，像一匹深蓝色的绸缎覆盖着一望无际的海面，阳光辉洒，波光粼粼，闪烁着蓝宝石的光芒，真的是从未见过这天水相连澄澈无瑕的奇特景象。当时的感觉就是不知用什么语言来形容，只觉得微言词穷！

靠近海滩，沙滩上植物编制的太阳伞、沙滩椅星星点点排布着，供玩海的人们休憩、观景、避阳。三三两两的异国异肤之人奇装异服，比比皆是，欧洲白肤的女人在背上抹了一层精油，趴在沙滩椅上暴晒，皮肤由白渐变紫红，独特的日光浴理念的确是不敢苟同。

望着天水一色的自然奇观，一种渴求的欲望让我急不可耐地甩掉拖鞋，撩起裙摆跑向海滩，任浅浪一次次亲吻体肤，用心感受海水的轻柔，竟恨不能变成一条美人鱼，自由地游弋在海阔天空。奢望终是幻想，可望不可求，回身斜靠在沙滩椅上，望天，心旷神怡；听海，拍打着谐音；观浪，前赴后继；闭目养神多么惬意！虽有不舍，但终有一别，回望红海，韵味天成如梦如幻，心中甚恋。

对海的情结，终是心心恋恋，在人间最美四月天的季节，我与同窗姐妹结伴而行，去了威海荣成的 4A 景区那香海。

清晨，隔着海景房的玻璃窗眺望那香海，一轮红日喷薄而出，给大地披上了万道霞光，姐妹们穿上拖鞋，头戴遮阳帽、墨镜，肩披花色鲜艳的纱巾，来到那香海的钻石沙滩。放眼望，烟波浩渺、宽广无垠的海面在风的追赶下，白色的浪花横贯世界，滚滚而来。这里沙质细腻，海水清澈，沙滩长约2500米，堪称国内的顶级海水浴场。这里集大海、沙滩、温泉、海岛、天鹅湖于一体，富有得天独厚的自然资源。

　　早在新石器时代，荣成就有了人气。西汉始置不夜县，属东莱郡。据史书记载，秦始皇曾先后两次来荣成筑桥立祠、观海祀日，汉武帝也曾前来拜日主。从古至今，还吸引了众多文人墨客前来观光游览，据《荣成县志》记载，宋代著名诗人苏东坡曾在此留下了"我携此石归，袖中有东海"的诗篇。

　　仰视海边延绵数公里高大笔直的风车，傲然挺立，美丽的霞光照在它旋转不停的叶片上，像是涂抹了一层嫣红的色彩，成为海边的一道亮丽风景。面朝大海，一股黏黏的风，丝丝的气味扑鼻而来，姐妹们迫不及待地脱掉鞋子，赤脚沿着长长的海岸线，在软绵绵的沙滩上漫步，感觉如同踩在了飘落的云朵上一样柔软……

　　欣喜海浪涌动，将形状各异的贝壳，五颜六色的小石子送到了金黄色的沙滩上，在阳光的作用下熠熠生辉，仿佛沙滩上铺满了五光十色的宝石，此情此景，真的是契合了钻石沙滩的美名。姐妹们激动地牵着手，追逐浪花玩味童趣，踏着浅浪摆姿弄影。一不小心，一条天蓝色的纱巾随着强劲的海风飘落水中，一阵尖叫，一阵狂喜，大家争先恐后地"围追堵截"，终于将纱巾捞起，没有将遗憾随波逐流。

　　大家欢愉地踩着海水找趣，或惊喜地拾起一匹海带自鸣得意；或抓起一团紫菜四处显摆；或把一颗颗精心挑选的石子捧在手心，存放在笑靥里；或在沙滩上数着一、二、三，把帽子、纱巾、鞋子抛向天空腾空跃起，纱巾随风起舞，舞动着不老青春，忘记了年龄。因为我们笃信：心态年轻，亦青春不老。

　　躲过正午火辣辣的太阳，观景房内小憩乘凉，或修饰、裁剪手机里储存的美照；或独自欣赏来自大海的馈赠……

　　我们再次启程，到那香海的另一端去追赶太阳。站在东海岸，眺望大海，太阳还挂在天上，眼前别有一番景色，没有了沙滩，只有那错落有致、参差不齐的大礁石静卧在海边，或突兀群礁，或伸向海里。

岸边的几间特色建筑——海草房，在余晖扫过后，黄色的墙体已暗淡无光，倒是那房顶上盖着的那些草，在夕阳的照耀下还留存着一点光泽。之前在导游口中得知：海草房是用海里生长的苦草，通过人工编织层层叠加盖起屋顶，冬暖夏凉，可别小瞧这海草屋顶，使用的时间可达上百年呢。迄今全国共有二百多个工匠会这门手艺，荣城就占了一百七十多人，其余的工匠都分布在福建省。

在海边的礁石上，我们或坐或站着摆出各种造型，剪影在余晖中楚楚动人，附近的渔民收起了网，太阳慢慢从天空落下来，牵引着的一条光带逐渐消失在海面。此时的太阳如同一位君临天下的王者，被海水托举着，缓缓地降落，变换着颜色，似要把自己绚丽的色彩最后展示给我们看。忽然，有两艘机帆船从北向东开过来，奋力地追赶着欲落的太阳，一幅落霞与帆船齐驱，春水共长天一色的美丽画面映入眼帘。我赶紧拿起了手机，快速地移动画面，将太阳和机帆船的分秒变化同时纳入手机镜头。

太阳接近了海平面，机帆船已消失得无影无踪。瞬间，它的半个身子沉入大海，落日鲜红，大海依然灿烂，此情此景，让我突然想起了白居易"一道残阳铺水中，半江瑟瑟半江红"的诗句。落日继续往下沉，仅剩下海面的一点红，还特别的亮，绯红的海浪跳跃着，落日完全被大海吞噬，不见了踪影，天一下子暗了下来，水面只剩下海浪追赶的声音，还有风在互相诉说着日落的美景。

坐在海边的礁石上，任海风吹着头发，久久不愿离去。意犹未尽的我，觉着时光那么匆匆，脑子里还重复着落日吞云吐月的气势，留下"夕阳依岸尽，清馨隔潮闻"的不尽思想。

荣成那香海的落日余晖，永远刻进了我的温柔。抬头仰望，满天星辰，别浪费了月亮。

（原载于《格调》杂志 2021 年 12 月）

作者简介：

刘建蓉，笔名静怡，四川省文艺传播促进会会员、四川省散文学会会员、诗歌学会会员、成都市作家协会会员。

罗凌

天光云影共徘徊

——巴塘南戈山歌

四川
文学

作品
精
选

从巴塘县城南下到苏哇龙乡境内，站在高处远眺，金沙江在连绵的群山间纵深奔腾，莫英山因水汽的滋养而岚烟氤氲。山山相夹间凹出一块绿色平坝，层层叠叠的坡式梯田，一轴农耕画卷在眼前徐徐展开，农人们在田里劳动，画卷因人的出现灵动起来，这里便是水电移民整村搬迁前的南戈村。

天空湛蓝如湖，白云从湖水里泅出，自由自在地变幻着身形，停在山腰的树梢上。一支山歌从空旷的群山深处飘出，唱的是：

> 看着弯曲的小路啊，我想慢慢地走。
>
> 看着绿色的流水啊，我想静静地哭。
>
> 看着天上的白云啊，我在默默祈祷。

歌声舒缓忧伤，扯长了云絮，拉近了山的广角，金沙江放慢了奔涌的速度。旋律为"分节歌"形式，不同于巴塘弦子唱词的四句六言，它是三个长句成一歌。每句逢"啊"处反复吟唱，至"我想……"处，音程距离加宽，音阶高飞低回，音调不断变化重复。聆听之下，不免让人思忖：歌者经历过或正在经历什么？歌词虽然简单，却让人想起《阳关三叠》："参商各一垠，谁相因，谁可相因？历历苦辛宜自珍，宜自珍！"歌声在大山深处回荡，渐渐消失，山谷恢复了宁静。过了一会儿，又有歌声在远处回旋。没有词，只有调，是名副其实的"空吟"。吟唱中弥漫着喜悦的情感，歌者可能砍到了很多柴火，或者有非常值得开心的事。宫、商、徵、羽调式，五声音阶旋律，音域非常宽广。"啊——啊——"的吟哦，将天边一片云翳拉成细若游丝的线，又弹回原位，它从深耕的土地里弄传出，穿透了滔滔金沙江水。

这是南戈山歌的独特魅力。山歌历史久远，根据史料记载和民间艺人口述，早在公元 8 世纪前，涉藏地区就出现了名为"鲁"（音译）的民歌体裁，是藏族山歌的最初形态。智慧在民间，藏民族生来就有音乐天赋。在经年的放牧、伐薪和田间劳动中，藏族人为驱散疲劳、抒发感情而创作出了山歌艺术，内容不拘一格，歌者根据情绪状态即兴发挥。音乐结构多为上、下句体乐段，也有三、四、六、八句式；歌词朴素通俗，取最常见的山川、湖泊、青稞、麦子等风物入词，大量采用比拟手法，最末段点出主题。或表达对藏传佛教的虔诚信仰，或表达喜怒哀乐之情，或触景生情即兴编唱，或者干脆只有调没有词，用"啊"来空吟。一支曲子可以填很多首词，字数无论长短，南戈人总有办法把它唱圆。

在甘孜州，无论牧区还是农区，都有各种各样的山歌，其中尤以炉霍山歌、藏语称为"康巴昂任"（音译）的长调最为有名。山歌乍一听曲调简单，其实演唱颇有难度，乐句中间出现的密集音符组成的多变音，一般人难以驾驭。要唱好山歌，需要有一副甜美高亢的金嗓子，还需要具备灵活娴熟的演唱技巧。通常"唱高不唱低"，所以南戈人说："低声唱山歌特别难。"

南戈山歌回荡在金沙江畔、高山峡谷、田间地角。搬迁后，新村里也能经常听见。节奏自由，歌词自由，唱得也自由，任何时候，想唱就唱，像风一般潇洒，云一样飘逸，呈现出欢乐、悠闲、和谐、忧伤交织的复杂音乐意境。"悲歌"尤为动听，婉转悠扬。此时，不再是"天上雄鹰翱翔，脚下尘土飞扬"，属于七情六欲之一的"忧伤"渗进心灵深处，开阔的忧伤令人一曲难忘：

> 太阳西沉的时候，我还在田间劳动。
> 阿爸艰辛的背影，总在我眼前晃悠。
> 月亮升起的时候，我还在回家路上。
> 家里做饭的阿妈，白发遮住了黑发。

南戈山歌中有很多表达朋友情谊的歌词。其中"骊歌"最好听，曲调蕴含着离愁别绪，如同车站的送别，充满了祝福与不舍，又有所克制：

> 我们之间的友情，好比山上青松常绿。
> 在此分别的时刻，金沙江水默默东流。
> 一起度过的时间，珍贵犹如金黄麦粒，
> 以后回忆起今天，请听布谷鸟的鸣唱。

即使听不懂藏语，也能体会到依依不舍的情愫。从中可以深切地感受到，藏族人展现给世人的是豪迈和旷达，骨子里却有一种隐忍的特质。这种隐忍来自坚韧不拔的默默承受，是对艰苦的自然环境和无常的生命轮回的有力还击。"骊歌"是一片云，可以把离别之情扯得无限绵长，也可以在急切处戛然而止。这种隐忍和与生俱来的宗教情结不无关系，凡间种种，都在物质不灭的轮回内，命定而自然。所以藏族人在面对灾难时，虽然悲恸，更多的是无言。

人生很长，长得像一段叙事。人生也很短，生死就在呼吸之间。面对生命的千般流转，南戈人付出了无尽的忍爱。和宗教信仰一样，山歌也是他们的精神寄托。清风朗月下，林野江水边，他们用山歌弹奏着生命的最强音。生活揉搓着南戈人，南戈人用山歌揉搓着天上的白云，在唱吟间静默地昭示自己要不断向前，辛勤劳作的一生就有了化不开的浓度。

长久以来，南戈山歌一直以自发的形式口传心授，散落在民间的不知道还有多少。作为藏民族历史文化的形象反映，山歌有着很高的民族学研究价值。它们像一颗颗美丽的绿松石，泛着古老岁月的哑光，寄托着南戈人的民族文化之魂。

作者简介：

罗凌，中国作家协会会员、中国散文学会会员、四川省文艺传播促进会会员，著有诗集《青藏高原的81座冰川》、散文集《远岸的光》《拾花酿春》、纪实文学集《家住苍烟落照间》、文史集《消失与重生——巴塘南戈村纪事》。

四川
文学

作
品
精
选

李刚明

听涛山上望江流

　　湘西的沱江,大部分时间里水是青绿青绿的那种,水流也是缓缓的,温柔多情。这与我家乡的那条河——也叫沱江的有些相似!只是两个沱江相距千里,家乡的沱江在川中。

　　沈从文先生是属于凤凰的沱江,是那清澈的江水,滋润着他一生真情实感、文脉绵远。他著作等身,而其一部《边城》就无不说明他与家乡的这条河流情感交融。1902年他生于斯,长于斯。家境贫寒的缘故,只读了小学就在十五岁那年吃兵粮方才离开,其后又辗转于多地谋生。后到京城,生活的困顿曾使得他不得不去求助于他湘西的老乡熊希龄(熊希龄是从湘西走出的前清进士,1913年出任民国总理),更得益于当时著名文人郁达夫、徐志摩的相扶相助,在以一系列描写湘西风情的小说面世后,至此立足京城,蜚声文坛。

　　踏着古旧溜光的石板路,穿过热闹喧嚣的街道,我向着城外江边的听涛山走去,阳光清亮铺洒在两旁一些知名和不知名的花草上,有些薄雾氤氲,愈显通往山上的寂寥。有人说,爱上一座城,因为一个人。或许就是这样,我对凤凰古城的歆羡,就源于对从文先生的仰慕。少时读到先生《边城》,至此便再也放不下了,那山峦、河流、渡口、木船、吊脚楼等时常浮现脑海;爷爷、翠翠、少年老大、老二等众多人物的至真至善情感交集深深感动着我。但我知道,我最为迫切的缘由还是为了一个人。

　　沿着斑驳的石阶来到山上,古城的喧嚣与繁华早已渐渐隐去,唯有清凉的山风轻轻拂掠,仿佛还告之这里的世界并没完全静止,山脚下江水蜿蜒流过,偶有木船划动的桨声送过来,也是轻轻柔柔。先生百年后,魂归故里,一半的骨灰留给了江河,一半的骨灰留在了这听涛山上,唯有山风和涛声相伴。

这里不见坟墓，只见墓碑。经久的岁月侵蚀，墓碑苍然犹显，青苔已爬满碑面，五彩石碑俨然成了绿碑，碑文清秀质朴。碑的正面刻着先生所语："照我思索，能理解我；照我思索，可认识我。"碑的背面则刻着他的姨妹张充和题写的"不折不从，星斗其文；亦慈亦让，赤子其人"。短短三十二字彰显了先生厚德风骨，也概略了先生不凡人生。

伫于巍然独在万山环绕的边城高处这听涛山上，眺望那些远处不同的石头碉堡，早不见当时角鼓火炬传警告急光景，只见周遭青山如黛、江水缓缓；石头城的轮廓深邃辽旷。凤凰古城，本名镇筸城，后改凤凰厅。民国后，改为凤凰县，清时辰沅永靖兵备道，镇筸镇，均驻节此地。辛亥革命后，湘西镇守使、辰沅道，仍在此办公。这地方，以那个用粗粝而又坚韧的巨大石头砌成的圆城为中心，向四周散去数百公里范围内，过去约有五百苗寨，清朝为了在孤壤边疆推行严政，防止边苗生变，在每个苗寨的山头建起五百左右的碉堡，在大道驿站的各个位置上设立了两百左右的屯军兵营，并有数十屯仓，每年囤数万石粮食为公家所有，保障屯兵供给。

湘西这块地方，留给世人神秘的太多。特殊的社会与自然环境，造就了很多奇特奇妙之处：苗子放蛊的传说，由这个地方出发；辰州符的实验者，以这里为集中地；洞女人神相会，非它处能有；三楚子弟的游侠气概；屯丁子弟兵制度保留等等，让人不易了解，却又值得了解。先生的《湘行散记》描绘出了湘西的世态百相、人情冷暖，给外边的人揭开了层层神秘面纱。

大山给了他雄壮的胸怀，河水润泽了他灵气的大脑。少年、青年的沈从文，从沱江到辰河，二十年里的江水浸润，赋予他不俗才气。十五岁之前，他一刻也没离开过湘西沱江，就在离开凤凰老家后来的五年时间里，他也是住在辰河边上。

先生说过，在流水汤汤之上，让我明白多少人事，学会了多少知识，见过了多少世界！他在《我的写作与水的关系》一文中写道："在我一个自传里，我曾经提到过水给我的种种印象，檐溜，小小的河流，汪洋万顷的大海，莫不对于我有过极大的帮助。我学会用小小脑子去思索一切，全亏得是水，我对于宇宙认识得深一点，也亏得是水……我所写的故事，都多是水边的故事。故事中我最满意的文章，常用船上水上作为背影。"他说，是水的流动，帮助他做着那种横海扬帆的远梦，方使他能够依然好好地在人世中过着日子。就连他文字中的那些忧郁气氛，也是被南方阴雨天气影响而来，值得回忆的哀乐人事常是湿的。先生归于这里，也正映合他心。

而命运也曾把他带到另一个沱江边上。1951 年 11 月，沈从文先生参加北京赴川土改工作队，来到四川内江。在沱江之畔的土改工作期间，他写给家人的书信就达 38 封近十万字，里面记录着他详细的乡村田野调查。在给他妻子张兆和的第一封信中，他表述道："今天下午（1951 年 11 月 8 日）二时半到了内江县，是川南大地方，出糖和橘子……地方有文化，也有文物……水名沱江，大如沅水（沅江），清而急，两岸肥沃无可比拟，蔗园、橘子园都一山一山连接。"在经历了三年前那场人生最大的磨难之后，看得出这个一直以"乡下人"自谓的回到乡村田野心情是愉悦舒畅的。郭氏冠以他的"桃红色作家"压得他有些气喘，加之个人感情生活和个人出路出现状况，一度使得他"精神失常"，"犟劲"的湘西汉子选择了割脉、吞服煤油的极端方式，最终他挺了过来。来到甜城，住在乡下江边的糖坊，一生喜爱糖食的先生心里应该是甜甜的。在他的自传里他曾透露出他的小秘密，他说喜欢糖食，是因为他年轻的时候喜欢过一个糖坊姑娘，而最终未成，那喜爱的味道却是一直留存了下来。这场疾风骤雨的历史变动中，先生也希望寻求新的发现，借此能改变自己新的思想和新的写作思路与方式，这可从他其间创作的《老同志》等文中看出一些改变，也使他渐渐能平息下来。少年的他在湘西的涛声号子声中成长，知天命年时又来到四川沱江，感觉是曾相似，却又不尽然，但那份美好一直留于心间。

听涛山上，树林苍郁；望山下江水，静静远流。跌宕飘然一生的先生终究归于这里，这也是他最好的选择。终生探究不息的先生完成了他最满意的人生哲学命题：我从哪里来，要到哪里去。墓碑台上摆放着数枝白色的菊花，有人已先于我前来拜谒。我伫立碑前，静默躬身，轻轻放下手里的这束菊花，不愿扰先生太久。

在下山途中，不时遇到手拿同样花束的人拾级而上，或许，他们也如我一样，来自外边不同远方。

作者简介：

李刚明，四川文艺传播促进会理事、四川省散文学会会员、成都市作家协会会员、《天府边城·五凤溪》《淮州故事》历史文化报刊责编。有数百篇文章发表于全国各级报刊。

彭卫锋

杜甫草堂的草木之灵

1993 年 9 月，我第一次来成都就去了杜甫草堂。

那时，我对成都这个大都市，不由自主就生出许多莫名的向往来。而我对杜甫的了解，仅仅是课文里的诗歌，对杜甫草堂，也仅仅停留在《茅屋为秋风所破歌》上。那次，我在草堂还欣赏到了编钟表演。那是我第一次听到编钟被敲打时发出的声音。

不知是喜欢草堂，还是喜欢编钟，我心里暗下决心，一定争取在成都安家落户。

在成都安家落户，谈何容易。为了生存，更为了生计，我开始每天与各种人打交道，做各种各样的事情。

其间，我多次与杜甫草堂擦肩而过，但我再没有踏进去过。

三十年后的海棠花开时，我才又一次去了杜甫草堂。

"晓看红湿处，花重锦官城。"成都春天的海棠花开得繁茂，是担得起这个"重"字的。

尽管杜甫草堂的海棠花开得正好，但杜甫的愁苦之气依然沿路扑了过来。

我尽情吐纳，似要帮杜甫把心中的所有愁苦之气都吐出来，把如今的新生活都纳进去。

杜甫一生颠沛流离。青少年时期，杜甫南游吴越，北历齐赵，与李白、高适饮酒作诗，可谓年轻气盛，意气风发："会当凌绝顶，一览众山小。"

杜甫发誓要用自己的才华报效国家。科举无望时，杜甫也想走举荐之路。

然而举荐之路并不好走。杜甫困居长安十年间，他敛眉折腰、投诗献赋，过着"朝扣富儿门，暮随肥马尘"的谋官生活。仕途的失意让杜甫对现实有了更多深刻的认识，忧愤写下"朱门酒肉臭，路有冻死骨"。

对于普通的中年男人来说，更多的应是家庭责任和义务。然而杜甫的妻子衣不遮体，孩子呼号待旦……

世人都爱杜甫，爱他的大爱，爱他的愁苦，可真正包容和理解杜甫的，只有他的妻子。我真想为杜甫的妻子哭一场。

安史之乱爆发，杜甫带着妻子、孩子到了成都。杜甫先借住在草堂寺里。在朋友的资助下，杜甫在浣花溪选了一地修建草堂，两年后才陆续建好。

杜甫很喜爱自己的草堂，为草堂写了 90 首诗，诗风也与以前大不相同。

我在草堂要了一杯茶，在茶气和茶香中，任由思绪天马行空。

草堂对杜甫来说，到底意味着什么呢？我一直在想这个问题。

草堂不是一座孤立的草房子。它周围有人家、有酒馆、有花草、有浣花溪……我闭上眼睛，慢慢地，我回到了杜甫生活的草堂世界，听到了流水声，鸟声，看到了一行行白鹭，千朵万朵压枝低的海棠花……

在人们的眼里，杜甫一直是忧国忧民却不得志的，因此也一直是郁郁寡欢的。

我们说杜甫伟大，也许就是因为他的愁苦。在我看来，他对时代，对众生之苦的直接表达，乃至对生命的反复吟唱告白是带了士大夫使命的。他的艺术表达能力也是带了天赋的。

有人说，人到中年，方能读懂杜甫，领略杜甫诗歌之美。

其实当我人到中年，当我也经历了许多事情，了解到杜甫的一生后才发现，杜甫不过和我们一样，探索梦想的路，充满挫折。所以，哪怕杜甫是伟大的诗人，也和我们一样，是需要抚慰的。而草堂无疑给了杜甫暂时安定的生活，心灵的抚慰。

对大多数人来说，不管外面有多么喧嚣，世事有多么乱，只要有一个能治愈或者缓口气的地方，就是一件幸福的事情。

对杜甫来说，草堂无疑就是这样一个地方。

杜甫在四川共待了近五年的时间，其中在草堂住了三年零九个月。杜甫在草堂寓居交友，赋诗题画，精彩之作层出不穷。他不仅写下了《春夜喜雨》《蜀相》,《茅屋为秋风所破歌》更是千古绝唱。

动荡时局搅乱着每一个人的命运。杜甫并不能独善其身。好友严武去世后,杜甫失去了依靠。

年过半百的杜甫决定出走成都。他想最后一次争取实现政治理想的机会。进成都,出成都,出仕和入仕。

命运不济。上天对跌入谷底的杜甫并不优待。暮年的杜甫依然穷困潦倒,病痛滋扰,漂泊不定。杜甫痛苦到不能自已,悲愤交加。公元770年,59岁的杜甫病逝于湘江舟中。

杜甫离开成都后,草堂被西川节度使崔宁的姜室浣花夫人占为私宅,并进行了整修和扩建。崔宁夫妇信佛教,把草堂的一部分,舍给了相邻的草堂寺,同时把草堂寺改名为梵安寺。浣花夫人抗击泸州刺史杨子琳叛乱,保卫成都有功,于是人们为了纪念她,就在梵安寺旁边修了浣花祠。从唐代到今天,草堂、梵安寺、浣花祠的位置都没有改变过。

公元902年,在蜀地做官的韦庄,在草堂旧址的地基上,重建了一座茅草屋。韦庄重建茅屋的做法,让后人竞相效仿。

北宋神宗年间,吕大防出镇成都,重建之余还在石壁上绘了杜甫的画像,供人祭拜。从此杜甫草堂才真正成为一座纪念性的祠堂。

南宋初年,成都府兼安抚使张焘,让人重建了草堂,不仅兴建了亭台,重新栽了竹子和柏树,还在石碑上遍刻了杜甫1400多首诗,专门做了《杜工部草堂记》。

......

如今的杜甫草堂,楠木参天,梅竹成林,桥亭相间,花径柴门,曲径通幽,自带浓浓的文化气息。

千年时光里,杜甫款款走来,坐在我对面。他说不想喝茶,想喝酒。

这个时候,其实我也是想喝一杯的。

我转身去了酒肆,给他买来一罐子酒,让他大醉一场。

大醉之后的杜甫开始讲他的政治理想抱负,他的委屈,他的愁苦。

我能感受到杜甫凉风穿透心的那种孤独和悲凉。

能说出来的苦就不是苦了。杜甫的苦,在心里。酒解不了杜甫的苦,但可以稀释苦。苦到了肚子里,就不再苦了。

所以，杜甫爱喝酒。酒醉后的杜甫让自己游离在现实之外：只有大爱，没有小我了。

微醺之时，我也开始给杜甫讲这些年来人们对他的怀念，讲这些年来我经历过的故事。这时候的杜甫，淡出了历史，成了一个平凡普通的人，仿佛是我多年的好友。而有一瞬间，我觉得自己历尽沧桑，也是可以和杜甫一起大醉一场的。

人们试图在草堂找到杜甫的心境，却在草堂中找到自己的内心：难？我有杜甫难？委屈？我有杜甫委屈？挫折多？有杜甫经历的挫折多？杜甫在那样的情景下都没有放弃诗歌，放弃对美好生活的向往，我们经历的这点苦难又算得了什么呢？

这些年来，每天有络绎不绝的人来杜甫草堂。他们有的就是来看看，而有的不仅仅是来看草堂看杜甫的，他们也是来找安慰的。

杜甫把自己熬成了一株苦草。杜甫草堂却治疗了那么多人的伤和痛。

这就是杜甫的魅力，草堂的魅力，也是中国诗人的魅力。

草堂作为成都的文化坐标，滋润着成都和成都的文脉。

(原载于 2023 年 7 月 7 日《成都日报》，后被《中国副刊》及新浪网转载)

作者简介：

彭卫锋，中国散文学会会员、四川省作家协会会员、四川省文艺传播促进会理事。在《散文选刊》《四川作家》《成都日报》《四川经济日报》等报刊发文数篇，得过一些散文奖，入选过一些文本，有散文集《大美时光》出版，现为《四川散文》编辑部主任，居成都。

王爱飞

一出好戏

一部戏让人五六次眼热，好久没有这样的感觉了。

有人问我对话剧《春暖人间》的感受，我说了六个字：真诚、温暖、感动。

大幕拉开，现出 1977 年四川广安一个贫瘠的村落，该剧以生活在邓家老院子的几个人物的命运起伏为主线，折射了从那时起到 2023 年 46 年间的时代更迭，山川巨变，跨度大，头绪多，不好写也不好演。

这部戏的成功首先在于它的真诚，它真诚地向一个时代致敬，向改革开放、实事求是和解放思想致敬，当然也是向当时的主政者邓小平致敬。

德国人科尼利亚说，真诚是艺术的最大要素。写戏演戏，有很多艺术技术上的问题值得追求和探讨，但真诚却是戏剧的必须，不矫饰，不卖弄，"说人话"，这就是真；而不忘本，凭良知，就是一个人的诚。具备了真诚品质的戏剧像一泓泉水淡泊清澈，又若一座高山沉稳厚实，静谧巍峨。

《春暖人间》之所以引起观众的共鸣掌声连连，就在于它贯穿始终的真诚。刘肇烨饰演的郑光明父母双亡，因饥饿常偷食牛饲料遭到众人鄙夷，改革开放后闯深圳，去香港，做过梦发过财骗过人，一度成为炒股大亨顷刻间又身无分文，最后拼死一搏终得"衣锦还乡"。这是很多人当年的经历，真实生动，淋漓尽致，演员表演通达流畅，毫无虚饰造作。我忍不住想，这个演员的心中定有一盏真诚之光，照亮他窥见了郑光明这个人物的心路历程，所以才能这么准确细腻，撼动人心。

有人说，没有什么道路可以通往真诚，真诚本身就是道路。现今一些所谓的艺术作品立意悬乎，却一本正经地说谎，道貌岸然地作假，败了观众胃口有辱艺术斯文，而《春暖人间》中春风村对土地的情感是真诚的，对小平同志的情感是真诚的，这部戏就是踏着真诚走入了人心。

这个戏也让人感觉到温暖。

《春暖人间》从一开场就有一缕温暖的光亮让剧中人穿越时空回到曾经，"把我们的故事讲给你听"，自然流畅充满暖意。儒雅的安然教授重返当年下乡插队的故地，看到曾经生活过的院子和屋前水井，触景生情，由此引出了与年轻讲解员的对话和叙说，故事在她的追忆中展开，编导和演员们带领观众回到当年，体味因饥饿而偷食牛饲料的悲哀，和一个个希望被踏碎的哭泣。

中国几千年历史，凡是让老百姓休养生息的年代都会有极大的生产力跃升，都会诞生包括戏剧在内的灿烂精神文明，让人不由自主想去回味去取暖。但人世间总会有无数的曲折无数种荒唐，老百姓倾尽全力辛劳四季却无法填饱肚皮，国家也到了"崩溃的边缘"，终于历史出现转折，邓小平倡导的政策标志了一个时代，也让千千万万枯木逢春，稻熟麦香，一派生机。中国人终于解决温饱了。

这是时代照进这个苦难乡村的辉光，也是改革开放政策的温暖。

站在历史的风陵渡口回望，那是一个令人感动的时代。门窗新开，星空灿烂，百花盛开，被眼泪和汗水浸透的中国不再像黄河纤夫一样喘息，更不再是贫穷饥饿落后的代名词，生命和知识的尊严开始得到尊重，人的创造力被重新激活，实践成为检验真理的唯一标准。

几乎每一天都有新的感动，好多生动的细节呈现在《春暖人间》的舞台，令人眼热。笔者这代人是改革开放的见证者、参与者，曾经下乡插队三年，每天面朝黄土背朝天，十七八岁的年纪眼前一片迷茫，在几近绝望的时候听到高考的广播，天眼顿开，由此成为"文革"后第一批大学生，命运彻底改变。舞台上的安然就是我自己生活的写照，在冬天迎接春天，从绝望走向希望，由此奏响生命的歌音。当歌曲《恰似你的温柔》响起的时候，仿佛有道亲切的光亮把人带入了那个人性个性解放的春天，亲切而温暖，为剧中杜东升与钟福萍的爱情注入了温情与浪漫，感动随声而至。

剧中还有很多细节，如安然对命运的不甘，郑光明当众吃牛饲料，杜东升与钟福萍的"见字如面"，众人对邓小平的怀念等等，都令人感动。此外剧中乡土气息，广安话、清音调、川剧腔，着墨不多表演不长，包括舞台上不经意间出现的细碎阳光，舞台边缘蓬勃生长的小草，都播撒开浓浓的乡愁，恰如杜甫所吟"物微意不浅，感动一沉吟"。

"话剧是启蒙和思辨的舞台"，具有语言的庄严和审美，与时代的哲学思想、社会状况和文艺思潮紧密相连，《春暖人间》写改革开放自然具有强烈的思想内涵，但它不是用口号或者引经据典的理论来表现，而是通过一个个曾经卑微、弱小的生命故事来表达，凸显话剧特有的思辨与生命价值的剖析。安然有若干次对过往岁月的感叹，不甚深刻但独有意味；杜东升有一段对青春的回望和情感倾诉，其间包含了个人生命思考，对时代和爱情的诘问，不长但很有冲击力。

《春暖人间》的编剧和导演都很高明，采用了散点透视的方式，微宏相济，群像描摹，多维照应，在同一空间里通过景片的变幻形成不同的年代语境，一段段故事、一个个人物在其中展开，它不聚焦于某个具体的矛盾冲突，不纠结于矛盾起承转合的传统模式，更不依赖于制造悬念，而是紧紧扭住不同年代里春风村人的情感和命运、成功与失败，素描与工笔叠进，每个人物都性格迥异，生动鲜活，每个片段都有峰峦曲径令人感叹，他们依附的时代也因之质地凸现，丰满独特令人难忘，人类社会三大矛盾：人与人、人与自然、人与宗教（理论、信仰），在春风村故事里全然得以体现。

虽然个人觉得这个戏还有些不尽人意之处，比如主要人物的心路历程还不够清晰深入，爱情的抒写还没有达到动人心弦的地步，春风村的变迁尚缺乏足够实证，一些情节的艺术逻辑还值得推敲等等，但瑕不掩瑜，文无定法，戏无定式，表现时间跨度如此之大的一个题材，写一群人几十年间的悲欢离合，实在是个大难题，我认为目前的样式、目前的节奏、目前的呈现已经接近最大化，可以看作是成功案例。

英国当代戏剧家彼得·布鲁克在戏剧的认知问题上说："戏剧最重要的体现就是表演，而表演产生的核心有三个：即时空、演员、观众。"作为一种精神交流活动，每个观众对戏剧的感受和理解受到学识、年龄、经历、喜好的影响因而得到的感受不同，评价也各一，不可能众口一词毁誉趋同。何谓好戏，能让人进入戏剧情境之中，受之启迪为之感动并让人长久地记住其中的人物或者语言的就是好戏，《春暖人间》即是如此，观众们若干次长时间的掌声就是明证。

作者简介：

王爱飞，中国作家协会等协会会员。出版过纪实文学、翻译文学、文论等二十余部作品，有话剧、音乐剧、电影、电视剧等二十余部上演。

四川
文学

作
品
精
选

金　科

满心喜悦的读者

写作写到今天，喜爱我文章的读者想来也有一些了吧。如果问我：最好的读者是谁？我会不假思索地脱口而出：是我父亲。

我之所以写到今天仍未停笔，一个相当重要的缘故，就是为了让父亲高兴。因为父亲最爱看我的文章，特别是在他的晚年。如果有些时间没有看到我的新作，父亲就会发来微信或是打来电话问我原因的。有时被父亲问得急了，我就会拿公众号上发的一些旧文去应付他。这些旧文依然能让父亲看得津津有味，并且他还能清楚地记得，这篇旧文当初是发在哪家报刊上的，我又做了哪些修改。

我的朋友中见过父亲的，都说他气质好，像个有学问的人。其实父亲只是旁听过几天私塾，小小年纪就去当了兵，上过朝鲜战场。多年来，父亲翻来覆去地看我文章，也影响着他去阅读一些文学作品了。读得多了，父亲感觉自己好像也有点文学水平了，因为他能够看出哪些文章写得比我好，哪些文章写得不如我了。

我出版第一本散文集《微风斜雨》时，父亲比我 1978 年那年考上大学还要高兴。在他看来，一个人能够出版书，是很了不起的。不想，父亲高兴没几天，就对我提出一个希望来，希望能看到我写的第二本书。原本，我是抱着"一本书主义"思想的。心想业余写作，时间精力有限，能出一本书也就够意思了。但是为了不让父亲失望，我只得又写了下去。断断续续写了九年，终于又写出了第二本散文集《人在他乡》。为让父亲高兴，我请他题写书名。父亲虽无何文化，字却写得有些特色。我把父亲题写的书名，放在扉页上，将这个版本加印了两百本。父亲交游广，朋友多，很快就把这些书给送完了，还远远不够。父亲打来电话责怪我，应该多印一些才是，让我再寄一些书给他。我让父亲把他那些朋友的名单给我，由我来签名题赠。父亲却说，你工作忙，就不用麻烦了。这些书就统统由他来签吧，落款就写"作者之父"，问我可否。我回父亲，这样题签，更有特色和意义。父亲也就真的这样去签书了，很是得意。过后，父亲又把他朋友的读后感一一摘抄下来，寄给了我。

自从我出了两本书后，在父亲眼里俨然我就是个作家了，引以为荣。尽管我对他说，现在文学已经没有那么光彩了，作家也早已不如过去那么光鲜了。父亲却回我一句：那诺贝尔奖除了那几个科学奖外，为什么还要设个"和平奖"和"文学奖"呢？可见文学与和平一样重要啊……

那年父亲得知，我的中学母校合肥六中要搞庆祝建校五十周年的纪念活动，他就兴冲冲地把我的这两本书给送去了。我听说后是颇觉难堪的。合肥六中是所江淮名校，半个世纪不知走出了多少优秀人物，责怪父亲让我献丑了。谁知校庆前，母校在好几家媒体上公布的 20 位"杰出校友"中，我竟以唯一的作家身份而榜上有名。父亲马上打来电话报喜，还告诉我说，你的简历和照片排在了市长和将军的前面，名列前茅呢！又反复叮嘱我，一定要回来参加校庆活动啊！我回到母校，果然很受欢迎和尊重。我的文章载入了《校志》，我的著作收进了"校史馆"。母校还邀请我开文学讲座，又让我作为"杰出校友"代表，参加市领导的会见和座谈。那几天，父亲显得特别高兴，对我说，母校把你当成作家了，就凭这点，你都还要继续努力写下去了。临走向父亲告辞时，父亲突然又说，你这个作家不要老是写散文和杂文了，也可以写写小说嘛……

我清楚，父亲这是在敲打我。不过想想，一个作家不会写小说，似乎也有点说不过去吧。于是就试着写起小说来，有中篇，也有短篇，更多的则是小小说，然而投出去之后都无声无息。终在一天，《北京文学》发了我的一篇小小说。父亲看了，却没有我想象中的那么高兴，他只是淡淡地说了句，写得太短了，看得不过瘾。后来，这篇名为《一箱葡萄》的小小说，竟连续数年接二连三地被选做了高考、中考和小升初的语文试题，这下父亲才真正高兴起来，连说"想不到"。随后，又不断催促我把全国各地用过的试卷收集一下，汇编成册，说散失了怪可惜。我赶紧托朋友从网上搜索下载了一些试卷，特制了一本寄给父亲。次年清明我回合肥，看到父亲整齐的书桌上，这本集子被置于我写的那几本书的最上面，里面有着很多的印记和折痕，不知被父亲翻看过多少遍了。

去年秋天，一位亲戚请了位摄影师，为父亲拍了一组照片，在合肥的弟妹都跟父亲合了影。我远在成都，父亲就手捧着我的散文自选集《皖风蜀韵》，摆拍了一张。我心里明白，父亲为什么要挑选这本书，因为这本书属于"四川省散文名家自选集"系列丛书，里面不仅有着好多位著名作家，还是上海文汇出版社出的，父亲因此颇感自豪。而且，我还跟父亲说过，这也是我的最后一本书了。这组照片被制作成一个精美的大相册，而这张照片则被父亲排在了相册的首页。

有年父亲来成都，我特意请他参加我的一个作品研讨会，就是想让他听听那些夸赞我的好话。果然父亲听了，尤其是听到一些人还说我的人品也挺好时，真是比我听了还要高兴，当晚还破例喝了点酒。父亲那天还和几位与他同龄的作家成了朋友。后来，一位作家在文章里这样描述过父亲："金科的父亲对儿子的创作，稀罕得不得了。是的，是稀罕，看得出，他是很以儿子的写作为骄傲的。老人清癯、整洁、乐观，说话仍有些家乡口音，我有时会听不明白，但他那满心的喜悦，却让人能够强烈地感受到。"

说来愧疚，我却至今没有给父亲写过只言片语，眼看着就要到父亲的九十大寿了，于是赶紧写下这篇小文来，聊作献给父亲祝寿的一份薄礼吧。

然而遗憾的是，就差那么几天，父亲却没能看到我为他写下的这篇小文，便突然之间去了天堂……

但愿父亲在天堂里还能看到，一如往常，满心的喜悦。

（原载于 2023 年 4 月 3 日《合肥晚报》）

作者简介：

金科，公务员。曾兼任四川省社科联理事，省散文学会秘书长、副会长，四川省文艺传播促进会特邀副会长，《四川散文》杂志总编，《川渝散文百家》文集主编。在《北京文学》《河北文学》《四川文学》《安徽文学》等报刊发表作品百余万字。

徐　潋

地域书写，每一粒汉字都挂满乡情

——杨雪的散文集《故乡是我的，也是你的》读后散论

在一个叫市府路 14 号的小院——第一次见到杨雪——青年诗人的杨雪。到今年再读杨雪的《故乡是我的，也是你的》，已是退休的"老作家"的散文集了。不觉，这一晃就是三十多年，其间就似一个顿号，抑或一步台阶，即使我几乎读了他的所有文学作品集，故乡还居然距自己这么近，这么亲切，这是我几乎没有预料到的。故乡也似乎很远，因为青春是拖不回来的，时光再也拉不回来的；但市府路 14 号那个小巧、清静的小院，我的脑海里还依然清晰地记得：故乡的小院，文艺的小院。

四川
文学

作品精选

一

中国现代文学研究会会长、评论家、南京大学教授丁帆曾说："关注乡土就是关注中国。"或如我老家那一段残损的篱笆墙，一扇打不开的破旧的木窗，也一如中间一段已凹下去的门槛，门总是关不严缝的。屋檐口的瓦隙间，还有麻雀做巢时一不小心留下的小半截稻草，寂静地吊在那里——这些记忆里的影子，与月光下追逐着，嬉笑的童声，也一起走了。

这是我的故乡，或许也是你的故乡。似乎故乡也就老了；老了，似乎什么也都美好起来了。你即便是骂或不屑，即便是恨和怒，都变为可爱的微笑了。

故此，我对故乡情怀的文学作品也就越发感觉（有兴趣）起来。

阅读杨雪的《故乡是我的，也是你的》，我就禁不住，心里闷得有点儿发慌。因为一个地域文学的书写，每一粒汉字都挂满了乡情。

作家、建筑学家林徽因曾说："其实不然，爱上一座城，也许是为城里的一道风景，为一段青梅往事，为一座熟悉的老宅。"又说，"或许，仅仅

是为了这座城。就像爱上了一个人，有时候不需要任何理由，没有前因，无关风月，只是爱了。"

打开《故乡是我的，也是你的》阅读起来，似乎心里有沉寂的思绪；不为别的，就是希望淡淡的故乡情不被无聊的东西白白地溜走，想把它拴在每一行流动的文字里，即使是河边停泊的小舟，它也许下一秒就会驶向对岸，划过清澈的河面，再阅读河边一株又一株的翠竹，无论新生的，还是被风吹斜了，甚至折断了的；以及河边熟悉的石滩，一片一片的沙粒。

故乡，永远是河中清澈的倒影。或如永远的武夷山，永远的李庄，永远的鼓浪屿。酒城也应该如此。画家、教育家吴冠中先生说，"今天中国的文盲不多了，但美盲很多。识字的非文盲倒往往有不少人是不分美丑的美盲！"任何艺术都需要审美因子或元素，但现实却缺失了"审美"的主体意识，这就是可怕的原因。所以有网友调侃说：现在还剩下什么？桂圆变龙眼，白塔穿上白衬衫，纪念标为住宅小区；黄山谷的"百子图"没有影子，留下了一个名称。仅存的明清的一些残垣断壁，也许不知哪时也不知其去了何方。这些消失的文化符号，也走出它自身的叹息。

前几年，伍松乔老师写过一篇随笔评论，他说："近些年常回川南，与家乡文友交流，说得最多的话题是：寻找川南的意义——从地域到文化到文学。"同时他又说："作为'乡愁'派，一向认为'仰望星空'固然重要，但'顶天'之前，该先'立地'。"我想这里所表达的是地域文学的书写应该进入"人"的"属地归属"审美之中去。

所以，我认为：只有文化的家园，才是我们生活的家园。作家杨雪的《故乡是我的，也是你的》为我们作了一些很好的诠释。

二

作家杨雪的散文集《故乡是我的，也是你的》，以语言艺术的方式为我们诠释了地域书写的审美文化。

首先，《故乡是我的，也是你的》叙述思维的审美视角的新颖性。无论《云上西溪》《新街子记事》《放滩》《一山二河》，还是《云烟水拍江门峡》《魅力昭化》《在阆中，怀念两个人》《怀念米易的阳光》等散文，以"故乡是我的，也是你的"表述了审美主体和审美对象的转换，同时表达了思维角度转换模式的内涵。可见，这给更多读者带来更好的，从而唤起更多读者的审美需要。不能不说这种语言的构建表达的角度有其新颖性和巧妙性。正如符合了黑格尔所认为的：美是"寓杂多于整一"的。所以这种叙述思维更能容易唤起读者的阅读情感和审美情趣。

其次，《故乡是我的，也是你的》这部散文集有许多作品具有历史文化底蕴。如《在阆中，怀念两个人》，阆中是战国巴国都城，历史悠久，历史人物众多，素有"阆苑仙境、风水宝地"之美誉。而作者选择了两人，一者叙述了历史人物落下闳创造性把"二十四节气"纳入《太初历》，以及"春节"的设立等文化情景，而其影响了阆中人的"淡定""和谐""快乐"的性格。二者为张飞，其人众人皆知，但作者说是从"时间深处渐渐浮现出的"，以"张飞柏""张飞牛肉"说起，而引出"张飞给阆中人民的红利，两千多年后仍在释放"。以及关于"张飞之死"的分析，谈了自己的想法。故古人有云"死生亦大也"。而《云烟水拍江门峡》以杨慎（升庵）《永宁舟中》《江门峡》等诗句为散文叙述的底蕴，体察人生感悟。再如《魅力昭化》以朴实的语言，剖析历史文化的深度。叙述古街中感悟历史，"在昭化，每一块石板，每一堵木墙都刻着深远悠长的历史"。以及对"花蕊夫人"的赞美。于是作者感叹："每一个传说，每一个故事，都有着荡气回肠或深沉悲伤的情韵。"

再次，以亲身经历出发，以审美文化的方式展示真实的生活。

散文《新街子记事》，以作者自己生活的"新街子"为活动中心，主要叙述了邻居"余雷""大毛""简三""小十"等童年、少年的生活现状。余雷家的"小人书""下江捕鱼""偷煤"几个小故事，构成了社会的"大问题"。纯叙述的语言表达出没有"父亲"而只有割草喂兔子的大毛的诚实、无奈的性格。记忆强，会讲故事，而且勤劳的简三因捡草药卖"中暑"而夭折，"我"至今也"唏嘘不已"。小十"偷糖"到"盗窃"，再到"贩毒"，简述了"好变坏，坏变好"的转换条件，说明了人生的生活"场"。

当然还有许多叙述多地域自然风貌的散文，如《高原上的花》《云上西溪》。

这些散文，以不同的记叙方式传达了地域书写对事物、生活、社会的审美文化。

当我读罢作家杨雪的散文集《故乡是我的，也是你的》，写完此文时，当年为青年诗人的"杨雪"，已是退休的作家"杨雪"了。真是"人生有别"（《故乡是我的，也是你的》，190页）呀，弹指就三十四年了。我还是非常清楚地记得那市府路14号那个小院，那个"年轻"诗人的"杨雪"。但那个"故乡的小院，文艺的小院"早已是"步行街"的一部分了。

谨此作为作家杨雪的散文集《故乡是我的，也是你的》读后散论——地域书写，每一粒汉字都挂满乡情。抑或说：地域书写乡情，是审美文化的使然。

作者简介：

徐潋，语文高级教师，内江师范学院客座教授，系中国文艺评论家协会会员、中国教育学会中学语文教学专业委员文本中心研究员，省文艺评论家协会理事、省中学语文教学专业委员会理事、省作协会员；泸州市文艺评论家协会主席。领衔"泸州本土文学教育工作室"；著有《半管笛语》等专著。

吴 微

梨花千树雪

春三月，当车临近阿坝金川县的咯尔乡时，一些零星的梨花银瓣像萤火虫，悠悠自天而降，闪闪发光，亮了我的眼也亮了我的心。

转过一个弯，寂灭了冬寒的春三月正迤逦大渡河谷，一派生机蜿蜒在公路两旁，梨树如墙繁花如蝶，衬上黄昏的背景，有着庭院的深邃和飞花的婉约，人似伫立画中，变成灼灼落英洁白纷纷的一张透明纸片，风吹来，撩开的发丝和衣襟，隐约的清香覆染，将心与步履牵扯，也顾不上来往的车水人流，迎着梨花疯狂地奔去，摆个不同的姿势拍照，间或偷拍美女，把自己最妩媚的一面融入这个季节……

磨蹭了不少时间，才到了咯尔乡预订的民宿。彼时，夕阳的余晖笼罩拙朴的庭院，梨花从四周纷纷扬扬飘落，几桌从全国各地来旅游人身上，印了一层暖暖的橙色，氤氲的茶汤扩展了世外桃源般的惬意，连笑语欢声亦落尘恬静，旖旎弥漫。

渐渐地，和风的簌簌暗淡了深蓝的天穹，暮色高悬我头上，点点星光浮动穿过历史，将我的遥想拉到两百多年前的清乾隆年间。就在这里，曾两次发生过大小金川战事，两位进剿平乱的总督、监军大员因多次失利被赐死，耗费财物时日巨大，将士死伤无数。战后乾隆将此写入十全武功之中，向世人炫耀他的文治武功。

晴夜当空，寒气绰绰，同样的天空下，不知那些埋骨沙场的将士的魂魄，可还在此地游荡，那些碉楼倒伏、寨墙残垣的废墟旁，梨树的眼泪唤回几多征夫离人的殇情？战事结束后，朝廷实行改土归流政策，在当时的这些地区，促进了政治、经济、文化的发展，其影响极大。

这片征战地的咯尔乡海拔两千多米，群山环绕，大渡河谷温暖湿润，

四川文学

作品精选

阳光充裕，特别适宜梨树的茁壮生长。我住宿农家的老板是当地藏族，年轻朴素，手脚麻利，服务周到，身上透出梨树坚韧和淡的内蕴，脸上两块匀润的高原红，给人美感和亲切。

她告诉我住家的背后就有大片的梨树，花期繁盛，往山上走，还可拍河谷的全景图。

我来到大片的梨树丛，便被千姿百态的梨树淹没，近看梨花鲜艳欲滴，每朵花蕊后端嵌着一块碧玉般的托柄，更衬得花蕾如聚光映月的珍珠，舒展俏柔毓秀灵动；顺着高大威猛的梨树仰首，蓝天白云若似树顶精灵，游弋跳跃后奔向远方。我收回阳光刺痛的凝睇，飞扬的花瓣铺天盖地，心中装满的洁白，空阔了堵塞的胸臆。忽然想起小时候看过一幅淡墨国画，深山冬雪临涧处，参差几株梨树，稚蕾初结，玉苞始绽，无风欲飘，欲雪还晴，衬托得山静雪霁，天远水渺，彤云朦胧，仙境般的幽美彻骨地契合心神，久视画面，脏腑尽祛杂秽，整个人迷醉进去浑然忘我，然而，终不如亲临现场得梨树神韵印象深刻。

陆机曾说山水"石韫玉而山辉，水怀珠而川媚"，唯独没有说到花，而梨花是最清雅漱芳的仙子，脱俗铅华素净尘世，却因"梨"与"离"谐音、其白色与民俗所忌而不被历代看好，即有诗人援笔歌咏，一味地与伤春惜别相连，抹杀了梨花的纯性。殊不知，栽种梨树的园子，后来是戏曲界的别称。相传唐玄宗时，一善跳霓裳羽衣舞的人叫光，帝赐姓李氏，恩养宫中教其子弟。这位光特爱吃梨，故在宅院遍植梨树，名曰梨园，在其演习歌舞戏曲，后代奉以乐之祖师，梨园之称渐成为我国历史上第一座集音乐、舞蹈、戏曲的综合性"艺术学院"，在此受教的称为梨园弟子。

而此刻，我进入咯尔乡的梨园果林，梨园弟子是这儿的村民们，借梨园名声把旅游业搞得火热，每年慕名来者无数，走上了致富之路；满眼芳菲的"梨花千树雪，杨叶万条烟"，葳蕤馥馥漫山纵横，葱茏郁郁遍野娉婷，在自己的世界从容着、狂放着、恣意着，与艺术家理想化的书画意境相去甚远，自根至顶，不见城市梨树的娇气孱弱，如一只只晶莹的仙子轻盈我指间发梢，一阵风过好怕就此消失，就像生命中总也抓不住的美好时光，一旦错过，只能对惆怅远去的背影几番悔恨，所以，握紧了她有重量的灵魂便不肯放手了。

心念之间，我就这么静立如雪如蝶、如玉如絮的迷离里，忽见几树桃花跃然铺陈，红白相间的暖色调，醒目地烘托梨花高贵的纤尘不染，冷艳得飘逸洒脱，素雅得春熏草暖，我想到了婚纱，想到了雪的纯色，想到了清廉的海瑞，想到了梨花脱衣成果的过程。其实她一直都用自己的冰清玉洁，再经淬火为药为膏的蜕变，治疗人的病体，教化人的品行，生动诠释了花开花谢的禅理……

高原的风刚劲冷硬，带着野性的粗犷摇曳树丛，发出缤纷的音符响彻天际。我的思绪，我的视野，我裸露的思想，席卷合成一株梨树，矗立寂寞深山，千百年独树一帜守着自然的雨露阳光，偏安一隅，用心地蓬勃拔高身材，以土的温厚开枝散叶，得水的滋润优雅蓓蕾，无谓世人的评说，哪管朝代的更迭，独善其身欣赏自己荒芜上的似锦花繁，怀拥累累硕果自在于山壑溪涧，做岁月的达人，凝时光的轮回，盛放一季的美丽壮观天地，淡然迎接入土成泥、腐朽作肥的归宿，默默彰显平凡的伟大。

我想，作为梨树或作为人，不在于生物的形态与级别，而是同为地球的生命，生存之道的格局皆可鉴戒仿效的，是追求清风漂泊抑或是执迷荣华，简单的生活或复杂的立命，让自己变成海绵或岩石，唯有慢慢去领悟参透了……

回程时，我在农家买了两瓶村民自制的"雪梨膏"送给母亲，她欣然接受，并夸赞说高原的雪梨长得优质甜蜜，药效好！而我的脑海飘动千树梨花澎湃的身姿，如冰火熊熊燎原，时时将我包围炙烤……

（原载于《四川文艺》《阿坝日报》《四川经济报》和《光雾山文学》杂志）

作者简介：

吴微，中国散文学会会员、四川省作家协会会员、成都市作家协会会员、金牛区作家协会会员、四川省文艺传播促进会副秘书长。曾任四川省文联《文艺报》副刊主编，现为公众号"船波文艺""在场微散文""大洋文艺"文学平台编辑，出版有散文集《奔向墨脱的灵魂》。

何一东

送你一束"勿忘我"

　　窗外，夜色席卷，寒风吹拂，金黄色的银杏在街灯的映射下，尽力展现着自己的妩媚。而时不时，一片又一片的叶子仍不由自主飘落，将最后的美留给人间。

　　室内，热气腾腾的火锅香味弥漫，我看着朋友们大快朵颐的笑脸，想着即将到来的你，心中充满兴奋。毕竟，有5年的时间没见面了，虽然平常也有微信的联系，但面对面的相见，才能让友情更如这火锅一般沸腾飘香！其实，你也是我们这桌朋友共同的朋友，看看他们的眼神，就知道有一种相同的期待。

　　这座花园城市，我来得不多，连这一次，也就4次吧。但它却名声在外，是诗仙李白以及"唐宋八大家"之一欧阳修的出生地，黄帝元妃丝绸之母嫘祖的故乡，夏王朝的缔造者大禹的诞生地。2015年11月下旬，我们一群来自成都的作家前往绵阳盐亭县采风，亲身感悟嫘祖文化、人文景观和当地经济社会发展成果。大家先后参观采访了县经开区、规划馆、檬子垭牌坊、赵蕤墓、文同墓、李义府碑、嫘祖陵、玉龙牌坊、蒙文通故居、嫘祖文化广场、凤灵寺等。

　　而担任向导解说员的你，青春靓丽，气质高雅。我至今记得你那天的穿着：一件高腰带毛领的黑色皮衣、灰色薄呢短裙，一条花格围巾。染成深栗色的头发挽成一个发髻，高鼻梁、大眼睛，眼睛含情脉脉。你一出现，立马让我们这一群男人眼睛一亮，个个精神焕发。最令我们折服的是，你的解说非常专业，举手投足，落落大方。著名作家、媒体人贵哥手拿单反相机，不停地拍照（后来把美图发在《华西都市报》上）。我们也纷纷掏出手机，像竞赛似的拍下你的倩影。下一个环节，大家都心照不宣地加了你的微信，谁也不甘落后。

白天的参观采访结束，在夜色中，我们前往梓江欣赏夜景。漫步江边，只见两岸灯光璀璨，波光粼粼，漂亮非常。你随我们同行，窈窕的身影在五颜六色的灯光中更显美丽。此景此情，我耳旁仿佛传来一曲《在水一方》，那一种美好的感觉令人喜欢又怅然。我们的一生，有多少邂逅，有多少相识，有多少相爱，又有多少分别？所有的相遇都是缘分，诚哉斯言！来到嫘祖大桥，我拍下你倚靠栏杆，回眸一笑的镜头，至今仍记忆犹新……

盐亭之行结束后，我们各自开始自己奔忙的生活。你的朋友圈，是我们关注的焦点。一群大男人，哈哈，常为此"争风吃醋"。翌年3月中旬，我和另外几位文友应邀前往绵阳参加一个文学活动，晚上，去歌厅唱歌。大家想起你，便打电话，你恰好有空。几月不见，你穿了一件中长牛仔休闲装，长发披肩，笑容可人，青春活力十足。我们彼此问候，比在盐亭时多了几分熟络。那晚，有你在场，我们几个男士唱歌分外带劲，有的虽然是烟锅巴嗓子，也一点不低调，尽情争表现。我给你拍了一张照片，你微笑着，可惜因光线原因，不太清晰，算留个纪念吧。这次分别后，便一直没机会再聚。

这次应作家岳定海先生相邀到绵阳采风，本以为你有可能没在绵阳，抱着试试的想法打电话给你，谁知你得知我们这群你认识的朋友基本上都来了，当即欣然答应晚上过来一起吃个饭。

开饭的时间到了，城市太拥堵，你迟迟未来。我把油碟给你调好，碗筷也用湿巾纸擦干净，还捞了一些煮好的鱼放在盘中，一次又一次看手机，你说还堵在路上。我们已酒过三巡，你终于来了！朋友们欢呼雀跃，之前吃东西的沉闷一扫而光，都纷纷说，好久不见，非常想念！有人试图行拥抱礼，我们当然不答应；又想喝"交杯酒"，我们也集体反对。你很开心礼貌地一一敬酒，豪爽大方，虽然是啤酒，碰杯即一饮而尽，反而是我们这帮男人胆怯。

五年不见，你容颜一样靓丽，只是多了几分历经人世风雨后的成熟与从容。生活需要打拼，用自己勤劳的双手；人生需要坚持，哪怕相伴清苦与寂寞。你其实并没有写作的爱好，但你对创造精神财富的人，却心生敬重，也愿意把纯洁的友情继续！在现在这个物欲横流、薄情的世界，亲情、爱情、友情都受到严峻的考验，有一些我们苦苦追求、赞扬的美好，却被金钱无情冷酷地玷污。人与人之间的纯友谊，在利益面前，很多时候非常脆弱。而你，一位在红尘中洁身自好的美女，用言行再次证明什么是"出淤泥而不染，濯清涟而不妖"！

一年又即将离去，时光总是这样谁也挽留不住，"花有重开日，人无再少年"。但我相信，真正的友情历经淬火，会百炼成钢。送你一束"勿忘我"，让我们的友情永远！也希望你的未来，有鲜花，更有彩虹！

（此文于 2023 年 6 月获 2022 年度《鱼兔文艺》文学奖）

作者简介：

何一东，中国散文学会会员、四川省作家协会会员、四川省杂文学会副会长、四川省文艺传播促进会常务理事、成都市作家协会报告文学委员会委员。《晚霞报》副刊编辑。作品多次获"四川省新闻奖""四川散文奖"等奖项。

田海燕

读 山

对我这个在成都平原长大的人来说，山的最初概念，来自语文课本上的《愚公移山》。青城山、峨眉山也登过无数次，可总是感到些许遗憾。在爬山途中，视野所及，画面中是蜿蜒上升的石阶，是翠绿茂盛的林木，山，仍在画面之外。它的全貌在哪里呢？每此时，我便常用"只缘身在此山中"来自我安慰。人和山比，渺小太多，也只能在山的怀抱里游逛行走，又怎能看得清真面目呢？连大文豪苏轼登庐山时也只能在诗里感叹一番。

那么就上到山顶。站在山顶，心中自然涌出"一览众山小"的诗句，但上清宫、金顶四周的山不是完全笼罩在云雾中，就是朦胧中依稀可见一个个的小山尖。山，仍是模糊的概念。

这次去小金县，我才算是真正领略了山的全貌姿态，山的外延和内涵。车刚上巴郎山顶，属小金县境内的阳面山势，就以无数个惊叹号占满了我的思维空间：雄伟！壮观！巍峨！伟岸！磅礴！博大！逶迤！……不，此时的任何语言都显得太苍白。

山，这才是山，这才是真正的山！它没有树的遮掩，没有雾的环绕，没有林的覆盖——没有任何的修饰打扮，赤裸裸地呈现在我的眼前。坦荡得光明磊落，质朴得一尘不染，原始得壮美雄伟。不但能览尽全貌，甚至能透过它的皮肤，看见它的肌肉、它的经脉、它的骨骼，看见它蓬勃的生命律动。此时此刻此地，我真正读懂了"山"这个字。

山就在我的脚下，让我亲密接触。山就在我眼前，让我一览无余。以这样从未有过的视角俯视着山的全貌，我被这超乎寻常的美震撼，使人忘却了自身的存在。我伸开双臂，加大肺活量，尽情地深吸一口气，向着脚下的山大吼了几声。没有回声，声音被空旷的山野吸纳，如同吸纳了我的灵魂。仰望头悬的太阳，特别耀眼，手指被它强烈的光线吞没，觉得离它是那么近，似乎伸手可触。而我就站在天与地之间，与它们已融为一体。

在这绵绵的大山中穿行，渐渐地，随着时间分分秒秒地流逝，随着汽车颠簸地驶向山之腹地，我的呼吸便与大山的脉动一致，一致得使我无法辨认山辨认自己了。我成了山的一部分。恐怕山和人类生命最基本的构成分子是同一种物质，不然我在山的怀抱中何以有如此亲切之感，灵性在山的呼吸中变得如此欢畅，如此自由自在而无拘无束。

巴郎山不同于其他的山就在于有气势，连下雪也气势不凡，时逢深秋，山上一会儿阳光灿烂，一会儿漫山飞雪。有句古诗"燕山雪花大如席"，我一直认为是李白在夸张，但巴郎山铺天盖地的飞雪，证实了这并非夸张。天为雪地为雪，在这表面上单一的银色世界中，却蕴藏着一种包容万象而又博大精深的母性温暖，孕育着无限的生命可能。

当我还沉浸陶醉于这飞雪盛景、还未欣赏够这难得一见的大雪片时，风停了，雪也住了，来去皆匆匆，如同我们的人生。巴郎山又露出了它那有气势的轮廓，太阳懒懒地射在雪上晶亮刺眼，车缓行在雪山中，我脑子里却生出这么多怪念头，而最强烈的是下车步行。步行于这天地一色的雪域中，走几步打一个滚，可车里的人都蜷缩着，丝毫没有下车赏雪的雅性。

雪的踪迹消遁殆尽，仿佛时光倒流从冬回到了秋。天蓝得纯净，蓝得坦荡，蓝得无瑕。悠然，一轮玉盘靠在山顶，我小声惊呼：月亮！车里的人这才挪动了一下身子，似探非探地望向窗外。

车一拐弯，月亮不知去了哪里，虽然只有这短短的惊喜，小金的月亮以这样独特的风韵迎接我们这帮远道而来的客人，似乎也抵消了我没在雪中打滚与嬉戏的遗憾。

（原载于1994年8月9日《人民日报·大地文学》，修改于2023年9月1日）

作者简介：

田海燕，资深媒体人，先后供职于多家报刊，主任编辑；四川省作家协会会员、四川省文艺传播促进会常务副秘书长。作品散见于《人民日报》《散文》《四川日报》《四川文学》《南方日报》《羊城晚报》等报刊，并多次获得省级及以上文学奖；出版长篇散文《走着走着 天涯不再是远方》。

李 淮

观山观水观音山

四川
文学

作品精选

知道观音是从阅读吴承恩的《西游记》开始的，观世音菩萨大慈大悲，救人于危难之际，还土地于清朗之明，掌托净瓶，端庄大气风范，圣水甘霖，祈福求生善存。1986 年版《西游记》电视剧里，左大玢生动形象演绎观世音菩萨，有中国人之所以为中国人的精神所在，爱与良善，正义与邪恶，竭力帮助唐僧师徒西方取经，有山河可平的执着，无为西东的付出，给人留下难以忘怀的美好印象。民间对观世音顶礼膜拜多多，东莞观音山应时而生，是青山绿水间的虔诚人间烟火。

观音山在东莞市樟木头镇的一隅，距离镇中心有 1.5 公里，山的总面积 18 万平方公里，森林覆盖率在 99% 以上，是集生态观光和宗教文化旅游的自然风景区。早在 2005 年，国家林业局就批准为国家级森林公园，名字为"广东观音山国家森林公园"。

山水林木是一个生命共同体，人的命脉在水，水的命脉在树，树的命脉在山，在只此青绿之间。是的，每一个生命都有自己的逻辑，每一方水土都有自己的姿态。我与女友走在观音山的山道上，被 1800 公顷的原始次森林绿色海洋所折服，所熏陶，所感动，醺醺然，陶陶然，不知归处。

高大的松树、柏树、香樟、杉树郁郁葱葱，国家级濒危植物，国家一级保护植物金花茶，树上挂着牌子，走近可以看见牌子上写的几行字，有树龄、科、目介绍。恐龙时代的物种苏铁蕨，与开浅蓝色花朵的气生兰草做了邻居，这种蕨类在山坡的低洼处生长，绿油油的叶片，上面存有几颗晶莹的露珠儿，露珠就在叶尖尖上晃动，一阵微风轻拂，我忍不住伸出手，珍珠似的露珠儿滴落下来，轻轻地躺在了我的手掌心里，举着露珠到鼻尖，我闻到山野草儿清香的味道，好闻。

一种类似含羞草锯齿状叶片的植物长在珍稀物种白桂木的脚下，我走近看看，这是含羞草吗？女友伸出手，轻触叶片，叶片没有卷起来，哦，不是含羞草，一种草开黄色的小花，匍匐在地面上，名字叫"苦荬菜"，蓝眼睛长睫毛的叫"阿拉伯婆婆纳"。不知道名字的和知道名字的树和草，花与朵，在我与女友的身前身后，生长着、绿着、红着、黄着、蓝着、紫着、笑着、芬芳着，唱着生命的一曲又一曲歌谣。

　　树林里出现了小松鼠，麻灰色的外套灵活四肢爬高走低，从这棵树跳上那一棵树，从这个枝丫蹦上那个枝丫，有一会儿，它似乎要从小叶榕树树尖上掉下去，我担心得有点紧张，手心里冒了毛毛汗，它不动声色地晃动四肢，"唿"的一下，站在了花楸树的枝丫上面，用前爪抱着花楸树青色的果实，亮晶晶的小眼睛看了看我。这里的珍稀动物有小鲵，我们叫"娃娃鱼"，是说它能够发出娃娃般的声音，还有土行孙般在地里行走的穿山甲，夜里在树上值班的猫头鹰。

　　大青树上，女友发现了一只小小的蜗牛，指给我看：小蜗牛透明的触觉，慢慢地伸出来，它感觉前面的路平坦，又慢慢伸出半个小小的脑袋，向左向右瞧瞧，手脚并用，再慢慢地向树的根部爬去。一花一世界，一树一菩提，一物一生命，小蜗牛的动作印证了"从前的日色变得慢"。

　　佛光路小径漫步，古木高大望不见顶，灌木葳蕤草色青，鸟儿唱和歌声鸣，流水潺潺音色脆。过回音壁，有人试着与壁对话，或者哼出歌曲，看看谁的音色美歌声靓丽。仙宫岭到了，传说中的仙人还在里面炼丹么？曼妙的仙女霓裳羽衣，还在翩翩起舞么？百禽园里，动物们在花香鸟语中活泼灵动，东走西晃，上蹿下跳，给孩子们带来阵阵欢声笑语。走慈云阁，建筑庄严挺拔，有古钟鼓楼，想去敲敲钟，体会体会晨钟暮鼓的禅意境界。

　　上善若水，观音山的瀑布让人心生欢喜。仙泉瀑布落差380米，珠玉一般的水滴，从高处飞溅，"嘈嘈切切错杂弹，大珠小珠落玉盘"，密密的水珠很像孙悟空花果山的水帘洞，站在瀑布旁边顿生清凉。普渡溪顶端的三十六级瀑布，"银屏乍破水浆迸，铁骑突出刀枪鸣"，一级一落差，一级一飞花，在树木鹅黄、嫩绿、翠绿、青绿、墨绿色彩中时养眼养心。我想，"青山横北郭，白水绕东城"就是这样的意境。

揽秀台上，几个孩子站在台阶上，风撩起他们的头发他们的衣襟，吹起周围细碎的花朵儿与绿叶儿，空气里有大团大团的青草气味，一直往上蔓延到云层与蓝天。孩子们有的小声说话，有的指着下面仙泉水库的一泓碧水，有人举着手机在拍照片，有人抿嘴笑了，有人眼睛大大地睁着，侧头，脑袋一会儿向左边，一会儿向右边，不知道该往哪边看，因为左边是水墨山水画，右边还是山水水墨画。人与自然，孩子与风景，恰如其分地融合在一起，成了幅幅山水人物图。与仙泉水库遥相呼应的有一处感恩湖。湖水清澈碧绿，湖面如镜子照得见人影子。感恩湖水源来自地下水及原生态森林，空气中有了高质量负氧离子，空气里也含着水润般柔柔温情，我与女友手牵着手走湖边木质栈道，水碧碧天蓝蓝，草青青树绿绿，心情大爽。女友唱起了韩红在 2022 年春节晚会上的独唱《这世界那么多人》，她唱："这世界有那么多人/人群里敞着一扇门/我迷蒙的眼睛里长存/初见你蓝色清晨/这世界有那么多人/多幸运我有个我们……"歌声情深深，意绵绵，是触景生情人与自然的和谐，还是在向感恩湖述说自己到此地的感动，也许都有吧，唱得我们两人的眼睛都潮湿了。

走观音文化广场。30 多米高的观音圣像由花岗岩雕琢而成，观音宝像庄严，慈祥和煦，是世界上最大的花岗岩雕刻观音菩萨的艺术精品。广场在山间，观音在绿水青山中栩栩如生，仿佛可以与你我对话似的。观音圣像前，善男信女顶礼膜拜，双手合十默念，低头叩首，人间的苦难烦恼都在这里化作一缕青烟，飞向了云天外。我与女友持香礼拜，愿我中华强大，国泰民安。

有人走道想姻缘，有人上山求子嗣，有人拜观音保平安，有人烧香祈福报，月老台、三生石、许愿池、鹊桥上，人头攒动，也许都是一厢情愿，也许冥冥之中也有定律。观音山公园常举办大型相亲会，新时代的相亲会，通过新媒体、多媒体、融媒体的广为传播，海内外的年轻人都来参加，金风玉露一相逢，便胜却人间无数，在绿水青山里相识相知相爱，有情人终成眷属。

宋人郭熙在《林泉高致》中说"自山下而仰山巅，谓之高远"。观音山并不高，海拔 488 米，可见不是观音山自身的高度，是这里的生态文明和人文气息让人觉得高远。所以有"山不在高，有仙则灵"的说辞。

霞光在天边瑰丽地闪着光，我们要下山了，但又觉得意犹未尽，还想再上山去走走看看。于是，我们两人勾着小拇手指约定，下次再来，下次一定再来。

（本文获中国作家网第九届"观音山杯·美丽中国"海内外游记征文评选"佳作奖"，《人民文学》2022年12月特刊刊出）

作者简介：
李淮，四川省作家协会会员、四川省文艺传播促进会会员、中国散文学会会员、德阳市散文学会名誉副会长。作品散见报刊及"学习强国""人民网"等网络媒体。已出版散文集《风景这边独好》和《读客》。作品《芙蓉花醉东湖山》获2016年四川散文奖。报告文学《一蓑烟雨任平生》入选四川人民出版社出版的《大爱华章》。

王 洪

父亲的药

　　大清早电话响起，一看是老父亲打来的，不敢掐断。赶紧打起精神问他什么事。他在电话里发号施令地给我说：前两天我看见你院子里的老蔻开花了，你摘几朵送来给我做药！我连忙答应好好好！

　　吃过早饭，我摘了几朵老蔻花给他送过去。轻轻进门，父亲靠在椅子上低头打着瞌睡，口水从半张的嘴里流到了衣服上。我认真地端详着父亲蜷缩的身躯，又瘦小了，脸上的皱纹写出了他八十年的沧桑。桌子上摆满了各种药盒药瓶，有降血糖的、消炎的、治肠胃的，还有一些保健品。屋子里弥漫着浓浓的药味。母亲在厨房里煎着药，轻声地不停念叨着：天天都吃药，吃了还是没有好，只晓得打瞌睡……

　　我轻轻地摇醒父亲，他抬头望着我，一双迷滞的眼睛突然放出了光芒，僵冷的脸也瞬间活跃了起来。他的笑容很不自然，赶不走脸上愁苦的痕迹。他示意我坐下，我问他今天回老家看蜜蜂吗，他无奈地摇摇头叹道：不用看了，我把蜜蜂都送给隔壁的邻居了，我走不动了。一股凉风从我心底掠过，父亲不再坚强、不再自信，他放弃了。

　　他要我送他回老家村子里看看，一路上他不停地自言自语：这棵树长大了，那家又盖楼房了，谁家全部搬进城里去了，谁谁谁已经不在了……

　　今天的车我开得特别的慢，他探出头和所有的熟人都打着招呼，他很开心，像个难得坐车的孩子。我问他今天吃药没有，他说没有吃，那个药不管用。我说：你今天有哪里不舒服？他坚定地回答：没有哪儿不舒服。熟悉的乡村，我陪着父亲慢慢地走过，这一刻他所有的痛都已消失。好想时间在这一刻凝固，有我在，父亲不会孤独、不会无助。

我们是父母的依靠，我们是父母的良药！我们只要陪在他们的身边，就会发挥我们的疗效！

（原载于 2016 年 11 月 27 日《华西都市报》）

作者简介：

王洪，四川川盟酒业集团有限公司、成都大地魂酒业有限公司董事长，四川省文艺传播促进会副会长。

何　武

父亲的校园春秋

父亲八十岁了，四十余载教海搏击，呈现的是人生孤独与繁华交织相伴。他常常说，花名草性，本不要紧，要紧的是花的名节，要紧的是草的性格。

1964 年 7 月大竹县观音高中毕业的父亲，9 月被聘为天城乡中和村"耕读"教师。

时间就像家乡御临河的流水，匆匆而过，没有间断的时候。在教育园地这片沃土上，他用爱心的甘露去浇灌，用奋进的犁铧去耕耘，桃李满园。付出终有回报，1984 年通过考试，父亲这位民办教师转为了公办教师。他要求每个学生都要学有所成，像乡里的梨树无谎花儿，梨花五个瓣儿，有一就是一。

华为技术有限公司投资人、企业营销顾问李川回忆道："我记得上小学的时候，数学成绩起步还可以，能时不时受到何老师的表扬。但是例外的情况来了。有一次上数学课走了神，被老师叫起来回答问题，牛头不对马嘴。我当时非常紧张，心想肯定会受到老师的严厉批评。出乎意料的是，老师不但没有批评我，还乐呵呵地说：'既然李川都没有搞懂，那我再讲一遍！'我当时内心满是愧疚，随之涌动的是对老师的感激之情。从此，在何老师的课上更加专心听讲，数学成绩也越来越好。"

父亲严谨治学，虽身处全县偏远的明月山脚，声名却日渐隆盛，影响也日渐深远。由于教学成绩显著，他从中和村小学调到了乡中心校教六年级的数学。说来也怪，他走到哪里，学生就跟到哪里。尽管学校领导出面把关，可教室里还是塞满了 91 人。

那时，小学毕业班也要上早晚自习，离中心校远的学生住校无宿舍，怎么办？父亲毫不犹豫地把自己的寝室让给学生住。

学校与家相距 5 里远，要过河，徒步走乡间小路。冬天的一个晚自习后，他在办公室备完课改完作业，已是夜半时分了。走出校门，感觉冰凉细小的东西扑到脸上，一刻又消失了。走到河边，河流泛出白色耀眼的光，似乎在暗示一场大雪即将到来。越过河流上的弯弯桥（又名玉带桥），大雪纷纷扬扬，密不透风，仿佛一场遥不可及的梦境。脚底迅速沾满一层又一层的雪，鞋底越来越厚，越来越沉。路过沈家湾，眼见院子的竹子已被积雪压弯了，一脚踩空，重重地摔在坎下，造成右臂脱臼。当他忍痛回家，像一个雪人出现在家时，母亲哽咽了："为了啥！自己的两个孩子你认真管没有……"我和妻子从睡梦中惊醒，起床看到父亲摔成这个样子，哭着，抱怨着，冒着风雪去喊医生……

父亲仅养了 5 天伤就回到了教学岗位。当他走进教室，同学们的眼睛"刷"地盯向了他，教室一片静寂。

开始上课了，教室里回荡着他抑扬顿挫的声音，传出的是同学们做笔记的"沙沙"声。父亲右手不能写字，同学们见状，都把眼泪往心里流。一个女同学忍不住"哇"地哭出了声，教室里一片唏嘘。学生张伟在日记中写道："左手写的字虽然看不大清楚，但是我不能问，任凭滚烫的泪珠嗒嗒地滴在记录本上……"

后来，张伟成为国际数学家，接受采访时说，他的小学前四年在村小读书，到了五年级转入天城乡中心小学。通过数学老师两年的悉心指导，他逐渐迈入了数学的殿堂。当时奥数还不流行，更不普及，数学老师放弃自己的休息时间，无论寒暑，课余时间组织同学们讨论奥数并讲解奥数，张伟对数学由兴趣变为痴迷，并获得了全国小学数学竞赛一等奖。张伟就此说，小学数学老师的无私奉献，在他的启蒙阶段给了很好的引导，不经意间为他打开了一座藏满了奇珍异宝的宝库。这位数学老师就是我父亲。

张伟坦言："这段经历改变了我的人生！"他后来得以进入北京大学学习数学，再到美国哥伦比亚大学攻读博士学位，直到在麻省理工学院任教授，因其开创性贡献获得 2019 年度克雷数学研究奖，这是中国数学家首次获得该奖项。今年繁花似锦的春天，他当选为美国艺术与科学院院士。

"张伟现象"不是偶然的，是父亲热爱教育事业的智慧结晶。

党和人民没有忘记他。

父亲本来是市级优秀教师推荐人选，有关部门看了其突出贡献材料，深感震撼，表示往最高层级推荐。1995年教师节，四川省人社厅和教育委员会联合表彰父亲为"四川省优秀教师"。

1994年暑假，接到县教委通知：要他带领全国数学奥林匹克一等奖获得者张伟去成都参加"夏令营活动"，他借口有事，把这个千载难逢的机会让给了他人。1996年7月，父亲作为四川省优秀乡村教师代表赴京观光考察，他又想把机会让给同事。省市电话层层急转县教委，要求父亲及时启程，父亲这才首次来到了成都和北京。

莘莘学子没有忘记他。

农历正月初五，父亲八十岁寿诞之际，美好的祝福潮水般涌来。张伟从美国发来视频祝福："在何老师八十大寿之际，我祝您福如东海，松鹤长春！同时，我也期盼疫情的影响早日消散，让我们师生在2023年能够有机会再次欢聚！"中国工程物理研究院沈旭明科学家由衷感慨："您39年前带我入数学之门，从此改变我人生道路。我热爱数学喜欢钻研，大学毕业之后走上科学研究之路，为国防事业添砖加瓦。"中国工程物理研究院沈川科学家感恩和仰慕交集："何老师数学造诣深，教学方法好，幽默风趣，给了我很好的数学启蒙，并打下了很好的数学基础。"西南大学博士沈祖春的感激之情溢于言表："虽然我后来一直学的是中文专业，但是在小学的时候，何老师给我打下了非常坚实的数学基础，培养出了良好的数学思维，这对于我今后的学习和工作一直是非常重要的。"

父亲的孤独赢得了繁华。孤独是短暂的，繁华无期！

（原载于《西藏日报》2023年2月9日）

作者简介：

何武，1968年出生于四川省大竹县。中国散文学会会员、达州市文学艺术院首届特聘作家、《散文选刊·下半月》签约作家、四川省文艺传播促进会理事、大竹县科普作家协会主席、大竹县作家协会顾问。

贺　敏

回老家

初夏，小弟带着他的儿子从加拿大归来，此时三年疫情刚消退。为了却最近两年几进几出医院的 95 岁老爸的心愿，我们商定包辆车，姐弟仨陪父亲回趟老家——距峨眉山"天下名山"的牌坊仅数公里的罗目古镇。

开车的司机姓黄但不是"黄司机"（俚语：技术差），见爷爷身体欠安怕颠簸，车开得既快又平稳。一路上大家嘻嘻哈哈摆着龙门阵，不知不觉就到了"天下名山"的牌坊下。

"山高谓之峨，水秀谓之眉"，峨眉山得名源于山形地貌，属世界文化与自然双重遗产，以佛教胜迹和自然风光闻名世界，素有"峨眉天下秀"美称；隐于峨眉山脚下的罗目古镇更似"闺房之秀、清心玉映"。罗目镇又称青龙场，一个名副其实的原生态千年古镇，始建于唐高祖武德元年（618）。相传商周时期已有人居住，也是"茶马古道"从平原进入山区的第一站。车进古镇仿佛穿越，阳光洒在百年老建筑上，能看到时间的痕迹。街头巷尾保留有 20 世纪原貌的穿榫斗梁、雕龙画凤的老屋；大街小巷保留着原汁原味的风土人情：乡邻街边围桌打纸牌、传统手工艺作坊、各种风味小吃。

老爸和他的姐妹们为求学在 20 世纪相继走出了故乡，如今只有他唯一的兄弟——我的三叔留守老家。三叔家新建的楼房坐落在步行街口，天清气爽时站在门前可遥见峨眉山的日耀金顶；早晚时分抬头望是云雾缥缈若水墨丹青。

"少小离家老大回，乡音未改鬓毛衰"，老爸说他离开老家到乐山上初中时才十几岁。50 年代，老爸从华西医学院口腔系毕业后，先后任职于省、县、市级医院，退休前是一家三甲医院的五官科主任；退休后又到一家医疗机构发挥余热，直到疫情前才摘下了头上的额镜。他曾不无遗憾地说，工作这么多年，自己连北京、上海都未曾去过……老爸工作后每月都要给奶奶汇生活费，间或也亲自送回家。奶奶离世后，老爸就很难得回老家了。

傍晚时分，老爸挂着拐杖与三叔、三婶在前面叙叙叨叨地走着，我们随后，一行人的脚步悠闲地转换在青石板与石子路之间，感受着小镇流淌的日出而作、日入而息的古老时光。落日余晖洒在道旁的几块庄稼地上，前面走着的三婶转身跨进了地头，利麻地摘了几把豆角顺手递给我。她说镇上的农二代大都外出打工了，土地荒废着，她和三叔几年前沿河滩捡了这几块地栽了菜。三婶早年没读啥书，种菜是行家里手。每天清晨五六点钟她和三叔就蹬着三轮车先到地里劳作。她说把浇水、施肥、除草、采摘当锻炼，做到太阳出来再收工回家弄早饭。如此坚持锻炼带来的益处是种的菜自给自足，吃不完还分送亲戚和街邻，收获的是身体健康和好心情、好人缘；我们一行人从青石板巷走到机耕道再走到河滩边，沿途不断有熟人高声与三婶、三叔打招呼唠家常，还有热心的街邻递上椅子，邀请老爸在自家门口坐着喝口茶歇会儿……

清晨，我们一行人在街口的餐馆围坐两张条桌，点了当地的特色小吃牛肉豆腐脑、豌豆粑等，品尝完便跟随老爸转悠到我心心念念想去看看的老宅。听三叔说建了新楼房后老宅便没有人住了。

老宅房龄超百年，藏在一条名叫洋巷巷的深处，L形的老建筑，正中是堂屋，左右分别是卧室，拐出的地方是灶房，堂屋正前方有一块菜园子。"墙皮剥落透泥痕，铁锁当家草木深"，纸糊的小格子窗棂扑满灰尘，一把锁横在老旧的双扇木门中央。年久失修的老宅有些歪斜，已是"旧居蛛网挂房檐，铁铲花锄锈色添"。我十九岁时曾在老宅住过数月。"残垣断瓦草当门，岁月风霜故宅屯，相别'五'旬如梦过，归来已是白头人。"

那时我们七口人共同在老宅生活：奶奶带着她五岁的外孙、我三姑的儿子、我的表弟；三叔、三婶带着刚满了一岁的儿子、我的堂弟；我带着五岁的小弟。小弟和表弟是玩伴，每天蹦蹦跳跳跑进跑出，令老宅的日子有声有色热热闹闹。

老宅的灶房大，柴灶占了很大一块位置。守着峨眉山，不怕没柴烧。

天气晴朗的日子，我和比我大三岁的三婶带上点干粮当午餐，同骑一辆旧自行车到数公里外的山上去捡柴火。到了山脚下，把自行车锁在道边的某单位院里，走小路上山去捡枯树枝。捡到午后时分，吃完干粮，三婶便捆一大捆柴，背下山绑在自行车上，推着车回家；我则背上一小捆走回家。第一次上山捡柴我心劲儿大，照着三婶样背了一大捆下山，越走背上越沉重，下坡时腿越发颤，不得已边走边丢，背回老宅剩了一半，奶奶听闻笑言："眼大肚皮细（方言读'稀'，意思是小），吃不了憨着急（方言读'机'）。"

那些年场镇上没有自来水，家家洗涮都用河水。奶奶读过高小有些文化，说澄清了一夜的水干净些，吃的水要乘清晨没人清洗污物时赶早担回家，起床的第一要事便是到几百米外的临江河边挑水。河滩边尽卵石没有路，我挑着水高一脚低一脚的，回到灶房时满桶水已晃荡成大半桶，想把水缸装满还得赶紧多跑两趟。

老宅的屋檐很宽，檐下足可摆开两桌麻将，不过那些年没人打麻将。晚上我和三叔、三婶就着昏暗的灯光打扑克牌，"拱猪"或"升级"是一天精神娱乐的"高光"时段，常常玩到深夜还兴趣盎然意犹未尽。

屋檐下还有个重要的功能是可置放木马，天晴下雨都不碍做木工活。三叔在场镇的工厂里做木工，他心灵手巧，曾精雕细刻地做了一张那些年难得一见的雕花婚床，被小伙伴们赞不绝口。在三叔的指点下，我用木板的边角余料，测距画图弹墨，用书弓（钢丝锯）和清漆独自完成了一个纯卯榫结构的小木盒。50 年后，这木盒装满了我历年来的各类证件仍旧置放于床头。搬了数次家，也收集有更精美的木盒依然没有替代它在我心中的位置——也许是它的质朴和年代感？也许是亲手做的更有温度？

在疫情中病故的大姑妈的女儿、我的二表姐微信转来一张颇为珍贵的老照片——她从蒙山茶场过来拜望她的外婆、我的奶奶期间，我俩和小弟、表弟的合影，上面印着"峨山脚下/一九七四·二"，留下了见证这段经历的唯一纪念。

老爸约了尚在老家的七表叔等一众亲友围着一张大圆桌团团圆圆聚餐后，因牵挂着没有同行的高龄的老妈和倒时差的侄子，我们依依告别老家。

车溯青衣江经雅安绕行返回——途中去探望住在养老院的老爸的妹妹、我的二姑妈及雅安的家人。

回乡的路是越走越近，离开老家的路却是越走越远。车渐行渐远，身后"天下名山"的牌坊渐行渐远，眼前的路曲曲折折地向远方延伸——仿佛看到老爸青春年少背井离乡；仿佛看到小弟远涉重洋辗转求学；仿佛看到表弟携家带口飞越大洋落地彼岸。难忘那年夏末，我、夫与小弟仨从加东到加西，由加西过海关到美西，再经芝加哥、底特律返回多伦多，一路畅游北美"班芙""黄石"等数个国家森林公园的自驾万里行。不知余生能否再渡重洋？想起在多伦多与表弟围炉烧烤笑聊儿时，他梦中可携妻儿回过老家？奶奶的墓碑伫立的小山上，祭拜的缕缕余香许是会在枝头经年缭绕护佑成荫？

……

老家如一棵开枝散叶、枝繁叶茂的树，我们都是这棵树上的枝叶，有的距树根近些，有的距树根远些。无一例外，我们都是这棵树的根所散开的枝或生长着的叶。

（原载于《晚霞报》2024年3月14日，有增删）

作者简介：

　　贺敏，笔名昵霓、亦敏、怡敏等，先后任职省市级企业生产科长、报刊编辑和部门主任；20世纪80年代至今，有诗歌、散文刊发于《星星》《凉山文学》《外事天地》《西康文学》《工人文学》《四川群众文艺》《四川工人日报》《四川经济日报》《精神文明报》《企业家日报》《成都晚报》等数十家省市级报刊及网络平台；曾获省市级征文奖多种；有作品入选《四川90'报纸副刊佳作选》等多部出版物；参与编辑《笔底波澜——四川省记者文学作品选》等多部著作；参与创办三家省级社团；现为四川省文艺传播促进会常务理事、办公室主任。

郑友贵

永远的母亲

母亲是在新世纪第一年五月永远离开了她深爱的亲人和眷恋的故土的。我闻讯急匆匆从矿区赶回老家，母亲已静静地躺在老屋的堂屋。

一周之前，我才与母亲相聚，想不到竟成诀别。我专门利用"五一"长假回老家看望二老，告诉他们我已响应号召报名援藏，如果被批准，我将去西藏昌都干几年，可能短时间无法回去看望他们了。母亲一年前中风瘫痪，躺在床上，人是那样瘦弱，青丝已变白发，神志清醒，却说不出话来。她听我援藏报名后，先是轻轻点了一下头，随后我发现晶莹又浑浊的泪水从眼角浸出。我自然懂她的心，她自知来日不多，多么希望我能留在她身边呵，可她平常从来都是主张我们外出"闯"的。想不到才过几天……

"你还记得小时候，妈妈年三十晚上还为你们几姊妹赶缝棉鞋吗？"老实厚道的父亲一句话把我从沉痛中唤醒。怎么会不记得呢，在家乡小山村，那时虽然生活清寒，但家家户户的小孩，过年都是要穿新衣新鞋的。母亲白天和男子汉们一样，下地种庄稼，回到家里既煮全家饭菜，又喂养猪牛羊鸡鸭鹅，为了赶在正月初一让我们几姊妹都能穿上新衣新鞋，她年三十晚上在昏暗的煤油灯光下飞针走线，正月初一那天，我们兄弟姐妹穿上了母亲缝制的一身新装，高兴得手舞足蹈，母亲却熬红了双眼，看到我们开心地活蹦乱跳，母亲慈祥地笑了。

母亲其实原本应该过另一种生活，她在长江边的县城长大，在新中国刚成立不久嫁给了乡下的我老实巴交的父亲。小时候我曾问母亲："您为啥要到乡下来呀？"母亲说："你外公说，乡下人有田土，有田土心头踏实！"在我的记忆中，母亲从没叫过苦和累，成天都在干农活和家务。可能是在县城长大的缘故，她比我父亲更有远见，家里的大事都是她和我父亲商量，她最后拿主意，比如送我哥哥去当兵，坚持节衣缩食也要送我们几姊妹读书，"只要你们读得，就是去借去讨也要供你们上学！"要知道，那正是"白卷英雄"吃香，上大学不用考靠推荐，"知识越多越反动"思潮流行的时代。母亲外表清瘦，可内心刚强，有着"强者不惧、弱者不欺"的性格。

　　我高中毕业回家务农，遇公社要选用一名民办教师，在全公社五十多名参考者中，我居然考了个第一，全家人都以为我这个民办教师当定了。可苦等无消息，后听说我将被一个连考试都没参加的"关系户"顶替时，母亲气得吃不好睡不着，母亲愤怒了，她独自一人跑去找到公社的头头："你们要是乱来，黑整，第一名都上不了，告到县里省里我都不怕！"结果，全公社一个也没上成，由县里一个公办老师任教。

　　在母亲和父亲的安慰鼓励下，我参加高考到重庆煤校读书走上工作岗位。母亲对穷苦人极同情，每当有外地人乞讨到家门口时，尽管自家也只能简单糊口，她总是要拿一些红薯、玉米或小麦给他们，并说："没有遇到难事，哪个肯拿下面子出门要饭哟！"母亲做过生产大队的党支部书记，她带领乡亲们下田插秧打谷，风里来雨里去，落下了风湿、胃病、高血压等病根，可她从没向上级提过任何要求，我们几姊妹全靠自己外出闯荡。母亲常说："为人要正气，不要搞歪门邪道，勤快人到哪儿都受欢迎。"那时她成天为我的前途忧心，年少的我身体单薄，根本不具备一个标准农民五大三粗的体格。她常自言自语："不要文也文不得，武也武不得哦……"

　　母亲看到我喜欢读书、写作时，就鼓励说："娃啊，你是我家几辈人中读书最多的人，要好好写哦！"我的第一篇散文《岁月的镜子》在宜宾的《金沙》季刊发表时，我特意带了一本杂志回老家，母亲开心地笑了："写些啥？读来听听！"其实，写作也是一种劳动，可在母亲的心中，能提笔写文章的人，都是有学问受人尊敬的人。我只是一个普通的作者，在报刊发表过一些诗歌、散文、评论，也在全国及省上获过一些文学奖，不是什么大富大贵，但在母亲心中，我却成了她的骄傲，她对把自己的山里放牛娃儿子培养成了一个"城里人"和能舞文弄墨"受尊敬的人"，很是自豪和满足。

我今生将永不会忘记慈母恩情和教诲，勇敢地面对生活，热爱生活。永远的母亲，永远的母爱……

（收入《中国散文精粹》，作家出版社 2013 年 8 月）

作者简介：

郑友贵，四川省作家协会会员、四川省文艺传播促进会理事。作品散见《文艺报》《人民日报》（海外版）《中国诗人》《散文诗》《散文诗世界》《青年作家》，入选《青春诗历》《中国散文诗年选》《中国诗歌年选》《四川诗歌年鉴》。出版诗集《目光如初》、散文集《一路行走》《故乡在远方》。

罗光永

与奶奶的约定

　　去年除夕夜，爷爷奶奶，孩子与我一起贴春联、挂灯笼、贴福字，爷爷抹糨糊的手掌红红的，我贴春联的手掌也红红的。

　　今年，爷爷再也不会与我们一起贴春联了。爷爷因肝癌晚期于年前离开了我们。

　　按老家风俗，家里有亲人去世，如若贴春联，是贴白色的。

　　我问奶奶是否换春联，奶奶说不换。

　　门框上的春联是去年的，还红着，只是淡了很多。

　　我扭头，望奶奶，那矮小的身子向前一弯，猫进了灶房。她说"不换"的回答还萦绕在我身边，像仲夏的蚊子嗡嗡，悬一张网，朝我压过来。

　　奶奶的猪圈养鹅。鸡同鸭围在露天鸡舍，为它们遮风挡雨的是树与竹。侧屋的邻居白日里很少在家。两位老人不到七十，身体硬朗，总在地里忙乎。前方的屋子，新的旧的都空着。主人外出务工了。人少，麻雀的胆子就大，总来抢鸡食吃，它们吃饱肚皮，"轰"一声，扇动着翅膀飞走了。

　　奶奶说爷爷走后，来抢鸡食吃的飞鸟中多了一只黑身子白尾巴的大鸟。奶奶说那是爷爷。奶奶每次都把鸡食装得满满当当。

　　小鸟飞走了，白尾巴大鸟盘旋一圈也飞走了。假期结束，我们也会走。老家楼上楼下就留奶奶一人，劝她跟我们走，可奶奶说她晕车，说她有鸡鸭鹅，她要给它们准备满满当当的吃食。

　　何为孝顺，顺着老人的意愿吧！夫劝我打消带奶奶走的念头。我不再想这事。

　　去年春节给奶奶买了智能手机。在红艳艳的春联前，女儿教奶奶用智能机。奶奶学用微信，很久也没学会。爷爷倾身过来，露出门牙笑奶奶。

奶奶生气，做挥手欲打状，爷爷缩头缩肩往后退，"哎呀，你后面还是要跟我学。"奶奶送个白眼过去。

平常日子里，菜一上桌，爷爷就筷子酒杯轮流开动。待奶奶灶房忙完过来，爷爷开始扒饭。完毕，他俩就各执一手机，各看喜欢的节目。有时候，两位老人也会挤在一部手机前指指点点。不管哪种情况，他们的音量总是不低，音乐、戏剧、广告等声浪就热热闹闹地钻出院落。如果奶奶的花母鸡刚好下了蛋，加入它不断调高音量的"喔喔喔喔"喜报，就更热闹了。

"咦，如果让奶奶在手机上看到自己的视频，她一定也会高兴得跟孩子一样吧?"我拍脑门窃喜。

"妈妈，我们可以陪奶奶一起拍抖音。"

我把想法跟读大学的女儿说了，她立马给出建议。

除夕夜，夫姐一家在微信群发来视频祝福。奶奶看了，双眼发亮，"这是跳跳（奶奶的曾外孙）哇""他们拍得好哦"，奶奶咧着嘴仰起了头，迅即又埋头往手机凑，一遍又一遍。

大年初一，吃罢汤圆，奶奶喊我们去爬山。

穿过竹林，上到后山，太阳已然探出脑袋，把我们晒得暖暖的，那些树呀、油菜、麦子呀都镀上了金光。奶奶迈着小步走在最前面，她轻言细语地一会儿给孩子们介绍着各种农作物，一会儿又指地里埋的水泥桩，说那是两年前修高速路做的标记。

走到李子林时，奶奶指着右侧那片坡地说："爷爷那次发病，就是背番薯种来这块地种。"奶奶举着的手，停着不动。

奶奶穿一件乡下流行的冬天罩衣，红色，夹着黑色花纹。我望奶奶，眼前浮现出爷爷那张瘦削的脸，病魔吸走了水分，爷爷的脸再也不红了。

今年春节，油菜花开得少，东一朵西一朵，就是油菜苗也高矮不齐。豌豆苗绿油油胖嘟嘟的长得旺些，所有的庄稼都铆着劲追春天，还是遮不住大地灰黄的皮。长得最旺的是坡坡坎坎的杂草，把树枝的下半部围了个严实。

来到一开阔地我们停了下来。平时不爱动的夫与子别扭着往后站。奶奶望两位男士，女儿望奶奶。奶奶唤孙儿，女儿拉兄弟，儿子一弯腰溜了。夫站一旁抱着手臂看热闹。

我拉夫在我身后，塞手机给儿子嘱他摄影。女儿在前，奶奶在我前，夫在我后。女儿喊口令，奶奶不动，女儿转身把奶奶的手摆成斜线，教奶奶往前走四步。四个人四双手，我们像南回的大雁，用脚在土地上飞行。奶奶的手伸不直，却也一直保持着不变的姿势，前面的手朝着天，后面的手指着地。

第一个动作我们做了三遍。我们看视频，直夸奶奶跳得好。奶奶抹眼睛，笑从眉头眼角嘴角钻出来。

我们在第一个场地成功完成了三组动作。

我们转移阵地。奶奶走在前面，不疾不徐，碰有坡道，她单手扶膝，微弯着腰往前拱，我好像看见熟透的稻谷，又似看见跪地朝拜的信徒。他们都向着土地的方向。

来到另一空地，我们继续拍练。后退时，一个高出的土堆阻了我的脚，我身子一歪，撞上了奶奶，"哎呀呀"我急呼，起身窜到奶奶身旁，一手抓了她的手，像抓了一把刺，我用力，手疼。我低头，我与奶奶的手，是黄红与黄黑的重叠，是粗与细的相握。我伸出另一只手，扶奶奶身子。夫牵了奶奶另一只手。奶奶站起来，她头上的白发也站了起来，阳光洒在她的头上，泛着光，晃眼睛。

我们完成了最后一组动作。

我们继续登山，女儿时不时掏手机偷拍两张，奶奶着急忙慌地捋她花白的头发，说人老不好看。"奶奶最好看。"我与女儿整齐得像排练过一样。

晚上，女儿把视频制作完毕。奶奶看视频，迅速睁大的眼睛马上又眯成一条缝，奶奶指演员表中自己的名字又问又说，笑得前俯后仰。

女儿抓了奶奶的手，伸出小手指跟奶奶拉勾。她们约定，每年春节都要拍一个视频……

作者简介：

罗光永，四川省文艺传播促进会会员，会刊《船波文艺》《文艺船波》编辑，雅安市作家协会会员。有文章在《四川工人日报》《青衣江》《蜀本》《西康文学》等报刊发表。

钟　靖

此景那情独在娘娘山

　　常听说"多彩贵州"，却未闻"金彩盘州"，略显我的肤浅。初听此名，源于 4 月初"中国百名散文名家金彩盘州行"的活动指南。在不解与好奇心的驱动下，在百度里寻找盘州的"金彩"，才知悉它被称为世界古银杏之乡，每到秋季，正是那一片片小小的银杏叶，馈赠给盘州一抹金黄的底色。它是盘州市名片上最耀眼的颜色，亦是生态的色彩、希望的色彩、财富的色彩、诚信的色彩和丰收的色彩。

　　记得那天怀揣憧憬，坐上去盘州的动车，列车飞驰，心情随之飞扬，跨过平原与江河，穿过高山隧洞，蜿蜒行进于群山沟谷之间。当车窗外喀斯特峰丛飞入眼帘之际，便知距盘州市不远了。那是个历史文化名城，地处贵州西南腹地，唐朝贞观八年易名盘州。盘州古城已有 600 多年历史，文庙是明代按皇宫标准修砌而成的，它当仁不让地成为盘州历史文化的一面旗帜。在这片土地上，历史文化名人辈出，可谓人杰地灵。现今的盘州虽偏安贵州西南一隅，却素有"黔滇咽喉"之称的美誉。转眼夜幕降临，动车抵达盘州站，华灯初上，霓虹交相辉映，人车熙来攘往，高楼林立，一派现代繁荣的景象，有置身于大都市之感，颠覆了我对这个县级城市——曾经的夜郎之地的认知，令人惊叹不已。

　　盘州不仅历史文化底蕴厚重，城市兴盛繁荣，大自然还赋予其喀斯特峰丛、高原湿地、高山草甸、溶洞峡谷、竹海、梯田、古银杏等丰富的山地旅游资源，曾获中国最佳休闲旅游城市等称号。在城中逗留一晚，翌日一早便向娘娘山国家湿地公园进发。山下阳光普照，上山后太阳却收敛了它的光芒，迎面吹来阵阵轻柔的风，褪去了身上的烦热，舒缓了登山的疲乏，呈现出那张张惬意微笑的脸。脑海中娘娘山众多神奇美好的传说像幻灯片一样闪过，此时我正身临其境品味它博大深远的文化内涵。

水是景区的灵魂轴线，依山就势，现代人以自然天成为主、人工修葺为辅布局谋篇，串接着景区山水人文景观和生态农业两大板块，为世人呈现出娘娘山奇特的美感。

娘娘山的水来自那呈垫状连片的湿地，传统的湿地应与河湖江海为邻，娘娘山的湿地却偏喜静卧于高原山地之巅，不知是山的巍峨，还是谷的幽深静谧吸引它就此安家，罕见地上覆于碳酸岩岩体之上，肆意占地 1052.9 公顷，被誉为"珠江沿岸不可多得的水塔"。湿地的水润泽着山，也滋养着泥炭藓，成了泥炭藓沼泽湿地。泥炭藓的出现距今约 3 亿年了，被誉为植物界的活化石，其吸水能力超过自身重量的 20—25 倍，也因此大大提高了湿地的水土涵养能力。徘徊在湿地边，脚踩 3 亿岁的泥炭藓，看得透湿地中的积水，却悟不透大自然的深邃与博大，深感人生的渺小，恰似沧海一粟、过往云烟。

区内望夫塔寓意是娘娘的化身，她巍然屹立，眺望云海对面的群山，以此方式与丈夫相知相守、相思相助，彰显坚韧，以示相濡以沫。此时站在望夫塔远眺，云雾涌动，对面峰峦叠嶂，若隐若现，好一幕曼妙的风景。来到天山飞瀑，因时令不对，那美丽的飞瀑不知所终，其跌落击打岩石的震撼场景消失了，但岩壁上留下的那三条近 580 米长的水蚀痕迹清晰可见，只能从想象中复原飞瀑的雄奇壮观。由于正值旅游淡季，游人稀少，原来生活在飞瀑附近梯子岩山林间爱热闹的野生藏酋猴自然也不会出来迎接我们了，只好黯然离开。一眼望向天生桥，它是由三个相连的直径 200 多米、深 800 多米的坑洞组合而成，是碳酸岩在流水作用冲刷溶蚀下形成的落水洞及溶洞，桥长 100 多米、宽 10 多米，两侧是峭壁、陡崖、落水洞，这是独特的喀斯特地貌景观，是大自然馈赠给娘娘山的杰作。此外区内还有各具特色的江源洞、舍烹水爬坡、六车大峡谷、仙人洞、温泉小镇等景点，可走峭壁旁的玻璃栈道，体验脚底仿佛落空的那份惊险；也可置身水溶洞边，见证地下暗河突然从岩底跃出地面的那份神奇；也可楫荡泛舟于溪河，在溶洞间穿梭嬉戏，怡然自乐……娘娘山独特的景观让人流连忘返。

下午，来到生态农业体验区，这里有产业化种植的刺梨、猕猴桃、蓝莓、红豆杉等，还有特色蔬菜及湿地生态植物，一望无际，蔚为壮观。我见识了生态蔬菜无土、科学的种植技术；聆听了"资源变资产，资金变股金，农民变股东"的"三变"致富模式的讲解；深刻体会了陶正学对"三农"的情怀。陶正学为何人？他便是贵州娘娘山高原湿地生态农业旅游开发有限公司董事长，中等身材，体态健硕，面容憨厚。他从16岁外出务工，摸爬滚打间既尝尽了生活的辛酸，也体会过收获的甘甜，终成享誉当地的"富翁"。解不开的乡愁让他时刻记挂着贫穷落后的家乡，通过修路助学也不能根除家乡的穷根，穷其所思，后来决定以娘娘山为载体，投资4.5亿元开发湿地公园。这次他找准了主攻点，瞄准发力点，突破制约点，成功带动当地村民脱贫致富，他也成为脱贫富民"领航员"，自然诸多荣誉向他接踵而来。他创新的"三变"脱贫致富模式受到地方及中央的肯定，被拍摄成片，在国内广为宣传推广。

此前三年的疫情给旅游生态观光产业带来了严重影响，面对目前的困境，陶正学对自己的调侃是那样的坦然，从中仍能看出他对家乡、对"三农"真情付出的无悔无怨，也能看出他依然憧憬着美好的明天。

有水的地方更具生灵，娘娘山的景色因水的润泽显得"醉美"，因水的恩赐让生态农业园生机盎然。娘娘山的人们因这片奇特的高原湿地得以生息繁衍，依托湿地公园的发展旧貌换新颜。

夜幕下的人们围在火堆旁载歌载舞，忘却了一身的疲惫，不分民族、男女和老少，自然地融合于一体，畅享愉悦。此时我不禁想起一位盘州人的诗来：篝火熊熊冲天燃，宾主广场舞蹁跹；三变改革为抓手，美丽仙境降人间。

作者简介：

钟靖，中国散文学会会员、四川省文艺传播促进会常务副秘书长，长期致力于图书出版工作，有作品发表于《四川日报》《四川经济日报》《华西都市报》《格调》等报刊。

李定林

高高的轿子顶

四川
文学

作
品
精
选

　　每次回古蔺老家，在弯弯曲曲的盘山公路上，老远就会看见高高的轿子顶，十分亲切，到家的感觉顿生。这是我们小县城能看到的最高的山峰，最能打开故乡人的视角的独立峰尖。人在江湖，打拼在外，每天早晚都要翻着微信看，看看家乡的人和事。最近在朋友圈中偶然看到 1980 年代初与单位的年轻同志们一同登上轿子顶的合影照片，又勾起了我对轿子顶亲切的记忆。

　　轿子顶位于小城的东北面，是我从小就十分敬仰的故乡的一座山峰，离乡后更加眷念的美景。我的故乡古蔺县城是被山包裹着的：东面有汗人坡，南面有高家山、老王坳，西面有流沙岩、方碑梁子，北面有柑子坳、轿子顶。四山发育出来的四条河流在小城两公里的范围内汇聚成落鸿河，小城人临河而居。从红龙湖、柑子坳到轿子顶，山的红色，树的绿色，四季泼彩，云霞飞舞，恰似一幅幅流动的山水画屏，铺展在北面的山峰上，到轿子顶戛然而止，凌空屹立，气势雄伟，令小城的人们十分敬仰。在街上，在河边，在旷野，人们每天都能仰视它，日日夜夜、春夏秋冬的风景变换，赏心悦目。

　　我们家住在县城较高地段的墨宝寺旁，一出门就能看到轿子顶，四季风景就在眼前交替变幻着，自小就在品味着轿子顶的美妙的风光。春天，葱茏绝顶，一片生机；夏天，金光灿烂，敞亮巍峨；秋天，色彩斑斓，飘向远山；冬天最美，每当大雪，雪后天晴，一座巍峨苍茫的雪山耸立在眼前，城里即使没有白雪，轿子顶都会戴上一顶尖尖的雪帽直插云霄，再加上巅峰上飘浮着悠悠的白云，云蒸霞蔚，尽显着山峰的美丽与浪漫，像一座壮美的绿色金字塔耸立天边。在童年的心中，更感到神秘和神圣，童心充满无比的向往。

轿子顶的美景荡漾在每一个从小就生活在这个小城人的心中，守望着，向往着，让人有一种莫名的感觉：总有一天会站在它的峰顶。那时要想登上轿子顶，是一件十分困难的事情，不仅需要充沛的体力，更需要勇气和智慧，要不然，难以攀登，更说不上登顶观赏峰巅绝妙的风景。

从火星山脚出发，沿火星山脊而上，爬上火星山顶，在碉堡上小息一下，再一路爬坡登上轿子顶，足有 20 多里地，来回要大半天时间，还要带足干粮。更恼火的是，登顶那山路狭窄，陡峭险峻，加上是油砂坡，稍不注意就有滑下山谷的危险，到达危险处，必须一手拉着上路旁边的茅草，埋头弯腰不停往上爬，千万别回头往下看呀，否则让人心惊胆战，双脚发软。"上山容易下山难"，下山最难的时候，整个身体要抓住茅草往下滑。由于它的难攀，所以县城里的人都以能登上轿子顶而称豪雄，也是我们梦寐以求的登顶梦想。当然，现在可好了，盘山水泥公路从火星山脚一直延伸到轿子顶山峰的脚下，人们可以说走就走，驱车前往峰脚，再登峰顶。徒步登顶，500 余级石梯，来回一个多小时就足够了。

第一次登上轿子顶是 1980 年刚刚退伍回家的时候。因为刚退伍，等待安排工作，无所事事，便去登向往已久的轿子顶。从农场田坝开始，沿着火星山正面的山梁慢慢往上爬，到了山腰，流沙溜滑，手脚并用，小心登攀，一直到火星山顶。山顶上，一个碉堡残垣，是唯一的人工遗迹，周围长满茅草，据说这里就是小城"一碉锁全城"咽喉要地。站在火星山上，古蔺县城一览无余。休息一会儿，又沿着山梁继续往上爬，一路的马桑、黄荆灌木和茅锯子草，长在风化的流沙上，偶有形影单调的高大乔木。好不容易才到了轿子顶脚下的垭口人家户才歇了下来。山民一见到陌生人上来，好客热情地给我介绍起来。他说，轿子顶是从古蔺西面海拔 1840 多米的最高峰笋子山一路向东追赶过来的，轿子顶两边悬崖，独立成峰，海拔高度 1200 多米。在山民的带领和帮助下，别着砍柴的捞刀，披荆斩棘，沿着登顶的毛狗路攀爬，中间的一段路实在太难，一手拉着茅草，一手扶着坡地，一路连攀带爬，终于第一次登上了轿子顶峰。

头顶烈日，吹着凉风习习的西北风，站在刀锋般的山顶，摇摇晃晃，难以立足。面对县城，环顾远眺，从火星山梁子上来，左手是兴田沟，右手是绵竹沟，正南面是火星山下的古蔺城，背面是北凤山下的杨柳坝，只见沟壑间坡面上铺满了层层叠叠的梯田。这次登顶，首次真正品味了什么叫"一览众山小"。我除了激动还是激动，禁不住放声高呼：我终于登上了古蔺城外的峰巅了——轿子顶！

第二次登顶，也是 20 世纪 80 年代初，是单位组织的一次五四青年节的登山活动。这次爬轿子顶，因为人多，热热闹闹，带个录放机，一路欢快一路歌，一路相互帮衬，慢慢爬行，也不觉得累，登顶的毛狗路也好走了些，不知不觉就登上了轿子顶。登上峰顶，各自疯狂，体味着高山仰止的内心感受。环顾四山，浩渺的乌蒙山恰似万马奔腾般的山峦披着绿波滚滚而来，扑向轿子顶，被古蔺河阻断后，又向东沿古蔺河奔着赤水河而去。站在山顶，容不下几个人，大家只好挤在一起，合影照相，留下这次难忘的情影。人多势众，轻松释然，峰尖被踩在我们的脚下，这时才真正找到了"山高人为峰"的感觉，让人感到，再高的险峰终将会被人们征服。

后来，随着社会进步，经济科技的发展，从县城到轿子顶下的垭口修通了环山公路，垭口登顶的毛狗路也变成了六七十度坡度的石梯，人们肩扛背驮搬运材料，在峰顶建起了县城最高的建筑物——电视差转塔。我后来又登过几次，每次登上的感觉都不一样。特别是 1999 年夏，我家三代人，又去登了轿子顶。我和爱人带着年近 70 岁的老妈及 10 岁的儿子一起上去。难以想象的是，老妈竟也登上了峰顶，无限感慨："我在小城生活几十年，今天总算是了却了心愿！"登峰上顶后，风景各自品，一种从未有过的感觉：心情舒畅，心宇浩渺，心随峰云飘荡！儿子仰着头，对着电视塔看了许久，不一会，指着塔尖发问："爸爸，这就是我们家电视的眼睛吗？"我说："对，我们小城人的'千里眼'和'顺风耳'都藏在这铁塔上，里面还有浩渺的星河……"一家人就在那高高的峰巅各自想象着。

轿子顶，巍峨雄壮，千百年来尽显着自然的美丽，祥云在头上尽显风流。而今，通过家乡人民不断的精心梳妆打扮，轿子顶长得更高了，风景更加美丽，一座坚固的人工电子发射铁塔冲出云雾，射向无垠的天穹，一副天眼，把乌蒙大山里小城的人们带入了更加灿烂的星空！

作者简介：

李定林，四川省文艺传播促进会理事、泸州市作家协会副秘书长。曾获"荣塑杯"2016 年度四川省散文创作奖，2017 年出版散文集《钥匙》。

牟亚林

鼓楼山抒怀

鼓楼山位于泸州市纳溪区与合江县的交界处，为纳溪海拔的第二高峰。我曾走遍泸州的山山水水，但最钟情的还是鼓楼山。鼓楼山的云、林、笋、人、神、魂，时刻都在我心里、在眼前、回环往复；在思绪、在身边、飘来飘去。虽多次登临，仍百游不厌，每次都有新感受、新发现。

鼓楼山的云

"云想衣裳花想容"。远眺鼓楼山，一如《世说新语》所说："千岩竞秀，万壑争流，草木蒙笼其上，若云蒸霞蔚。"云以峰为托，峰以云为纱。那苍翠的山峦，如练的云缕，展现出大自然的无穷魅力；那起伏的山川，飘逸的云朵，使得鼓楼山山景犹如一幅幅美丽的山水画卷。

每当晨曦初露，鼓楼诸峰之间便流云升腾，云来雾掩，变化万千。俄尔一阵风起，诸峰之间波诡云谲，或如钱塘奔涌，或如洞庭浩荡；一旦清风徐来，朵朵白云围绕在群峰，日光穿过云海，霞光万道，投射大地，林间顷刻绚丽缤纷。

也或夕阳西下，万道霞光透过山岚，洒在鼓楼山上。鸟儿驮着余晖，择枝而栖；农人披着晚霞，荷锄而归。既而，缕缕炊烟与山涧的薄雾交织，徐徐升腾……晴朗的日子，站在鼓楼山顶，山环水绕的酒城尽收眼底；透过眼前浮云，酒城的高楼好似海市蜃楼，时隐时现。

鼓楼山的林

"林开泞鹊绿烟销"，鼓楼山远眺，钟灵毓秀，郁郁葱葱。繁多的奇花异木，花鸟虫鱼，俨然一个天然的植物王国。

春天的鼓楼山，枝枝吐新，生机勃勃；夏天的鼓楼山，枝繁叶茂，姹紫嫣红；秋天的鼓楼山，果实累累，层林尽染；冬天的鼓楼山，玉树临风，雪花飞舞。

鼓楼山的松，不如黄山松的名气，但月夜游山，"明月松间照"的宁静，会让人产生"久在红尘里，复得返自然"的放松；鼓楼山的竹，让人看到"咬定青山不放松，立根原在破岩中"的一种持之以恒的信念、一种坚韧不拔的执着，也令人联想到"宁可食无肉，不可居无竹"的雅好；至于桢楠的伟岸、珙桐的飘逸，更给予人无限的敬仰和羡慕。

鼓楼山的笋

"笋将轧轧度岩隈"。川南的山大都有成片的竹，有竹则有笋，鼓楼山也不例外，但这里所说的笋，不是山中竹子的笋，而是依附在鼓楼山山腰、形状像扩大了若干倍竹笋的石笋。

传说当年李白来到纳溪"思君不见"，慕名顺道亲踏鼓楼山，当他看到石笋时，立即发出了"石笋如卓笔，县之山之巅。谁为不平者，与之书青天"的豪言。

鼓楼山的石笋餐风饮露，千年不见长高；风吹雨打，万年没有变小。没人知道它因何而生，也无法预测它魂归何处。

但有一个传说却印证了它的神奇：泸州这艘停泊在长沱交汇处的船，如果不是一根无形的纤绳拴在石笋上，即便不会沉没，也会向下漂去。因此，石笋不会倒，也不能倒，它将一直伫立在鼓楼山边，注视着山外的泸州，不离不弃。

鼓楼山的人

鼓楼山上有民谣："鼓楼山，宽又宽，五道寨子三道关，一条大路中间走，铁匠打了万斤铁，石匠凿断几匹山，都为鼓楼长治与久安。"

"人事有代谢"。兵荒马乱的年月，鼓楼山的奇险，既为百姓安排了避难的场所，也为歹人提供了作乱的庇护。直到 20 世纪中叶匪乱平息以后，鼓楼山人"长治与久安"的愿望才得以实现。

如今，鼓楼山已成了当地百姓的福地洞天：清新的空气，清澈的山泉，滋润着山上的生灵；无公害蔬菜，散养的家禽，是城里人企盼的美味；大山的粗犷，培育了鼓楼山人豪爽质朴的品格；大山的厚朴，熏陶了鼓楼山人好客喜人的情怀。如今，鼓楼人正以豪迈的热情，迎接八方宾朋。

四川
文学

作品精选

鼓楼山的神

"神机运处鬼神通"。鼓楼山同许多名山一样，也有不少神奇的传说和许多的未解之谜。

成都有童谣："石牛对石鼓，银子万万五；有人识得破，买尽成都府。"而鼓楼山上也有"石锣对石鼓，银子万万五……"的传说，联想到三百多年前清军追杀李自成余部来到鼓楼山，张献忠曾亲踏鼓楼山，石达开途经鼓楼山，莫不是鼓楼山真有"江口沉银"？

当地有老人言之凿凿说琼瑶幼时曾求学鼓楼山下，系捕风捉影，还是有依有据？杉木坪石壁上的反手字究竟想表达什么？莫非谁有难言之隐，不敢直抒胸臆？也或与贵州红崖天书有些联系？"对面碑"两碑面对，空间狭小，里面的文字是从何得来？所有这些疑惑，都昭示了鼓楼山的神奇，有待高人去解开。

鼓楼山的魂

鼓楼山没有峨眉秀，没有剑门雄，没有青城幽，没有夔门险，但鼓楼山有它独有的魂。

那魂，在鼓楼山上以一种神秘的方式存在，眼看不见，手摸不着，但心可以感受到。它们无时无刻不在林间飘荡、穿梭，但从不助纣为虐，专司扬善惩恶。

"魂来枫林青"。亿万年前的沧海桑田，造就了鼓楼山处事不惊的性格，千万年来的风霜刀剑，塑造了它坚韧不拔的灵魂，经过了几百年的战火硝烟，鼓楼山依旧是那么稳健地矗立在那里。

高为峰，挺拔壮丽；鞍为脉，与邻为友；底为壑，接纳百川。

我一直在思索，人的一生究竟要历经哪些磨炼，才能像鼓楼山一样沉稳？像鼓楼山一样淡定？

也许只有读懂了鼓楼山，才能真正找到正确的答案。

作者简介：

牟亚林，四川省文艺传播促进会会员、泸州市纳溪区作协副主席，编著有长篇纪实《纳溪征粮剿匪纪实》《红岩英烈刘振美》，参与本区政协编写多本文史资料。

曾　宏

向往黄荆

　　黄荆老林位于泸州市古蔺县川黔两省交界处，面积 433 平方公里，平均海拔 1300 多米。它是国家严格控制开发的天然原始森林。

　　八百里黄荆，群山绵延，峰峦叠嶂，沟壑交错。著名的普照山、笋子山、官山等群山，被满眼葱茏的森林覆盖。高达 96% 的森林覆盖率，犹如一个巨大的天然氧吧，调节着川、黔、渝交界地区的大气环境，行走其间每吸一口都是满满的负氧离子。夏季气温在 26 摄氏度左右，空气清新，气候凉爽。从山上流下的天然木叶水，汇入山脚的河流蜿蜒而去，纯洁清凉，轻轻喝一口，甘甜清爽，沁人心脾，饮之增加食欲，洗之滋润肌肤。白天蓝蓝的天上白云飘，夜晚皓月当空繁星闪烁。因为人迹罕至，远离尘埃，空气清新，你可以在这儿尽情清心洗肺，润眼养颜，尽情享受原始森林的清幽静谧，安宁舒适，真是避暑养生的世外桃源啊！

　　黄荆的美丽风景太让人陶醉了。从古蔺县城到黄荆的 40 多公里的白加黑公路上，一路走来，沿途风景让你目不暇接。有层层梯田彩云间的清枫岭美景，有随风旋转高山巅的大风车发电站美景，有站在海拔 1848 米的山峰上一览众山小的古蔺最高峰虎头山美景，有放眼望去，云贵川三省尽收眼底的普照山美景。来到黄荆景区，更是让你耳目一新，赞叹不已。这里有国家 4A 级旅游景点八节洞瀑布群风景。有山峰绵延，遮天蔽日，枯藤老树，珍稀动植物举目可见，犹如绿色迷宫的笋子山原始森林风景。有景色秀雅、风光绮丽，集高山湖泊为一体的红龙湖、龙爪河水库风景。有新开发的集丹霞悬崖绝壁环绕四周，古木交错，幽雅寂静，瀑布飞流直下，云海佛光时隐时现的环岩风景。更有养在深闺人未识的新景点长滩风景区：从黄荆场镇沿公路进入长滩的 11 公里路上，沿途风景不断。有一石一画屏的丹霞石，一树一盆景的桢楠林，青翠欲滴的楠竹林，笔直提拔的松柏林，是供人们聚会、摄影、绘画、露营的最佳十里画廊。这里有"一车一品牌，一户一景观"的汽车露营基地，被誉为"中国西部第一营"。有供游人戏水垂钓，休闲纳凉的千米长滩，沿着溪流远足，泉水叮咚小径周围青苔遍布，平添了一丝幽静之美。有新发现的河南岩飞流直下瀑布和珍珠帘瀑布。小溪两旁每户人家门前的花坛上，都开放着雍容华丽，五彩缤纷的大丽花，花朵之硕大，花色之鲜艳，敢与洛阳牡丹试比高。真可谓如诗如画，一步一景呀！

"多少年的追寻，多少次的叩问，乡愁是一碗水，乡愁是一杯酒，乡愁是一朵云，乡愁是一生情。"黄荆，你是我记忆中的那碗水，那杯酒，那朵云，那缕情，是我一解乡愁的栖息地。这里的乡音乡情乡亲，带给我故土的芬芳。一群故乡发小，平时各自东西，暑期相约，带上父母、兄弟姐妹、儿女子孙，一家人欢聚故乡，共享天伦之乐。老有老的朋友，小有小的伙伴。大家都是合得来的人，不需要刻意逢迎，也不必小心翼翼，可以肆无忌惮地直呼大名小姓。有摆不完的龙门阵，忆不完的过往云烟。大至天下大事，小到鸡毛蒜皮，大家畅所欲言，各抒己见，直奔主题，简单明了。可以分享《小小新娘花》的甜蜜，破解当年《同桌的你》的奥秘，对心中的偶像，梦中的情人可以大声说出，高歌表达，甚至于一家人的酸甜苦辣都可以一吐为快。有时碰上一群前来旅游避暑开同学会的人，一开口那浓浓的乡音，便知是古蔺人。也许一下子叫不出名字，但是一说到单位，住址、事件，或许再追溯到父母亲姓名，祖父母姓名，"哦，你是某某，你父母是某某，你是某某家的孙子哟……"一瞬间的记忆，立刻被唤醒，就都是老熟人了！故乡人，故乡事，故乡音，故乡情，简直就是老年生活中的"开心果""快乐源""养生经"，带给你温馨惬意的乡愁，怎不令你向往？

"快来听，前边那个空谷幽林的石头角落里，有两只弹琴蛙在唱歌！"大家赶紧跑过去，欣赏城里不能听到的天籁。其实在黄荆，常常会给你带来发现的惊喜。黄荆动植物门类多，森林里生长着1699种国家一、二类保护植物和珍稀动物，是罕见的动植物基因库。有香樟、桢楠、桫椤等珍稀树种，有上百种珍贵药材。有野牛、金钱豹、黑熊、野猪、飞狐等多种珍禽异兽。当你在此安顿下来，会发现岁月静好的日子里，大自然有许多城市难得一见的奇妙景观。顺着蜿蜒的健康步道一路走来，树林中鸟鸣与虫声将与你一路陪伴。黄荆的蝉鸣是天籁绝唱，是绝对一流的合唱团。清晨，从一只蝉的领唱开始，栖息在不同树林的蝉鸣大军，分声部唱、轮唱、重唱、合唱，此起彼伏。时而戛然而止，时而齐声高唱，一曲终了，另一曲又开始。那么错落有致，那么整齐划一，仿佛有音乐大师的指挥，令人瞠目结舌。在清清的水滩旁，鲜为人知的美丽豆娘蜻蜓点水，心形求爱；成群结队的美丽的蝴蝶又惊现黄荆的花丛河滩；公路上有罕见的身怀许多蟹蛋的母螃蟹横行霸道。傍晚，天空上偶有飞狐凌空飞跃。今年，长滩和金鱼溪的恐龙足迹，经中国古生物专家考察团队考察后认定，是至今我国境内唯一发现的最完整、最清晰的白垩纪恐龙足迹。

向往黄荆，特别喜欢这里的悠闲生活。远离了城市的喧嚣和灯红酒绿的浮躁，静下心来观察、思考、聆听，返璞归真，回归自我，真正体味岁月静好的时光。生怕辜负了那满是负氧离子的醉氧空气，久违了的步行早操又成为晨练的必然。更有大地的贪婪者，赤足走在环保舒适的有氧步道上，享受保健养生的足疗按摩，用心体验郭沫若《地球，我的母亲》中的"我只愿赤裸着我的双脚，永远和你相亲"的意境。上午，或在逍遥椅上读几篇散文，诗歌，或在竹林深处随着短笛、葫芦丝、电吹管的伴奏，唱一曲《好一个古蔺我真心爱你》，或者跟着生物老师去认识和采撷野菜野果野花，什么岩惠、柴胡、红军菜、野花椒、木浆叶，每天都有自己采撷的劳动成果。特别温馨愉悦的是每天的中晚餐，人人主动展厨艺添美味共分享，美酒一杯开怀畅饮，推杯换盏中欢歌笑语金句频出；午休后，好友相约，几桌小麻将活动手指，锻炼脑子，赢点票子，添点乐子，避免成为老年痴呆子！傍晚时分，人人都相信"饭后百步走，活到九十九"。男女老幼，相识与不相识的人，三五成群在健身步道上散步、聊天，仿佛又回到了连体平房，左邻右舍走家串户的年代，好不热闹。散步回来，广场舞、特邀独舞、卡拉OK拉开序幕，人人都可以一展歌喉，放歌一曲。直到晚上十点，互道晚安，明天再见！

作者简介：

曾宏，泸州市纪委原副书记、四川省作家协会会员、四川省散文学会会员、四川省文艺传播促进会理事、泸州市作协顾问。爱好写作，有多篇散文在国家级与省市级刊物发表。2017年出版散文集《钥匙》。

王应槐

古镇悠悠油伞情

　　"清明时节雨纷纷，路上行人欲断魂。"吟诵唐代诗人杜牧写于《清明》中的诗句，我就想起了江南的春天，那潇潇洒洒、霏霏绵绵的春雨，如诗如画的南国意境。更为美妙的是，江南小镇上摩肩接踵的人流中或高或低撑开的各色雨伞，好像一道花的溪流，在春雨里潺潺流淌着。

　　还有比这更美妙的意境。当我在迷蒙的春雨中静静地走进四川南部的一座古镇——泸州市江阳区分水岭镇，那一把把色彩鲜艳、做工精美、形态各异的油纸伞，形色兼备，次第张开，有如中国古典绘画一般，让我如痴如醉，仿佛进入了一个神奇缤纷的世界！

　　站在古镇分水岭，凝望着那一把把油纸伞，我的思绪撩开纷纷扬扬的雨帘，在阵阵遐思中跋涉着，走进了遥远的年代。

　　中国是伞的故乡，伞的历史非常悠久。中国的伞是因其实用性而诞生的。关于伞的来源，民间有着许多美丽动人的传说故事。其中流传较广而人们津津乐道的，说伞是那位神通广大的木匠大师鲁班发明的。据说鲁班长年累月在乡下干活，他妻子每天往返给他送饭，遇上下雨，就要挨淋。有次淋了雨，大病一场，差点死了。鲁班心疼她，就在她来往的路上建造了一些小亭子，若是遇上下雨，可以在亭内避雨。这些小亭子虽然有用，总归是权宜之计，况且鲁班经常变换干活的地点，大师时间有限，不可能造那么多的亭子。对此，鲁班极为困惑，想了三天三夜也没有想出好的法子。有一天，鲁班正要出门，突然雷雨大作，只好待在家里，焦急地望着瓢泼大雨。他的妻子见状，突发奇想，对鲁班说："要是有个能随身携带的小亭子就好了。"鲁班听了此话，眼睛一亮，霎时茅塞顿开。于是他裁了一块布，在下面安上能够活动的支撑架，装上一根把儿。就这样，世界上第一把能够遮风挡雨的"伞"便在鲁班大师的手上问世了。

春去秋来，岁月流走。许多许多年过去了，鲁班的后人因生计所迫，携带家人，千里迢迢来到了南方，来到了长江边的泸州。他们从泸州出发，到滇黔一带找活干，经过南丝绸路的要冲分水岭时，鲁班的后人病倒了。分水岭场上一个姓刘的樵夫见状，连忙把他扶回家，请来郎中为他看病，并拿出卖柴的钱，到场上的中药铺抓药，细心地熬给他喝。在刘樵夫的细心照顾下，鲁班后人的病逐渐好起来了。临别时，为了感谢刘樵夫，鲁班的后人就把做伞的技艺传给了他。从此，分水岭就有了油纸伞。

漫步古镇分水岭，踏着迷离的青石板路，穿过一道道静谧的小巷，我的眼前总是靓丽着一把把古老的油纸伞。我觉得，那从不喧哗张扬，静静默默地徜徉在历史隧道中的油纸伞，仿佛在喁喁细语，为路人讲述着一个个感人的传说故事。

其中有一个关于石达开与分水岭油纸伞的故事甚为动人，在分水岭镇可以说是家喻户晓。据说太平天国时期，翼王石达开率兵打下了分水岭，有一天他独自走出营地，穿街过巷，视察分水岭的民情，路过一住户，见一个老者正在家里制作油纸伞，便仔细观看，觉得那老者做的伞甚是好看，不禁赞叹道："多美的伞啊！"那老者见身旁的这位军爷目光炯炯，气宇轩昂，料定是个非凡之人，由于他的伞还未取名，立即站起来深深地鞠了三躬，说："请军爷给取个名吧！""好啊！"石达开欣然应允，"叫美美伞吧！"从此，分水岭的油纸伞就以美美为名。

后来，石达开兵败，消失于茫茫的乌蒙大山中。清朝皇帝派人四处搜索，无奈就是找不到石达开。不知过了多少年，在西南深山的一条羊肠小路上，有人看见一个身材魁梧、容貌苍老的人，急急地走着。他的背上背着一把油纸伞，伞的上面有"翼王府"三个字，伞的下面则是印着"泸州分水制"的图章。有人即刻报告官府，官兵闻讯追来，此人已杳无踪迹，只有空荡荡的山野。这个故事迅速传开，人们从四面八方涌到分水岭，购买分水岭的油纸伞。

分水岭的油纸伞有道不尽的故事，抒不完的情怀。著名作家琼瑶就对分水岭油纸伞念念不忘，感慨万千。1988 年，琼瑶回到大陆，踏上阔别多年的故土，在其游记散文集《剪不断的乡愁》中，再次回忆起在分水岭泸南中学的日子，古镇上的油纸伞。"一把油纸伞遮在两个人的头顶上，听着细雨洒在伞上的沙沙声，他的胳膊环在她的腰上，青石板的小路上遍布苔痕……"油纸伞与乡愁、与情思深深地连在一起，充满无限的韵味，成为人性美的见证。

随着时代的进步，科技的发展，人们也不限于油纸伞的运用与审美了，伞的品种变多了，用途也更加广泛了。自动伞、折叠伞早已不是什么稀罕物件，什么收音机伞、太阳能伞、盲人伞、防暴伞等等也纷纷问世。尽管如此，人们还是喜欢油纸伞，那飘香的桐油味，那深沉的人文情怀，优雅的古典情愫。

悠悠的古镇，悠悠的油纸伞，悠悠的情思。旋开玲珑美丽的油纸伞，犹如旋开了一幅江南的诗情画意。一把油纸伞，一个动人的传说故事，一段优美的生命历程……

（入选泸州市江阳区地方志办公室编《川南名镇分水岭》，四川师范大学电子出版社 2018 年 11 月）

作者简介：

王应槐，中国文艺评论家协会会员、泸州市文艺评论家协会名誉主席。已发表文学评论及文学作品 700 多篇（首）。曾主编《审美大辞典·教育科学审美》，参加过《阅读辞典》等 10 多部书的编写。著有文学评论集《文学的真谛》、文学评论专著《张中信创作论》及修订本和美学文集《走进美学》《美学风景》等，作品被收入多种选本，曾获四川文艺理论奖等多种奖项。

古铭钦

月之夜

　　睡梦中，我好像听见了几声低沉的狗吠声。惊醒后，真是听到了明明白白狗吠声，随风传来。屋外不远处横卧着一座长长的小山，山脚下有点庄稼地，有两间小屋。主人家养了条灰毛小狗，半夜起风时偶尔会叫上几声。我醒了，横竖睡不着了。忘了刚才做的梦，好像是很美丽的，怎样的美，却又朦朦胧胧起来。天空朦胧着灰亮色，有月光映进了屋里，泛起淡淡的月色，月色静悄悄地洒了半屋。窗外，月亮不息地洒着轻柔的月光，地下万物似乎轻轻地抹了层冷霜，清楚而又朦胧。有夜风拂过树梢，响起沙沙的声音，又传来几声低沉的狗吠。

　　年纪大了，记性不好，但我的耳朵却非常灵敏，听得清风吹草动声。别的老朋友大多说听力不好了，大概我年轻时在大山里生活久了，小心翼翼多些，凡事敏感，锻炼了好听力。又听到了几只夜虫啼叫声，好像离得很近，窸窸窣窣的，头脑很清醒起来。

　　今晚的月光很亮，睡不着了，披上衣服，坐在窗边的椅子上，默默地向天空遥望。月亮有点偏西了，朦胧的天边还有几颗小星星。只有大半个月亮，差点小弯弯就丰满了。人们赞美圆圆的月亮，像唐代人赞美女一样，以胖为荣，丰满即美。传说杨贵妃身高不足 1 点 6 米，体重达 160 斤，却是大胖美人。我觉得今晚的月亮恰好，比起丰满来，要稍瘦削一点，但不失华贵，又带些清朗，带些幻想。她又不像如钩的残月，带着凄凉，带着忧伤。

　　神话传说，月亮上，广寒宫雕栏玉砌，总是在夜里灯火通明，月亮半夜里最亮就是证明。大概是寂寞的嫦娥也睡不着，正轻舒广袖，郁郁起舞。她大概总在半夜里会思念起曾经的故乡吧。不知她后悔偷吃了灵药，飞到月宫里么；月宫里那棵百丈高的桂花树，那棵砍了又长的万年不倒的神树，应挂满了芬芳飘溢的花朵；洁白如玉的兔子正捣着仙药，不停地捣啊捣，一心想制成仙药，只为能长生不老吧；吴刚的桂花酒酿成了吧，你看那透明的月色，真像桂花酒，浅浅的杏黄、微微的酒香，清芳四溢。莫非吴刚把桂花酒洒向了人间，于是天地间才缥缈起这杏色的月光，散发出微微的夜香。

月光之下，朦朦胧胧的大山簇拥着故乡的城市。远近高楼的轮廓似清楚又似模糊，谁家的窗子还亮着灯光，道路上的灯发出柔和的晕黄的光芒来，还有几处五彩的灯光在闪烁着，闪耀出赤橙黄绿青蓝紫来。隐约传来几点喇叭声，城市显得静静的。这是我美丽的故乡，是那么静，那么静啊。有浮云飘过，没遮住月光，月亮应该又偏西了一点，但离山头还远着呢。屋外是月的世界，月亮不停地洒着她浅浅的杏色的月光，真想出门去沐浴在这月色之下。

年轻时，朗月之下，曾在野外沐浴过月光。空旷无人，弥漫着柔和的月色，仿佛去到了清静、自然、神秘的地方。天地悠悠，任你自由自在，无我无为，那样的感觉真好。不是浪漫，我不会浪漫，当年他乡游子，朗月之下，有时会睡不着，就会思念起故乡来，有时就会走进月光里去。月色朦胧，屋里很静，妻子睡得沉沉的，听得到轻轻而均匀的呼吸声。怕她醒来，发现我不见了，大概又会吓一大跳。她总爱唠唠叨叨，要我别到大山里去，晚上别一个人出门去，说我老了，世道又有些混乱。我暗笑她像老鼠一样的胆小。山里还是要去走走的，曾在大山里住了十年，那是苦而美的青春时光，总忘不了。

往昔青年，今已半霜发，夜深人静，于是轻轻地去了阳台。

阳台洒满了轻柔的月光，小花小草和嫩绿的小葱都沉浸在月色里了。夜已深，凉风习习，有了寒意，于是戴了厚帽子，穿上厚厚的睡衣，轻轻地闭上眼，躺在睡椅上去。月光软如柔水，默默感受她轻轻的抚摸，静静地享受这浅浅的杏色的月光，享受清清幽幽的凡尘人间。轻悄悄的月色，纯洁的月光，把我带回了当年的明月之下：当年明月，曾照童年的我，遥望高悬的月亮，幻想着月宫里神仙的模样和美丽的传说；当年明月，曾照少年的我，在山里捡柴晚归时，为我照亮了曲折的小路；当年明月，曾伴青春的我，在艰苦的岁月里，照我翻过了坎坷的道路；当年明月一直伴我，陪我在人生的旅途上，尝尽了红尘世间的苦与乐。在异乡的黑暗的夜里，每每遥望见异乡的月亮，就会想起故乡的月色来，就会给我以勇气和希望。

如今，还是当年的明月，还是依然美丽的月色，只是当年黑发人，今已染霜秋。时光荏苒，苦甜过往事，都随了流水。匆匆忙忙，沧海又桑田，俱往矣，弹指间已换了人间。后半夜了，薄云遮住了月亮，月光透出薄云，云层染了五彩之色。瞧，天边应该没有云层，黑蓝蓝的，星星多了些，点缀在夜空里，闪闪的。有风吹来了，叶子响起沙沙沙的声音，夜虫的嘶鸣声低了些。

又一会儿，阳台消失了月色，竟飘来了几点细细的雨。寒意深了，不敢久在屋外，回到了屋里。屋内浅浅暗暗的，妻子发出均匀的呼吸声，世间显得清清静静的。

我想，中秋那天，如果月亮能够出来，一定很大很圆，再到窗前望望朗月吧。想着想着，渐渐地，我又进入了迷离而美丽的梦乡。

作者简介：

古铭钦，笔名草科，雅安市退休教师，四川省文艺传播促进会会员。在地方报刊和微信公众号"文艺船波"发过不少散文、诗歌等。

刘爱华

一朵云推动另一朵云

　　一个深秋的黄昏，夕阳慈祥地笑着，给校园晕染上一层玫瑰色的暖意。一片绿色的草坪上，一位年轻的女教师静静地躺着。她身材苗条，瓜子脸，大眼睛，身着白底绣花裙，正恬静地望着蓝天上云卷云舒，嘴角荡漾着微微的笑意。这天上午，她在班上又给一个孩子过了生日（她记得班里每一个孩子的生日），过生日的孩子叫辰辰，是班长。虽然已放学，但辰辰生日会上那温馨的情景依旧在她脑海里清晰浮现……

　　她一直记着一位教育专家说的一句话：教育就是一朵花把芬芳传递给另一朵花，一朵云推动另一朵云。在她的教学生涯中，她一直谨记这一理念、践行这一理念。比如说辰辰，最初，他是一个学习不太用功的学生，但她想方设法让他爱上了阅读，他进而有了浓厚的学习兴趣，渐渐变成了一个好学上进的孩子，并因此有了许多小粉丝。在他的感染下，小粉丝们不自觉地"传染"了辰辰的美好品质与习惯，一个个的变得越来越优秀……天长日久，她这个班主任所带的班无论哪方面都是学校里的佼佼者。

　　生日会开始了，她把小寿星请到了讲台上，然后笑眯眯地唱道："祝你生日快乐——"她一言既出，天真可爱的孩子们立刻摇头晃脑地跟着她唱起了《生日快乐歌》。歌声飞出了教室，飞出了校园，飞上了洁白的云朵。柔软的云悠悠地飘着，飘着，轻轻地，一朵就飘到了另一朵身边，两朵云悄然拥在了一起，融成一朵更大、更白的云，弥漫着无限的温馨与美丽……

　　歌声停了，噼里啪啦的掌声响起来。她率先为辰辰送上祝福："希望你新的一岁健康、快乐、进步，做好咱班的领头羊!"说完，她伸开双臂柔柔地抱了抱他，在他脸颊上印上了一枚甜甜的吻。

知道这位美丽的老师是谁吗？她就是峨眉的欧李老师。

后来有一天，欧李老师肚子疼，去市人民医院拿了点药，就又回到学校工作了。接下来的日子，她虽然身体有恙，却依然坚持给孩子们上课……突然有一天，她昏倒在教室里！但身体发出的警告，并没有让她立刻放下工作，她是想等到期中考试完再去看病；期中考试完了，她又想等到开完家长会再去看病……

一个月后，欧李老师去了成都的华西医院，体检结果是：直肠癌，且癌细胞已经转移到了肺！

校领导得知欧李老师的病情后，劝她放下工作，安心休养，但她像没事儿人似的笑着对校长说："没什么大不了的！我吃中药，练气功，很快就会好的。等我康复了，我就回学校上课。"

当我知晓了欧李老师的情况后，迫不及待地告诉了我们爱心协会的朋友们，大家一夜之间捐了四千多元，第二天就打到了她的银行卡上。

我依然放不下欧李老师的病情，多方打听一些治癌偏方。听说有一种美国芦荟可以治癌症，我就特意托人买来一盆美国芦荟，而后急匆匆给她送了过去。

她的家依旧整洁，床边吊着一个挂篮，篮里装着好看的干花，幽幽地散发着暗香。

单薄的她无力地躺在床上，拉着我的手让我坐在她身边，平静地对我说："我左眼看不见，右腿也不能动弹了。"当我们谈起学生和教学的时候，她苍白瘦削的脸瞬间神采奕奕，用虚弱但同时充满兴奋的声音说："我还在吃药，等病好后，我要回学校继续给孩子们上课。我爱讲台，爱孩子们！"听了她的话，我努力忍着眼泪，强装笑颜对她说："好的好的，我在学校等你！"

两个月后，欧李老师走了。

又是秋高气爽的季节，峨眉的天蓝蓝的，峨眉的云白白的，你推着我，我推着你，由小朵变成了大朵，由大朵连成了片。蓝天因有了白云蓝得更加像海，那些洁白的或飘逸或厚实的云则似大大小小的浪花，汹涌成别样的美丽……

又要到教师节了，我忍不住又一次想起了欧李老师，下意识地仰望天上的云，不自禁地在心里低低地问："欧李老师，你在天堂还好吗？"

（原载于《西南作家》《静居》）

作者简介：

刘爱华，四川省文艺传播促进会乐山办事处副主任、四川省散文学会理事、四川省通俗文艺研究会优秀会员、乐山市散文学会副会长。作品发表于全国各级报刊，荣获中华人民共和国教育部、中华人民共和国人力资源部颁发的"从事乡村教育工作满三十年，为我国乡村教育发展做出积极贡献"荣誉奖。

李宗明

龙门溶洞览胜

去龙门古镇游玩，有一处大自然的杰作必须去看，那就是龙门溶洞。我曾在贵州看过几处溶洞，也曾在重庆武隆、西昌普格等处看过溶洞，但比起龙门溶洞来，前面那些溶洞之规模真所谓是"小巫见大巫"。

龙门溶洞距芦山县城 19 公里，距龙门古镇大约 5 公里。龙门溶洞整个山体呈中空放射状布局，多层次展现，总面积超过 80 平方公里，洞穴长度达 100 公里以上。有人说这是迄今亚洲发现的最大砾岩溶洞，但早前有英国地质学家进去探查后，称龙门溶洞可能是世界上最大的砾岩洞穴群。

我们抵达龙门古镇的次日早上晴间多云，但见千姿百态的云朵飘浮在湛蓝的天空，空气中弥漫着唯乡间才有，由庄稼、树林和花草气息交织而成的时有时无的清香。据那天的天气预报显示，午后的气温将达到 37 摄氏度。如此高温外出在露天游览观光不利于身体健康，窝在空调房里倒是凉快，但又失却了旅行的意义。怎么打发这一天的时光呢？

早餐后，向来活跃好动的兴民兄提议我们包车去游览龙门溶洞，他这提议立即获得大多数同行赞成。于是我们 12 人合租了一辆穿梭于龙门古镇和溶洞之间的小"金龙"客车，租车费 120 元，包往返，人均才 10 元钱，我觉得这价格非常公道。从镇上去龙门溶洞的山路全是上坡。头天有两个同行曾说，如果要去龙门溶洞，他们打算徒步前往。眼下坐在车上，听那发动机在骄阳的烘烤下怒吼着爬上坡，他们不由得感叹道："哦呀，全是这么陡的路啊！我们幸好没有徒步哦，要不然等走到溶洞门口，人肯定都来不起了！"

参观溶洞的门票是 30 元，年满 65 岁以上老人凭身份证免费。应该说龙门溶洞的管理较为规范科学，对每批次进洞参观游客人数有严格控制。在游客中心办完参观手续后，我们在洞口外等待了大约 20 分钟才依次排队鱼贯而入。待走到洞门口，见左边岩壁上刻有"一洞看完千百景　半日穿越亿万年"两排大字，再读过"龙门溶洞景区介绍"，我们知道了这片辽阔的溶洞群产生于白垩纪，距今已有上亿年的历史，比人类的历史还要长得多。

走进洞门，一股凉气扑面而来，体弱的游客多会禁不住打寒战或是喷嚏。就我的感觉，洞内气温比洞外至少要低 15 摄氏度。向来怕热的我此时也不得不赶快从包里取出长袖外套穿上，才抵挡住了骤然而至的降温。而我身旁两个体弱的游客，则已忙不迭地穿上薄羽绒服，戴上了绒线帽子。待往溶洞的深处前行，道路越发显得狭窄崎岖大起大落，拾级而上必须铆足了腿劲儿，顺阶而下则一定要小心翼翼。腿脚无力或眼神不好的游客到了这些地段，则需要扶着道路两边的栏杆一步一步缓慢迈进。每到此时，跟在后面的游客就需要讲耐心，讲礼让，切不可硬性超越制造拥挤，否则容易酿成事故，因为有些路段的栏杆外是深不可测的黑洞。

然而，越是险要之处，景象就越是光怪陆离，精彩纷呈。放眼望去，我们的四周是一派流光溢彩变幻莫测的地质景观，有的似神龙腾空，有的似老君布道，有的似顽童嬉戏，有的似嫦娥奔月，有的似星空璀璨，有的则似师徒对弈……此时此刻，任你用婀娜多姿、鬼斧神工、气象万千、美胜画卷、如梦如幻等等词汇去描绘那洞穴里的景象，都会显得苍白单调不够味儿。因为那些多维的岩体，那些超出七彩的色调，那些动感十足的画面，那些见仁见智越说越像什么的钟乳石，还有那些犹如魔法师任性而为妙趣天成的雕塑，都莫不令人如痴如醉，失声叫绝。

溶洞内光线暗淡，远近都是一派影影绰绰，结伴而行的游客稍不留神，就会脱离队伍。这不，我们一行 12 人，进洞不久便只有我、兴民兄和女诗人小刘走在一起。也幸亏我们是 3 人同行，才能够在偌大溶洞内的不同地段，相互摄下了一组值得珍藏的照片。在我们一路走过的那些景点中，我觉得最出彩的要数仙女池、洞中飞瀑、穿越秘境、龙门仙境、天光银柱、定海神针、地心大峡谷等等。在饱览这一道道胜景的当儿，我有几次都以为自己穿越了宇宙间的时空隧道，进入了另一个神妙莫测的星球。

去龙门溶洞参观的游客来自全国各地，其中老年人占有较大比例。我向来走路较快，进洞不久，即赶上一队来自甘肃的游客。其中一位老大姐满头白发，看上去至少有 80 岁了。她的腿脚已不太灵便，由一位中年妇女搀扶着，艰难地但神情坚毅地缓行在洞内那坎坷崎岖的道路上，嘴里还不时念叨道："真是个稀罕的地方，大老远来一趟也值啊！这不就像老天爷住过的金銮殿吗？能看的咱都得看看。"这老大姐的神情和话语令我着实感动了一阵。我因此更加坚信这一真理："不惧年纪大，就怕心态老。"人上了岁数，只有保持乐观情绪和健康向上的年轻心态，多些爱好，多些说得来的朋友，晚年生活才能有质量，有品位。只要腿脚还能走动，脑子还能思考，眼睛还能辨别出五颜六色，耳朵还能听到大自然的声息，就要争取多去各处走走看看。

　　遗憾的是，龙门溶洞目前尚有大部分未开发，已开发区域也未全部对游客开放。因而我们在洞里转悠了两个多小时，仅仅涉猎了溶洞的一个小片区，尔后便沿着一条幽暗小道走向电梯间，乘电梯回到地面，回到那三伏天的高温环境里。回返龙门古镇路上，我和兴民都意犹未尽，我们相约明年要重游龙门古镇，相信那时候的龙门溶洞，一定会有新开发的景点等待我们去领略，去赞赏，去放飞自己的想象力。

作者简介：

　　李宗明，四川省商务厅退休干部，曾任外交官，系四川省文艺传播促进会理事、嫘祖文化促进会会员、金牛区作家协会会员。20 世纪 80 年代初开始在《成都晚报》《四川日报》《青年作家》等报刊上发表小小说、散文、译作等；在《国际市场杂志》《经济日报》《国际商报》等报刊上发表论文 20 多篇。退休后，写有 60 余万字 16 个题目的自传体系列文章，其中《我的大学》于 2014 年被成都大学校刊连载。

徐　彬

江安的江

　　江安的江，就是长江。

　　《蜀水经》载，江安县"江水绕县北，山川土地特美，蚕桑鱼盐家有焉"。大抵便是因了这条自西向东横贯江安腹地的长江。江南江北，虽只有一水之隔，地貌却大有不同，连及物产，各有一样东西在四川乃至全国都有名，造就了江安"橙竹之乡"的美称。

　　江北浅丘连绵，紫色土壤盛产"伏令夏橙"，使江安在二十多年前就被列为全国夏橙基地县。夏橙是一种晚熟、在夏天水果淡季时方成熟应市的佳果，外形金黄圆润，个大皮薄，吃起来肉嫩爽口，随便取一个切开，那香浓的果汁多得能在桌面上流动起来！在炎炎夏季百果凋疏时节，能有这样的水果消夏，当不失为一桩美事。夏橙除了贵在时令，还有其他水果所没有的花与果"两代同堂"奇观：夏橙的坐果期为十四个月，初夏时节，树上头年结的果尚未采摘，新一茬洁白的橙花又伴着金黄的果实绽放在枝头。花果并茂，恋恋相依，看起来赏心悦目；花香果香，在山野间氤氲流动，经久不散。

　　江南则山高林密，竹木葳蕤。其中有一片连绵二十余公里，覆盖二百多座大小山峰的楠竹林区，绿竹无涯，浓荫蔽天，湖水澄澈，高山峡谷间遍隐飞瀑流泉，纯净清幽如童话世界。那便是闻名遐迩的"蜀南竹海"，国家级风景区，如今已是旅游胜地。竹海有漓江与长江相通，就在江安城下汇入长江。

　　吃伏令夏橙，游蜀南竹海，江安人无不感谢长江的赐予。

　　长江流经地处上游的江安时，没有流经中下游平原时的舒缓平直。站在高岸之上看见的江水，总是曲折而来，蜿蜒而去，看不到古诗中"唯见长江天际流"的景象。山环水绕，倒留下许多景致优美的沙洲、滩碛、湾濒，还有许多名字优雅的渡口，如金鸡渡、白沙渡、观音渡等等，让人觉得亲切而实在。

最能体现沿江秀色的，就是悠然浮在江水中的那一座座狭长如柳叶儿的沙洲了。洲上地势低平，当地人称为"坝"。沙滩镶边、竹林环绕的坝心里，土地平旷、庄稼成畦，丛丛翠竹掩映着户户农家。沙洲大多靠江岸一侧，水瘦山寒的冬季，沙洲与岸勉强相连；夏天洪水上涨，从江岸一侧"穿濒"，沙洲则被淹成水中孤岛，靠舟楫与岸交通。若遇夏日里烟雨蒙蒙或冬季里白雾横江天气，沙洲则在缥缈之中，望过去水也淼淼，竹也绰绰，宛如一幅淡雅的水墨画。

洲上的土地，是江水千百年冲刷形成的潮沙土壤，特别适宜经济作物的生长。在不同的季节乘舟自上游而下，你就会发现江安流程内的沙洲在物产上的特色：大中坝的甘蔗林整齐得宛如北方平原上的青纱帐；古贤坝的橙林几乎淹没了坝上的农舍；与县城一水之隔的牛角坝简直就是城区几万人的菜园地；阳春坝上是大片的茉莉花，花开时河风一吹香味能飘过江对岸；还有董坝的花生、油菜和麻衣坝的烟叶……江水孕育了沙洲，滋养的是两岸的江安人。——能经常吃到正宗的长江水中珍品江团、水密子、鲢又郎、黄辣丁，则更是江安人额外的口福了。

江安县城就坐落在长江南岸、漓江与长江交汇处的高岸之上。城区里楼台亭阁顺江绵延几公里，背靠着南屏山，俯临长江水，与江心沙洲牛角坝隔水相望，是一座山川形势十分雅致的滨江小城。

因为临江的缘故，小城的风物，许多便与江有关，老县所载的"江安八景"中，就有"西江月夜""金鸡晚渡"等四景在江边；古往今来的掌故传说，也多与这条江相连。

抗战时期，现中央戏剧学院的前身"国立戏剧专科学校"内迁，由南京溯长江而上，于 1939 年 4 月辗转迁至江安，以城西文庙为校园，坚持教学、创作和演出，至 1945 年抗战胜利后迁到重庆。当代蜚声中外的戏剧、电影界名家曹禺、洪深、吴祖光、谢晋、张瑞芳等，在江安小城喝了六年江安人用双肩一担一担挑进城的长江水！四十多年后，皓首白发的剧专部分师生回访江安，车到长江边，看到江对岸一溜儿排开的江安县城，都禁不住热泪盈眶。江边的一粒卵石、一把河沙、一掬江水，立刻把他们带回到了四十多年前那段难忘的时光。

江安人对长江的情感则是与生俱来又相守终生的。他们生在江边，长在江边，白天喝着长江的水，夜里枕着长江的涛声，世世代代在长江两岸休养生息、安居乐业，享受着躺在母亲臂弯里的安宁与幸福。

住在长江边，是江安人的福气。

（原载于 2003 年 1 月 17 日《四川日报·原上草》）

作者简介：

徐彬，宜宾江安县人。四川省文艺传播促进会会员、宜宾市作家协会会员。作品主要为散文，散见于各级报刊。多次获四川省报纸副刊好作品奖和宜宾市阳翰笙文艺奖。

文开益

龙门巨变

依山巍巍入云端，龙门自古亦超然。梓江河畔生碧玉，烟顶山下桃花源。我的家乡在川北的一个小山村，这个地方虽然没有九寨沟那么奇丽，也没有峨眉山那么秀美，但在当地却小有名气，在方圆百里之内外，只要说起衣落山，龙门垭，便无人不知，无人不晓。虽然说，谁不夸自己的家乡好，谁不赞自己的家乡美，亲不亲故乡人，美不美家乡水，家乡的条件再多么差，环境再多么不好，气候再多么恶劣，人们也会对家乡大放赞美之词。这是人们对故乡的怀念与思乡的一种普遍的乡愁。但我的家乡是真真实实的美，是地地道道的美，是纯天然形成的美。

依山傍水地势强，龙门翠柏映碧塘。卧牛龙脉凝紫气，此山草寇曾称王。龙门沟自古风景秀丽，地形独特，依山傍水，龙门沟北靠衣山，南对麒麟，西临梓江，东近黄溪，衣落山南面的地形像一头卧着的巨牛，牛的大口正对着龙门，河家坡，斗嘴子就是牛的头，文家坡后山的仰天弯是牛的正身，黄家岭岗下面至老坟山就是牛的尾巴，古人称此地为卧牛穴，故改此垭为龙门垭。依我看来，此地地形更像是一把端庄独特的座椅，像一把皇帝上朝时坐的威严的龙椅，它的靠背就是衣落山，右边的扶手是烟顶山，左边的扶手是黄家岭，中间的座板就是龙门沟，正前面是麒麟山。麒麟山极像一面大而华丽的屏障，整个地形坐北向南，天生一把椅子形状。这个地方，人杰地灵，山清水秀，环境优美，土地肥沃，出产丰富，自然条件得天独厚。

偏远山区草木青，百姓贫穷少地耕。资源缺乏费劳力，丰收无几苦民生。龙门垭的自然条件虽然得天独厚，但是以前交通不便，公路不通，距离四周场镇都较远，人们到县城去一趟，公路不通没有车辆，全是步行，一个单程就要走四个多小时，来回一趟就要走八九个小时，去趟县城要起早摸黑才能当天赶回来。离周围的小场镇也很远，没有公路，也没有通汽车，最近的步行路程也都在一个小时以上，距离黄溪乡、玉龙、三星、麻映、定光和黄甸都是在一个小时以上的步行距离，由于四面八方离场镇的距离都较远，本地的土特产运不出去，外面的商品送不进来，自然就成了被掉在灰堆里的一颗明珠，默默地躺在那里无人知晓。

改革春风拂神州，龙门旧貌变新颜。盐蓬公路穿村过，交通便捷改千年。最近这几年来，家乡的面貌发生了天翻地覆的变化，一级盐蓬公路，从龙门垭穿心而过，直经龙门沟，宽阔，笔直，平坦舒适的黑色水泥道路，就像是一条长长的巨龙由北向南横躺在连绵起伏的山川丘陵之中，无比壮观。如今随着盐蓬路的贯通，给当地的交通带来了十分的便利，从龙门垭到盐亭，由原来一个多小时的车程，缩短成十几分钟的车程，从龙门垭到玉龙，由原来半个多小时的车程缩短成几分钟的车程。一条公路的修通，给当地的经济和社会的发展带来了前所未有的机遇，让沉睡了几千年的龙门美景一下子呈现在世人的面前，同时也引来了不少外地的游客前来观景。

目前龙门沟已被县政府多个部门列为重点旅游开发建设项目，已投入巨资对龙门沟进行开发，现以新堰塘为中心，建好了五大连池；以龙门沟为核心片区，栽种了数百亩桃树，种植了成片的经济观光花草林木。正在修建各种地标性景观建筑物，修建嫘祖文化的后花园，集旅游、观光、休闲为一体的乡村乐园正在形成，游客可以一边划船，一边钓鱼，一边观看两岸桃花，还可以到杜家坪"先全农家乐"去享受地道的农家特色美味。最具地方特色的"九碗十三花"和独享盛名的"粉蒸大砸肉""龙眼夹沙"等美食，吸引了成千上万的外地游客蜂拥而至。游客可以就地取材，自己动手，将垂钓上来还活蹦乱跳的新鲜鱼儿，进行野炊，自己动手做烧烤，按照自己的口味，自烧自煮各种各样的特色美味。

衣落山下的黄家坟山，目前已办起了山羊养殖场，一排排整齐划一的现代化养殖场羊圈房，有规划地建满了山梁，有上千只白、黑、黄各色相间的山羊养满了羊舍。养殖场的工人按时定量地给羊儿喂食美味可口的饲料，衣落山上那漫山遍野绿色鲜嫩的青草，更是山羊们吃之不完、取之不尽的天然美食。凡来龙门桃林谷观光旅游的客人们，可以到羊场现挑现选膘肥体壮的山羊来点杀，吃上自己亲手做出的香味可口的烤全羊。品尝烤土鸡，烤鲜鱼，烤全羊，那种感觉简直是美得无法形容了。酒足饭饱之后，还有健身房、运动场和儿童游乐场等各种娱乐设施供大家使用，还可以观看乡村妹子表演的土色土香的独特地方歌舞节目。

龙门垭、龙门沟、衣落山正以崭新的面貌呈现在世人面前，这就是我的家乡，这就是我家乡的过去和现在。我家乡的明天，将会建设得更加灿烂美好，更加繁荣昌盛。这颗埋没了千年的明珠将会发出更加灿烂的光芒。

作者简介：

文开益，盐亭县作家协会会员、四川省文艺传播促进会理事。有诗歌、散文等发表于《西南作家》《新蕾》《龙泉驿创作》《岁月风送万里船》《嫘祖故里》《绵阳日报》《海峡导报》《青白江报》等报刊、书籍。散文《我爱诗意般的金秋》获四川省文艺传播促进会 2018 年度征文大赛三等奖，荣获绵阳市残联"党辉照我心，颂歌献给党"有奖征文大赛优秀奖。

四川
文学

作品精选

杨永忠

回家的路

　　我的老家在海拔千多米的大山里，小地名叫蒲家山，交通闭塞，去山里山外都是崎岖蜿蜒的羊肠小道。我从小放牛、上学、赶场都是在这些羊肠山路上重复祖辈们的脚印长大的。我启蒙读书要走五六里的山路，上初中要走三十里山路，高中时得走六十多里山路，可以说，山路是伴我成长的一条必经之路。那时，老家的人们交通靠走，过着肩挑背磨的艰苦日子。人们赶场两头黑，一早上街，天黑还在回家的路上。再好的山货卖不出去，肥料运不进来。

　　在我儿时记忆中，回家的路是多么的漫长啊！那时，做梦都在想，要是有那么一天一条公路通进山里，从我家门口经过该多好啊！

　　几十年过去，这个结一直打在我心上。

　　我们家离乡场、县城都很远，三十里以外。背化肥便是当地农民的一件苦恼事，特别是没有劳动力的农户。我父亲常年在外地教书，我们家里的化肥靠母亲背。一包化肥一百斤，最低也是八十斤包装。我们家买化肥时常得请人背。有一年暑假，我和堂哥去县城磷肥厂背磷肥，一百斤磷肥我背了大约三十斤。最初感到轻松，哪知道，上了一段坡就汗如雨下，双腿发软。走了五六个小时，我几乎是爬着回到家的，几天了还腰酸腿痛。

　　之后，我怕走那条路，更怕赶场办年货、背肥料。要知道，这条路太难走了。好比楼梯上下都难，进城是下楼梯，回家是爬楼梯。正如老家人们所言：回家翘起屁股往上爬，进城就像梭滑梯。父亲曾告诉我，他十多岁时，同大人一起赶场卖木料棒，因为他个子矮，在下一陡坡处，木棒后端在路石上顶了一下，父亲肩上的木棒瞬间滑到了崖下。身单力薄的他晃了几晃，人没有下崖，还是没有稳住肩上的木棒。当时，大人狠狠地骂了他一顿。从此，父亲发奋读书，最终跃出农门，成为一名教师。

我进城读书以后，走这条路回家的时间多了。直到我步入社会多年，也没有摆脱这条路的纠缠。我尽管在城里安了家，但我的根永远在乡下盘根错节，因为父母一直住乡下。父母在哪，家就在哪。每年春节、清明节、五一、十一长假、父亲生日，我都要回家。特别是父亲过生，我不仅回去，还要带上妻儿回去。把儿子带回家是送给父亲最好的"礼物"，但也是我最沉重的"行李"。五六岁了，我还要背着他爬坡上坎，时常累得我张大嘴巴喘气。半天时间的蜗行，回到家，腿不停地打闪闪，发抖，腰也直不起。有一年回家，我为了偷懒，哄着五岁的儿子走路，他蹦蹦跳跳兔儿一般开心，不料在一斜坡处脚下打滑，一个跟斗差点滚下悬崖，多亏茂密的杂灌挡住。从此，不敢偷懒了。

"行路难，行路难，多歧路，今安在。"这条从老家通往县城的山路，走过祖辈几代人，也有多位红军战士在这条路上洒下热血。1933 年 2 月，红四方面军红 73 师一个排经小寨梁夜袭盘踞在大寨梁的国军田颂尧部 29 军一个连后，红军沿着我回家的这条路星夜赶往南江县城，同红军 218 团汇合解放了南江城。这条路两边是悬崖，路夹在山脊中间，一旦设卡，一夫当关万夫莫开。

这条回家的路，我一走就是二十多年。

有一句歌词：回家的路很长。的确，在我的记忆深处，回家的路是那么的漫长。然而，诗人汪国真在《山高路远》一诗中这样写道：没有比脚更长的路，没有比人更高的山。是啊，我在回家的路上翻过一山又一山，路一直在我脚下，二十多年我都没有退缩。

如今，我曾走过了二十多年的山路没再走了。鲁迅先生说过，世上本没有路，走的人多了也就成了路。其实，只要有人的地方，就有路。近几年的脱贫攻坚，让我老家通了公路，曾经那条回家的路不再有人去走了，荒芜得没有了路。今年春节，我陪同家人去县城红塔公园步行道散步。在我意料之外的是，那条几公里长的石梯步道是沿着我曾经回家的路打造的，宽宽的玉石梯顺山而建，两边安装有路灯和护栏。一路上，我走走停停，观山望景，更多的是回想起这条路上储存了不尽的心酸。

人生路亦如这崎岖的山路。正是这条路改变了我的人生，使我走上了文学不归路。

当我们漫步来到在塔子山的塔子处，我记起二十多年前母亲差点死在

四川
文学

作
品
精
选

这里的情景，心有余悸。有一次赶场，母亲因感冒去诊所开了药，母亲匆匆忙忙赶路回家，慌忙中将一天的药一顿吃了。当其爬上塔子山顶时，母亲开始大汗淋漓，一阵眩晕便倒在路边草地上，不知过了多久，一位赶场的路人喊醒了母亲。母亲强忍住浑身难受，慢慢地一步一步坚持往家走。回到家已是晚上九点，农村到处死一般寂静。尽管母亲胆小怕走夜路，那天她摸黑回家破了胆。每次走到这里，都会不由自主地想起母亲一生为儿女付出的艰辛。

"要想富先修路"，路能改变生活。三年前，一条玉带般的公路绕进了山里我的老家，结束了祖辈们肩挑背磨的日子。从此，老家绿色的蔬菜、原生态粮食、水果、家禽等农副产品都卖出了好价钱。更让我欣慰的是，这条 4.5 米宽的大道从我家门口笔直通过，联通了相邻村和乡镇，成了一条致富联网路，村民的幸福路。一说起这条路，村里的老人满脸流淌出无比的骄傲和幸福。

以前要走三五个小时的山路，如今只需半小时车程可以回到家，省事又省时。回家的路不再"蜀道难，难于上青天"。

回家的路好比踩不断的铁板桥，始终架设在我和故乡之间；更像一根纽带，一头拴住游子的心，一头连着父母的牵挂。

有人说，故乡回不去了。其实不然，那只能说明你已忘记了回家的路。证明路不在你心中，也不在你脚下了。要想记住乡愁，只有常走回家这条路。找回那份丢失不了的记忆，找回那份割舍不下的乡情。因为路边有你熟悉的大山，挺拔的苍松翠柏，欢歌的小溪，微笑的山花，谦卑的小草，婉转的鸟鸣，还有乡亲们路头路尾一声亲切的问候和父母一生的守望。如今，更有连片的产业和座座新居描绘出美丽乡村画卷。

故乡，灵魂安放的地方。回家的路不再漫长，我一直在回家的路上。

作者简介：

杨永忠，南江县作家协会主席、四川省作家协会会员、中国微型小说学会会员、中国西部散文学会会员、中国散文学会会员、四川散文学会会员、巴中市作家协会全委、巴中市小说学会理事，出版个人诗集《在远方想你》《孤独的城市》《蒿草长进乡愁里》、中短篇小说集《村里那些事》、长篇小说《梅香》、散文集《飘零的歌声》。

徐建成

文学社团档案与我的文学情结：
从四川省首届记者文学奖说起
（代后记）

四川
文学

作品
精选

我先是电话与龚建平约定时间地点，他说，就在河边上，我们喝茶摆龙门阵。当我如约到了距盐道街原省出版大楼不远的锦江河边时，看到了沿江有一溜茶桌，临江一张茶桌边已入座了龚建平和李银昭。

四川省记者文学艺术研究会成立大会和蜀报杯四川首届记者文学奖

时在 1998 年夏，龚建平其时是由新华社四川分社主办的蜀报社之总编辑。李银昭先后供职于成都工人报和四川经济日报，现早已是四川经济日报总编辑。

龚总和银昭已聊得差不多了。我便问些蜀报改版的举措、报社设在何处之类的具体问题，然后，直奔主题，说希望到蜀报效力，就做具体的版面工作，当副刊主任署名主编就可以了。龚总说：你是副刊名人，当主任署名主编可以，要得，你来了文化新闻版和文学版就交给你弄了，人员要先培训几天……

银昭静静地听我与龚总谈应聘与聘任事，基本未插话，任由我俩愉快交流。记得龚总还说到要学习华西都市报的办报经验，说（华西都市报的）席文举席总是他的恩师。我说，席总对我也有很大的帮助……

9 月 1 日，蜀报扩版正式进入都市报的市场竞争行列，我兼职负责的文化新闻版也相应出刊了。头条刊发了我组织的一个昨天（8 月 31 日）召开的"笑的艺术研讨会"会议消息，同版开始刊登安排记者写的巴蜀笑星系列报道和我写的《笑的艺术漫谈》系列文章。我希望用自己一流的工作态度、一流的工作成效赢得龚总的赞许，希望得到他对我们四川省记者文学艺术研究会的支持，把四川省首届记者文学奖的评奖经费落实。

四川省记者文学艺术研究会已经省文联同意为主管单位，经省民政厅于3月批准成立。申报成立时我与会长席文举商量，是他任法人还是我任法人？席总思忖一两秒后说道："就你担任嘛，我事情多。"身为法人、秘书长，我深知担子很重，虽情系文学，不忘初心，但我一介书生，赤手空拳，在无官方资金支持下能组织召开一个上百人的成立大会，再加上出一本书，评一个奖，已经是我当时可能做到的极限了……

刚故去不久的谐剧创始人王永梭先生的诗稿促成了蜀报社成为首届记者文学奖的冠名单位：王永梭先生的遗孀江润媛在《蜀报》读到我写的王先生和谐剧的文章，很感动，当天就给我寄来了王先生的诗作；我选了几首，准备加编者按发在文化新闻版上。因文化新闻版一般是不发诗歌的，而我任主编的文学版要星期天才出刊，我就特意向龚总报告了此事。龚总说："用稿的事，你安排就是了。"我看龚总此时稍闲，情绪也比较愉快，就说希望设一个蜀报杯首届记者文学奖，有助于提升报纸的业内影响，奖金数额参照省报纸副刊奖，奖金由报社出，具体事由我来办。龚总很爽快地回答说："可以，奖金报社出，你报费用来，我签了你到财务去办。席总是会长，我又同意当副会长，应该支持！"

相继召开了成立大会、颁奖会、天台山笔会、酒文化研讨会和记者作品选首发式，金秋十月主编出版了《岁月风送万里船》

在蜀报兼职心情很愉快，但也很累。每天下午处理完川工报所在部门的稿件，我就骑车赶到蜀报上班。要晚上两三点钟签了文化新闻版的大样才能下班……

终于，我告别了在蜀报兼职的短暂时光，又只得回到所在报社去了。因蜀报无正式人员编制，龚总说，连他的关系都是揣在包包里的。因川工报还未与员工办理社保，我无法接续社保；而蜀报要与我办的社保只能从头开始，我30多年的工龄将付诸东流。理想很丰满，现实太骨感！我只能向现实妥协。龚总很仁义，在我离开蜀报后的两三个月里，他希望我还能回去，蜀报文化新闻版和文学版都如前天天署名为"主编：徐建成"。

金秋十月，四川省记者文学艺术研究会于 16 日在成都成立，会议选举席文举任会长，龙良贤、龚建平等任副会长，徐建成任秘书长。省作协主席马识途到会讲话祝贺并寄予厚望，省文联副书记、副主席朱启渝代表主管单位到会讲话，省作协副书记、副主席杨牧发来书面贺词。会议宣布了设立记者文学奖和征稿编辑出版《四川省记者散文随笔选》的消息。预计到会一百人，实际到会一百二十人……

就在记者文学艺术研究会成立大会后不几天，一位老朋友，之前也在蜀报当过记者的徐朝鑫来到我家，说他看到了会议消息，希望能加入本会，做些具体事。朝鑫入会后，担任了副秘书长，我派他代表本会秘书处去联系了颁奖会承办单位。颁奖会于 1999 年 3 月 12 日在市郊犀浦世界乐园隆重召开。

那天，世界乐园现场张灯结彩，有乐队奏乐迎宾，会议隆重而热烈。全省共有 35 位记者作家获得了一、二、三等奖，其中有重庆（原属四川）的记者作家，如后来获鲁迅文学奖的李元胜；也有在外地工作的川籍记者作家，如其时供职人民日报社，现为四川省作协副主席的伍立杨等。省文联省作协多位领导到会颁奖。本会现任会长，其时任省作协副主席、《当代文坛》主编的何开四到会颁奖。

就在颁奖会当天，就在世界乐园，由老朋友、作家韩蓁（韩作成）介绍来开会的邛崃市旅游局闵仕局长与我当面商定：4 月下旬在邛崃天台山举办为期 3 天的天台山笔会。

天台山笔会有 30 多位记者作家到会，邛崃市王市长和宣传部胡部长到会与记者作家见面交流。会后，记者作家写了消息或散文，其中发了大半个版散文的本会常务理事、德阳日报副刊主任刘延刚，现已是一家高校的教授，图书馆馆长。

天台山笔会之后，本会另一位副秘书长窦爱明（他任过川工报我部门副主任，当时已借调到天府早报社工作）与我商量后，联系彭山酒厂举办了一次酒文化研讨会，特邀了我的大学老师张昌余教授到会讲酒文化。张老师治学谨严，博闻强记，在会上发言妙语连珠……

笔会后约半年，主要是由我和贺敏选编的《笔底波澜——四川省记者散文随笔选》由四川人民出版社出版了，在省文联省作协大会议室举行了隆重的首发式；并通知到会者转告未到会作者到责任编辑贺敏单位去领取样书。

前几年，曾任本会副会长的蒋蓝说，他是到厂长经理日报社贺敏办公室去领的样书。那时，我经过努力争取，终于以有30年以上工龄的资格，从单位内退，不上班了，每月领一份退养金供养读高中的儿子，我自己的饭票和我新的办公室还在寻觅之中……

之后几年，我在好几处打过工，也算是"蓉漂"了好些年：在省外办的杂志《外事天地》当副主编，在《科学与财富》杂志任副社长，在《大众健康报》当过审读，时间都不长，干了好几年的是在电视台任文字编辑，并由省电视台出具借调函，回原位去换发了统编记者证；还在成都大学的市内教学点教过《新闻传播学》，此时段写的《"水电报"与近现代传媒》一文后获第三届四川散文奖；应聘到成都市文化局创作策划中心任创作员，签约原创的金钱板音乐剧《车耀先》获得巴蜀文艺奖和四川省文华奖编剧奖（其后写的《塑造巴蜀英烈的鲜活艺术形象——我的读戏与写戏》也获得过四川省作家协会和四川日报社举办的征文之散文类优秀作品奖）；任过成都文学院签约作家，出版了散文随笔集《晒太阳的人和岁月》《老成都街坊龙门阵》和诗集《旋转的日月双轮——徐建成朗诵诗选》。

在我"蓉漂"的年月里，本会年年都要开展几次文化活动，年年都有新老朋友加盟入会，年年都通得过省里的年检审计；作为法定代表人，我多次按规定参加了省里的各种培训和学习，并获得了相关省局颁发的《税务培训合格证》……

四川省记者文学艺术研究会于2010年经批准更名为四川省文艺传播促进会，首任会长席文举继任顾问。第五届会员代表大会是2017年秋召开的，会长是何开四，我担任常务副会长兼秘书长。

在何开四任会长前后时间段，任过本会副会长的著名作家有栈桥、曹纪祖、蒋蓝、向以鲜、魏平等。

2019年秋，在我七十二岁生日前夕，由我主编的文学作品集《岁月风送万里船》出版并召开了颁奖会和首发式。本书收入四川省文艺传播促进会主办的"走进春天""拥抱金秋""秦巴鹰歌杯酒文化征文"等四个有奖征文的大部分作品（其中有与四川经济日报社联手主办，由南部县相关单位承办的《我和我的祖国》征文），收入了两百名会内外作家诗人的作品——20多年来，本会举办的奖项均不收作者参赛费，均由主要负责人和秘书处自筹资金进行，均要向作者颁发奖金或奖品和奖状。

继往开来，本会后续重要会议和重要举措及主要成员……

2020年前后，经本会主要负责人与张人士、杨雪并周闻道、何永康等多位知名作家朋友商量并达成共识，按章程规定引进多位有社团工作经验的作家壮大了本会力量，"两江汇成一河"。

2021年9月，本会举办了第六届一次会员代表大会，选举何开四任会长、张人士任执行会长（主管外联并散文创作交流中心）、徐建成任常务会长（主管内务并文艺创作研究院）、杨雪任法定代表人和副会长（主管财务并主管诗歌创作交流中心）。从2021年9月起，本会按章程规定收取会员会费。不久后，本会按规定设立了党支部，张人士任书记，章勇任副书记。又不久，何开四会长因超龄提出辞职。经张人士、徐建成、杨雪并会长办公会议商定：会长工作职责暂由张、徐、杨三人分担行使，共同主持召开会员代表大会选举新会长新班子，并聘请何开四任名誉会长。

2023年9月，本会召开了第六届二次会员代表大会，选举法定代表人杨雪任会长，聘请杨牧、何开四、席文举等任总顾问，聘任张人士、徐建成任名誉会长并参加会长办公会议继续支持新班子的工作。

本会现有中国作家协会会员和中国文联所属协会会员30余人，他们中担任副会长（含名誉、特邀等）以上职务的有杨雪、张人士、徐建成、何永康、周闻道、章勇、李自国、邓太忠、栈桥、田闻一、欧阳锡川、杨宓、袁瑞珍、何万敏等；担任副会长以上的还有原报社总编辑、高级编辑贾璋岷、庄剑、谢晓苏等一批有影响的记者作家；一些有影响的作家和文化型企业家担任了副会长，他们是苏世佐（常务副会长）、岳定海、冯晓、钟跃进、张忠辉、王洪、彭建群、蒋大海、万郁文、金科等。

本会有以下会员、理事、常务理事系中国作家协会会员：唐宋元、谭宁君、杨虎、莫然、蓝帆、曹蓉、贾勇虎、何君林、龙启权、刘馨忆、曾令琪、刘逸西、印子君、邹安音、董洪良、罗凌、陈宗华……

本会有以下中国作协会员同时是中国文联所属协会会员：章勇（中国电视艺术家协会会员）、唐宋元（中国电影家协会会员）、杨宓（中国电影家协会会员）、徐建成（中国曲艺家协会会员）、何万敏（中国文艺评论家协会会员）；有王应槐、徐潋是中国文联所属中国文艺评论家协会会员，有杨明强系中国摄影家协会会员，有本会名誉副会长、巴蜀笑星涂太中和余公正系中国曲艺家协会会员，有朱长贵是非遗金钱板传人。

本会是中国散文学会集体会员单位，本会有杨雪、周闻道、李艳、徐建成等30余人为中国散文学会理事或中国散文诗研究会理事和中国诗歌学会会员、中国音乐文学学会会员和中国散文学会会员等国字号会员；有以秘书处常务秘书长、副秘书长和各办事处、工作站负责人为代表的省作家协会会员60余人……

——近年来，本会已相继设立了以散文创作（及女散文作家创作）交流中心、诗歌创作交流中心为代表的各专业门类的创作中心，设立了以本会成员中的中国作家协会会员、中国文联所属协会会员和全国性学会、研究会理事任研究人员的本会专业学术研究机构——文艺创作研究院；本会在秘书处和办公室的会务管理架构下，还设立了具体开展活动的各市县办事处、工作站等内设工作机构。

一个创会26年的现有会员300余人的文学艺术社团，又将在老会长何开四和名誉会长张人士、徐建成等的协力支持下，在以作家、诗人、影视人杨雪为会长的新班子带领下继往开来，再创辉煌！

（原载于《四川经济日报》2020年5月27日，选为"代后记"有所压缩。第三部分《继往开来，本会后续重要会议和重要举措及主要成员……》是本书付印前补写的）